現代文學 23

湖村裡的夢幻 卷一

柯美淮 原著

博客思出版社

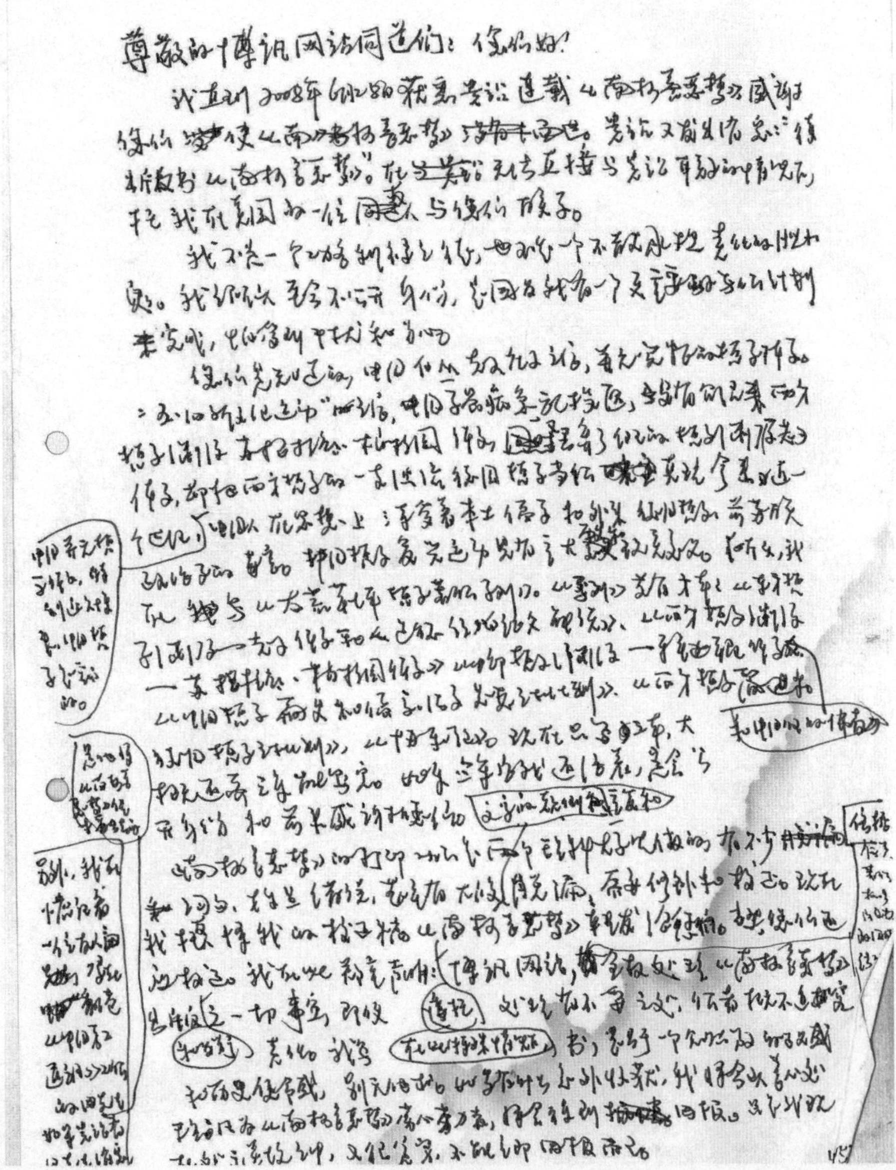

柯美淮手稿筆跡

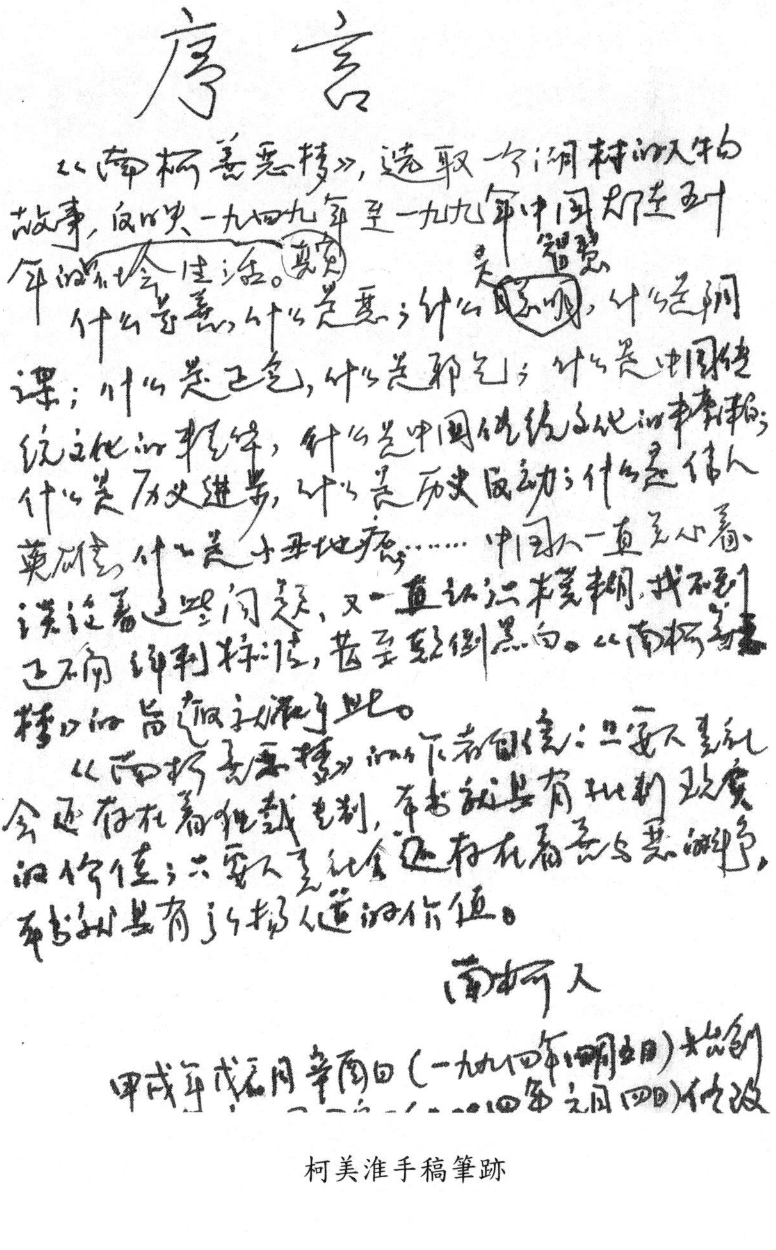

序言

《南柯善恶梦》，选取一个湖村的人物故事，反映一九四九年至一九九九年中国五十年的社会生活。真实

什么是善，什么是恶；什么是智慧，什么是阴谋；什么是正气，什么是邪气；什么是中国传统文化的精华，什么是中国传统文化的糟粕；什么是历史进步，什么是历史反动；什么是伟人英雄，什么是千古罪人……中国人一直是心里谈论着这些问题，又一直认识模糊，找不到正确的评判标准，甚至颠倒黑白。《南柯善恶梦》的旨趣就在于此。

《南柯善恶梦》的作者自信：只要人类社会还存在着独裁专制，本书就具有批判政党的价值；只要人类社会还存在着善与恶的斗争，本书就具有弘扬人道的价值。

南柯人

甲戌年戊辰月辛酉日（一九九四年四月五日）始创

（二〇〇四年六月四日）修改

柯美淮手稿筆跡

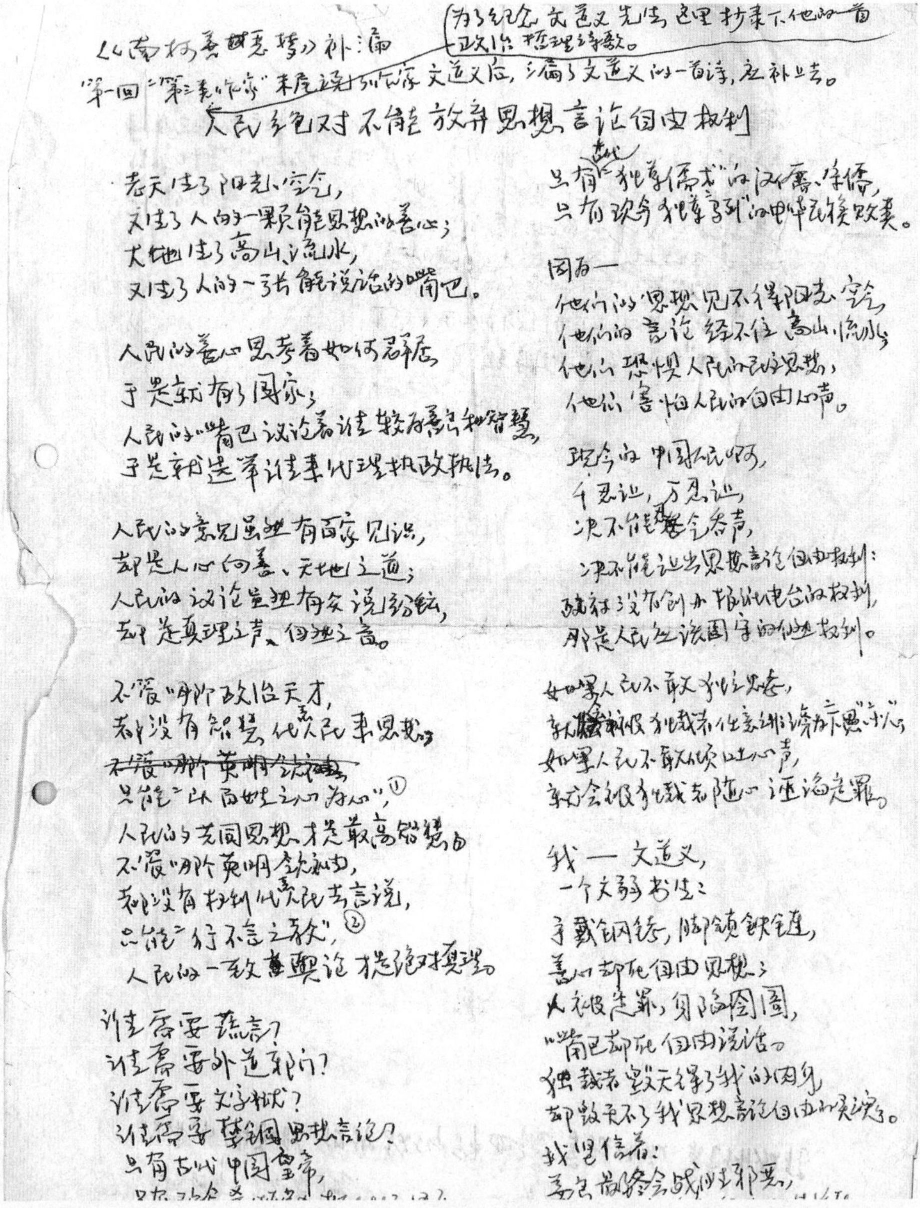

为了纪念文道义先生，这里抄录下他的一首政治哲理诗歌。

《山荷林喜欢惹梦》补漏

第一回"第三美作家"末尾说到作家文道义后，漏了文道义的一首诗，应补上去。

人民绝对不能放弃思想言论自由权利

老天生了阳光、空气，
又生了人的一颗能思想的善心；
大地生了高山、流水，
又生了人的一张能说话的嘴巴。

人民的善心思考着如何群居，
于是就有了国家；
人民的嘴巴议论着谁较有善心和智慧，
于是就选举谁来代理执政执法。

人民的意见虽然有百家见识，
都是人心向善、天地之道；
人民的议论虽然有众说纷纭，
却是真理之声、自然之音。

不管哪个政治天才，
都没有智慧代表人民来思想；
~~不管哪个英明之领袖，~~
只能"以百姓之心为心"，①
人民的共同思想，才是最高智慧；
不管哪个英明领袖，
都没有权利代表人民去言说，
只能"行不言之教"，②
人民的一致舆论才是绝对真理。

谁需要谎言？
谁需要外道邪门？
谁需要文字狱？
谁需要禁锢思想言论？
只有古代中国皇帝，
[illegible]

只有古代独尊儒术的汉儒、宋儒，
只有现今独尊马列的中华民族败类。

因为——
他们的思想见不得阳光、空气，
他们的言论经不住高山、流水；
他们恐惧人民的自主思想，
他们害怕人民的自由心声。

现今的中国人民啊，
千忍让，万忍让，
决不能忍气吞声，
决不能让出思想言论自由权利；
就算没有创办报纸电台的权利，
那是人民应该固守的天然权利。

如果人民不敢独立思考，
就会被独裁者任意诽谤为下愚"小人"；
如果人民不敢倾吐心声，
就会被独裁者随心诬陷定罪。

我——文道义，
一个文弱书生，
手戴钢铐，脚镣铁链，
善心却飞向自由思想；
人被定罪，身陷囹圄，
嘴巴却飞向自由说话。
独裁者毁灭得了我的肉身，
却毁灭不了我思想言论自由的灵魂。
我坚信着：
善良必将会战胜邪恶，
[illegible]

柯美淮手稿筆跡

睡時夢南柯，醒後參天地，且漫談（那）善惡真偽。

醒世恆言

耶穌：人若賺得全世界，賠上自己的生命，有什麼益處？人還能拿什麼換生命呢？

老子：1.何謂貴大梡若身？吾所以有大梡者，為吾有身也；及吾無身，有何梡？2.為學者日益；聞道者日損，損之又損，以至於無為，無為而無不為。

蘇格拉底：1.善的理念是最大的知識問題，關於正義等等知識只有從它演繹出來的才是有用和有益的。2.正義就是只做自己的事而不兼做別人的事；每一個人都不拿別人的東西，也不讓別人佔有自己的東西。

亞里斯多德：在很多情況下，善和美是認識和運動的本源。

釋迦牟尼：奇哉，奇哉！一切眾生皆具如來智慧德相，但因妄想執著，不能證得；若離妄想，無漏智，自然智，一切智，即現眼前。

笛卡兒：那些正確地作出判斷和辨別真假的能力，實際上也是我們稱之為良知或理性的東西，是人人天然地均等的。

但丁：常識和良知可以彌補理論學識的不足，但理論學識無法填補常識和良知的空白。

洛克：我們是生而自由的，因為我們是生而具有理性的。

萊布尼茨：看來中國人缺乏心智的偉大之光，對證明的藝術一無所知，……

稽康：「《六經》以抑引為主，人性以從欲為歡。抑引則違其意，從欲則得其自然。然則自然之得，不由抑引之《六經》。全性之本，不須犯情之禮律。故仁義務於理偽，非養真之要求；廉讓生於爭奪，非自然之所出也！」

李贄：「天下之致，未有不出於童心者也。苟童心長存，則道理不行，……故吾因此而有感於童心之自文，更說甚麼《六經》，更說甚麼《論》、《孟》乎？」「中間千百餘年而獨無是非者，豈其人無是非哉，咸以孔子之是非為是非，故未嘗有是非耳。」

盧梭：我看到世界上人口最多最出名的國家被一群盜匪統治著；我進一步仔細觀察這個出色的民族，我發現他們當奴隸，我並不感到驚訝這個民族一次又一次被征服，總是聽天由命，聽任盜匪的宰割。我看他們連歎息的勇氣都沒有，這個民族中的人是有學問的，但卻是膽怯的、偽善的和有江湖義氣的。他們話說得多但不說明問題，富有知識而毫無才幹，很會裝腔作勢而缺乏理想，他們有禮貌，態度殷勤，舉動靈活，但卻狡猾刁奸，老於世故。他們把一切義務道德看做禮節儀式，只知道敬禮和鞠躬，而不知道什麼是人性。

孟德斯鳩：中國是一個專制的國家。它的原則是恐怖。在最初的那些朝代，疆域沒有這麼遼闊，政府的專制的精神也許稍為差些；但是今天的情況卻正相反。……因此，當中國政體的原則被拋棄、道德風尚被廢除時，國家就會陷入無政府狀態，急劇的變革就會出現。

黑格爾：1.「中國歷史從本質上看是沒有歷史的，它只是君主覆滅的一再重複而已，任何進步都不可能從中產生。幾千年的中國，其實是一個大賭場，惡棍們輪流坐莊，混蛋們換班執政，炮灰們總是做祭品，這才是中國歷史的本來面目。事實上，中國任何一次革命都沒能使這個歷史改變。」2.「中國是一片還沒有被人類的精神之光照亮的土地；在那裡，理性與自由的太陽還沒有升起，人還沒有擺脫原始、自然的愚昧狀態。一切屬於精神性的東西……

都離中國人很遠。」

撒母耳・亞當斯：「無選票，不納稅。」

尼克森：中國人中的大多數只不過是一群僅僅通曉考試卻從不關心真理和道德的食客，他們的思想還停留在專注於動物本能對性和食物那點貪婪可憐的欲望上。

布羅茨基：人類的最大敵人不是共產主義，不是社會主義，也不是資本主義，而是人的心靈、人的想像力的庸俗化。

孫中山：我中國四萬萬之人民，由遠祖初以來，素為專制君主之奴隸，奴性已深，從來多有不識為主人，不敢為主人，不能為主人，而今皆為主人矣。

曹長青：今天，只要不否定、抨擊制度本身，就不會惹麻煩，也不會失去任何利益。而批評一些社會黑暗面，還會贏得大眾歡呼。這其實是許多所謂批評政府的作家的做法，中國文化人裡太不缺此類的精明！

顧彬：中國當代作家普遍缺乏思想的內在力量，他們的力量都去了哪兒？以前是政治，現在則賣給了市場！

余傑：中國知識份子人格最卑賤之處，即缺乏獨立精神，永遠以皇帝的是非為自己的是非。他們最高的人生目標，是成為「帝王師」，成為「南書房行走」。他們以為可以指導皇帝如何治理天下，殊不知，在皇帝看來，只不過將他們「倡優畜之」而已。

人性的啟示——讀《湖村裡的夢幻》的心得

悟善道人

一

我有幸讀到長篇巨著《湖村裡的夢幻》的手稿影印文本。未讀時，不以為然，以為哪有那麼多寫的，還不是一個民間閒散文人沒事幹，寫的不能登大雅之堂的淫穢小說或武邪小說，娛樂一下。不管怎樣，我還是漫不經心地看起來。誰知讀完第一回，就被震撼了，被吸引住了，對每一頁紙都珍惜起來，就日夜捧讀，直至讀完。

我深深地感到，這是我所讀過的所有中國古今小說中，思想境界和藝術水準最高的作品。文中的每一個字、每一句話，都經過了深思熟慮，都一絲不苟，都浸透了一個善良文人的血和淚，正所謂：「噴灑一腔血，染成滿紙文。」作家站在哲學的形上學的高度來俯視人類社會生活，用倫理學的自然人性善和社會人性有善有惡的標準來嚴格地選材和謀篇佈局，思想內容深遠而廣闊，篇幅結構宏偉而嚴謹。作家語言功底深厚，藝術手法嫻熟，寫得自然流暢，好像是一幅沒有人工斧鑿痕跡的中國五十年來社會生活的真實畫面。所以，《湖村裡的夢幻》既稱得上是情感發憤作品，又稱得上是理性思維成果。

《湖村裡的夢幻》給我有諸多啟示，其中人性的啟示最為深刻。

對於人世間的善惡是非，自古至今，又有幾個人能分辨清楚呢？幾多人感歎「人生如夢」啊！多少人「陷入陰陽門」出來不了呀！可是，《湖村裡的夢幻》卻用生動形象的文字啟示人們：造物主善而無惡，大道善而無惡，自然利而無害，賦予人的天性也是善而無惡。自然人天生具有善性和理性；社會人的天性被扭曲了，出現了習性有善有惡。為什麼人性會被扭曲呢？人天生的自然欲望是善的，成為社會人後，就出現了少數強人，強人的自然欲望開始膨脹起來，出現了貪欲；貪欲又被解說為合理合法，出現了惡理論；惡理論得到宣傳，就成為惡劣的風俗習慣；惡理和惡習一旦成為主流思想文化，就出現了惡劣的思想文化傳統；惡劣的思想文化傳統創造了罪惡的帝王專制制度；罪惡的專制制度與惡劣的思想文化傳統相互維護，惡性循環，延綿幾千年；以後出生的人，就從小生活在罪惡的專制制度下，受到惡理的洗腦，受到惡習的薰陶，就出現了人性惡。習性惡就會使人喪失自然善性和理性，只憑著情感的欲望去做人做事；當把那種習性惡說成善性時，善惡就被混淆了，甚至被顛倒了。但是，總有些人的善性和理性不會被惡化，保持著，於是就出現了善與惡的鬥爭。

所以，一部《湖村裡的夢幻》既是文學的長篇小說，濃縮著五十年、甚至五千年的中國社會生活的真實情景；又是倫理學的人性論，深藏著人的靈魂的聖潔與靈魂的蒙垢相互糾結的內心絞痛情態。《湖村裡的夢幻》告訴人們：要根除惡劣的社會現象和罪惡的專制制度，就要恢復人天生的善性和理性，人就應該學會從善心出發，去進行理性思維。這是一個美好的願望和一項任重道遠的工作，卻又是能夠實現的願望和能夠完成的工作，因為每一代出生的嬰兒都天生具有善性和理性，只要推翻和消滅那既需要和又維護惡理、惡習的專制制度，不讓嬰兒受到污染和洗腦，有一、兩代人的時間，就能夠實現這個美好的願望，完成這項任重道遠的工作。所以，小說中的兩個主要人物，柯天任就遭凶夭折，李寡婦卻壽比南山。

這真是辛苦了作家，利益了讀者：

樓空院荒生寂寞，秋蟲夜泣伴孤身。
垣牆隔世十冬夏，鐵鎖謝賓三界人。
筆下遺藍百萬點，心中積憤億兆斤。
且歌且哭且狂笑，善惡南柯夢裡分。

二

〈第一回寫小說難辨是非事生疑團易做善惡夢〉

這一回是全書的總綱，容量最大最深，稱得上是百科全書；不管從哪個角度去挖掘，都有極高的學術價值。如果一個人喪失了善性和理性，沒有五十年的生活閱歷，缺乏對生活的深切體悟，那就不但寫不出來，恐怕也讀不出其中的味道來。所以作家感歎：「癡人說夢景，夢中囈靈魂。」

第一回可以分為七個部分去解讀。

第一部分，交代寫作背景。用兩首民謠道出了背景。這種背景，是寫作艱難和「生疑團」的原因，不可忽視。

第二部分，交代寫作材料。正是這種寫作材料，要求作家不能去寫傳統的「忠義」小說和歌功頌德的奏摺小說，使作家「難分是非事」、「易做善惡夢」。

第三部分，論述「立主腦」——確立主題思想之難。批判傳統的「忠義」小說和「遵命文學」，既讚揚又批評《金瓶梅》和《紅樓夢》；意在說明《湖村裡的夢幻》將會別開生面。

第四部分，論述現、當代文學作品的社會效果——文化市場、作家、讀者、文學語言。揭露和批判所謂的嚴肅作家的奏摺小說和庸俗作家的武邪小說的腐蝕讀者靈魂的罪惡，指明中國的文學創作者已經庸俗到拋棄現代漢語語言規則和滅絕文學創作本身的地步；意在說明《湖村裡的夢幻》將會祛邪扶正，洗滌作家和讀者靈魂上的蒙垢，捍衛現代漢語語言規則。

第五部分，寫全書第一個「善惡夢」。先寫善夢階段，後寫惡夢階段。這個「善惡夢」意義深刻而寬廣，既是全書眾多「善惡夢」思想內容的綱領，又是全書結構的綱領。人性在這個「善惡夢」裡得到了全面而深重的展現。夢中的主要人物有郭素清、高雲英、王旭元、柯天任、柯和貴等人。郭素清、高雲英、王旭元都是善人，是凡人。柯天任是惡人，是應該入十八層地獄的魔頭。唯有柯和貴，脫離了「六道輪迴」，跳出了「三界」，是宇宙自由精靈，是釋迦牟尼的「佛」，是老子的「道」，是蘇格拉底的「理念」，是靈魂。夢中內容，囊括了今日中國現實社會生活的所有重大問題。

第六部分，說明寫作動機。

第七部分，用一詩一詞作總結。

一詩：

難分是非事，提筆起疑雲。
孤眠善惡夢，陷入陰陽門。
噴灑一腔血，染成滿紙文。
癡人說夢景，夢中囈靈魂。

一詞：

真珠簾

處處戰場，爭功名富貴；天良昧，流血流淚。
人忙我偷閒，種春桃秋桂；鋪紙揮筆飲杯水，自陶醉。
睡時夢南柯，醒後參天地，且漫談（那）善惡真偽。

三

第二回、第三回、第四回的人性描繪。

〈第二回南柯人避亂住湖棚李朝清行善祭野魂〉。這一回寫善。

南柯村的湖光山色，美麗如畫，是適宜人類生存的善性的自然環境。在戰亂中，南柯人的絕大多數和睦相處，相互關愛，渴望戰亂過去，和平到來，人性本善而向善。那湖灘上，幾個不畏冷凍而赤腳勞動覓食的小孩，相互友愛，共用勞動果實，天真無邪，天生善良。李寡婦掩埋兩個敵對戰鬥而死亡的戰士屍體，心靈裡只有善，言行上只有善，什麼親疏、尊卑的「仁義」和對立、矛盾、鬥爭的辯證法等等惡理，全然不去理會，只知道他們都是人，都是受到惡人教唆而冤死的可憐人。所以就有《金字經・詠善》詞二首。

人性本善，可是，為什麼那兩個不懂事的年輕戰士要作殊死戰鬥呢？為什麼幾千年大亂又大治、大治又大亂而惡性循環不止呢？李寡婦的答案十分簡單：有人變成了妖魔鬼怪。而深層次的現實的答案在第三回。

〈第三回解書記傳道釋經義尹主席悟玄鬧革命〉。這一回寫惡。

善不生惡，可是一個人的天性如何被扭曲為惡性呢？這在本文開頭〈一〉中已有抽象的論述，這裡具體到小說中的人物來描述。

中國人本來生活在惡劣的思想文化傳統和惡性的專制社會中，雖然有過辛亥革命和「五四運動」，卻曇花一現，又被惡劣的思想文化傳統給淹沒了。中國共產黨革命勝利了，戰亂過去了，應該天下太平吧。誰知道要繼續革命，打倒了拿槍的階級敵人之後，還要打倒不拿槍的階級敵人。而「人民」與「敵人」這兩個概念是模糊不清和不穩定的，是領袖們能夠隨意給出的。於是，一種惡劣的德國人、俄羅斯人的思想文化被「拿來」了，與中國本土的惡劣的儒家傳統思想文化相結合起來，惡劣加惡劣，就更加惡劣了。

傳道者解放書記，原來也是受「道」者。解放是一個牧童時，也是一個純樸善良的孩子。在受到主人不公正的對待時，心中有了怨氣。正在這時候，他受到了共產革命理論的教育，善性就被蒙上了污垢，起了殺人之心，殺了主人，投向革命隊伍。這樣，解放的天性就完全被扭曲為惡性了，就成了惡理的傳道者。

解放來到南柯村，第一個被傳道的對象是尹懷德。尹懷德是個破落戶子弟，正在生計困難之中。他雖然染上了一些惡習，但天良未泯。因為生計困難，他接受了解放的「道」，參加了革命；因為天良未泯，他一下子接受不了殺人之「道」，更接受不了去殺害教養自己的親叔父之「道」；又因為染上的惡習和面臨自己也要遭到殺害的危險，他最終接受了解放的殺人之「道」。原來解放「傳道」具有軟、硬兩手：引誘和威迫，就是常說的「洗腦」。第三回重點地細膩地刻畫了尹懷德這種心靈被扭曲的被轉化的全部心理過程。尹懷德的這種心理轉化的全過程，具有完整的典型性，是其他所有心靈被扭曲的人的心理轉化過程。尹懷德這個人物貫穿長篇小說的始終，始終處在善惡鬥爭的心理衝突下生活著，最後歸於基督教。這是一個塑造得十分完滿的人物，具有極高的人道價值。

第三回啟示人們：一個人一旦接受了並且信仰了某種組織性的一種邪惡的殺人理論，就會被組織頭目所利用，就會為組織毫不猶豫地去殺死任何人。於是就有第四回的組織群體殺人現象。

〈第四回惡鬥樂眾將出奇招行善難寡婦慰冤人〉。這一回寫善惡鬥爭，惡戰勝善，惡性大爆發為滔天惡行；但是處於弱勢群體的善人仍然在抗爭。

第四回寫的不是個人在作惡，而是群體在作惡，並且是掌握了政權的群體在作惡。被殺者善人尹安定的遺言非常簡潔明瞭地說出了這個道理。所寫的兇惡群體折磨善良人的場景是慘無人道的，令人髮指的。所寫的李寡婦在「行善難」時仍然機智地行善，令人油然而生敬意，感到一絲欣慰，看到一線光明。可以想像，作家是懷著萬分痛苦和憤怒的情緒，顫抖著筆去寫的；所描繪的人物表情和場景如此細微真實和栩栩如生，可以肯定是作家的親身經歷。正因為如此，我讀著時才產生了共鳴：淚流滿面，恨聲咧咧，失去了理智，連聲呼喚起魯智深、楊佳的名字來。

如果單純是個人一時惡性升起去殺人，殺人者過後是有恐懼的，害怕受到法律和神鬼的懲罰，會悔過。這個人還不是大惡者，不是不可救藥者。如果是一個群體接受了一種殺人的惡理論去殺人，並且是掌握了政權的群體去殺人，那就認為殺人是合理合法的，那就會肆無忌憚地去殺人，殺人者就不會悔過。那才是大惡者，不可救藥者。對於那種殺人群體，個人復仇和任何求情、說理都是沒有效果的，只有剷除那種殺人的惡理論和推翻殺人的惡制度才能夠根除群體殺人現象。如果到了公民社會，不僅要依法追究每個直接殺人的殺人犯，更重要的要追究製造殺人理論和頒佈殺人政策的大惡者的滔天罪行，決不能放過和特赦盜頭匪首。

縱觀橫察全書，在思想內容方面，第二回、第三回是根源，第四回是源頭流出處，以後各個回目都是從第四回流出，流出的是第二回的善流和第三回的惡流，形成的是從第四回開始的善流和惡流的涇渭分明地相互衝突著的一波未平一波又起的河流情景。在文章結構方面，以善流和惡流為兩條線索，以第四回為線頭，把人物、故事貫穿起來。善流一線的人物有：（按人物出場先後為序）寡婦李朝清、柯和貴、尹安定、趙月英、張愛清、柯和義、張青柏、李金元、郭素青、王旭元、高雲英、汪仁船、李衡權、張志成、辛龍水、方巨惠、邱雲海、黃盛豐、柯成蔭、李子明等等；惡流一線有：解放、李得紅、柯鐵牛、柯國慶、瞿思危、邱遠乾、趙來鳳、陳繼烈、劉耀武、鄧河流、李信群、周雷霆、柯天任、李建樹、潘要武、柯赤兵、張共樂、張首長（張共樂的父親）等等。在善流與惡流激蕩中兩邊波動不定的人物有：尹苦海（尹懷德）、柯鐘月、蕭瘋子、柯業章、柯和丁、邢百煉、洪峰、羅駱駝、李成才、趙光明、鄒豔等等。我作出這種三分法，是為了理清脈絡，其實是不妥當的，全書中的人物故事是難以這樣明確區分的，他們交織在一起，思想情感十分複雜，構成一個時期的斑駁陸離的社會生活圖畫。

四

關於閱讀小說，我有一些經驗和體會，寫出來與大家交流。

讀《金瓶梅》、《紅樓夢》就與讀《三國演義》、《水滸傳》、《西遊記》不同。讀《三國演義》、《水滸傳》、《西遊記》，可以節選著去讀，去欣賞個別人物的性格和個別場景的描繪，因為這些小說的主題思想和藝術手法，都是我們所熟悉的傳統思想和傳統寫法，都在宣揚惡理論和為惡制度歌功頌德。但是，《金瓶梅》、《紅樓夢》的主題思想和藝術手法是別出心裁的，不是我們所熟悉的傳統思想和傳統寫法。如果我們用傳統思想和藝術手法去衡量《金瓶梅》、《紅樓夢》，那就讀不出「其中味」了。我所看到的「紅學家」的所有研究文章，沒有一篇解說出《紅樓夢》的主題思想。終生研究《紅樓夢》的周汝昌先生，終生在誤解著《紅樓夢》，也貽誤了自己的終生。為什麼呢？因為「紅學家」們只懂得儒家思想和馬列主義，根本不懂「釋老」思想（釋迦牟尼和老子思想），而《紅樓夢》所批判的是儒家思想，所堅持的是「釋老」思想。

同理，讀《湖村裡的夢幻》，與讀現、當代所有小說不同。正如《湖村裡的夢幻》第一回所說，現、當代所有小說只有「奏摺小說」和「武邪小說」兩大類，分別屬於「遵命文學」和「畏命文學」。而《湖村裡的夢幻》，既不「遵命」，也不「畏命」。讀《湖村裡的夢幻》，首先，要理解「釋老」思想和「公民」意識，拋棄儒家思想和「臣民」意識；或者不受傳統思想和風俗習慣的干擾。其次，初次讀時，不能節選回目去讀，必須通讀，整體把握。然後，就可以玩味各個章回和情節，就會感到蘊藏無量、餘味無窮。例如，《湖村裡的夢幻》也有描寫黑社會和武打功夫的篇幅，卻不能當著武林小說去讀，因為那裡具有深層次的意義和倫理學、政治學的價值。作家意在揭露「官匪一家」，意在啟示：奪取了政權的「官家」是黑社會政權，沒有奪取政權的「匪家」仍然是黑社會，但是兩家是一家，同是一丘之貉，既有勾結，又有鬥爭。又例如，《湖村裡的夢幻》有色情描寫，卻不能當著淫書去讀，作者意在堅持天性中的性愛，歌頌天倫之戀的愛情自由，抨擊摧毀天倫的「三綱五常」的人倫。那些歌妓、妓女是遭到專制社會摧殘的最下層的人，卻是具有天倫真情的人；而那些正人君子、官員、員警、為富不仁者和貴婦人，才是邪淫的人和蕩婦。

在這裡，我提出幾個值得玩味的情節：1.李寡婦掩埋與自己無緣無故的兩個戰士的屍體，是迷信思想作怪，還是意味著其他什麼？2.尹安定的遺言有什麼意義？3.蕭瘋子為什麼扛起革命大刀、又扔掉革命大刀？4.為什麼趙月英不顧人倫嫁給侄兒？5.為什麼無知無識的苦媳婦去惡鬥恩人張愛清、而又陡然後悔痛哭？6.為什麼汪仁船放棄戰鬥而自殺？7.為什麼柯天任又恨又怕又想念柯和貴？8.為什麼羅駱駝詐騙國營企業卻不騙個體戶的錢財？他是地痞流氓嗎？9.為什麼讓尹苦海去「陰陽鏡鑒善惡」和歸宿基督教？等等等。《湖村裡的夢幻》每一個細節都值得玩味。

但是，我敢斷言：儒生和唯物辯證論者無法讀懂、讀通《湖村裡的夢幻》；還活著的專制統治者讀到《湖村裡的夢幻》，會驚嚇出一身冷汗來，頓起扼殺《湖村裡的夢幻》和迫害作家的不良之心。

我依據第一百二十回透露出的資訊，揣測「南柯人」先生另有哲學著作。先生的文章歷史使命在於：不僅要埋葬一個專制制度，而且要埋葬五千餘年的帝王專制歷史；不僅要昭雪一代人的冤情，而且要洗清千代人的沉冤；不僅要清除一群人的靈魂蒙垢，而且要剷除千百年來的惡劣思想文化垃圾和風俗習慣。這正真是一個有良知的文人的崇高責任感！

五

我說了讀《湖村裡的夢幻》的以上一些心得體會，並沒有對《湖村裡的夢幻》作出全面評估，也沒有水準挑剔出其中的瑕疵，全面評估和挑剔出瑕疵是思想家和文學評論家的事情。我之所以寫出這些讀後感，是想讓這篇短評輾轉到「南柯人」先生的手裡，使作家知道：在這個世界裡，他並不孤獨，還有知音和跟隨者；如果作家因為《湖村裡的夢幻》而遭遇不測之禍，還有人自願與他共患難，至少有人會將《湖村裡的夢幻》傳揚出去。謹以此短評獻給作家，以慰其心也！這真是：

命運相同醫術異，你創小說我論文。

假如判官勾硃筆，都是幽冥冤獄魂。

注：本文的詩詞都抄錄自《湖村裡的夢幻》

二〇〇三年十月十日初稿

二〇一〇年十二月二十五日修改

附錄：讀《湖村裡的夢幻》有感—法悟和尚

2009年10月10日

惡夢總是暗寒舍，善夢才能耀福門。不讀《湖村裡的夢幻》，今生枉做華語人。

序言

《湖村裡的夢幻》，選取一個湖村的人物故事，反映一九四九年至一九九九年中國大陸五十年的真實社會生活。

什麼是善，什麼是惡；什麼是智慧，什麼是陰謀；什麼是正氣，什麼是邪氣；什麼是中國傳統文化的精華，什麼是中國傳統文化的糟粕；什麼是歷史進步，什麼是歷史反動；什麼人是偉人英雄，什麼人是小丑地痞……中國人一直關心著、談論著這些問題，又一直認識模糊，找不到正確評判標準，甚至顛倒黑白。《湖村裡的夢幻》的旨趣就在於此。

《湖村裡的夢幻》的作者自信：只要人類社會還存在著獨裁專制，本書就具有批判現實的價值；只要人類社會還存在著善與惡的爭鬥，本書就具有弘揚人道的價值。

作者　曾用筆名：南柯人
真實姓名：柯美淮

甲戌年戊辰月辛酉日（一九九四年四月五日）始創
甲申年庚午月甲寅日（二零零四年六月四日）修改

目次

卷一

第一回　寫小說難辨是非事　生疑團易做善惡夢

這開篇第一回，作者不知所云，且從自身說起。

這年「十•一」國慶日的早晨，學校放假了。我習慣地拎起那個鼓囊囊的大帆包，走出校門，向家鄉南柯村走去。走了四、五里路，就到家了。

我一到家，妻子就向我叨嘮著許多要幹的家活。我第一次向妻子撒謊說：「寫小說能賺錢。我要利用這個『十一旅遊黃金周』寫本小說。你就別讓我幹家活了。」我那窮怕了的糟糠之妻聽說我要幹掙錢的事，就不打擾我了。

這天，萬里無雲，天空充滿金燦燦的陽光。村裡高音喇叭播出十分貼景的革命經典歌曲：「太陽哪出來呀照四方，毛主席的思想哪閃金光……」「北京的金山上光芒照四方，毛主席就是那金色的太陽，多麼溫暖，多麼慈祥……」這景，這情，真能激發無產階級作家的巨大革命創作熱情，寫出《紅XX》、《豔XX》。

吃早飯時，院牆外傳來了光棍漢柯平斌自編的歌謠聲：

毛主席，像太陽，照到那裡那裡亮。
那裡有了紅太陽，那裡人民熱得慌。
那裡有了毛主席，那裡人民餓肚腸。
鄧小平，像月亮，初一、十五不一樣。
那裡有了半圓月，那裡人民有清涼。

那裡有了鄧小平，那裡人民有油糧。

柯平斌唱著，進了我家院門，高叫：「五叔，你回來了呀，我又編了一首歌，念給你聽聽。」

他來到我面前，搖頭晃腦地吟起來：

毛澤東時代窮叮噹，地痞流氓沒錢搶；
領導幹部沒錢拿，成了惡官酷吏。
鄧小平時代有錢財，地痞流氓急急來；
領導幹部大伸手，成了貪官汙吏。
惡官酷吏是腳，貪官汙吏是手，
偉大領袖是頭，皇帝老子是祖。

我聽後，稱讚一番。他就滿足地走了。

早飯後，有點熱。我就在小院子的桃李樹蔭下擺了一桌一椅，把帆布包裡的本子擱到桌子上，放了一大堆。我坐在桌旁小椅上，思索起來。

這一大堆本子是族兄、同學、同事柯和貴送給我的。柯和貴說：「這些本子是創作一部小說的好素材。」我一直敬佩柯和貴，就把這堆本子當寶貝，背來背去，經常翻閱。這堆本子是柯和貴、柯和義、張愛清、柯天任、鄢豔、柯成蔭、高雲英、王旭元等人的日記、筆記、手稿、賬簿和一些歷年的剪報、文件之類。那些捐本人大多是南柯村人，有幾個是外地人，卻是我的同學，我都熟悉。我每讀一本，激動不已，真的產生一股創作欲。

這堆本子，所記的是個人經歷、家庭瑣碎，但反映出一個時代的社會風雲變幻；所寫的是平頭百姓、基層幹部、下層文人，但描繪了一個時代的人物精神面貌；所議的是山野村夫芻蕘之言，無祟論閎議、玄談奧理，但命意新奇，沒有官腔詐語、鑿空粲花之偽；所抒的是下人賤民粗俗之情，無豪情壯志、繾綣蜜意，但情真感實，沒有矯揉造作、無病呻吟之嫌……這本子的內容所存在的缺點是：人和事與政治牽連深密，難寫出不問政治的作品來。不過這是社會使之然。在中國現代社會生活中，雖然國人無公民權，但是，每個人、每個家庭都被逼進黨的一元化領導下的集體、團隊中，拖進不間斷的政治運動中，找不到躲進深山老林裡的私戶，尋不著隱退桃花源裏的陶淵明，看不見不受管制的和尚道士，覓不出書房閨閣裡的才子佳人……這合了亞里斯多德的一句名言：「人是政治動物。」只不過在中國，極少數人是政治主人，絕多數人是政治奴才或政治奴隸。作家要想寫中國的人物故事，就避不開寫政治生活之嫌。

我對這堆本子有了這些感觸和認識，方知柯和貴所言非虛，決定以這堆本子為素材來寫一部小說。我鋪開稿紙，提筆想寫。誰知那筆提起來容易，在紙上劃出字跡卻困難。我心中沒準兒，連題目也定不下來，開頭無處落筆，更談不上編排回目了。我這才體會到曹雪芹「披閱十載，增刪五次」的艱難，這才佩服中國現當代小說家的偉大創作天才：時時處處有靈感，筆下生花，一口氣揮灑出幾個百萬言的《三部曲》。

平時，我也寫些短篇小說，那是有感而發、有事就記的小玩藝兒。寫了不給別人看，孤芳自賞，看後就毀，不見公婆，不登大堂。有時柯和貴強行要看，看了就還給我銷毀。柯和貴說我的寫作能力比那幾個成了名作家和總編輯的同學強。可是，今日動起真格來，我服輸了：「我不行。」

「我為什麼不行呢？我的知識缺陷和難處在哪裡呢？」我疑團頓生。

我苦思冥想，終於找出了自己的主要疑團有兩個：其一，我不是大徹大悟之人，沒有辨別大是大非的能力，難以定出主題思想，也就不能很好地選材組材和謀篇佈局；其二，面對中國的廣大讀者，我難以決定寫什麼樣的作品。

先說疑團「其二」。

李漁說：「古人作文一篇，定有一篇主腦。主腦非也，即作者立言本意也。傳奇亦然。」寫小說和寫論文有不同之處，也有相同之處。寫小說，作者先有素材，再提煉出主題思想。寫論文，作者先有論題，再找論據。兩者都要有洞察社會和辨別是非的能力，定出「主腦」來。所以有人說：寫出名著的小說家，同時又是倫理學家、哲學家。

如何「立主腦」，這是個文藝理論中的重大課題，不少人寫了不少厚厚的書來論述過，所見不同。在中國現代、當代社會裡，唯有魯迅說得言簡意賅：「遵命文學。」也唯有魯迅的「遵命文學」通行，統治了中國文壇五十多年，至今還統治著。

魯迅為什麼主張「遵命文學」呢？他自己說：「諾貝爾獎賞金，梁啟超不配，我也不配。……我覺得中國實在還沒有可得諾貝爾獎賞的人，瑞典人最好不要理我們，誰也不給。倘若因為黃臉皮人，格外優待從寬，反足以長中國人的虛榮心，以為可與別國大作家比肩了，結果將很壞。」

魯迅這段話不是對諾貝爾文學獎說「不」的，而是看透了自己和中國作家的思想水準和寫作能力都低劣，不僅得諾貝爾獎金「不配」，連作者自由選擇主題思想「也不配」，只能老老實實地寫「遵命文學」。如果「以為可與別國大作家比肩了」，去自由創作，「結果將很壞」。

我是一直把魯迅當偶像崇拜的。讀書必讀魯迅，開口必言魯迅，就像每個中國人在說話或寫文之前必須背一條毛主席語錄一樣。隨著年齡和知識的增長，我心裏產生了一個「謎」：如此高尚偉大的魯迅，如此沒有一點「媚骨」的魯迅，曾和陳獨秀、胡適一起吶喊過「德先生、賽先生」的魯迅，為什麼偏偏失去獨立人格去主張「遵命文學」呢？難道僅僅是因為「不可與別國大作家比肩」而「不配」自由寫作的偉大謙虛嗎？我又不敢作非份推測：魯迅是個心懷鬼胎的政治投機商。我帶著這個「謎」去拜訪李衡權先生。

李衡權先生是跟著孫中山從辛亥革命走過來的文化老人，走到文化大革命中期消失了身影。

李老先生聽了我提出的問題笑著說：「你能提出這個問題，說明你還能獨立思考。有些人研究魯迅，鑽進圈套一輩子也出不來，還找不到正確答案。魯迅的生平和著作明明白白地擺著，用不著多作考證。只要跳出魯迅圈套，研究半年就能看清魯迅，找到謎底。」

我請老先生明示。李老先生講出一番話來：

「一個人思想觀點的形成是有一個過程的，要分出階段。研究魯迅，就要分出魯迅思想的前期和後期，不能眉毛鬍子一把抓，或者只說前期不說後期，或者只說後期不說前期。魯迅的前期以《吶喊》為代表，是一個民主鬥士；後期是《彷徨》之後的作品，魯迅就不僅僅是一個文學家，更重要的是政治家、革命家、共產主義戰士。」

「五•四時期，魯迅擁護陳獨秀、胡適的『新文化運動』，寫了一些有價值的作品，小有名氣。但是，魯迅比不上陳獨秀的創新精神，勇不如人；比不上胡適的研究學問和梁實秋的寫作能力，技不如人；始終是一個跑龍套的配角。陳獨秀與胡適發生了『主義』與『問題』的分歧，去當了蘇共扶植的共產國際遠東支部——中國共產黨的總書記。魯迅跟在陳獨秀的後面。北伐後，國共分裂，陳獨秀向史達林鬧黨權獨立，被史達林罷了總書記的職。魯迅沒人可跟了，一下子失去了政治方向。正如魯迅自己所說：『兩間餘一卒，荷戟獨彷徨。』魯迅彷徨著，尋找政治方向。如果魯迅是一個有獨立人格的真正的文學家，用不著在政治方向上彷徨，寫他的暴露文學就是了。可是，魯迅要在幾種政治勢力角鬥中尋找政治機遇，就像姜子牙、諸葛亮那樣擇主事之，進行一次政治賭博，擺脫『配角』的地位，來當主角。魯迅冷靜地分析了國內外政治勢力，認為：國民黨與遠在萬里之外的美國友好，與近在咫尺的強大比鄰蘇聯做對頭，敗績無疑；陳獨秀與已經下臺了的托洛茨基混在一起，主張中國共產黨擺脫史達林控制，放棄武裝鬥爭，搞二次革命論，肯定沒有好下場；唯有毛澤東上井崗山搞『農村包圍城市、武裝奪取政權』，才合了中國農民起義的國情，合了史達林暴力革命論，定會得到史達林的全力扶植，鬧成『槍桿子裡面出政權』。魯迅預見說：『唯有新興的無產階級才有將來，卻是的的確確的。』魯迅的政治方向『的的確確』了：投靠史達林和毛澤東；魯迅的文學主張也隨著『的的確確』了：以蘇聯文學為榜樣，從高爾基那裏『拿來』了『遵命文學』。魯迅就把筆變成了匕首、投槍，從胡適的『舊營壘裏』殺出來了，從陳獨秀的『半舊營壘裏』殺出來了，『大殺回馬槍』，向一切反對和干擾史達林、毛澤東帝王偉業的人殺去。魯迅又在大城市組織『左聯』，做盟主，與在井崗山的山大王毛澤東遙相呼應，一文一武，珠聯璧合：毛澤東搞暴力武化，魯迅搞暴力文化；毛澤東有全殲階級敵人的鐵手腕，魯迅有『痛打落水狗』的決鬥精神；毛澤東搞軍事反圍剿，魯迅搞文化反圍剿……在魯迅的雜文裡，凡是不合自己政治主張的人都當作階級敵人，遭罵挨打，連鴛鴦蝴蝶派、『第三種人』、搞『小擺設』的游閑文人也不放過。唯有日本人倖免，唯有史達林獨裁政權被稱頌為『人類之希望』，唯有毛澤東被稱頌為『足踏在地上的『中國脊樑骨』。

「當然，槍桿子強硬於筆桿子，只有握槍桿子的毛澤東為握筆桿子的魯迅蓋棺定論。毛澤東得天下了，魯迅的政治賭博贏了，魯迅就成了『文化新軍的最偉大和最英勇的旗手』，『不僅是偉大的文學家，而且是偉大的思想家、政治家和革命家。……是空前的民族英雄』，『魯迅的方向就是中華民族新文化的方向』。倘若毛澤東敗則為寇了，魯迅也就賭輸了，不但成不了偉人，反而會成為小丑。」

李老先生說話時，情緒沉穩，聲氣平緩。我這聽話人卻似屋頂上掉下了一根火線，落到頭上，觸得全身痙攣，心跳怦怦，實在不敢相信自己的耳朵。

李老先生的話匣打開了，喝了兩口開水，繼續說：

「其實，『遵命文學』發明者是高爾基，魯迅只發明了『拿來主義』。魯迅說：『沒有拿來的，人不能自成為新人；沒有拿來的，文藝不能自成為新文藝。』『俄國文學是我們的導師和朋友。』俄國階級文學的奠基人是高爾基。高爾基說：『文學家是階級的喉舌和耳目。』魯迅就意譯為：『無產者就因為是無產階級，所以要做無產文學。』由此看來，魯迅是不能與高爾基『比肩』的。高爾基有『遵命文學』的發明專利權，創作出《母親》那樣的長篇小說；魯迅只是『拿來』，拾人牙慧，只有一篇中篇小說《阿Q正傳》。高爾基的文學活動是為本民族、本國政府服務，無愧於『俄羅斯民族魂』、『愛國主義者』稱號。而魯迅的文學活動是為史達林和史達林扶植的毛澤東服務，顛覆當時的民國政權，其罪行遠比五七年的大右派大百倍，定個『俄奴』、『賣國賊』、『漢奸』、『民族敗類』的罪名，判個死刑，是不過分的。但是，當時的國民政府真窩囊，容忍魯迅亂說亂動，還允許在魯迅的棺木上覆蓋『民族魂』的布條。倘若蔣介石像毛澤東一樣，恐怕魯迅就不魯迅了。當然，魯迅也有高於高爾基的方面：高爾基有資產階級的人性，『有時跟隨不上革命的形勢』，同情受打擊的富農，對黨內殘酷鬥爭感到困惑，有『變節行為』；魯迅則是『站在革命前沿的猛士』，毫無資產階級的人性，連阿Q也毫不憐憫，至死也『不寬恕』對手，具有無產階級的『徹底戰鬥精神』。

「現在有人說：『如果魯迅活到一九五七年肯定是個大右派。』這是不懂魯迅的人說的幼稚無知的話。魯迅可不是吳祖光、胡風、章伯鈞、費孝通、白樺、彭子岡（女），更不是王實味、羅隆基、儲安平、林昭（女）、譚惕吾（女）、劉賓雁、王若望。魯迅的本性不是引蛇出洞的『蛇』，而是緊跟毛澤東的打蛇人。魯迅的政治嗅覺靈敏得很，迴避政治風險的能力強得很，權衡利弊的法術高得很，絕不會把贏來的巨大名利作賭注，去說一兩句有利於『阿Q』的憤滿的右派言論，將自己一生跟黨走的偉大英名毀於一旦。

「剖析了這些，魯迅的心跡就顯露出來了，謎底被猜破了：主張『遵命文學』、為文學是假，為個人政治前途是真。你再不會相信魯迅用來掩飾自己心跡的許多『墨寫的謊言』，正如你不相信毛澤東用來掩蓋自己政治陰謀的那些『為人民服務』的漂亮話那樣。值得悲哀的是：中國現當代文人的精神支柱——魯迅精神，沒有中國的善根，是靠槍炮監獄維護著的。

「魯迅認為中華民族的劣根性是小人阿Q精神。這就說反了，其實中華民族的劣根性是君子士大夫精神，即現代的魯迅精神本身。

「你絕莫在研究魯迅上白花心血和時間，幹你應該幹的事去。」

李衡權老先生一席話，震撼了我的心靈，震碎了我心中的魯迅偶像。後來，我去查看「左聯」時代的史料，證實了李衡權先生所說不假。

那時，凡是寫「遵命文學」的「左聯」大作家，為文學、為救國救民是假，為個人的政治前途而搞政治投機是真。譬如，茅盾寫《子夜》，不是為了文學，而是為了「回答託派：中國並沒有走向發展資本主義道路，中國在帝國主義壓迫下，是更加殖民地化了（茅盾話）」。一些在梁實秋、徐志摩那邊出不了名的作家，都來投靠「左聯」，跟著魯迅學寫「遵命文學」，後來名利雙收。一些有英雄理想主義的青年學生，在國統區「大米白麵反饑餓」，不夠刺激，就跑到解放區去「小米窩頭扭秧歌」，學保爾‧柯察金，既當革命英雄，又成了革命作家。當然，在延安冤死的人也不少。到了毛澤東《文藝講話》出來，「命」更明確了，「遵」者只需圖解《講話》就行了。到了毛澤東坐龍庭了，大陸作家都「左翼」了，不用像魯迅那樣遙相遵命了，而是跪在殿前，耳提面命，唯命是從。姚雪垠先生受毛澤東支持寫了《李自成》，曹禺先生遵周恩來遺囑寫了《王昭君》。其他人更不必說了，爭相去附共產黨那張「皮」。由於「毛」多，難免為所附的地位發生磨擦，互殘互殺，但都是「窩裡鬥」，無甚正義與非正義之分。中國文壇那種「萬馬齊喑」的景觀，曾使有人激憤地說：「中國現當代文壇上沒有小說家，只有文化政客。」說這話的人偏激了。寫「遵命文學」的人也是作家，並且有些人語言和藝術功底很深厚。當然他們也都是文化政客。只有王實味、白樺、劉賓雁等輩，不願做文化政客，想保持獨立人格，為文學寫些東西，卻被殺、被監、被逐。

在魯迅死後，直到文化大革命，中國文壇沒有出現過「遵命文學」的「最偉大的和最英勇的旗手」。儘管郭沫若、茅盾、周揚、巴金等人位高權重，名滿天下，但在文藝理論上無所建樹，只知道抬出魯迅這尊石福神（凶神）來恫嚇青年人，搬出魯迅這座雷鋒塔來壓迫「白娘子」。郭沫若當了院長後，做「洗腦」英雄去了，把自己最輝煌時期罵了個狗血淋頭。茅盾先生則一心一意去數稿費，搞「茅盾文學獎」去了，相信沒有人能超過《子夜》的水準。所以，能接魯迅的班來扛「遵命文學」大旗的「最偉大和最英勇的旗手」，非江青莫屬了。

江青在「遵命文學」理論和實踐上，全面地、創造性地繼承、捍衛、發展了魯迅。魯迅主張寫「鐵的人物和血的戰鬥」，江青發展為「塑造高大完美的無產階級英雄形象」；魯迅把筆變為匕首、投槍去殺人，江青發展為「點」、「批」、「橫掃」；魯迅「痛打落水狗」，至死不寬恕對手，江青發展為揪、批、鬥、關、殺，不漏網一個對手；魯迅發明了雜文，江青發明了「革命樣板戲」；魯迅罵，江青打，……試問，江青的文藝理論和文藝鬥爭手法，有哪一樣不是從魯迅那裏「拿來」又加以發展的呢？只不過時代變了，出現了新情況，階級陣線變了，鬥爭對象也變了，被江青「點」進《點鬼冊》裡的牛鬼蛇神卻是魯迅麾下寫「遵命文學」的幹將功臣。那些幹將功臣們也實在令人可惡，自以為是魯迅麾下的老臣，居功自傲，「長足了」「虛榮心」，動不動把與他們不和或他們看不順眼的作家指責為「牛鬼蛇神」，當「落水狗」「痛打」，把中國文壇弄得「結果將很壞」，實在應該「點」一「點」、「掃」一「掃」，讓他們也當一回「牛鬼蛇神」，嘗嘗「匕首」、「投槍」射到皮肉的痛苦滋味。江青實在是厲害，咬得郭老夾起尾巴，咬得巴老龜縮在洞裡。後來，郭老起水了，就翹起尾巴、昂頭高吠：「大快人心事，打倒四人幫……」巴老也吠聲汪汪出《隨想錄》來。實在是「大快人心事」，一個窩裏的「遵命文學」的狗又吠又咬，都受了傷，好不熱鬧！右派文人應該拍手稱快！

江青無愧「文化大革命的偉大旗手」，把「遵命文學」發展到了頂峰，比魯迅高強多了，有骨氣多了。魯迅從外國人手裏「拿來」，仰高爾基鼻息，是「東方的高爾基」。江青從中國人手裡拿來，使外國人伊文思仰中國人鼻息，叫起「媽媽」來。伊文思在西方出不了名，跑到中國來獵奇。他在周恩來設計下，「遵命」攝下了大型記錄片《愚公移山》，把血腥愚昧的文化大革命的中國，拍成了世外桃源般的神話的共產主義天堂，使自己像斯諾、史沫萊特一樣大名鼎鼎了。晚年的伊文思在《風的故事》裡，把童年的伊文思和老年的伊文思攝在一起，感激涕零地高喊：「媽媽，我的中國！」同樣一個西方攝影師安東尼奧尼到中國來拍攝文化大革命記錄片，沒有「遵命」，被驅逐出境，罵為「帝國主義文化間諜」。這「遵命文學」真是神了，把人變成鬼，把鬼變成人。

江青在政治上失敗了，但在文藝理論上沒有失敗，「遵命文學」至今統治著中國文壇。即使後來出現了所謂「傷疤文學」、「反思文學」，還是羞羞答答的「遵命文學」。那些被江青咬傷又慷復了的幹將功臣以及他們的信徒們，敢批江青，但是敢批毛澤東的《文藝講話》嗎？敢批魯迅的「遵命文學」嗎？敢不寫「遵命文學」嗎？

二十世紀八十年代後，從「傷痕文學」、「反思文學」到二十一世紀初，中國文學作品在內容上有所拓寬。但是，不但沒有突破「遵命文學」，並且破了漢語語法修辭規則，語言功底越來越薄弱，使漢語文學創作出現了危機。敢破漢語語法修辭規則的，當然首先是聖上。「總設計師」鄧小平首創了「發展是硬道理」。這句的「發展」作名詞用就是一個概念。但是，「發展」是表示事物運動變化的可感覺到的不穩定勢態，只能作描述，而不允許定義為概念，「發展」不是原理。比如：病態和健康。如果「病情惡化」，可以說病態在發展，健康在萎縮；如果病情好轉，可以說病態在萎縮，健康在發展。考察事物運動變化是有角度的，「發展」是有歧義的。根據唯物辯證法的原理，與之對立的當然就有了「軟道理」。這裡的「發展」在邏輯上犯了「不能定義」的錯誤。按漢語語法修辭規則是犯了「修飾不當」的毛病，應該是一個病句。可是，因為說話人權勢大，這個病句成了一條「真理」，一時間，大街小巷都高懸起這句話。「發展是硬道理」這個病句的金色條幅在神州大地隨處可見。有誰敢說「總設計師」不懂邏輯、修飾不當而應該扣分呢？這真是：槍桿子硬過筆桿子，金口禦言破了金科玉律。你文人約定俗成的漢語語法修辭管屁用！於是，中國作家緊步「總設計師」的後塵，揚塵滾滾：「他緊鎖眉宇，**沉溺**起來」，「**意志集中**於手中農活」，「遠去的記憶**微冷**」……像《白鹿原》這類病句，在報刊、書本、電視劇上比比皆是。有位被抄作起來的女孩子作家在中央電視《講述》欄目中公然宣稱要學魯迅造字，把自己不喜歡的「娓娓動聽」改為「偉偉動聽」。被列入大學文科生必讀的現代兩部偉大作品之一的《白鹿原》，開篇第一句是：「白嘉軒後來引以為**豪壯**的是一生裡娶過七房女人。」接著是：「他在完全無**知完**全慌亂中度過新婚，留下永遠羞於**向人道及**的可笑的**傻樣子**，而自己卻**永生**難以忘記。」至於標點符號，更是不屑一顧，隨心所欲就是了。《白鹿原》中有這樣的句子：「整過後晌，他都是精力充**沛意**志集中於手中農活，往往逼得比他年輕的長工鹿三氣喘**吁汗**流浹**背也**不敢有片刻的怠慢。」這種文字語言現象，真令活著的浩然冷笑，九泉之下的馬建忠、陳望道、葉聖陶蒙羞。有位中學語文老教師悲鳴：「語言垃圾！語言垃圾！中國的垃圾本來就多，現在又增加了一大堆語言垃圾！」還有位中學語文老教師憤慨起來：「中國作家不敢破『四項基本原則』，不敢破英文語法，卻敢大破漢語語法。壯哉乎？哀哉乎？」是的，破「四項基本原則」，要坐牢；破外文語法或敢向英文語法「說『不』」，考試就扣分，升不了學，更甭想出國留洋。唯有漢語語法修辭規則，是中國文人約定俗成的，是中國「資產階級知識份子」制定的，破了，對己無損，說不定還會成為「解放思想，改革開放」的英雄哩！

可憐，中國現代漢語語法修辭規則，本來成形、成系統較晚，卻遭此厄運。中國古文沒有系統的語法修辭專著，靠先生言傳身教。可是古文作者極講究語法修辭規則，不然，考試就中不了秀才，更沒想走通「仕途之路」。到了清末有《馬氏文通》，到了民國初有《修辭學發凡》，後來又有葉聖陶等語言大師的努力，中國文人才有了自己的系統的規範化的語法修辭，語文教學才有法可依，作家才有章可循。在二十世紀五、六十年代出現了一批語言功底深厚的寫「遵命文學」的作家，如楊益言、王願堅、浩然、柳青等。所謂語言功底，首先必須遵守和熟悉語法修辭規則，然後自如地熟練地運用語言藝術。當然，任何大作家都難免有些句子不通順的現象。但是，如果連語法修辭規則也不懂，語句不通順，用詞不恰當，標點混亂，比附荒唐，怎能發表作品呢？怎能成為作家呢？用這個標準來衡量，二十世紀八十年代後，沒有一部語言規範化的作品，沒有一位嚴肅作家，中國人真的只能讀一部小說《豔陽天》和演出八部「樣板戲」。中國文藝界亂套了！為了救救漢語語法修辭規則，但願中國教育界不要亂套，嚴肅地選擇語文教材，只選《多收了三五鬥》、《普通勞動者》、《紅岩》、《創業史》、《豔陽天》和古文入教材，莫選二十世紀八十年代後的作品入教材，讓它空白起來。否則，現代漢語無根基了，現代漢語文學創作被劣汰了。

結論是：中國文學的出路，要刨掉「遵命文學」那棵大樹，維護作家的獨立人格，維護漢語語法修辭規則的嚴肅性。

由此看來，中國現當代文藝理論沒有消釋我的疑團「其一」。因為：第一，在文學創作上，我還是個「童心未泯，乳臭未乾」的小子，懂不透「遵命文學」那大的政治課題，特別害怕看見「鐵的人物和血的戰鬥」；第二，「遵命文學」要求遵照聖旨寫奏摺小說，那就要有急功近利的政治權謀和揣摩聖上喜怒哀樂的高深心理學問，我「不配」。所以我只好遠離「遵命文學」，去向中國古人求教。

胡適在評中國古典小說時說：「小說好的只不過三、四部，三、四部中還有許多疵病……若從材料一方面看來，中國文學更沒有做模範的價值。」儘管如此，我卻是從讀中國古典小說才愛好文學的。十二歲在小學三年級時就讀《三言》、《二拍》、《水滸傳》。後來讀到沒法借了，就反覆讀那三、四部好的。現在請教起來就很方便。

《三國演義》、《水滸傳》以及其他的演義、俠義小說，從主題思想和材料看，都可歸為一類：

忠義小說。當然包含了「孝」、「節」內容。與忠義相反是奸逆。忠的典型有諸葛亮、宋江，義的典型有關羽、李逵，奸的典型有曹操、高俅，逆的典型有魏延、方臘。黑臉、白臉、小生、小丑，涇渭分明。由於所描寫的英雄好漢和惡鬥場面太多，也雷同，我記不得許多。而那些有關忠義描繪很生動、又創傷了我幼小心靈的細節，至今如畫一般浮現在眼前。

《三國演義》第十九回有一節：「一日，到一家投宿……乃獵戶劉安也。當下劉安……乃殺其妻，以食之。玄德曰：『此何肉也？』安曰：『乃狼肉也。』玄德不疑乃飽食一頓。天晚就宿。至曉將去往後院取馬，忽見一婦人殺於廚下，臂上肉已都割去。玄德驚問，方知昨晚食者，乃其妻之肉也。……劉安告玄德曰：『本欲相隨使君，因老母在堂，未敢遠行。』玄德稱謝而別。」

羅貫中選劉安入書，目的明確：劉安的忠孝，沒有政治動機，是無知草民從小所習染的傳統忠義思想，是樸素的、單純的、真實的忠孝節義。我讀這一節時只有十四歲，天性裡沒有傳統忠義的遺傳基因，並且保持了天生的善心，因此讀時毛骨悚然，至今仍然心驚肉跳，為那「其妻」悲泣，為那劉安悲哀。

《三國演義》第一百一十八回有一節，寫劉禪降魏，其子北地王劉諶忠烈，「要自殺。劉諶妻崔夫人曰：『賢哉！賢哉！得其死矣！得其死矣！妾請先死，王死未遲。』言訖，觸而死。諶乃自殺其三子，並割妻頭，提昭烈廟中……大哭一場，眼流血，自刎而死。」羅貫中寫到此處，情緒激動，寫詩贊曰：「君臣甘屈膝，一子獨悲傷。去矣西川事，雄載北地王！捐身酬烈祖，搔首泣穹蒼。凜凜人如在，誰云漢已亡！」

這一節真是羅貫中的得意筆墨，「忠孝節義」可謂全也。而我讀了這一節，嚇得魂不附體，做了幾夜惡夢，夢見母親觸柱，父親拿著明晃晃的大刀割我和哥哥的頭，去關帝廟祭神。

羅貫中為了歌頌愚忠精神，虛構了第九十三回「武鄉侯罵死王朗」。按儒家傳統忠義思想，只忠明君，不忠昏君，改朝換代，天數如此。當時的政治局勢，劉氏天下天數已盡，曹氏具有改革精神，應取而代之。王朗改忠劉為忠曹，算是知天命、識時務的朝廷內改革大臣。諸葛亮抱殘守缺，忠於昏君劉禪，實屬於逆天命、抗改革的腐朽頑固的保守派。在陣頭對講中，王朗從利國利民出發，理直氣壯，論點新穎，論據充足，態度溫和高雅，以理說人。諸葛亮從個人知遇出發，強詞奪理，論點陳腐，論據虛擬，態度氣急敗壞，破口大罵。應該是諸葛亮氣死車下，羅貫中卻讓王朗氣死馬下。這不是是非混淆、黑白顛倒嗎？可見那「忠」，使智慧化身的諸葛亮也愚蠢了，使文學天才羅貫中也昏庸了。

《水滸傳》中有關忠義的細節描寫尤其多，如宋江殺惜，武松殺嫂，楊雄殺妻，李逵殺嬰，宋江怕壞了「忠」的名節先毒死李逵，再自服毒，吳用、花榮為了「義」去宋江墳頭自縊……

我時時想起那些忠義細節的描寫，望著母親、妻子、兒女，發呆流淚。我暗自慶幸我的父親不是劉安、劉諶，我們才安全活著。我擔心我的女兒嫁給「雄哉」的英雄好漢們，教育我的兒子不要去做「雄哉」的英雄好漢，也不要去與那些「雄哉」的英雄好漢做朋友，免得被「義」毒死。我特別害怕的是劉安那樸素的忠孝節義思想，偏偏地，劉安的樸素的「忠」傳下來了，改名為「樸素的無產階級感情」，在內容上沒有了「孝節義」，留下一個單純的「忠」。於是，造就了千萬個劉安一樣的共產黨員、共青團員、土改根子、革命積極份子、左派革命者、民族英雄，唱出了「天大地大不如黨的恩情大，爹親娘親不如毛主席親」的歌聲來，幹出許多殺父、殺妻、殺夫、虐善的革命壯舉來。劉安的「忠」，到了文化大革命發展為「三忠於」、「四無限」。

可悲的是，在二十世紀末、二十一世紀初，中國的歌頌帝王的電視劇又把「忠義」思想推向一個新高潮，以電視劇《三國演義》、《水滸傳》為最烈。為了突出「忠義」思想主題，每出現「忠義」人物，就有特寫鏡頭，配有頌詞歌唱。編導者為了吸引觀眾，讓觀眾繼承和發揚「忠義」思想，不惜拍出無數個恐怖鏡頭：刺刀刺破胸膛，石頭砸碎腦殼，血淋淋的人頭在地上滾，還安放在桌子上……現在的編導者比羅貫中、施耐庵的忠義思想強烈百倍。羅貫中在《三國演義》的卷首引用楊慎的《臨江仙》，在卷末則發出「鼎足三分已成夢，後人憑弔空牢騷」的悲歎。而現在的編導者和詞人則一心一意地去歌頌和弘揚「忠義」思想。

我們不妨來比較一下楊慎和王健的詞吧。楊慎說：「滾滾長江東逝水，浪花淘盡英雄。」歷史的潮流會淘盡忠義英雄，只要我們不去紀念和宣傳，忠義英雄隨「逝水」而無蹤無影了。王健說：「歲月呀，你帶不走那一串串熟悉的姓名」，「眼前飛揚著一個個鮮活的面容」。忠義英雄不死，英名千古。你看現在的元帥大將不是繼承忠義英雄而成了一代偉人嗎？我們至今還在緬懷和傳揚他們。楊慎說：「是非成敗轉頭空。青山依舊在，幾度夕陽紅。」什麼忠義英雄、帝王偉業，轉頭就沒了，空了，只有那天地美好永存。王健說：「歷史的上空閃著幾顆星」，「長江有意化作淚，長江有情起歌聲」。忠義英雄，帝王偉業與日月同輝，驚天動地，連沒有生命的長江也有生命了，有感情了。你看毛主席不是成了紅太陽嗎？不是「天大地大沒有黨的恩情大」嗎？楊慎說：「白髮漁樵江渚上，慣看秋月春風。」做常人吧，在美好和諧的大地上過常人生活吧，不要去做打打殺殺的忠義英雄，不要去創造殘酷專制的帝王偉業。王健說：「湮沒了黃塵古道，荒蕪了烽火邊城」，「人間一股英雄氣在馳騁縱橫」。做忠義英雄吧，去打吧，去殺吧，雖然湮沒了古道，荒蕪了邊城，但留下了一股英雄氣在馳騁縱橫。有道是：「江山如此多嬌，引無數英雄竟折腰。」不做忠義英雄，不打江山，就會成為碌碌無為的「白髮漁樵」，白活了！楊慎說：「一壺濁灑喜相逢。古今多少事，都付笑談中。」常人呀，快活地過日子吧，不要去為忠義英雄們感慨歌頌，把忠義英雄們的殺來殺去當作笑料說說。王健說：盛衰豈無憑」，「離合總關情」，「擔當生前事，何計身後評」。怎能對英雄不恭敬？怎能把帝王偉業當兒戲笑料？盛衰是有深刻道理的，離合是有深厚情緣的。忠義英雄們，把你把生前的帝王偉業擔當起來，不要去理睬那些平庸之輩的非議和譏笑，「俱往矣，數風流人物，還看今朝！」片尾主題歌並不能抒完王健先生的忠義思想和對忠義英雄們的崇敬之情，每出現一個忠義人物，都要高聲吟唱一詞。從王健的整個詞來看，王健先生並不是為了討好官方才發出阿諛嗎嗎之頌聲，而是發自本性的樸素的劉安似的忠義之情。這就令人悲哀了。我每聽一詞就渾身肉麻，內心悲苦，羞愧無言。五百年前的古人楊慎居然比五百年後的今人王健豁達、開明、進步、文明，五百年後的今人王健居然散發出五百年前的古人楊慎不曾有的帝王腐屍氣息。能不令人悲苦羞愧嗎？論文學才華，王健先生和楊慎可以媲美，那思想為什麼比楊慎陳腐呢？難道是因為今日的毛澤東停屍房是巨大的秦始皇墓陵裡的一個套間嗎？如此有閱歷、有才華、有高知識水準的王健先生況且如此，那就難怪庸俗的作家和編導者了，也不能怪青年大學生有一股忠義英雄氣了，更不能怪貧窮得受不起高等教育的今日千千萬萬的劉安高喊「萬壽無疆」了。

這忠義思想真是無孔不入，居然滲入到中國的自然科學界。中國的大科學家錢學森先生就只有「忠君之心」，而無「愛民之心」。在高產放衛星時，麻城水稻畝產三萬六千斤，環江水稻畝產十三萬斤。郭沫若不懂，寫了頌詞。錢學森應該懂：不可能。可是，偏偏就是這個錢學森，在1958年6月16日在《人民日報》上發表文章：「今後畝產糧食可達四萬斤。」並且從陽光、土壤等方面進行科學論證。第二天，即1958年6月17日，毛澤東根據錢學森的科學論斷指示薄一波等人說：「超過英國不是15年，也不是十年，只需兩到三年。」錢學森的「科學」推動了「三面紅旗運動」，帶來了三年大饑荒。在饑荸遍野時，如果錢學森的有點人民性，應該上奏毛澤東：暫緩兩彈實驗，用錢去買糧救荒。可是，錢學森偏偏只忠君，上奏加緊兩彈實驗。結果，「兩彈」帶著四千多萬餓死的農民冤魂升天了。真令人悲哀和羞愧：蘇聯的導彈之父薩哈羅夫為了救一個作家，敢直腰硬項向史達林爭辯；我國的導彈之父錢學森為了自己穩坐尚書椅，只能向毛澤東五首投地，獻媚取寵。還有一個科學家叫何祚庥。何祚庥既然是科學家，應該懂得科學與宗教是兩個不同的領域、不同的概念，無需去論證 XXX 宗教是科學、還是偽科學。再說，你只管搞你的自然科學就是了，政治和宗教關你屁事。何祚庥在科學上沒什麼成就，就忠君雄心勃發，想在政治上撈一把。他就用科學來論證法輪功是偽科學，是邪教，給「主公」鎮壓法輪功提供科學根據，用成千上萬的老太婆的生命換來了自己的功名、地位、金錢。難道何祚麻那一丁點兒科普知識真的萬能、能驗證「天上無神」和法論功、氣功、地理風水是偽科學嗎？如果能，那麼何祚麻的科學知識就高過了牛頓、愛因斯坦。因為牛頓、愛因斯坦不能用科學實驗驗證天上無神，只好去信仰上帝。如果不能，那麼何祚麻的科學就不是牛頓、愛因思坦的那種科學，而是另一種科學：馬列主義唯物無神論或者忠君科學。馬克思、恩格斯並不是自然科學家，也沒有用科學實驗的方法去證明「天上無神」，只是在哲學本體論上主張「唯物無神論」，屬於一個哲學派別。列寧、史達林、毛澤東也不是自然科學家和哲學家，而是政治家、軍事家，宣傳「唯物無神論」是玩弄政治權術，為打天下、坐天下而用。如果何祚麻只用馬列主義的唯物無神論來論證法輪功是反對「四項基本原則」的，犯有「顛覆國家政權罪」，那就稱得上是哲學上的一個派別言論，沒有玷污自然科學。可是，何祚麻偏偏用自然科學來驗證法論功是偽科學，是邪教，那就玷污了自然科學，是荒謬絕倫的。何祚麻的科學「三不像」中只有一像：忠君科學。看來，這「忠義」思想真是萬能，能造就出何祚麻這種科學家來。

「忠義」思想的確厲害，連孫中山也奈何不得，只好說：把「忠君」改為「忠於國民」。但是，中國人一聽到「忠」字，就只知道忠君、忠主子。中國人還把忠奸當作評判是非善惡的唯一標準。

我有個同事對此感慨不已，寫了首詞云：

天下重忠奸，萬民遭塗炭。忠君民何益？逆君民何害？
諸葛六出祁山兵，蜀民死傷千百萬。秦檜和金建南宋，民安一百五十載。
忠，是爭權，是獨裁；奸，亦爭權，亦獨裁。
忠奸輪回無休止，人權民主何日來？

所以，我認為：一部《三國演義》的忠義是歌頌上層人物皇帝、元帥、軍師、將軍的血腥戰爭史，一部《水滸傳》的忠義是歌頌下層人物地痞流氓、綠林好漢的血腥廝殺史。送死的都是老百姓，遭殃的都是老百姓。實在在材料上「沒有做模範的價值」。

《西遊記》的作者吳承恩，看上去信口開河，筆走龍蛇，其實心裏緊緊地把握住「忠義」這根準繩，讓孫悟空像宋江一樣大鬧一陣，再讓如來佛來收其猴心，招安入佛，為大治建功立業，以成正果。可見中國小說家實在難跳脫「忠義」的窠臼。如果讓中國人去寫魯賓遜，一定會有呂洞賓、濟公的影子；去寫奧特曼，一定會有哪吒、孫悟空的影子。

《金瓶梅》、《紅樓夢》則反儒家的忠義而為之，獨闢蹊徑。

笑笑生、曹雪芹都是悟道之人。兩人都生活在帝王專制社會和深受儒家「忠孝節義」惡理惡習的毒害。兩人都悟出了天道、人道：「天之道利而不害，人之道為而弗爭」，「天之道，損與餘而益不足；人之道則不然，損不足而奉與餘」，「人法地，地法天，天法道，道法自然」（老子語）；以及「奇哉！奇哉！天下眾生皆具如來智慧德相，只因妄想執著而不能征得，若離妄想，則無漏智、自然智即現眼前」（釋迦牟尼語）。兩人「曾歷過一番夢幻」，在靈魂上清除了「忠孝節義」的蒙垢而「通靈」後，恢復了天生的善心和自然智慧，即都「走過了長夜，走過了坎坷，走進了曙色」（《走向共和》主題歌）。兩人都能居高臨下，看透了儒家那「忠孝節義」的偽善和帝王專制社會的險惡，並且充滿了憤恨。兩人都看清了臣民是奴才和奴隸，而女人則是最底層的奴婢。兩人都決定寫小說來揭露帝王專制社會的醜惡和抨擊儒家「忠孝節義」的偽善。兩人都知道在「文字獄」裡，直說直抒會招來殺身之禍，就只好曲筆描繪，虛與委蛇，來言性言情。兩人都做同一項工作：在忠義大樹下斜挖洞，深到底部，刨除根系，讓其枯竭而死。兩人雖在不同朝代，卻似孿生兄弟，都敬阮籍，一個「彈阮」、「抱阮」，一個「夢阮」；一個裝黑臉，專寫惡寫淫，盡露忠義之醜惡；一個裝白臉，專寫善寫愛，摒棄那忠義之醜惡。兩人都有

「一副菩薩心腸」，「一腔憤世熱血」：一個是「滿肚皮子倡狂之淚，沒處淋浴，故以《金瓶梅》為大哭也」；一個是「一把辛酸淚」無處泣訴，化作《紅樓夢》為大慟也。兩支筆，以藥世症，直刺帝王專制之暴，盡顯儒家「忠孝節義」之偽。這正如網友「全冉粉」所說：「《金瓶梅》是嵇康寫的，《紅樓夢》是阮籍寫的，不信拉倒。」

蘭陵笑笑生，強壓悲憤於心底，佯裝嘻嘻哈哈，輕描淡寫，男奸女淫，煞是快樂。然而，妻妾撒嬌賣俏，妒恨鬥仇，為的是爭寵和盡忠主人西門慶。丫環殷勤迎笑，嘔氣伴嘴，為的是各為其主。那「忠」，是忠惡，是忠暴，是忠淫。西門慶、應伯爵九人去玉皇廟「熱結」「桃園義」，狐朋狗黨，狼狽為奸，無惡不作。那「義」，是毒人之鴆。全書主角，無一好人，無一好死。單存一個配角韓愛姐尚存一絲人味，一點真情，以不絕人之本性也。作者開篇自云：「只這財色酒氣四件中，唯財色二字更為利害。」彷彿《金瓶梅》的主腦是寫財色。此說乃作者欺世瞞人之術也，非本書主腦。作者甚怕心底之情漏冒，招來殺身滅族之禍，故弄此玄虛。以致後世評《金瓶梅》者被瞞住的多，或者只停留在情感層面，或者大放厥詞，謬種流傳。其實，細細推之，擁有財色最多的是皇帝，是滿口「忠義」的君子官僚。西門慶不爭個提刑千戶，不與知縣、都監、守備、總兵、公公、太師勾結，哪有許多錢財和妻妾丫環？哪能縱欲縱惡呢？

曹雪芹，透視了「忠孝節義」的偽善，悟徹了天性真情的美好，卻只能忍抑悲憤，將「真事隱去」，用「假語村言」敷衍出「幾個女子」的故事來。「這幾個女子」，個個如花似玉，聰明伶俐，千種風流，煞是可愛。即便是機關百出的「鳳辣子」，也是「丹唇未啟笑先聞」的大美人，無可憎可惡的面目。賈母面露慈祥，心存疼愛，並非黑臉昏君；賈政酷愛詩書，為人正派，亦非花臉奸佞。全書無忠義英雄，無奸逆小人。有個忠義焦大，卻是粗俗不堪。那房舍庭院環景，也是美妙溫馨，全是贊詠文字。實在撇開了「或訕謗君相，或貶人妻女」的「一轍」、「一套」之嫌。然而，拿那「風月寶鑑」一照，正反鮮明。正面，美景遂人心願，誘壞良家子弟；反面，一具骷髏，令人驚駭，醒人迷誤。實則告訴人們，那社會的正面「淫穢汙臭」，醜惡橫行，濁水橫流，美善毀滅，人性泯滅。賈雨村當了知府就忘恩負義，賈政為了忠君耀祖忘了親情，賈母為了維護家族心如蛇蠍，鳳姐為了錢財草菅人命，甄寶玉「洞達事理」「成了祿蠹」，薛寶釵為了取寵滿口「混帳話」，少女成了嫂子就混濁了，少女保持天性就沒有善終……種種醜惡，根源何在？並非賈母一人之昏，非鳳姐一人之錯，非賈政一人之過，乃是忠義的男權君王專制社會的大廈建構不合天理人性。那忠義大廈應該「忽喇喇傾倒」。但這些壓在心底的看法和話語，曹雪芹不敢淋漓吐出，卻要反覆掩飾。所以作者開篇自云：「作者本意原為記述當日閨友閨情，並非怨過罵時之書矣。雖一時有涉於世態，然亦不得不敘者，但非其本旨耳，閱者切記之。」此話乃笑笑生瞞人之故技，並非本書主腦。以至作者內心痛苦，發出怨歎：「都云作者癡，誰解其中味。」後世果然被瞞住，「難解其中味」，評《紅樓夢》時，亦多謬論。

笑笑生揭露了男權君王專制社會的儒家的忠義思想製造出的惡人惡事，但如何根除那忠義思想和惡人惡事呢？笑笑生就依靠佛教教理，請出了普淨和尚，把死去的西門慶陰魂度化為來世的「孝男」，並且在輪迴的來世裡把善惡報應重演一回。這就會使今世和來世的西門慶們更相信及時行樂而去縱淫縱惡了，使今世和來世的善人只有悲歎無奈了。

曹雪芹哭訴了男權君王專制社會的忠義思想毀滅了人的天性真情，但是，如何根除忠義思想和如何維護天性真情呢？曹雪芹依靠佛教和道教教理，也去請來一僧一道，把林黛玉等人的靈魂接到佛教「太虛幻境即是真如福地」和道教「大荒山無稽崖青埂峰」仙境裡去安慰，引導柳湘蓮、賈寶玉去做道士和和尚。這使人感到虛無渺茫，還不如去作甄寶玉和薛寶釵。

兩位作者都想用佛教和道教來抗衡堅固而龐大的儒家的忠義思想體系，那是不可能的。其實佛教在明末清初時已融入到儒家的「忠孝節義」中去了，成了中國最大的儒家附庸淨土宗。道教已經被權貴利用而演變成弄神弄鬼的迷信。這樣，就削弱了人物形象的感染力，降低了作品的思想價值。曹雪芹把林黛玉和賈寶玉塑造得那樣軟弱無力，只知流淚，只知遁隱，不知表白，不知抗爭，只等賈母賜婚，只令人同情，不使人感奮。這就比不上梁山伯和祝英台、杜麗娘和柳夢梅、羅密歐和茱麗葉、冉阿讓和珂賽特、葉赫留朵夫和瑪絲洛娃那種震撼讀者心靈的力量了。再者，兩位作者過於膽小慎微，將真事真情隱去太深遠，瞞人之術太高超，使得後之讀者不知真面目，專揀調情性交情節閱讀，當作淫書，造成了「酒醉雷公」，「書不誤而人自誤」的現象。這樣，就使作品缺乏控訴力和批判力。僅僅這些疵病，就「沒有做模範的價值」。

也許有人會說：「不能苛求於古人。」笑笑生是明朝人，且不說（其實元朝人關漢卿和明朝人湯顯祖思想境界已經高於笑笑生和曹雪芹）。而曹雪芹是與盧梭同時代的，不能不苛求。

在曹雪芹之前，西歐發生了文藝復興、尼德蘭革命，東印度在鄰，洛克、莎士比亞名聲遠揚。在中國，竇瑪利早來傳教，已有洋教堂，江南織造有洋人來做生意和傳授染色技術，十三行已開放，徐光啟、王錫南、李卓吾已有名聲。在曹雪芹之後不久就出了龔自珍。身居京城、專獵異端邪說的曹雪芹，對上述事件和人物、思想應該有所聞。如果曹雪芹找到了基督教和民主思想，與老子的「民四自」（民自化，民自正，民自富，民自樸）的思想相互融合，提煉主題思想，定不會讓賈雨村用「易經」的「陰陽氣論」來演說榮國府，也不會讓甄士隱用「色空」去解說《好了歌》，定會用「上帝論」說：「在上帝面前，人有原罪，人人平等、自由、博愛。」這就能抗衡和清除忠義思想了，《紅樓夢》的開頭和整個選材就會有所改變。

可惜，曹雪芹在哲學和道德倫理上，偏執於佛教的「空」和道教的「無」，只停留在佛教淨土宗的「西方極樂世界」——「太虛幻境即是真如福地」和道教「大荒山無稽崖青埂峰」的虛幻仙境裡。例如，《好了歌》，批判「功名利祿」思想是正確的，但是「拋妻棄子」就十分錯誤。又例如，「假作真時真亦假，無為有處有還無」這幅對聯，如果從社會生活上去理解，那就是：把假的當著真的時，真的也就假了；把「無」的當著「有」的時，「有」的也就「無」了。如果從哲學的形上學高度去理解，那就是：「假作真時」是「假」，「真亦假」是「非真」，只是「假」而無「真」。這就不對了。不管是自然的還是人間的事實都是「真而不假」的，「假」只是人的言辭。「無為有處有還無」，「無」怎麼「為」「有處」？「有」又怎麼「還」為「無」呢？這裡到底說的是本體論上的「無」和「有」呢？還是日常生活裡的「無」和「有」呢？界定不明。如果說的是本體論上的「無」和「有」，正確的觀點應該是《道德經》所說的：「（無有）二者同出，異名同謂」和「無有之相生也」。這副對聯熄滅了人們追求「真善美」的熱情。可見曹雪芹在本體論上思想混亂，沒有達到阮籍的高度，更沒有達到老子和釋迦牟尼的境界。所以，曹雪芹在批判儒家傳統思想、控訴專制社會罪惡和破壞舊世界之後，沒有創造新的思想理論，也就找不到建設新世界的方向和方案，只有宣揚佛教淨土宗的「三世輪迴」和道教的修行成仙的思想，主張「遁世」、「出家」的路子。這顯然是無稽之談，比陶淵明的「世外桃源」主張差得遠了。既然為人，就應該生活人世間，不可能逃避出去，只能面對人生，改造人為的社會制度和不良的社會現象。所以，《紅樓夢》就「存有思想疵病」，這些也不能「做模範的價值。」

現代的「紅學家」們把這些疵病歸到高鶚身上，褒曹貶高。這或許是傳統的「偉人」、「完人」、「高大完美」的無產階級政治藝術標準作怪吧。或許有忠義思想作怪。如果曹雪芹和前八十回有疵病，那麼曹雪芹和《紅樓夢》就不那麼偉大了，就有悖於偉大導師毛澤東關於《紅樓夢》的評價的指示了。

我所看到的《紅樓夢》續本和評論，沒有人高過高鶚。我是佩服高鶚的，事隔三十餘年後，按別人的意圖和思路續寫，寫得那麼完整，沒有高境界、高水準能行嗎？高鶚的悟性和境界與曹雪芹能夠並肩，真是：「由來同一夢，休笑世人癡。」

在思想內容上，後四十回與前八十回的基本思想觀點完全一致，並且深入了一層：前八十回，寫的是賈寶玉和林黛玉勘破儒家「入仕為官」之「理」是假的，還沒有勘破儒家的「男尊女卑」之「情」，即還沒有「勘破三春景不長」；後四十回，高鶚就寫出賈寶玉勘破了「男尊女卑」之「情」也是假的。

在情節上，後四十回難於前八十回。金陵十二釵中除秦可卿一人外，有十一個人的結局都在後四十回，都與前文相續。所謂的「紅學家」所批評的主要是說後四十回不應該寫鬧神鬧鬼和賈家復興，這就是誤解。在第五回有《留餘慶》詞，說明巧姐結局是好的，也就說明賈家的並非是一敗塗地，而是有「留餘慶」。再看《晚韶華》，李紈有「一盆茂蘭」似的兒子賈蘭，使李紈「帶珠冠，披鳳襖」，說明賈家復興了。按照王朝處理大臣犯罪，只要不是犯上作亂的叛逆，一般都沒有死罪和誅滅九族的懲罰。賈家有賈貴妃，是皇親國戚，賈貴妃是病死的，並不是爭寵奪權而死，所以就不可能有犯上作亂的叛逆罪，就有一般貴族的幾上幾下的正常現象。至於鬧神鬧鬼，那是中國王朝社會生活裡的主要內容，前八十回不也寫了鬧神鬧鬼的事情嗎？對於金陵十二釵的十一人，基本上符合第五回的歌詞。高鶚在情節上的安排沒有大的失誤，並沒有破壞林黛玉魂歸太虛境和賈寶玉出家等等說明《紅樓夢》的總體是一個大悲劇的藝術結構。

在語言特色上，後四十回也與前八十回如出一轍。單就詩詞而言，前八十回有不少思想混亂和表達不清晰的，不知道是曹雪芹本人的問題、還是轉抄有誤。例如，第一回「中秋懷閨秀」詩：「未卜三生願，頻添一段愁。悶來時斂額，行去幾回頭。自顧風前影，誰堪月下愁。蟾光如有意，先上玉人樓。」第一、二句是寫賈雨村的，第三、四句應該是寫丫環嬌杏的，但是在本回看不出丫環嬌杏「悶來時斂額」；後面的都是寫賈雨村的情緒。〈飛鳥各投林〉，「看破的」一句，應該在「淚已盡」句之後。〈芙蓉女兒誄〉，有許多內容重複囉嗦的句子，用典生僻。所描寫和抒情的對象，都是一些花、草、竹之類的東西，見識不廣。後四十回的詩詞不多，卻沒有這種毛病，內容層次清楚，語句通俗流暢。後四十回的表達方式的概述過多，不如前八十回記述生動形象。

與高鶚相比較，今日的「紅學家」們就顯得十分弱智，87年電影版《紅樓夢》完全拋棄了後四十回的主要情節，另編情節。「哭向金陵事更哀」，變成了鳳姐無哭而捲草席；史湘雲被迫做妓女，不是「配得才貌仙郎」；巧姐被賣到妓院，不是「在那裡紡績」；李紈沒有後文，不是「一盆茂蘭，旁有一位鳳冠霞披美人」；完全不顧或者不懂第五回的歌詞，使賈家徹底完蛋。即使賈家徹底完蛋，王朝還在呀，別的權貴們不照常維護著專制統治嗎？這不是豁悟了的曹雪芹的思想，而是還處在爭名奪利中的紅學家們的思想，這是編導者和顧問們對曹雪芹思想的無知，影響極壞。

所以可以說：1.在中國文學史上，《金瓶梅》和《紅樓夢》既是思想深刻、藝術高強的登峰造極的文學作品，更是悟道了的理性思維的哲學理論成果：「更於篇中用『夢』用『幻』等字，是提醒閱者眼目，亦是此書本旨」。2.創作《金瓶梅》和《紅樓夢》的作者，應該是胸有溝壑、心有塊壘、飽經風霜、悟道得道、才華橫溢、功底深厚的中老年人：「半世潦倒，編述一集」。打個比方說：沒有廣闊的溝壑那是不可能呈現出茂林繁花、連山懸崖的雄偉壯麗的景象的，沒有崑崙山的塊壘那是不可能洶湧出大河長江、激流險灘的雄偉壯麗潮流的，沒有無邊的海水那是不可能令人產生望洋興嘆的感歎和嚮往彼岸的理想的，沒有浩瀚的宇宙那就沒有靈魂自由逍遙的空間，沒有對神秘的造物主的大徹大悟那是不可能居高臨下俯視山水和人間的，沒有翻過大跟斗者是不可能在長江裡橫越漩渦的，沒有遭遇沉重打擊者就不可能呼喊出壯烈悲憤的聲音的。《金瓶梅》的作者絕對不會是走通了科舉仕途之路的鴻儒、腐儒，譬如王世貞之流。《紅樓夢》的作者也不會是18歲的年輕人曹雪芹寫得出來的；十八歲的青年，儘管有天才，可以成為發明家，成為詩人，能寫出《激流三部曲》，但是，不具有豐富的生活閱歷，深刻的社會認識，深廣的社會知識，嚴密的邏輯思維，沉穩的寫作情緒，宏偉的構思胸襟，是寫不出《紅樓夢》的。3.《金瓶梅》和《紅樓夢》的寫作背景不會只是作者自己所生活的時代，而是幾千年整個帝王專制社會以及帝王御用的儒家傳統思想和形成的惡理惡習；更不是為某人、某個家族立傳和洩憤，而是在宣揚天道人道，啟蒙天下人；作者所記述的故事和描繪的境況只不過是幾千年帝王專制社會的縮影：「然朝代年紀，地輿邦國，卻反失落無考。」「若云朝代無可考，今我師竟假借漢唐等年紀添綴，又何不可？但我想歷來野史，皆蹈一轍，莫如我這不借此套，反倒別致新奇，不過只取其事體情理罷了，又何必拘於朝代年紀哉！」

對《金瓶梅》和《紅樓夢》是可以、也是應該進行研究和考證的。如果能夠考證出真實的作者、作者生平以及寫作背景，當然有助於讀者對作品思想內容的理解，那是在做善事。如果無法考證出真實的作者、作者生平以及社會背景，就用不著去牽強附會。如果硬著頭皮去猜測並且還自以為是，那就是做出力不討好的事，而且害己害人了。如果為了獲得功名利祿，去阿諛官方權勢而成立什麼「紅學會」、「金學會」，從而獲得什麼「紅學」、「金學」的權威、博士生導師之類，譬如李希凡之流，那就不是研究《金瓶梅》、《紅樓夢》了，那些有關《金瓶梅》、《紅樓夢》的論文必然是無稽之談的胡說八道，是文化垃圾，出版的書籍都是廢紙，那是在做惡事。考證就是證明，必須遵守邏輯證明規則，要有直接的正面材料和間接的旁證輔助材料，如果沒有，猜不著謎底就不猜，更不要亂猜，只好相信原著的署名：《金瓶梅》的作者是蘭陵笑笑生，《紅樓夢》的作者是曹雪芹。

且看今日的「紅學會」、「金學會」和昨日的「索隱派」對《金瓶梅》和《紅樓夢》的研究和考證情況及其學術成果。

毛澤東把凡是不符合自己思想的知識都斥之為「封、資、修」，卻獨鐘《紅樓夢》，說是中國在世界的驕傲。何也？一是想表現自己有文學天才，二是看準了能借《紅樓夢》研究打倒有權威的資產階級思想代表人物胡適。毛澤東為什麼仇恨胡適呢？是不是他在北京大學當圖書管理員時有不軌行為受到了胡適的訓斥呢？還是胡適不買共產黨的帳呢？搞社會科學研究，最不動腦筋、最有功利的簡易方法是：提起馬列主義、毛澤東思想的判命珠筆，打勾或打叉，寫千篇一律的現代黨八股。毛澤東發出了研究《紅樓夢》的聖旨，「遵命」的文人就都來了，都寫「忠」字奏摺文，討官爵、撈奉祿，博得無產階級紅學家頭銜。然後，以紅學家權威去向青年人講座。史達林死後，毛澤東想摘掉「俄奴」的帽子，鼓吹起民族精神。於是，就有紅學家會會長馮其庸應命而出，說蕭洛霍夫十八歲能寫出《靜靜的頓河》，我們偉大的曹雪芹肯定能在十八歲寫出《紅樓夢》。彷彿我們有了偉大的曹雪芹和《紅樓夢》，就可以居高臨下，喝斥小鬼莎士比亞、雨果、蕭伯納、托爾斯泰了。《紅學會》的民族主義情結太緊太大了吧！

且說《靜靜的頓河》，在原蘇聯已成了一樁「文學公案」。一說，《靜靜的頓河》是哥薩克作家、政論家羅季奧洛夫在1916年寫的，草稿被蕭洛霍夫偷去。又一說，《靜靜的頓河》真正作者是當年被俘白衛軍官，即哥薩克作家費多爾・克留科夫（F.D.Kryukov）。克留科夫在被處死前把一個鐵皮箱手稿給妹妹保存，後來妹妹被捕，蕭洛霍夫是審問者，偷了他的手稿，還把那個妹妹關進瘋人院。還有一說，《靜靜的頓河》是哥薩克一位中學語文教師勞克雷斯基寫的，不能發表，就把遺稿給妻子保存，受他輔導寫作的學生蕭洛霍夫借閱不還，還把師母關進瘋人院。那位師母臨死時不斷叫罵：「蕭洛霍夫是賊，是偷竊狂。」索爾仁尼琴和史達林的女兒阿利盧葉娃認為，就思想和文學水準而言，蕭洛霍夫只能寫出《被開墾的處女地》，不可能寫出具有人道精神和佈局宏偉的《靜靜的頓河》。文學界的一致評價是：《被開墾的處女地》與《靜靜的頓河》相比，風格和水準大有出入，簡直不像出自同一個作者之手。對前蘇聯異議人士幾十年的質疑，蕭洛霍夫到死都沉默，只有他領導的蘇共文化部、作協作了辯護。1982年，中國報紙《參考消息》登了一篇文章《蘇聯當代文學鼻祖蕭洛霍夫是個賊》。諾貝爾文學院對《靜靜的頓河》的評語是：「由於這位作家在那部關於頓河流域農村之史詩作品中所流露的活力與藝術熱忱——他藉這兩者在那部小說裡描繪了俄羅斯民族生活之某一歷史層面。1964」這個評價是很高的，稱之為「史詩作品」。這類作品應該是身臨其境的、領悟透徹的、胸有丘壑的、藝術嫻熟的作家寫的，只有具有《靜靜的頓河》裡的主人公葛力高裡式的那種經歷全過程的作家克留科夫，才能寫出阿克西尼亞等婦女形象和反抗布爾什維克的運動場面，才能讚揚葛力高裡的性格和哥薩克人所追求的自由、平等的傳統文化、基督教信仰；而年輕的布爾什維克黨員珂賽伏依式的蕭洛霍夫，不可能寫出自己沒有經歷全過程的愛情故事和反抗布爾什維克的運動場面，更不可能讚揚反革命份子葛力高裡和反馬列主義的哥薩克人所追求的自由、平等的傳統文化、基督教信仰，只會妖魔化反革命份子葛力高裡，抨擊反馬列主義的哥薩克人所追求的自由、平等的傳統文化、基督教信仰。就作品的主題思想和作家的信仰、立場而言，《靜靜的頓河》與《被開墾的處女地》完全相反。據蘇聯《蕭洛霍夫簡介》：在1928年就出版了《靜靜的頓河》第一卷、第二卷，即出生於1905年的蕭洛霍夫1928年只有23歲。假設寫作了5年時間，期間，收集素材、謀篇佈局需要1年，寫作第一卷需要2年，寫作第二卷需要1年，修改和校正1年，即1923年的18歲的蕭洛霍夫就開始寫作《靜靜的頓河》；同時，蕭洛霍夫從1922年（17歲）起當建築工人、裝卸工，還當過房產管理部門的會計和出納，工作繁忙；17歲開始寫作，1923年在《青少年真理報》上發表第一篇小品文《考驗》、《三》、《欽差》，1924年發表第一篇短篇小說《胎化》，同年底，被接納為俄羅斯無產階級作家協會（「拉普」）成員，從此成為專業作家，1926年發表《淺藍色的原野》和出版了第一本書是短篇小說集《頓河的故事》。1923年，蕭洛霍夫與一位哥薩克的女教師瑪麗姬結婚。1925年他們回到了頓河地區定居。他不僅僅是一個史達林政策的擁護者，甚至有點極「左」的傾向。肅反運動使蘇聯黨政軍各部門的領導幹部都受到了極大的重創，作家、學者也受到迫害，蕭洛霍夫自己亦受到很大衝擊。到1939年第十八次黨代表大會時，連日丹諾夫也承認，在過去的大清洗中有過火行為，使不少無辜者蒙受不白之冤。可是蕭洛霍夫卻在同一次會上發表了一通熱情洋溢的演說，認為蘇聯文學的隊伍由於清除了「敵人」，變得更加強大更加健康了。從《蕭洛霍夫簡介》裡可見：蕭洛霍夫不是凡間人，而是具有分身術的神仙，是天方夜譚裡的人物。綜上所述，可以結論：《靜靜的頓河》的作者不是蕭洛霍夫，而是另有其人；要知道，在共產專制的瘋人政權裡，是什麼冤案和怪現象都會出現的；心腸歹毒、陰謀百出的共產御用文人是什麼壞事都幹得出來的；蕭洛霍夫實在「是賊，是偷竊狂」。凡是對《靜靜的頓河》的讚語都是正確的；但是，把這種讚語加在蕭洛霍夫的身上，那就十分荒謬了。如果有人要讚揚蕭洛霍夫，那就去讚揚《被開墾的處女地》吧。

「紅學會」做了什麼事呢？就是考證曹雪芹在18歲之前創作了《紅樓夢》，周汝昌還為曹雪芹生平做了一個年表，妄想推翻胡適的研究成果，響應偉大領袖毛主席的偉大號召，實現毛主席從研究《紅樓夢》入手去批判俞平伯而最終批判胡適的政治陰謀。我不知道周汝昌、馮其庸等人讀過《紅樓夢》第一回沒有，分明赫然寫作：「半世潦倒之罪，編述一集」，「竟不如我半世親睹親聞的這幾個女子」……「半世」是18歲嗎？

在《紅樓夢》研究中，懷有政治動機和民族情緒是研究不出什麼名堂的。所以我對一些大學生們說：「當代的中國紅學家們講座，你們只當去聽聽說相聲，開心取樂，絕莫去想學到什麼，更不要被誘入紅學會裡出不來，成了書腐子或祿蠹。如果對《紅樓夢》感興趣，自己獨自去鑒賞，可以看看資產階級紅學家胡適、俞平伯等人的文章參考。曹雪芹寫了十年，你花一年時間研究足可了，莫像周汝昌那樣去白花三十年、四十年，誤終生。」

「紅學會」可以休矣！

昨日的「索隱派」做了什麼事呢？探索《金瓶梅》、《紅樓夢》裡的人物和事件與現實中的人物和事件一一對應，得出作品是寫實的，是傳記或者回憶錄。「索隱派」本來已經休矣，而今日又死灰復燃。第一種是對《紅樓夢》的人物進行細線條考證，好像《紅樓夢》是一本人物記錄的流水帳簿；第二種是抓住《紅樓夢》裡的片言隻語，說《紅樓夢》是記錄明朝的興衰歷史，還說曹雪芹不是曹寅家的那個曹雪芹，而是生活在康熙時的明朝遺民。這些「索隱派」作者，要麼是根本不懂文學藝術前來湊熱鬧的文人，要麼是企圖獵取功名利祿之徒。這種「索隱」，完全摧毀了《紅樓夢》的思想內容和文學藝術價值。《紅樓夢》當然是有寫作背景的，那就是幾千年的帝王專制社會現實和儒家的專制思想文化現實，曹雪芹的個人閱歷和遭遇只不過是他能夠大徹大悟的具體條件。瞭解這些背景是有利於理解《紅樓夢》的思想內容的。讀一部文學藝術作品，普通讀者只需要憑著自己的天性和經驗去體會，引起某種共鳴就行了，用不著去理會「紅學會」的評論，更不能去理會「索隱派」的考證。「索隱派」是中國文藝界的一支畸形隊伍。

又譬如，對關漢卿和《竇娥冤》的研究、評論及其改編，可以說是一代不如一代，距關漢卿崇高的思想境界越來越低，離關漢卿高超的藝術造詣越來越遠。

據各種文獻資料記載，關漢卿編有雜劇67部，現存18部：《竇娥冤》、《魯齋郎》、《救風塵》、《望江亭》、《蝴蝶夢》、《金線池》、《謝天香》、《玉鏡臺》、《單鞭奪槊》、《單刀會》、《緋衣夢》、《五侯宴》、《哭存孝》、《裴度還帶》、《陳母教子》、《西蜀夢》、《拜月亭》、《詐妮子》。其中若干作品是否出自關漢卿手筆，學術界尚有分歧。一般認為：《竇娥冤》、《救風塵》、《望江亭》、《拜月亭》、《魯齋郎》、《單刀會》、《調風月》等，是關漢卿的代表作。流傳下來的關漢卿作品，都不是關漢卿的原作，都經過了明朝儒生的修改，有些是明朝儒生假託關漢卿的名聲寫作的本子，如《陳母教子》之類。正如王思季先生所說：「《陳母教子》，雖然天一閣抄本《錄鬼簿》在關漢卿名下有著錄，但就作品所表現的頭巾氣與庸俗趣味來看，很難相信它會像關漢卿這一個『書會才人』的手筆。」僅僅《竇娥冤》流傳的版本就有三種：明朝萬曆十六年（1588）陳與郊編選的《古名家雜劇》本（簡稱「古本」），萬曆四十四年（1616）臧懋循編選的《元曲選》本（簡稱「臧本」），崇禎六年（1633）孟稱舜編選的《古今名劇合選・酹江集》本（簡稱「孟本」）。

任何一個作家的思想穩定性的形成是有一個過程的，作品也就會有前期和後期的劃分，關漢卿也不例外。關漢卿的青年時期，可能有功名利祿思想，在元朝統治者廢除科考和輕視儒生（九儒十丐）的社會背景裡，關漢卿無法通過科考去獲取功名利祿，就會回頭來領悟人生和認識社會，以至在中年時期悟道了，認識到整個帝王社會喪失了天道人性，儒家思想是君本位理論，平民要想生存和不受到侵犯，不可能指望帝王社會體制和儒家思想，只能依靠自己去反抗和自救。關漢卿的思想成熟了，與馬致遠一樣，成為了帝王社會和儒家思想的叛逆者。關漢卿的自白是：「我是個蒸不爛、煮不熟、捶不扁、炒不爆、響噹噹一粒銅豌豆。」宣稱：「則除是閻王親自喚，神鬼自來勾，三魂歸地府，七魄喪冥幽；天那，那其間才不向煙花路兒上走。」所以，關漢卿的前期作品可能有功名利祿思想，但是也是處在反省中，不可能出現《陳母教子》之類；關漢卿的後期作品就不會有功名利祿和歌頌帝王聖明的思想。可是，在明朝儒生的修改本裡卻充滿功名利祿和歌頌帝王聖明的思想；今人在評論關漢卿作品時，也說什麼關漢卿有功名利祿心態，不分作品的前期和後期，從一些作品裡斷章取義出劇本裡人物的話語作為論據。請看儒生們對《竇娥冤》的修改、改編和評論。

關漢卿的《感天動地竇娥冤》是一部思想深刻的偉大悲劇作品，劇本題名和〈滾繡球〉一首詞明確地啟示世人：帝王專制天地是「有鬼神掌著生死權」，「為善的受貧窮更命短，造惡的享富貴又壽延」，平民的冤案是不可能得到平反昭雪的，平民的生存是毫無指望的，惡官惡民是不可能得到懲罰的，是暗無天日的，是不可救藥的，任何改良都是無濟於事的；只有千百萬竇娥呼天搶地的悲壯的哭喊聲，才能感天動地──這個天地就是廣大民眾的覺醒，才能來個「六月飛雪」的天翻地覆，才能出現像辛亥革命那樣的改天換地，才能從鬼神手裡奪回生死權，善弱的平民才有出頭之日，才能重見天日。這是關漢卿對專制社會的明朗感悟和清醒認識，是前三折戲文的主題思想。在現存的三個版本裡的第四折，只有「古本」重在伸冤，沒有歌頌聖上英明和清官光明正大，文詞簡略。而「臧本」則重在竇天章審案，歌頌聖上英明和清官斷案，文字冗長，差不多是前三折文字的總和。「孟本」更是如此。比如《滾繡球》一詞，關漢卿的妙筆寫生出的是一個自然生命體，只能令人驚歎，而無法增刪修改。如果增之就會浮腫，刪之就會脫節，修之則衣不著體，改之則元氣渙散。即便那個嘆詞「苡」，刪去，就會氣息斷絕，呼吸不全；情緒殘缺，抒發不圓。只有現今的各種各樣的戲劇和影視劇的改編們，才無知無畏，竟敢前來剖析改造，車裂分屍，另寫詞句，致使遣詞造句粗糙俚俗，思想內容淺薄老套。他們還不厭其煩地描繪竇娥大白天坐堂幫助父親審案，這就是所謂的「大團圓」結局。這是在告訴世人：整個的帝王專制社會是好的，只是一些惡官惡民在製造冤案。可見，明朝儒生和七百年後的今日的編導者們，與七百年前的關漢卿相比較，在思想境界和認識程度上，相差十萬八千里，遠遠不能望其項背。我的推測是：關漢卿的《竇娥冤》原文，或者沒有第四折；或者第四折非常簡明扼要，讓竇天章憑著父女感情來為女兒昭雪，而不是什麼聖上英明和明鏡高懸，以此來滿足觀眾洩憤的心理需求。

現在我被中國古今小說家和文藝評論家推向國門之外，只好去請教外國文學家了。我讀過譯成漢語的外國小說。開始讀的都是蘇聯、東歐的，也有寫義大利革命家的《牛虻》。讀後，才知道那都是中國寫「遵命文學」的人「拿來」做臨摹帖的，於我無補。改革開放後，我讀到了《悲慘世界》、《復活》、《老人與海》、《羊脂球》之類的資產階級作家小說，還有莎士比亞的劇本。我感到新奇痛快。外家作家，眼裡沒有皇上、尚書，沒有主席、宣傳部長，單憑個人性子，毫無顧忌，筆無藏鋒，慷慨陳詞。但是，讀讀則可，去學他們的寫法，就使人生畏顫慄了。我總感到我所處的時代，還是《金瓶梅》、《紅樓夢》的時代，怎能去學莎士比亞、雨果的筆法呢？不要命了嗎？我又困惑了。

看來這疑團「其一」靠我自身的力量是無法消釋的。

再說疑團「其二」。

「其二」與「其一」是密不可分的，也是一個文藝理論的重大課題，也有不少人論述過。梁啟超說：「小說有不可思議之力，支配人道。」「用之於善，則可以福億兆人，……用之於惡，則可以毒萬千載。」「遵命文學」權威人士說：「文藝要為無產階級政治服務，用小說來教育人民，」「不能用小說來反黨」。

當代小說刊物、出版社的編輯、社長們說：「作品必須得到讀者的認可，要讀者感到有趣味性、可讀性；還要有市場經濟效益。」真是仁者見仁，智者見智，我卻無所適從。

這「其二」可分為三個支問題：中國的文化市場怎樣？中國的讀者怎樣？中國的作家怎樣？這三個問題，在毛澤東時代很簡單，只有官辦的新華書店，只有寫「遵命文學」的無產階級作家，只有接受「遵命文學」教育的讀者。到了鄧小平時代，被經濟改革開放搞亂了，文化市場有兩類，讀者有三類，作家有三類。

文化市場有兩類：官辦的新華書店和民辦的書攤子。

在新華書店裡擺出的小說故事類作品，絕大多數是革命老前輩的回憶錄、元帥傳、將軍傳和歷來的「遵命文學」。其間也插進一些經過嚴格審查的「封、資、修」作品，用來點綴改革開放。精裝本多，價格昂貴，不能討價還價。

在民辦的書攤裡，則較然不同，幾乎沒有新華書店裡的文學作品，偶而有幾本，也是當作廢舊書賤價出賣：一律二元。書攤上擺的多數是武打、色情、賭博之類的作品，也有「封、資、修」作品，還有放在暗處的盜版禁書。定價不一，當面議價，平裝本多。

讀者有三類。

第一類是黨政幹部、機關公職人員和在校大學生。他們由領導組織到新華書店集體購書，分發給每個人，當必讀的政治教育資料。他們看電影和錄像，也由領導組織集體包場，接受政治教育。他們讀革命老前輩的《回憶錄》之類，是要繼承革命遺志，確定無產階級的政治立場，學習元帥、將軍們成功之秘和忠義英雄主義，研究官吏之道，學會政治權術和膽略，以便有革命行動：對上阿諛逢迎、過河拆橋；對下大義滅親，欺壓敲詐；對外向美帝說「不」，對內窩裡鬥。他們為了個人消遣，也犯自由主義，有時到民辦書攤裡去買書。

第二類讀者是在校中小學生和只有閱讀通俗小說水準的市民、農民。他們是民辦書攤的「上帝」，是所謂「最廣大的讀者」。所謂「有趣味性，可讀性，有市場經濟效益」的創作標準是針對他們制定的。他們水準低，鑑別力差，經濟困難，精神空虛，高級娛樂享受不起，名著看不懂，對革命老前輩、元帥、將軍感情不深，沒有政治抱負，就去讀通俗小說。他們當初讀書時動機不壞，吸收知識，取樂好玩，消磨時間。誰知那通俗小說卻是庸俗小說，武俠小說卻是武邪小說。所寫的人物是俠客惡徒，地痞流氓，嫖客妓女，賭棍騙子。所寫的事是侵犯復仇，結義成幫，笑傲江湖，兩肋插刀，白刀子進，紅刀子出，賭博時錢如廢紙，淫亂時擺弄性器官；人物奇特，懸念扣人，情節荒誕，場面慘烈。漸漸地，他們被吸引了，引誘了，薰陶了，教導了，去做那書中的人，去幹那書中的事。這下子急壞了家長、教師，樂壞了作者、編輯。

第三類讀者是大中小學的教師、醫生、白領工人。他們知識水準高，批判能力強，喜歡到民辦書攤買禁書，從書中消遣陶情，發洩憤懣。他們有時也看庸俗武邪小說，那是為了博得一笑，教育子女或學生去識別和批判。他們有時也看「遵命文學」，那是為了瞭解文藝動態，激發不滿情緒。

作者有三類。

第一類是「遵命文學」作者。他們壟斷了官方文壇，他們的作品也壟斷了文藝刊物、新華書店、郵局、電視劇、電影，不愁銷路，只穩坐文壇「忠義堂」裡收錢。他們有固定的高工資收入，有豐厚的稿酬，還有官方和他們的前輩所設立的各種文學獎所分配得到的獎金。他們中有人錢多得幾代人都用不完，就拿出小小的幾十萬元來設立「XX文學獎」，讓自己千古留名，後繼有人。但是他們的聲望和尊嚴受到了民間通俗小說家的損害，作品受到民辦書攤的拒絕，迫使他們不得不走出「忠義堂」，到新華書店去憑自己的權威簽名賣書。他們很惱火，板著面孔和架式，罵民間通俗小說家是不入流的庸俗作家，是出賣靈魂、毒害青少年的下流作家。他們自我吹噓和相互吹捧自己是嚴肅作家，作品是純文學作品。他們恨不得用魯迅的匕首、投槍把民間通俗小說家趕盡殺絕，把民辦書攤殺個人仰馬翻，維護他們的一統文學天下。他們有時也經不住金錢的誘惑，由嫉妒而羨慕，隱姓埋名去寫庸俗武邪小說，或者在自己的作品裡加進武打、性交描寫，以售其奸。如果就作家個人品質和作品對青少年毒害的程度作比較，「遵命文學」作者比通俗小說作者下流庸俗百倍。前者混入了官場，完全喪失了天良人格；後者遊勇於民間，還保持個人獨立精神。前者是酷吏，後者是流氓。前者的作品通過官方，在學校對青少年長期地強迫地進行「洗腦」，麻醉和奴化青少年思想，完全扭曲青少年的靈魂，是家長和教師無力挽救的。後者的作品在民間通過自願接受方式，毒害青少年，是短暫的弱小的，家長和教師有力挽救。

第二類是通俗小說作者。通俗小說本是雅俗共賞的「俗」，是「和者眾」的「下里巴人」小說，如《三言》、《二拍》和當代的《故事會》之類。可是，我們的通俗小說家和編輯、社長們嫌它不夠俗，不夠刺激，沒有趣味性，經濟效益不高，就去寫庸俗武邪小說。他們不是提高第二類讀者的閱讀趣味，而是迎合第二類讀者的趣味，並且降低第二類讀者的趣味，使那趣味越來越庸俗下流。他們瞄準第二類讀者，一個作者一年寫出好幾百萬言的小說，一個勁地狠狠地掏中小學生口袋的書本費和市民、農民的口糧錢。他們自己富了，也使編輯書商富了。他們中有人成了億萬富翁，就花錢買個「XX大學」教授頭銜，取得名分，以正其位，入夥到「遵命文學」的「忠義堂」裡。他們掏盡了窮苦的第二類讀者的腰包，又毒害了第二類讀者的心靈，幹的是一樁「劫貧濟富」、「流毒千載」的罪惡勾當。可是，不斷地有人加入進來幹這種罪惡勾當。什麼名人、明星來了，寫起「軼事」、「秘聞」；什麼編劇導演來了，拍攝庸俗武邪影視片；那第一類正人君子也偷偷摸摸地來了。一時間，庸俗武邪、軼事秘聞的書本子，火車拖，汽車拉，大街小巷滿滿。這景象，正如工業區的高高低低、大大小小的煙囪同時冒煙，一氧化碳、二氧化碳，彌漫天空，覆蓋大地，沒空白處。頓時，買書的少男少女、老人青年，摩肩接踵，勾腰搭背，校內校外，城鎮鄉村，人手一冊。人人成了書生文人，家家成了書香門第，出現了世界獨一無二的文學繁榮盛況。與此同時，另一種盛況也現了：道街上，刀光閃閃，血肉橫飛；熱鬧處，剝少女衣服，嬉笑取樂；夜晚，飛簷走壁，撬門入室；白天，裸身跳舞，嗲聲嗲氣……這兩種盛況，真可以讓中國的忠義民族英雄們向諾貝爾文學院說「不」，向美帝說「不」。

第三類是有良心、有人格、有社會責任感的作者。這類作者有兩種人。一種是從第一類作者群中分化出來的有惻隱心的作者。他們在「忠義堂」裡寫文獵官，感到良心受到譴責，個性受到壓抑，就想掙脫「遵命文學」的邏輯寫點有個性、有責任感的文字。但是，他們與「遵命文學」藕斷絲連，又害怕違了聖命，就像小偷一樣躡手躡腳的，如履薄冰，寫出四不像的傷痕、反思作品。他們中也有膽大的，寫出人道作品，並且鑽空子出版了，但是，作品立刻受到封殺，作者被流放他鄉。到了他鄉，時過境遷，熱情冷淡，就很難寫出好作品了。另一種人是民間守著老子說的「慈生勇」精神的作者。他們對惡勢力體驗最深，對社會認識最深刻。他們是中國最有希望「與別國大作家比肩」的作家。他們的作品不能出版，甚至被毀滅在萌芽狀態。我有個同學叫文道義，被同學們戲稱為當代的吳敬梓。他說：「遵命文學不叫文學，叫奏摺。我是絕不寫的。」改革開放後，他以為自己寫作的時候到了，就動手寫一部長篇小說。他寫了五、六年，只寫一半，卻被人告發。手稿被員警沒收，人被法院定為「利用小說反黨」的反革命罪，開除了公辦教師職務，坐了五年牢。他出獄後，妻子離散。他迂腐，不會營生，又性傲，不求人，在憂鬱中瘋了，死去了。文字獄是自秦始皇時就有的。但是，《金瓶梅》、《紅樓夢》、《儒林外史》、《官場現行記》，有人敢寫，敢抄，敢印，敢傳，敢評，流傳至今。可見「家天下」時文字獄不那麼嚴厲。現在「黨天下」了，文字獄用上了高科技，無處不有，森嚴壁壘，動筆則有被抓被關的危險。不寫「遵命文學」和庸俗武邪小說，文人實在沒出路。不過，我還是遇到幾個沒死的文道義在寫作。為了紀念文道義先生，這裡抄錄下他的一首政治哲理詩歌：

公民絕對不能放棄思想言論自由權利

老天生了陽光空氣，又生了人的一顆能思想的善心；
大地生了高山流水，又生了人的一張能說話的嘴巴。

民眾的善心思考著如何群居，於是就有了國家；
民眾的嘴巴議論著誰較為善良和智慧，於是就選舉誰來代理執政執法。

民眾的意見雖然有百家見識，卻是人心向善，天地之道；
民眾的議論雖然眾說紛紜，確是真理之聲，天籟之音。

不管那個政治天才，都沒有智慧代表公民來思想；
只能「以百姓之心為心」（1），公民的共同思想才是最高智慧。
不管哪個英明領袖，都沒有權利代表公民去言說，
只能「行不言之教」，（2）公民的普遍意志才是絕對真理。

誰需要謊言？誰需要外道邪門？
誰需要文字獄？誰需要禁錮思想言論？
只有中國古代皇帝，只有現今希特勒、史達林、毛澤東；
只有古代「獨尊儒術」的漢儒、宋儒，只有現今獨尊「馬列」的中華民族敗類。

因為——
他們的思想見不得陽光、空氣，他們的言論禁不住高山、流水；
他們恐懼公民的民主思想，他們害怕公民的自由心聲。

現今的中國公民啊，千忍讓，萬忍讓，
絕不能忍氣吞聲，絕不能讓出思想言論自由權利：
政府沒有創辦報紙電臺的權利，那是公民應該固守的陣地。
如果公民不敢獨立思考，就會被獨裁者任意誹謗為「下愚」「小人」；
如果公民不敢傾吐心聲，就會被獨裁者肆意誣陷定罪。

我——文道義，一個文弱書生：
手戴鋼銬，腳鎖鐵鏈，善心卻在自由思想；
人被定罪，身陷囹圄，嘴巴卻在自由說話。
獨裁者毀滅得了我的肉身，卻毀不了我思想言論自由的靈魂。
我堅信著：
善良最終會戰勝邪惡，
中國公民最終會自由地生活在——老子的「我自然」社會。（3）

注釋：（1）（2）（3）是老子《道德經》裡的詞句。第2章：「聖人居無為之事，行不言之教」。第17章：「成功遂事，而百姓曰我自然也。」第49章：「聖人恆無心，以百姓之心為心。」老子的「我自然」社會與蘇格拉底，柏拉圖的「理想國」是同一個政治理念。

對以上三類作家，七十年前有四個名人作過不同的評論。魯迅為第一類作家歡呼，罵第二類作家是「文藝小擺設」，斥第三類作家是「資本家的乏走狗」。梁實秋質問第一類作家：「文學有階級性嗎？」鼓勵第三類作家：「人性是測量文學的唯一標準。」梁啟超批評第二類作家是「華工坊賈」，讚頌第三類作家。他說：「大聖鴻哲萬言諄誨之而不足者，華工坊賈一、二者敗壞之而有餘。」「今欲改良群治，必自小說界革命始；欲新民，必自新小說始。」陳獨秀猛斥第一類作家為「腐儒」、「妖魔」，歌頌第三類作家。他說：「吾國文學界豪傑之士，有自負為中國之虞哥、左喇、桂特郝、蔔特曼、狄更斯、王爾德者乎？有不顧腐儒之毀譽，明目張膽以與十八妖魔宣戰者乎？予願拖四十二生的火炮為之前驅！」

大師們言人人殊，我昏頭轉向，疑團「其二」沒消釋。

我的思想橫騁縱馳了一遍，又回到了原處。心田仍是一片黑暗，兩個疑團仍在。

我凝視著桌上那一大堆本子，幻想那本子裡幾個有水準的人物跳出來，給我智慧和勇氣。

太陽當頂了，強烈的光線從樹葉中透射下斑斑點點，灼著我的後腦殼和背脊心。我渾身熱辣辣的，頭腦昏沉沉的，兩手發軟，眼皮發脹，伏在桌上瞌睡起來。

忽然，院門開了，走進一男兩女。那男的叫著我的名字。我抬頭一望，是王旭元、高雲英、郭素青。我連忙上去一一握手，進屋搬出三把小椅，端出四杯白開水。四人圍著桌子坐下。

「聽柯和貴說，你在寫小說。是嗎？」王旭元問。

「是的。但是，我連題目也定不出來。」我說。我就把心中的兩個疑團說了。我又說：「你們都是這堆材料裡的人物，就幫幫忙吧。」

三人就翻看起那一大堆本子來。他們看書的速度比我快千倍，一會兒就看完了。

「寫小說要先辨明善惡是非，才能很好地選材，才不致於自己昏昏而貽害讀者。」王旭元說。

「我真難在這裡。你說說看。」我說。

王旭元就說起來了：「這善惡是非標準有兩個：第一個，從利君出發，定出忠與奸來。忠君，則是，則善；奸君，則非，則惡。第二個，從利民出發，定出愛與恨來，愛民，則是，則善；仇民，則非，則惡。根據這兩個標準，就能把中國傳統思想文化劃為兩大部分：一是利君的中國帝王專制傳統思想文化和惡性的道德倫理，是糟粕，是強流；一是利民的中國民主無為傳統思想文化和善性的道德倫理觀念，是精華，是弱流。這兩種傳統思想文化的形成，是它們的創始人、繼承人，使用人造成的。

「中國傳統思想文化以老子為淵源，自南宋後，以儒家學說為主體。夏曾佑說：『百家皆出於老子。』胡適說：『革命家的老子』『立下後來自然哲學的基礎』。嚴複說：『夫黃老之道，民主立國之所用也。故能「長而不宰」「無為而無不為」。君主之國，未有能用黃老者也。漢之黃老，貌襲而取之耳。君主之利器，其唯儒術乎，而申韓有救敗之用。』孔子和韓非子各竊取老子的一義一端，以後學者都竊取孔子或韓非子的一義一端，成為儒家和法家。中國友人李約瑟總結說：『現今中國知識份子之所以會共同接受共產主義的思想，其中一個很重要的因素是因為新儒學家（二程、朱熹）與辨證唯物主義在思想上是密切連繫的……它本是唯物主義的……一種有機自然主義』。『辨證唯物主義淵源於中國，由耶穌會士介紹到西方，經過馬克思主義者們的一番科學化後，又回到了中國』。李約瑟思想清晰，話語直白，對新儒學與洋理論的對比研究的透切超過了中國所有新儒生。

「由此可以得出結論：一、老子不但是中國思想文化的各派的淵源，而且是世界哲學的一個淵源，中國思想文化的淵源是從利民出發，是善性的道德倫理觀念，是精華，卻不為歷代中國帝王所用；二、儒家、法家以及現今的辨證唯物主義是中國思想文化的流派，是利君的中國帝王專制傳統思想文化和惡性的道德倫理，是糟粕。

「很顯然，中國五千年的歷史，是帝王專制的歷史，黑暗的歷史，罪惡的歷史，不合天理人性的歷史。

「墨子對這段歷史言中了：『曰「命」者，暴王所作，窮人所述，非仁者言也。』

「毛澤東有首詞概括了這段歷史：

北國風光，千里冰封，萬里雪飄。望長城內外，唯餘莽莽；大河上下，頓失滔滔；山舞銀蛇，原馳蠟象，欲與天公式比高。須晴日，看紅裝素裡，分外妖嬈。江山如此多嬌，引無數英雄競折腰。惜秦皇漢武，略輸文彩；唐宗宋祖，稍遜風騷；一代天驕，成吉思汗，只識彎射大雕。俱往矣，數風流人物，還看今朝。

「這首詞，抒發了帝王爭奪江山的雄心壯志，傾吐了帝王蹂躪河山的血腥氣息。狼子野心昭然若揭，暴奸心跡披露無遺。這首詞，把自秦始皇到毛澤東以來的大惡者心靈軌跡連接成了一條貫通古今的鐵路線，使人能追溯出大惡者的惡性根子和成長過程。這就是『暴王所作』。可是，中國老百姓看不見這惡，還無限忠君頌君，把大惡者當作天上下凡『天子』，當作大救星，當作偉人。這就是可悲的『窮人所述』。」

「且慢。」郭素青打斷王旭元的話，說：「現在急著要說這堆材料，你說得太遠了吧。」

王旭元喝了兩口水，說：「我說的正是這堆材料的根由。這堆材料所反映的五十年的歷史，是五千年帝王史的延續，是對辛亥革命的帝王復辟史。我們要用第二個善惡是非標準來準確把握這五十年發生的事件，編出年事表來。再用這年事表來編排這堆材料。這樣，主題思想就明確了，並且一貫到底。作者自己昭昭，也使讀者昭昭。」

「我的頭腦又不是資料庫，哪能按年記得許多往事呀？」我說。

「我替你編出來了。」王旭元說著，從褲袋裡掏出一個本子，給我。他說：「柯和貴說你寫小說，我應幫忙呀。我是有備而來的。」

我把本子攤開在桌上看。郭素青、高雲英也伸過頭來看。

中華人民共和國歷史大事年表

一、提示

鄧力群、徐達深等人主編的《中華人民共和國實錄》，詳而不實，在重大歷史事件上，故意遺漏、虛構、歪曲、篡改史實。其政治目的是：粉飾「黨天下」，頌揚建立和維護「黨天下」的毛澤東、劉少奇、周恩來、葉劍英、鄧小平、陳雲、王震、李鵬、江澤民等人的偉大功績，同時醜化民主人士和黨內少數反對派高崗、林彪、江青、胡耀邦、趙紫陽等人形象。本年表，雖不詳，但真實。對重大歷史事件，如實地記錄下各方典型言論和行為。

本年表把這段歷史分為五個階段。

第一階段，1949年4月21人民解放軍渡江南下至1959年7月2日中共中央政治局廬山會議批判彭德懷右傾機會主義。在這十年中，中共的政治目的是：完成「集體領導制」，即黨的一元化領導，也就是「一黨專政」、「寡頭極權政治」。採用的方法是：階級鬥爭和無產階級專政。

第二階段，1959年8月7日中共《關於反對右傾思想的指示》至1969年4月1日中共九大召開。在這十年中，毛澤東在政治上，成功地將「一黨專政」轉化為「領袖獨裁」。採用方法是：黨內路線鬥爭。

第三階段：1969年5月31日新華社發稿〈首都工人、解放軍駐清華大學宣傳隊總結落實幹部政策的經驗〉至1979年元月1日《人民日報》社論〈把主要精力集中到生產建設上來〉。採用的方法是：

文化大革命。在這十年中，政治上，毛澤東妄圖變「黨天下」為「家天下」，變「黨主席」為「毛氏家天下皇帝」；而中共元老們只忠於「黨天下」的毛主席，反對「家天下」的毛皇帝。

第四階段，1979年3月3日鄧小平提出「堅持四項基本原則」和「建設具有中國物色特色的社會主義」至1989年6月4日的「六四慘案」。採用的方法是：改革開放。這十年是鄧小平時代，在政治上挫敗了毛澤東「家天下」的陰謀，卻仍然舉著毛澤東旗幟，恢復1957年前的集體領導制，即「一黨專政」。所謂政治改革，就是：鄧小平垂簾聽政的老人政治，變「黨指揮槍」為「槍指揮黨」。

第五階段，1989年6月23日中共十三屆四中全會由鄧小平等老人決定「江澤民為中共中央總書記」至1999年10月1日中共的共和國五十周年。

中國人容易健忘，經常把歷史垃圾翻出來當成新生事物。四千年前夏桀農奴制，到了一九四九年後反而成了新中國。這五十年歷史，就像活了五千年的老人，在垂死前忽然發出迴光，反照到五千年前的夏桀年代，把五千年的帝王歷程匆匆掃視一遍。五十年，綜合了五千年古老帝國專制的主要特徵，並且進行了現代化包裝。

二、歷史大事年表

（此處略）

我聽了王旭元的高論，看了這「歷史年事表」，疑團「其二」消釋了一大半。

我又問：「小說以誰為主人公呢？側重面在何處？」

「以柯天任為主人公，暴露這段歷史的醜惡。」王旭元說，「從資料上看，柯天任一生想做皇帝，想接毛澤東的班上天安門城樓。

他有一首打油詩披露了心跡：

童年做孩子王，成年作人王，死了成鬼王，上天做玉皇。

留不下芳名留臭名，作不了大王做小王。

這詩正是毛澤東那詞的注腳。寫柯天任，就是剖析帝王這種大惡人的心跡，揭露其罪惡行徑，啟蒙民智，警醒世人。」

「你這個說法有點偏頗，是主張笑笑生筆法，弄不好寫成了《官場現行記》，弄不好讀者會去學做西門慶那樣學做柯天任。這不是教人行壞嗎？這種筆法，也用得太多了，太俗了。」郭素青說，「我認為以柯和貴為主人公，來揚善。善人是瞧不起皇帝和王圖霸業的。馬致遠這有一首曲詞說得好：

拔不斷

布衣中，問英雄，王圖霸業有何用？禾黍高低六代宮，楸梧遠近千官塚。一場惡夢！

「柯和貴就是這樣一個淡薄功名利祿的善人。他一生，獻愛心，行善事。把柯和貴寫好了，就正面樹起了善愛的旗幟，吹起向醜惡進攻的號角，淨化了被污染的社會，康復了已淪喪的道德，鼓舞善良的人，喚醒沉迷的人，振奮無聊的人，挽救絕望的人。這是急救藥，也是長效藥。善愛是人類最基本的美德，沒有代溝，是永恆的；沒有國度，是廣闊的。中國的頌筆歷來是歌頌忠義英雄、王圖霸業，從來沒有歌頌民間反帝王、反忠義的大善人。曹雪芹的頌筆是歌頌幾個女子和賈寶玉，但寫得太辛酸，不能使人振作起來。所以，歌頌柯和貴這種筆法是新穎的」

「你倆各執一端，一個說惡，一個言善。這堆本子所記的有善有惡。我看兩個都不可偏廢。一邊頌善，一邊斥惡，相映成趣。」高雲英說。她轉面對我說：「我們南阮北阮地玄談，你可要把握住分寸呀。」

「你們莫衷一是，我卻不知所措。請你說具體些，把這堆材料的主題思想概括出來。」我說。我是很敬佩高雲英的。她是已故大學問家、民主革命家汪仁船的妻子，又是柯和貴的摯友。

「我聽說有個協調論。宇宙是協調、平衡、親和的結構精巧的整體，不是個矛盾、鬥爭、對立的統一體。宇宙中，大與小、強與弱，相互依存、制衡、協調，不是大治小、強凌弱、惡欺善。對立、矛盾、鬥爭是宇宙局部的、短暫的病態現象，最終要服從整體的長遠的協調整體。用這個哲學觀點來解釋人類社會，人是善的，人類社會是充滿友愛、平等、和平的；人不是惡的，人類社會不是充滿仇恨、鬥爭、戰爭的。惡壓善、強吃弱、帝王專政民眾，是不合天理人性的，是局部的短暫的歷史病態現象，終歸要消失，歸於人類協調中。很顯然，協調論是性善論，辯證唯物論是性惡論。我們用協調論來辨善惡，就是王旭元所主張的第二種善惡是非標準。這樣，我們就能用一句話概括出這堆材料的主題思想：歌頌和弘場協調、和平、友愛、平等的民主、無為傳統思想文化和善性的道德倫理觀，揭露和抨擊對立、矛盾、仇視、鬥爭的帝王專制傳統思想文化和惡性的道德倫理觀。那書名就定為：《善惡夢》。」

「好！」王旭元叫起來。

「好！」郭素青也叫起來。

「好！好！好！」我拍手叫起來。

我的疑團「其一」全消釋了。我接著問：「是針對哪一類讀者寫？是藏鋒，還是露鋒？」

「藏鋒，曲折隱晦，安全些。讓第三類讀者感到有餘味，去猜想，去推敲。說破了，就沒意思了。」郭素青說，「你寫作時，要沉得住氣。不要一時悲憤，一時興奮，就瘋狂起來，亂發議論，露了謎底。特別不要點那些偉人、名人和寫『遵命文學』高手的名，招來危險。這是長篇小說，難免情激理悖，照應不周，詞不達意，魯魚帝虎。如果惹怒了偉人、名人、高手們，他們率領信徒們來存心抓碴兒，找縫兒，就會把你的書擊得遍體鱗傷；他們每人吐一口唾液，也會把你溺死，讓你死無葬身之地。」

「露鋒，明目張膽地寫，讓第二類讀者讀懂。現在廣大讀者，受奴化教育毒害太深，思想麻木，又不願獨立思考；加之生活節奏加快，空閒時間少，難領會曲折隱晦的文字。你寧可格調降低，不可曲高和寡。在要緊處，還要直言不諱地評點啟示。」王旭元說，「寫這本書，本身已不安全，已與『遵命文學』對立，冒犯了龍顏，無所謂刺激與不刺激，使用障眼法是沒有用的。至於技不如人，無關緊要。此書只是一尊『四十二生的火炮』，與『十八妖魔宣戰』，能轟塌『文字獄』的一角，讓中國的虞哥，狄更斯走出文字獄，去『與別國大作家比肩』，則功莫大焉。」

「我贊成王旭元的意見。」高雲英說，「既然要以這堆本子為寫作素材，又定出了那樣的主題思想和題目，危險在所難免。這就需要作者的勇氣和犧牲精神。按原意寫，讓作品激化第三類讀者，教化第二類讀者，感化第一類讀者。」

在高雲英說話時，天空突然陰暗起來。我抬頭望天，從西北角竄出一條大鯢形墨雲，尾巴拖在天邊，頭部伸到院子上空，遮住了日光。

驀地，墨雲裡一聲雷鳴，閃電劃過，削下一塊黑來，落罩在桃李樹梢上。頓時，那塊黑雲化成一個怪物：玄衣緊束，烏髮長披，兩足，四面，八手。

「嘭——」的一聲，那怪物一搖頭，甩開一綹長髮，露出一張臉，是個魔頭相：青面獰牙，紅眼吊睛，兩條眉毛相連成「3」字形，右手提鐵錘，左手操彎刀，厲聲喝問：「認識我嗎？」

「認識你。」我指著那怪物答道，「你是柯天任陰魂所化。千變萬化，你的眼眉、神情和惡性變不過來。」

「真是一隻妖精，可惡！」郭素青輕蔑地說。

「我的探子向我報告，你們這些反動文人，搖唇鼓舌，舞文弄墨，想寫什麼雞巴毛的反黨小說，妄圖汙我歷史，毀我名譽，果真有其事嗎？」那怪物張牙說道。

「不錯。」我昂首答道，「你的歷史不需我汙，你的臭名不需我毀，在陽間已成為歷史事實。我只是借用你的所思所為，寫出小說，以醒國人，以戒後人，有何不可？」

「我告訴你，你只知道老子在陽間是人傑，卻不知道老子在陰間也是鬼雄。我現在是安陰君，專治陰陽間精神污染，維護安定團結局面。你快快打消原先寫作念頭，遵我之命，寫歌頌我的小說。否則，你在陽間，老子要你蹲『文字獄』，吃『月亮彎』，喝『水上漂』，浴『糞尿澡』，睡『石膏床』，『坐飛機』，『包餃子』，割舌頭，斷氣管，最後索你生命。你到陰間，老子要你過刀山，下火海，受鐵鋸鑽石魔，抽筋剮皮，入十八層地獄，永不能翻身！」那怪物揚起雙手，張開血盆大口，怒吼。

「我們是人，你是鬼。人是萬物之靈，還怕你嗎？」高雲英手捏一個藍本子，指著怪物喝道。

「你這怪物，休出狂言，我敢與你決一死戰！」王旭元手握鋼筆，作出應戰姿勢。

那怪物看到我們四個書呆子陰陽氣結成一股，同仇敵愾，被怔住了。

怪物愣了一下，「嘭——」的一聲，身子旋轉九十度，甩開一綹長髮，露出第二張臉，是個判官相：緊綁的面皮紅似火炭，剖露的心臟黑似煤炭，右手端個黑皮薄子，左手擰支紅頭判命筆，是個「左撇子」。怪物舉起左手，十分嫻熟地捻轉著判筆。那判筆隨著手勢變換，忽而像筆，忽而像投槍，忽而像匕首。怪物用審訊的口吻問我：「你認識這種武器嗎？」

我搖頭不答。

「孤陋寡聞嘛！還想寫小說？」怪物露出鄙夷的神色說，「我告訴你，這是三用武器：提起是筆，順握是投槍，倒握是匕首。這是魯迅先生發明的，現在傳到我的手裡。看了這種武器，聽了魯迅的大名，你能不誠惶誠恐嗎？」

「我為什麼誠惶誠恐？」我反問，「魯迅在我心目中，就像梁實秋一樣，是個普通文人。他既不是神，也不是妖，我怕他什嗎？」

「真是個狂悖之徒！不知天高地厚。」怪物罵道。他又威嚴地說：「我這判命筆，既判文命，又判人命。這生死簿，專記革命者功績和黑五類罪行。你如果寫頌揚皇恩、宣傳皇德的小說，如《李自成》、《東方》，我就記上功勞，判為上等文章，作者為御前文人，封官受祿，作品包出版，包銷路，稿酬豐厚，得「茅盾獎」。你如果寫人鬥鬼殺，男盜女娼，不影響政局穩定，如《射雕英雄傳》、《紫龍冷香》，我就判為遊戲娛樂筆墨，記上無功無害，批准進入民辦書攤，作者可腰纏萬貫，有錢買官位學位。你如果寫鼓吹民權、動搖皇權的文章，如《苦戀》、《河殤》，作品判為大毒草，作者判為『顛覆國家政權』罪犯、洋奴、賣國賊、民族敗類，或打入死牢，或驅逐出境，家屬也受株連。你聽清楚了嗎？」

「你說的那些陳詞濫調，中國人聽了幾千年，早就厭倦了。」高雲英接過話頭說，「你所稱的忠君作品有何好處？雖有華麗之詞，正統之訓，然而，心虛情偽，理曲氣邪，令善人深惡痛絕。痛恨其奉命遵旨之凶，假民假國之奸，同類傾軋之毒；厭惡其奴顏婢膝之態，囁囁嚅嚅之狀。你說的《苦戀》、《河殤》又有何罪過？雖有偏激之詞，過正之理，然而，心誠情真，理直氣正，令志士共鳴感奮。感其抗暴伐惡之勇，憂民憂國之心，憐貧惜弱之善，堂堂正正之貌，鏗鏗鏘鏘之聲。

「何謂賣國？何謂愛國？國為民而立，非民為君而亡。愛國者，必愛其手足之同胞，愛其養育之水土，非愛殘殺國民、蹂躪國土之君主也。殘民之君，乃竊國大盜，民賊也，非國家象徵。御用文人，只知忠君護暴，荼毒民眾，乃助紂為虐、禍國殃民之徒，非愛國，真賣國也。仗義執言之士，愛民行善，啟蒙國人，乃鏟暴除霸、利民利國之士，非賣國，真愛國也。你所為三種文人之論，實屬顛倒黑白，混淆視聽，我等絕不會被你誘住，被你嚇住。收回你那一套鬼把戲吧！」

那怪物聽了，紅皮泛出綠光，黑心流出墨汁。他沉吟了一下，冷冷地說：「你們一意孤行，必有滅頂之災。」

怪物說罷，「嘭——」的一聲，旋轉九十度，甩開一綹長髮，露出第三張臉，是個文人相：面皮白淨，眉清目秀，斯文和藹，右手握把裁紙刀，左手持支紅尺子。

怪物柔聲說道：「我也是文人，與你們斯文同骨肉。文人以文為樂趣，不寫文就稱不上文人。你受我叔父柯和貴所托來寫我，是文人本分之事。不管你把我寫得怎麼樣，我個人名聲在所不計。但是，一經傳閱，就不是你我之間私事了，就成了公事，就涉及到黨紀國法了。若文章違紀違法，當然作者會被繩之以法。再說，你寫文總要去求個名利吧，總不能貽笑大方之家、登不上高雅之堂吧。所以寫文必有尺寸規矩，得到專家好評。我這裡有一把尺子和一把刀子，是聖上禦賜的，是專門用來量文切文的。寫文時，必須把握尺寸。若有疏忽寫過了頭，就用這刀子切齊，不逾矩，於己於人於國於民都有利。現在，我把尺子和刀子免費借給你用。你寫完後還給我。」

「看來，你是好意。不過，我寫文，純粹是我個人的事，只顧及對國人和後人的影響，不顧及什麼黨紀國法，也不顧及官方的學者、專家評議。我不會為符合聖上的尺寸著一墨，說一詞，用不上你那尺子和刀子。謝謝你的好意。」我說。

怪物無言以對，漲紅了面皮。它又「嘭——」的一聲，旋轉九十度，甩開一綹頭髮，露出第四臉，是個乞丐相：臉上污垢有三寸多厚，像戴個烏色面具；眉毛低垂，眼角淌淚，鼻子滴涕，兩腮抽搐，雙唇翕動；右手柱根裂縫打狗竹杖，左手端個缺口瓷碗。

怪物瞧著我，低聲下氣地說：「族叔，剛才我那三面都對你說了。誰知你壓不倒，嚇不住，騙不了。現在只剩下我這一面了。我不壓不嚇不騙，跟你談心，說老實話。我倆都是有智有勇的人，只不過你心直不知變動，我心曲懂得權變。我倆都痛恨這吃人的黑暗社會，只不過你想改變它，我想利用它。這說明，我倆能求同存異。

「這社會是多麼邪惡腐敗啊！做工做農的，讀書教書的，都受官家的魚肉欺凌。只有做官的要啥有啥，縱情縱欲，幸福無邊。我心中不平，但不願踩平，要去登高。所以，我學智謀，練武功，冒生死，爭權力。爭權力是玩紙牌、搓麻將那樣的遊戲，賭注是人命，輸贏全憑手氣、賭勁、詐術，並不需什麼德才。如果有德才，就玩不成了。開國君主和功臣有何德才？只要拉一幫不怕死的地痞流氓和幾個一肚子壞水的文人，結為忠義兄弟，去拼命廝殺。殺不死的就成了帝王偉業。殺人少的成了戰鬥英雄，殺人多的成了元帥、將軍，殺人最多的成了皇帝或領袖。被殺死的，勝利一方成了英烈，失敗一方成匪寇，白死得最多的是那些被利用的愚蠢老百姓。治國君主和宰相又有何德才？只要有一批忠君的將軍、文臣，嬰兒、傻瓜也能當上八年十年皇帝。做官更不需什麼德才。高俅、魏忠賢不識幾個大字，是個潑皮，獨攬朝政。魏忠賢還建生祠，名望高過孔孟。這道理十分簡明：打天下，殺人；坐天下，磨人；做官，害人；升官，詐人。有兩個人對這種歷史現象的評價截然相反。史達林說：『真理在勝利者手裡。』雨果說：『成功是才能的假相，受它愚弄的是歷史。』我看穿了這一層，就分析自己。就文韜武略而言，我比秦皇漢武、唐宗宋祖、成吉思汗、努爾哈赤、袁世凱、毛澤東高十幾倍。我恨自己沒有出在亂世，天才無處使，英雄無地用。

「在這太平盛世，我只好去謀官。謀官有六法：買、諛、乞、鬥、騙、搶。其一，買。哪有不貪財的領導？其二，諛。哪有不愛聽頌詞的領導？其三，乞。哪有不要奴才的領導？其四，鬥。哪有不殘酷鬥爭的領導？其五，騙。不說假話成不了偉人，哪有老實人進官升爵的？其六，搶。哪有不搶班篡位能坐龍庭的皇帝？我沒有用「乞」法，保住了骨氣和人格。我用「買、諛、鬥、騙、搶」五法，不到四年，由一個白身當上了縣委第一書記，是全國最年輕的縣委第一把手。我自信，官場上沒有我的對手，我打算在四十五歲就飛黃騰達到天安門城樓上。可是，偏偏遇上了剋星柯和貴、柯成蔭，把我拉下臺。我的失敗，不是我無能，而是柯和貴、柯成蔭智勇太高了。若是全國每個縣有個柯和貴、柯成蔭，當官的都會紛紛落馬，這天下就會翻個身。可是，老天爺偏偏害我，讓那兩個傢伙與我一起降生到南柯村。

「我下臺了，心有不甘，要把天下造亂。我就學毛澤東上井崗山造反。我造反一年時間，就奪下了永安縣城，並派兵北伐京城。誰知那些喊『為人民服務』的解放軍軍官們並不搞『擁軍愛民』，用先進武器亂炸亂打老百姓，把我軍也都炸死了。我逃到龍泉洞裡，準備東山再起。沒想到我的心腹警衛背叛了我，割了我的頭顱去請賞。我真是生不逢時，英才被屈沒了。你說我可憐不可憐？

「我來到陰司，看到陰間、天堂與陽間是一個模子印出來的粑。我就故伎重演，得到閻君信任，得到玉皇歡心，被封為安陰君，主持陽間生死和陰間輪迴工作。我想，不出多少年，我會奪了閻君玉帝寶座，集三界統治權於一身，成為萬劫至上至尊的大神。

「你知道，人都有自己最害怕的東西。毛澤東那樣兇惡大膽，也有四怕：怕他的老子皇帝史達林，怕輿論新聞自由揭他的醜惡，怕他的熟人揭他的老底子，怕美國人的聲音傳進來，使毛澤東思想戰無不敗。我也有一怕：怕知根知底的有能力的熟人來做死對頭。沒想到，柯和貴又來給我過不去，托你以我為素材寫小說。你那小說一出，轟動三界，把我的劣跡大白於天下，給我清算總賬，我背得起這個精神債務嗎？我的努力和遠大抱負不都付之東流了嗎？你說我可憐不可憐？我在陰、陽、天三界，從沒使用過『乞』法，今日向你乞求：你寫我也行，但要寫我輝煌的一面。如果你認為我沒有輝煌，就把別人的輝煌寫到我身上來，或者虛構一些我的輝煌。我乞求你使用這種筆法，並不是我的發明。中國的歷史書和演義小說都是用這種筆法胡編亂寫的。舉個例子吧。有位北京清學會會長，給大學生講清史。他故弄玄虛，設計努爾哈赤之『謎』，頌揚努爾哈赤有偉大功績，比美國歷任總統功績多十倍，是最偉大的民族英雄。他笑容滿面地用欣賞的口吻演講野蠻殺戮戰爭。那些大學生們聽得如癡如醉，心中油然而生民族英雄主義和王圖霸業的理想。你知道，成吉思汗，努爾哈赤的勝利都是野蠻戰勝文明，有什麼值得歌頌的？你看現在的作品，現代漢語中所有褒義詞都用去褒贊領袖、元帥、將軍了，所有的貶義詞都用去污蔑政敵和善人了。

「族叔，我這番話沒有假、空、大吧，合你的味口吧？我第一次沒騙人吧？你就可憐我，答應我吧。

我將會以湧泉來報滴水之恩：你在陽間要活多長就多長，你願來陰間，我送你上天堂。」

「你說的確實是真話、老實話，令人感動。」我說，「你也知道，我是假話說不出口的人。我寫文，遇事直錄，平心論理。寫你也要如實地寫，有些虛構，也只是一些細節。我不能答應你。你不是很賞識那位北京清學會會長嗎？你可以去請他為你寫。我還向你推薦一位大名鼎鼎的作家。他擅長給《東方紅》寫頌詞，為領袖、元帥、將軍歌功頌德。他筆法高超，能把毛澤東派去朝鮮維護暴君金日成小朝廷與聯合國軍隊作戰的抗善援惡的志願軍寫成是『最可愛的人』。他見到你是有權有勢的安陰君，一定會樂意為你效勞。」

「我不找別人，只找你。」怪物聲氣兇狠起來。

「恕我不能從命。」我堅定地回答。

「沒商量了？」怪物仰直面孔，氣得臉上污垢紛紛裂落。

「沒商量。」我毫不示弱。

「嘭——，嘭，嘭，嘭……」怪物發瘋了，急促旋轉起來，掀起一股黑旋風，把桃李樹枝扯直了，發出呼嘯聲：

「那傢伙是彌衡，腐儒舌劍！」

「我要學黃祖，把那傢伙碎屍萬段！」

「不能讓那傢伙動筆，先索他生命！」

「把那傢伙的肉體和靈魂都毀滅掉，不能讓他還魂輪迴！」

那怪物向我撲來，錘子、彎刀、判命筆、生死簿、裁紙刀、紅尺子、竹杖、破碗，一齊向我打來。我渾身酸痛，體內有嗞嗞響聲，胸腹破裂，鮮血噴湧，滿口腥鹹。桌子上的本子、稿紙被濺上了血紅，飛翻起來。我聽到了王旭元、高雲英、郭素青的應戰聲。

剎那間，一陣乒乒乓乓的聲音，鐵錘、彎刀、判命筆、生死薄、裁紙刀、紅尺子、竹杖、破碗紛紛落地。一道白光閃過，一朵彩雲罩住了我。

「你這孽障，我料你死後會幻化成惡魔，繼續為害陰陽世界。你騙得了閻君玉帝，騙子不了我。」我識出這是柯和貴的聲音。我朦朧看見，柯和貴身著白色道袍，腰繫金葫蘆，手握白絲長撣帚，那長絲纏住了怪物身手。

「你既然知道閻君玉帝器重我，又怎敢違逆君帝之意呢？」怪物掙扎著說。

「我不受君帝管轄，我是我自己，是宇宙自由精靈，專來陰陽間除惡揚善。今日，我先收你去，把你的鬼魂吹散到浩瀚中，永不能聚集復形。明日，我去找那與你同流合污的君帝清算。」柯和貴說。他說罷，左手拔去金葫蘆蓋塞，讓口子對著怪物。只聽得「嘖嘖」的聲音，那怪物化成一道黑煙，進入葫蘆內。柯和貴收了怪物，向我吹了一口正氣，駕著彩雲上天了。

黑雲散去，一片光亮。

我撫摸胸口，心在跳。我揉搓眼皮，一片刺眼的陽光正射到臉上，太陽西斜了。院牆外，一群小孩正在乒乒乓乓地玩打菩薩的遊戲，鄰居的狗在汪汪地吠，牆下有老鼠的「嘖嘖」聲。我抬頭坐正，桌上枕著的幾張稿紙淌有一灘帶血的唾液，有血腥氣，那是我胸腹裡嘔流出的血。本子、稿紙、鋼筆落到地上。我扭頭四顧，不見了王旭元、高雲英、郭素青。

啊！原來是一場善惡夢。那王旭元、郭素青早已作古，高雲英入了基督教，柯和貴在鳳凰中學教書。

這夢真的像有神鬼給了我智慧和勇氣，消釋了我胸中疑團，除卻了我心裏顧忌。趁著夢中的人和事還清晰，我展紙提筆，寫下題目：《湖村裡的夢幻》，又記下夢來。

我情緒一時平靜不下來，寫出下面的文字。

有云：「善者感發人之善心，惡者懲創人之逸志。」我心領過「神」的陰惡，身受過「妖」的迫害，公仇私怨，填滿胸膛；我感佩過志士的高尚，承蒙過善人的惠賜，公義私恩，耿耿於懷。想到自己年過半百，重病纏身，有何畏死之恐懼？又想到自己於人無益，於世無補，何不將這堆本子編成故事？用這故事，撕破「神」的畫皮，剖析「妖」的心跡，解說志士惻隱，傳播善人良知，探究善惡根源，尋覓鏟惡揚善之法門。

又有云：「作書難，讀書亦難。」這兩「難」，只能作者去解讀者之難，不給讀者為難。作者寫書，應拋棄顧忌，不要隱晦，不求高調，把那善惡真偽說得明明白白，淺顯易懂。因此，我不習蒲松齡「托異言志」，也不習曹雪芹隱衷飾情，而習吳敬梓、李寶嘉「辭令浮露」，「筆無藏鋒」、「酣暢淋漓」，還習雨果不顧習俗法律而直敘直抒。

故以此《湖村裡的夢幻》，或供晚輩、朋友，陶情冶性之後，忽有所悟，卷袖奮然，有翻舊創新之舉；或供作師長者，消愁解悶之後，忽有所醒，教子莫當英雄作惡，莫做「鏍絲釘」任人擰轉，應訓子做普通人，與人為善，學好知識，處處安身；或供作官吏者，閒暇玩讀之後，忽有所警，感南柯之浮虛，悟人世之悠忽，貪欲有所斂，劣跡有所止，漸生葉赫留朵夫之懺悔，轉作馬德蘭市長之慈善。

倘若如此，我則暗自慶倖：《湖村裡的夢幻》，似一泓清泉，劃清了遵命文學之洪水；如一株蒿草，別立於「華工坊賈」小說之森林。

感慨之餘，又吟詩填詞各一首。

詩云：

難分是非事，提筆起疑雲。
孤眠善惡夢，陷入陰陽門。

噴灑一腔血，染成滿紙文。
癡人說夢景，夢中囈靈魂。

詞曰：

真珠簾

處處戰場，爭功名富貴；天良昧，流血流淚。
人忙我偷閒，種春桃秋桂；鋪紙揮筆飲杯水，自陶醉。
睡時夢南柯，醒後參天地，且漫談（那）善惡真偽。

注：真珠簾，詞牌名，黃鐘宮，仄韻。格式：
⊙●◎○，◎○◎●▶。◎○●，◎●○▶。◎○●●○，●○◎○▶。⊙●○●○○●，◎○▶。◎◎○●○○，⊙●◎○▶，⊙○○●●○▶。

符號說明：「○」表示平聲，「●」表示仄聲，「◎」表示應平可仄，「⊙…」表示應仄可平，「▷」表示平聲韻，「▶」表示仄聲韻。

本書的詞句內容，盡可能符合曲牌的曲調所表達的情緒；在字句上，也盡可能符合原來的定格句式；不過有時也不得不有所變動，而字數和節奏保持一致。詩韻平仄盡可能符合要求，但是以不能破壞意境為限。極力少用舊詩韻書裡的陳詞濫調。凡是「襯字」都用（）標明。如果有副題，則在下一行。

以此為第一回也。

欲知所敘人事如何，且聽正文分解。

第二回　南柯人避亂居湖棚　李朝清行善祭野魂

卻說江南省有個永安縣，人稱丘脈湖絡之縣。一支支山脈從西北向東南延伸，形成地貌骨架。高峰有九頂山、後塭山、白雲山、皇姑山、紫金山，名山有鳳凰山、半壁山、赤馬山、銀山、雞籠山。兩條山脈夾一壟畈，網來絡去。有山必有水。眾多溪河從北至南，從南至北，匯到貴河。溪河較大的有雙溪河、白沙河、黃沙河、桂花河、龍港。貴河從西往東，像一根腸子似的穿過永安縣腹地，流入長江。貴河將全縣攔中劈斷，分成南河和北河。貴河沖積出一片寬闊的原野，叫蘆花平原；蘆花平原有一片沙洲，因為蘆花一片雪白，就叫雪洲。由於水災瀕瀕，蘆花平原不能種植莊稼，長出一望無邊的蘆葦。溪流多，湖泊就多。最大的湖泊有網湖、牧羊湖、牛湖、北煞湖；最富饒的湖泊有南湖、東湖、金湖。一條國道從北到南，貫串永安全境：一條公路從石佛鎮向東南，經南柯村，過縣城，至鄰省。

本書要講述的人物故事，就發生在貴河北河岸的南湖畔南柯村。

卻說南湖，冬季水落，水面積有四千多畝，呈柴刀形。刀彎部分最寬闊，在正南方。南湖大壩就築在刀背彎處，連接東西兩岸山坡。堤壩外就是蘆花平原。刀尖部分在西北邊，接白沙河。刀把部分在東北邊，有條小溪流入。南湖的刀彎內是一片灘塗和草坪，有四千多畝，叫紫湖壢。夏天，湖水上漲，淹沒了湖壢和壟畈。紫湖壢不能種莊稼，長著一片蘆葦和湖草，是放牧的天然草場。

南湖風景優美，水產豐富，養育著周圍二萬多人口。繞湖大小村莊有七十二個，姓氏五十四家，最大的是南柯村。

南柯村，在湖刀把的頂部，男人都姓柯，是中國典型的父系血統關係宗族自然村。村裡的房屋都建在李家林南坡的山窩裡，風水先生叫這山窩是金盆地。族中大堂前坐北朝南。村中的房屋，在大堂前東西兩側鋪開，大門都向大堂前。村中人口按房頭劃地聚住。因為風水的關係，村民們不願把房屋建到金盆地老龍筋的關外處。全村一千八百多人口，三百多戶，都擁擠在不足四十畝的金盆地內。六口之家，住在不足二十平方米的土木屋裡。大堂前大門外，有太屋場和一口大塘。

南柯村四面是一圈樹林。村西邊，樹林分為上頭林、下頭林，下頭林面積最大，樹木最茂密。下頭林的樹木都有幾合抱大，樹齡在八百年以上。這些大樹，四季長青，枝葉蔽天遮日。日本進攻時，向下頭林投了五顆炸彈，炸斷了兩棵大樹，但那兩棵大樹又長出了青枝綠葉。還有兩棵大樹被雷電打燒，沒了頂蓋，敞著黑口站著，半腰上也長出了粗大樹枝。族中長老規定：不准砍伐古樹。

下頭林是個快活林。樹上是鳥的天堂，樹下是人畜的樂園。參天的樹梢上棲息著喜鵲、白鷺、烏鴉、老鷹……這些攀高枝的大鳥，用枯枝敗葉建築鳥巢，一個接著一個，像一個個黑色大圓籃，掛在青枝綠葉間。再下一層，是小鳥的窩，有圓形的、錐形的、不規則形的……用野藤乾草編織而成，淡黃色。樹腰上，斷枝的節疤腐爛成許多大大小小的樹洞，大洞藏著貓頭鷹，小洞藏著八哥鳥。樹幹底部，被蟲蟻蛀空，大洞直上升到二、三丈高，像柱形房子，可以關豬羊。這些樹幹洞裡生活著王頭蛇、烏梢蛇、白花蛇、紅花蛇，這些蛇順洞向上爬到樹冠上，吞噬鳥蛋和小鳥。在樹洞下住著老鼠。貓頭鷹從樹上向下抓捕小蛇和老鼠。林中，大黃蜂，金銀蜂，飛來飛去；蜜蜂結成一堆堆，掉在樹枝上。由於樹齡太高，水土流失，第一、二、三層樹根都裸露在地面上，粗的有五六尺圍。樹根拱拱曲曲，縱橫交錯，像是滿地扭在一起的長蛇，編織成樹根網路。樹的枝葉從下向上，層層加密，遮著陽光，擋著雨露，林下長不出灌木雜草，在樹根網中，出現了各種形狀的平地。村裡人就把牛羊豬拴在林子西南角的樹根上，木船翻底拱放在中部。夏天，人們把竹床、門板放在東北角乘涼。林中，雖有牛騷氣，卻沒有蚊子，露水也漏不下來。

在下頭林的東南邊，有塊五十多畝的緩坡草坪，叫太荒坪。坡地上，墳墓從北往南，一排排的，每兩排間有塊長方形的大草坪。草坪上，長的儘是趴地草，厚絨絨的，綠茵茵的，像綠色地毯。小孩在草坪上摔跤、打滾、倒立、做遊戲，大人們不用擔心孩子們會跌傷。那些墳上石碑，大都是矩形磨面石架在墳頂上，是人們坐著閒聊的長石凳，走棋子的長石桌。太荒坪東盡頭有棵大神樹，樹下有石福神——惡神。

村北五里遠是黃山，山頂有個大圓窩，人稱羅盤頂。村南三里，有一條長堤，堤上樹木像一條青龍，既擋住湖水不淹沒莊稼，又擋住金盆地的風水不外泄。堤內西邊有塊高地，建有一廟關帝廟。關帝廟一共三重，第一、二重是漁民集會地和漁場，第三重供關公神像。堤中部有個土包，建有神堡，堡內供著土地公、土地婆神像。神堡隱蔽在刺樹刺藤裡，只有一條幽徑在荊棘裡，十分陰森恐怖。堤內是門前大畈，畈中一條溪港蜿蜒而過。村東有馬家壟，村西有石家壟。過了壟畈，有上好的山坡地。

南湖本是沿湖四周五十四姓共有的牧場，湖水自然漲落，關不住魚。在明末清初時，南柯村出了兩個人物：北河「一把耙」柯必夏和「一支筆」文舉人柯南仙。柯必夏帶領村裡四十八條根子，打敗了五十四姓聯軍，獨霸了湖場。柯南仙又到總督府弄來一紙判書，使湖的所有權歸了南柯村。南柯人就在湖的南邊築了壩，使南湖成了漁場。南柯村人從此以漁業為主，農業為副，魚米豐足，生活很好。在南柯村大堂前大門的石門楣匾上，刻有柯南仙一副對聯：

南湖微波浮日月　黃山羅盤定乾坤

南柯人不怕水災，水災能富湖；南柯人也里不怕旱災，天旱湖裡菱蓮豐富。民國甲戌、乙亥年大旱，南柯人仍然生活得很好。還開湖救災沿湖別姓的人，使南湖周圍沒餓死一個人。但是，南柯人怕人禍，怕兵荒馬亂。自從長毛子起亂到日本鬼子侵犯，四十多年，一直戰亂。在戰亂裡，南柯人住在湖棚裡。日本鬼子投降了，南柯人以為天下太平了，搬回家來。誰知沒過一年，又打仗了，南柯人又回到湖棚裡。這一次住湖棚兩年多了，不知道什麼時候天下能太平。

這一年的春節也不太平。飛機聲、槍聲、炮聲，嚇得大雁不敢飛翔；長江邊、九頂山、皇姑山等地不斷傳來打仗的消息。一隊隊帽沿上嵌著白日徽的軍隊整整齊齊地北上，又稀稀拉拉地退回來。一隊隊戴著灰色米箕帽的軍隊從北邊開過來，又折向西邊去。南柯人龜縮在湖裡不敢出來。白天怕起火煙，夜晚做好乾糧。眼看寒食節和清明節快到了，南柯人希望這兩天不打仗，好回家祭祖。

南湖實在是個安全地帶。南湖湖水開闊處離公路有十幾里遠，其間有六里遠的湖壢蘆葦林，有四里遠的港灣小路。湖路彎彎曲曲，高高低低，過港穿岔，是條泥濘路。壢上蘆葦密不透風。冬季蘆花霜落，枯葉卷纏在杆上，蘆杆硬硬地立著，淡黃淡黃的，遠看像一片黃蕩蕩的洪水，走進去就辨不出方向。在蘆葦蕩的北邊和關帝廟的南邊，一條大港截斷了湖路，只有船渡；蘆葦蕩東、西是灘塗和湖水。南柯人的蘆棚就搭在蘆葦蕩南盡頭柳樹林裡，篷船就繫在湖中大木樁上。南柯人不敢在蘆葦蕩裡踩出路來，只是用木船往來。

已是春仲月。壢上解凍，湖水冰消。蘆葦叢裡擠出嫩翠的蘆筍，倒伏的灰白色枯草冒出青尖，柳條柔軟吐綠。湖中，波光熠熠，沙洲潔淨，魚甩浪花，蝦旁岸遊；氽水鳥時而潛入水裡幾丈遠，時而又浮出水面，鼓動翅膀，向前遊梭；魚鷹忽而撲向水面，忽而衝上高空；野鴨嘎叫在淺水上，鷺鷥漫步在泥灘上；鵪鶉撲騰一聲，竄入雲霄；野兔蹦跳著，在蘆林裡穿鑽；……自然界已是春意盎然，而住在蘆棚裡避亂的人還停留在寒冬的戰慄中。

在那這不成序列的許多又矮又小的蘆棚裡，住棚人雖然在避難中，卻和睦友愛，互幫互助，一村人像一家人一樣。他們不敢大聲說話。男人們有的躲在棚裡睡覺，有的聚在蘆葦裡小聲議論；女人們坐在門口做針線活，老人坐在棚牆南面曬太陽，孩子鑽進蘆葦蕩裡抽蘆筍，有的捉迷藏，有幾個小孩子赤腳在湖邊跑。

在湖邊赤腳跑的孩子們，把破褲腿勒到膝蓋上，小腿上粘滿了稀泥，稀泥裡透出凍紅的皮肉，手裡提著蘆葦編的小籃子，撿著淺泥裡的菱角。東邊壢嘴有個佈滿枯草的大土墩，墩南坡有個十四、五歲的大男孩，穿著灰色短襖和打滿補丁的夾布褲，蹲著，在折著蘆柴生火。他手裏捏著兩根粗蘆杆，撥動著火裏的菱角。那濕漉漉的帶著尖刺的淡黃菱角經火一燒，變成了無角的黑溜溜的果子。他用身旁的兩塊石頭，一個當砧板，一個當錘子，把果子一顆顆地打破。黑殼裂開，翻出白嫩的果肉，冒著熱氣。他一個勁地錘，一會兒，錘完了。他就一屁股坐在柴把上，用手握成話筒，向著湖邊的幾個小孩大聲叫：

「餵——，和丁、和貴——，你們快來吃菱角呀——。」

「呵——，聽見了——。」那個叫柯和丁的男孩應著。

那個叫柯和貴的小男孩對夥伴們說：「不撿了，去吃吧。」

小孩們提著小籃，向土墩跑去。到了土墩，孩子們把小籃交給大男孩，順著大男孩蹲成一排。柯和丁坐在最前頭，柯東山坐在第二，柯和貴蹲在最後頭。他們一個個冷得發抖，噘著烏紫的小嘴巴，睜著大黑眼睛，望著大男孩。

「好，我來分。」大男孩把燒熟捶破的菱角，一人一顆來回地分。分到每人十二顆時，地上只剩下五顆。大男孩說：「趁熱吃，剩下五顆歸我。」

「不行，和仁哥，你大些，還吃那麼少。」柯和丁說。

「不要緊，我哥吃我這一份，我吃那五顆。」柯和貴說。

「不用勸啦，等我燒了第二次，再補上。」柯和仁說。

孩子們咯咯地咬起菱角來，嗒嗒地吃著。柯和仁又鋪柴燒菱角。孩子們吃完了，那烏紫色的小嘴巴變成了炭黑色，那用小手抹過的臉蛋，佈滿了黑白分明的花塊。大家你看我，我看你，哈哈大笑，在土墩上戲鬧起來。

柯和仁燒好了菱角，又錘了起來。

「你這烏臉賊！誰叫你生火煙的？想吃槍子嗎？」柯和仁聽到身後有罵人聲，還沒來得及扭頭看，屁股上挨了一腳尖，向前撲去，臉壓在熱灰上。他立即翻身起來，臉上滿是黑灰，手上還抓著錘菱角的磨菇石頭。他看見，打他的是大他八歲的柯鐵牛。

柯鐵牛身後還站著柯太仁、瞿習遠。柯鐵牛頭上戴著嵌有白日徽的兵帽，柯太仁和瞿習遠都戴著灰色米箕兵帽。他們腰上都緊束著軍皮條，瞿習遠右手臂還挽著幾件軍衣。原來，他們划只小船從土墩北邊上岸，柯和仁專心錘菱角，沒看見他們。

「我生火煙，得到了族長柯啟文大哥同意，干你屁事！」柯和仁辯解著。

「入你娘的，你還敢對老子強嘴，老子打死你！」柯鐵牛趕上前，搧柯和仁耳光。

「老子跟你拼了！」柯和仁叫著，把手中石頭向柯鐵牛去。

柯鐵牛躲過石頭，跨上一步，抓住柯和仁的右手，反扭著，用力一推，把柯和仁丟出一丈遠。

「給老子都滾開！」柯太仁向立著看打架的孩子們吼道。他上前，把那錘好的菱角捧給柯鐵牛，自己去錘灰中的菱角。

「鐵牛打死人啦！」柯和丁大聲叫喊。

「打死人啦！」孩子們一窩蜂地邊跑邊喊。

「你為啥打我哥？」柯和貴沒跑，去扶哥哥，睜眼質問柯鐵牛。

「老子就是要打死你這兩個崽子，讓你爹絕後！」柯鐵牛惡狠狠地說。

「和仁，帶你弟弟快回來。」和仁、和貴的母親寡婦李朝清在喊，快步向土墩走來。李朝清聽到孩子們叫聲，猜到柯鐵牛在打和仁、和貴。她沒問情由，拉著兒子就走。

「鐵牛打我哥。」柯和貴對母親說。

「我知道。」李氏說，「和仁，你不要惹事。」

「我沒惹他，他就打我。」柯和仁委屈地哭著說。

李朝清牽著兒子走了幾丈遠，小聲對兒子說：「七年前，你父親在關廟為族中守魚，鐵牛偷了兩條魚，被你父親捉住，打了兩巴掌，奪下了魚。後來族中要整柯鐵牛的家規，你父親為鐵牛討情，說鐵牛家窮，整不得家規。我還把家中的魚送了兩條給鐵牛老娘，勸解了鐵牛一番話。沒想到，鐵牛不記恩，反記仇，今日來報復你兄弟倆。以後，你倆看見他，就彎著路走，避開他。」

「鐵牛，你怎麼用那重的手腳打和仁呀？我老遠就看見了。」

李朝清聽到身後有人在教訓柯鐵牛，就轉頭看去，說話的是尹懷德。土墩旁又停泊了一只小木船。那尹懷德身材高大，穿著一件破舊的蒙胸粗布長棉襖，攔腰緊束一條白色粗棉布寬帶，那棉襖沒布扣了，敞著襟口。

「表侄呀，沒事了，算了。」李朝清向尹懷德叫喊著。這尹懷德是李朝清的遠房親戚。

「表嬸，你帶孩子回去吧。」尹懷德答應著。

「我是看在李婆婆的面子上，只打了那小子兩下。若是記著那小子父親的仇恨，老子要打得他吃三副中藥。」柯鐵牛說。他又向尹懷德說了柯和仁父親打自己的事。

「我看現在拉平了，你再不要造事了。」尹懷德說。尹懷德把眼前的三個青年人打量了一番，說：「你們好大狗膽呀，偷起軍衣軍帽了，不怕槍斃嗎？」

「大哥，這是從死兵身上剝下來的，不是偷的。」瞿習遠說。

柯鐵牛、柯太仁低了頭，沒作聲。他們對尹懷德很敬畏。尹懷德力氣大，他們打不過。尹懷德讀過書，又是牛經紀，能說會道，見多識廣。尹懷德還給他們吃的。所以三人拜尹懷德為大哥。

「剝死兵的衣服，太沒良心了！」尹懷德搖頭嘆息。突然他大聲訓斥說：「你們立即把衣帽脫下，拆開，重新縫衣。你們知道嗎？這衣帽是兩種互為敵人的兵穿的，你們不管碰上那種部隊，都認為你們打死了他們的戰友，都要你們吃『花生米』。」

「花生米，好吃呀。」柯太仁傻里傻氣地說。

「傻瓜，花生米就是子彈，子彈像不像花生米？你去吃呀，挨子彈呀！」尹懷德提著柯太仁的耳朵，笑著，罵著。

「好險呀！多虧大哥指點。」柯太仁被嚇住了，連忙摘下兵帽，解下軍皮條。

柯鐵牛、瞿習遠也照著做了。

「我告訴你們，去撿些炸彈片，賣錢買東西吃，可千萬別胡來。」尹懷德教育著三人，說完，就走了。

尹懷德徑直走到李寡婦的棚，低頭彎腰進去，坐在一捆蘆柴上。

李朝清已經給兒子洗了熱水澡，拿出炒米當午飯。她見了尹懷德，連忙盛了一碗炒米，叫尹懷德吃。

「表嬸，我教訓了鐵牛，他再也不敢打和仁了。」尹懷德邊吃邊說，「我特地來告訴你一個好消息：仗打完了，雙方死了好多人。國民黨軍隊輸了，向南邊逃跑了。共產黨在縣城還開大會，成立人民政府，天下太平，我們可以回家過安定日子了。」

「真的？」李朝清驚喜地問。她頓了一下，說：「搬回家的事，我要去問你叔父。」

「我叔父不大出門，得不到消息。我還要去告訴他哩。」尹懷德說，「你去告訴他，問他搬不搬家，他有腦筋些。」

李朝清出門去找尹懷德的叔父尹安定。

尹安定是個私塾老師，又是鄉紳，在地方極肯幫人，盡做好事，方圓幾十里的人都很尊重他。尹安定的老婆趙月英，聰明賢慧，得人心。到南湖避亂，別姓是不能來的，唯獨這尹安定例外。南柯村族中管事的柯啟文、柯丹青親自去接尹安定來，還給尹安定搭了蘆棚。尹懷德也就跟著來了。

李朝清來到尹安定棚門口，看到尹安定、趙月英在忙著收拾東西，就問：「表弟呀，真的能搬回家嗎？」

「是的，表嫂，我叫小毛去通知大家去了。你還沒聽說嗎？」尹安定停下手中的活兒，直起腰，對李寡婦說，「柯和義托人帶信來了，說不打仗了，可以回家了。」

「我聽到懷德表侄說了，我怕他消息不真，就來問你。」李朝清說。

「這兩年打的是大仗，先是在東北打，後在江北打。國民黨退守到江南，守不住。共產黨過江了，正在追擊國民黨。國民黨徹底跨台了，共產黨勝利了，改朝換代了，大赦天下了，天下太平了。我們這些老百姓可以回家過安定日子了。」尹安定很興奮，說了一大陣子。

「那就好了。」李寡婦聽了很高興。她急忙轉回去。

李朝清回到棚裡，就收拾起東西。尹懷德幫著收拾。尹懷德是個單身漢，沒棚子，也沒東西，東借一宿，西混一夜。李朝清家的東西也不多，裝了一個竹籃，用被單包了個包裹，兩支篾絲籮沒裝滿。尹懷德把被子裝在一支籮上面，把柯和貴放在另一支籮裡，挑著就走了。李朝清提著籃子，柯和仁背著包裹，跟在尹懷德後頭。這時，蘆棚裡的人，都挑的挑，提的提，從旱路穿蘆葦叢，沿泥路，向村裡走去。

李朝清等人到了家。尹懷德放下擔子，從籮裡抱出柯和貴，揉了揉柯和貴的手腳，讓柯和貴消去了麻木，能在地上走動。他謝絕了李朝清留住吃飯，走了。李朝清母子三人忙著打掃房屋，挖出埋在地下裝著糧油的罎罎罐罐，在灶臺上按上耳鍋、鐵罐，生火做飯。

南柯村的瓦楞冒煙了，田地上還出現了幹活的人。

李朝清回家的第二天是寒食節，第三天是清明節。俗話說：寒食添土，清明祭祖。這兩天，是中國人對祖人敬畏、虔誠的日子。

寒食節這天，李朝清一大早就起來了，切好紅薯塊，放進鐵罐裡。她在一隻碗裡放了一塊乾魚和幾片臘肉，在一個瓦缽裡放了三把稻米，把碗缽嵌在薯塊上，加了水，燒火煮起來。她看到鐵罐上冒蒸汽，就用火鉗把炭火撥攏在鐵罐底下，讓食物燜一燜。她利用這個空隙時間，去樓上找出一疊打了銅錢印的火紙，一把香，一盒百響爆竹，裝進小竹籃。

開飯了，李朝清先把一碗一缽取出來，把乾魚臘肉分裝在兩隻小碗裡，又用兩隻小碗各盛了小半碗米飯，算是有了三牲祭品，都放進竹籃裡。李寡婦幹完了這些，才叫兩個兒子吃飯，先吃薯塊，再分吃缽裡的米飯。李寡婦自己只吃薯塊。

吃飯的時候，柯和貴的眼光偷偷去瞄那籃子裡的魚肉。

「那是祭品，讓祖人吃的。」李寡婦覺察到小兒子嘴饞，嚴肅地教訓著。

「每次祭祖，祖人沒吃呀。」柯和貴天真地說。

「祖人吃時，你是看不見的。先讓祖人吃，是孝心，再給後人吃，是愛心。祖人就會保佑後人。」李朝清語氣溫和，諄諄教導。

柯和貴睜著大眼睛認真地聽著，似懂非懂地點點頭。柯和仁咧著嘴笑，笑弟弟不懂事，彷彿自己是大人，什麼都懂。

吃完飯，李朝清提著小竹籃，拿著鐵鍬。柯和仁背著挖鋤跟隨在母親後面。柯和貴蹦蹦跳跳，走在前頭，一起向祖墳山走去。母子三人走進瞿家獨屋後背山，來到兩座並排的墳墩前。一座墳墩上面蓋滿了枯草，枯草上長出了密密的淡黃色草針，墳頭有三護石碑，這是李氏公婆的合墓墳。另一座枯草稀疏，新草尖稀少，草叢中露出新黃土，草中有些老鼠洞、蛇洞，是李氏去年亡故的丈夫的墳。

李氏站在墳前，一陣心酸，淚水撲簌簌的。柯和貴看到母親哭了，也流著淚。柯和仁對著新墳哭喊：「爹呀，爹呀。」李氏傷心了一會，叫柯和仁挖土，教柯和貴捧土填洞。她用鐵鍬把土掀到墳頭上，兩面墳墩上都加了些新土。李氏擺開祭品，柯和貴放了爆竹，柯和仁燒了火紙錢，跪下，作揖，磕頭。

李氏又帶著兒子走過一塊地，來到三個墳墩旁，她對兒子說：「這三座墳埋的是三個兵，不知道是哪裡人。你們祖父、父親行善，給他們收屍。這座三十多年了，這座二十多年了，這座十多年了。你們今後，不能忘了祭拜，那是可憐的亡魂呀。」

李朝清說完，放了爆竹，照樣祭起來了。

祭完了祖墳，母子三人拿著工具、籃子往回走。這時，一陣陰風從山坡上吹來，傳來老鼠吱吱叫聲；山頭大樹上有一群老鴉哇哇地叫，噗噗地拍打著翅膀。墳山上顯得陰慘恐怖起來。李氏向山上望去。在墳墩後有一條山坎，坎上長著刺篷，刺篷沿山坎連絡著。過了刺篷是柴山，柴草有一人多高。李氏心裡發怵，柯和仁拉著母親的後衣，柯和貴抱著母親的腰。

「孩子，不用怕。我家幾代人行善，鬼神不會害我們的。這裡還有你祖父母、父親保佑我們。」李氏摸著兩個兒子的頭，安慰著說，「和仁，你帶著和貴，我上山去看一下。

李氏憑自己的經驗，直覺到柴草裡可能有動物的死屍，決定去看個究竟。她用挖鋤分開刺篷，在坎上挖了踏坑，爬上山。柯和仁帶著柯和貴悄悄地跟隨上去。李氏發現，在一處柴草中有一個空凼。顯然，這柴草經過了動物的打滾，亂亂地倒伏著。李氏走到空凼邊，一群老鼠亂竄著逃跑，樹上的烏鴉叫得更慘了。在空凼中，躺著兩具屍體，是兩個穿軍服的人。一個頭上歪戴著灰色米箕兵帽，另一個戴著白日徽兵帽。米箕兵帽的雙手卡住白日徽帽的脖子，白日徽帽的咬著米箕帽的耳朵；兩人的手腳扭結在一起，軍衣被撕裂了，破爛處裸露著一塊塊紫紅，皮肉被老鼠、烏鴉咬啄爛了，眼睛沒了。從毛髮、面皮、身段、手腳上判斷，兩個軍人都只有二十歲左右，是剛涉世的血氣方剛的青年人。兩個人軍衣肩上、胸上都有閃光的牌子，看來都是各自軍隊的戰鬥英雄。李氏猜測：兩個兵是在離這裡三里遠的箭山堖戰役中遇上撕殺，追擊到這裡，又進行了一場生死肉搏後都死了。現在，這兩位戰鬥英雄都沒有氣力了。他倆的長官和戰友們一心去打仗立功，或逃命去了，丟下了他倆的屍體，成了老鼠和烏鴉的食物。李氏看到怵目驚心的場景，全身顫抖。柯和仁、柯和貴被嚇得抱在一起，不敢哭。

李氏面對著這目不忍睹的慘景，眼前掠過了去當兵的大兒子柯和禮的身影，淚如湧泉，放聲痛哭起來：

「孩子們呀，多可憐呀！你們是為了那一樁啊？作孽呀，作孽呀！」

李氏哭泣了一陣，沒有恐懼了，只有慈母悲傷之情，行善之心。她對兩個兒子說：「孩子，不用怕，他倆是可憐人，不懂事的娃娃，是你倆的兄弟，我們來給他倆收屍吧。」

李氏走到屍體前，蹲下身子，雙手用力去掰動兩具屍體的手腳，費了好大勁，才把兩具屍體分開。李氏叫柯和仁去拿來挖鋤、鐵鍬，在屍體旁挖坑。母子三人勞累了兩多時辰，挖好了兩個土坑。李氏帶著兒子回家。李氏挑了兩大捆稻草，柯和仁挑了兩籮筐草木灰，柯和貴提著重新裝了爆竹、火紙、香、祭品的小竹籃，轉身來到新挖的坑邊。三人把屍體用稻草裹紮好，在坑底鋪上草木灰，把屍體分別放進兩個坑內，又蓋上草木灰，掩上新土，做了兩個墳墩，還在墳墩前壘上石頭。三人重新放爆竹，燒紙錢，擺祭品，下跪，作揖，磕頭。

李氏對著新墳祝願：「孩子們，聽我勸告。你倆在陽間聽人教唆，成了對頭冤家，我現在給你倆化解了。你倆到了陰間，再不要聽別人教唆了，不要到閻王殿去告狀，要自己拿定主意，一同上路，像一對好兄弟；又一同去投胎，作來世的孿生兄弟吧。」

李氏向死去的人祝願完了，又告訴兒子，每年清明節和七月十五節的春秋二祭，不要忘記給這兩個可憐的陰魂祭祀，燒包袱錢。

傍晚了，母子三人回到家裡。李氏把祭飯熱了，讓兒子吃。她又燒了熱水給兒子洗了臉腳，讓兒子們去睡。

李氏沒吃飯，洗沐了，關上前後門。她進房裡，端出一個麥草盤子，盤子裡放的是針線和各色各樣的布塊。她把盤子放在灶台邊的一個木凳上，自己坐在灶前草墩上，把菜油燈盞拉近，從盤子裡拿出小兒子和貴的一件破褂子，找出相配的布塊，縫補起來。她縫補了一會兒，那針不聽使喚，刺著了她左手大姆指，出了血。她伸手到鍋底，讓傷口塗了些炭灰，又縫補起來。那針又不聽使喚，刺著了她左手中指。李氏感到自己特別疲乏，精神恍惚。她坐定，在淡黃色的燈光裡，眼前晃動著一幅幅的又不連續的悲慘夢幻景象。這是勞累了嗎？不是的。往日，她白天幹的活比今天重多了，時間也長多了，她習慣在晚上做針線活到子時，也沒打瞌睡。李氏分析不出這種心理現象。今日，她親眼看到了那兩個兵的慘事，又親手埋了那兩個兵。那兩個兵的陰魂闖開了她善良的心扉，在她善良的心房裡遊蕩。於是，那些她耳聞目睹過的悲慘事也跟著遊進了她善良的心房，夢幻般地浮現出來。憐憫、悲傷、痛苦一齊來折磨著她善良的天性。她的喉嚨哽咽了，鼻子足響，淚水不由自主地流，那夢幻一幕接一幕地放映著：

……在娘家的堂屋裡，小方桌上放著燈盞，兩根燈草亮著兩顆黃豆般大的亮，滿屋的人影在晃動。桌旁攤著一扇門板，父親躺在上面，胸口的棉襖有個大口子，渾身是血。母親哭著給父親脫衣服。她只七歲，懂事了，聽到大人們在說，父親給一個軍官姨太太治病，沒治好，那軍官就用刺刀向父親的背心刺了兩刀。她跪在父親的頭部，哭著……

……上午，縣城母親住的房子已成一堆瓦礫，是日本的飛機炸的。她和丈夫在瓦礫堆中翻出六十七歲的母親屍體。母親的頭腦被砸破了。磚瓦上有白糊糊的漿髓，胸肋腿骨都被打斷了。她把腦髓捧進母親的頭腦裡，抱著母親痛哭……

……深夜，月黑頭。公公來到她的床邊，打醒她和丈夫，小聲說：「遊雞隊（游擊隊）來了。」公公和丈夫鑽到夏布帳裡，貼牆站著。她睡在床上。聽到外屋巷裡有「噓——噓——」的口哨聲，有「嘿喲——嘿喲——」的叫喊聲。接著，有男人喊「救命」，有女人喊「放開我」。她家的大門被踢開了，婆婆在說：「我丈夫、兒子去縣城沒回來。」有火把進了房，兩個大漢在喝問她：「你公公、丈夫呢？」她像婆婆一樣答話。火把上樓了，抄去了糧油。屋外又發出了「噓——噓——」、「嘿喲——」一聲，還有拉豬牽牛聲。村子裡有人啼哭。卯時，村裡才安靜下來。可是，李氏家不安靜了，公公被嚇得昏厥了，一口痰閉住了，死了。公公是個勤勞吃苦、善良膽小的莊稼人。她跪在公公屍體前，大哭起來……

……臘月二十七日卯時，丈夫推醒她，說：「我一輩子做好事，不會死在三十夜、年初一的。我現在要走了。」她連忙起身，點亮了油燈。久病丈夫瘦骨嶙嶙，鼻樑顯得很高，眼窩很深，但那眼光特別明亮，聲音清晰。他說：「你反對我賣田地給大兒子買兵役，現在看來，我對了。共產黨要坐天下了，有田地是地主，沒田地是貧農。你和兒子不會受階級苦了。和仁讀了三年書，要記著尹安定先生沒收學費的恩德。和仁十四歲了，讀書只一般，回家和你一起幹活。和貴絕頂聰明，要讓他讀書，讀書有用。我這一輩子只有做過一件遺憾事，打了偷魚的柯鐵牛兩巴掌。那鐵牛是個又窮又惡的潑皮漢，你和兒子以後要讓著他，躲著他。我家窮了，我死後，你明後天就草草把我給埋了，不要等和禮回家，和禮可能回不來了。你帶著兩個兒子熬下去吧。」丈夫說完這些，喝了一口水，就說不下去了。她抱著丈夫悲泣起來……

……太陽快落山了，屋瓦上還有殘光。十九歲的大兒子柯和禮在家裡第三次無錢買兵時，只好去當兵。她在大堂前看著和禮穿了軍衣，戴上有白日徽的兵帽，走了。頭年來封信，以後就沒音信了。現在仗打完了，和禮還沒回。她彷彿看到和禮滿身血痕，倒在草林中，老鼠烏鴉趴在他身上……她嗚嗚哭起來……

……在湖壢墩上，柯鐵牛把和仁、和貴往死裡打，可憐的和貴被柯鐵牛提起小腿，丟到了湖裡……她大聲哭起來。

這一夜，李氏就這樣心神不定，做幾針針線後就打盹；一打盹，就出現令她擔憂傷心的夢幻，然後就哭一陣。

對這李朝清悲天憫人的善軟心腸，有詩詞讚歎她。

詞曰：

金字經

詠善二首

其一

（你是）爬山長青藤，莖韌葉兒榮，（給那）瘠土懸岩送青春。

藤：毒毒陽光曬，利刀鑷，（你）心田有水源。

其二

（你是）穿泥蘆葦根，筍甜竿作薪，（把那）汙水險灘變秋金。

根：洶洶洪水淹，風雪烈，（你）善性藏芽茵。

注：《金字經》，曲牌名，又名閱金經、西番經，南呂曲調，平韻。有感歎世事、人物的情緒。定格：五五七，一，五，三五。

⊙●○○●，○○●●▷。◎○⊙●●○▷。▷，⊙●◎○●，◎○●，○⊙●●○▷。

集錦詩云：

早是傷風夢雨天（韋莊），寒鴻過盡殘陽裡（耿緯）。
處處風波處處愁（唐寅），手披荒草看孤墳（劉長卿）。
憂心炳炳發我哀（曹雪芹），新啼痕壓舊啼痕（王實甫）。
不受塵埃半點侵（王淇），平生自是個中人（蘇軾）。

李朝清是四十二歲的人了。在家庭生活上，她真是中國人所說的「三悲人」：少年喪父，中年喪夫（婦），老年喪子。在社會生活上，她是生在亂世，長在亂世，活在亂世：生在辛亥革命，經過袁世凱稱帝，軍閥混戰，共產革命，日本進攻，國共大戰。她沒有沒見過的惡人，沒有沒見過的怪事。通常的理，她能想通；通常的事，她能看透。現在，她還有一點理沒想通，還有一件事沒看透。

那沒想通的一點理是：為什麼總是打仗？為什麼人與人總是相仇恨？為什麼那兩個兵鬥得你死我活？有人說：「那是天意。」李朝清不同意這個說法。她按自己的本性想：天意是好的。人一生下來，一樣的天真可愛，不懂事理，沒有惡性。按天意，人是善性的，人與人應該互相友善，和睦，通情達理。於是，她就自己想出了一個答案：人與人之所以仇鬥，那是有妖精在作怪。那些妖精從山洞裡跑出來，幻化成人，造亂人心，造亂人世。但是，她不知道哪些人是妖精變幻成的。

那沒看透的一件事是：共產是什麼樣子？她丈夫說：「你和兒子不會受階級苦。」階級是什麼呢？丈夫沒說清楚。尹安定先生說：「共產黨贏了，改朝換代了，大赦天下了，天下太平了。」但也沒說清楚共產是個什麼樣的情景。原來聽國民黨說共產黨是「赤匪」；現在，共產黨又說國民黨是「蔣匪」。她知道：贏了天下的就說輸了天下的是「匪」。她憑自己的經驗和聽丈夫、尹安定等人講的歷史故事，相信這樣一個理：不管誰得了天下，就要大赦天下，天下就要太平，人與人就要和睦相處，皇帝就要定法律來懲罰惡人，保護善人。但那共產社會是個什麼樣的呢？她從來沒見過，她的丈夫和尹安定先生也沒見過。沒見過的事，是沒法看透的。

現在，李氏開始生活在共產社會裡了。

欲知那共產社會怎樣，且聽下文分解。

第三回 解書記傳道釋經義 尹主席悟玄鬧革命

卻說李朝清痛哭了一整夜，又想了一陣子家事國事。她渴望著天下太平，能過上與人為善的安寧日子。她不知道「共產天下」是怎樣的，但她開始生活在共產天下了。

一個月後，李氏聽說縣城發生了大變化。她娘家在縣城。雖然娘家沒親人了，但有親房，還有兩個姐姐住在縣城。她決定回娘家一趟，就揀了個晴天，天蒙亮，邁開兩隻小腳，向縣城走去。

她走了三十多里，到了縣城。縣城一片破敗景象，到處都是被炸彈轟塌的房屋，磚頭瓦片一堆連一堆，殘牆斷壁一垛接一垛；燒焦的屋柱聳立著，掀翻的街石亂躺著；城門洞的大石磚有子彈痕跡，木板門面有子彈穿過的孔子；牆壁上有大紅紙寫的大字。大人們在忙著修繕房子，小孩子在玩子彈殼，還吹出「噓噓」的聲音。在熱鬧處五馬坊，店鋪、飯館開業了，戰後的人們眉開眼笑，在街上擁擠著。人流中，時時有胸襟上掛著紅布條的人，還有戴米箕帽的兵背著槍，在巡邏。

李氏走到五馬坊轉角處，看到一個熟悉的背影，連忙追上，高叫：「安定表弟。」

那尹安定聽到身後有人喊，站住，轉頭看。他見李氏，說：「表嫂，你走娘家呀？」

「是呀。」李氏答應著走上前。她看見尹安定的胸前也掛個紅布條子，就問：「這是什麼呀？」

「是人民代表證呀。」尹安定說，「表嫂，我說太平了吧。現在共產黨成立縣人民政府，保長以上的官和地方有名氣的人都來縣開會，商討治國大事。我也被請來了。」

「會上說怎麼共產了嗎？」李氏急著要解開心上疑團，就問。

「只說眼前要辦的緊急事，一件是維護地方治安，一件是減租退押。」

「什麼是減租退押？」李氏問。

「地主租給窮人的地，不能收那麼多租，要減一半。借給別人的錢不能討債了，寫了字押的，要退給借錢的人。」尹安定解釋說。

「少收地租是件好事。借錢還債，千古一理，怎麼能退字押不還債呢？」李氏不解，反問。

「共產黨是為窮人的。窮人之所以窮，是因為有富人剝削。現在要消滅剝削。」

「話可不能說得那麼絕。」李氏又不同意這種說法，「窮人不全是富人收地租和借錢收利搞窮的。我南柯村的窮人，大多數是好吃懶做、不會打算才窮的。富人也不全是剝削才富的，柯啟文就是辛苦勤勞起家的。」

「你說的也有些理。我家那孽障就是不務正業搞窮的。」尹安定說。

「懷德表侄人窮，心地善良。我們村有許多窮人可窮得惡黑了心呀。」李氏知道尹安定說的孽障是尹懷德，就為尹懷德辯護。

「尹先生走呀，開會時間要到了。」前面有人叫喊。

尹安定告別了李氏，匆忙走了。李氏也走親戚去了。

卻說尹安定從縣城裡開會回家，已是掌燈時分。趙月英服侍他吃飯，洗沐。尹安定把縣裡開會的內容對趙月英說了。

「我家沒字押可退，只有減租一條。我家出租的田地也不多，收的租比別人少。再減，就不如不收算了，免得背收租的惡名。」趙月英說。

「你說的和我想的一樣。那五斗水田和四升麥子地就不收租了，只保有地權。我教書有些收入，能養家糊口。如果我不能教書，再把田地收回來自己做。」尹安定說。

「好，我現在就去跟佃戶們說。」趙月英說。

「真是家有賢妻，夫不遭殃呀。」尹安定凝視著趙月英漂亮的臉蛋，讚賞著。他又說：「我看這減租退押是共產黨的第一步，後面還有文章。不過，我們不怕。我只教書，沒作官；我只行善沒作惡。家產也不多，田地不多，夠不上是地主。」

「我們肯定沒事。平生不做虧心事，不怕半夜鬼敲門。」趙月英說完，出門去了。

縣城開會後，共產黨向各地派了軍隊工作組，一方面領導保長和尹安定這類人公開開展維護治安和減租退押工作，另一方面秘密組織窮人中的骨幹份子建立黨支部、民兵和籌備會、貧協會，準備進行清匪反霸工作。還向各地派出了剿匪部隊。

在南柯村，先是成立了以尹懷德為主席的貧協會、籌備會，成員有柯鐵牛、柯鐘月，後來發展為黨支部、村委會。在黨支部領導下的民兵連由柯太仁為正連長，瞿習遠為副連長。接著尹懷德等人由秘密工作轉為公開工作，成立了南湖鄉黨委會、人民政府，紅石區黨委會、人民政府。尹懷德為南湖鄉黨委書記兼鄉人民政府主席。尹安定這些第一批人民代表的資格自然被取消了。轟轟烈烈的清匪反霸運動開展起來，南柯村接連不斷地出現了驚心動魄的大事件。

尹懷德突然成了名震一方的大人物，這其中大有文章可寫。

尹懷德，本來家庭殷實，是尹東莊第一大戶。他父親尹安生是個精明能幹的農民，從祖人那裡接過了七斗水田、六升麥子地、一棟連三間土木結構房子。尹安生和老婆樂氏靠辛勤勞動和精打細算，添買了水田一擔，麥子地七升，撤了舊宅，建造了一棟一進兩重的青磚瓦屋。尹安生有一個小他二十歲的弟弟尹安定，還有個獨子尹懷德，比安定小四歲。尹安生讓弟弟帶兒子一起讀書。尹安定讀書很用功，讀完了私塾，還考上了國立縣中學。尹安定讀到中學三上時，尹安生得暴病去世了。尹安定輟學回家務農，還教了一個館子，當私塾先生。尹安定結婚了，媳婦叫趙月英。趙月英小尹安定五歲，小尹懷德一歲，是尹安定塾師的女兒。女子雖然不能上學，但趙月英父親還是教女兒讀了《三字經》、《女兒經》、

《幼學》、《千家詩》。趙月英自己還喜歡看《三國演義》、《紅樓夢》之類的小說。趙月英就成了貌美賢良、知書識理的女子了。她進了尹家門後，敬嫂母，愛丈夫，疼侄兒，睦鄉鄰，很得人歡喜。

尹安定夫婦要侄兒尹懷德用功讀書。尹安定對懷德說：「我沒有讀完中學，很不甘心，你可要收回玩心，讀完私塾，再讀縣中學，考省城專科學校。如果你爭氣，我還送你出洋留學。我很羨慕那些留洋回國的讀書人。」

那尹懷德聽著叔父的話如耳邊風，這邊耳朵進，從那邊耳朵出了。他根本不是讀書的材料。他是父母的獨生子，又是晚子，早被寵慣了，只知玩耍。讀到二十歲，還只讀完《三字經》、《幼學》，讀了《四書》、《五經》，也背不來，只知皮毛。他十幾歲時，只向母親討錢進茶館、餐館、逛街等。到了二十歲，就從家裡偷錢去賭博、嫖窯子。尹懷德長得牛長馬高，性子也成了，樂氏管不了，尹安定也拿他沒法子。樂氏就和尹安定、趙月英商量，給尹懷德成親，讓媳婦來管他。接連說好幾門親，花了不少錢，尹懷德都嫌女人沒長好，不活潑。一日，尹懷德到趙月英娘家鳳凰街，看到了趙月英的侄女趙來鳳，一見鍾情，就央求嬸娘去說媒。趙來鳳小尹懷德三歲，跟著母親在鳳凰街開豆腐鋪，是鳳凰街有名的「豆腐西施」，也是嬌生慣養的人。她知道姑娘家生活好，看那尹懷德身材魁梧，堂堂一表，也就滿心同意了。尹懷德成親了，頭兩、三個月還好，每天在家裡陪著媳婦，也下田地去幹些農活。三個月過去了，尹懷德感到生活不新鮮，就偷著出門去玩，慢慢地，恢復了原樣了，日夜不歸，押寶賭博，尋花問柳，涼著趙來鳳。趙來鳳並不計較尹懷德，也樂得借了口實出門玩，抹紙牌，偷漢子。不到一年時間，尹安定就賣了七斗水田、五升麥子地為尹懷德夫婦還賭債。尹安定就與嫂子樂氏商量，與尹懷德分家。尹安定把全部房產和田產的三分之二都給了尹懷德，自己住進學校。尹懷德夫婦安定生活了一個多月，又老病復發了，兩年時間，把田產賣光了。樂氏要求尹安定用族規來整治尹懷德夫婦。尹安定就請族中長老喝酒，在族中祖宗堂，趙來鳳被卷了篾席，倒立在牆邊；尹懷德上了繩子，吊在梁上。尹懷德夫婦對著祖宗神位發誓好好務農，勤儉持家。尹懷德夫婦好了半年，又我行我素，將一棟一進兩重的青磚瓦屋全賣了。趙來鳳捲了賣屋錢逃跑了，嫁給了紫金山村一個富戶作小老婆。尹懷德的母親樂氏一氣之下上吊了，尹安定在族中宣佈與尹懷德斷絕叔侄關係。過了一年。尹安定又把青磚瓦屋贖買回來了。

尹懷德孑然一生，無田地屋宇，還欠著賭債，成了真正的無產者。他沒固定的住宿地，到處遊蕩求食。後來，他遇上了幾個牛經紀（牛販子），央求讓他牽牛，弄碗飯吃。那些牛經紀都不識字，見尹懷德能寫能算，就答應了。一日，尹懷德牽著一隻水牯過紅石街，被討債的兩個潑皮碰上，抓住了懷德，打了一頓，奪了牛。尹懷德牽的牛是牛經紀的，沒了牛，是要賠的，他無牛賠，也就沒了活路。尹懷德走投無路了。他在絕望中不想死，就厚著臉皮去找叔父和嬸娘。尹安定恨尹懷德不爭氣，但看到侄兒到了這步田地，起了憐憫心，就出面找到債主，還清賭債，牽回水牯。尹懷德有生路了，就在尹東莊後塅林中搭了一間大牛棚，隔出一小間當自己住房。

尹懷德雖然不爭氣，遊手好閒，愛賭愛嫖，但他聰明，有勇氣，而且良心未滅，不偷不搶，不與人毆鬥，待人隨和，有時還抱打不平，幫助善弱人。所以，周圍的人不討厭他，與他來往，給他飯吃。尹懷德和著名的算命先生陳瞎子也相處得好。陳瞎子為他算了命，贊他是「落難英雄」，將來會成就偉業；還說他在第六個運頭（即三十一、二歲）會遇貴人提攜，轉運為富貴。果然尹懷德「而立之年」的第二個初夏，貴人找上門來了。

卻說尹懷德幫助表嬸李寡婦從蘆棚搬回家，就回到他的牛棚。牛棚裡有兩個牛經紀在等著。大家議論：沒戰亂了，農活恢復了，是販牛的好時機。尹懷德就忙著去販牛。

尹懷德在縣城，看見老衙堂的門牌換了，城牆上貼滿了紅色標語：

熱烈歡迎人民解放軍！

慶祝永安縣人民政府成立！

中國共產黨萬歲！
毛主席萬歲！

他看到叔父尹安定成了縣人民代表，參加了大會，心裡很高興，想：「武安邦，文治國。像叔父這樣善良正直的文人應當出來治國了。」

他在江北看了農村成立了黨支部、貧協會，各級人民政府的頭頭是軍人，和國民黨時選舉出的鄉紳不一樣，心裡犯疑，對牛經紀們說：「難道共產黨是馬上打天下，又是馬上坐天下嗎？」

「這是英明天子的事，是當官的事，與我們何干？我們只求生計。」牛經紀說。

端午節後的一日，尹懷德牽了兩頭大水牯，走了五十多里路，中午到了自己的牛棚。他把牛拴在棚外的大木樁上，進了牛棚，感到十分疲勞，不吃不洗，脫下衣褲，只穿條舊短褲，倒床便睡。

尹懷德正在熟睡中，突然他的肩頭被一隻大手抓住，驚醒了，霍地坐起，大叫：「誰呀？」

他在迷糊中看到一條大漢站在床邊，二十出頭，頭戴灰色米箕兵帽，腰束軍皮條，插著盒子炮。他被嚇得「撲通」一聲滾下床，跪在地上，雞啄米似地磕頭求饒：「軍官，我只做牛生意，沒作什麼壞事，你饒了我吧！」

「同志，不用怕，咱們是一家人，快穿上衣服。」那軍官態度和藹，說著，坐在床上。

尹懷德穿好衣服後，外面又進來兩個兵，一個十八九歲的男兵，一個二十來歲的女兵。那女兵背個黃軍包，包帶穿過胸溝，兩乳高聳，黑髮齊肩。

「同志，你叫尹懷德吧？」那女兵問。

「是，是。」尹懷德連連答應。

「他是紅石區黨委書記兼區長，又是蹲點南柯村工作隊隊長，叫解放同志。」女兵指著那個軍官，向尹懷德介紹著。

尹懷德聽到稱呼「同志」，知道來人沒惡意，心裡平靜了。尹懷德不是普通老實的農民，喝過墨水，見過世面，知道共產黨和國民黨的一些情況，還聽說過「毛主席、朱總司令」的名字。他打量著眼前的人，猜著來意。

「懷德同志，我們在你家借火做飯行嗎？」解放書記問。

「行，行，行。我去借米借菜。」尹懷德連忙口裡答應，心裡卻在想：「讓他們做了飯走路。」

「你不用去借啦，我們自己帶了糧油。」解放說。他對那兩個兵命令道：「李得紅去挑水，溫小玲生火。」

那男兵李得紅解下肩上的條形米袋，放在地上，提水去了。女兵溫小玲點火。尹懷德出門去借些鹽和菜蔬。

飯很快熟了。尹懷德聞到白米飯的香氣，直流口水。他好久沒吃白米飯了。吃飯時，解放不斷給懷德夾菜。尹懷德沒顧慮了，狼吞虎嚥，一連吃了三大碗。

解放看著尹懷德那吃飯的樣子，上下眼皮使勁擠了擠，用手背擦了擦，眼淚就出來了，嗚咽著說：「懷德同志，你吃了不少苦呀！」

尹懷德點了點頭。

吃完飯，溫小玲刷洗炊具，李得紅打掃房子，解放和尹懷德說話。

「懷德同志，我們就住在你這裡了。」解放說。

「住不得，住不得！這是牛棚，不是你們住的地方。」尹懷德慌忙擺手，說。

這實在是牛棚。整個棚房用樹乾支起，水竹、山藤編織成牆，抹上田泥，上蓋茅草。中間一個欄牆隔成兩間，西頭大間關牛，東頭小間住人。大間裡，牛糞一堆堆的，牛尿一淌淌的，糞尿從牆腳下滲到小間這邊來。小間這邊牆腳下一條小溝，把糞尿引流到棚外。滿屋是牛騷氣。在小間裡，幾塊土磚壘起，攤上一張竹竿編的床，床上鋪著稻草，一床破爛棉被，一邊墊一邊蓋，黑色的棉絮露出在印花被套的破口處。四塊土磚豎起個灶孔，一個鐵罐，一個破耳鍋，幾隻缺口的陶碗，沒筷子，吃飯臨時用柴棒。沒有桌子和位子。

現在，解放這樣的大人物要住在牛棚裡怎麼行呢？他們到底來幹什麼呢？尹懷德在想。他清楚地記得民國十八年共產革命時黨內互相殘殺改組派的事。若是解放等人在這裡設立聯絡站那就不得了，自己還要丟掉生命。退一步說，解放等人住下，那些牛經紀就不敢來了，自己就斷了衣食，何況那頭大水牯急著要出賣哩。退一萬步說，解放等人不傷害自己，是自己的朋友，也萬不能讓他們這樣有體面的人住牛棚，使自己丟臉面。尹懷德想了這些，決定拒絕解放等人住下。

「同志，這牛棚是住不得的。我帶你們住我叔父家去。我叔父尹安定是縣人民代表，是個讀書；嬸娘趙月英賢德、講禮，他家是青磚瓦屋，吃住好些。」尹懷德說。

「尹安定這個人，我瞭解。目前讓他當人民代表，是我們的革命策略，利用舊官吏和鄉紳穩定地方秩序。現在，尹安定這類人不起作用了。他和我們是兩個階級的人，是革命對象。共產黨人是無產階級的先鋒隊，是工人、農民利益的代表，是劫富濟貧的。儘管你尹懷德身上有牛糞，也比尹安定的思想乾淨。我們寧可住你的牛棚，也不願去住尹安定的高樓大廈。」解放說完這些革命道理，就向李得紅發命令：「小李，鋪草床」。

「那……小溫是個女同志呀？」尹懷德起疑問了。他雖然尋花問柳，但當熟人的面還裝正經的。今日男女混居，他還接受不了。他想：「難道真的共產共妻嗎？」

「小溫睡在你的床上，我們三人睡地鋪。」解放說。

尹懷德只好依了。他出去給那兩頭水牯餵草，牽去喝水，又轉回棚裡。

「懷德同志，你不要去販牛了，要為革命幹大事。只有幹革命，才吃穿不愁。」解放說。

尹懷德聽這話，心中不安起來。他想：「古話只說『書中自有黃金屋，書中自有顏如玉』。還沒聽說過：革命自有黃金屋，革命自有顏如玉。難道常理被翻過來了嗎？」尹懷德又想起民國十八年的共產革命，那革命內鬥外殺，使人恐怖，看不出對老百姓有什麼好處。「解放要我不販牛，跟他幹革命，幹革命真的有吃有穿嗎？」尹懷德猜不准。

解放看到了尹懷德有慌張疑慮神色，就送給尹懷德一支紙煙，宣傳起革命形勢來：「現在，蔣介石反動派被徹底打垮了，全國解放了，無產階級和貧苦農民翻身作主了。這天下，是我們窮人的天下。我們工作隊是毛主席、黨中央派來的，是來發動勞苦大眾起來革命的，起來建立人民政權的。永安縣縣區兩級人民政權建立了，馬上要建立鄉、村兩級人民政權。我們眼前的革命任務是：清匪反霸，劃分階級，土地改革。我們的長遠革命目標是：消滅剝削壓迫，實現共產主義。」

溫小玲接住解放的話頭，把共產主義的美好天堂作了一番繪聲繪色的描述。

「尹懷德同志，我們瞭解你的情況。你苦大仇深，還有點書識，能接受革命宣傳，能參加革命。我們今天是專為你來的。」解放說，「我問你，你為什麼那麼窮苦？」

「我窮苦是我自找的。我……」尹懷德不敢說謊。他沒說完，話頭被解放截住了。

「你無非是說自己沒有用呀，命運不好呀，風水不好呀，等等原因。不對！」解放說，「那麼天下為什麼窮苦人多而富貴人少呢？那是因為有剝削壓迫。」解放講起了三座大山壓迫和階級鬥爭、無產階級專政等革命道理。他還現身說法，介紹自己是如何參加革命的經歷。他說自己曾經給地主做長工，每年拿到一定的工錢，還稀里糊塗地感激地主。後來他碰到一個搞地下工作的共產黨員，給他算了一筆賬，算出了他只拿到自己勞動應得的一半，另一半是剩餘價值，被地主剝削去了。他才恍然大悟，約兩個雇工找地主算賬。地主說，剩下的一半應該扣留，說上交稅多少，土地農具耕牛損耗多少，本錢多少，利息多少，地主自己勞心勞力應得多少。地主說得天花亂墜，合情合理。地主還勸他不要聽「共產」妖言。解放知道自己沒書識，說不過狡猾的地主，就又去請教那個地下共產黨員。那個共產黨員告訴了他一個大道理：「天下的土地是天下的勞苦人開墾出來的，天下的財富是天下的勞苦人創造的，土地和財富應該歸天下窮苦人。地主是不勞而獲的剝削壓迫者，和地主是沒理講的，只有打倒他們。要打倒地主，就要搞共產革命。革命成功了，天下土地和財富才能歸天下共產，地主也就被強迫變成勞動者了。」「這革命道理真說到窮苦人心坎上去了。」解放說。他就在那個地下共產黨員的教導下，在一個黑夜，殺了地主全家，投奔了共產革命。後來他參加了中國人民解放軍，找到了自己大有作為的革命道路，也找到了窮苦人翻身的出路。解放說：「你尹懷德早就應該參加革命。現在共產黨打下天下了，窮苦人開始享受革命的果實了，你還不站出來，就會損害自己，也損害革命。」

尹懷德聽懂了那革命的道理，心裡並不完全贊同。可是，解放那最後幾句話是肺腑之言，感動了他。他想：「共產革命再不會像民國十八年那樣革一陣就失敗了，而是打垮了國民黨，得了天下。叔父尹安定也去參加了。這次勝利是穩固的。陳瞎子說我三十歲時遇貴人，交好運，莫不是應在解放這人和共產革命這事上嗎？我不能錯過這機會，命運就在此一搏。賭一把！」尹懷德是個敢賭的人。他想了一會，心裡定下了決心，鼓起勇氣說：「解放書記，與君一席話，勝讀十年書。聽你講的革命道理，我茅塞頓開，心裡亮堂了。我決心跟著你參加革命！」

「歡迎！」解放鼓掌了。溫小玲、李得紅都鼓掌了。

當夜，尹懷德就宣誓入黨了。解放又給他講了黨的組織原則。尹懷德接受黨組織的第一個革命任務是：在南柯村物色貧苦人入黨，成立南柯村黨支部。根據解放的指示，南柯村行政包括南柯、尹東莊、邱家垅、瞿家獨屋、黃鶯鐘等自然村莊。又根據解放定的標準，尹懷德提出：村黨支部由柯鐵牛、柯鐘月、邱遠乾、瞿習遠、柯太仁等人組成，邱遠乾為文書，柯太仁、瞿習遠管民兵工作。

第二天，尹懷德把兩頭水牯送給牛經紀們，自己一心一意為革命事業操勞奔波了。很快，南柯村黨支部成立了，籌備會、民兵連成立了，村委會成立，南湖鄉黨委會和人民政府成立了。尹懷德身兼五職：南柯村黨支部書記，村主席，南湖鄉黨委副書記，鄉主席，鄉人民武裝副部長。南湖鄉黨委書記、人民武裝部部長是李得紅。

紅石區鄉村兩級黨組織和新生政權誕生了，革命就深入下去了，「清匪反霸」運動開始了。解放親自蹲點南柯村。

南柯村村部設在南柯祖宗堂東側的兩間偏房。

一個初冬的夜晚，南柯村村部召開「清匪反霸」工作動員大會，全體黨員和革命幹部都參加了。解放作動員報告。

解放講了國內外大好革命形勢後，就講到南柯村如何開展「清匪反霸」、「肅清反革命份子」的工作。他說：

「我們武裝奪取了政權，建立了政權，現在要鞏固政權。要鞏固政權，就要鎮壓反動派，剿滅國民黨匪徒和特務，肅清反革命份子，造成紅色恐怖，讓敵人膽顫心驚，不敢反對新生的紅色政權。所以我們要開展『清匪反霸』、『肅反』運動。在南柯村，至少要槍斃五個罪大惡極的反動派，鬥垮一批反動派。」

解放接著要與會者揭發出敵人的名字和罪行來。

提到要槍斃人，那是要作惡送人命的大是大非，不是好玩的。再說，罪大惡極的敵人，在南柯村可找不到呀。所以與會者個個面面相覷，低頭不語。會場十分靜默。

解放看到這種場面，就站起來，大聲說：

「同志們，我知道你們心裡在想些什麼。你們有三種顧慮：一是有舊的反動地主階級的善惡觀念在作怪，認為揭發了反動派，是害人命，是作惡。善惡是有階級性的。地主階級在對他們之間友善，對窮苦人卻是作惡。我們相反，對待窮苦人友善，對待地主階級和反動派就是要作惡。二是講舊的反動地主階級的親戚、宗族關係，認為揭發了反動派，是無情無義，是背叛祖宗。世界上沒有宗族親，沒有父母、兄弟、叔伯親，只有階級親，階級仇。地主階級剝削壓迫窮苦人就不講什麼親戚、宗族。我們對地主階級和反動派，沒有什麼親，只有階級仇。我們只講階級兄弟姐妹親。一切親，不算親，階級親，才是親。天大地大不如黨的恩情大，爹親娘親不如毛主席親。三是害怕反動派會起來報復你們。我告訴你們，共產主義必然勝利，一切反動派必然滅亡！你們有了這三種顧慮，眼睛就被蒙蔽住了，看不到反動派就在你們身邊，就在你們的親戚中。你們要去掉這三種蒙眼的翳子，擦亮階級鬥爭的眼睛。」

解放這種嶄新的善惡觀點，與會者還一下子接受不了。會場仍然沉寂。

「同志們，你們想一想，我們推翻了反動政府，翻身作主了，反動派對我們服氣嗎？他們甘心嗎？他們讓你們安心地當黨員、當幹部嗎？服你們領導嗎？不！他們在仇恨你們，在時刻想搞掉你們，妄圖恢復他們的好日子。他們是我們不共戴天的敵人。武松和老虎，要麼是武松打死老虎，要麼是老虎吃掉武松。你們和反動派也是這樣。你們是鎮壓匪徒惡霸、肅清反革命份子呢？還是讓反動派來割下你們的腦袋呢？同志們，你死我活的階級鬥爭就擺在你們的面前，你們要驚醒過來，投入到清匪反霸、肅反運動中來，成為革命積極份子，成為革命幹部，絕不能對敵姑息，和敵人一鼻孔出氣，成為反動派。也不要同情敵人。不得罪敵人，就會成為落後份子。」

解放的這段話牽連到了與會者的個人生命和利益前途，在與會者腦海上激起了浪花，在與會者心中煽起了仇恨，鼓動起了「大義滅親、滅親立功」的惡念頭。會場上有了微小的議論。

「好，今天散會，大家回去做做思想準備，明天上午八點再開會。」會議主持人李得紅說。

散會了，尹懷德被解放留了下來。

「懷德同志，你是南柯村的主要領導人，南柯村革命運動能不能搞上去，就看你的模範帶頭作用。尹東莊明擺著一個大惡霸，你視而不見，不揭發。」解放說。

尹懷德被解放批評得心裡發懵，連忙辯解：「尹東莊一共二十六戶，只有我叔父尹安定生活過得好點。尹安定也沒有作過壓迫人的事，一生只做好事。其餘的人都是很忠厚老實的。我想不出尹東莊有惡霸，叫我如何揭發呀？」

「我問你，尹安定怎麼富起來的？長期雇用小毛是什麼性質？」李得紅問。

「他教書收些學費，趙月英會針線活，給人家做裁縫收些工錢；她會織布，賣布有點收入。他還種些田地，農忙時雇短工，學生家長去幫忙。他出租六斗水田、四升麥子地，收租很低。他每年拿出的糧食救濟窮人也不少。小毛是外地討飯人丟下的三歲孤兒，無人收養，趙月英發慈悲，收下了。他還讓小毛念書。小毛下地幹活是應該的呀。就這些。」尹懷德說。

「就這些已經不少了。」解放說，「問題是我們怎樣來看待這些。尹安定每年收學費憑嘴一張，要多少，家長出多少。這就是勞心者治人，就是剝削。沒有剝削，他雇工、出租幹什嗎？沒有壓迫，家長、學生願去幫忙嗎？趙月英是個十分狡猾的階級敵人，她織布、做裁縫就是搞資本家那套剝削行為。她表面仁慈，心裡黑毒，收養小毛，就是看中了小毛將來是條漢子，好役使，就像農民養小牛為了將來好耕地一樣。小毛是個孩子，就強迫小毛幹農活，這是長期雇用童工的剝削壓迫行為。」

「我再問你，這方圓幾十里誰的威望最高？」李得紅問。

「尹安定。」尹懷德回答。

「尹安定，不但在尹東莊說一不二，連大灣南柯人見了他也點頭哈腰。他是不是地方一霸？我再舉兩個例子。你是他嫡侄，他把你吊在祖宗堂梁上，把趙來鳳同志卷了篾席，逼得你們家破人亡。這是不是惡霸行為？柯鐵牛、柯太仁同志被地主剝削壓迫得沒吃沒穿，到宋家垸偷了兩隻雞和一些苧蔴。別人都不說話，唯獨尹安定仇恨窮苦人，冒充公道，說是地痞流氓行為，說是大灣欺小灣，逼得柯鐵牛、柯太仁同志退還東西不說，還要到祖宗堂下跪謝罪。這是不是惡霸行為？你說尹安定只做好事，沒壓迫人。我看他搞些小恩小惠，蒙蔽人心，壓迫窮苦才是他反動本質。」解放歷數了尹安定罪行後，緩了一口氣，深情地說：「懷德同志，尹安定已經和你斷絕了叔侄關係，不講親戚情，只講階級仇去了。你就不要被親情蒙了眼睛，要提高階級覺悟，用階級分析法來觀察人和事，來分析問題，你要站在無產階級立場上，對尹安定恨得起來，下得毒手。這是對敵鬥爭要狠的革命覺悟，不是作惡事。如果你與尹安定劃不清階級界限，不揭發尹安定的惡霸行徑，不與尹安定作階級鬥爭，那麼，你的立場就站到反動階級那邊去了，你就辜負了黨組織的期望，就不夠格做個共產黨員，也不合格做村支部書記、鄉主席，更談不上到區、縣去為革命挑重擔子。你從現在起，好好反省自己，黨在期待著你。」

解放說完，帶著李得紅、溫小玲走了。村部裡只留下尹懷德在反省自己。

解放的一席話再不會使尹懷德有「勝讀十年書」的美好感覺了，卻像是陡然從晴空上落下來的一陣暴雨，沒頭沒腦地打在赤膊的尹懷德身上，使他打冷顫。這陣暴雨中又夾有炸雷，轟得他兩耳嗡嗡，兩眼發黑。他過了一頓飯時間才恢復知覺。尹懷德發覺整個屋子裡只剩下他一個人了，那帶罩的煤油燈冒著黑煙，像一盞鬼火。那通向祖宗堂神龕的側門開著，一股陰冷風吹來，黑黝黝的，好像有鬼神在抖索索地遊動。尹懷德感到一陣恐懼，連忙起身，也不吹熄燈，出門，摸黑走出祖宗堂。他的腳被門檻、雜物絆了好幾次，險些跌倒。尹懷德來到田野。月亮早下山了；銀河轉移了好些，從東北拱到西南。他借著寒冷的星光，憑著直覺，沿著熟悉的田埂路，高一腳，低一腳，走回自己的牛棚。

這牛棚又只剩下他一個人住了，解放、李得紅、溫小玲搬到區、鄉政府去了。牛棚像一座蓬滿蒿草的荒塚，裡面是黑洞洞的。尹懷德進棚，摸到床邊，坐在床沿上。他沒有點燈的習慣，也不想洗，頭腦發脹，只想睡。他蹬掉兩隻綠軍鞋，掀開一角新被子，和衣上床，背靠棚牆，半躺著。他合上眼，迷糊糊的，想睡又不能入睡。他拿出枕頭下的打火石、草紙、苧蔴骨，打燃草紙，點燃麻骨，從後頸窩裡抽出旱煙袋，從上衣口袋裡掏出一包煙絲，吹起旱煙來。煙一袋接一袋地吹，將煙屎吹得遠遠的，一會兒，滿地火星。

他腦海裡兩種思想在打仗。尹懷德原來的善惡觀念是：押寶賭博，嫖娼賣淫，做賊為盜，好吃懶做，遊手好閒，不忠不孝，不仁不義，做地痞流氓，是惡劣的品質，錯誤的思想；而勤耕苦讀，精打細算，修橋補路，仁慈善良，尊老愛幼，和睦鄉鄰，以和為貴，主持公道，見義勇為，做善士仁人，等等，是美好的品質，正確的思想；不與不三不四的人為伍是避害，拜訪有學問名望的人是學好。沒想到這些歷來的是非標準到現在不合階級鬥爭的理了，是不對的。按階級鬥爭的理作為是非標準來評判人事，卻完全翻了個底：凡是窮苦的人，不管你是壞是好，都是無產階級兄弟姐妹，即使偷盜，也是被反動階級剝削壓迫成的；凡是富有的人都是剝削壓迫階級，都是反動派；凡是合馬列主義、毛澤東思想的想法，不管想法怎麼壞，都是正確的；否則，不管想法怎麼好，都是反動思想。兩個階級是不共戴天的，是要不斷進行你死我活的階級鬥爭的。只有進行這種殘酷的階級鬥爭，才能建設社會主義，實現美好的共產主義天堂。

「看來，階級鬥爭的理是大道理，把複雜的人與人的關係一下子剖開為兩半，變得簡單明確了。」尹懷德想到這裡，點了點頭。他感到毛主席真偉大，發明出這個大道理來。他感到自己好愚蠢，沒有階級覺悟。

「那麼尹安定是惡霸嗎？是自己的仇人嗎？」尹懷德的思想從一般到個別了，他問自己。他痛苦起來。對尹安定，他確實太熟悉了。撇開尹安定是他的叔父，從良心上講，尹安定和趙月英確實是好人。他們不但救助過他這個侄兒，還救助別的窮苦人呀。就說小毛吧，一個被拋棄了的三歲男孩，在大路旁雪地裡凍餓得奄奄一息，過路人只看一眼，歎息一口氣，誰也不救。趙月英在家裡聽人說了，立即去把小毛抱回來。當時，趙來鳳就反對，抱怨不該弄張野嘴來白吃飯。當時，尹懷德的母親樂氏表態，說這是「救人一命，勝造七級浮屠」，就留下了小毛。小毛是無產階級呀，為什麼柯鐵牛這些無產階級不去救小毛呢？現在倒說趙月英抱養小毛是有養牛犢子的黑毒心腸。尹懷德想不通。尹安定待小毛像待自己生的兒子一樣，讓小毛讀書，教小毛種地，「養子不教父之過」，教育是正當的呀，怎能說是壓迫剝削呢？尹懷德又想不通。再說，尹安定用族規整自己和趙來鳳，自己和趙來鳳都是敗家子，把祖業弄光了。國有國法，家有家規，整一下子是應該的，怎能說尹安定這是惡霸行為呢？至於整柯鐵牛、柯太仁，這兩個人是地痞流氓，偷雞摸狗，造得地方上不安寧。他倆到宋家垸去偷的東西，可不是「劫富濟貧」，偷的是幾戶窮人的東西。地方人都怕他倆。尹安定抓住這個機會，出於義憤整了他倆，地方上都拍手叫好，這怎算得上是惡霸行為呢？難道共產黨自己是地痞流氓不整做賊為盜的人嗎？尹懷德想不通。他實在對尹安定、趙月英恨不起來。

「入他娘的十八代！」尹懷德叫罵起來。他不知道是罵誰。

他罵了一聲，就用力向旱煙袋裡猛吹了一口氣，那帶著火星的煙屎飛出一丈多遠，落在旮旯的稻草上。那稻草堆就紅起來，一會兒紅成碗口大一塊。尹懷德慌忙下床，赤腳奔過去，用雙手捧起紅的兩邊稻草，小心地把紅火卷起來，拿到光地上，用腳板去踩熄。他回到床上，腳板灼痛，用手一摸，腳板被燙起了幾個大泡。原來慌忙之中忘記了穿鞋。這點小痛不算什麼，他忍著，恢復了半躺姿勢。

「要說尹安定錯了，錯在不該有吃有穿，沒做窮苦人；錯在不該打抱不平，管地方上的事，按階級鬥爭的大道理，他就成了反動階級了。如果要在南柯村找出惡霸來，威望最高的人是尹安定，他是第一個惡霸。如果要槍斃惡霸，他當然又是第一個了。這階級鬥爭的大道理到底是怎麼回事呀？不是那麼簡單明瞭呀，玄得很、深奧得很哩。」尹懷德的思想複雜起來，在探索。

「唉，叔父完了。」尹懷德嘆了一口氣，對具體問題作了結論。他又想：「要我去捉叔父坐牢，去殺叔父，呸！我沒有那大毒心！還沒喪盡天良！」

「叔父遇難了怎麼辦？」尹懷德的良心在問自己，「應該救叔父，叫他逃！」尹懷德動了動身子。「不行！」他否定了自己，「這是洩露黨的秘密，出賣黨組織，私通階級敵人。那樣做，不僅這村主席、鄉主席全沒了，升發沒指望了，而且自己成了反動派或匪徒，要陪去一條命。」尹懷德的身體被僵住了，思想也被僵住了，木然坐著，兩手下垂，旱煙袋被左手掌壓在床上，麻骨火從右手掉到地上。

可見，尹懷德還沒有從善美的傳統文化中掙脫出來。那階級鬥爭和無產階級專政的道理，說起來還好聽，能接受；但做起來，就不近人性，太惡毒了，不容易被天良未滅的人接受。那麼中國傳統思想文化中有沒有與階級鬥爭、無產階級專政相吻合的思想文化呢？有的。那就是帝王專制和惡性的道德傳統思想文化。尹懷德雖然是個只圖快樂而破了家產的敗家子，是個遊手好閒的浪蕩子，但是，他還沒有當英雄、當功臣的抱負，更沒有當皇帝的壯志，他沒有門人、害人、殺人的毒心和膽略。他是一個普通的人，是一個靠自力求生存的平頭老百姓，他受著父母和叔父嬸娘的善美品質的影響。所以他在實踐上，一下子接受不了解放的觀點。現在，他面對著嚴酷的人生選擇，能找到中國帝王專制和惡性的道德思想傳統文化這個卯眼去吻合階級鬥爭、無產階級專政那個榫頭嗎？他能心安理得地逃過這一劫嗎？

尹懷德在昏睡中思想很亂，眼前晃動著各種幻景。漸漸地，有幾幅畫面在他眼前清晰起來：秦始皇坑殺趙國降卒四十萬，劉邦向項羽討吃親生父親的「一杯羹」，為了逃命把親生兒子從戰車上推下來；劉邦的將士們為獻功受賞，爭著去割已經死了的項羽身體上的肉；劉備滅諳弱的室弟劉璋；楊廣弒父，李世民射兄；宋江殺惜，岳飛陷子，朱成祖燒侄，解放殺地主……

「這些都是為什嗎？不就是為了爭皇帝位、為了建功立業封官受爵成為功臣、英雄嗎？」尹懷德在問自己。他這樣一問，就走出了思想迷宮，找到了卯眼和榫頭，把階級鬥爭、無產階級的榫頭合縫到帝王專制和英雄鬥殺的傳統思想文化那個卯眼去了。

尹懷德有了新思想，他睜開眼皮，坐正，打火抽煙，要把新思想整理一下，連貫起來。他想：你死我活的鬥爭，早在中國古代就有了，並且接連不斷地發生著。進行這種鬥爭的人都是大丈夫。這種鬥爭是為了得天下，為了權力；擁有權力就擁有一切；權力自有黃金屋，權力自有顏如玉，多麼誘人的權力，多麼值得人玩味和冒死鬥爭的權力啊！這種鬥爭是殘酷無情的，不能有兒女情長，不能怕殺人流血。別人死了幾個、幾十個、幾百個、幾千個、幾萬個、幾百萬個、幾千萬個算球，只要老子一個人不死，就會爭得權力。這就是歷史！這就是中國幾千年大丈夫成就偉業的歷史！這歷史現在還在重演著，只不過換了個新說法：階級、階級鬥爭、無產階級專政。這不正是溫小玲說的「毛澤東思想是將馬列主義與中國革命實踐相結合的革命理論」嗎？原來，這階級鬥爭的大道理在中國自古以來就有的，是舊玩藝兒，只不過換了幾個新詞兒，就變得眼花繚亂，迷人心竅了。革命理論的精髓就在這裡，革命實踐的玄機就在這裡，悟不出，就玄而又玄；一悟出，就通俗簡明。

尹懷德將玄妙無窮的革命大道理和革命實踐解剖了，剝去它的外衣，撕去它的肉，鑽過它骨質層，窺破了它的精髓。能做到這一點實在不容易，這不是普通工人、農民和書呆子能完成的工作，這需要天分、悟性，這需要身臨其境的實踐。尹懷德，本來天分就高，悟性就強，特別是跟著解放幹革命後，他從一個平庸無為的人變成了一個有理想、有革命實踐經驗的革命者，才得天獨厚，悟出了這革命的玄機。尹懷德能悟出革命的玄機，還有一個重要的原因：解放把他引誘和推到他人生最危險的地方和時刻。打個比方說吧。這次會議，把尹懷德逼到兩塊向前突出的懸崖的某一邊的尖石頭上，兩崖之間是萬丈深淵。尹懷德後面有持槍的李得紅，前面是深淵。他後退就被李得紅殺死；他向前就落到深淵中去。他只有一條路，就是奮力飛躍，跳到對面那塊懸崖尖上。在這生死關頭，尹懷德體內的潛在天分、悟性、智慧、力量都本能地一齊湧出了，使他飛躍過去。現在尹懷德立在對面懸崖的尖頭了。他又向前走了一段山路，來到了開闊地。他平安了！他的思想發生了「質」的飛躍。

尹懷德自言自語起來：「革命要我作大丈夫，我身為男子漢，也應該作大丈夫。尹安定，你的性質已經被上級定了，怪不得我。與其讓我和你一起倒下去讓尹家家破人亡，斷子絕孫，不如讓我去革命，提著你的頭顱去獻功請賞，讓我發跡，保尹家香火，光耀祖宗。人總是要死的，遲死早死都是死，別人揭發你是死，我揭發你也是死，你就為我去死吧！我要揭發你了！」

尹懷德的神經一陣緊張後，就鬆弛了。他身體向床上伸下去，由坐躺式成了平躺式，呼嚕嚕地睡熟了。

集錦詩云：

詠解放書記

線大長江扇大天（譚山啟），龍門雌雄勢已分（常建）。
軍營人學內嫁妝（司空圖），無奈政治重武夫（杜牧）。
隴山鸚鵡能高語（岑參），亂向金籠說是非（僧子蘭）。
臨行贈汝繞朝鞭（李白），鬥爭謬論煽仇恨（柯美淮）。

柯和貴有詩詞云：

詠尹懷德

天造萬物我身貴，必求養生食色全。
千年山怪今又至，億民劫難誰能免？
做人為鬼哭歧路，行善作惡歎絲染。
他日掙脫魔鬼掌，一縷清氣任自然。

注：楊子哭歧路，墨子歎絲染。

南柯子

榮華本逡巡，貧薄把人灰。只因「功名」兩字牌，天良泯滅，爭富貴權威。

拋棄（了）傳統美，相信（了）惡理論。劉項原來不讀書：帝位迷途，那善性難歸。

注：1.南柯子，詞牌名，中呂宮，平韻。

單調定格：

●●○○●，○○●●▷。◎○⊙●●○▷，⊙●◎○●●●○▷。

雙調定格：

●●○○●，○○●●▷。◎○⊙●●○▷，⊙●◎○●●●○▷。

●●○○●，○○●●▷。◎○⊙●●○▷，⊙●◎○●●●○▷。

2.逡巡，徘徊不定，轉換無常。「榮華本逡巡」是李商隱詩句，「貧薄把人灰」是湯顯祖詩句，「只因兩個功名字」是白樸詩句，「劉項原來不讀書」是章碣詩句。

欲知尹懷德如何揭發尹安定，且聽下回分解。

第四回　惡鬥樂眾將出奇招　善行難寡婦慰冤人

卻說尹懷德經過激烈的思想鬥爭後，悟透了階級鬥爭這個大道理的玄機，對揭發叔父尹安定，認為是大丈夫的英雄行為，沒了良心責備，就心安理得地睡了一覺。

尹懷德醒來時，太陽升到棚東邊的大樹梢上了。陽光透過棚牆空洞，射到他床上。他知道離開會時間不多了，就急忙起床，洗了個臉，煮了兩碗麵條，吃個大飽。他披著解放書記贈送的軍大衣，走出牛棚。地上有霜，水塘裡有閃光的冰。他向尹東莊望去，他的那一進兩重青磚瓦屋顯得特別高大雄偉。但在八年前賣給了別家了，後又被尹安定贖回了。他又回頭看看自己住的牛棚，泥落草爛，搖搖欲墜。這種強烈的對比，使他心裡湧起了一股苦酸味。一時間，他又產生了一種僥倖的心理，慶倖地自語：

「幸虧老子賣掉了房產田產，住進了這牛棚。不然就悲慘了，成了地主惡霸，這次就是槍斃對象了。搞家窮好，窮苦好！」

這時，那青磚瓦屋裡傳來了尹安定的講課聲。尹懷德心裡禁不住怦然一動，湧出一股離別的悲傷的情思。這情思又轉眼即逝，被一種殘忍的情緒淹沒了，那是一種老虎咬住肉豬的喜悅自豪的情緒：

「沒想到當地顯赫的人物的生命掌控在我的手心裡，我在這裡坐天下了。」

尹懷德昂起頭，有力地甩動著兩臂，大步向村部走去。

尹懷德來到村部時，解放、李得紅、溫小玲已坐在方桌旁。解放招呼尹懷德坐在自己身旁。黨員和幹部們陸續地來了，坐了兩排。李得紅主持會議，解放照例講了開場白。

輪到黨員幹部揭發階級敵人時，尹懷德第一個站起來發言了。他以飽滿的無產階級感情，憤怒地揭發了反動份子尹安定的罪行，喊出了「尹安定是南柯村第一惡霸」的革命口號。尹懷德的「大義滅親」

的模範革命行動，贏得了解放、李得紅的鼓掌歡迎。全場沸騰了。柯太仁結結巴巴地控訴了尹安定逼得他和柯鐵牛傾家蕩產的惡霸罪行。與會者，你一句，我一句，紛紛揭發、咒罵尹安定。

柯鐵牛見尹懷德搶了頭功，心裡很著急。昨夜，李得紅找他談了，問到他的房叔柯丹青有什麼反動行為和言論。他把聽到的柯丹青攻擊尹懷德等人的話說了。李得紅說這是典型的反革命言論，叫他明天開會第一個發言，沒想到被尹懷德搶了第一。他等眾人說過尹安定的罪行，就站起來揭發柯丹青。他說：「柯丹青攻擊南柯村革命幹部是一批地痞流氓，說尹懷德是不務正業的破落戶，柯鐵牛是頭兇狠的蠻牛，柯鐘月是叫娘也叫不清楚的瘋子，邱遠乾是個遊手好閒、一肚子壞水的文痞子。他說南柯村由這夥人當權作主，要遭殃了。這是典型的反革命言論。」

柯鐵牛語音剛一落，邱遠乾站起來說：「柯丹青和我是同學，讀書時就霸道。後來到國民黨首府南京去讀書，說是讀水利專科學校，學校裡有美國人教書。我看他讀的是英美特訓班，是國民黨專門培養特務份子的學校。南京被解放的頭一年，他回家了。說是回家結婚，我看是國民黨反動派派他到南柯村潛伏下來的特務份子。柯丹青是典型的國民黨反動匪徒，應該鎮壓！」

邱遠乾畢竟是讀了私熟的人，懂得「清匪反霸」、「肅反」的真正內容，說的話就用革命的新詞，政策性強。

邱遠乾是宋家垸人，上過尹安定的私塾，和柯丹青同學。論讀書，邱遠乾是下腳貨，柯丹青是神童。那柯丹青是恃才傲物的人，經常嘲諷邱遠乾。後來，邱遠乾沒考上縣中學，回家務農。他哪裡肯幹農活？就和柯鐵牛等混在一起，做軍師，出壞點子。柯鐵牛、柯太仁去宋家垸偷東西，是他出的點子，做內應。沒想到今日翻身作主了，他對柯丹青的舊仇新恨就一齊爆發出來，要置柯丹青於死地。

柯丹青，南柯村人，是尹安定的得意門生，南柯村方圓二十里唯一到南京讀新學的青年人，是南柯村的驕傲。他在南京水利專科學校只讀完一年，江北發生戰亂，他岳父和恩師張有餘就要他回家避亂和結婚。他這年二十三歲，就和師妹張愛清結婚了。南柯村人要他幫柯啟文指揮南柯村人避亂。他臨危不懼，指揮若定，使南柯村無一人傷亡，無一物丟失。但是，柯丹青年少氣盛，自高自大。在地方上，他只尊重尹安定、柯啟文、李寡婦這類人，卻把尹懷德、邱遠乾不放在眼裡，把柯鐵牛、柯太仁、瞿習遠當作訓斥的對象。南柯村村委會成立後，他就公開攻擊尹懷德、邱遠乾、柯鐵牛這些人，說了柯鐵牛所揭發的那些話。他認為「人民政府」就是民權主義，批評個人不是攻擊革命。他正準備重上南京水利專科學校去復讀哩，萬萬沒料到災難會落到頭上。

會上，立即確定了南柯村第一批要鎮壓的兩個反動派：大惡霸尹安定，國民黨特務匪徒柯丹青。

為了不走漏風聲而使尹安定、柯丹青逃跑，解放當機立斷，不准散會，派柯鐵牛、柯太仁、瞿習遠帶民兵把尹安定、柯丹青兩家人全部抓來。柯鐵牛等人去不到一個時辰，尹安定、柯丹青兩家八口都被抓來了，關在村部的一間小屋裡，由民兵輪流看守。解放當場指示把尹安定養子小毛放了，讓柯丹青嫂子抱走未滿周歲的柯丹青兒子。

過了一天，鬥爭惡霸匪徒大會在南柯村大堂前召開了。

這天，天剛矇亮，柯鐵牛、柯太仁、瞿習遠敲著銅鑼在南柯村大灣小灣巷道叫喊：「吃了早飯，到南柯村大堂前開鬥爭大會，男女老少都要去，不去的就是反動派！」

村民們聽到叫喊聲，感到十分稀奇新鮮，吃了早飯，都扶老攜幼，笑笑哈哈地湧到南柯村大堂前。大堂前上下五重擠滿了人。李朝清帶著柯和貴在第五重的一隻拱底船船背上坐著，能看清會場。

主席臺設在最高的第五重——祖宗堂。解放、李得紅、溫小玲、尹懷德、邱遠乾一字兒坐在兩張方桌後面。柯鐵牛、柯太仁、瞿習遠、柯業章等人拿著廣播筒在會場過道上來回維持秩序。大門、側門都有拿著大刀、長矛的民兵把守。柯和仁也是民兵，守在第二重的側門邊。

在人聲哄哄中，尹懷德主持大會，解放作報告。但聽不清楚。解放講完了，尹懷德拿起廣播筒高喊：

「把惡霸尹安定、匪徒柯丹青帶上來！」

從祖宗堂側門，兩個民兵壓著一個，進來了六個老小，個個都被新麻繩反手綁著，頭上戴著篾編綠紙糊的高帽子，在臺上站成一排。從左至右，帽上寫著：大惡霸尹安定，特務匪徒柯丹青，惡霸婆趙月英，匪徒婆張愛清，惡霸女文瓊，惡霸崽墨客。反動派都彎腰低頭，接受鬥爭。

李朝清看了，一陣寒顫。柯和貴伸脖瞠目。

會場一下子鴉雀無聲了。

尹懷德第一個發言。他走到台前，一件又一件地揭發尹守定的惡霸行徑。他說到痛處時，哭喊起來；說到憤怒時，還打了尹安定兩巴掌，踢了柯丹青兩腳尖。

「懷德怎麼會變成這個樣子呢？」李朝清心裡在說。她想不通。

第二個發言的是尹安定養子小毛。十五歲的小毛身子哆嗦。解書記不斷地給小毛鼓勇氣，叫小毛不用害怕惡霸份子。小毛結結巴巴地說他不會說話，是解書記和懷德大哥教他說的。他說，有一次，他沒有認真寫字，尹安定用竹片打他手心，罰他不能吃中飯。他說還有一次，他抓麥子灰沒抓均勻，尹安定要他站在地頭，看著尹安定自己抓麥子灰。小毛說著，哭了，暈了，倒在地上。李得紅就高呼口號：「不准虐待兒童！」「不准壓迫剝削孤兒！」「打倒惡霸尹安定！」「打倒匪徒柯丹青！」「無產階級專政萬歲！」「中國共產黨萬歲！」

南柯村人聽口號還是頭一回，感到新奇，跟著一個勁地舉手喊。

李氏也舉起無力的手，嘴裏翕動，沒有聲音。

柯鐘月上臺了，他只說了一句話：「我被一個粑（大惡霸）、糞桶蛋（反動派）氣死了，說不出話。」

他階級仇恨迸發，揮拳就打，提腳就踢，打踢得尹安定、柯丹青東倒西歪。柯鐘月打累了，就下臺了。

毛主席說：「人民大眾開心之日，就是反革命份子痛苦之時。」「人民，只有人民才是創造歷史的真正動力。」用毛澤東思想武裝起來的翻身作主了的南柯村革命積極份子現在開心了，他們的智慧得到充分發揮，開始發明對敵鬥爭方式，開始創造著南柯村共產天下的歷史。

被人稱為傻瓜的柯太仁聰明起來了。他上臺，用塊瓦片盛著被捶碎的碗鋒，大聲說：「我恨死你們這些『黑粑』（惡霸）、糞桶（匪徒）！我要你們跪碗鋒。」柯太仁把碗鋒分為四份，放在尹安定、柯丹青的膝蓋下，把兩人的褲腿勒到膝蓋上，叫四個民兵，兩個提一個，把尹安定、柯丹青的膝蓋狠命地向碗鋒上壓。兩個人「哎喲哎喲」地慘叫，膝蓋血流如注。

李氏忙把柯和貴的頭摟住，不讓看。

這一恐怖的場面過後，綽號木腦袋的瞿習遠，從第二重側門挑著兩只篼篼進會場，篼篼裡裝滿了青青的狗子刺。這狗子刺是江南一種常青灌木，每片葉子呈狗形，長有五角，每角都是堅硬的尖刺。瞿習遠挑著擔子上了台。他放下擔子，叫柯太仁、柯業章幫著把狗子刺鋪在石板地上，剝去尹安定、柯丹青的衣服，只留一條褲衩。他先把尹安定拉倒在狗子刺上，像推石滾一樣，將尹安定來回翻滾一陣子。瞿習遠又把被壓平的狗子刺翻松，把柯丹青拉上去翻滾。那尹安定、柯丹青遍體鱗傷，成了血人，呻吟不已。瞿習遠、柯太仁、柯業章站著開心地笑。

尹懷德看著，不禁打寒噤，低下頭，不忍看。他心裡在罵瞿習遠、柯太仁不是人。他斜眼看解放書記。解放在悠閒地吹著煙圈，眉頭皺也不皺，面帶獰笑，怡然自樂。尹懷德想起了解書記經常說的一句說：「毛主席說：『與人鬥，其樂無窮』。我們死了那麼多好同志，要敵人以十倍、百倍的生命來償還。」尹懷德從心裡敬佩解書記「宰相肚裡能撐船」的胸懷，是個大男人。尹懷德這樣一想，心裡就安寧了，坐穩身子，正著面孔，欣賞著眼前的情景。

這時，人群騷動了，人頭在向第五重浮動，擁擠起來，叫喊起來，爭著去看那驚心動魄的階級鬥爭場面，滿足好奇心。

「快調民兵維護秩序，提防敵人破壞。」解放警惕起來，俯耳對尹懷德說。

「安靜下來，不准擁擠！」尹懷德拿起廣播筒高叫。他又叫柯鐵牛、柯鐘月帶民兵去堵住人群，不准上第五重來。

柯鐵牛、柯鐘月帶十幾個民兵守住了第五重大門。

「把敵人吊起來，讓大家看看。」人群中有人叫喊。繼續擠。

李氏抱起柯和貴向屋角空處後退，害怕擠著。

「娘呀，別人向前，你為什麼向後呀？我要到那上面去看得清楚些。」柯和貴責怪著母親，指著屋樑上說。

在屋樑上，有幾隻翻底木船吊在梁上，船底上坐著七、八個孩子。

李氏把嘴貼著柯和貴的耳朵小聲說：「和貴，那是做惡事，小孩子看不得的，看了做惡夢。聽娘的話，不看。」

柯和貴點了點頭。

「把敵人吊起來，滿足革命群眾的革命需求。」李得紅說。

柯鐵牛沒有機會鬥敵人，心裡早發燒了，手發癢了，連忙奔上臺去，指揮幾個民兵拿繩子吊人。一會兒，梁上吊起四個人。按照柯鐵牛的設計，四個人體成了不同的造型：尹安定雙手反剪，兩腳分開，頭部側下，背腰上壓一扇石磨，成蜻蜓點水形；柯丹青的頭髮、右手、右腳被吊起，左手、左腳各繫兩塊土磚，成壁虎趴牆形；張愛清雙手伸過頭頂，十指用散麻捆紮，在兩掌間穿套粗繩，連同頭髮挽在一起，兩足各繫一塊土磚，成吊死鬼形；趙月英雙足併攏，繫繩倒吊，雙手各吊一塊土磚，成猴子撈月形。柯鐵牛要把兩個孩子吊起來，被尹懷德請示解放後制止了。在樑上，繩子都有活套，可升降。

人群中革命積極份子活躍起來，瘋狂起來，排隊去鬥敵人。他們隨便拿起什麼東西都可以作武器來虐待反動派，可以隨便用什麼骯髒的語言來辱罵反動派，有的揪著張愛清、趙月英的乳房、屁股取樂，有的故意追問性生活、隱私好玩。有人不斷拉升降繩子，弄得反動派發出陣陣慘絕人寰的哀嚎聲，樂得革命積極份子們哈哈嬉笑，輕蕩狂歡。群眾也不可名狀地跟著發笑。真是「與人鬥，其樂無窮」。

尹懷德學著解書記，面帶微笑，目光來回地遊移。他看到趙月英上衣倒掀，腹部白肉和兩乳可見，十分誘人。突然，他的目光和一道閃電光相觸了。那電光是從黑森森的樹林裡透出來的，那電光是趙月英的目光，從她紛亂的黑頭髮中射出的，是充滿仇恨的靈魂的黑洞裡燃燒的一束光焰，雖然電光瞬間即逝，卻使尹懷德震顫起來，不安地低下頭來。

揭發控訴結束了，反動派對自己的罪行連連說「是」。鬥爭就深入了一步，要反動派交待黃金白銀等活動資產的藏匿地方。到了這一步，張愛清、趙月英就更吃苦頭了。她們遭打一頓，被辱一次，就說一些，抄家的革命積極份子就忙一陣子。開始時，抄家的革命積極份子有些收穫，什麼項圈、手鐲、銀元，銅錢總有些，不會空手。革命積極份子對她們的拷打逼供更起勁了。後來，她們實在沒什麼可說了，在嚴刑中就亂說，害得抄家的革命積極份子忙個不停：挖牆腳呀，掏糞窖呀，撬豬欄石板呀，翻紅薯洞呀，打牆門呀，掘菜園樹樁呀……累得精疲力竭，卻一無所獲。革命積極份子就火冒三丈，打罵她們出氣。會場時時爆發出怒吼聲，叫罵聲，調笑聲，狂笑聲，起哄聲，呻吟聲，慘叫聲……沸反盈天。

每當這個時候，李氏就按著柯和貴蹲下，不讓看。她呼呼吸吸地喘著，喉嚨在悲泣。這悲泣聲很微弱含混，像深暗的涵洞壁上的滲水聲，像大山深谷下涓涓的流水聲，像黑夜裡從地底下發出的嗞嗞蟲泣聲，像荒廢的古廟裡空隙來風的悲涼聲……這聲音在李氏的心靈深處喃喃著一個詞：「造孽，造孽呀！」

「娘呀，他們是壞人嗎？」柯和貴指著被吊者細聲問。

「不是。」

「為什麼要吊打他們呢？」柯和貴總愛問到底的。

「我說不清楚。」李朝清含糊了，說，「和貴呀，你將來讀書出來了，會弄清楚的。」

鬥爭會開到傍晚，敵人被鬥得死去活來了，革命幹部，革命積極份子也餓了，沒精打采。解放才叫尹懷德宣佈散會。

李朝清帶著柯和貴回到家裡時，天黑了。她做了晚飯。當民兵的柯和仁背著長矛回來了。李氏讓兒子吃飯，自坐在灶前，靠著牆壁，像患了感冒的人一樣：額發燒，頭髮暈，眼流淚，鼻滴涕。

「難道共產天下是這樣子嗎？」李朝清在問。那沒看透的一件事現在看到了，在經歷著。尹安定估計錯了，共產黨坐了天下，並沒有大赦天下，天下仍不太平。她也錯了，以為仗打完了，人與人和睦相處，沒有仇恨。現在看來，比打仗時人心更險惡，仇恨更大，鬥殺更狠。打仗是軍隊打，現在是老百姓互相打。人心不但沒有變好，尹懷德也沒良心了。李朝清越想越傷心。

「娘呀，你是不是受了風寒呀？多穿些衣服吧。」柯和仁吃完了，關心母親說。他十六歲了，懂事了。他又說：「我們民兵開會了，今夜要輪流值班看管階級敵人。我在上半夜值班。我要走了。」

「和仁，還關著幾個人？」李朝清問。

「只剩下尹安定、柯丹青，家屬都放回去了。」

「你和誰守上半夜？」

「我和善良，鐘月哥帶隊。下半夜是太仁、業章，鐵牛帶隊，尹主席查夜。」

「過一會兒，我給尹老師和丹青送飯去。」李朝清說。

「那不行的，鐵牛說要和階級敵人劃清界限。你去送飯，會受連累的。」

「你甭急，娘會想好法子，不會受連累。你去值班吧。」

柯和仁走了。李朝清叫柯和貴燒火，煮了一升米飯，幾塊乾魚，幾片臘肉，一碗蛋湯。李氏把食物用碗盛好，放進小籃裡；又在籃裏放了香、紙、紅蠟、爆竹，帶著柯和貴一起去祖宗堂。李氏在神龕上擺起祭品，放了爆竹，點起紅蠟。

「表嬸，這晚來祭祖呀？」尹懷德走上前問。

「是呀，你表叔生日。」李氏說。她又說：「表侄呀，自古罪人只犯死罪，沒犯餓罪。尹安定、柯丹青也應吃飯呀。」

「他們家裡人不能送飯，又沒別人敢送飯，只有餓呀。」尹懷德說，「反正過不了兩天要槍斃，吃與不吃都是一樣地死。」

「那可不一樣，吃可是飽鬼，不吃是餓鬼。」李氏說。她聽了尹懷德的話，心裡一驚，但鎮靜著，說：「應該派人送飯呀。」

「誰敢呢？派你，你敢嗎？」尹懷德開玩笑地說。

「那我現在就送。送飯不犯法吧？」李氏乘機說。

「你當真了？」

「主席說話能不當真嗎？」李氏邊說，邊收祭品，「我送去啦。」

「等一下，讓我去請示解書記。」尹懷德說。

「主席呀，這點小事還要請示？你沒權了？」李氏說著，從神龕上拔下點著的紅蠟，提著籃子，帶著柯和貴，向側門走去。

「表嬸，你不要和他們多說話，免惹禍呀。」尹懷德交待著。

李氏叫柯和仁、柯善良繼續守著門。

在紅蠟微光的走動中，屋裡黑影在移動；許多黑砣砣向四周滾去，那是老鼠在跑。李氏看見兩個人倦縮在兩個屋角下，手腳、脖子、胸背都上了麻繩。李氏把紅蠟插在土地上，那地上的土潮濕稀爛。她放下籃子，走近尹安定，小聲說：「表弟，我給你送飯來了。」

「表嫂，我看著你進來的。你不該來呀。」尹安定聲音弱小清晰。他早就看清了李氏、柯和貴進來時的樣子和動作，因為李氏在光明那邊，而尹安定在黑暗這邊。

「你坐起來，我餵你。不管怎麼樣，吃飽了再說。」李氏把尹安定扶坐好，用調羹給尹安定餵飯。她又叫柯和貴端一碗飯去餵柯丹青。

柯丹青年輕強壯一些，自己坐起來了。

「表嫂，不忙吃飯。你既然來了，我有要緊話對你說。」尹安定說。

「你說。」李氏停住調羹，聽著。

「我原來預料，打完仗會天下太平的。沒想到還殺無辜老百姓，我也遭難了。我想，像我這樣的人全國少說有千萬人。千萬人遭殃，不是尹懷德幾個人做得到的，所以我不怨尹懷德。我是要被槍斃的。我死不要緊，心裡放不下月英和兩個孩子。托你給我帶幾句話給月英：第一，要挺得住，帶著兩個孩子活下去；第二，不要怨恨懷德，不要教孩子報仇；第三，月英年輕，不要守節守寡，為了活命，為了孩子，要嫁人；第四，要想法子讓孩子讀書，讀書人雖然遭了難，但書識沒錯，讀書人沒錯。表嫂，你也要讓和貴讀書，這孩子性本善，天分高，將來必成大器。我有幾部好書，叫月英給和貴，他將來會看得懂的。」

「表弟，我會把你的話帶給表弟媳的，你放心。」李氏說，「我會讓和貴讀書的，但我不想和貴成大器，做官。你知道，你表兄讀書只作善人，不教館，不做官。你們要他當保長，他躲了。」

「我敬佩表兄，他眼光比我強。」尹安定說，「我說和貴能成大器，不是說要去作官發財，是說和貴在做學問上能成為聖賢人，於民於國於家都有利。好了，我就說這些，你去問丹青有什麼話交待。」

「嬸娘呀，尹老師說的我聽清楚了，你就把這些話對愛清說一遍。我這裡有兩塊寫了血字的內衣布片，煩你給愛清和和義每人一塊，他們會懂得那上面的意思。」柯丹青說著，把揉成一團的白布給李氏。

李氏接過白布團，放進內襟裡。

「表嫂，你去找月英，不要躲躲閃閃，要在白天大明響堂地去。」尹安定說。

「娘呀，鐵牛來了，快出來。」柯和仁向屋裡小聲喊。

李氏連忙收拾碗盞，吹滅紅蠟，牽著柯和貴，摸黑向祖宗堂走去。

「鐵牛，你快去叫鐘月、太仁、習遠把抄搜來的東西清點好，叫邱遠乾登記清楚。明天，解書記、李書記要賬目單的。」尹懷德還站在第二重大門口，對著走來的柯鐵牛說。

「好！」柯鐵牛應了一聲，轉身走了。

李氏帶著柯和貴走到了第二重。

「表嬸，天很黑，你慢走。」尹懷德說了一句，走了。

第二天一大早，李朝清用一條白色粗布袋裝了稻米、小麥粉和油鹽，帶著柯和貴向尹東莊走去。尹東莊塘邊蹲滿了洗衣的婦女，李氏與幾個婦女打招呼，說是來拿趙月英給兒子做的新棉襖，免得丟失了。

李朝清進趙月英屋子。屋子裡亂糟糟的，牆腳被挖了許多坑，牆門被打破了不少，櫃桌倒在是上，衣物、書籍、雜物滿地亂。李氏和柯和貴揀著空處下腳，走進趙月英的房。

趙月英半躺在床上，被子蓋在胸前。七歲的女兒文瓊坐在踏凳上，打瞌睡，五歲的兒子墨客斜偎在趙月英胸前。趙月英蓬頭散髮，右眼上被打出一圈烏紫色，左頰有劃破的血痕，最長的三條血痕進入鬢髮裡。她見了李氏，就左手摟兒子，右手撐攀著床沿，坐起身。她的手腕、手背、手指有捆的血印。

「表弟媳，你吃苦了。」李氏說著把米袋放在踏凳上，注視著趙月英，淌出淚來。

柯和貴在床前呆站著。

「表嫂，難為你了。你不應該來呀。」一直見人滿臉堆笑的趙月英，見了李氏，有氣無力地說，一臉悲愁。

「我是明著來拿和貴的新棉襖的，不礙事。這是一袋糧油，你收著用。」李氏說，「表弟有話帶給你。」

聽到尹安定有話要說，趙月英向床沿傾下身子聽。

李氏把昨夜送飯的事和尹安定交待的話說了一遍。

趙月英聽著，淚水直湧，低聲嗚咽，泣不成聲地說：「俗話說：善有善報，惡有惡報。可是今日天理反了。尹安定今生今世沒作惡事，只作善事，卻落到這種惡下場。難道他前世作了什麼孽嗎？尹懷德這隻無情無義的狗竟然起這份歹毒的心腸，殺害他叔父。天翻地覆了！天理何在？祖人英靈何在？」

「表弟媳，表弟反覆說，這是全國千萬人遭難的事，不要怨恨懷德。」李氏說，「我看這是命呀！」

「我認命了。我不會自殺，我要帶著孩子活下去的，我要看看這世界能醜惡到什麼地步！惡人能橫行到什麼時候！要我不怨不恨不可能。」趙月英的淚眼裡冒出又白又藍的異樣的光亮。

「這就好。」李氏說，「表弟媳，你要起身做飯吃呀。」
「表嫂，我的手和腿被吊斷了，昨天，是小毛背我回來的。」趙月英說。
「小毛呢？」李氏問。
「那孩子哭了好久，我要他搬出去，不能連累他。」趙月英說。
「南柯村人都會推拿功夫，我也會些。我來給你接骨推拿合榫。」李氏說。她挽了袖子，把菜油擦些在手掌上，先拉出趙月英的左手，推拿幾下；又拉出趙月英的大腳，推拿幾下。給趙月英的手腳骨接上了。趙月英能起身了。
「我要走了。」李氏說。
「娘，表叔說給我書的。」柯和貴見母親忘了事，就說。
「你這孩子，你沒看到表嬸家一塌糊塗嗎？哪裡去找書？」李氏批評說。
「和貴要書是好事。」趙月英說，「安定的貴重書我知道，那些人沒把書拿走。」
趙月英就上樓去，拿出五、六本書，給柯和貴。母子離開了趙月英家。回到家裡，李氏又照樣裝了一袋糧油，去張愛清家。李氏把柯丹青的話對張愛清說了，卻沒把那血字布給張愛清，因為擔心有人抄家給抄去了。後來，李氏把兩塊血字布都給了侄兒柯和義。
李氏的行善與革命積極份子的作惡形成了鮮明的對照，南柯村遊民柯平斌就為這行善和作惡作了兩首歌謠：

善人歌

善人呀，面對人間的罪惡，你的善心蒸發著自然正氣：兼愛，行善。
你為別人的災難，流淚化解；你為別人的不幸，焦急慰問。

為了消除人間罪惡，你總是折磨自己，苦著自身。

惡人歌

惡人呀，面對人間的罪惡，你的惡性化為英雄氣概：仇恨，作惡。

你為一己的幸福，流血鬥搏；你為一己的權欲，兇殘鬥狠。

為了製造人間罪惡，你總是折磨善弱，不讓人活。

柯和貴對被惡理論武裝起來的群體作惡有詞曰：

南柯子（雙調）

單個人作惡，善人能治愚。團夥作惡，法可誅。暴政作惡，邪說蔽靈輝；歹徒是英才，善法遭宰屠。看東歐、大惡被鋤，天網恢恢，那善性回歸。

卻說李氏作了這些事的第三天，紅石區公審宣判大會召開了。

欲知尹安定、柯丹青性命如何，且聽下回分解。

第五回 蕭瘋子連砍革命刀 趙地主被逐蘆葦蕩

卻說鬥爭尹安定、柯丹青後，解放等人速戰速決，第四天是個晴天，就召開了紅石區公審宣判大會。

大會在南柯村後塆舉行。後塆東邊有一片開闊的緩坡草坪，坡下搭起了一座又長又寬又高的木板台，臺上被分隔成前後兩部分，前臺大，後臺小。前臺上放有長桌長凳，掛著毛主席、朱總司令的肖像；台前拉了一條紅布橫幅，上貼白色剪紙字：

紅石區第一次鎮壓反革命份子大會

兩邊長木柱上貼著紅紙對聯：鎮壓惡霸匪徒　鞏固人民政權

會場四周貼著紅綠標語：

窮人翻身作主了！打倒惡霸匪徒！肅清反革命份子！打倒美帝國主義！掀起抗美援朝運動！我們一定要解放臺灣！無產階級專政萬歲！新生的紅色政權萬歲！偉大的中國共產黨萬歲！毛主席萬歲！

全區勞苦大眾，在革命幹部的帶領下，在民兵的保護下，敲鑼打鼓，高高興興地湧入會場。從塆坡高處向台下站滿了人，人人手裡捏著一面三角小紅旗。在會場兩側，有秧歌隊，小雜劇在表演……還有賣油條小吃的。

這氣氛，這情景，表現著這大會既是階級敵人痛苦的時候，又是人民大眾快樂的日子。

臺上，解放、李得紅等主要領導入座了。台周圍民兵守衛著。

在台前左角邊站著一個稀奇古怪的彪形大漢：二十三、四歲，身材高大，衣服破爛，襖面布片迎風招展，黃黑色棉絮一塊塊地綻出來，亂絨絨的；赤腳板，拖一雙半截鞋跟的布鞋；頭髮蓬亂披肩，滿臉絡腮鬍子；右手握著一把關公大刀，貼身豎著，刀面白光閃閃；左手下垂，筆直筆正地站著；一臉傻笑，露著黃色的大門牙；目光呆直，不知轉動。這是紅石區人人都認識的人，叫蕭己巳，又叫蕭瘋子。

蕭己巳是南湖鄉獨山垸村人。他一生下來就半癡半呆。因己巳年生，所以叫己巳，也沒取學名。在十四歲時，他受到日本鬼子的驚嚇，瘋了，亂打人。後來瘋氣好了些，能幹體力活。十七歲時，父母雙亡，他就乞討，或幫人幹重活。蕭己巳什麼人也不怕，討飯很凶，不給，就發瘋打人。他也不全瘋，待他好的人，就下勁幹活。他還懂得知恩圖報，見著獨山垸的名人鄒宗英就喊：「區長，你來了。」這鄒宗英是從省城住學回家的，在縣中學教過書，被選上了鳳凰區區長。他很關照蕭己巳，經常給蕭己巳油、衣服、被子。南湖鄉人民政府成立後，鄉黨委書記李得紅在獨山垸村蹲點。有一次，蕭己巳發瘋，鬧會場。李得紅向蕭己巳頭頂上放了一槍。蕭己巳被嚇住了，不敢動。李得紅就把蕭己巳痛打一頓，關起來，進行教育。蕭己巳被李得紅馴化過來了，害怕了，就聽李得紅指揮。在獨山垸村開鬥爭大會時，李得紅叫他打敵人，他就打，叫他停，他就停。李得紅賞給蕭己巳一把關公大刀，叫他開鬥爭會時就站在台前左角上，成立正姿勢。這蕭己巳就十分高興參加鬥爭大會。聽說那個村開鬥爭大會時，他就自覺地背著關公大刀去了，在台前左角，立正站著。

用毛澤東思想作標準來衡量，這蕭己巳是典型的雇農無產者，是用毛澤東思想武裝起來的最忠誠的最堅定的革命戰士，是鬥爭性最強的革命積極份子，是反動派聞風喪膽的無產階級戰鬥英雄。他確實多次獲鄉、區英雄獎。毛澤東思想就是這樣地戰無不勝，能把傻子瘋子變成革命幹部、戰鬥英雄，又能把文人、聰明人變成瘋子、傻子。這蕭瘋子就是這樣自覺地背著關公大刀參加鬥爭大會，一直堅持到文化大革命後期，被他打死、打殘的人一百多個。本書主人公柯和貴曾經借此惡毒攻擊「黨天下」說：「從蕭己巳的行為看，這個無產階級專政的政權是典型的癡呆、瘋人政權！」這是後話。

卻說蕭己巳理所當然地站在鬥爭大會的台前左角，不聲不響，耳聽領導講話，眼看跪在台前的階級敵人，一聽到示意他打人的聲音，就撲過去。

大會開始了，解放照例講話。講完之後就呼口號。臺上兩角站著兩個幹部，用廣播筒傳呼口號，會場上各制高點都有人用廣播筒傳呼口號。就像朝庭裡太監傳呼聖旨一樣，從內到外一個接一個地傳喚下去。會場上的勞苦大眾也稀稀落落地呼口號，那小三角紅旗稀稀拉拉地舉起，落下，落下，舉起。

廣播筒傳出了吸引與會者的聲音：「把反革命份子押上臺前！」

一會兒，台前跪著十一個人，人人五花大綁，人人都像被割斷氣管的雞，頭向前下垂，脖上的繩子被纏得成了箍子；人人頭戴高綠帽，脖掛大紙牌，牌上寫著字。尹懷德拿著廣播筒，從左至右介紹著：「惡霸尹安定、匪徒柯丹青、人民公敵鄒宗英……」

台下人群騷動了，向前擠，想看個清楚，聽個明白。李朝清站在台前不遠的地方，看到人群擠壓過來了，連忙抱起柯和貴向側邊走，脫離人堆，走到坡中部空地上。她對柯和貴說：「等一下要槍斃人的，人群那麼擠，很危險，你不要亂跑。」

柯和貴點點頭，靠緊母親站著。

鬥爭和控訴開始了，革命積極份子踴躍上臺。那蕭己巳聽到了叫他打人的命令，就按著順序，用刀背排頭打過去。敵人一個個地倒下去，不能動彈了。唯有鄒宗英沒挨打，還跪著。

「娘呀，蕭瘋子為什麼不打那個人呀？」柯和貴問。

「唉，己巳還有良心，知恩報恩呀。」李氏嘆息著。她向兒子說了鄒宗英關照過蕭己巳生活的事。鄒宗英沒人鬥爭、控訴他，只有李得紅宣佈他的罪狀。

李得紅語音一落，台下有人高叫：

「鄒區長是清官，不能槍斃！」

「不能槍斃鄒區長！」不少人跟著喊。

「勞苦大眾們，鄒宗英是人民公敵，是大家的敵人。你們不要被他的假慈悲迷惑了……」解放拿起廣播筒大聲宣傳。

「鄒區長不是人民公敵，是人民的好官！」台下的叫喊淹沒了解放的話。

「鄒區長不是假慈悲，沒作過惡事，我們瞭解他。」台下有人宣傳。

「我們請願，放了鄒區長一條生命吧！」台下跪下了一大片人，在哭求著……

「孩子，要出亂子了，鳳凰區來了不少人，我看見紫金山村的人。我們站遠一點。」李氏對柯和貴說。母子走到村邊一個大樹下站住。

「砰——砰——」李得紅向天放了兩槍，以示警告。

這時，鄒宗英幾次在努力伸直脖子，想說點什麼，但那脖子直不了。後來聽人說，鄒宗英的氣管被割斷了，脖子纏了白布。

控訴完了，民兵給罪犯後頸窩插上長長的標牌，表示要立即執行死刑。每兩個民兵提拖著一個罪犯，後面跟著一隊持真槍實彈的民兵。解放、李得紅等領導站在台前，一手叉腰，一手握著手盒子，居高臨下，警戒著會場。

台下密密雜雜的人頭在攢動，讓出一條人巷，讓罪犯和民兵通過。

突然，會場上出現了兩個場面：在坡上處，罪犯跪成一排，民兵們舉槍射擊，將罪犯擊斃；在坡中小路上，一群人和民兵撕打起來，兩個壯漢背著鄒宗英向公路方向跑去。

看熱鬧的群眾向前湧，臺上解放、李得紅舉槍向鄒宗英射擊，蕭已巳跟在鄒宗英後面，向湧上前的人亂砍，有幾個人倒下了。背著鄒宗英和隨後擁護著的人拼命地跑，跑過公路，向前面的一片竹林奔去。這時，從竹林裡射出一陣子彈，倒下七、八個人，鄒宗英和背著他的人都倒下了。蕭己巳和走在前頭的人轉身向人群中跑。竹林裡沖出了剿匪部隊，都扛著衝鋒槍。解放、李得紅趕到了公路上，和剿匪部隊小隊長何建國見面握手。

李得紅命令蕭己巳和民兵，把台下和公路上被打死的人扛到高坡上，與被槍決的罪犯屍體放在一起。被打死的人有十六個，其中有三個民兵和兩個十幾歲的男孩。李得紅說：「和鄒宗英一起死的人都是反革命份子，家屬都是反屬。」李得紅還拍著蕭己巳的肩膀表揚了他勇敢追敵殺敵。蕭己巳這次受嘉獎是因禍得福，他本是受人指使來保護鄒宗英逃跑的，他的大刀砍倒的是民兵和跑到前頭的群眾。

兩個場面都收場了，會也散了。不少人還眷戀在會場上看死屍，爭論著看到的驚險場面和殘忍鏡頭，滿足著好奇的心理需求。直到太陽下山了，會場上才沒活人，只有死人。後塭坡上籠罩著恐怖氣氛。

天黑了，李朝清家吃了晚飯，兩個兒子睡了。李氏關上前後門，點上菜油燈，照例坐在灶前做針線活。那鋼針經常刺著她的手指，她不覺得痛，她心裡在痛。在丑時，李氏聽到有人在大門輕輕地敲響。她渾身哆嗦，不敢去開門。敲門聲歇一會兒，又響起。李氏吹滅了燈，躡手躡腳地摸到大門邊，側耳細聽。她聽到大門外有喘息聲。李氏抽開門閂，閃身在門側邊。門開了，進來一條大漢。那漢子關了門，上了門，劃根火柴。李氏看清了，是尹懷德。

「你來幹什嗎?」李氏憤怒地小聲問，聲音裡帶著驚恐。

「表孃，我來求你幫點忙。」尹懷德急促地小聲說，「你和和仁一起到後塭去，幫小毛把我叔父屍體扛到我家祖墳山。土坑已挖好了，棺材放到了坑裡，香、紙都在坑邊。我不能公開露面。我在一旁照護你們。」

「啊——」李氏鎮靜下來了，說，「我馬上和和仁一起去。」

尹懷德匆匆走了。

李朝清忙點燈，叫醒柯和仁，沒驚動已睡熟的柯和貴。母子二人急忙趕路。

月亮已經下山，滿天寒星，沒有風，下了霜，冷氣刺骨，土路凍硬。柯和仁剛從暖被裏出來，身上打寒顫，口裡呵呵。到了後搯坡上，有狗在哼吠，不少人影在移動。人們互不說話，默默地幹事。李氏小聲叫著小毛，小毛嗚咽著嗓子答應。李氏、柯和仁走近小毛。小毛正伏在尹安定屍體上，哭泣著解繩子。小毛解不開那雙腕上的繩結，李氏就俯下身子，很有經驗地用手摸繩結，用牙齒咬，咬動了繩結，解開了繩子。尹安定全身冰冷僵直，胸部還有粘糊的血。小毛跪下身去，把尹安定兩手拉到肩上，背起來。尹安定矮小瘦弱，不足九十斤，小毛背著就走。李氏、柯和仁跟在後面。小毛走了一陣，氣喘吁吁，因為死人比活人沉重。柯和仁接著背。

在李氏三人前面，有一個高大的黑影在遊動。那黑影和三人保持一定的距離。三人停下，那黑影也停下；三人慢走，那黑影也慢走；三人快走，那黑影也快走。柯和仁毛骨悚然，以為是鬼，叫母親看。小毛告訴柯和仁，那是尹懷德。

到尹懷德的祖墳山，尹懷德抱起尹安定的屍體痛哭起來：

「叔父呀，我對不起你呀，我有罪，我也是無可奈何呀！你在九泉之下想開些，原諒我。我現在給你送葬來了！」

在尹安生墳旁有個黑乎乎的坑洞，洞四圍是新起的黃土。小毛熟練地下坑，點起坑裡的菜油燈，坑裡亮了。這是剛挖好的長方形土坑，坑裡放了一具黑漆棺材，棺材底鋪了五、六寸厚石灰。小毛在坑內打開了一個包袱，取出幾套壽衣。他又從坑內提出一小桶水和一個熱水瓶，拿出新粗布巾一條和白粗布一迭。李氏給尹安定脫衣，抹浴，穿上新壽衣，裹上白粗布。尹懷德和柯和仁把尹安定屍體放進棺材裡，壓上石灰，蓋上棺蓋，釘了壽釘。三個男人填土，李氏在墳前燒紙焚香。過了一個多時辰，新墳做好了，尹懷德、小毛又哭又拜一陣，四人才離開墳，到趙月英家去。

李朝清叫開趙月英的門。趙月英還沒有睡，點了油燈，開了大門。趙月英看到尹懷德，眼冒火焰，嘶嚷著：

「你害死了叔父，又來作什麼惡事？你滾！」

尹懷德低著頭，沒作聲，也沒滾。

李氏連忙拉住趙月英，又示意尹懷德。尹懷德默默地走了。

李氏勸慰了趙月英一陣。趙月英怒氣平息了，就對李氏說她要去給尹安定收屍。李氏告訴趙月英，尹安定的屍體已被掩埋好了。

「孩子，你們做善事，神會保佑你們的。」趙月英對柯和仁、小毛說，「善人總會有善果的。我不相信惡人會橫行一輩子，會橫行幾代人！」

李氏三人陪著趙月英坐了一陣子，就走了。

眾人走了，屋裡又寂靜下來。趙月英為兩個孩子拉了拉被頭，折了折被邊。那兩個孩子睡得很香，氣息均勻，臉腮紅圓，正在美夢中。孩子們彷彿這人間的事與他們毫無關係，他們早就把戴高帽受鬥爭的事忘了，就像他們被大孩子打了一頓那樣簡單輕鬆，過去了就沒事了。熟睡的無憂無慮的兒女在刺痛著母親的心。趙月英望著孩子，大滴大滴的淚珠滴下來，滴在被子上，她不讓淚珠滴在兒女臉上，以免驚擾了他們。

趙月英的腦海被颱風狂吹著，那海浪不是一排排的，而是毫無序次地打著漩渦，捲起浪山，把她掀起。她控制不了自己了，起身，開門，衝向黑夜，向前狂奔。她跌倒了，爬起來，踉踉蹌蹌，用腳走，用手爬，來到尹安定墳頭。

趙月英趴在墳頭上，雙手抱著新墳頭，好像在抱著尹安定的頭。她吻著，哭著，呼天，喊地。四周是黑洞洞的，萬籟俱寂。她的聲音就顯得特別尖厲。她嗓子啞了，聲音小了，只有抽泣，只有呻吟。她側著頭，枕著疏鬆的新黃土，像是在睡。她在迷糊中聽到一種聲音，那聲音來自墳坑底層，像茅草顫抖著的沙沙聲，像荒廢古廟裡的小蟲咿咿聲。趙月英卻聽清楚了，那是尹安定在喃喃低語，聲音清晰：「善人也會遭凶遭難，但人間是屬於善人的；惡人也會行兇得勢，但人間不屬於惡人。這是天理，這是不變的天理，這是惡人橫行而不能改變的天理！」

趙月英敬仰尹安定，尹安定的話是不會錯的。她點了點頭，把耳朵貼緊在黃土上。她要鑽進坑裡和尹安定說一回話，和尹安定一起入地獄。那聲音在繼續：

「你要想清楚。一個人的生命是天意，偶然成形的，來得不容易。你的生命關係著另外兩個小生命，關係著尹家的血脈香火，關係著我的靈魂得到安慰。一死了之，當然爽快，活著受苦受難，當然難磨。但好死不如歹活，你要珍惜生命，活下去，不能有一念之差。」

趙月英聽明白了，她要活下去。她看到東方露出了魚肚白，要回家了。她爬起身，胸前粘滿了新黃土，後背佈滿了白霜。她向四周望了望，沒有人走動，就拖著步伐回家。

柯和貴為趙月英的哭訴寫了一篇賦云：

趙月英哭靈

尹安定呀尹安定，我的好人呀，我的夫君！我在喊，我在哭，我在問。你聽見嗎？你看見嗎？你為何不理睬？為何不回應？啊！你死了，你永遠離開了我，離開了兒女，離開了你所熟悉的地方和親人。

尹安定呀尹安定，你自幼成為孤兒，卻有長兄良好家教，從小住優良學校；心明如皓月，善知腹中飽。十六歲兄亡輟學當家，家人以你為依靠。你教書收入微薄，經常免收學俸；你我男耕女織，苦苦營生。有了一些家產，你卻時時救濟窮人。你愛侄如子，敬嫂如母；與人為善，憐貧惜苦。你嘔心瀝血，教書育人；結交善良，弘揚斯文。你淡泊功名，與人無爭。你一身正氣，化解糾紛。你手無縛雞之力，卻受到人人尊敬。

尹安定呀尹安定，人不知，鬼不覺，那橫禍降到你身！蒼天有理嗎？人間有道嗎？這冤枉到何處去申？

長夜漫漫，幾時見日光？大地茫茫，何日解凍霜？一顆善心被剁碎，兩個生命還嫩亮，叫我這個弱女子怎能承當？

天罡的，你為何縱使凶神下凡？地煞的，你怎麼容忍惡徒倡狂？「為善的受貧窮命更短，造惡的享富貴又壽延。」「地也，你不分好歹何為地？天也，你錯堪賢愚枉做天？」這世道何時滅亡？

盼只盼——地靈靈，讓天良快歸人心上；望只望——天靈靈，使人間早日善回向。不相信——蒼天永無清明，大地長久凍霜！

尹安定呀尹安定，若是你病死，我不會這樣悲傷；若是你老死，我不會這樣憤怒。你被人害死了！你死得冤呀，你死得慘呀，你死得凶呀！你死了，我不能為你收屍，不能為你送葬，孩子們不能為你披麻戴孝，不能在大庭廣眾下為你哭喪。我怎能不憤怒？怎能不悲傷？你有何罪，竟然遭如此惡果而沒有善終？是你作孽，還是世道險惡，我心中自有一本帳。

尹安定呀尹安定，我再也看不到你的笑容，再也聽不到你的聲音；而我的眼前永遠晃動著你的身影，耳邊永遠縈繞著你的讀書聲。我要活下去，把孩子養育成人，永遠為你祈禱，看看天打雷劈這惡世道！

注：「為善的受貧窮更命短，造惡的享富貴又壽延。」「地也，你不分好歹何為地？天也，你錯堪賢愚枉做天？」——《竇娥冤》裡的句子。

又，

集錦詩云：

當初結下青絲發（笑笑生），愛他一操善兒琴（馬致遠）。
可關妖氣暗文星（司空圖），春腸遙斷牡丹亭（白居易）。
恨壓三峰華山低（關漢卿），欲訪孤墳誰引至（劉言史）？
誰人斷得人間事（白居易）？淮水長憐似鏡清（李紳）。

清匪反霸、肅反、抗美援朝、土地改革幾個運動都是同時進行的。在土地改革中，趙月英家被劃為惡霸兼地主，張愛清家被劃為惡霸家屬。南柯村還有七戶被劃為不法地主，其中有柯鐵牛的叔父柯啟文，瞿習遠的伯父瞿學道。不法地主有兩條出路：一是坐牢，二是被趕到離村五十里外的荒蕪地方去自我勞動改造。地主的家產和田產全部被沒收，分配給貧雇農。不法地主瞿學道被抓去坐牢了，還有六戶惡霸地主被驅趕，趙月英、柯啟文在內。

一場雪下過後，天晴了。山頭、路邊、瓦上、樹上還有殘雪。正是：「須晴日，看紅裝素裹，分外妖嬈。」毛主席感到「分外妖嬈」的喜悅，反動派卻感到「分外淒慘」的痛苦。這一天，是南柯村六戶地主惡霸被驅趕的日子。全村惡霸地主都被押到後埨草坡上，全村群眾也被集合到後埨草坡上。按上級規定，被驅趕的惡霸地主只能帶被子一套，少數炊具、農具，三天糧油，穿隨身衣服，其餘的全部留下，上交村黨支部。

柯鐵牛的民兵給惡霸地主不分男女老少都戴上高低綠紙帽。尹懷德分配民兵押送。柯鐘月、柯和仁被分配押送趙月英。浩浩蕩蕩的隊伍出發了。走在前頭的是惡霸地主和押送民兵。惡霸地主大哭小哼。柯啟文哭得最悲慘，不斷申辯自己不是不法地主，而是合法地主，被柯鐵牛趕上前幾頓毒打。趙月英不哭泣，戴著高帽像戴著草帽一樣，挑著一擔篾絲籮，籮裡一頭坐一個孩子，昂著頭，碎步而走。民兵不斷地吆喝，踢打惡霸地主。走在後頭的是歡天喜地的勞苦大眾，有的踩高蹺，有的扭秧歌，有的「車推車」，有的唱「賣補鍋」……邊走邊演。還有人把一面鼓架在柯啟文脖子上，在旁邊敲打。歡呼聲，暢笑聲，喝彩聲，歌唱聲……此起彼伏。前面痛苦，後面快樂，悲劇喜劇一齊上演，對比鮮明。

隊伍走過紅石區樂園街，尹懷德帶領著歡樂的人群押著一部分不被驅趕的地主轉回來。柯鐵牛、柯鐘月押著被驅趕的惡霸地主拐上了小路。

柯鐵牛、柯鐘月帶著隊伍走了二十多里小路，來到一個山嘴停下，山嘴過去就是蘆花平原了。柯鐘月叫幹部坐在一塊大岩石上，望著熟悉的蘆花平原。蘆花平原白花花一片，望不到邊。三人商量著如何安排六戶惡霸地主。

「他們住在一起會謀反的，必須分散，每隔十里一戶。」柯鐵牛說。

「把他們的油糧都沒收掉，讓他們早點餓死，別再煩我們了。」柯太仁說。

「那不行，不能破壞黨的政策。」柯鐘月反對。

在分配中，柯鐘月說趙月英一個寡婦帶兩個孩子，分配到港口便利些。柯太仁反對，說柯鐘月有邪念。柯鐘月瞪著牛眼要打柯太仁，柯鐵牛也批評柯太仁瞎說。趙月英就被落實到港口了。柯啟文分配到蘆葦蕩中心的蚌殼氹，其餘四戶都隔開了。分配好了，民兵們分別押人走。柯鐵牛還說，惡霸地主只能在被分配的地方居住，村幹部每月來檢查一次，發現挪了窩，就罪加一等。柯啟文央求著不肯去蚌殼氹。他知道蚌殼氹是灘塗，蘆葦又密又厚，夏季淹水，冬季起火。柯鐵牛、柯太仁把柯啟文打了一頓，強迫著走了。趙月英罵柯啟文：「賤骨頭！人到了這個地步還求情，虧你還是男子漢。」柯太仁要去打趙月英，被柯和仁拉住。

柯鐘月、柯和仁押著趙月英走了。走進蘆葦蕩，柯和仁去抱起墨客，柯鐘月背起文瓊。在密不透風的蘆葦杆中的小彎路上走了十來里，到了港口停下。

這港口，是雙溪河流入貴河的出口處，有一條小路橫穿蘆花平原南北，沿河有小路貫通蘆花平原東、西，在港口處，有東、西、南、北渡船。東西、北三邊河岸有些蘆棚，是外地流民和漁船住的。南邊河三里遠有個山包，叫南墶，住有五、六戶人家，還有一間寺廟，一座高塔。趙月英被安排在貴河北岸和雙溪河東岸交叉的一塊蘆葦稀疏的地方。

「鐘月哥，趙月英沒蘆棚，這兩個孩子今夜不凍死嗎？你先回去，我幫她搭個棚子。」柯和仁向柯鐘月請求。

「天還早，我倆幫她一起搭棚，一同回家。」柯鐘月說。

柯鐘月挖坑，柯和仁砍蘆杆，趙月英割湖草搓繩子，兩個孩子抱蘆杆，抱湖草。柯鐘月對搭蘆棚很有經驗，先把蘆杆捆紮成圓筒形，豎在八個圓坑內，又橫上幾根圓捆蘆杆，用湖草繩紮牢，屋架就搭成了。他又捆紮許多小把蘆杆作桁條，縱攤在架子上，橫擋在四周；把散蘆杆紮成牆，鋪成天蓋；又紮了棚門。三人幹了兩個多時辰，一個十五平方米的蘆棚搭成了。柯鐘月告訴趙月英，以後把蘆杆牆抹上泥漿，廚房離主棚一丈多遠的地方搭成。他還說，嫩蘆根能吃，蘆地能種莊稼。柯鐘月、柯和仁在傍晚時走了。趙月英也沒說感謝話，也沒送，繼續做事。她心裡清楚，柯鐘月雖然有些瘋氣，但還有良心，記得尹安定對他的關照。

趙月英在蘆棚裡擺了床位，草塊壘成灶孔，從籮裡拿出打火石、艾絨和一把麵條，生火煮麵條吃了，又燒水洗了。她去解被子鋪床，讓孩子睡。她打開被子，出現了一個白粗長條米袋，裝有一斗米，還有一包鹽。趙月英一眼認出，那米袋縫補的針線是表嫂李氏的手工。趙月英知道是李氏教柯和仁塞進被子裡的。趙月英感動得流淚了。趙月英計畫著，自己帶有三天糧油，加上這袋米，到明年小麥收割時，共有半年時間，是不夠吃的。這就要靠野菜、蘆根、菜蔬來補充。趙月英獨自站在棚門處，望著野外。

夜幕降臨了，西邊天空有彎月，有稀落的寒星。遠處的山脈黑糊糊一片，對岸小山包的樹林裡透出幾點極小的黃光點。兩條河像兩條暗藍的深淵，深淵裡有幾點漁火。蘆葦蕩被夜霧罩住。有大雁哀鳴著飛過去，蘆葦叢裡傳來麂子的哭聲，近外有老鼠在索索地爬動。趙月英有些害怕，害怕這荒涼無人的死寂。她連忙進棚關門，怕門不結實，用竹扁擔橫擋著。

趙月英睡在床上。過了一會，她不害怕了，坦然了，甚至有安全感。這荒涼無人的死寂給人帶來的害怕感，都遠遠比不上那有人製造的鬥爭讓人恐怖。這些日子，她害怕人聲，害怕人影。現在她脫離了人間，來到這鴻蒙天地，看不到人影，聽不到人聲，不用害怕受鬥爭、挨打受罵了。她的思想單純起來，只考慮向大自然索取的生存物質。她想到這些，感到欣慰，輕鬆，就入睡了，睡得很香。

一大早，趙月英就起床了，開始謀計一家三口生活。她站在棚外，觀察著蘆棚，盤算著如何把蘆棚加固，使蘆棚不透風，不漏雨；如何把床位抬高，不受老鼠干擾。她觀察著棚子四周的土地，在入春前要開出一片土地，搶種遲小麥、油菜和蔬菜。

她想好了，就開始帶著兒女勞動。她砍去了一片蘆葦杆，就挖地。那土地肥沃，土是黑色的，黑土裡包著白嫩的蘆根，揀起蘆根一咬，甜絲絲的，就教兒女撿蘆根。她挖了兩厢地，揀了十來斤嫩蘆根。她把蘆根洗淨，剁細，和米一起煮成飯，又炒了一盤野菜，一家三口人吃得很飽。

趙月英勞累了半個月，蘆棚和四周發生了很大的變化。棚牆糊抹上了泥漿，棚頂用蘆葉搓成的粗繩纏繞著，牢固結實。棚牆四面開了深溝，一條直通向貴河，棚內地面不潮濕了。棚內被隔成三間，一間活動室，一間儲藏室，一間臥室。床位高三尺，蘆杆當床板，蘆葉鋪得很厚很軟。在主棚東頭一丈多遠的地方，有小棚，也有兩間，一間廚房，一間廁所。有條沙石路連接兩棚，棚前被壓成麥場。棚的三面是被開墾的土地，有兩畝多，種上了麥子、蠶豆、蔬菜。

趙月英從一個叫陳新夏的老漁夫那裡得知，蘆杆被撕去蘆葉後，有人來收購去造紙。她就去砍蘆杆，讓孩子撕下蘆葉。果然，在春節前，她賣了兩千多斤蘆杆，得了兩萬四千五百錢（注：一萬是現在的一元，一千是一角，一百是一分），她買回了糧油、年貨。春節時還回尹東莊去祭了祖墳。有一件事難著了趙月英：讓兒女讀書。她不能讓兒女在這棚裡待一輩子，可是，這方圓二十多里沒學校。南埁村的孩子是不讀書的。後來，她想起了岳母教岳飛讀書，用柳條當筆，沙盤當紙，她也學起岳母來，撈了一些河沙，用蘆杆當筆，又到縣城買回小學課本，教起文瓊、墨客讀書。

趙月英的生活漸漸地有規律了，習慣了，真有點世外桃源的生活情趣。人為萬物之靈。在精巧微妙的人體結構中，蘊藏無限的體力和智慧潛能。在安逸中，被抑壓著，自消，老化；而一旦遇上災難和危急時，它們就被爆發出來，大得使人自己也驚訝不已，不可想像。如果這種體力和智慧潛能，被人用在互相仇恨、鬥爭中，那是破壞力，那就互相抵消了，白白地消耗了；如果被人用在互相友善、互相幫助、共同創造上，那就是建設力，創造出人類無限的幸福美好社會來。趙月英，一個弱女子，帶著兩個幼小的孩子，在這荒蕪的蘆葦蕩裡，在這惡劣的自然環境裡，發揮著自己的體力和智慧潛能，頑強地活著，創造出自己的怡然自得的生活來。而在蘆棚外的人世裡，人們體力和智慧潛能，在互相暗算仇殺，把人間破壞成一個血腥醜惡的社會。

趙月英自由自在地生活在勞累辛苦之中。她害怕人類，避免與外界接觸。但是，趙月英是人，只要是人，就不可能避開人世間發生的事件的影響。你不願接受那影響，人世間卻強迫你接受。過了兩年多時間，人世間的變化使得趙月英的生活發生了劇變。

欲知趙月英生活有何劇變，且聽下文分解。

第六回　爭權力莽漢學官話　劃階級孺子沐祖恩

卻說趙月英在蘆葦蕩裡過上了安寧的日子，不聞人間的事。在趙月英蘆棚外的人間卻不安寧，你死我活的階級鬥爭越來越激烈，腥風血雨的政治運動越來越多，就像那日本鬼子的飛機扔炸彈，一個追隨著一個下來，震天動地，嚇得人魂飛魄散。但那日本鬼子的飛機扔炸彈有間隙，有結束，而這階級鬥爭、政治運動沒間斷，沒完沒了，有時夾著來。從五零年初到五二年底，短短三年中，就有清匪反霸、肅反、土改、抗美援朝、三反五反、復查等全國性大運動。在南柯村被殺被關、被趕的無辜民眾，是長毛子起亂到共產黨坐天下的一百年戰亂中的十幾倍。而那戰亂中被殺、被關、被趕的人大多數是參加雙方作戰和組織活動的人，即使日本鬼子，在南柯村六年只殺了一個參加游擊隊的人，抓走兩個夫子，那兩夫子後來也回來了。所以本書人物柯和義說：「暴政比戰亂惡毒。生活在戰亂中，老百姓還能避亂，軍隊為得民心不亂殺人。生活在暴政下，老百姓無處可藏，日日有生命危險。」

暴政雖然塗炭生靈，但有些人熱愛暴政，他們能在暴政中發洩惡欲，釋放毒汁，爭權奪利，升官發財。在這三年中，南柯村不少人爭到了官，升了官。解放在清匪反霸後就升為永安縣縣委書記兼縣長，李得紅升為縣公安局局長，溫小玲升為縣組織部部長，剿匪小分隊隊長何建國接任紅石區區委書記兼區長，尹懷德接了李得紅的職，掛了紅石區副區長，還身兼鄉主席、南柯村支書、村主席。邱遠乾、柯業章當了很大的官。柯鐵牛、柯太仁都升了官。

卻說尹懷德在為解放升遷送行那天，受解放的個別接見。

解書記飽含革命感情地對尹懷德說：「懷德同志，我們總算穩固了革命政權，你也成長為一個革命領導幹部了。我了解你，你忠於黨，忠於革命事業，有水準，有能力。但是，你的思想還殘存著資產階級人性論，對敵鬥爭不狠。你要在革命鬥爭中改造自己的舊思想。你的名字就很封建，改一下吧，就叫尹苦海，表示不忘往日苦、牢記血淚仇。」

解書記還鼓勵尹懷德說：「你要為革命挑更重的擔子。現在你兼職太多，把南柯村的兩個職務移交給革命接班人，一心一意幹好鄉、區的工作。」

從此，尹懷德這個名字就沒了，改叫尹苦海。後來，尹苦海也學解放，把柯太仁的名字改為柯國慶。

尹苦海認為解放指示得對，應該甩掉南柯村的職務。那職務把自己困在南柯村那個小天地裡，又和人民群眾直接打交道，很費勁。但交給誰接班呢？根據黨當時定下的革命幹部的標準：苦大仇深，立場堅定，鬥爭性強，第一批黨員。在南柯村就只有副書記柯鐘月、副主席柯鐵牛兩人可以接班。這兩人在尹苦海心裡都有很大的缺點。匪徒柯丹青曾攻擊兩人說：「柯鐘月是瘋了，叫娘也叫不清楚。柯鐵牛是地痞，是頭又蠻又狠的牛。」雖說：「凡是敵人反對的，我們就擁護」，但是柯丹青對兩人的評價合了尹苦海的看法。如果讓柯鐘月當南柯村第一把手，他傳達不清楚上級的指示，還經常發豬頭瘋，那就壞了革命工作。如果讓柯鐵牛當南柯村第一把手，他野蠻惡毒，自私，報復性強，獨專獨行，也會壞了革命工作。「人才難得呀。」尹苦海嘆息著，真有「非我莫屬」的感慨。

正在尹苦海犯難時，一個解決問題的機會來了。

黨的工作重點轉到土地改革復查工作。這項革命工作，不僅黨要沒收土地，分配土地，還要劃階級。劃階級是項複雜的工作，政策性強，弄不好就把政策理解錯了，錯劃了階級。為了搞好土改復查工作，上級派了工作隊。到南柯村來的工作隊有七人，五男兩女。男的都蓄俄國包頭髮，穿對衿貝殼鈕扣毛澤東服；女的留齊項短髮，穿蒙胸右開布鈕扣灰色短衫。工作隊隊員住幹部家，吃派飯。工作隊中只有小熊是本地人，其餘的是外地人，講官話（普通話）。

尹苦海看到這個情況，就召開村幹部會，提出一個學講官話的任務。他還召見柯鐘月、柯鐵牛，說：「我要交班了，南柯村第一把手在你們中選一個。我向你們提出兩個條件：第一，在土改復查工作中，看誰為革命立功大；第二，看誰能儘快學會官話，用官話和工作隊員交談，用官話作報告。」

尹苦海的話把兩人的革命積極性充分調動起來了，為爭當第一把手，兩人競爭起來，鬥爭起來。

在南柯村鬥爭地主柯秀明的大會上，工作隊隊長秦開業作了報告，尹苦海講了話，由柯鐘月作總結報告，柯鐵牛作下一步工作報告。

柯鐘月學著尹苦海大步走到台前講桌邊，學著解放左手叉腰，學著李得紅兩眼瞪圓，只是那滿頭又紅又光的癩子是不學掉的。他站著，過了一盞茶的功夫還沒說話。台下群眾感到驚奇，不知道又要發生什麼新鮮玩藝兒，靜靜地看著，聽著。

突然，柯鐘月像丟失了什麼，右轉彎，走到被麻繩捆著跪在台邊的柯秀明身邊，用右腳狠狠一踢，怒喝道：「糞桶蛋（注：反動派），滾下去！」

那柯秀明一滾，跌下臺來，「哎喲」不止，被柯國慶、瞿習遠帶民兵拖走了。

柯鐘月又大步走到講桌邊，學著解放乾咳幾聲，右手抓起廣播筒，罩在嘴上，左手空拳比劃，用官話作報告：

「各位老虎大沖們（注：勞苦大眾），蛋屎（注：但是。解放口頭禪）……蛋屎……各位街吃（注：階級）兄弟姐妹們，蛋屎……蛋屎……我們打倒了一個粑（注：大惡霸），打倒了糞桶蛋，蛋屎……蛋屎……我受了柯秀明這個糞桶蛋……蛋屎……鴉嚇缽嚼（注：壓迫剝削）。今天，我要打倒這個糞桶蛋。蛋屎……蛋屎……我要革命，打倒一切一個粑，打倒一切糞桶蛋，蛋屎……蛋屎……今日，父母不是親，兄弟不是親，親戚朋友不是親，街吃才是親，毛主席比父母還親。蛋屎……蛋屎……」

柯鐘月喊得嗓子啞了，滿頭大汗。他轉身問作記錄的柯業章：「有餐飯時間嗎？」

柯業章說：「還差一點。」

柯鐘月心想：「斫苞蒿（注：作報告）沒一餐飯時間，還算是主席麼！」但是柯鐘月再也喊不出革命的話來了，他所學到的革命辭彙就只這些，學到的官話也只這幾句。

柯鐘月「蛋屎」了好一陣子，想著拖時間的話頭。突然，他嘶啞地高喊：

「各位老虎大沖們，入他娘的十八代糞桶蛋，壞絕種的一個粑，蛋屎……老子要槍斃一個粑，批死糞桶蛋。蛋屎……蛋屎……，我來唱個革命的歌。」

柯鐘月又乾咳幾聲，唱起來：「黑老鴉呀白老鴉（注：原詞『嘿啦啦啦，嘿啦啦』），天上……蛋屎……天上出老蝦咿呀（天上出彩霞呀）……地上開紅花咿呀……」柯鐘月一唱一頓，飽含革命的感情，唱得十分認真賣力。他晃頭晃腦，聳肩扭腰，搖動屁股，兩膝一彎一直，左手一伸一屈，反覆唱了幾遍，直到柯業章喊「有一餐飯時間了」才停下。柯鐘月喊了口號，才退下來。

台下臺上一片雷鳴般掌聲。台下的「老虎大沖們」還紛紛讚頌著：

「沒想到鐘月瘋子會講官話，能斫苞蒿。」

「革命了，窮人就能講官話。」

……

輪到柯鐵牛作下一段工作的報告。柯鐵牛不像柯鐘月那樣學習不專一，學那麼多人的姿勢，他只專一學李得紅。柯鐵牛起身，成立正姿勢，正步走，走到講桌前，又立正，揚起右手，把手掌外向貼在右眉毛上，向後轉，向臺上領導行軍禮；又向後轉，向台下群眾行軍禮，直接對台下吼道：

「不要亂吵！再吵，就是反革命份子！」

其實台下鴉雀無聲，群眾都像怕李得紅一樣怕柯鐵牛。

柯鐵牛不拿廣播筒，聲如虎嘯：

「各位老虎大沖們，就是……就是……（注：李得紅口頭禪。）剛才鐘月桐柿（注：同志）斫了好苞蒿（注：作了好報告），就是……就是……對各位老虎大沖們是很好的交出（注：教育）。我要講劃街吃的事。就是……就是……我們下一步工作主要劃街吃，就是……就是……打倒地主街吃，分給老虎大沖街吃。就是……就是……各家各戶都劃街吃。就是……就是……然後，講街吃親，不講父母兄弟親……」

柯鐵牛的工作報告超過了一餐飯，比柯鐘月的長些，聲音洪亮十倍。

日落西山時，才散會。

柯鐘月、柯鐵牛不但自己講官話作報告，還輔導全村黨員、幹部講官話，作報告。在一次輔導學習會上，柯國慶問了幾個詞的意思。

柯鐘月嘲笑著柯國慶說：「真是傻貨，還不懂這些官話，你革什麼命呢？『老虎大沖』，就是窮人合力起來，比老虎下山猛衝的力量還大。『糞桶蛋』，柯丹青那些壞東西都是嗅不可聞的糞桶，都滾蛋了。『蛋屎』是解書記的話，雞蛋上當然帶有雞屎。」

柯鐵牛瞪著牛眼，接著教訓幹部們：「他罵的（注：他媽的）！你們要革命，就要認真學習，弄懂官話的意思。不然就是反革命。現在要劃街吃了，要懂得街吃的意思。街吃，就是在街上吃飯，尹安定吃好的，我們窮人吃壞的。這就要劃開，劃出吃好的吃壞的，就是劃街吃，尹安定吃白粑，獨吃一個，不分給家人，就是『一個粑』。學官話，在臺上講那麼多話，比我們上山斫苞蒿還累，所以叫『斫苞蒿』。」

柯國慶連連點頭，佩服兩個副主席的學問大，決心學官話，「斫苞蒿」。可是柯國慶沒有資格上臺「斫苞蒿」，就想了個法子，站在田埂上，對著田裡豎著稻草把講起來：

「各位稻草老虎大沖們，蛋屎……就是……（注：柯國慶想把柯鐘月、柯鐵牛的本事都學到手），我斫苞蒿了。……」

由於幹部們的模範帶頭作用，一些革命積極份子、民兵也都學官話，「斫苞蒿」，為當官上臺講話作準備。那些全新的革命詞語在南柯村巷頭巷尾、塘沿地邊傳開了。這些革命詞語在南柯村柯鐘月這些土改根子的腦海裡，一直保存到去世的時候。柯鐘月活到八十二歲，在二十一世紀頭一年臨終前還對兒女們說：

「我在南柯村是第一批參加革命的，當了主席，上臺斫了苞蒿。蛋屎……蛋屎……我帶領老虎大沖們，蛋屎……打倒一個粑，打倒糞桶蛋……蛋屎……劃開了街吃，打下了天下。蛋屎……你們才有今天的好日子過。蛋屎……」

面對這位稀里糊塗、白髮蒼蒼的老頭子，聽著他講的官話和對革命的不理解，兒女們眼裡流淚，心裡發笑，哭笑不得。但是，柯鐘月的兒女們並不知道，他們在嘲笑柯鐘月的時候，他們也在跟著官方說「中國特色」、「四個基本原則」、「總設計師」、「江核心」、「偉大理論」、「三個代表」、「與時俱進」等詞語，他們像柯鐘月一樣不理解革命詞語的真正政治含義和政治目的，他們的兒女也會像他們嘲笑柯鐘月一樣嘲笑他們，他們的並不比柯鐘月強多少。這是後話。

柯鐘月、柯鐵牛在學官話上進行競賽，同時，又在「為革命立功」上進行鬥爭。南柯村土改分為兩個工作片，柯鐘月、柯鐵牛各帶一個工作組負責一個工作片。

其實，柯鐘月、柯鐵牛兩人的明爭暗鬥早就開始了。在清匪反霸中，柯鐵牛把叔父柯啟文劃為不法地主。大雪天，柯鐵牛親手剝去柯啟文和柯啟文兒子柯貴玉的衣服，拉到風扇前，叫柯國慶扇風，他把冰水潑到柯啟文、柯貴玉身上，直到柯啟文、柯貴玉變成了冰人，不省人事時，才甘休。此舉得到了李得紅的表揚。柯鐘月眼紅了，也把繼父柯秀明打成地主，在柯秀明家掘地三尺找罪證。此舉也得到了李得紅的表揚。南柯村要驅趕六戶不法地主，已確定了五戶，要在柯啟文、柯秀明兩戶中篩選一戶。柯鐵牛說柯啟文應被驅趕，柯秀明要老實些，給窮人看病。柯鐘月說柯啟文老實些，柯秀明狡猾些，柯秀明應被驅趕。兩人因此而爭吵，還動手打起來。尹苦海就從中處理了，說柯啟文、柯秀明都是不法地主，都應驅趕。南柯村超額完成驅趕地主任務。就在此時，解放書記得了疝病，柯秀明用兩包中藥給治好了，才免了被驅趕的命運。

在劃階級中，柯鐘月、柯鐵牛都認為，劃的壞階級越多，功勞就越大。兩個工作組就爭著把階級成份往高處劃。柯鐘月劃一個地主，柯鐵牛就拼上一個；柯鐵牛劃一個富農，柯鐘月就找出一個，使南柯村人在劃階級上吃大虧。不過，那時南柯村人除了害怕被劃成惡霸、地主外，對其他階級成分無所謂。因為當時政策規定：惡霸、地主是階級敵人，富農以下的階級都屬人民範圍。群眾萬萬沒想到兩年後，富農、小土地出租都成了階級敵人，上中農受到歧視。兩個工作組在劃階級的工作成績上是持平的，柯鐘月，柯鐵牛功勞一樣大小。誰知到劃階級工作快結束時，兩人的工作成績拉開了差距。

在柯鐵牛這邊，有個軍師在出點子，那就是在鄉裡當文書的邱遠乾。邱遠乾與柯鐵牛是拜把兄弟，就對柯鐵牛說：「看來再沒人家可劃為富農，你就找一戶上中農自報劃為富農。」柯鐵牛就去找房嫂邢氏，自報劃為富農。那邢氏耐不住求情和房親，就自報了，使柯鐵牛這邊比柯鐘月多劃出一個富農。

邱遠乾又對柯鐵牛說：「上級規定南柯村只有一戶破產地的指標，破產地主和貧農難劃開，你要在你的工作片劃出一戶破產地主。」

柯鐵牛聽了，就決定把李寡婦這戶劃為破產地主。誰知柯鐘月也找出了一戶破產地主，那就是柯成青。兩人鬥爭起來。

柯鐵牛的理由是：李寡婦家原來有水田九斗，旱地八升，後來賣了，破產了。李寡婦的大兒子柯和禮在國民黨軍隊當兵打人民解放軍，是經濟上破產、政治上反動的典型的破產地主。而柯成青家原來田地多些，後來買了些；房屋多些，但五個兒子分家每人只一間；柯成青的哥哥是革命烈士，這戶經濟破產了，但政治上革命，不是破產地主。

柯鐘月也有理由：在田地上，柯成青家原來有兩擔多，夠地主；李寡婦家不足一擔，不夠地主。在房產上，柯成青家有五間青磚瓦房，只有老大分了家，還有四間是一家的，夠地主；而李寡婦家一直只有一間土磚瓦房，不夠地主。在政治上，柯成青在他哥哥犧牲後，害怕連累自己，向保長哭訴與哥哥沒有兄弟關係，不給哥哥收屍祭墳，政治上反動。李寡婦的大兒是被迫拉去當兵的，不屬於反動。

柯鐘月和柯鐵牛兩人爭執不下，叫罵起來。柯鐘月的工作組為柯鐘月說話，柯鐵牛的工作組為柯鐵牛說話，革命隊伍出現了分裂。

邱遠乾又為柯鐵牛出點子說：「劃破產地主是項保密工作，只能在內部爭吵，不能在外部叫嚷。柯鐘月是瘋子，你就指使柯國慶、瞿習遠等人在外面激怒他，讓他發瘋，就洩露了黨的機密，會被開除黨籍。」

柯鐵牛認為是好計，就照辦了。那柯鐘月果然中計，在大堂前和柯國慶、瞿習遠吵起來了，打起來了，把劃柯成青、李寡婦為破產地主的事當眾全抖了出來。

這一下，柯鐘月和柯鐵牛的爭鬥結束了，尹苦海和秦開業隊長的結論出來了：柯鐘月沒有組織觀念，保密性不強。南湖鄉黨委做了決議：撤掉柯鐘月村副支書、副主席職務，調往南湖漁場當場長。委任柯鐵牛為南柯村支部書記兼村主席。增補柯國慶為副支書兼民兵連長，柯業章為副主席兼團支部書記。

柯鐵牛上任了，南柯村算有了一人獨裁的一統天下。

柯鐵牛十三歲死了父親。父親叫柯啟武。柯啟武和柯啟文兄弟倆繼承了一份可觀的祖業：一擔四斗的水田，九升麥子地，一棟連三青磚房子。分家時，長孫柯鐵牛也有一份，柯啟武就得了九斗水田，六升麥子地，一間房子。俗話說：「妯娌不共堂前。」柯啟文感到一間房子不好住，嫂子朱氏又潑悍，就乾脆用那間房子換了柯啟武一斗水田，自己在別處做了土磚房子。柯啟武身高八尺，尚武，是個武打師傅，專好結交武林好漢，與人比武，不到五、六年時間，把田產吃喝了一大半。在柯鐵牛十二歲那年，柯啟武在與人比武中被打中了致命處，死了，死時的棺材是特製的，很長。柯鐵牛從父親那裡繼承的產業就只有四斗水田、兩升麥子地了。朱氏溺愛兒子，又從中吸取教訓，不要兒子學武，要兒子讀書。柯鐵牛不是讀書的料，兩年還背不來「人之初」，卻像他父親一樣愛武，專好結拜義兄義弟；又像他父親一樣兇悍，刻毒。他母親管他，他就和母親打架。朱氏就求柯啟文幫著管教。柯啟文就訓斥柯鐵牛，還打罵柯鐵牛，想收住柯鐵牛的凶心。柯鐵牛到了十八歲，就長成了一條漢子，與柯啟文打了一架，打贏了。柯啟文再不敢管教柯鐵牛了。柯鐵牛就自由自在地帶著柯國慶、瞿習遠、邱遠乾一班兄弟遊手好閒，吃喝玩樂。不上三年，柯鐵牛把田產、房產全賣個精光。母親朱氏也得暴病死了。柯鐵牛成了南柯村真正的一頭蠻牛。從他外貌看，身材高大，背闊腰圓，鼻息如牛，壯實得真像一頭大水牯。他喜歡剃光頭，顯得肥頭大耳，濃眉暴睛，滿臉絡腮鬍子，像李逵；他出手能拔柳樹，提腳能翻石滾，力大如牛；他性格野蠻，臉上鐵青，從沒一絲笑容；他眼露凶光，聲氣轟響，沒一點柔和，沒一聲細語；他走路直撞，地面震動；他打人打死處，沒一點情面慈心。柯秀明曾評價他說：「有呂布之勇，董卓之惡，來俊臣之毒，李逵之凶。」柯鐵牛氣血兩旺，即使不參加革命，也使人恐懼。現在他參加了革命，成了南柯村至高至尊的人物，有誰不怕他？

在南柯村，柯鐵牛只怕一個人：尹苦海，最恨兩個人：柯啟文、李寡婦的丈夫。現在他怕的這個人和他同道，他恨的那兩個人，柯啟文被他打倒了，李寡婦丈夫死了。但他永遠記得那兩耳光的仇恨，要報復在李寡婦和柯和仁、柯和貴身上。

「入你娘的十八代！李寡婦，老子要你成為地主婆，讓柯和仁、柯和貴成為不能出頭的地主崽，讓那死鬼沒人祭墳。」

柯鐵牛開始行動了。第五天，柯和仁被開除了民兵，工作組不到李寡婦家吃「派飯」了。

這一下，李朝清心慌了，猜到柯鐵牛在打擊報復，要把她家劃為破產地主。李氏可不像其他農婦一樣對劃階級無所謂，她懂得這劃階級連帶著子孫的吉凶。李氏懂得這些是有個原因的。她有個娘家房弟，叫李朝森，在縣中學教書，李朝森的兒子李成才參加了土改工作隊。李氏特意向李成才打聽劃階級的事。

李成才告訴姑媽說：「劃階級是黨的一項根本政策，長期政策。根據階級就分出了敵人和人民。凡是惡霸、地主、資本家、舊官吏階級都是敵人，是鬥爭對象，子孫都受到壓迫，出不了頭。可能以後，富農、小土地出租、工商業主也會成為敵人。凡是工人、貧雇農、下中農、革命烈士後代都是依靠對象，得到關心，子孫得到照顧、優待。富裕中農是團結對象。」

李氏把自己的家庭情況向李成才說了，問合什麼階級。

李成才說：「你家原來的田地是在解放前前三年賣的，合貧農階級。如果有人搞鬼，不講政策，混淆了這個界限，又能劃上破產地主階級，跟地主一樣是階級敵人，我表弟就吃苦了。」

李氏心中有數了。她特別關心劃階級，特別提防柯鐵牛，每次開會都積極參加，仔細聽。她聽到了柯鐘月和柯太仁、瞿習遠在大堂前吵架，知道柯鐵牛要把自己家劃為破產地主，就有些著急。現在，和仁的民兵沒了，工作組不來吃「派飯」了，她能不心慌嗎？

李氏想找尹苦海談，但想到尹苦海狠整他叔父和嬸娘，還認外人嗎？她想找工作隊談，但怕碰釘子，惹怒柯鐵牛。李氏一籌莫展，心急如焚。她只好偷偷地求神拜佛、祭祀祖人，得到神鬼的保佑，讓祖人顯英靈。她就這樣等著，觀察著，尋找著和工作隊說話的機會。

一天傍晚，李氏坐在灶前做飯，柯和貴唱著流行的革命歌曲「黑老鴉鴉……」蹦蹦跳跳地回了。柯和貴跑到母親面前，揚起右手的一個藍色洋布包子，高興地叫：「娘呀，我撿到一個包子。」

李氏接過包子，打開一看，裡面有百子錢、千子錢，還有兩張萬子錢（注：一百錢是一分錢，一千錢是一角錢，一萬錢是一塊錢），一些字紙。李氏雖不識字，但認得這包子不是本村農民的，是工作隊的。

「和貴，這包子是不是偷來的？」李氏嚴肅地問。

「撿的呀，我怎麼會偷東西呢？」柯和貴感到母親委屈了自己，哭了。

「撿著東西也要還人呀，那掉東西的人多著急呀。」李氏繼續嚴肅地教訓。

「我拿著包子等人來找，過了好一會，沒人來。我怕還錯了人，就回家交給你去還人呀。」

「這就對了。」李氏笑了，摸著柯和貴的頭說。她又說：「你不要對外說你撿到了包子，怕壞人冒充丟包子來領去，讓娘好好地尋找丟包人。」

柯和貴點了點頭。

李氏把包子放進衣袋裡。吃飯時，李氏端著飯碗站在門口，等待工作隊。

一會兒，小熊走來了，唱著歌：「嘿啦啦啦，嘿啦啦，天上出彩霞呀呀，地上開紅花呀呀……」

「熊同志，你丟東西了嗎？」李氏等到小熊來到面前，問。

「沒有呀，大娘。」小熊隨口答應著，走過去。他走了一丈多遠，又轉過身來，問：「大娘，你是不是撿到一個藍布包子呀？」

「我小兒子撿到一個布包子。」

小熊連忙走過，跟著李氏進屋，問正在吃飯的柯和貴在哪裡撿的。柯和貴說是在鐵牛主席的巷口撿的。

「哎呀，那是小林丟的，那裡面有錢，有條據賬目，小林正在找得哭哩，快給我帶給她。」小熊對李氏說。

「小熊同志，小林的包子裡有些什麼東西，要讓她來清一清呀，才證明我家裡人沒動她的東西。不然，轉手少了東西，我就擔當不起。」李氏說，「對不起，小熊同志，你叫小林當面拿走。」

「對，對，大娘說得對。我馬上去叫小林來認領。」小熊讚揚著，走了。

一會兒，小熊帶著小林、秦開業隊長來了。小林向李氏說了自己包子的顏色、形狀。李氏就把包子給了小林。小林打開包子清點，沒少一分錢，沒少一張紙，就說了許多感激話。秦開業表揚了李氏、柯和貴拾金不昧的精神。李氏就趁機詢問她家能合什麼階級。小林就叫李氏說一說家產、田產的事。李氏如實地說，特別把賣田產時日說得明確無誤。秦開業拿出筆記本作了記錄。站在旁邊的柯和仁見了有說話的機會，就氣憤地說父親為什麼打了柯鐵牛兩耳光，說柯鐵牛開除他的民兵是公報私仇。工作隊的人聽著，直到李氏一家人沒什麼說了，才走。

過了兩天，尹苦海帶著工作組到李氏家吃「派飯」了。又過了兩天，柯和仁回到了民兵隊伍，李氏還被選為貧苦農民代表，參加劃分階級會議。

李氏沒想到一直使她驚慌失措的事情卻被一個偶然發生的小事逢凶化吉了，這真使她一時喜出望外而又迷惑不解。她想來想去，將這因禍得福的原因歸於祖上陰德和菩薩保佑。若不是菩薩保佑，和貴又何能撿到小林的包子呢？若不是祖人積的善德傳到和貴身上，和貴又怎麼能拾金不昧呢？李氏更加堅信了「善有善報，惡有惡果」的信條。她將這事發生的因緣和道理向柯和仁、柯和貴連講幾十次，後來又向孫子們講。

卻說尹苦海了解到柯鐵牛還記著那兩耳光的仇來報復李氏一家人，很惱火，就在一個晚上全鄉支書會開後，留下柯鐵牛，狠狠地批評一頓。柯鐵牛開始時還強辯了幾句，看到尹苦海嚴肅認真，火氣很大，才認了錯。

尹苦海批評了柯鐵牛後，回到尹東莊自己的屋裡，心裡煩躁。這煩燥並不是柯鐵牛報復李氏的事引起的，而是他自己的一塊心病在起作用。

有詩贊童年柯和貴曰：

幼童天性本來善，全靠家訓去慈垣。
偶然拾得金錢莢，逢凶化吉遇善緣。

注：「慈垣」，《道德經》句：「天將建之，女以慈垣之。」

欲知尹苦海有何心病，且聽下回分解。

第七回　侄戀嬸亂了人倫道　嬸配侄合乎辯證法

卻說尹苦海回到了尹東莊自己的房屋。他再沒住牛棚了，在趙月英等第一批不法地主被驅趕後，尹苦海是第一批得到房產、田產分配的貧雇家。尹苦海分得的房產是被他賣掉又被尹安定贖回的祖業一進兩重的那棟青磚瓦屋的一重，小毛也得了一重。上下重由尹苦海選，他就選了第二重，理由是小毛收割莊稼柴草在第一重進出方便些。本來，尹苦海和趙來鳳結婚的房在第一重的北側，第二重的北側的房是尹安定和趙月英結婚房，他要第二重，住在趙月英的房子裡，因為這間房子有他不可磨滅的印象，是他產生心病的地方。

尹苦海摸黑從第二重的北邊側門進了屋子，他來到廚房裡。廚房裡冷灶冷鍋的。他懶得燒水洗沐，呆站了一會兒，嘆了一口氣，就摸進房裡。他插開鎖子，進房角時臉上蒙了些絲絲的東西。他知道，這是好幾天沒回來了，蜘蛛結了網。房裡向他撲來一股陰冷氣，有老鼠吱吱的聲音。他劃了根火柴，走到桌旁；又劃了根火柴，點燃帶罩煤油燈。房裡充滿白光，桌上、床上落了好些灰塵。他也懶得去撲打，就著燈罩口點燃一支紙煙，抽了起來。整個房子冷冷清清的，孤獨無聊的情緒襲上心頭，又有一種苦惱煩悶情緒襲來。他抽煙，嘆氣。

尹苦海革命了，既有官運，又有財運，按理說，他應該心滿意足了，還有什麼苦惱呢？

莊稼漢猜疑，尹苦海一直不會務農活，現在有田地了，他要學種田，這就使他苦惱了。這是以小人之心度君子之腹。尹苦海絕不會做樊遲去「學圃」的小人。他是革命主職領導人，日夜為革命奔波操勞，不屑種田地的事，自然有村幹部安排人去作義務工，替種替收，他只驗收一下就行了。況且，他吃皇糧了，每月有五萬錢（注：五塊錢）作零用，每年有八擔稻穀的俸祿。這有什麼苦惱呢？

青壯年猜疑，尹苦海是單身漢，是不是性慾不能滿足而苦惱呢？這是隔行如隔山，也沒猜著。尹苦海曾經是尋花問柳的尹懷德，單憑他的一表人材，夠女人傾慕的了。玩女人還不容易嗎？何況他今非昔比，大權在握，一句話可以決定一個家庭的禍福和一個人的生死，要找個女人睡覺，有哪個女人不受寵若驚呢？

村中老人猜疑，尹苦海還沒有妻室兒女，怎能不苦惱呢？這種猜測，說是，又不是。說「是」，尹苦海確實感到要有個家，有兒女。沒有兒女，不斷了香火嗎？人活著還有什麼意思？沒有兒女，革命不就沒了接班人嗎？革命還有什麼意義？說「不是」，尹苦海要找個女人生兒育女還不容易嗎？雖說他不能在全國選美，在南湖鄉還是可以選美的。南湖鄉成年姑娘少說幾百人，年輕寡婦也有三、四十人。只要他一開口討女人，媒婆就會跑斷腿，女人就會排隊等候選。他還沒開口，就有人找他說媒。別人不說，就說前妻趙來鳳，在守寡等著他。上個月，尹苦海到省城開勞模會，碰著趙來鳳也去開勞模會。原來，趙來鳳是鳳凰區婦聯主任，勞動模範。趙來鳳一見到尹苦海，就開玩笑說：「我認為你一無所取的，沒想到革命把你變成了一個英雄好漢。」尹苦海笑著回諷：「我以為你一無是處的，沒想到革命把你變成一朵大紅花。這正如《白毛女》上說的，革命把鬼變成人，把人變成鬼了。」在會議期間，他倆自由戀愛了三夜。趙來鳳向尹苦海炫耀自己的革命史，說她嫁到紫金山村鄒家做小老婆，遭人嘲笑，受人欺負，不能堂堂正正地做人。革命了，她第一個背叛反動階級家庭，衝出來，揭發了鄒家的反動罪行，親自鬥爭反動的公婆、丈夫和大老婆，親手槍斃了反動丈夫，當了全縣第一個女村支書，後提升為區婦聯主任、區委常委。她說自己也有苦處，還沒找到一個革命的侶伴。她在和尹苦海親暱時說：「我倆以前遭惡霸尹安定、趙月英迫害才分散了，現在都成了革命幹部，應該重新結婚，成為一對革命的模範夫妻。」尹苦海聽了，心裡驚慌，就說：「我倆都是黨的人，婚姻應該由黨組織決定，不能瞞著黨私下訂婚。」從此，尹苦海避著趙來鳳了。趙來鳳卻去找解放書記說了，解放書記批准了。在散會時，趙來鳳找尹苦海，尹苦海一溜煙跑回家了。趙來鳳又到南湖鄉政府住下來找。尹苦海躲了七天七夜，使趙來鳳無望了才走。所以說尹苦海要選個女人做革命侶伴是張口就有的，沒什麼苦惱。

尹苦海選妻這樣東不成，西不就，是自找苦惱呢？還是他心中有了一個人呢？是的，他心中早有一個女人了，這個女人早就穩穩當當地坐在他心靈的皇后位子上。這個女人是誰？就是趙月英。

尹苦海雖然在兩性關係上有些亂來，但在愛情上是專一的。他單戀著趙月英。

說到趙月英，只不過是一位普通的中國傳統型婦女。她外貌一般，並無「沉魚落雁」、「閉月羞花」之美。按現代男人給現代女人外貌的打分法，趙月英頂多只能打「70分」。她聰明才智也平平，沒表現出什麼真知灼見和大智大勇。她講衛生整潔，但不塗脂抹粉；她生活儉樸，精於理財；她溫良恭順，忠誠樸實；她滿面笑容，語音嚶嚶；她臉上光彩照人，心裡沒有黑暗；她寬容大量，扶弱濟貧；她偶有怨恨，轉眼即逝；她天真無邪，柔弱得一點勇氣也沒有；她看上去沒有一點痛苦，也沒有承擔苦難的思想準備……這些傳統的美德分佈在每個中國傳統型婦女身上，你具有這些，她就具有那些，並沒有什麼特別。但是，一旦我們發現這些傳統美德集中在某一個婦女身上，就使人感到特別了，覺得那「某個婦女」處處時時都美。打一個比方說，我們看到的不是春天山坡上東一朵、西一簇的零散的美麗的鮮花，而是看到了一個花團錦簇、吐豔噴香的花園。在花園裡，你感到四周全是美，全是香，忘記了醜惡臭氣，忘記了仇恨痛苦。在尹苦海的眼裡，趙月英就是這個花園，左美右美，內美外美，美不勝收，是任何一朵花、一簇花所不能比的。

尹苦海愛趙月英，原來只是在心裡想想，不敢當作願望來實現。自從尹安定死了，趙月英被趕到蘆葦蕩後，他心裡對趙月英又增加了負罪感和憐憫心，那只想想的「愛」就變成了「死戀」，並且，把這「死戀」當作宿願，妄圖實現。在一般人看來，尹苦海心裡戀趙月英是可以的，要把趙月英變成實際上的妻子就難於上青天了。因為，這犯著兩個「大忌」，遇著一大難。兩個大忌是：第一，犯了中國的道德倫理，即「亂倫」。趙月英是尹苦海的嫡親嬸娘。第二，犯了階級鬥爭的大道理和黨的原則。趙月英是惡霸婆、不法地主份子。尹苦海犯第一個大忌，就對不住列祖列宗，還使自己、趙月英、兒女都蒙受奇恥大辱，無出頭之日。尹苦海犯第二個大忌，就是背叛無產階級，背叛黨，背叛革命，自己的前途就沒了，弄不好還會成為階級異己份子，蛻化變質份子，受鬥爭、受管制，他鬧革命就白鬧了一場。除了這兩個「大忌」外，還有一大難；趙月英會同意嗎？至今，在尹苦海心靈深處還閃爍著趙月英在被吊打時向他射來的那一束仇恨的火焰。趙月英恨他。尹苦海要娶趙月英，這「兩大忌」和「一大難」，就不亞於唐僧去西天取經的八十一難了。在那遙遙的征途中，有黑風嶺、無底洞、難泥河、火焰山……每一個險處，都有置尹苦海於死地的妖法魔掌。唐僧為著堅定的信仰闖過去了，尹苦海能闖過去嗎？這就使尹苦海苦惱了。

這個隱私造成的苦惱就像一條自然生成的滾燙的溫泉流水在日夜煎熬著尹苦海，又像一股撲不滅的自然火山口噴出的火焰在烤燒著尹苦海。自從革命以來，尹苦海第二次在痛苦的思想中掙扎著。

寫到這裡，作者不禁要發問：這男女情結為什麼有這麼大的魅力吸引著一批又一批的尹苦海冒險冒死去追求呢？歷史上為什麼有的帝王要美人不要江山呢？普希金為什麼為女人去比劍身亡呢？有詩人回答：「生命誠可貴，愛情價更高。」還有不少大文豪、大思想家、倫理學家用不少文字來描寫和解釋這種現象，但都沒有說破其中的奧秘。雨果在迴避不了這個問題時，卻很滑稽地說：「在愛情這種動人的歌劇裡，腳本幾乎是無用處的。」我看是這麼一回事。我無才華正面回答這個問題，只好來敘述尹苦海如何發生情結、又如何去解開情結的故事。

卻說趙月英出嫁到尹家時，正值十八歲。尹東莊的人來看新媳婦時，沒有什麼驚訝，看到的是一個極其平常的新媳婦而已。而在尹安定的眼裡，趙月英是他所見到的青年女子中最完美的。在趙月英面前，尹安定感到自卑，認為自己人物猥褻，自己不配趙月英：和趙月英一起走路，委屈了趙月英。而趙月英卻感覺不到尹安定矮小瘦弱，只感到尹安定有君子智慧，仁者大勇，是個聖賢人，是個自己能引以為自豪的大丈夫。兩人相敬如賓。

趙月英在尹東莊生活著，一月，兩月，一年，兩年……尹懷德對趙月英的看法是逐步地向好處走。對這位小他一歲的嬸娘，外貌色彩由平淡到豔濃，到五彩繽紛，對嬸娘的感情，也由一般到敬重，到佩服，到愛慕。他看到年輕的嬸娘敬重他的母親樂氏如嫂母，關心他這個侄兒如親弟；她把家中東西收拾得整整齊齊，把內務農活安排得井井有條，收入支出記得清楚，用得適當。趙月英，從不與人爭吵，她用柔弱熄滅別人的剛火，用慈善化解別人怨恨。她急人所急，憂人所憂。尹東莊的人有什麼困難就找她幫助，有什麼心煩事就找她出主意，有什麼委屈就向她傾吐，有什麼喜憂大事就請她擺佈……趙月英從沒有向別人表白過自己怎樣怎樣地好，而她的美好形象默默地潛入人們心中，像一尊觀音菩薩塑像端端正正地坐在別人心中，也坐在尹懷德的心中。尹懷德每每情不自禁地欣賞嬸娘：又長又粗的一條烏黑的髮辮垂到腰際，隨著腰肢扭動而蜿蜒；兩葉淡薄的眉毛隨著眼皮的閃動在飛舞；鼻尖光亮微翹，嘴唇薄嫩微啟；白膩的前額被稀疏的劉海遮掩，像隻被黑網絡住的鯽魚肚；兩腮像朝霞，那彩霞時時變幻；下巴微翹，形成一個誘人的淺溝；身材苗條，個子適中。在一起生活的時間越長，尹懷德對趙月英越有看不盡的內美外美。他心裡在暗想：娶老婆就要娶嬸娘這樣的女人。

那時的尹懷德是個大齡童生，怕叔父約束太緊，不願在叔父館裡讀書。尹安定就把他送到六里路遠的山下村一個同學的館子裡讀書。尹懷德經常藉故學校和學友的事向母親樂氏要錢要糧。趙月英過門後不到半年，樂氏就把內務權交給趙月英。尹懷德就向趙月英要錢要糧。開始時，尹懷德有些羞愧，趙月英卻寬宏大量。漸漸地，尹懷德膽子大起來，趙月英卻嚴肅起來，每次要問個原由，勸誡幾句。有一次，尹懷德壯著狗膽，在接銀元時雙手捧住趙月英的右手。趙月英好像手被蠍子螫了一下似的，立即縮回，轉身就走。那兩塊銀元叮噹落到地上。尹懷德怔住了，望著趙月英的背影消失，才彎腰撿起銀元，悻悻地走了。

趙月英到尹家的第三年，過了端午節，天氣熱得早，人們開始乘涼了。一天上午，尹懷德從學校回家。他冒著太陽走了五六里路，熱得把上褂脫下，搭在肩上，只穿一條粗布短褲。他從上重側門進屋走到趙月英房門前，斜眼房裡，雙腳就被釘在地上了。在他的眼前出現令人神往的情景：趙月英坐在小凳上給半歲的文瓊餵奶。趙月英右側向房門，蒙胸藍衫敞開，衣領脫落到臂彎處；左臂挽著孩子，右手打蒲扇；白嫩脹鼓的兩奶向前聳著，一隻乳頭被孩子咬住，一隻前伸。俗話說：「大姑娘的奶子是金奶銀奶，嫂子的奶是豬奶牛奶。」趙月英雖是嫂子，那奶子卻像姑娘的奶，不下垂癟塌。尹懷德看得真切：那奶在藍色襯托下雪白柔嫩，烏紫網路的脈管清晰可辨，草莓似的乳頭有點點奶孔，兩奶間有深深的肉溝，腰際露出半圈綿軟的白肉。尹懷德在猜度著被裹包在藍衣內的其他部分。他心跳加快，一股燥熱在體內騷動。

趙月英正在低著頭，注視著文瓊吃奶的動作，甜絲絲地笑。她突然感到房裡暗了好些，就向房門傾斜，有個大漢堵在房門，擋住了門光。她的目光從下向上看去：那大漢赤著腳板，腳蹼墩厚，腿像兩根石柱，長滿黑毛；褲襠隆起一座小山峰；臍眼又大又深，胸脯又寬又鼓；臂肌遒勁，喉結呼嚕，頭皮泛青，眼光呆直。趙月英看清了是尹懷德，心血翻湧，神不守舍。她抬起眼來，四光對接。她慌忙眨了一下眼皮，使情緒正常。

「懷德，你有什麼事？」趙月英喝問。但語氣是溫細的。

「有……沒……沒什麼事？」尹懷德結巴起來，他由不得自己，把腳踏進門檻。

「沒事，不要進來！」趙月英提高嗓子喝道。

「嗯。」尹懷德感到那銀鈴般的聲音帶有威嚴，就抽回腳，轉身走了。

尹懷德回到自己的廂房裡，關上房門，呆站著，腦海裡還浮現著剛才那一幕；他像一隻反芻動物，咀嚼著，回味著。在那一幕中，有誘人的閃出而又即逝的目光，從那兩顆晶瑩的黑眸裡發出的特亮的光點。他直覺到，那不是平常慈愛關懷的目光，也不是天真無邪的目光，那是玄妙莫測的自然的光，那目光是從女人潛藏著心靈深處幽暗的雌蕊裡閃出的性愛的光，是專勾雄性的雌花鉤，是燒溶男人堅定意志的百萬度的光焰。見到那種目光，男人只管衝上去就是了，不要讓它熄滅。尹懷德早就熟悉那種女人的目光，他見過幾次了，每次見到，就大膽跳躍過去，成功了。今日，他見到了，卻退縮回來，失敗了。他後悔，他感到自己是懦夫。

「畜牲！」驀地，有個叫罵聲襲來，是從古墓裡冒出的陰沉沉的鬼嚎聲。

那聲音使尹懷德不禁打了個寒顫，他猛地拍打一下褲襠，跟著叫罵道：「我是畜牲！真是個畜牲！嬸娘，那是親嬸娘呀！」尹懷德垂頭喪氣，全身緊綁的肌肉鬆軟下來。他長吁兩口氣，放下東西，走出房門，洗澡去了。

吃中飯時，尹安定回來了。一家四口人坐在一起吃飯。尹安定問了尹懷德的學習和學校一些情況，又嚴肅地教訓尹懷德要收回玩心，好好讀書，考上縣中學，再考上省專科學校，就一生衣祿無虧了。尹安定又叮囑趙月英不要多給尹懷德錢，以免尹懷德有錢亂玩亂花，不用功讀書。樂氏也插嘴教訓尹懷德。尹懷德雖然只小叔父四歲，但對叔父既敬仰，又畏懼，連連應喏。趙月英卻從中插科打諢，緩和氣氛。尹安定對趙月英說，他吃了中飯要去縣裡拜會學友和同事，過兩天回家。尹懷德也說自己的老師去縣城了，學校放了兩天假。吃過中飯，尹安定清點了換洗衣物，帶了錢，上縣城去了。

尹懷德幫著趙月英剝苧蔴，樂氏在家裡打苧蔴。忙了大半天，直到點燈時才吃晚飯。樂氏年過半百，吃了飯，洗了澡，就關門睡了。尹懷德感到很疲勞，洗了澡，也睡去了。趙月英又洗碗，又餵豬，又服侍女兒吃奶、洗抹、睡覺，忙到戌時，關了大門，收拾家什，才輪到自己洗抹。

尹懷德的一進二重的青磚瓦屋是這樣設計的，正門朝東，向大堂前，門墩方石，門梃方石柱，門楣拱石，門額上刻有正楷大字四個：瑞鵲家聲。黑漆大門，按有門鈸門環。進了大門，分前後兩重，後重高出前重兩個石臺階。兩重之間有石天井隔開。兩重結構一樣，中間是堂屋，兩旁是南北廂房；廂方門窗向天井，窗戶是鏤花木百葉窗和亮紙。北端有一大門，南端有一廂房。出北大門有廚房、廁所、豬圈。樓上都面上了樟木板，密不透風，放糧油柴草。站在天井上，兩重房屋一覽無遺。樂氏住在前重南廂房，尹懷德住在前重北廂房，尹安定和趙月英住在後重北廂房，後重南廂房暫無人住，放著雜物。

尹懷德在廂房裡睡了一會兒，感到悶熱難受。聽到母親和嬸娘都關了房門睡，就把竹床搬到天井上睡。他只穿條白粗布短褲，赤裸裸地仰躺在竹床上，望著天井上的一塊天空。天空是蔚藍的，有星星。尹懷德數著星星，有三十二顆。他默默地背誦起《幼學》來：「……氣之清者上浮為天，氣之濁者下沉為地……」

這時，趙月英的廂房裡發出潑水聲，揉搓聲。尹懷德禁不住側過身來望那廂房。那房門有幾條直縫，透出黃澄澄的油燈光，光中晃動著肉體的某一部分，那「某一部分」在不斷交換著：耳朵，臂膀，手腕，乳頭，臍孔……他直著眼看著，不由自主地赤腳下床，悄悄走到房門前，把眼睛貼到門縫上。他看到了肉體的全部：趙月英用手洗兩胯間，站起來，扭乾毛巾，擦身上的水珠。那水珠像珍珠般掛在白肉上；那流水像瓊漿，在石膏上流淌；那背脊的溝直通到臀部，像兩山間的幽谷，深奧莫測；兩乳突兀起峰，腹部寬闊，臍孔下面有隆起的三角區，光溜溜的，沒有毛；再下面是美好無窮的紫色的肉縫。尹懷德看得直流涎，伸出舌頭添了添嘴唇。

趙月英下了澡盆，走到床邊穿衣，又起身來開門閂。尹懷德趕忙躲到堂屋黑暗裡去，看著趙月英端起澡盆，開北門，出去。尹懷德聽到了廁所有倒水聲，神使鬼差，溜進趙月英的房子，鑽到夏布蚊帳後面，貼牆屏息站著。他聽到趙月英關北門，把澡盆放在堂屋靠牆聲；他看到趙月英進房，關門，上閂，走到搖籃邊笑咪咪地看了看睡熟的文瓊，走到梳妝前，對鏡梳頭。她只穿個抹胸和內褲，亭亭玉立。

尹懷德看到慾火難熬，站不住腳跟了。他早忘了那「畜牲」的叫罵聲，變成了真正的畜牲——一隻純自然的公狗；忘了「親嬸娘」，看到的是一隻可以性交的母狗；他的狗鞭伸硬了，奔向前去，站在趙月英的背後喘氣。趙月英從鏡子裡看到了自己的頭髮蓋上伸出了尹懷德的面孔；感覺到了後腦勺的頭髮有股熱氣在吹，急轉身，面向尹懷德。她感到尹懷德那粗壯野蠻的體魄貼近自己，下面有根硬棒頂到了自己的臍孔下。她慌神了，結結巴巴地細語央求：

「你……你……你出去吧！」

尹懷德像一座銅像，巍然不動。

在這一瞬間，尹懷德撲通跪在地上，哀求著：「救救我吧，我快死了！」

趙月英直感到尹懷德那肥肥的光溜腦袋伸在自己的兩胯間，全身一陣麻栗，顫悠悠的。她心裡又驚慌，又慈軟，一時不知道說什麼。

這就是善良大方女人的缺點：優柔寡斷，讓步，順從。

趙月英正在猶豫的一剎那間，尹懷德猛地躍起，用粗厚的雙掌捧住趙月英的兩腮，將那櫻桃小口捧成一個直棱形，鮮嫩鮮嫩的雙唇裡有細白的牙齒。尹懷德將大嘴拱起，狠吻進去。同時，右手解開趙月英的抹胸背帶，結實有力的胸脯壓在那軟綿綿的雙奶上。尹懷德的身子往下縮，嘴唇摩擦過胸腹，停在兩胯間，猛吻那光滑白胖中的紅縫，吸那水汪汪的果汁。趙月英的身子癱軟了，向後倒。尹懷德伸直身子，雙掌托起趙月英，架在自己併攏的雙腿上，大顛大扭。一會兒，顛扭到床上，使著蠻勁，將癱軟的趙月英肆意翻動旋轉，口裡還發出髒話，叫起「心肝寶貝」來。他感覺到那被壓著柔軟的肉體在抖動，在呻吟，那黑眸子又發出了誘人的光，很亮；那身上散發出一股奇異的說不出的清香，這是他從別的女人身上從沒聞到的香氣。終於，尹懷德的蠻力、剛氣被那柔軟化解得一無所有了，大汗淋漓，精疲力竭，癱軟在趙月英身上。

趙月英在猶豫中被尹懷德襲擊了。開始時，她羞澀難言，又欲捨不能。接著，就完全被那兇猛的雄性的衝撞力制服了。她忘記了人倫、忘記了人間，被「畜牲」變成了「母狗」，就本能地盡情地享受著天然的雄性的猛攻。她從來沒有過這種自然的享受。她在與尹安定做那事時，感覺到的是輕柔的撫摸，斯文的動作，涓涓的細流，悄悄的私語，使她感到了自己是一個人，一個體貼丈夫的女人，一個有尊嚴的女人。現在，這尹懷德的莽莽撞撞，排山倒海，野蠻攪拌，使她忘記了自己是一個人，而是一隻純粹的雌性動物，只感到自然的發洩，性交的暢酣，欲仙欲死。這是趙月英終生難忘的。就這樣，尹安定把她變成了一個自尊賢慧的社會女人，尹懷德把她還原成一個原始的自然女人。

趙月英在尹懷德的重壓下得到了消受、滿足，安靜下來了。突然，她像從死神裡恢復了神智那樣，想起了人間的事，想起了道德、倫理，寒愴起來了。她用力推開尹懷德，小聲喝道：「畜牲！你幹的好事？還不快走！」

尹懷德起身坐起，伸了個懶腰，穿了短褲，轉過身，又尖起嘴過去吻趙月英那羞怯的臉蛋，說：「我喜歡你，這是天意！」

「快滾！」趙月英惱怒了，轉過臉去，伸手給了尹懷德一個耳光，低聲喝道：「下次你再亂來，我就整死你！」

尹懷德被嚇住了，匆匆下床走了。

自從這次後，趙月英就在尹懷德面前表現出了嬸娘的威嚴，再沒讓尹懷德碰自己。但是，每當她與尹安定做那種事時，渴望著尹安定變成尹懷德。她閉著眼睛，幻想出與尹懷德的那幕，極力控制住自己不要喊出尹懷德的名字。趙月英清醒時，感到自己中邪了。她為了解脫自己，在尹懷德不肯上學待在家中時，向嫂子和尹安定提出讓尹懷德成家的建議，得到了贊成。她托人給尹懷德說媒，尹懷德卻一個又一個地看不中。直到尹懷德見到了趙來鳳才同意了。尹懷德心想：「趙來鳳是趙月英的嫡親侄女，外貌比趙月英強，肯幹那事的趣味和內在品質也不比趙月英差。」尹懷德是在找趙月英的替身。尹懷德就和趙來鳳結婚了。誰知那趙來鳳外表美好，性子兇悍；幹那種事時，主動狂騷，沒有一點女人的溫柔羞恥，比起趙月英來真是一無是處。尹懷德不滿意了，出門尋花問柳。大概男人不喜歡強悍風騷的女人吧。

尹懷德自從那次與趙月英幹了那種事，雖然他從此一直挨不著趙月英的邊兒，雖然他有了趙來鳳和其他的露水情婦，雖然他知道不能和趙月英結合，但是他心中只有趙月英，單戀趙月英。他並不僅是戀著趙月英的那一次歡樂，而且戀著他也說不清楚的其他許多方面。一句話，在他心中，趙月英是世界上最完美的女人。他愛趙月英，敬趙月英，怕趙月英，服趙月英，又加上有愧於趙月英，同情趙月英，那情結就更結實沉重了，那內心的煎熬就更熾更苦了。

尹苦海迷癡癡地坐著，痛苦地想著，一根紙煙接著一根紙煙地抽。

「沒有哪個女人比得上她！」尹苦海猛吸幾口煙，噴出煙，也噴出話。

「入他娘的十八代！老子一定要得到她！」尹苦海憤怒了。

一個人在孤獨寂寞中發出的憤怒，就是火山爆發的憤怒，是自然的，原始的，不可抗拒的，是要毀掉自己周圍一切的。這時的尹苦海的憤怒，就屬於這種憤怒，尹苦海真是「入他娘的十八代」了，什麼列祖列宗不要了，什麼道德倫理不要了，什麼階級鬥爭的大道理不要了，什麼雞巴毛的黨的原則不要了，什麼個人做官發財的前途不要了，什麼被鬥被管的後果不顧了，他要不顧一切地踏上追求趙月英的征途，像唐僧一樣，朝著一個目標直撞過去。

尹苦海拋棄了一切雜念，只存一個念頭了，心裡也就輕鬆了，就睡了。

天亮了，尹苦海到鄉公所佈置了革命工作，就獨自甩開大步，向趙月英蘆棚進發。

在這之前，尹苦海曾去找過趙月英幾次，每次送去錢糧。趙月英卻實行「三不主義」：不吭聲，不理睬，不收錢糧。尹苦海放下錢糧賭氣走了，趙月英就把錢糧丟到河邊，讓別人撿去。

趙月英本是個不記仇恨的人，但她不能原諒尹苦海，痛恨尹苦海，恨不得親手殺了尹苦海。她把一家人的遭難都推到尹苦海身上。她認為尹安定叫他「不要怨恨尹懷德」，是怕她鬥不過尹苦海，怕她和孩子再遭毒手，並不是不怨尹苦海。是的，她現在是鬥不過尹苦海，但她絕不會認仇為親。在每年七月節的鬼日，趙月英給尹安定和祖人燒包袱紙錢時，就剪幾個紙人，把紙人當著尹苦海，在紙人額頭、眼睛、嘴巴、胸腹上插穿上蘆針。她一邊燒包袱紙錢，祝福尹安定和祖人，一邊燒紙人，詛咒尹苦海不得好死，死後下十八層地獄，來世變牛變馬來還今世的血債。

趙月英對尹苦海的仇恨，看似有根有源，好像超越了為殺父辱妻而復仇的人的仇恨，這就不僅使別人、也使趙月英自己感到不可思議，似乎夾著某種說不清楚的不倫不類的情緒。

有一天中午，從河邊上來了兩個男人，徑直闖進趙月英蘆棚裡，要強姦趙月英。趙月英叫喊，老漁夫陳新夏趕來，被兩個男人打翻在地。趙月英正在危險之中，尹苦海奇跡般地出現，向那兩個男人亮了身份，又把兩個男人打了一頓。尹苦海又到附近蘆棚、漁民船叫喊一陣子，說不準欺負趙月英。尹苦海忙了一陣子，回到趙月英的蘆棚，想跟趙月英說兩句話。趙月英卻把陳新夏扶進蘆棚，撫摸傷口，不抬頭，不吭聲，不理睬尹苦海。尹苦海就站著，說了一段話，走了。那段話是：

「我知道你恨我，把我當作第一個大仇人，永遠不能理解和體諒我的苦衷。你恨得有理，又恨得沒理。你想一想，蔣介石八百萬軍隊被打垮了，逃到臺灣，這氣勢誰擋得住？鄒宗英有什麼罪惡？只不過當了民國政府的區長，還是個好區長，被槍斃了。那些去保他的人有的被打死，有的坐牢，家屬都成了反屬。南湖鄉被槍斃的十五個名士，難道是南湖鄉百來個革命積極份子能幹得了的事嗎？照此推理，我一個人能救叔父和你嗎？能槍斃叔父和趕你到蘆葦蕩來嗎？不能！也許你會說，你保不住叔父，也不能帶頭揭發鬥爭呀，這就是沒了良心，絕了叔侄之情。我告訴你，叔父的問題被上級內定了，我當時被逼到了絕境，要麼進，要麼退。退，就是不揭發、不鬥爭叔父，和叔父一起挨鬥爭，不槍斃，也要坐牢。

進，就是揭發、鬥爭叔父，丟了叔父，保了自己，也保了尹家部分財產，保了尹家香火，還能保護你和文瓊、墨客。我經過一整夜的思想鬥爭，選擇了『進』。我揭發鬥爭叔父的材料，你也知道，不是幾條人人皆知的事嗎？我不揭發，別人照樣揭發，現在，我雖然遭到別人的唾罵，遭到你的仇恨，落得個不仁不義的名聲，但我不後悔，我忍辱負重值得，我想得遠大。叔父在天之靈，會諒解我。」

趙月英聽著，看似沒有任何反應，心底下卻被震撼了。尹苦海走了，她耳邊又響起尹安定的話：「改朝換代了，遭劫難的不只我一個人，全國少說有千萬個……不要怨恨尹懷德……不要記別人的仇恨……」趙月英才感到尹苦海的話不是欺騙自己，尹安定的話不是單純安慰自己，都是真情實感。

那位聽了尹苦海說那段話的老老實實的老漁夫陳新夏說：「月英呀，尹苦海這人不是壞人，是個有良心的人，你不能計較他。你一個人再不能住在這荒野中了，跟著他走吧。」

趙月英說：「那是我的嫡侄呀。」

老人說：「這年頭還論什麼道德人倫呀，只要能活命就行了。」

趙月英的心不再安寧了，波瀾起伏。她對尹苦海的仇恨逐漸退隱，只剩抱怨。

今天，尹苦海又來了，沒帶錢糧，兩手空空，呆呆地站在棚裡，心事重重。文瓊、墨客都扯野菜去了，趙月英在專心地剁著蘆葦根。兩人都沒說話，兩顆心都在突突地跳。

趙月英方寸已亂，心裡惕息不安。她巴不得文瓊、墨客這時回來，又巴不得文瓊、墨客這時不要回來。她發覺對尹苦海的抱怨情緒也沒有了，恢復了原來的情緒。原來，她對尹苦海「恨鐵不成鋼」，心裡卻認為尹苦海是另一種類型的男子漢。自從那次與他做了那見不得人的事，決心不再讓尹苦海挨著自己，而心裡在掛念著尹苦海。在尹苦海被逼得走投無路時，她勸尹安定救助尹苦海；在尹苦海住牛棚時，她偷偷地給尹苦海錢糧。現在反過來了，尹苦海不斷地來回百里，看望她，送錢送糧，她不理睬他。她感到奇怪的是，現在尹苦海不乘人之危，不侮辱自己，難道是真正戀愛自己而不是純粹為了作那種事嗎？她胡思亂想一陣，禁不住去偷瞄尹苦海。今日的尹苦海可不是昔日的尹懷德了，「鐵已成鋼」了：一身藍色卡機布幹部制服，七顆棕色鈕扣扣著，筆直端正，兩袖長罩；綠面綠底軍統膠鞋，白色鞋帶緊紮鞋面，褲罩在鞋背上；身軀偉岸，皮肉白淨，前額比原來明亮，眼光深邃；他的浪子和農民氣息蕩然無存，是一個地地道道的革命幹部模樣。

尹苦海也在俯視盤坐在地上的趙月英。她，頭髮蓬亂，還是那件蒙胸藍色褂子，底色已褪，補丁重疊；赤著腳，露出三寸尖腳板和一截小腿；面孔清瘦，顴骨變高，臉有雀斑，不紅潤，比實際年齡老了十來歲。尹苦海一陣心酸。

兩人都沉默著，只有單調的白刃剁蘆葦的嚓嚓聲音。

「月英，我要娶你，為了我，為了你，為了孩子，為了尹家。」突然，尹苦海牙縫裡蹦出一句話來。一個人在千言萬語表達不出心裡的情緒時，如果從心裡噴出了一句話，這句話就最直接，最有力量，就是那「一語道破天機」的「一語」。尹苦海的這一句話，拋開了所有雜糅，像一根獨木橋，光溜溜，赤條條，搭在兩人的心坎上。

趙月英聽了這一句話，就像聽到從天上掉到她心坎裡的一顆炸彈的爆炸聲，一震，一驚，一酸，一痛。突然，她那被壓抑多年的情緒像是突然爆發的山洪，滔滔地滾，嘩啦地沖。她一時驚魂落魄，失態，猛撲向尹苦海，嚎啕大哭，瘋狂叫罵，雙手掐住尹苦海的脖子，又抓他的臉，打他的肩，胸……

尹苦海感到喉嚨哽咽，皮肉癢痛，心裡絞痛。但他一點也不驚慌，呆站著，任憑趙月英發洩。

趙月英疲軟了，癱坐在地上，從嘴裡噴出一句最簡單、最直接的話：「我跟你走！」

「你等著，我過幾天來接你。」尹苦海得到了趙月英的回答，並沒有驚喜，冷靜地說出第二句話。這第二句話的意思就雜了。尹苦海想到不能這麼簡單。簡單了，他會丟失許多。他要力爭使自己已經得到的保全下來，這對他和趙月英都很重要。

「你害怕了，害怕和我這個地主婆生活在一起丟官了。」趙月英也冷靜了，說出了第二句話。

趙月英的第二句捅到了尹苦海的痛癢處。

尹苦海又簡單地堅定地說：「革命和你如果都能得到，那就兩全其美了。如果兩件只能得到一件，我就得你。」

趙月英聽懂了尹苦海的意思，說：「你去看著辦吧。」

兩個人的心扭在一起了，但兩人的身軀沒有扭在一起。現在，他們要的是感情的交融，不是浮蕩的親暱。

尹苦海走出蘆棚，「看著辦」去了。

尹苦海一邊走，一邊忖量著。他決定先去縣組織部找溫小玲。他知道溫小玲出身於資本家階級，是個背叛反動階級家庭的革命知識份子，一定有共同語言。尹苦海找著了溫小玲，說了自己的事。溫小玲告訴尹苦海，這是個階級立場的問題，弄不好會被「雙開除」（注：開除黨籍，開除工作籍），甚至成為人民的敵人。尹苦海說趙月英不是階級敵人，只是一個家屬。應該和尹安定區分開。溫小玲說尹苦海這個辯護的理由不充分。她同情尹苦海和趙月英，就告訴尹海兩個革命理論：一個是矛盾轉化論，一個是革命實踐論。辯證法中的矛盾轉化論，是在一定條件下，矛盾可以互相轉化，甚至發生飛躍，產生「質變」，人民內部矛盾可以轉化為敵我矛盾，敵我矛盾可以轉化為人民內部矛盾。出身不由己，道路可選擇。怎樣來辨別出矛盾轉化了呢？用革命的實踐來檢驗。周恩來副主席出身資本家階級，他背叛了階級，參加革命；傅作義將軍是人民的死敵，他起義了，成了統一戰線中一員。溫小玲講了一通，一句話也沒涉及到趙月英。尹苦海聽懂了溫小玲的弦外之音，十分感激。

尹苦海拿到了辯證法這個革命的理論武器，就去找解放書記。

解放一聽到尹苦海要和趙月英結婚，氣得暴跳如雷，用階級鬥爭的大道理狠狠地批判尹苦海反動的階級調和論，說尹苦海應該與趙來鳳那樣的好同志結為革命的伴侶，不應該翻身忘本，去愛地主份子趙月英。解放接二連三地給尹苦海扣五、六頂反動帽子，打了十幾頓革命的根子。

這一次，尹苦海表現得異常冷靜，耐住性子聽解放的訓斥，他再沒有「與君一席話，勝讀十年書」的感覺了，反而覺得解放的理論水準只那麼一點兒，那一段話像一碗現飯一樣炒來炒去，令人流淡水，乏之味，沒什麼新玩藝兒。他等解放發了頓牢騷後，就胸有成竹地說起革命辯證法的矛盾轉化論和實踐論，用這些革命理論與他和趙月英結婚的革命實踐相結合，證明趙月英已轉化為人民內部矛盾，從敵對階級陣營走進了革命陣營，證明他倆的結婚是為了革命，是革命的需要，是革命的行動，是合乎辯證法的。他最後向解放表示了一個革命的決心：「砍頭不要緊，只要主義真。我和趙月英的結婚不是個人問題，而是關係到堅不堅持革命的真理，搞不搞馬列主義的大問題。如果在區、縣兩級說不清楚這個革命的真理，就到省黨委去說，到黨中央去說，找毛主席說。」

解放聽了尹苦海的話後，大吃一驚，沒想到「士別三日，當刮目相看」。尹苦海居然還讀通了毛主席的《矛盾論》和《實踐論》，在革命理論水準上高出自己一籌。同時，解放看到尹苦海為了和趙月英結婚，豁出命來了，有「下定決心，不怕犧牲，排除萬難，去爭取勝利」的決心和勇氣。解放已找不到駁斥尹苦海的理論，找不到處分尹苦海的理由去阻擋尹苦海和趙月英結婚。上報到市委，孰是孰非，還沒把握。解放想到，尹苦海畢竟是自己親手培養出來的第一批黨員、革命主職幹部，如果處分他，不僅毀了他，而且也給自己臉上抹黑，影響自己的前程。那就不如成全他，對自己，對尹苦海，對革命，三方面都有好處。解放暗忖了好一會，就叫尹苦海暫且回家，等待黨委決定。

尹苦海回家了，等待著，作了最壞打算。

尹苦海等到第五天，紅石區黨委書記兼區長何建國找尹苦海談話。尹苦海對曾當過剿匪分隊隊長的何建國有些畏懼。何建國不識字，不通理，野蠻，殺人不眨眼。尹苦海知道凶多吉少，決心拼死一戰。

尹苦海到了何建國辦公室，見到溫小玲向他微笑，心裡一塊石頭落地了。溫小玲熱情地和尹苦海握手，宣讀了縣委一項決議文件：「批准何建國、尹苦海同志的婚事。」

原來何建國也和一個惡霸的三姨太搞上了，向縣委申請結婚。

溫小玲叫尹苦海補寫了一個《申請報告書》。

溫小玲最後笑說：「兩位領導同志都為革命操勞了，這次又為革命隊伍爭取了兩位革命同志，為革命再次立新功。」溫小玲又傳達了解放書記的口頭指示：「婚事從簡。」

尹苦海聽後十高興，對黨組織的無微不至的關懷表示感謝，並表示他要把一生交給黨安排。

尹苦海興致勃勃地回到了尹東莊，叫小毛把房子收拾一番，也沒添什麼新家俱，一切從簡。他帶著小毛和柯和仁到蘆花平原把趙月英一家接回來，又和趙月英一起到區裡去領了結婚證，辦了兩桌喜酒，接村、鄉主職幹部和族中長老吃了，了了婚事。

趙月英回到了自己熟悉的環境和人群中。她第一件要辦的事是把文瓊、墨客送進學校，第二件要辦的事是為小毛張羅婚事。

在趙月英結婚後的第十天，趙來鳳來大吵大鬧。趙月英躲到了表嫂李寡婦家，任憑趙來鳳放潑辱罵。趙來鳳罵了一天一夜才走。

對於趙來鳳的吵鬧，趙月英不在乎，她在乎兩件事：一是嬸娘配嫡侄，亂了人倫，怕做不起人來。後來，她發現村裡人都同情地，像往日一樣尊重她，心裡就擱下了這一件。二是尹安定陰影不散。那房間是她和尹安定睡了十二年的地方，她總感到尹安定的影子在跟著她，責怪她。直到她為尹苦海生了兩男一女，才消除這個心理障礙。

尹苦海和趙月英結婚，並未損失一根毛髮，他認為這得力於辯證法。

「那辯證法確實是個好理論。」尹苦海心想。他打算好好學習辯證法理論。他去買了一本恩格斯的《自然辯證法》和毛澤東的《矛盾論》、《實踐論》，學習起來。他先讀《自然辯證法》，感到晦澀難懂，玄而又玄，東扯西拉，混亂一團。當然，尹苦海不敢懷疑恩格斯這位偉大導師有錯，只敢檢討自己知識少，智力低，讀不懂。他就轉而去讀《矛盾論》、實踐論》，這就合口味了。他了解到，唯物辯證法是宇宙大法，是共產黨的政治大法，宇宙是為共產黨而存在的，共產黨能創造宇宙。「這唯物辯證法真厲害，告訴我們，人類歷史是為了演變給共產黨掌權而服務，共產黨人與宇宙一致，同存千古！」尹苦海心中讚嘆。

尹苦海以為自己掌握了唯物辯證法，有點飄飄然了。他開口唯物辯證法，閉口辯證唯物論。他學習和活用唯物辯證法得到了縣委、市委的通報表揚，市專科學校還請他去作唯物辯證法講課，教授們還向他點頭致敬。

可是後來，尹苦海對唯物辯證法發生了根本相反的看法。這是因為他遇上了兩個談辯證法的高手，一個叫李信群，另一個叫柯和貴，才徹底改變了辯證法的看法。

這是後話，因為緊連著上文，就說了一段文字。現在書歸正傳。

柯和貴有詞贊尹苦海和趙月英的愛情：

金落索

千年等一回，偶爾留春眠，睡在花園，偷（了）半響歡。風刀雨彈（裡），豔骨（更）鮮妍。

（我這裡）幾春秋水淹火煎，意淫睡情誰看？（她那邊）腸斷白蘋孤雁怨：（是前世）

並蒂蓮。階級人倫怎（能）擋住、萬世劫（的）天倫姻緣？（沒料到）爭論辯證法，
有情人（終）結祥鴛。

注：金落索，詞牌名，中呂宮，平韻。格式：

◎○⊙○●，◎●⊙○○，⊙●⊙▷。⊙●○▷。◎○⊙●，⊙●◎○▷。
⊙●○●○●▷，◎○●○⊙▷。⊙●◎○⊙●▷，●⊙▷。⊙●○○●○●，◎○●⊙○●▷，
◎○⊙○●，⊙○○●○▷。

又，

集錦詩云：

偶爾籠定百花魁（湯顯祖），從此時時春夢裡（白居易）。
誰料風波平地起（高鶚），眼前恩愛隔崔嵬（笑笑生）。
致汝無辜由俺罪（韓愈），恐失佳期後命催（杜甫）。
病草萋萋遇暖風（笑笑生），分明為報精靈輩（僧貫休）。

卻說尹苦海和趙月英結婚了。家有賢內助，有熱水熱飯，尹苦海就一心一意去為黨的事業奔忙去了。

在這年夏天，尹苦海在縣裡開會看了電影《白毛女》，認為教育意義大，就請電影院派人到南柯村來放一場。尹若海在南柯村安排好放電影《白毛女》後，回到鄉公所學《矛盾論》。

夜深了，鄉公所大門外有人叫喊，好像發生了重大事件。

欲知發生了什麼大事件，且聽下回分解。

第八回 急功利槍斃親伯母 破劫案榮獲「神探」名

卻說尹苦海聽到大門外有人叫喊，放下手中的書，走去開了大門。他一看，傻了眼。南柯村黨支書柯鐵牛和民兵連長柯國慶帶著兩個民兵押著副連長瞿習遠。尹苦海讓來人進了自己的辦公室。瞿習遠一下子雙膝跪在尹苦海面前。尹苦海叫瞿習遠坐著說話。瞿習遠和柯國慶就敘述了事情經過和原由。

瞿習遠是南柯村瞿家獨屋人。這瞿家獨屋是新遷來的姓氏，只有五代人，四戶人家。在這四戶中，瞿學道聰明能幹些，有些屋宇。後來瞿學道的弟弟瞿學德去世了，弟媳吳氏丟下三歲的兒子瞿習遠跟隨著一個小販子私奔了。瞿學道收養了侄兒瞿習遠。因為瞿學道只有兩個女兒，沒有兒子，就在族譜上過瞿習遠的一半，瞿習遠就兼祧兩戶的香火。瞿習遠八歲上學，可是天性頑皮，不肯讀書，跟隨著柯鐵牛、柯太仁遊蕩，有時幫尹苦海牽牛。這就難免要受到瞿學道夫婦的管束，甚至打罵。瞿習遠就經常去找親娘吳氏哭訴伯父伯母的虐待。吳氏並不收養兒子，卻挑唆說她是被瞿習遠伯母趙氏趕出門的，教唆瞿習遠反抗伯父、伯母的教育。瞿習遠就仇恨伯父、伯母。到了十八歲，瞿習遠就與伯父打架，臭罵伯母。瞿學道和趙氏管不了瞿習遠了，就接了瞿家獨屋所有的人和南柯村柯啟文、尹東莊尹安定等人作證，和瞿習遠分家，把家產、田產分了一半給瞿習遠。瞿習遠獨立生活了兩年多，把田產都賣光了，這時也就解放了。瞿習遠參加了革命，成了南柯村第一批黨員，當了副連長。瞿習遠學著尹苦海、柯鐵牛把伯父、伯母劃成地主，並哀求李得紅把瞿學道當作不法地主份子關進了牢裡。可是瞿習遠幹了三年革命，還只是民兵副連長，職務在人稱蠢豬的柯國慶之下。瞿習遠心裡不服，知道這是宗族勢力在作怪。他找尹苦海、李得紅論理。李得紅說他表現不突出，要立大功才能提拔。瞿習遠整日納悶，思考著如何幹出一件轟動大事來，為革命立大功，跳出柯鐵牛的南柯村勢力範圍。

「老子不超過柯鐵牛，誓不為人！」瞿習遠暗中發誓。

瞿習遠幹轟動大事件的機會終於來了。

尹苦海安排《白毛女》電影在南村村大堂前放映，囑咐柯鐵牛、柯國慶、瞿習遠帶民兵維護好秩序。瞿習遠守第二重東側門。

電影這玩藝兒在南柯村除了尹苦海、柯和義、邱遠乾等少數人看了，其他人都感到神秘好奇。大家坐在大堂前裡，屏住氣息，盯著掛在戲臺上的那塊白布。放映機嗞嗞地響，光柱投射到大白布上，白布上出現了人、山、水、房屋、家禽，像真的一樣。人們驚愕了，小聲議論：

「這是神仙下凡了。」

「是孫悟空在變法吧。」

「是妖精在作怪。」

……

那白布上的人有時從白布往外走，好像要走到觀眾中來，有的婦女被嚇得驚叫。過了十幾分鐘，場地上安靜了，人們被白布裡的人物故事吸引住了。楊白勞按手印賣女兒，喝毒水；喜兒哭叫，被黃世仁搶走，遭地主婆毒打，逃到深山，變成白毛女；大春參加解放軍，解放家鄉，救出喜兒，鬥爭地主，槍斃黃世仁。

李氏、柯和貴、柯和義坐在一起。

李氏說：「那黃世仁富了就作惡，應該有惡報呀。」

「這是演戲。如果把尹安定寫成黃世仁，會寫得比黃世仁還壞。」柯和義說。

「書上說的不真嗎？」柯和貴問。

「不是真的。」柯和義說，「寫書的人跟著贏家跑，誰贏了就寫誰好，寫輸的壞，端一邊碗吃飯。」

這時，第二重東側門傳來了瞿習遠的高聲叫罵聲：「入他娘的十八代！黃世仁、地主婆！」接著瞿習遠又乾嚎起來：「喜兒呀，可憐呀……」又接著，瞿習遠拍手讚頌：「大春是英雄，槍斃狗入的地主、地主婆！」

瞿習遠這瘋狂的舉動，驚得會場人都扭頭看他。瞿習遠感到自己贏得了眾人的欣賞，高興了，晃腦扭頸，在眾目睽睽之下背槍跑了。

在散場時，從瞿家獨屋傳來了兩聲槍響，人們被嚇得在黑夜中亂跑。柯鐵牛、柯國慶帶民兵向瞿家獨屋衝去。柯鐵牛命令民兵包圍了瞿家獨屋。他在估計到沒有危險時，衝進地主婆趙氏屋裡。柯鐵牛看到趙氏倒在血泊中，瞿習遠雙手端著槍，槍口正在冒煙。

原來，瞿習遠背著槍跑回家，一腳踢開伯母趙氏房門。

地主婆趙氏沒有權利看電影，坐在一盞菜油燈下給瞿習遠納鞋底。趙氏看見瞿習遠進屋來，就強打笑臉說：「習遠，你……」

趙氏一語未了，瞿習遠就舉槍向趙氏胸口打了一槍。趙氏應聲倒下，在地上翻滾。瞿習遠又用槍口頂著趙氏太陽穴開了一槍。趙氏不動彈了。瞿習遠打死了趙氏，站著抽煙，考慮著找尹苦海報功。柯鐵牛等人衝進屋了。瞿習遠又當眾表功，就用槍托打趙氏屍體。

「繳了他的槍，綁起來！」柯鐵年命令柯國慶。

柯國慶在幾個民兵幫助下，繳了瞿習遠的槍，綁了瞿習遠。

「我學大春槍斃地主婆，你們綁我，那是為什嗎？」瞿習殺豬般地大叫。

「入你娘的，私自槍斃人，犯了王法。」柯鐵牛說，「押到尹書記那裡去！」

柯鐵牛、柯國慶帶著民兵們，押著瞿習遠來到鄉公所。

尹苦海聽了敘述，火冒三丈，狠狠地搧了瞿習遠幾個耳光，訓斥說：「你父親死了，你那騷娘丟下三歲的你不管，跟野漢子跑了。你這條狗命全是你伯父、伯母救下的，養大的。你把伯父送進牢裡去了不甘心，還親手槍斃你伯母。你有良心嗎？連狗也不如！」

瞿習遠聽著，口裡不作反抗，心裡在罵：「老子沒良心，你有良心嗎？槍斃叔父，霸佔嬸娘。現在高高在上，還向老子講起仁義道德！老子入你娘的十八代！」

「現在好了，革命革了你這條狗命了！」尹苦海繼續訓斥，「這槍斃人是件大事，要村黨支部組織材料，上報鄉黨委審查核實，報到區黨委批准，由區長打紅勾，開大會執行。你狗膽包天，私自槍斃人，違反黨紀國法。殺人償命，你小子命不保了。」

瞿習遠聽了這話，被嚇了一跳。他知道尹苦海在說真話。他本想幹大事，立大功，受獎升官，沒想到要把自己生命賠了。瞿習遠渾身哆嗦起來，撲通一聲跪在尹苦海面前，哀求道：

「尹大哥，我是街吃（注：階級）仇恨來了，一時憤怒殺了地主婆，沒想到犯了王法。你要念昔日感情，保我一條狗命，我願為你當牛作馬！」

「入你娘的！臨死了還說謊。什麼階級仇恨，你是急功利，想幹轟動大事，立功升官。今日的事是人命大事，我可沒權處理，要到何區長那裡去作裁決」」尹苦海嚴肅地說。

瞿習遠聽見到何區長那裡去作裁決，被嚇得魂不附體了。他知道，何區長就是剿匪分隊隊長，山東梁山縣人，身軀彪悍，性格兇狠，以殺人為樂。瞿習遠曾跟著他去九頂峰剿匪，沒找著土匪。山蕩裡有個盛家莊，何隊長硬說是匪窩，把盛家莊九戶人家三十八口人全殺了，燒毀了盛家莊，到縣剿匪大隊獻功。瞿習遠感到死的恐懼了。有什麼比生命更可貴的呢？死了就什麼也沒了，什麼雞巴毛的立功受獎、升官發財全完了。他回想起疼愛自己的伯父、伯母，內心產生了負罪感。他後悔自己鬼迷心竅，去革什麼命，結果革了他全家人的命，絕了瞿家的香火。他的怨恨反過來了：「在槍斃老子的時候，老子要大喊：共產黨是魔鬼，是妖精，迷人心，教人不學好。」但是他又想到槍斃前喉管被細鐵絲紮斷了，喊不出話了。他就動手紮過鄒宗英喉管。瞿習遠越想越傷心，癱在地上啼哭。

「習遠，昔日我倆玩得好，今日你也是革命人，我會盡力保你的。我陪你去見何區長。」尹苦海看著可憐的瞿習遠，心中發軟，說。

柯鐵牛，柯國慶又給瞿習遠加捆了一根麻繩，押著向紅石區走去。

瞿習遠半死不活地拖著沉重的步子跟著走。那夜，黑漆漆的，山是奇形怪狀的妖魔，樹是披頭散髮的鬼怪，一切令人可怕，一切都在嘶咬瞿習遠的心。瞿習遠不知道走了多遠的路，來到一個紅漆大門。尹苦海叫了好幾聲，大門開了。瞿習遠兩腳軟綿綿的，靠著柯國慶的肩膀挪步，走進何區長辦公室。

辦公室裡點著一盞玻璃罩臺燈，何區長坐在木條高椅上。他一身戎裝，桌上放著手盒子，手指夾著冒紅的紙煙，滿臉殺氣，環眼圓睜，銳利的目光刺在瞿習遠臉上。瞿習遠匍匐在何區長腳下哭泣，不敢說話，等待槍斃。

「你他媽的，這傢夥夠槍斃了。你寫個報告來，我打個紅勾就行了。這晚了，把他帶來幹什嗎？」何區長在與尹苦海說話。

尹苦海就作了彙報，最後說：「這小子苦大仇深，是南柯村第一批共產黨員，你就從輕處理吧。」

「嗯。」何區長鼻孔裡發出聲音。向瞿習遠怒吼：「你他媽的，抬起頭來。」

瞿習遠抬起頭。

「你他媽的，為什麼要槍斃你伯母？」

瞿習遠聽到尹苦海為自己辯解的話，感到有生的希望了，就用說順了口的革命話講起來：「我伯母是地主婆，她害死我父親，趕走我母親，奪我家田地，強迫我為她幹苦活。我恨死那個地主婆。看了

《白毛女》，我更恨、更起火了，就學大春，去槍斃了地主婆。」

「你他媽的，你這小鬼，懂得黨紀國法嗎？」何區長問。何區長只大瞿習遠三歲，稱呼瞿習遠為「小鬼」，表現他是首長，表現喜愛瞿習遠。

瞿習遠搖了搖頭。

「你他媽的，老子講給你聽。」何區長諄諄教導起來，「我以前給他媽的地主放馬，看見他馬多，就偷了一匹賣了。你他媽的那狗地主要我家賠。我父親就求地主，說沒錢賠，讓老子給地主白放一年馬。你他媽的，要老子白幹一年，老子就要他的命，就把地主給宰了，跑去投靠人民解放軍。那時，我們黨沒有政權，殺死地主是革命行動，得到領導表揚，就像在戰場上打仗，打死人不犯法。現在，我們建立了政權，就有黨紀國法了，槍斃人要黨組織批准。你他媽的小鬼，私自槍斃人，就犯了黨紀國法。不過，你殺的是地主婆，階級立場沒錯。你這小鬼參加革命時間不長，我就原諒你一次，讓你有改正錯誤的機會。」

瞿習遠聽了這段話，知道得救了，就高興得痛哭起來，連連磕響頭，不斷地說：「何區長，你是我的老爹，再生父親，我感謝你不殺之恩，為你當牛作馬。」

「哈哈哈，入他媽的，磕什麼頭呀！站起來！」何區長一陣歡心，說。他指著柯鐵牛命令道：「你他媽的，把他的繩子鬆下來。」

柯鐵牛乖乖地給瞿習遠解開繩子。瞿習遠站著。

「坐下呀。」何區長態度和藹了，說。

「我站慣了，坐著不舒服。」瞿習遠像個小孩子一樣，用手背擦眼淚，乖乖地站著。

「你這小鬼，他媽的，立場堅定，鬥爭性強，好青年、好民兵。我看中了你。公安局要我派個革命青年去訓練半年，再到區裡當公安特派員，我還在考慮派誰去。現在，你他媽的，就派你去。你明天就到區裡開證明去縣公安局報到。」何區長正是猩猩惜猩猩，一眼看中了瞿習遠這塊革命的料子。

「我一切交給黨安排，忠於何區長，服從何區長。」瞿習遠一聽，驚喜得渾身哆嗦，連忙發誓，向何區長立正行軍禮。

「哈哈哈，你他媽的軍禮行得不標準，到公安局去好好訓練。」何區長高興了。

瞿習遠終於因禍得福了，實現了自己跳出南柯村、超出柯鐵牛的願望。他巴不得喊何區長幾聲「爹」，恨不得還尹苦海幾個耳光，給柯鐵牛、柯國慶幾腳尖。

「你他媽的，下一點了，你們都回去睡覺吧。」何區長看了看懷錶，打了個呵欠，走了。

尹苦海、瞿習遠、柯鐵牛和幾個民兵出了區公所，摸黑回家了。

尹苦海回到家裡，趙月英忙去燒熱水，服侍尹苦海洗腳。

「今天怎麼回得這樣晚呢？」趙月英問。

尹苦海就把瞿習遠的事說了。

「自古道：殺人償命。那無賴殺人還升了官，我姑媽不就白死了嗎？地主的命就不是命，無賴的命才是命。」趙月英一聽氣憤了，轉而又悲痛起來了。原來被瞿習遠打死的趙氏和趙月英同宗，長趙月英一輩，兩人稱姑道侄，來往密切。

「我跟你說，現在只興講階級鬥爭的大道理，舊道理沒用了。」尹苦海說。

「我不懂什麼階級鬥爭，我只知道天理不會變，人性不會改。」趙月英倔強起來了。她又埋怨尹苦海說：「你去為瞿習遠這種無賴、惡棍講人情，脫罪責，我看你連你老婆的命也保不住。我也是地主婆呀，那些無賴、惡棍隨時能槍斃我去立功升官呀。」

趙月英賭氣說的話，觸得尹苦海的心一驚，直視著趙月英。他沉吟了一下，說：「月英，你的話提醒了我。你的地主份子的帽子不摘掉，我們就不得安寧。明天，我就去找何區長，摘了他老婆和你的帽子，讓你入黨，到鄉裡去當婦聯主任。鄉裡的婦聯主任要上調了，缺著哩。」

「摘帽子可以。我不懂什麼黨，不入。」趙月英說。

「我也不懂得什麼是黨，我只知道跟著共產黨走就有日子好過。」尹苦海說。

「你跟著黨走，自己過了好日子，卻幹了那麼多傷天害理的事。我不入，我要在祖宗和菩薩面前為你燒香求神、開脫罪過。」趙月英說。

「你盡說反革命的話。」尹苦海發火了。他又深情地說：「你這些話不能再說了，更不能對外人說。說得不好，我會和叔父一樣被槍斃的。」

「嗚——」趙月英哭泣起來了。她想起尹安定的慘景，就哭；她看到眼前尹苦海說也要遭槍斃，就哭。

「聽我安排，不會有禍的。」尹苦海安慰著說。

「嗯，嗯。」趙月英像小孩子一樣點點頭。

夫妻上床睡了。

卻說瞿習遠第二天上午背了包袱，到區裡開了證明，拿了錢糧，到縣公安局參加訓練。他在縣公安局的名字改叫「瞿思危」。這是他請尹苦海給取的官名，意思是「居安思危」。瞿思危參加了半年人民警察訓練後，回到紅石區，被任命為「永安縣公安局紅石區特派員」。特派員是正式國家幹部編制，有固定工資、糧油供應，有住房。瞿思危的住房，左邊是何區長，右邊是刑審室。他又要了一間偏房當牢房。

瞿思危開始工作了。他接手的第一個案子是「蘆葦蕩殺人劫財案」。這是個大案，縣公安局派偵察員李成才等相繼查過，沒有線索。

「你他媽的，在十天內給老子破案，為區委爭光，為你自己建立功勳。」何區長指示瞿思危說。

「何區長，我會提前完成黨交給的任務，報答何區長提拔之恩。」瞿思危表態說。

瞿思危認為自己學得了一肚皮子破案知識，練出了好武功，正要大顯身手，一舉成名。他叫來了曾協助李成才查案的區通訊員吳平山，了解了案情大概。

案子發生在南湖鄉蘆葦村南湖大壩西頭的蘆葦蕩裡，被殺的是從南河來的布販子，中年男子，一擔棉布被劫走了。現場留有一把一尺多長的剁菱角的白刀。在南湖，以搞菱角為生的揚州農民有十一戶，被抓了五個人，放了三個，還有兩個被關在區牢房裡。瞿思危重新提審那兩個人。有個叫徐老大的，承認白刀是他家的，在殺人的頭一天不見了，不承認自己殺人劫財。

瞿思危回到房裡溫習起訓練班所學的知識來。他學的主要課程是階級鬥爭、無產階級專政和辯證法，也學一些簡單的偵破知識。根據他所學的知識和基本案情來判斷推理，摘菱角的揚州農民都是窮苦人，是人民，熱愛黨，擁護人民政府，不會去殺人劫財，製造社會混亂。只有階級敵人才對黨和人民政府不滿，唯恐天下不亂，破壞社會秩序。這樣，瞿思危把犯罪份子放在蘆葦村階級敵人身上。蘆葦村共有九個小村莊，雜姓，地廣人稀。全村惡霸兩戶，匪徒一戶，不法地主一戶，這六戶的成員都被槍斃和驅趕了，沒有作案的可能。還有兩戶地主，五個男子，兩老三少，老的六十多歲，小的十二、三歲，也不可能作案。有十三戶富農，十八個青年男子。對於富農，在土改開始時是「不動富農」的政策，到現在富農就成了階級敵人了。瞿思危理所當然地把犯罪可疑人就重點放在這十三戶富農家的十八個青壯年男子身上。瞿思危又考慮到，這個殺人劫財案幹得很利索，很隱秘，其中必有一個搖鵝毛扇子的軍師。在蘆葦村卻沒有一個讀書人，只有從南柯村請去教書的私塾先生柯和義。柯和義和瞿思危同是尹安定私塾裡的同學，讀書聰明，又去國民黨的縣中學讀過書，家庭成份富裕中農，和富農階級很緊密，可見柯和義思想反動。瞿思危就把柯和義當作那個搖鵝毛扇子的犯罪可疑人。瞿思危對殺人劫財案進行了一番階級分析和推理後，頭腦裡就形成了一幅殺人劫財案的圖像。瞿思危為自己的分析正確得意地微笑了。他又作出偵破計畫，決定先一個人深入到虎穴裡去和敵人作一場鬥智鬥勇。

這是一個深冬的早晨，剛升起的太陽雖然血紅，光芒卻是冷冷的；凝重的乳白色晨霧罩在山頭上，彌漫在田畈裡；稻草茬密刺刺的，掛著霜凌；一條條、一塊塊的凌冰閃著寒光；路上灰塵雖厚，卻被晨霧凍住，硬硬的，脆脆的；楓樹，烏臼樹，枝條光禿禿，伸向天空；樟樹、松樹青綠而慘澹；有烏鴉的叫聲，有鳥兒的撲騰聲。

瞿思危昂首闊步，路面上發出有節奏的轟隆聲。瞿思危，個子不高，卻身材墩柱，四肢粗壯，方臉，白胖，高顴骨，鷹眼珠；一身公安服裝，右腰插著手盒子，左腰懸著手銬子，上衣口袋掛著鋼筆，那時掛鋼筆是高貴的；口裡哼著「雄糾糾，氣昂昂，跨過鴨綠江……」的歌。瞿思危感到十分自豪：他掌控了比他低下的人的福禍生死大權；只要他咳一聲，那些平頭百姓就會發抖；只要他一抬手，那些階級敵人就會下跪磕頭。他神氣十足，連骨頭縫裡也是癢癢的。他的學識，智慧，權力，體力已經積蓄到急需一次大爆發的時刻。一路上，他碰到不少熟人。那些原來不正眼看他的人，現在碰著他都縮到路旁給他讓路，低三下四地與他打招呼。他有時懶得與那些賤骨頭答應，有時鼻子裡「嗯」一聲，只管徑直走他的路。

有位哲人告誡人們：「絕莫與窮途末路的人打交道。」在這裡，我也要告誡人們：「絕莫與得志輕狂的無知者打交道。」不信嗎？你去碰碰此時的瞿思危試一試，不要你遭殃那才怪哩。

瞿思危走了二十多里路，來到南湖大壩內側揚州人的菱角棚。這裡的揚州人都和他很熟悉，因為昔日的瞿習遠和柯鐵牛、柯國慶經常到棚裡拿吃拿喝。瞿思危今非昔比了，是來給這些外來人、可憐蟲降禍降福、降生降死的。棚裡人都驚恐地好奇地望著他。有不識相的習慣地叫他瞿習遠。他把眼一橫，右手去摸手盒子，嚇得那人倒退。有見過世面的就連忙笑臉相迎，稱呼「瞿特派」，他才「哼」了一聲。他在一家棚裡坐下，把棚裡所有的成年男女喊來審問，作筆錄。人們小心翼翼地回答他的問話。瞿思危在一家吃了一餐菱角米飯和一條魚，才走。

瞿思危沿著南湖大壩向西走。他走到壩西頭，看見汪金界在放牛。汪金界是一個勤勞儉樸的老實青年農民，雖然身強力壯，卻膽小怕事。他一直害怕柯鐵牛、柯太仁、瞿習遠等人，經常被迫給他們供錢糧。復查時，汪金界被劃為富農。今日的汪金界，二十五、六歲，身穿長棉襖，那棉襖的藍色已褪了，成了灰白色，夾有一些紫色的斑塊；頭戴黑色棉紗福神帽子，帽子拉罩在臉上，只露出眼睛、鼻孔、嘴巴，足蹬自製的木屐；牽著一頭大水牯，大水牯肚子兩邊吃得脹鼓了。汪金界牽著牛往回家走，正碰著瞿思危從背後趕來。汪金界見到瞿思危這副威武的官樣子，比原來更害怕了。他連忙退到路邊，給瞿思危讓路。

「瞿同志，你到哪裡去呀？」汪金界顫抖著身子，小聲地的招呼。

這汪金界是早晨起早了，碰上了大頭鬼。他只因這一碰一招呼，就招來了殺身之禍。如果他今天碰不上瞿思危，那殺身之禍就落到了別的富農份子身上了。

「哪個是你的同志？富農份子。他媽的，你放老實一點。」瞿思危吼道。他又說：「老子是專門來找你問案子的。老子問，你答，不准說假話。」

「是，是，是。」汪金界戰戰競競，連聲說「是」。

「你他媽的！你把那鬼臉殼拉起來。」瞿思危喝道。瞿思危的「入他娘的十八代」變成了官家的「你他媽的」了。

「好。」汪金界拉起蒙臉福神帽沿，捲到額頭上。

瞿思危掏出了筆記本和鋼筆，擺著公安人員的架子，打著官腔說：

「這裡發生了殺人打劫案，你知道嗎？」

「知道。」

「在哪裡？」

「在大壩西頭蘆葦溝。」

「帶我去查一查。」

「我把牛牽回去再來，行嗎？」

「不行！」

「好。」汪金界蹲下身子，在路邊挽了一把長草，把牛繩扭纏在草上，帶著瞿思危走。

兩人走進蘆葦蕩內的小徑，來到一個拐彎處，有一條水溝，水溝上攤著一塊條石橋。這裡是蘆葦蕩腹地，顯得有些陰森。

「就在這裡，屍體在蘆葦蕩裡面被發現的。李警官叫我和另外三個人抬去埋了。」汪金界在石橋站住，指著蘆葦裡說。

「好，你在這裡站著，我進去偵查一下。」瞿思危警惕性很高，怕這個階級敵人暗殺自己，不讓他一起進去。瞿思危拔出手槍，指著汪金界喝道：「你他媽的，不要動！」

瞿思危走了兩丈多遠，有一片蘆葦倒下了，顯然被人踐踏過。屍體早被抬走了，現場亂了，沒有什麼對象。

「你他媽的，那個沒有用的李成才把現場搞亂了。」瞿思危操著生硬的官話罵道。

瞿思危對這帶地形很熟悉，曾跟尹苦海牽牛走過這條路。這是條古老的商販路，自南到港口，過渡到吉山，到鄰省；向北到南湖大壩，到紅石區，到縣城。這條路有五、六個險處，出沒劫匪，這石橋溝就是一處。柯鐵牛曾約他到這裡來打劫，等了三天，沒等到單身商販，沒劫成。現在，瞿思危設身處地地想著，肯定了自己的破案設想：劫匪是附近的人。

瞿思危出了蘆林，汪金界乖乖地袖手坐在石橋上。

「走！」瞿思危命令道。

汪金界站起來，走在前頭，瞿思危跟著。

「啊——」瞿思危不覺暗叫起來。他驚喜地發現：汪金界的長棉襖上面有紫色斑塊。他研究起來：鮮血經水洗滌後就變成了紫色斑塊。假設汪金界用刀砍商販的後脖，血噴出來了，死者向前撲倒，行兇者俯身向背心刺一刀，血濺到行兇者身上，就染到了棉襖的前胸、兩袖、下擺處。汪金界長襖上的紫色斑塊恰恰集中出現在兩袖、胸前、下擺處。瞿思危又分析汪金界的殺人動機：汪金界平時小氣，一根麥穗、一條枯枝也要撿回家，是個愛財如命的傢伙，必然見財起心，謀財害命；汪金界八年前還是個貧苦農民，他一心想發財，苦吃苦做，建了新房，置了田地。剛發起來，結婚生了個兒子，就被劃為富農，成了階級敵人。他對黨、對人民政府心懷不滿，想製造案件，搞亂人心，破壞安定。

「入他娘的十八代！踏破鐵鞋無覓處，得來全不費功夫。劫匪就在眼前。」瞿思危破了案，心中一陣狂喜。他同時心裡在罵李成才：「你他媽的，李成才怎麼那樣笨呢？劫匪跟著他一整天也沒發現。」他又在想：「別看汪金界裝著忠厚相，殺起人來可凶哩。我如果抓他，他會拼死反抗。我鬥不過他，豈不是作了不必要的犧牲嗎？要智取他。」瞿思危想到了一個計策。

「瞿特派，現在沒事了，我牽牛回去啦，你慢走。」兩人走上南湖壩，汪金界說。

「劫匪想溜了。」瞿思危在判斷，保持著高度的警惕性，他突然態度溫和了，麻痺敵人說：「汪金界，你跟我一起到菱角棚去一下，我要問問那些外地人，要你作證人。」

「那好說。」汪金界說。汪金界卻在夢中。

兩人來到菱角棚。揚州人都在曬太陽，看見瞿思危來了，都起身打躬作揖。

驟然間，瞿思危一個箭步躍進上前，左手抓住汪金界脖後衣領，右手用手盒頂住汪金界的背心，左腳橫掃汪金界的下部，一下子將汪金界摔倒在地。瞿思危又用右膝蓋壓住汪金界的背脊，猛的向汪金界的左太陽穴鑿了一手盒托子。那階級敵人昏了過去。瞿思危用手盒子指著兩個揚州青年，喝令他們幫著擒住汪金界，掏出手銬；反將汪金界雙手，銬住。他又命令這兩個青年跑步去蘆葦村叫村支書帶兩個民兵來，把汪金界押回區公所。

瞿思危第一次使用從訓練班學到的擒拿術，動作迅速麻利，將萬惡的劫匪汪金界拿住了，感到很大的樂趣和滿足。事後，他幾十次向人吹噓自己的擒拿手術，說汪金界比他高大有力，兩人在蘆葦蕩裡殊死搏鬥半個多小時，他使用這擒拿術才勝了汪金界。

瞿思危興沖沖地回到區裡，向何區長作了彙報，繪聲繪色地編了一個偵查、擒敵的驚險偵探故事。何區長聽完，大加讚賞，命令瞿思危迅速審問，把敵人一網打盡。

晚上，瞿思危帶上兩個民兵，審訊劫匪汪金界。

在這時，先介紹瞿思危發明的兩種刑具。

大自然賜給人以智慧，這智慧可以造福於人類，也可以殘害人類。唐朝酷吏來俊臣發明瞭「請君入甕」，使受刑人難忍削剝腦袋之苦而招供罪行。現代的酷吏瞿思危當然更勝一籌。他自小就會惡作劇，加上在公安訓練得到教化開導，智慧更高。他在訓練班時，就發明兩種刑具，得到上司表揚。

瞿思危發明的兩種刑具是：竹刷子、軟棍子。那竹刷子是瞿思危從家鄉婦女洗炊具時使用的竹刷子得到啟示，萌發靈感而製作的。他把毛竹砍成三尺長一截竹杪，叫篾匠把大頭劈成條絲，留小頭作把手。用這竹刷打人，邊打邊拉，被打的人皮開肉綻，但不傷骨頭。瞿思危把這種刑場定名為「刷洗罪行」。那軟棍子是瞿思危發揮科學幻想發明的。他把粗長的毛竹根鞭取下一截，用牛皮或狗皮裹紮住，打在人身上，皮肉完好，骨頭碎裂。瞿思危定名為「清除內毒」。這兩種刑具伴隨瞿思危三十多年，直到他後來當縣政法書記時才把發明專利傳給革命接班人。

汪金界被兩個民兵從黑牢裡押進刑審室。一盞玻璃罩煤油燈把屋裡照亮。汪金界看到一張長條木桌，桌上放著那支黑色手盒子，瞿思危穿著公安服正襟危坐，兩條兇狠的目光直射過來。右牆木釘上掛著竹刷子和軟棍了，靠牆放有老虎凳、鐵釘板，還有一擔冰水。兩個碩大的民兵站在門框兩邊。汪金界見過吊打惡霸地主的慘景，那還是在人多熟悉的地方，就感到恐懼了；今日，他來到這讓他早就聞風喪膽的區公所，並且進了這刑審室，他被嚇得篩篩顫抖，一下子跪在地上磕頭，乞求不受五刑。

瞿思危第一次破案，還是破大案，只准成功，不准失敗。他早就想好了審訊過程。

問：「你叫什麼名字？」

答：「汪金界。」

問：「什麼地方人？」

答：「蘆葦村人。」

問：「你看到被殺的布販子嗎？」

答：「沒看到活的，只抬過死的。」

喝道：「老實交待！」

答：「……」

喝道：「想吃皮肉苦嗎？」

答：「不要打我，習遠兄，看在昔日我給你糧油的份上。」

喝道：「你他媽的，我告訴你，你是罪犯，老子是公安人員，我秉公執法，不講私情。」

答：「那是，那是。」

溫和地道：「我審你是為公事，不會害你。我問什麼，你答『是』或『不是』。答得好，我就講一點昔日感情，放你回去。答得不好，你就要吃皮肉骨頭受罪的苦。聽清楚沒有？」

答：「聽清楚了。答『是』，你就放我回去。」

問：「你看到那個被殺的布販挑著擔子走路沒有？」

答：「是。」

問：「在哪裡？」

答：「蘆葦蕩小路石橋溝。」

問：「你拿了揚州人徐老大的剁菱角的刀沒有？」

答：「是。」

問：「幹什麼用？」

答：「剁菱角吃。」

瞿思危進行了一般性問題審問後，得到了滿意答案，就讓汪金界在記錄紙上按手印。

汪金界按了手印，說：「現在我可以回家了吧？」

瞿思危板著臉吼：「不行！你他媽的問題嚴重，要審問清楚了才能回家。」

審問繼續。

問：「布販子是你一個人殺的嗎？」

答道：「先前我按你問的回答了，現在你怎麼問起我殺人來了？」

喝道：「你他媽的，你拿著菱角刀跟在布販後面到石橋溝，布販子在石橋被殺了，布被劫了。不是你殺人劫布，還有誰？」

答道：「我說我沒看見活布販子，沒拿徐老大的菱角刀，你就不放我，要我受五刑。你說只要我答『是』就好，就放我。你原來是哄我答『是』，再來栽贓我殺人呀。」

喝道：「你他媽的，老實招供！那布販子是你一個人殺的？還是夥同別人一起殺的？」

答道：「我平生連殺雞也不敢，怎麼會去殺人呢？你冤枉好人。」

說道：「人民公安，從不冤枉好人，也不放走一個敵人，剛才你說的話，記錄在案，按了手印。」

答道：「我不識字，你記的，哄我說的。」

說道：「我告訴你，坦白從寬，抗拒從嚴。只要你坦白，我會從寬處理你。」

答道：「我再不聽你哄了。」

喝道：「你他媽的，要抗拒從嚴了嗎？我掌握了你的殺人物證。你的長棉襖上紫色斑塊是從哪裡來的？」

答：「這……這是褪色形成的。」

說道：「藍色褪了是灰白色，不是紫紅色。你的紫色斑是殺人濺了鮮血，鮮血經過刷洗才出現的，你他媽的，服了吧？快說，你是一個人殺人，還是夥同別人一起殺人？」

答：「我說不出這紫色斑塊是如何來的，我只憑良心天理，我沒殺人。天理呀！我冤枉呀！」

怒喝：「給這傢夥刷洗罪行！」

那兩個站在門邊的民兵的手腳早已發癢，渴望著打人過癮。他們聽到瞿特派的命令，一齊沖向汪金界，把汪金界的衣服剝光，捆結實，吊起，輪流揮動竹刷子，打起來。汪金界像殺豬似的嚎叫。一會兒，汪金界皮開肉綻，鮮血像屋簷滴水似的，嗒嗒地滴下，地上一片殷紅。

瞿思危反背著雙手，來回踱步，欣賞著美妙的呻吟聲。他走前近汪金界，用手掌拍了拍汪金界血肉模糊的軀體，像野狼用長舌甜絲絲地舔著被撕去皮毛的野兔子血紅嫩肉一樣，用血腥的手掌托起汪金界的下巴，觀賞汪金界抽搐痛苦的面孔。他厲聲問道：

「那紫紅色斑塊是不是血跡？」

汪金界聽到那懾心的問話，心想：「反正死定了，不受這活罪了。」他就哼著說：「喲，是，哎，是血跡。」

「布販子是不是你殺的？」瞿思危連忙追問。

「哼，是，呵，是我殺的。」

瞿思危趕緊去作了記錄，拿著記錄讓汪金界按血手印。

「你的同夥有哪幾個人？」瞿思危又厲聲問。

「同夥？」汪金界心裡一驚，想，「我本是受冤枉的，怎能冤枉別人一起去死呢？」他想好了，就說：「沒有同夥，我一個人殺的。」

「你他媽的，你這傻瓜，一個人能幹得了那大的案子嗎？」瞿思危罵著，打了汪金界兩巴掌，咬牙切齒地說，「蠢豬，殺人要幫手，劫了布要轉移，要變賣，沒同夥，這案子能成立嗎？」

「我不能冤枉別人。」汪金界反抗了。

「入你娘的十八代！你臨死還講仁義哩！給這傢夥清除內毒！」瞿思危喝道。

兩個民兵丟下竹刷子，掄起軟棍子，抽打起來。

汪金界感到骨頭在響，劇痛，昏過去了。瞿思危就用瓢舀冰水潑，汪金界仍不出聲。瞿思危擔心汪金界死了，破不了案，就命令用火盆燒炭。房子有了暖氣，汪金界甦醒了。

「你和哪幾人玩得好？」瞿思危趕緊托起汪金界的下巴，厲聲問。

「汪玉界，汪世發，汪世財，汪陰陽。」汪金界含糊不清地說。

「也和柯和義玩得好，是不是？」瞿思危要達到自己推理的目的，就點名字問。

「是。」

瞿思危又急忙去作筆錄，讓汪金界按手印。瞿思危達到了目的，叫民兵把汪金界放下來，穿上衣服，灌一碗溫水，送到黑牢裡去，看管好，不能讓汪金界自殺。

瞿思危連夜帶十幾個民兵趕到蘆葦蕩，抓了汪玉界，汪世發，汪世財，汪陰陽，柯和義和汪金界母親。

瞿思危先審汪金界的母親，問那長棉襖上的紫色斑塊是不是血跡。汪金界母親說那不是血跡，是屋漏水滴在棉襖上，晾幹了就成了紫色斑塊，洗不掉。瞿思危聽了，心裡明白了這個道理，也見過、聽說過屋漏水滴濕後成了紫色斑塊的衣物。但是，瞿思危決不能承認汪金界母親所說的道理是正確的，事情到了大功造成的最後一步，他怎能為了保全別人的生命而使自己前功盡棄、功名無成呢？為了自己的功名，死了別人算個雞巴毛！「一將功成萬骨臭」。瞿思危命令給汪金界母親上刑。汪金界母親死不承認那紫色斑塊是血跡。瞿思危就讓汪金界母子見面。汪金界母子一見面，見對方被打得不成人形，哭泣了起來。汪金界哭泣著說：「娘呀，你承不承認，兒子都是一個死。你就承認了吧，讓兒子早點死，免受活罪，你也不受五刑了。」汪金界母親見兒子這樣說，就承認那紫色斑塊是血跡，還按照瞿思危的提示，說了殺人的時間、地點。

瞿思危又審其他人員，在酷刑下，汪玉界，汪世發，汪世財，汪陰陽都按瞿思危的要求一一招供，只有搖鵝毛扇的柯和義寧死不屈。

柯和義大罵瞿思危說：「你這豬狗不如的傢夥，也來審案，真是豺狼當道了。老子寧可死於刑，決不死於法。我不會成全你的。你得志於一時，將來也沒得好死。」

瞿思危氣得一跳八尺五，親手給柯和義上刑。正在瞿思危把柯和義往死裡打的時候，有個公安人員進了刑審室，瞿思危才罷手。進來的是李成才，他受縣公安局預審處長派選，來協助偵破「蘆葦蕩殺人劫財案」。李成才是柯和義中學時的同學，見了那情景，心裡清楚，瞿思危在對犯人屈打成招。但當時對犯罪人施用酷刑是普遍現象，他也不敢公開制止，只是向瞿思危了解案情。瞿思危說自己已經破案了，用不著協助。李成才了解了案情，要走時說：「柯和義是讀書人，經不住打。你是正式警員，如果在辦案中打死了人，要負法律責任，受到處分。」李成才這兩句話，救了柯和義性命。

柯和義一個人不招供，影響不了全案偵破，只落了個「抗拒從嚴」處理。

瞿思危把破案材料讓何區長簽了字，了結了案子。汪金界，汪玉界被判死刑，柯和義被判了十八年徒刑，其餘罪犯分別被判無期徒刑、十五年徒刑，十年徒刑。徐老大三人被釋放。

瞿思危破案迅速徹底，沒有辜負何區長的期望，為黨爭了光，立了大功，受了大獎，獲得了「模範員警」、「五一勞動模範」的光榮稱號。縣廣播站，市省報紙大肆宣傳隊瞿思危的模範事蹟，被新聞界吹捧為中國的福爾摩斯、「神探」。「瞿神探」的名聲大震。

瞿思危功成名就，縣公安局準備提升他為預審股股長，但沒提拔成功，因為瞿思危居功自恃，得意忘形，竟然不把何區長放在眼裡，在性慾大發時，和何區長年輕漂亮的老婆私通起來。這事立即被人密告給何區長。何區長龍顏大怒，像一頭髮瘋的獅子，要槍斃瞿思危。兩人在區委大院持槍對峙。

「你他媽的，老子看錯了人。你這該死的畜牲，我要親自斃了你。」何區長叫罵。

「你他媽的，你也是畜牲。你敢私自槍斃人，就是違法亂紀，老子就開槍還擊。」瞿思危不讓步。

「砰——」何區長真的開槍了。嚇得在場勸架的和圍觀的人逃之一空。何區長由於心急煩躁，沒打中那瞿畜牲。

「砰——」瞿思危還擊了。瞿思危由於有些膽怯，也沒打中那何畜牲。

瞿畜牲打了一槍，掉頭逃跑，跑進石頭街小巷，聽到何畜牲在叫罵放槍，嚇得跑進山裡，一直跑到縣公安局，向局長李得紅哭訴何畜牲。

李得紅局長帶瞿思危去見解放書記。解放書記為了避免事件，立即請示市委，把何畜牲調出永安縣，給了瞿畜牲記大過處分一次。

瞿思危失去了一次升官的機會。

「蘆葦村殺人劫財案」，被瞿思危偵破後第四個年頭，李成才破獲了「吉山石坑殺人劫財案」，抓獲了南湖菱角棚徐老大等三個揚州人，又連帶出了「蘆葦村殺人劫財案」也是徐老大三人所為。「蘆葦村殺人劫財案」真相大白，李成才就寫報告要求為汪金界、柯和義等人平反昭雪。李得紅、解放認為，為「蘆葦村殺人劫財案」平反昭雪，就降低了黨的威望，損害了人民警察形象，不能搞。何況汪金界、汪玉界本來就是階級敵人，死不足惜。對於沒死的人，作服刑場期間表現良好，減刑釋放；對瞿思危記黨內警告處分一次。

柯和貴有詩詠瞿思危行暴：

偽裝忠心爭權力，親情恩愛都消融。
功名散發血腥氣，野蠻愚昧是英雄。

柯和義被提前釋放回家了。他一回家，正趕上合作化運動，又犯了王法。

欲知柯和義又犯了何種王法，且聽下文分解。

第九回　勞改犯遭遇共青團　鄉書記宣傳合作社

卻說這年臘月，柯和義出了勞改場，向離別三年多的家鄉南柯村走去。他的衣服十分破爛，像一個叫化子。熟人看到他都老遠就避開了，好像他是瘟神。他清楚，那不是因為他的衣服破爛，而是因為他是勞改犯，是階級敵人。他就不再抬頭去看那十分懷念的家鄉景物和熟人了，低著頭，憑感覺，向他的小屋走去。

柯和義走到小屋大門，那用鐵絲扭成的門扣已經鏽爛透了，輕輕一摸，鐵絲斷成好多小截，紛紛落下，門「吱呀」一聲開了，一股陰冷氣撲面而來。

這小屋，約有十五平方米，土木結構，是柯和義祖父建造的，已有六十多年了。那老牆辨不出土磚線條，一片黑溜溜的麻點。屋頂檁椽青瓦，黑糊糊一片，亮瓦也變黑了，只從脫接的瓦縫間透下一些光亮來。大門向南邊，一條石板巷，其他三方牆與鄰居共垛。屋裡被隔成三個小間，進大門是大間，既是堂屋，又是廚房，樓上放柴草。大間東端的北邊有個小門，進去是四平方米的小天井，天蓋的雨水流進小天井，從地溝排出，這是按天蓋水流內、不流外的風水原理設計的。小天井西邊是一垛木板牆，有鏤空的百葉窗。進門是間五平方米的小房，這是臥室。臥室西牆有木梯上到閣樓去，閣樓用來存放雜物、衣物的。閣樓還供著一尊鍍金觀音菩薩像。如果把堂屋進小天井的門用土磚或柴草堵住，外人看上去只是一間廚房，不知道裡面有小天井、小房、閣樓，是躲反亂的安全住所。這小屋救了不少人生命，有國民黨員、共產黨員、村民。日本的炸彈炸了這小屋鄰居的房子，卻沒炸倒這小屋，所以村裡人說這小屋是避災免禍的神屋。但是，這屋裡的主人柯和義的父母不到四十歲就死了，柯和義又遭難，村裡人嘀咕：「這小屋的主人是替人頂罪受過的善良人。」

柯和義跨進大門，站住了。屋裡陰暗，羅滿蜘蛛網，地上潮濕，瓦片被貓和老鼠弄開許多縫洞。

柯和義舉起雙手，邊走邊劃，不讓蜘蛛蒙了面孔。他推開側門，到了小天井，一片明亮，上面落下不少瓦片，露出黑腐的椽頭，下面一層碎瓦片。柯和義進了臥室，一大群老鼠四竄，床上棉被墊絮成了破洞亂絨。他坐在床沿，環視這狹窄的空間，一種孤單淒涼的感情襲來，禁不住湧出淚水。三年多來，他在酷刑下沒有哭泣，戴著鐵鏈手銬時沒有哭泣，在皮鞭木棍下勞動時也沒有哭泣，現在回到小屋裡哭泣起來了。他覺得天昏地暗，就將床上的爛絮破被攏成一堆，倒頭睡去。

柯和義作起夢來，那夢很雜很亂。他夢見祖母教他給觀音菩薩上香，下跪，小聲發願：「我只行善，不作惡。」他夢見母親要他把年粑送給討飯的人。他夢見父親送他上學，對他說：「我只你這根獨苗子，你要知書識理，成家立業。」他夢見尹安定老師給他講修身齊家的道理。他夢見在縣一中讀書，和張愛清同一張桌子做數學習題，他做不出題，很著急。他夢見柯丹青渾身是血，睜著眼珠質問他：「你看了血書怎麼不去關照我的妻子兒子？」他夢見勞改時築江堤，勞改犯在暴雨下背土袋。那位耿直的國民黨抗日英雄黃誠營長，老老實實地背土袋，別人背一袋，他背兩袋。到了下午，黃營長餓了，背著土袋滑倒在堤上，幾支槍托狠命打他，他吐血，扭動，死了，和土袋一起築在堤裡。他夢見嬸娘李氏送了一布包東西到勞改場，看管的人在吆喝嬸娘，不讓嬸娘送東西，嬸娘在哭喊：

「和義呀，和義呀……」

柯和義被這哭喊聲驚醒了，揉了揉眼皮。他躺在臥室的床上，嬸娘李氏站在床邊，哭喊：「和義呀，孩子。先在我那邊住兩天，慢慢地來收拾這屋子。」

柯和義坐起來，喊著「嬸娘呀」，像小孩般哭起來了。

李氏端祥起那柯和義。柯和義本是個白面書生，中等個子，身體並不強壯，愛穿一件蒙胸灰色長衫，留時興青年學生兩分頭髮。可是現在，面孔黑瘦，顴骨高突，下巴窄尖，喉結特大，頭髮散亂；長衫又破又髒，膝頭破爛；內穿的棉褲也斷裂了，露出黃黑色棉絮，斷裂處有黑布搓成的布條穿紐著；沒穿襪子，勞改場發的一雙帆布膠鞋，鞋面淡黃發白，鞋底後跟脫落。李氏看到柯和義這副樣子，又是一陣心酸，淚水直流。

「和義呀，男子漢大丈夫，不要哭，挺起腰，活下去。要為祖人成家立業呀。」李氏揩去淚水，鼓勵起柯和義來。她又說：「我去做飯，你隨後就來，先洗個澡，換衣服。」

李氏走了。

「是的，要挺起腰活下去。」柯和義自語，「怎樣活下去呢？幹點什麼呢？」他沉思起來。他想到再沒人敢請他教館子了，只好務農。他還有四斗水田、三升麥子地，冬天，把田地翻一遍，開春時，地裡種玉米，初夏，田裡栽水稻，玉米空套插紅薯，稻穀收後種喬麥。農閒時，他到縣城打工。他相信憑自己的智力、體力會過得好，會成家立業。他又想娶個媳婦，生個兒子，兒子乳名叫小柳，柳樹處處能生存；學名叫成蔭，樹成蔭了能給人乘涼。他要把兒子教養好。

柯和義正在設想著自己的生活時，柯和貴在叫喊著：「和義哥，吃飯呀。」隨著聲音到，和貴的人也蹦到了柯和義面前。柯和義站起來，抱起柯和貴，親熱一陣，笑著說：「和貴弟，你長了一大截了，要上學讀書了。」

柯和貴拉著柯和義的手，走出門，過了隔壁柯善良的大門，就到了柯和貴的家。這時，柯和仁也回來了，兄弟倆親熱一陣，就吃飯了。吃了飯，柯和義洗澡換衣服，天就黑下來了。柯和仁找出一個幹樹蔸和一些乾柴棍，在堂屋生了火塘。一家人邊烤火邊聊起來。柯和義敘述了自己冤枉受刑、勞改的慘狀，又痛又恨。柯和仁聽得怒罵起瞿思危來。柯和貴托著胖臉腮傻聽，記憶著柯和義說的每一個細節。李氏勸柯和義不要記仇恨，要過好今後的日子。

柯和義就說了自己對今後生活的打算。

「和義呀，你這個打算行不通了。」李氏說，「你在牢裡不知道外面的事。你去坐牢那年冬天搞互助組，後來搞初級社，現在搞高級合作社，田地、農具、耕牛都入社了，集體勞動、集體分糧。」

「啊──」柯和義吃了一驚，說，「搞得好快呀！行得通嗎？」

「不通，強迫你通。」柯和仁氣忿忿地說，「開初說自願入社。我就不入社，和幾戶一起繼續搞互助組。誰知合作社卡人！統購統銷了，南湖鄉只有一個供銷合作社買賣東西。我去供銷社買農具，他們說由合作社領導統一買，不賣給私戶。我去打鐵鋪打犁頭，鐵匠說入了手工業聯社，由社主任統一買賣，不賣給單幹戶。我們幾戶沒辦法。只好入社。」

「大家一起勞動，誰賣力呢？」柯和義問。

「鬼混唄。」柯和仁說，「我本來不抽煙的，也學會抽煙，端著煙袋和社員們一起在地頭田邊抽煙休息。」

「和仁，不要瞎說。牆有風，壁有耳。說不定有積極份子在偷聽哩。」李氏提醒說。她又說：「為辦這合作社，革命積極份子越來越多，風聲越來越緊，到處有積極份子上報破壞合作社的反革命份子，我們村開了幾次鬥爭地主、富農大會，區裡還判了富裕中農胡乾班十年徒刑。八月份，鳳凰區槍斃了破壞合作社的地主和反革命份子。還是你表兄尹懷德好，南湖鄉沒抓破壞合作社的反革命份子。」

李氏話音一落，大門有敲門聲。大家就像被人按了一下機關的木偶，一齊扭頭向大門望去，個個面色緊張。李氏站起來，走過去，貼門側耳聽了一下，打開門。進來的是隔壁富農邢氏和兒子善良。邢氏輕輕地把門關上，上閂。柯和貴連忙讓座，端位。

柯善良十八歲了，剃了個光頭，脖子細長，穿一件破舊薄短襖，一條棉褲特別短，露出一截沒有腿肚的小腿，腳板上纏著骯髒的灰色布片，拖一雙自製木屐，布鞋面針線密密，塗了桐油，手背凍得烏腫，全身哆嗦，靠近火塘伸手烤著。邢氏蓬頭散髮，不肯坐，在火塘邊蹲著，張開皮粗多裂的手，伸到火上燒，全身顫動。

「和義弟，我只能這樣來看望你呀，你莫怪我呀。」邢氏像只被貓抓住的老鼠，發出嘖嘖聲。

「嫂子，難得你有這份心意，我知道你處境難。」柯和義說。

「我是被我娘害了，聽柯鐵牛的話，自報富農階級，現在是階級敵人了，做不起人了。」柯善良咽咽抽泣。

邢氏喉哽鼻響。

「善良呀，這也不能全恨你娘，那時富農不是敵人，誰能料到今日呢？現在富裕中農也不好過日子了，你和義叔不也冤枉坐了幾年牢嗎？以後的事誰猜得准？你再不能怨你娘了，要和你娘一起活下去。」李氏勸慰著柯善良。

「善良，當初是柯鐵年叫你娘自報富農的，現在他說一不二，你去找他說理呀，把階級改過來。」柯和仁憤憤不平。

「找了呀。他罵我富農崽子，說我再不老實，就鬥爭我。」善良哭著說。

「善良，再莫亂說了。這是命呀，孩子。」李氏告誡說。

「嬸娘，和義弟，我要走了，不能連累你們。」邢氏站起身，說著，躡手躡腳地走了。柯善良跟著走了。

李氏一家人為柯善良感嘆一陣，又說了些閒談話，去睡了。

柯和義酣睡了一整夜，第二天吃了早飯，約了柯和貴去打掃自己的小屋。柯和義打掃完堂屋，正準備去打掃小天井時，柯國慶、柯業章帶著五、六個民兵沖進來，不由分說，把柯和義反綁了，又把邢氏、柯善良綁了，押走了。

過了半個時辰，有人打鑼叫開會，全村人來到南柯大堂前。柯鐵牛等社幹部站在祖宗堂，柯和義、邢氏、柯善良和幾個地主、富農份子跪成一排。柯鐵牛講話了，說勞改犯柯和義一回家，就勾結反動富農份子邢氏、柯善良和幾個暗藏著的階級敵人開黑會，密謀破壞合作化運動。他還說，人民的眼睛是雪亮的，革命群眾的階級警惕性是很高的，敵人的一舉一動、一言一行都在黨的監視下，一個也溜不掉。柯鐵牛講完話後，社團支總部書記柯業章就站出來揭發鬥爭。

柯業章，是柯和義的房侄，家庭貧窮。柯和義在蘆葦村教館時帶著柯業章讀了兩年私塾。兩年後，紅石區辦了完全小學，柯和義送柯業章去讀完小。去年，柯業章高小畢業了，回南柯村當會計，是合作化運動的革命積極份子。柯業章的家庭生活好起來了。柯業章的父親原來是個遊民，柯業章革命了，父親也就當了貧協組長。柯業章父親終日背把鋤頭在社裡田地轉悠，監察勞動。一次，柯業章父親看見老實農民柯慶如背著鐵犁去幹活，就嘲笑柯慶如說：「慶如老弟呀，你這犁少說也有五、六十斤吧，可你還養不活老娘。我那業章的一支筆只有二、三兩重呀，卻把我一家四口養成得好好的。智養千人，力養一生。沒錯，沒錯！」柯業章父親綽號「陰蒲扇」，專會煽陰風、點鬼火。柯業章不僅繼承了父親這個「綽號」，還繼承父親的這個德行。柯業章成了革命積極份子後，專學壁虎功夫，偷聽談話，窺視隱私，然後去向黨組織打小報告。

昨日柯和義低頭回家時，碰巧柯業章從社裡開會回家。柯和義沒看見柯業章，柯業章卻瞅准了柯和義。柯業章跟蹤著柯和義。看到柯和義進屋，聽到柯和義嘆氣，哭泣，上床睡覺。柯業章趕忙回家去吃了晚飯，又來跟蹤。柯業章鑽進柯善良的廁所裡，從廁所視窗可以看到李氏、柯和義、柯善良三家的大門。他看見柯和貴叫柯和義去吃飯。天黑了，他看見柯和仁家窗戶閃著紅色的火光，就溜出廁所，趴在柯和仁視窗聽柯和義等人說話。他又聽到柯善良母子說去看望柯和義的話，又溜到廁所。他看到柯善良母子出自己的門，敲柯和仁的大門，進屋，關門。他又輕手輕腳地來到柯和仁家窗前，扒住窗臺，踮起腳跟，伸頭看清了火塘邊坐著的幾個人的方位，然後貼耳窗邊聽談話。他一直聽到柯善良母子起身回家，柯和義去睡覺。他脖子伸僵了，雙腳站麻了，吃苦受累了兩個時辰。他回到家裡，趕忙作了柯和義等人的說話記錄，又跑去向柯鐵牛支書彙報敵情。柯鐵牛連夜召開支部成員緊急會議，決定第二天召開鬥爭柯和義等反動份子大會。

現在，柯業章站在鬥爭臺上，敘述著自己偵察的經過，一邊添油加醋地揭發柯和義等人攻擊合作社和黨的領導人柯鐵牛同志的反動言論，一邊上綱上線進行階級分析批判。他說得階級仇恨來了，就朝柯和義、柯善良、邢氏擂拳頭、踢腳尖。柯業章揭發完了，柯國慶等人上臺鬥爭，毆打階級敵人。鬥爭大會結束後，就給敵人戴高帽遊行示眾。

在鬥爭會時，李氏站在第三重側門。聽了柯業章的發言，又氣又悲，急忙跑到尹東莊，找趙月英救柯和義。恰好尹苦海從縣裡開會回到家裡，正在吃飯。李氏進門，就急著說：「表侄，這是不要人活呀！和義剛一回家，就被柯鐵牛綁去鬥爭，這孩子怎麼活下去呀！」

「表嬸，你別急，坐下來，說清楚。」趙月英說。

李氏把事情經過說了一遍。

「表嬸，這合作社運動是毛主席發動的，是為了人民過好日子，可是群眾不理解。我們不能說合作社的壞話，說了就是反革命。和義、善良的話是攻擊合作社，攻擊黨的領導，柯鐵牛鬥他們沒錯。現在有的地方還槍斃了攻擊合作社的反革命份子。你叫和義、和仁不要亂說呀。這合作社會越搞越大的，後天，我們南湖鄉就成立一個大社。」尹苦海說。

「我只聽說過有文字獄，現在還興起言論獄，不准人說話……」趙月英不滿地說。

「你別給我瞎說。」尹苦海打斷趙月英的話，禁止了趙月英的言論自由，繼續說，「鬥爭會已經開了，就算了。我知道柯和義是冤枉坐牢，這案子是翻不了的。我明天就去公安局找李成才，給柯和義開張證明，證明他不是壞份子。我再找柯鐵牛談一下，不要把柯和義當階級敵人看待。表嬸，我只能做這些事了。」

「這就多謝了，多謝了。」李氏連連道謝。

李氏走了，尹苦海和趙月英說起話來。

「縣鄉都要成立高級社，將來全國不就成了一個社嗎？真的共產了。」趙月英說。

「真的共產了。這是蘇聯經驗。蘇聯搞集體農莊，我們搞合作社，只是換了個名字，都是國有化。毛主席說，要消滅單幹戶，消滅小生產者，消滅私有制，走共同富裕的道路。農民變成社員，變成無產者，像工人那樣住集體宿舍，吃大鍋飯。」尹苦海說。

「那樣搞，大家能出力勞動嗎？能增產嗎？能共同富裕嗎？我懷疑。」趙月英說。

「何止你懷疑，我也懷疑，不少黨政大幹部也懷疑。」尹苦海說，「這次在縣裡開會，我和不少人都說行不通。我說，我是個農民，農民只對自己有土地感興趣，自己有了田地，才會出力幹，想法幹；土地歸集體了，農民就有雇用思想，是給大家幹，不是給自己幹，生產沒興趣，就偷懶，怠工。強迫農民幹，是幹不好的。誰知我這種想法，在中央也有人說了。一個叫薄一波的，反對辦合作社，說合作社是一種空想。毛主席嚴厲地批判了薄一波。還有個黨外民主人士叫梁漱溟，在革命戰爭時幫了毛主席的忙，現在搞合作社，他反對。梁漱溟說共產黨進城後丟了農民，『農民在九天之下』，『工人在九天之上』。他提出了個『鄉村建設規劃』，和合作社對著幹。上級沒傳達梁漱溟的『鄉村建設規劃』，只傳達了毛主席批判梁漱溟的話，說『梁漱溟反動透頂』。在湖北新洲縣有個劉介梅，土改根子，當上了區幹部，成了新富農，反對搞合作社，被當作全國的反面典型，《人民日報》、中央廣播電臺都批判了劉介梅，還編了《猛回頭》的戲來演，教育幹部和人民。我那種想法合了薄一波，梁漱溟、劉介梅的思想，是小農經濟思想，資產階級思想，在縣大會上批判了我。我被嚇出了一身冷汗，感到自己完了，要被『雙』開除。又是解放書記救了我，說我不是梁漱溟而是劉介梅，能夠『猛回頭』，繼續革命跟黨走。我才過了關。所以，我再不做『小腳女人』了，要執行黨的決議，三天內，在南湖鄉建立高級社。」

「入社就入社唄，為什麼要抓人坐牢、殺頭呢？」趙月英說。

「哪個開國君主不殺人呀？」尹苦海反問。

「打天下要殺人，坐天下就要大赦天下，得民心，歷來開國君主都是這樣。只有這一朝不同，坐了天下，還不斷搞政治運動來殺人。孟子說這是暴政，不是仁政。不管怎麼說，暴政不好，仁政好。」趙月英爭辯說。

「這你就不懂了。我原來也不大懂，經過黨的教育才懂了。」尹苦海說，「共產黨搞的與歷代帝王不同，是搞馬列主義、毛澤東思想，搞階級鬥爭、無產階級專政，搞社會主義、共產主義。孔子、孟子能搞這些理論嗎？只有馬克思、列寧、毛主席才能搞。這社會主義合作社是史無前例的，一般凡人想不到，想不通，要反對。你我也是凡人，想不通。那些無知無識的愚蠢的農民更想不通，只看到眼前的利益，看不到共產主義的美好。至於地主、資本家和反革命份子那更是反對的，不斷搞破壞。如果搞大赦天下，搞仁政，讓人有言論自由，反動派、反革命份子就大肆宣傳社會主義合作社不好，攻擊黨的領導，那些愚蠢自私的農民就不入社了，起來反對共產黨，那就天下大亂了，社會主義、合作社就搞不成了，共產黨就垮臺了。所以搞社會主義、合作社，不能大赦天下，不能搞仁政，只能搞暴政。反革命份子要反對和破壞，就抓他，槍斃他，不給他言論自由；農民不入社，就強迫他入社，拖著人走社會主義道路。我們這些凡人要相信毛主席是偉大的天才，相信共產黨是偉大正確光榮的黨，聽毛主席的話，跟著共產黨走，才不錯。月英呀，你再不要亂說亂動了，弄不好就成了階級敵人。」

尹苦海像上級領導教育自己那樣教育趙月英。這種教育真顯靈，說得趙月英也服了。她說：「我同意你說的這番理。毛主席是了不起的開國君主，毛澤東思想確實聞所未聞，高級得很，國家的事也難辦。我們這些愚蠢的凡人只有聽話的份兒，跟著共產黨走就是了。但是，我總覺得亂抓人、亂殺人不是善事。就像今天，柯鐵牛就憑柯業章幾句話把柯和義、柯善良抓去鬥爭總不好吧。懷德呀，別的地方我們管不著，我南湖鄉可是你的天下，你不能讓柯鐵牛那些人亂抓人、亂殺人呀。人家想不通，說幾句話，應該先教育說服一下，再不行，有破壞行為了，去抓人鬥爭也不遲呀。」

「你這話說得有些在理。在南湖鄉，只要沒人鬧事，上級沒人來追查，該免的就免了。」尹苦海說，「明天，我就去找李成才為柯和義寫張證明來。」

夫妻倆總算有了共同觀點。

第二天一早，趙月英催著尹苦海去找李成才。尹苦海去了，為柯和義寫來了證明，趕回南湖鄉召開全鄉初級社黨支書、主任會議，傳達了縣委辦社精神，批判了劉介梅式的富農思想，決定成立南湖高級合作社，南湖鄉改為南湖社。會上，印發了縣委擬定的標語口號。那些標語口號是：

一、單幹戶是獨木橋，走一步來搖三搖

二、合作社是金光大道，越走越寬廣

三、走社會主義道路，實現共產主義天堂

四、狠抓階級鬥爭，批判富農思想

五、不准階級敵人亂說亂動，實行無產階級專政

六、打倒美帝國主義

七、我們一定要解放臺灣

八、偉大的中國共產黨萬歲

九、毛主席萬歲

尹苦海又和柯鐵牛一起到南柯社召開黨支部會議，佈置成立高級社具體工作。末了，他宣讀了縣

公安局關於柯和義不是壞份子的證明材料。尹苦海還簡單地說了柯和義受冤枉的事，講了黨的知識份子政策。柯鐵牛原來打算把柯和義當作反對和破壞合作化運動的典型的反動份子向上級彙報的，聽了尹苦海的話後，只好作罷了。只有柯業章憤憤不平，白挨了幾個時辰的冷凍和苦累，沒了功勞。

在南湖高級合作社成立的慶祝大會上，柯和義沒有被押到「四類份子」的行列中去，像一般社員一樣參加會議。柯和義也沒有像其他社員那樣歡欣鼓舞，有說有笑，只是默不作聲。開完會後，柯和義悶悶不樂地回到小屋，躺在床上，心情很不平靜。

有集錦詩詠第九回內容：

花開不合陽春暮（龔自珍），生不逢時命多桀（俗語）。
如今統帥紅旗下（張建封），舊冤未雪新冤疊（柯美淮）。
平原好牧無人放（曹唐），古觀雲根路已荒（釋皎然）。
應念愁中恨索居（段成式），須知此恨消難得（溫庭筠）。

欲知這柯和義還有何不滿情緒，且聽下回分解。

第十回 柯和義求索民生路 張愛清撥准心弦調

卻說柯和義被摘去了壞份子的帽子，卻並不興高采烈，仍然憂心忡忡，躺在小屋的床上，心緒難平。這是為什麼呢？難道還記著瞿思危的仇恨嗎？難道嫉妒無知無識的柯鐵牛當了官、自己屈才為人下而心有不平嗎？難道是個人壯志未酬而心有不滿嗎？難道是有憂國憂民的思想嗎？……要回答這些問題，那就要來研究和認識一下柯和義。

柯和義一家兩代單傳。柯和義祖父老大，柯和仁祖父老二，分家時只一間小房，一斗水田，一升麥子地，後來建了這間小屋，置了三斗水田，四升麥子地。祖母仁慈，信神信佛，塑了鍍金觀音菩薩，每日祭拜。父親亦無兄弟，讀了三年私塾，略通文墨，精明，能幹，沒做房子，卻又添置了兩斗水田、兩升麥子地，供柯和義讀書。母親接著祖母拜觀音菩薩，溫良，惜貧。柯和義無兄弟姐妹，但父母並不溺愛他，管教嚴格。柯和義九歲從尹安定讀私塾，僅四年就讀完四書五經，能背能解。尹安定是新學、舊學皆通的人，認為在他的諸多生徒中算柯丹青、柯和義天分最高。柯丹青與柯和義相比，柯丹青恃才傲物，情激言憤；柯和義深藏不露，思慮慎密，柯和義高出柯丹青一籌。尹安定教柯丹青、柯和義時，教了古文後，還教國語、西方數學、地理，那是為了他們考縣國民中學。柯丹青大柯和義三歲，已在縣國民中學讀書，今年報考南京水利專科學校。可是，柯和義未考縣國民中學就輟學回家了。因為，柯和義十三歲父親病死了，十五歲母親又病故。尹安定為之十分惋惜。尹安定說：「和義，你不能留戀那一間小屋和一塊田地，國家需要先知先覺的人才，去求學吧。先到縣國民中學讀書，再考國家學校，再出國留洋，留洋回來，報效祖國。這是我沒有實現的理想，也應該是你的理想。」

尹安定還給他講了孫中山的故事，講了英、美如何強盛，講了日本為什麼有力量侵略中國……但是，柯和義實在太留戀這間小屋和那塊田地了，沒有勇氣離家求學。

熱天的一個中午，柯和義從田地收工回來。柯和仁說尹老師在柯丹青家裡，叫他去一下。柯和義去了。柯丹青家裡很熱鬧，有不少體面人物。他見到了尹安定老師。尹老師對他說：「柯丹青考上了南京水利專科學校，這是方圓幾十里的大事件呀，是南柯村自民國以來出現的最大喜事呀。你看，地方上的名人都來慶賀了。那一位是永安縣縣長。和義呀，你要下決心走柯丹青的道路，去考縣中學吧。」

柯和義看著笑呵呵、大聲說話的柯丹青。那柯丹青已經脫去了灰色長衫，穿上了白洋布中山服，蓄個兩分短髮，一副脫俗離鄉氣派。柯和義雖然有些看不習慣，但心裡很羨慕。

尹安定拉著柯和義一同上席吃飯。眾人散去了，尹安定叫來柯丹青與柯和義談話。柯丹青知道柯和義很會讀書，就親切地問柯和義的打算。柯和義說了自己上中學的難處。柯丹青聽了哈哈大笑。他侃侃而談國家大事，談新時代，談新潮流，談新知識；他熱情地讚美縣中學優美的環境，有學問的教師，有理想的同學；他大吹自己在中學時的優異成績和出色表現。

柯丹青說：「老弟，男子志在四方，四海為家。不要留戀這個家，蹦出去，見世面，闖出一片新天地。那時，你才會感到比你當農民對自己、對家庭、對家鄉、對國家的貢獻才大哩。」

柯和義認真地聽著，被柯丹青那熱情、勇氣、新鮮的知識激動著，感染著。

尹安定接著柯丹青的話，教柯和義如何出租田地，如何收租錢，如何在必要的時候變賣田地，如何讓孀娘李氏替管小屋。柯丹青又表示願意幫柯和義輔導數學，帶他去縣中學認識一些名教師，幫他安排到恩師張有餘的班裡。

柯和義終於定下了考縣國民中學的決心。

柯和義果然如願地考上了縣國民中學。上學那天，柯丹青帶他去先拜訪了張有餘老師，認識了張有餘的女兒張愛清，又安排到張愛清一個班。

柯丹青臨走時對柯和義說：「我將來要娶張愛清為妻，你幫我看管著。」

開學了，柯和義和張愛清同桌。張愛清小柯和義一歲，溫良嫻淑，又大膽潑辣，數學成績特別好。柯和義沒有讀過正規完小，數學知識有不少缺陷。張愛清就主動幫他補數學知識。在第一學期，期末考試，柯和義語文拿了第一，張愛清數學拿了第一。在第二學期升級考試時，柯和義語文、數學都拿了第一，張愛清落後了一步。

在縣中學裡，柯和義學的課程多，聽的演講多，參加同學中爭論的問題多。他的視野擴展了，思想也開朗了。他把個人的命運和國家的命運揉合在一起了，產生了救國救民的憂患意識。他一邊認真學好課程，一邊收集課外有關歷史的、革命的、救國救民的文章書刊來讀。他知道了有兩個主義在爭論如何救國救民。一個是三民主義，一個是共產主義。學校大多數教師和同學主張三民主義，也有主張共產主義的教師和同學。但是，共產黨不能公開活動。柯和義認為這不公平，同情起共產主義來，秘密與地下黨員費宏圖老師來往，偷偷閱讀共產黨傳單和《共產黨宣言》一類的小冊子。他認為，階級鬥爭、無產階級專政的理論簡明好懂，無壓迫剝削的共產主義實在美好，容易接受實行；三民主義太複雜了，在中國從來沒見過民主自由、三權分立，難得實行。柯和義倒想成為一個共產黨員了。柯和義的課外閱讀和秘密行動瞞不過細心觀察他的張愛清。

一次，張愛清警告柯和義說：「你學了這點知識，還想介入政治活動嗎？小心誤入歧途。」

「國家這麼亂，民眾這麼苦，任何一個有血氣的青年都要尋找救國救民的道路。」柯和義情緒激動地回答。接著，柯和義向張愛清宣傳列寧主義。

張愛清聽不下去，說：「我父親說我還沒有到談主義的年齡和水準，只能好好讀書。我哥哥說只有三民主義才能救國救民，列寧主義會禍國殃民。我勸你也不要去談什麼主義，好好讀書，到以後再去談主義。」

柯和義心裡認為張愛清是婦人之見。柯和義與張愛清發生了分歧，兩人都不清楚分歧的根源在哪裡。其實是兩個人所受到的家庭和社會影響不同：柯和義無形地受著農民的帝王專制思想傳統文化的影響，張愛清無形地受著具有民主思想的父親、哥哥的影響。

一次，柯和義、張愛清在張有餘先生宿舍裡閒聊，柯和義不自覺地說起救國救民的大事，宣傳列寧主義。張有餘先生注視著柯和義，靜靜地聽著，還時時啟發柯和義把話說完。柯和義感到自己的話受到張先生的注意，很高興，說了一個多小時，才停住口，帶著希望得到支持的目光望著張先生。

「和義，你談的是治國、平天下的重大政治問題。你既然熱衷於政治，又走上了政治的路子，我作為你的老師，就有責任與你討論討論。」張有餘先生平靜而溫和地說，「看來，你相信列寧主義，希望實現共產主義。那我就提一些問題，讓你解答和思考。列寧主義最核心的社會問題是主張階級鬥爭、暴力革命、無產階級專政——暴力統治。你說說，什麼是階級鬥爭？什麼是無產階級專政？」

「階級鬥爭，就是資本家階級與工人階級、地主階級與貧苦農民階級進行鬥爭，還有一些在這個鬥爭中動搖不定的階級。資本家階級壓迫剝削工人階級，地主階級壓迫剝削貧苦農民階級，實行了地主資產階級專政，工人貧苦農民當然要反抗鬥爭，要革命，打倒地主資產階級專政，造成沒有壓迫剝削的共產主義社會。」柯和義誇誇其談。

「那麼，資本家被打倒了，工廠生產誰來管理呢？地主被打倒了，土地生產如何進行呢？無產階級專政靠哪些人來實行呢？一個專政代替另一個專政，社會是什麼樣的呢？」張先生追問。

「工人管理工廠，農民分得土地，耕者有其田。工人、農民對資本家、地主實行專政，是絕大多數人專政極少數人，那個社會是一個無壓迫剝削的很民主的社會。」柯和義想了一會兒，回答。

「工人沒有科學知識怎會管好工業生產？農民分得了田地會不會產生新地主？絕大多數的工人農民來實行專政會不會出現無政府主義或者暴民專政？你見過那樣的無壓迫剝削的無產階級專政社會嗎？」

「通過共產黨來管工業農業，那個社會在蘇聯實現了。」柯和義說。

「你了解蘇聯的社會狀況嗎?」張先生追問。

「不了解。」柯和義很老實。

「我告訴你，那個社會在蘇聯實現了，我還去參觀過。所看到的社會狀況不是你所想像的那樣美好，也不是像共產黨所宣傳的那樣美好。工廠、土地全部歸共產黨所有，由共產黨的各級官員管理，一級壓一級，頂上頭是史達林領袖。領袖的話是聖旨，誰都不敢反對。反對的都是階級敵人，實行專政。對於史達林，陳獨秀有評價，我不願評價。對蘇聯社會狀況，你想像不出來的，親自去考察了才清楚，或者將來中國共產黨僥倖坐天下了，才能看到。」張先生心平氣和地說，「你為什麼相信列寧主義不相信三民主義呢?我想，這有中國傳統帝王思想和你本人的階級地位的影響。中國幾千年的帝王專制制度就是講獨裁，換一個詞就是專政。『專政』就是『專制』。列寧說國家是暴力工具。暴政就無民主可言。中國人都被這種帝王專制思想耳濡目染著，所以一見到、聽到與這種帝王專制思想相同的列寧主義，就覺得親切，很熟悉，無形中接受了。你本人生活在家長、族長制的農村，這家長、族長制是帝王制的基礎。你本人是貧苦農民家庭出身，又是個愛打不平的有正義感的青年，嫉恨富人，同情窮人，有了『劫富濟貧』、『均貧富』思想，這和無壓迫剝削的共產主義相一致，所以容易接受到列寧主義。三民主義是孫中山搞出來的，在中國古代有其思想根源，但很微弱。在西方資本主義世界是主流。所以中國人對三民主義很陌生，以為是外來思想，不容易接受。照我看，列寧主義所產生的史達林領袖獨裁，看不到民主的希望。國民黨搞的三民主義，雖然有現在的蔣介石獨裁，但是還有三個時期，到憲政的時候，能看到民主到來的時日。所以在中國，我不贊成搞列寧主義，倒贊成搞三民主義。這就與你的看法相反了。這時候，我不願與你辯論，等到你讀上大學或能留洋，了解了蘇聯狀況，了解了中國情況，我才願和你辯論。我之所以今天對你說這些，不是要你接受我的觀點，也不是反對你關心政治。我感到我不說這些會受到良心的責備。和義，你現在對社會的了解不多，知識不高，不能過早地去搞政治，應該好好讀書。受人誤導和欺騙，受到政治野心家的蠱惑和煽動，憑一股熱情、一股熱血去作出政治選擇，採取輕率行動，那就有『一失足而千古恨』的錯誤！」

張有餘先生說了這些話，起身去打開書櫃，取出幾本書和雜誌，給柯和義。柯和義一看書皮：一部《孫中山選集》兩卷；《政論》旬刊三本，內有陳獨秀的《五四運動時代過去了嗎》、《抗戰與建國》；《東方雜談》一本，內有陳獨秀的《孔子與中國》；《陳獨秀最後論文和書信》，內有《給西流的信》、《我的根本意見》。

張有餘先生對柯和義說：「這幾本書是最懂中國和世界的文化、社會狀況的偉人寫的，一個是國民黨的創始人孫中山，一個是共產黨的創始人陳獨秀。你看這類書本來就早了些，現在你卻看了不少政治方面的書，我就給你看。你是個品學兼優的學生，要學好功課，不斷求學，在課餘時間看這些書。看不懂，就不看，留到以後看。」

柯和義覺得張有餘先生的話像瓢冷水潑到他滾燙的心上，降了溫，使他冷靜了好些。他想起費宏圖先生要他去秘密散發傳單，組織共青團，準備鬧罷課，感到是在利用自己。柯和義終於聽了張有餘先生的話，穩定了情緒，努力鑽研功課了。

柯和義在讀二上時，「淮海戰爭」爆發了，讀二下時，人民解放軍佔領了南京，永安縣國民政府的頭頭開始逃跑，縣中學混亂了。柯丹青從南京回到南柯村和張愛清結婚，再沒返南京讀書了。柯和義沒聽費宏圖先生留校鬧革命的話，而聽了張有餘先生的話，回到南柯村，在尹安定先生幫助下到蘆葦村教私塾，等待著天下太平，重返縣中學讀書。

共產黨坐天下了，縣中學開學了。柯和義到學校去。校長費宏圖先生說柯和義已經畢業，等到大中專學校恢復招生再來考試。柯和義又回到蘆葦私塾教書。可是，就在這一年，他看到了他認為是地痞流氓的尹懷德、柯鐵牛、柯太仁、瞿習遠等人掌權了，看到他所敬佩的尹安定、柯丹青遭鬥爭、殺害。第二年冬，他又被冤枉去坐牢。他看到一個接著一個的政治運動，規模一次比一次大，全是批判、鬥爭、酷刑、關押、殺戮，比戰爭還可怕。今日，他親身經歷著史達林式政權在中國的重演，想起張有餘先生的話，想起陳獨秀對史達林領袖獨裁和對毛澤東在山溝鬧革命的評價，明白了階級鬥爭、無產階級專政、社會主義、共產主義、列寧主義是什麼貨色。

柯和義斜躺在床上，兩眼盯著黑乎乎的樓板，在繼續思考：

「現在搞起了合作社，說是避免貧富兩極分化，讓農民走共同富裕的道路。這能成嗎？」

柯和義在找答案，反思起中國的經濟史。從西周到清朝，興國安民之道在經濟上是「重本抑末」。那「本」是「農」，「末」是「工商」。柯和義對「工商」認識不足，面對「本農」有自己的一套看法。農業生產好不好，在於農人，農人幹得好不好，在於有無土地。周朝推行「徹田」制，使農人有私田，生產積極性來了。商鞅「廢井田，開阡陌」，擴大田地私有，使秦國強大。魯國實行「初稅畝」，變勞役制為地租制，田地更加私有化，農人幹活有自己的安排，使魯國興盛一時。以後各個朝代的屯田制、均田制、租庸調製，兩稅法，圩田制、青苗法、一條鞭法、均田負賦、更名田……都是圍繞著對土地私有分配和對農人徵收薄與苛兩個問題來進行。明君使土地私有分配稍加合理，薄稅輕傜，農業生產就發達，出現了「成康之治」、「文景之治」、「貞觀之治」、「康乾盛世」等繁榮景象。昏君暴君使土地私有分配不合理，苛稅重傜，出現了民不聊生，人相食，暴民爭殺的衰敗慘景。但是，不管是明君昏君，還是農民起義領袖，都認識到，只有農人得到私有田地，才對農業生產有興趣，才使農業發展。孫中山對中國的農民、農業有很深刻的認識。他反對蘇俄「用革命手段解決經濟問題」，說：「俄國行馬克思辦法，經這次實驗，已經行不通，歸於失敗。」說：「馬克思只可說是一個『社會病理學家』，不能說是一個『社會生理學家』。」孫中山提出「平均地權」、「耕者有其田」的正確主張。孫中山的主張在民國政府中得到貫徹，使農民對生產有了興趣，即使在戰亂中，農民生活在仍然穩定。共產黨坐天下了，開初搞土改，把土地重新分配，實行私有化，刺激了農人的生產積極性，使農業很快從戰亂中恢復過來。可是，不到三年時間，共產黨卻把蘇俄模式搬到中國來，搞合作化運動，美其名曰消滅貧富分化，走共同富裕的道路。很顯然，這是將土地、資產整體剝奪去，農民一無所有，絕不會有生產積極性，是條共同貧困之路，其結果將出現兩個極端：經濟上貧富兩極，政治上貴賤兩極。

「既然合作化道路不能使農民共同富裕，是走不通的，那麼共產黨為什麼要把刀子架在農民脖子上、逼著農民走呢？」柯和義在追問。

「像歷代帝王一樣，為了獨裁，為了滿足政治野心家的權力欲，為了臣服人民，為了霸佔整個國有資源。」柯和義毫不猶豫地回答自己。

柯和義認為，以家庭、宗族為單位的生產方式，單個孤立的小生產者，偏僻閉塞的自然村落，壓抑工商業的本農經濟，是產生、維護古代帝王獨裁的經濟基礎。可是到了現代，科學技術高度發達，資訊交流迅速，交通運輸便利，大規模的工商業經濟從外部沖進來了，打破了家庭宗族關係，把小生產者變成工商業職工，把自然村落聯繫起來了，納入到大規模工商業生產和貿易之中，摧毀了產生和維護帝王制度的「小農經濟」，小私有變成了大私有，小農經濟變成了大工商業經濟，農民演化成市民。與之同時，社團、黨派起來了，市民要求新聞言論、結社集合自由，要求人身權利、民主權利，一個市場自由經濟和政治民主制度的新型國家出現了。而傳統的帝王制度和傳統的帝王思想文化必然不會一下子消亡，要作垂死的掙扎，一些帝王制度漫長的國家裡想做皇帝的政治野心家大有人在，他們不能以舊的面目出現，要改頭換面出現。這種政治野心家應該在俄國和中國最多，最有機會獲得成功，因為俄國和中國是帝王獨裁制度和帝王專制文化最單純、最漫長而宗教最薄弱的國家。所以在俄國出現了列寧、史達林，在中國出現了毛澤東。他們在現代社會成功地以新的形式復辟了俄國沙皇制度和中國皇帝制度。在經濟上，列寧、史達林、毛澤東最害怕、最痛恨「大私」的工商業生產和市場經濟，也害怕和痛恨「小私」小農經濟，因為小農經濟每日每時都在大量地產生資產階級。他們把工商業生產和市場自由經濟命名為資本主義、帝國主義，把組織者命名為資本家、資產階級。他們愚弄和組織有「均貧富」思想的無知的工人、農民，為他們做沙皇、皇帝去打倒資產階級、資本主義。在政治上，他們最害怕和最痛恨民權分權議會制度和結社集會自由。在思想言論上，他們最害怕和最痛恨新聞言論自由，因為這種自由使他們蒙蔽國民的謊言自然破產，他們把這種自由說成是資產階級的，而把他們荒謬絕倫的鬼話當作「放之四海而皆準的顛撲不破的真理」加以推崇。為了便於他們獨裁和名聲長久，他們冒充「為人民服務」、「為絕在多數人謀利益」的大救星、偉大導師、偉大領袖，用「公」來抵抗「私」，用「共產」來沒收「私產」，用「公有制」來代替「私有制」，用計劃經濟來取代市場經濟，強迫工人在國有企業做工，強迫農民入集體農莊、合作社，來奴役國民。其實這個「公」、「共產」是最大限度的把國民經濟變為他們幾個領袖、特權階級的私有財產。因為列寧、史達林、毛澤東是俄國沙皇、中國皇帝的復辟者和垂死掙扎者，他們所表現出的殘暴、兇惡是歷代俄國沙皇、中國皇帝所前無史例的。

柯和義想清楚了。他亢奮起來，血管在奔突，一種救國救民的責任感和激情在升騰。他霍地從床上蹦起，要學孔子去遊說，學孫中山去反抗。但是，他站住了，沒有邁開步子。他想到孔子時代，小國林立，言論自由，說魯不成，可以赴齊，齊王不納，又可適衛，而現在卻是一個來勢兇猛的結構嚴密的暴力國家政權，遊說會作無謂的犧牲。他想到孫中山時代，中國破碎，有外國租界，受到迫害的政治家可到租界避難，清政府奈何不得。現在共產黨一統天下了，稍有反抗，則無處可藏。柯和義恐懼，痛苦，憤怒，仇恨。

柯和義又躺到了床上。這時，牆外的堂屋裡傳來了一陣急促的腳步聲，接著，隔壁柯善良屋裡傳來了吼叫聲，慘叫聲。柯和義躍起身，奔向小天井。但又因恐懼而控制住自己，輕輕地走到大門邊，沒有打開大門。他從門縫裡向外窺視，看到骨瘦如柴的柯善良脖子上架著牛軛，柯國慶手揚牛鞭，抽打著柯善良，邊打邊罵：「入你娘的富農崽子，不好好勞動改造，跑回家睡懶覺，老子打死你！」柯善良慘聲申述：「我發高燒，手腳軟，回來喝碗紫蘇茶發汗。我不敢偷懶……」柯業章抓住邢氏的頭髮，狠狠地向石板上磕，那石板紅了。李氏在為柯善良、邢氏求情。柯和義看到這裡，怒火一盆，正想沖出去，卻又被一種無形的力量拉住。他屏住氣息，忍著，沒去碰門閂，他理智地知道他救不了柯善良、邢氏。這樣的慘景，他看得太多了。他無可奈何地站著，從門縫裡直看到外面地人都散去。他輕輕地摸了一下門閂，緊緊地閂著。他又回到小臥室裡。

「天呀——」柯和義禁不住長籲一聲，「苦難的人何日能走出這死亡之谷呀！」

柯和義憂國憂民一陣後，又憂到自己。

「我要活下去，看看這世界，看看後羿射日，共工怒觸天柱；看看西母王、秦始皇的末日；我要變作一塊頑石，讓女媧補天；化作一滴雨水，去解誇父之渴；讓天空蔚藍氣爽，讓手杖變成樹林，讓黃河變清，讓荒漠生綠，讓國人同歡，讓人類充滿友愛。」柯和義抒情起來。

「我怎樣活下去呢？」柯和義的思想回到了現實生活。

「去找費宏圖，他當了永安縣文教局局長。我可以找他謀一個小學教師之職。」柯和義想。但他馬上否定了這個念頭。他恥於與尹苦海、瞿習遠、柯鐵牛之流為伍，他不願鑽進咬噬別人肉體的虎狼行列。他慶幸自己聽了張有餘先生的話而沒入費宏圖的圈套。

「只有當社員一條路了。」柯和義定下了生活方式。

第二天，柯和義參加社裡勞動了。他在田地裡，良心使他愛護莊稼，不願怠工。他幹得很賣力。不到一個月，他受到了社裡的表揚，同時，也受到了柯和仁等人的諷刺，喊他「積極份子」。柯和義不理睬那些表揚和諷刺，只是老實地幹活。社裡成立了宣傳隊，要他參加，他謝絕了，說要在勞動中好好改造自己。對於體力勞動，柯和義記得張有餘老師的一首詩：

勞動好，勞動強，勞動是碗補藥湯。既能補身體，又能補思想。

但是，有一次，柯和義卻謝絕不了，命運要捉弄他。

在柯和義回家後第七個月，尹苦海升為紅石區委書記。尹苦海連接收到各社呈來的申請報告，需要會計員。尹苦海知道革命隊伍能算會寫的人少，就決定在區裡開個會計輔導班，需要一個專職會計輔導員。他想讓柯和義來擔任這項革命工作，就叫周秘書寫了個申請報告，呈送縣委批復下來：「調派南柯社柯和義同志任會計輔導員，各社委派一個識字青年前來學習六個月，輪流培訓。」南柯社文書柯鐵牛得到柯和義要上調到區裡的文件，又忌又恨，決定卡關。柯鐵牛親自到區裡找尹苦海，說南柯社需要柯和義這樣的人才，不能上調。尹苦海訓斥柯鐵牛為什麼早不用柯和義，在區裡要用人就卡關，質問柯鐵牛懂不懂下級服從上級的組織原則。柯鐵牛只好放人。誰知柯和義不識好歹，不肯上任。周秘書找柯和義談話三次，都被謝絕了。

柯和義的舉動實在令人費解。在那個時代，青年人要有點出息，爭著迫害周圍的人，爭著取悅領導，爭著擺脫「農門」，爭著立功受獎，取官位，進機關，進工廠。柯和義卻如此不識好歹，不近人情，不通世理，送上門來的好事也不要，不是個瘋子、傻子嗎？

尹苦海聽到周秘書彙報後，勃然大怒，真想派人把柯和義抓來。但是他又想：「且不說這小子把好心當惡意，只說區裡發了紅頭文件，上下級都知道這件事，這政治影響怎麼收得回？我的面子往哪裡擱？」尹苦海進退兩難了。他想來想去決定自己走一趟，學個禮賢下士。

這天中午，尹苦海一個人徑直到表嬸李氏家裡。李氏請了張愛清在堂屋裡做衣服，見尹苦海來了，連忙端個小木椅給尹苦海坐。尹苦海就向李氏說了來意，叫李氏去把柯和義叫來。

「嬸娘，我回去一下就來。」張愛清對李氏說。她要自覺迴避一下。

「愛清，不用迴避，不是大不了的革命秘密工作，你做你的事。」尹苦海說。

張愛清就沒走了，繼續做手中的活兒。

一會兒，柯和義端著碗，跟著李氏來了。

「表侄，你跟和義說吧，我去煮幾個雞蛋給你當碗茶。」李氏說著，到廚房去了。

尹苦海看那柯和義：是剛從水田裡幹活回來的，穿件白粗布褂子，袖子卷到肘子上；下身穿條藍褲子，褲腳卷到膝蓋上，赤著腳板；剃個光頭，頭皮上冒出一層密密發茬；皮膚黝黑，比以前健壯多了。

柯和義看那尹若海：純白色的確涼衣衫，淡黃色鈕扣扣得很整齊；灰色卡機褲子，腰束黃色帆布褲帶；衣衫下擺紮在褲腰裡；足蹬解放膠鞋；坐在靠大門處的土牆下，右腿架在左膝上，左手搭在右膝上，右手夾煙；面孔白胖，蓄個毛澤東式順發；神情威嚴，有怒色，盯著走上前的柯和義。

「書記，找我有事嗎？」柯和義打個招呼。他面向裡，兩腳板趴在大門石門檻上，蹲下，低頭喝著麥渣粥。

「是找你呀。你是諸葛亮，天才呀，我來三顧茅廬。」尹苦海諷刺地說。接著換了口氣，氣呼呼地說：「現在不是封建王朝，你可要識時務！」

「哪裡哪裡。書記是為革命工作操心，是好心關照我。可是我沒有革命的資格，又不通人情事理，惹惱了書記。實在對不起，我道歉。」柯和義沒抬頭，看似道歉，實是反唇相譏。

「現在，你的事，不是你通不通人情事理的事，也不是你我的私事。」尹苦海說著，換了一支煙，接上火，把那支煙屁股甩到大門外的水溝裡。他叭叭地深吸了兩口煙，嚴厲地說：「你以為區裡的紅頭文件是你廢得了的嗎？你上不上班不重要了，你面對的是社、區、縣三級黨組織。現在的事是：你服不服從黨的領導、革不革命的事了。」

柯和義沒回答，埋頭嘩嘩響地喝粥。

「話說到這份上，你也回答不出來，我也作不了主。只怪我事前沒跟你打招呼。我以為你樂意去的。」尹苦海緩下口氣。他吸了兩口煙，又嚴厲起來，說：「我告訴你，各社學員後天上午報到，你必須決定好，要麼明天上午去上班，要麼明天下午瞿思危來處理你。區委在明天下午另調會計輔導員，有不少人踮著腳跟望著哩。這不是說大話嚇你。」

尹苦海說完，站起來，提步跨過大門檻，「呼」地一陣風出門了。

蹲在大門檻上的柯和義趔趄了一下，因為尹苦海的腳有力地碰到了柯和義的左膝蓋，柯和義被碰得轉了六十度，左腳踏到門外石板上，才沒被摔倒。柯和義惱怒地瞪了一眼遠去的尹苦海背影，「唉——」地嘆了一口氣，轉而又氣憤憤地說：「喝麥渣粥也沒得安寧。」

「表侄呀，到廚房來。」李氏在喊。

「走啦。」柯和義大聲回答。

「怎嗎？走了。」李氏急忙下來，追到大門邊，向外看。李氏轉頭沖著柯和義說；「是被你氣走的嗎？和義，你怎麼變得這樣糊塗呀？你表兄為你跑公安局，這次又提拔你，你是草狗婆上轎、不識抬舉嗎？」

「嬸娘，人各有志。」柯和義說，「我本來有志喝麥渣粥，現在喝不成了，瞿習遠明天下午要抓我去坐牢了。」

「抓你？不會吧，你沒哄我？」李氏急了，追問。

「他沒哄你，尹書記說得很清楚。」張愛清沒停下手中的活兒，說。

「那可怎麼辦呢？」李氏更急了。

「我今晚就跑到深山去隱居。」柯和義說。

「『但是深山更深處，也應無計避征傜。』和尚尼姑都出深山，下平地，入合作社了。」張愛清很風趣地說。

「大不了再坐一次牢。」柯和義說。

「你們在說什麼呀？這是大事，可不要開玩笑呀，得想法子。」李氏說。

「嬸娘，看你急的。『船上不用力，岸上努斷腰』也枉然呀。和義不怕坐牢，旁人還有什麼好說的？」張愛清繼續打趣。

「我早想好了，決不入那個圈子裡去。」柯和義向張愛清解釋說。

「你是生活在世外桃源嗎？有人身自由嗎？你是生活在合作社裡，是社員，可由不得你『早想好了』。」張愛清嚴肅地說。

「我寧死不到那欺壓下層人的上層裡去，要留清白在人間。」柯和義表明心志。

「好有骨氣。」張愛清諷刺說。她又認真地說：「學于謙嗎？于謙是將軍，是上層人。學那丟甲第的劉賁嗎？劉賁還應考哩。我父親還在縣一中教書，國家教師，也在那個圈子裡，是欺壓了下層人嗎？當教師，當會計輔導員，是傳知識。文字、加減乘除沒有階級性吧。清不清白，不在於在上層還是在下層，也不在於自我標榜，在於問心無愧。」張愛清說話聲很小，時時瞄大門外。

張愛清輕輕幾句話，撥動了柯和義的塵封的心弦。柯和義無言可對。他沉思了一會，說：「照你的意思，我應該應徵。」

「應該應徵。不損人利己，避凶趨吉，何樂而不為呢？」張愛清繼續點撥。

「可是現在鬧犟了。」柯和義說。

「俗話說，解鈴還須繫鈴人。只要你自己不犟，解下鈴來，自然有人去調解，去搖鈴。」張愛清說。她又轉頭對李氏說：「嬸娘，和義轉過彎來了，只是不好意思自己去求情。現在靠你去圓場了。」

「這好說，我去找趙月英。」李氏說。她又對柯和義說：「和義，我去找你表嫂，你可再不要發懵了。」

李氏出門去了。

「愛清，這些年來，我自身難保，沒關照你，也不敢和你說話，對不起你。」柯和義傷心地說。

「『同是天涯淪落人』，不必說這話了。」張愛清也傷心了，忍住沒哭，那鼻孔早就有響聲了。

「丹青哥給我寫的血書，我還保存著。我一定要關照你們母子的，不會辜負死者的期望。」

「什麼血書？」張愛清停住手中的針線，吃驚地問。

「有人來了。我以後會告訴你的。」柯和義起身走了。

張愛清連忙低頭弄針線。她嗚咽著喉嚨，鋼針穿了她的中指，也不覺得。

過了大半個時辰，李氏和趙月英來了。趙月英跟張愛清打了招呼。李氏去把和義叫來了。

趙月英勸說了柯和義一陣，從內衣口袋裡掏出一張折成方塊的字紙，說：「這是懷德從縣公安局為你開來的證明材料，現在給你。你的歷史問題不存在了。和義，我是了解你的，只要你願意幹的事，一定幹得好，你收拾一下，馬上和我一起去區裡報到。」

柯和義接過趙月英手裡的證明材料，轉回家裡。他到臥室裡，移開床頭的長桌子，從牆上小心地移下一塊黑色土磚，取出一個黑布小包，放在桌上。他打開布包，裡面有兩塊變成棕色的布片。他把布片展開，那紫色字跡還清晰，一塊上寫著：「義關照清。」另一塊上寫著：「接受義活下去。」柯和義的淚水湧出來了，把兩布和那張證明材料卷起，搓成圓棒形，外包黑布，插入牆縫中，把移下的土磚合上去，把桌子挪過去抵好。他又清理了一下東西，換了乾淨衣服，把日用品包在被子裡，捆好，夾著出門，上鎖，來到李氏家，把大門鑰匙交給李氏，跟著趙月英上區裡報到去了。

有詞詠柯和義探索民生路：

混江龍

那柯和義，俊骨英才氣豪俠。上學求真知，張老師指點津闕。蒙冤獄、靈魂更潔心明白：兩千年帝王專制，汗青滿腥血；辛亥革命，先覺壯烈，皇權倒了，民國建設；蘇俄組中共，用馬列；坑良知，政治運動不停歇。看著你、橫行霸道幾年月？走著瞧、莫謂書生空悲切！

注：混江龍，詞牌名，仙呂宮，平韻、仄韻皆可。無定格，基本格式：●⊙○◎，○○●●◎○▲。⊙●⊙○○，⊙●○◎●○▲。◎○●，◎○⊙●⊙○▲。●○○、●○●●○○●○▲。◎○⊙●，○●○▲。◎○●●，⊙●○▲、⊙●◎○，◎○▲，●○◎，⊙●◎○○⊙▲。○⊙●，◎○⊙●⊙○▲。○⊙●，◎○●○⊙○▲。

卻說張愛清，李氏替她在社裡請了一天假，給李氏家做衣服。張愛清和四歲的兒子晴川在李氏家吃了晚飯，才回家去。晴川睡了後，張愛清想著柯和義提起柯丹青寫的「血書」，就悲痛起來，暗自流淚，那一樁樁往事也就湧上心頭。

欲知張愛清回憶的往事如何，且聽下文分解。

第十一回　莫愁女痛訴莫愁情　斯文人爭論斯文事

卻說張愛清離開李氏回家，天已黑了。她燒了熱水，洗了，服侍兒子晴川睡了。她自己摸黑平躺在床頭，想著柯和義說的「血書」睡不著。

自從清匪反霸後，災難落到了張愛清身上。張愛清就像一隻母雞，任人吆喝；像一條母狗，任人驅趕；像一頭牝牛，任人鞭打；像一隻老鼠，人人喊打。蠻漢可以摑她耳光，潑婦可以拉她頭髮，小孩可以甩她牛屎，學生可以喊她站住……在她的周圍，全是審視著她的言行直至思想的目光。那目光，像太陽，像月亮，像寒星，像螢火，像鬼火，火辣，慘冷，閃爍，暗綠，陰森，不分晝夜，鋪天蓋地，使她無處藏身，使她不敢思考，不敢回憶。她時刻警告自己，不能在走路時沉思默想，以免碰擦了人會遭受橫禍；在鋤草時不能分心，以免失錯挖了禾苗會惹來鬥爭；在黑夜裡不能嘆息，以免被人聽到而被追問；在做夢時不能囈語，以免露了真情被趴牆偷聽者聽了去遭吊打……這一切的一切，她忍受著，煎熬著。她只有一個念頭：讓兒子活下去，她也得活下去。日子久了，她麻木了，傻了。

可是，她今日見到了柯和義，像魚兒見到了水，思想活躍了，說出了有見解的話來。柯和義那最後的一句話，像一根木棒在她死水缸的心裡攪了一圈，捲起了漩渦，激起了浪花。她從冬眠中甦醒過來，不能不想，不能不憶。她不由自主地把手伸過枕頭芯，摸到了那日記本。她想拿出來，點燈去看。但她不敢點燈。她把手縮回來，把枕頭套扣上，迷糊地躺著，等待天亮。

在張愛清的枕頭套裡藏有一本日記本，那是革命英雄們在抄家時唯一疏忽而留下的讓張愛清睹物思人的對象。當時，張愛清和柯丹青在大堂前挨鬥爭時，她半歲的兒子正在家中的搖籃裡啼哭。革命英雄們去抄家裡，張愛清的嫂子梁氏得到柯鐘月的允許，把搖籃和孩子一起端到梁氏房裡。後來，張愛清的房子被沒收了，她被趕到不足十平方米的豬欄裡去住，那搖籃就搬到了豬欄裡。柯丹青被槍斃一個月後，張愛清的情緒才平靜下來，給孩子換曬搖籃裡的稻草，發現草墊裡有一本日記。原來是她翻看時隨手塞進草墊裡的。她連忙把日記本子藏進枕頭芯裡，一直不敢看。現在，一種無形的力量在驅使著她要去看那日記本子。

天亮了，她一大早出工。出了一勤，回來吃早飯。她很快做了早飯吃。幹部還沒叫出工。張愛清利用這點時間，把門關上，上門，從舊枕套的蕎麥殼裡摸出日記本子。她捧著日記本子，走到窗戶下——那其實不是窗戶，是打掉一塊土磚的三分之一的牆孔，漏進光線來。張愛清翻開日記本，在扉頁套夾著四張相片。張愛清用手指夾出第一張相片，是她單人生活照。可是相片被粘在紙上。她細心地剝，剝下後，紙上留下了大小形狀不一的點塊，相片斑斑點點，傷痕累累。她用手指去抹，那相片的白粉粘在手上。她不敢再抹了。她知道，這相片有上十年的時間，這豬欄十分潮濕，黴雨季節使相片受潮，沁出汗來，粘壞了。她拿著相片，對著光亮，正看著，反看著，極力想用記憶給相片的剝脫處補上原貌。她終於看到了十年前的自己影像。

那時，張愛清十九歲，柯丹青在南京讀了一年書回家渡暑假，提前上學，帶張愛清去首府南京遊玩。在一個風和日麗的上午，柯丹青帶張愛清遊莫愁湖。

那莫愁湖，湖水碧藍，鱗波泛銀，遠山黛青，近岸翠綠；湖水上，長廊玉虹，亭臺樓閣，畫舟停泊，遊艇奔馳，小鳥快飛，鵝鴨戲集；湖畔上，草地寬闊蔥綠，林子樹茂竹翠；濃蔭下，雕樑畫棟，花牆內，萬紫千紅；有放風箏的父母小孩，有打鬧嬉笑的少男少女，有讀書寫字的大學生，有黃發碧眼的洋人……一派和祥歡美景色，哪有一個「愁」字？

這一切，都是張愛清在小縣城裡未見未聞的。她走一步，停一下，東張西望。柯丹青只好放慢步子，隨著她走，有時停下步來向她解說。柯丹青想拉著她的手走路，被她拒絕了。柯丹青說給她買套時髦衣服，被她制止了。張愛清畢竟是個小縣城裡的姑娘，有著濃厚的封建思想和鄉土氣息。她，留著長辮子，穿著紅底白花蒙胸短衫，藍色洋布長褲，刺繡花鞋。她有處子的端莊溫雅，有著凜然不可侵犯的少女貞操。這身打扮和性格，在小縣城裡是時興的，而在首府南京落後了半個世紀。她對這裡的一切感到新奇，對這裡的男女勾腰搭背感到羞澀，正如這裡的人對她感到驚奇和鄙夷一樣。

柯丹青領著張愛清到湖邊高處的一塊大石頭旁。那石頭的一角被磨得很平滑，上寫三個赭色大字：莫愁湖。石後湖景一覽無餘。這就是莫愁女殉情跳湖的地方。不少人在這塊石頭照相留念。張愛清很羨慕地看著。柯丹青就建議照一張相，張愛清同意了。柯丹青帶著張愛清至照相亭裡去租相機和衣服。亭子裡掛著各色各樣出租的衣服，兩人商討了一陣，給張愛清挑選了一套時髦的衣服。老闆建議張愛清把髮辮打散梳直，戴了一頂白色太陽帽。張愛清站在大鏡前重新打扮了一陣。她看著大鏡子驚訝了：「鏡中的那個青年女子是我嗎？」鏡中的女青年，白色太陽帽下，烏髮像瀑布一般垂披在腰肢上，純白青邊短袖衫，鮮綠的背帶，短裙罩在膝蓋上，肉色絲襪拉到膝彎處，白色尖頭涼鞋。就是這個美麗的青年女子，與寫著「莫愁湖」的大石頭，連同那莫愁湖的景色，留在一張相片上。

照完相，柯丹青來到一棵大樹下，要了張愛清的日記本，坐在石凳上，伏在石桌上，寫了一篇抒情短文。柯丹青寫好後，和張愛清漫步在樹陰下，草地上，朗誦起那篇短文：

「這是位現代化的莫愁女！我怎樣才能描繪出她的美呢？文學家告訴我用比喻法，什麼柳葉楊條呀，什麼荷花牡丹呀。但比喻只能取其相似點，不能喻出她的氣質。文學家又告訴我用類比法，什麼褒姒西施呀，什麼貂蟬楊玉環呀。但那些美女我沒見過，只看到文學家用「沉魚落雁」、「閉月羞花」來形容，那形容太空洞蒼白，沒有形容出活生生的美女。我眼前的張愛清，是活生生的美女，一個完整的美女，我說：「全是美！」這種美，是造物主用各種弧線、各種光澤、各種質料，創造出來的千姿百態的形狀拼合成的渾然一體的自然藝術品。湖光花草，只能作她的陪襯，陽光只能因她而五彩繽紛，月光只能因她而柔和晶瑩。能工巧匠不能塑造出來，神筆劃家不能臨摹出來，最偉大的小說家、詩人只能用分解法、使用有限的辭彙描寫出她的一部分或幾部分美來：

「她的正面的美使人目不暇接，她的背面的美使人心花怒放，她的側影的美秀麗誘人。她的額頭光潔如蠟，她的眉毛淡遠幽深，她的兩腮白的油亮、紅的羞潤；她的鼻樑高直滑潤，她的下巴微彎俏皮；她的手肘像薄冰裹著蔚藍的脈絡，她的小腿像新剝的筍肉凝蠟圓渾；她的牙齒如細玉密排，銀白閃光；她的嘴角高翹，流露出抑制不住的喜悅；她的眼睛如墨潭，深奧莫測，又泛著天真單純的光澤……那鮮潤柔嫩，誘人輕吻，又令人憐惜，不忍糟踏貞潔；那溝溝窩窩，含情脈脈，惹人撫摸，而冷峻的神情令人動作遏止，不敢放肆……」

「這就是張愛清，站在我面前的鮮活的美女，印照在相片上生動的莫愁女——我未來的妻子張愛清啊！啊，紂王為妲己亡天下，董卓為貂嬋暴屍街頭，帕黎斯為海倫挑起特洛伊十年戰爭，普希金為愛情揮劍格鬥亡命……我，願意為張愛清獻身奮鬥！」

柯丹青邊走邊誦，那聲音由小而大，由低而高，由緩慢而急促，由平穩而激昂，最後，發瘋似地狂嘯起來。

張愛清開始只是默默地走著，靜靜地聽，欣慰地笑，歡樂地跳。後來，她被柯丹青的失態驚住了，左右窺視，發現遊人向她倆投來了詫異的目光，就急了，趕上去捂住柯丹青的嘴，奪下柯丹青手中的日記本。

沉醉在愛情中的柯丹青被張愛清的舉動驚醒了，偷眼環視，羞紅了臉，卻故作鎮靜地說：

「這是真情，怕什嗎？」

他倆沿著湖邊散步。柯丹青又為張愛清講莫愁女的故事。張愛清聽著，嘆息著。張愛清聽完後說，她不相信莫愁女有那樣的悲慘的遭遇。她認為那是文人憐花惜玉編造的故事。她認為天地像自己一樣純潔天真，那陽光永遠是燦爛溫和的，那湖水永遠是澄清透明的，那樹永遠是青的，那草永遠是綠的……應該有這美麗的莫愁湖，不應該有那悲慘的莫愁女的故事。

時至今日，張愛清記憶猶新，那幸福美好光景就在這豬欄裡的暗淡中浮現著，栩栩如生。

「噹——出工囉——」一個使張愛清驚心動魄的尖利聲音劃破長空，那美好景色轉眼即逝了。她雙手發抖，那本子掉到了地上。她慌忙去地上亂摸，因為那牆腳下的地面是黑暗的。她摸了本子和相片。可是，那相片沒有一點影像了，儘是斑斑傷疤。張愛清一陣痛惜，還是把相片夾進日記本裡，將日記本塞進枕套，撫平，放好，扛起挖鋤出工了。

這天夜裡，張愛清躺在床上，怎麼也睡不著。那美好歡樂的景象又出現了，轉而消去，出現了殘酷的鬥爭景象。她終於相信了那悲慘的莫愁女故事是真實的了，她不是比莫愁女更悲慘嗎？莫愁女還能為自己的情人服侍煎藥，挖出眼珠做藥引；莫愁女還能為他的情人投入莫愁女殉情；莫愁女的愛情如玉，不讓濁世玷污。而張愛清呢？在柯丹青被槍斃時不能去抱屍痛哭，在柯丹青出殯時，不能披麻帶孝，直到現在她還不能為柯丹青祭祀哭泣……張愛清回憶著兩人在莫愁湖時的情景，睜著現在悲慘的現實，她抽泣了，昏暈了，感到自己在莫愁湖中下沉……

第二天早餐時，張愛清又忍不住去看那日記本了。這第二張相片是她和柯丹青在中山陵的合影，影像完好。相片中的張愛清還是那帶鄉土氣息的打扮，花褂藍褲，粗長的髮辮甩在左胸邊，兩手撚著辮梢，頭微低，靦腆地窺偷世界。緊挨著她的柯丹青，西裝革履，頭微昂，嘴角兩邊隆起豎皺，兩眼遠視，目光嚴峻，神情凜然，那模樣表現出「大丈夫氣貫長虹」的氣概，表露著鬥士「愈挫愈奮」的豪情。相片的背景是中山陵大門，「中山陵」三個大字懸在高大的大門門額上。

中山陵，那確實是令人肅然起敬、振作奮發的聖地。柯丹青說他是第三次參觀中山陵，而張愛清發現柯丹青好像是初次來到中山陵，和在莫愁湖時的柯丹青判若兩人。柯丹青一來到大門，就成立正姿勢，瞻仰那「中山陵」三個大字。柯丹青立了好一會，才身板挺直，步伐穩重地走進大門。柯丹青在向張愛清解說景點時，像政治家在演說；柯丹青在默看牆上銘刻時，像哲學家在沉思。她倆到最上重瞻仰孫中山遺容時，柯丹青竟然跪在地上，雙唇翕動，淚流滿面。這時的柯丹青的心態，表情，舉動，張愛清並不具有。她只是受到氣氛的感染，感到孫中山陵是聖殿，肅穆安謐，使人的靈魂得到淨化，使人的思想得到昇華。

柯丹青和張愛清出了中山陵大殿，在大門廣場上拍了這張合影相片。

柯丹青帶著張愛清在一棵大樹的石椅上坐下。柯丹青向張愛清講了孫中山的生平和業績。他感慨地說：

「先生要是還活五到十年，中國社會就不會是這個亂糟糟的局面。北伐戰爭後，中國社會應該是個安寧建設的時代，可是先生早逝世了，國共戰爭不斷，日本投降了，內戰又開始了。唉，歷史的選擇有時是偶然的！」

「怎嗎？打仗了？」張愛清吃驚地問。

「是呀，由小打發展到中打，看來要大打。兩個黨各有軍隊，看來不打敗一個不會太平。爭權奪利，發動戰爭，中國帝王的後遺症，不知道哪日才能結束戰爭？」柯丹青厭惡戰爭。

「總會太平的。」張愛清天真地說。她又安慰柯丹青說：「不管誰掌權，總要搞水利建設，誤不了你的專業知識。」

「那也是的。孫先生強調民生問題。我打算畢業後回到家鄉，先發展南湖養殖業，讓南柯人富起來。再去促成永安縣成立水利科，培養一批水利專業設計、施工人才隊伍，對永安縣全境河流、湖泊進行勘測，建設水電站，變水患為水利。」柯丹青抒發著自己的理想。

柯丹青是個容易動感情又愛表露的知識青年。張愛清至今還記得柯丹青在敘述永安縣水利建設和描繪永安縣美好藍圖時的激動樣子。可是，戰爭結束了，柯丹青卻因為在國民政府首府讀書而被當作匪徒槍斃了。現在張愛清注視著眼前相片中生氣勃勃的柯丹青影像，漸漸地眼睛模糊了，那柯丹青的影像低下頭，彎著身腰，背心和太陽穴上出現了兩大窟窿，鮮血噴了出來，倒下了，躺在地上……

「丹青呀，你死得好冤枉呀——」張愛清淚水往肚裡吞，血水往心裡流，聲帶微顫，全身顫抖。

「噹——出工囉——」那尖利的聲音又劃破長空。這次，張愛清沒有被驚嚇住，手從容地合折本子，放進枕套，恢復原狀，背著挖鋤出工了。

又是一個黑夜。張愛清睡不好，做著不連貫的噩夢。她夢見柯丹青躲藏在白雲山豬馬塘一個石洞裡，患了風濕，四肢癱瘓，用手爬著走。他渾身濕泥，哭聲哀嚎：「愛清呀，給我燒個紙屋吧，燒些紙錢吧！」她抱著柯丹青哭：「給你燒紙屋紙錢，我就和你的兒子活不成了。」……她又夢見在箭山塭茶鋪喝茶。突然，有一群人從石頭橋那邊跑過來，柯丹青被反綁著，脖子插支犯人標牌。柯鐵牛、柯國慶沖過來，把她抱住，要當眾強姦。她拼死反抗，掙扎。她聽見柯和義怒喝：「畜牲！住手。」柯和義拿起茶鋪的挑水竹扁擔向柯鐵牛、柯國慶打去。她看到柯和義胸口上挨了柯鐵牛的手槍子彈。柯和義仍然站著沒倒下，大聲叫喊：「愛清，帶著晴川快跑，不要管我。」她真的抱起晴川跑了。她跑到南柯村的中屋坡下。這時，不少社員在拔麥苗草，她放下晴川，參加拔草。驀地，從密柴林裡竄出一隻金錢豹，向正在山坡邊玩的晴川撲去。她舉起挖鋤向豹子頭打去，挖鋤把被摔斷了，豹子一扭屁股，鋼筋股尾巴把她打出老遠，叼著晴川跳動進柴林。她向社員們大叫：「救孩子呀——」但是，社員們在看，在笑，誰也不去救她的惡霸兒子……

「兒子呀——」張愛清大哭一聲，驚醒了。她連忙去摸身邊的兒子，睡得正香。張愛清摸著兒子的頭，抽泣起來。

第三天早飯時，張愛清看第三張相片。這是她結婚時全家的合影照，是她哥哥張興華帶來的相機拍的。說是全家人，卻多了一個柯和義。這張相片比前兩張晚兩年，人物頭面雖小，卻很清晰。張愛清的父母坐在中間高木凳上，張興華、柯丹青站在背後，張愛清跪在母親右膝邊，柯和義跪在父親左膝邊。張興華大張愛清六歲，從美國留學回來後，在武漢國民政府工作。武漢被解放軍佔領後，張興華就沒有音信了，有人說他被打死了，有人說他隨白崇禧去臺灣了。母親在張興華失蹤後得了熱病死了。父親張有餘先生從日本留學回國後，在南方鬧了一陣子民主革命，北伐戰爭後回到縣國民中教書。張有餘先生只教自然學科，不教社會學科。他為人豁達開朗，與世無爭，與人友善，與國民黨、共產黨的要員有些關係，同事們都說他有蔡元培風範。柯和義是陪柯丹青來接親的，張有餘先生就讓柯和義與全家人一起合影了。

對於柯和義，張愛清是有一個認識過程的。

張愛清第一次看到柯和義是在縣中學的父親的宿舍裡。那天中午，柯丹青帶著柯和義來，找張有餘先生，張愛清也在父親宿舍裡。當時的和柯和義，中等個子，剃個光頭，頭皮泛青；上身粗棉布白褂，下身烏色粗布褲，那烏色不均勻，有深有淺，大概是下腳染料煮的色；腰上系根麻繩褲帶，褲腰在前面扭卷，使胯襠凸起。柯和義面向張有餘先生站著，手沒地方放，經常扯動衣擺。柯和義的右腳愛動，原來是黑布鞋的鞋尖穿了孔，大腳趾頭露在外頭。張有餘先生叫柯和義坐下。柯和義就坐下，右卻盡可能往左腳跟後縮，低著頭，眼睛看著地下，不作聲。張愛清站在窗下條桌旁，看到柯和義這副土裡土氣的尷尬樣子，忍俊不禁，捂住嘴嘻笑。她看到父親橫了自己一眼，才扭頭向窗外看。張愛清聽到柯丹青介紹說柯和義是自己的房弟，讀書天分高，又刻苦，是尹安定先生的高徒。柯丹青還呈上了尹安定先生給張有餘先生的親筆信。張有餘先生就問柯義讀了些什麼書，柯和義一一作了回答。張有餘先生就點了《孟子》的一段，叫柯和義背。柯和義就搖頭晃腦地大聲背誦起來。還解釋意思。張有餘先生連連叫「好」。張有餘先生問他算術學得怎樣。柯和義說學了些，還會算盤。後來，經張有餘老師的保薦，柯和義免考就上了縣中學，與張愛清在一個班，坐在一張課桌上。柯和義算術底子薄，就拜張愛清做輔導老師。張愛清就以輔導老師身份給和義補算術，佈置作業，批改作業，有時還訓斥柯和義。柯和義都乖乖地服從。誰知在一年級期末考試時，柯和義國語、數學都得了第一名，使張愛清大吃一驚。

「柯和義做學問比柯丹青強。」父親對張愛清說。

一次，張愛清母親問父親，能不能給錢柯和義到鄉下買大米。

「柯和義是個值得信任的青年。」父親說。

又有一次，張有餘先生當著張愛清的面對柯和義說：「你不能少年老成，什麼事都要想好了再說再作。青年人要大膽，要有信心，說錯了，作錯了，不要緊，改過來就行了。」

在二年級第二學期時，張愛清發現柯和義愛看政治、哲學方面的書籍，就以輔導老師的身份教訓柯和義。誰知那柯和義激烈地反駁她，眼裡冒出火光，她被駁得理屈詞空，就到父親那裡告了柯和義一狀。柯和義就被一直不關心政治的張有餘老師上了一次政治理論課，受益一生。張愛清也對柯和義的認識加深了一層：柯和義並不是忠厚可欺、笨嘴拙舌的鄉下青年農民，也不是傻裡傻氣的書呆子，而是一個表面文靜老實、內心洶湧呼嘯的熱血青年學生。她反而更敬佩、關心柯和義了。張愛清為了使柯和義勞逸結合，想法子逗著柯和義去玩球，去賽跑，去看電影……還經常在柯和義看書入迷時發怪問，說俏皮話。柯和義不氣不惱，用話敷衍。

一次，張愛清問柯和義：「和義，你說我倆是什麼關係？」

柯和義隨口答道：「同學。」

「還有呢？」

「兄妹。」

「還有呢？」

「叔嫂。」

「還有呢？」

「師生，你是我的輔導老師。」

「你不覺得我是個女青年，是個女人嗎？」

「不覺得。」

「真是個木頭人。」張愛清噘著嘴罵道。

還有一次，張愛清把她在莫愁湖的單人生活照給柯和義看。

「照得好。」柯和義隨便看了一眼。說。

「好在哪裡？」

「清晰呀。」

「你能對這張照片寫篇抒情文章嗎？」

「我寫不出來。」

「我給你看一篇抒情文，你好好學一學。」張愛清翻開日記本，把柯丹青寫的那篇短文給柯和義看，要柯和義朗誦。

柯和義就朗誦起來，平平的，淡淡的，無情無調。柯和義朗誦完後，瞧著眼前活生生的張愛清，心裡怦然一動，身上一陣麻栗。柯和義立即想到「叔嫂」、「兄妹」、「輔導教師」這些令人敬畏的詞來，將那剛冒出的一絲邪念熄滅了。

「寫得怎麼樣？」張愛清逼問。

「言過其實。」

「真是木頭人。」張愛清扯回日記本，夾了相片，賭氣走了。

儘管柯和義「真是個木頭人」，但張愛清願意與柯和義在一起。她感到與柯和義在一起，平等自由，無拘無束，有時還能當「輔導老師」。而和柯丹青在一起，低人一等，拘束不安，是個需要呵護的「小妹妹」，需要教導的「小學生」。漸漸地，張愛清少女的心靈偷偷地給柯和義騰開了位子。

一個少女處在兩個男青年之間，這是個危險信號，是少女無意地設下的陷阱，這就是少女靈魂深處怒放的奇香異常的黑花——愛情。幸好柯和義這個「木頭人」不去就座那個位子，否則，將會鬧出一場愛情悲劇來。

在柯和義和張愛清讀三年級第一學期時，長江邊火炮轟隆了，永安縣縣城出亂了。柯丹青回家了，向張愛清父母提出了結婚的事。張愛清父母當然同意。張愛清悄悄地對母親說：「我還沒定弦。」母親說：「還定什麼弦？丹青這樣的好男子漢還不如你意嗎？你總不會去跟呆頭呆腦的柯和義結婚吧？」母親說話無意，可張愛清兩頰泛起了紅霞，說不出話來。過了兩天，張興華從武漢回家，帶來了錢和照相機，在張愛清出嫁那天，就拍下了那張全家合影照。

張愛清來到了南柯村柯丹青的家。柯丹青家是一棟連三間的青磚瓦房。柯丹青的哥哥柯純青和梁氏住在北房，柯丹青和張愛清住在南房。柯純青是當地著名的骨科醫生，行醫的全部收入都供弟弟讀書，自己靠四斗水田和三升麥子地生活。柯純青在柯丹青遭槍斃後一個月，患喉瘤死了，梁氏帶著兩個女兒改嫁了。

柯丹青是個沽名釣譽的人，鬧了洞房，第二天吃過拜堂飯，就拉著張愛清像遊莫愁湖一樣去遊南柯村。實則是讓鄉親父老讚賞他夫婦是非凡的一對。柯丹青邊走，邊給張愛清解說南柯村的風俗人情，介紹碰著面的父老兄弟。柯丹青穿的是灰色中山服，戴的高頂禮帽，蹬的油光黑皮鞋，就差了一根文明棍。張愛清留的是時髦的齊項短髮，穿著綠底白花旗袍，足穿棕色高跟鞋。兩人的這種打扮，在古樸的南柯村人特別引人注目。他倆走過的地方，都集中了人們的目光，那目光有驚訝，有羡慕，有嫉妒，有嘲諷。他倆身後留下一片嘰嘰喳喳的議論聲。兩人都感覺到了這一點，柯丹青引以為自豪，張愛清感到羞澀不安。

「丹青，我們回家去吧。」張愛清說。

「好，就從這家穿過去。」柯丹青說著，進了一家後門。

「丹青，祝福你。」屋裡灶旁一個四十來歲的婦女站起來，笑著說。

「嬸娘，托你的福。」柯丹青笑著回禮。柯丹青向張愛清介紹說：「這是李嬸娘，全村出名的賢德孀子。」

張愛清微笑著向李寡婦點頭。

「侄媳，祝你早得貴子。」李氏上前，拉住張愛清的手，祝福著。

「嬸娘，聽你口音好耳熟。你是城關人吧？」張愛清高興起來，問。

「是呀，我娘家住老衙門對面的三眼井街，現在娘家沒人了。」李氏說。

張愛清就說了娘家住址，說了父母的名字。李氏說知道張愛清的父母。

「愛清呀，你找到老鄉了，以後常到李嬸娘家來坐。我們走吧。」柯丹青說。

「侄媳，這屋子黑，我牽你走。」李氏說著，牽了張愛清的手，進了中門，下了兩級臺階，來到窄巷。這窄巷是從中間一間房子隔出來的，很暗。張愛清感到眼前一黑，隨著李氏走。走了十來步，就明亮了，來到堂前，出了大門，來到石板巷裡。

張愛清感到南柯村實在是個美好的村莊，有山有湖，風景秀麗，物產豐富，風俗淳樸，人情敦厚，只是封建落後些。

「餵，歡迎到敝舍一敘。」這是柯和義的聲音。柯和義在自家大門前石板地和幾個孩子在聊天，看見柯丹青、張愛清就喊。

「呵，我第一次聽到你說幽默話了。」張愛清見到柯和義就大膽了，大聲笑著說。

「好，我倆去觀摩一下墨子廟吧。」柯丹青笑著打趣。

柯和義領著柯丹青，張愛清進屋。張愛清感到柯和義這屋比李氏的屋更暗更昏。張愛清看到柯和義小臥室靠牆的一塊木板上有一尊觀音菩薩，笑著說：「你還信佛，想出家啦?」

他們三人就坐在小天井邊聊起來。中國人談話，三句不離本行。柯丹青、柯和義很快談到民事國事，談到孔子、孫文、洛克、盧梭。在談到中國眼前是民生問題重大還是民權問題重大時，兩人發生了爭辯。

柯丹青認為，民生問題比民權問題重大、艱難。中國民眾貧窮愚昧，只有先解決民生問題，使民眾富足開化，才能行使民權。他表示，不管誰當權，都一樣要解決民生問題。他談了自己要在永安縣實現水利建設的計畫，他說能解決好一個縣的民生問題，就找到了解決全國民生問題的路子。

柯和義則認為民權問題重大、艱難，解決民權問題是解決民生問題的前提條件。中國民眾的貧窮愚昧是專制政權弄出來的，只要有帝王專制，就永遠有貧窮愚昧，誰當權是大不一樣的。袁世凱當權，只解決自己如何坐穩皇帝位子的問題，並不想解決民生問題，他倒希望民眾貧窮愚昧，便於他統治。孫中山當權，不存在穩定個人皇權問題，還權於民，才能真正解決民生問題，希望民眾擺脫貧窮愚昧，行使民權。治國如治家，如果一個家長野蠻愚昧，守舊頑固，專橫獨斷，這個家庭就遭殃了，家長要保住他的特殊地位和尊嚴，成員就遭欺凌，受壓迫，麻木不仁，毫無創新之舉，談何富足開化?如果一個家長是家庭成員選舉出來的，這個家長是為家族成員服務的，是要全心全力把家庭搞好，就講民主，使家庭成員群策群力，創造財富，這個家庭就自然而然地興旺發達，富足開化了。

「依你的看法，我們又要回到『五四』時代去了，又要喊『打倒孔家廟』、『德先生、賽先生萬歲』了，社會不就倒退了嗎？」柯丹青語含譏諷。

「社會已經在倒退，『五四』時代沒有過去。這是陳獨秀的觀點，我贊同。中國既要德先生、賽先生，又要孔夫子。這是孫中山的觀點。孫中山就說他的三民主義源於孟子。並非說說而已，而是確有根據的。『五四』時代是偉大的，但犯了一個錯誤，把德先生、賽先生與孔夫子、孟夫子對立起來。其實，孔子、孟子與洛克、盧梭有共同之處。」柯和義越說越激動。

張愛清一言不發，只是聽，要看這兩個人的勝負。她心裡已經認為柯和義勝了。

兩人正爭得熱火朝天時，柯丹青嫂子梁氏喊吃飯了，才終止了這場爭論。

下午，柯丹青、張愛清沒出門，坐在房中閒聊，自然又聊到柯和義。

「你怎麼看柯和義？」柯丹青問。

「傻得可愛，又可憐。」張愛清回答。

「這就是說，你愛他，還同情他。」

「你怎麼這樣說呢？」張愛清生氣了。她又生氣地說：「我愛他，同情他，你又怎麼樣呢？」

「啊——」柯丹青愣了一下。他反而笑了，摟住張愛清說：「你才真的傻的可愛，又可憐。我告訴你，你愛他，他不會愛你。」

「怎麼說？」

「對柯和義最了解的是我，不是你。」柯丹青說，「柯和義在生活上是墨子，摩頂放踵；在學問上，是孔子和盧梭的結合體；在友情上，是孟子的『義』塑造出來的關雲長。在他的眼裡，你永遠是他的嫂子，輔導老師，只贏得尊重、敬愛，絕不會產生愛情的『愛』。你和他睡在一個床上，我也不懷疑你們有男女之愛。」

張愛清聽傻了，自己是領教過柯和義的。她內心佩服柯丹青識人的眼力。她說：「這就是說，我和柯和義接觸，你不介意？」

「絕對不介意。」柯丹青毫無顧忌地說，「如果我死了，我要把你託付給他哩。」

「你怎麼說出這種不吉利的話來？」張愛清捂住柯丹青的嘴。

「這只是個假設，說著玩的。」柯丹青拉下張愛清的手。他嘆了一口氣，又說：「在這亂世，誰料得死活的時候。我從南京回家時，就遇到過兵匪、流彈的危險。」

「不要說這些了，說些有趣的事吧。」張愛清說，「我們給柯和義介紹個女人吧，他那樣子，是不會自己找到對象的。」

「我說你傻吧，你不服氣。」柯丹青說，「柯和義是個外柔內剛的血性男子，肯定不會亂愛，若是愛起來，才癡狂哩，那是真心實意的愛。他不會接受別人介紹的女人的。」

後來，張愛清真的給柯和義介紹了幾個女人，柯和義都拒絕了。張愛清結婚一年後，永安縣被解放了，接著是柯丹青遇難，柯和義坐牢。不但柯和義沒找到對象，張愛清也成了寡婦。

沒想到三年後，張愛清和柯和義有了說話的機會。柯和義提到柯丹青的「血字」，張愛清才勾起了許多往事。「那是什麼內容的血字呢？」張愛清要弄個明白。

「噹——出工囉——」尖利的聲音又響起來了。

張愛清合上日記本，藏好，扛起挖鋤上工了。

柯和貴為張愛清的莫愁情寫賦云：

詠張愛清之莫愁情

莫愁女，莫愁情，日暮荒草無光明。莫處愁，無法愁；莫心情，難言情。

一個是家庭門第因，挖眼珠，真失明；無牽掛，投湖自盡。有愁，殉情；佳話傳，
有人憐。
一個是社會制度果，被囚禁，無光明；有牽掛，難以自盡。莫愁，無情；遭誹毀，
沒人憐。

莫愁女的愁只是苦愁，張愛清的愁才是莫愁。莫愁女的情只是純潔的愛情，張愛清的情才是雜糅了冤情的莫愁情。

莫愁情，「柔腸一寸愁千縷」；「這次第，怎一個『愁』字了得？」

注：1.莫愁，古代女子名。一說洛陽人：「洛陽兒女名莫愁。」一說石城（今湖北鐘祥）人。2.「一個是家庭門第因」，指明代愛情悲劇故事《莫愁女》的女主角。3.「一個是社會制度果」，指今人張愛清。4.「柔腸一寸愁千縷」和「這次第，怎一個『愁』字了得？」，都是李清照詞句。

又，**集錦詩云**：

欲訪莫愁在何處（高觀國），惆悵金泥簇蝶裙（韋氏子）。
高情雅淡人間稀（劉禹錫），曾經卓立在丹墀（元稹）。
海神東過惡風迴（李白），化為今日西陵灰（笑笑生）。
眾中不敢分明說（韋莊），一點相思幾時絕（關漢卿）？

注：金泥，用來修飾塗抹的金屑、金粉。

張愛清走到新水井邊，身後響起了一個狼嚎的聲音：「張愛清，站住！」

張愛清低頭一瞄，是民兵連長柯國慶。她心頭掠過恐慌，兩腳麻軟一下，站住了。

不知張愛清是禍是福，且聽下回分解。

第十二回 弱女子反抗禽獸慾 村悍婦爆發階級仇

卻說張愛清聽見柯國慶的嚎聲，站住了，沒作聲。

「你這個婊子，面子大哩，支書叫你去社部繡字，照顧你。」柯國慶嘻笑著說。

張愛清仍不作聲，轉身走。她要把挖鋤放到家裡去再去社部。

張愛清走著，聽到柯國慶「咚咚」的腳步聲跟在後面。張愛清知道柯國慶在監視自己，就進屋放下挖鋤準備出門。可是，門光被黑影堵住了，柯慶國站在門檻內，隨手把門關上，小屋全黑了。柯國慶的呼吸像風箱一樣嘩啦，張開雙臂，撲向張愛清。張愛清本能地把身子一側，讓開。她清楚柯國慶要幹什麼了。那牆孔的光使屋內漆黑褪成暗淡，物體形狀可辨。張愛清看見柯國慶張牙呲齒，兩腮厚肉在鼓動，那像用利斧在朽木上砍出兩條縫的眼睛，露出淫邪的光。

「連長，我聽到支書的咳嗽聲了。」張愛清急中生智，說。

「你這婊子，支書在社部等你哩。繡字？嘿，我看是繡屄。他要我把你這草狗拉去給他入，不如老子先入了再給他。你這婊子，還敢說謊，敢欺騙黨。看老子不入死你才怪。」柯國慶咆哮著，又撲向前。

張愛清看這一招失敗，心亂如麻。正在她猶豫的一瞬間，柯國慶從背後抱住了她。

「連長，三大紀律中說不準調戲婦女。你犯了黨紀，要受處分的。」張愛清掙扎著說。

「呸！你算是婦女嗎？你是草狗。老子老遠看到你這狗屄，雞巴就硬了。老子入你是抬舉你。」柯國慶氣喘如牛。

張愛清不敢叫喊。但她決不讓自己失去貞操。她拼命地彎腰扭腿，想掙脫出門。

「這個姿勢好，正像公狗騎草狗，從背後入。這婊子有兩手。」柯國慶狂歡起來。

張愛清感到腰部壓著山，那魔爪伸到了她的腹下，在撕扯她的褲帶，一根硬棒在她的股溝裡頂動。求饒是沒有用的。張愛清心靈裡深刻的傷疤裂開了口子，仇恨和憤怒在運行，就像熾熱的岩漿匯到傷口處，「轟隆」沖出來，烈焰騰空。張愛清低頭拱身，左手支地，右手從前面褲襠下伸過去抓著了那根硬棒，使勁地折。柯國慶卻在得意淫笑。張愛清的手再伸過去摸到了兩個軟的卵子，就盡力捏了兩把。

柯國慶「哎喲」一聲慘叫，鬆開張愛清。柯國慶雙手捂胯襠，躬著身子，叫罵：「你這婊子，要除掉老子的根，絕老子的後代嗎？老子要你的命！」

「老娘不要命了。我先宰了你這畜牲，再去死。」張愛清看到柯國慶要奔過來，拿起挖鋤自衛。張愛清由草狗變成草獅，十分嚇人。

柯國慶見狀，由老虎變成了老鼠，威風全沒了，躬著腰，向門外竄去。他萬萬沒有料到，一直任人打罵而不敢吱聲的張愛清，居然有這般的膽子和威力。

寫到這裡，也許今日的年輕人會批評說：「太誇張了！不會有柯國慶那樣的共產黨員和革命幹部吧。至少，柯國慶不敢在光天化日下那樣說，那樣做。毛澤東時代的幹部不都是大公無私、廉潔奉公的嗎？」

我不能責怪今日的年輕人有這種批評，因為他們一直在受奴化教育，永遠看不到真實的歷史資料和事實真相。但我要告訴年輕人：學魯迅讀報的方法，讀黑的，還要讀白的。獨裁者的書報資料說是黑的，你就要想到可能是白的；說是白的，你就要想到可能是黑的。獨裁者因為政治目的，往往在顛倒黑白。我雖在寫小說，但我的想像力沒有吳承恩那樣豐富，虛構不出本書中那些離奇的故事來。我所寫的故事，都是自己耳聞目睹的真實生活。這一回所寫的事，就發生在離家只三百步遠的同一條石巷裡的一間小屋。那時我九歲，讀小學二年級，是一個星期日，我正好在家，還趕去看熱鬧，是第一個目擊者。

我還將在本書第四十八回寫到一個周將軍，比柯國慶野蠻無恥十幾倍，也是我在水利工地親眼所見的事。

毛澤東時代的幹部是些什麼東西呢？他們中還活著的幹部，在自我標榜和互相美化是為人民謀利益的大公無私、廉潔奉公的革命者。這是他們妄圖把自己與今日人人憎恨的貪官汙吏區別開來，欺騙年輕人，讓年輕人同情、尊重他們，讓自己有個好晚年，好名聲。更有甚者，他們妄圖反對改革開放，保持或倒退到毛澤東時代，讓他們再輝煌一陣子。他們騙得了今日的年輕人，卻騙不了從毛澤東時代走過來的遭受他們迫害的廣大知識份子和民眾。的確，他們不是鄧小平時代的貪官汙吏，因為毛澤東時代，國民的土地資產都被他們一鍋端去了。國民都沒粥吃，沒有褲子穿，沒有私人財物可貪可汙，看不到今日的貪官汙吏向國民收費稅的兇殘現象，看不到國民個人受剝削的現象。但是，看得到國民受壓迫、遭人身侵犯的慘景。他們比今日的貪官汙吏更壞更惡，是一群窮兇極惡的惡官酷吏。他們中的第一批人是從深山老林裡殺到平原城市的綠林好漢、強盜土匪，即所謂的戰鬥英雄，並非善良之輩。他們中的第二批是清匪反霸、肅反土改、抗美援朝、合作化運動的窮困亡命的地痞流氓，即所謂的土改根子、工作隊員、勞動模範、志願軍英雄、合作化運動積極份子，並非貧苦老實的良家子弟。他們中的第三批是反右運動中左派革命份子。他們中的第四批是高舉三面紅旗、大煉鋼鐵、創畝產萬斤糧的向饑餓農民大打出手的「三鬥」為樂的惡徒。他們中的第五批是參加「社會主義教育運動」的工作隊員，即所謂「社教」幹部。他們中的第六批是文化大革命中的保守派紅衛兵，即所謂的幹部子弟、團幹、學幹。這些人的基本特徵是：「貧窮、愚昧、野蠻、無知」。而第二、五、六批有知識而奸詐。貧窮，使他們嫉妒富人，仇恨資本，搞「均貧富」，只有單一的求食求性需求，具有極大的破壞性和掠奪性。愚昧，使他們頭腦簡單，沒有主見，只知聽官方教唆，忠君，具有極大盲目性。野蠻，使他們性情兇悍，漠視生命，殺人像殺雞一樣隨意有趣，具有反人道性。無知，使他們心地一片黑暗，仇視文人，輕視知識，作惡不受良心責備，具有獸性。奸詐，使他們好話說盡，壞事做絕，奉上壓下，具有欺騙性。這些惡官酷吏，是暴政的社會基礎，是暴君的基本力量，是暴政暴君的寵兒寶貝。帝王打天下、獨裁天下，靠的就是他們。毛澤東發動一系列的殘酷的政治運動，靠的就是他們，正如毛澤東自己所稱頌的「痞子運動」「好得很」。毛澤東時代惡官酷吏，本性難移，惡習難改，對生產只有破壞性。鄧小平時代的貪官汙吏在事發後還知道悔恨改正，對生產還有建設性。柯國慶就是那四千萬個惡官酷吏中的一員，是不可救藥的傢夥。今日的年輕人，絕莫同情、尊重他們，要盯住他們的言行，剖析他們的心跡，揭開他們的瘡疤，對他們發揚魯迅的「痛打落水狗」精神。

卻說柯國慶從張愛清家逃到南柯社社部，向柯鐵牛彙報了張愛清用色相迷惑他，用挖鋤打擊他。柯鐵牛聽了，立即召開南柯社黨支部社委會成員會議。柯國慶捂著胯襠，編了一套話作彙報。

「看你那雞巴還硬不硬，吃苦頭了吧。」婦聯主任李紅風騷地笑著說。

「你摸到那婊子的破屄沒有？」民兵副連長劉會早繼續開玩笑。

柯鐵牛聽到有刺激性的風騷話，想起張愛清，兩胯間硬起一根棒子，心裡在責怪柯國慶那傻子壞了自己的好事。

「入你娘的十八代！你們還笑話我，階級立場到哪裡去了？」柯國慶火了，說，「我去叫那婊子來繡字，那婊子就騷起來了，伸手摸我雞巴。我想到自己是共產黨員，不能被敵人用美人計拉下水，就打了那婊子一耳光。那婊子騷狂了，就抓住我卵子狠捏。我不從，她又用挖鋤來打我。我痛得難受，就跑來了。」

「不要鬧了，嚴肅一點。」支書柯鐵牛鐵青臉說，「對惡霸要陷害幹部這個反革命事件，大家討論一下，怎麼處理？」

「這是一起嚴重的階級鬥爭事件，用糖炮彈襲擊革命幹部，是階級敵人的新手法，是階級鬥爭的新動向。我建議，對張愛清先鬥爭，再交給公安特派瞿思危同志繩之以法。對柯國慶同志，要在全社黨員、幹部在會上表揚，號召大家學習柯國慶同的階級立場堅定，不被敵人勾引的模範事蹟。」團支部書記柯業章一本正經地說。

幹部們你一句，我一句地討論起來，階級仇恨的怒火熊熊烈烈了。

「張愛清就交給我們婦女來鬥爭。你們男子心太軟，對這種事又不好意思說出口。」李紅英勇請戰。

「我同意李紅同志的意見。」劉會早說。

「就這樣定下來。」柯鐵牛作出聖旨了，「開兩個會，李紅、劉會早主持召開全社婦女鬥爭張愛清大會，柯業章主持召開全社黨員、幹部學習柯國慶拒腐蝕大會。」

李紅、劉會早一起說說笑笑地去了。她們先召開女黨員、女團員、女積極份子會議，物色了幾個鬥爭性極強的積極份子。李紅還對受害者柯國慶愛人周春進行階級鬥爭教育，武裝思想。

在南柯村大堂前設了鬥爭會場，李紅、劉會早、周春坐在上祖宗堂主席臺上，婦女積極份子分兩邊站立。全社婦女陸續地來了。有的拿著正在做的鞋底，有的拿著正在縫補的衣服，有的抱著小孩。婦女們總是盼望著開鬥爭大會，因為有四個好處：第一，不出工，能休息；第二，能有時間做針線活；第三，能看熱鬧；第四，有談笑資料。大堂前充滿了婦女們說說笑笑的聲音，嘰嘰喳喳的聲音。

李紅作了鼓動性講話，嗓子喊啞了，仍壓不住會場上吵雜聲音。還是劉會早有煞氣，在李紅講完話後，向著婦女們吼起：「餵——餵——」那聲音像打雷，像獅吼，像虎嘯，吵雜聲嘎然而止，婦女的眼睛一齊向主席臺望去。

「把惡霸婆張愛清押上來。」劉會早咆哮。

兩個女民兵押著張愛清從大門進來。會場上的婦女們一邊觀看，一邊讓開人巷，讓三人走上主席臺。

張愛清看到主席臺上坐著李紅、周春、劉會早，知道今天的鬥爭會由這三個人主持，心裡懸著的一塊石頭落下了一隻角在地上，認為不會吃大苦頭。因為，她對李紅、周春有恩典。她只是害怕大塊頭女將劉會早的拳腳。

先說李紅。李紅是柯鐘月的養女，是柯鐘月愛人明氏從南下逃亡的東北人棄在路邊撿回的三歲女嬰，取名望娣，意思是希望這女孩能給自己帶來個兒子。可是望娣進門多年，明氏仍無身孕。柯鐘月和明氏就把望娣當親生女兒嬌養。柯鐘月發瘋打老婆，但從不打望娣。張愛清嫁到南可村時，望娣已經十五歲。由於望娣是東北種，個子發育得卻像南柯村十八、九歲的女青年一樣，高個苗條，皮膚白嫩，鵝蛋臉，大眼睛。柯丹青曾對張愛清說：「望娣這孩子沒教養，將來會成為南柯村的妲己。」張愛清看法卻不同，讚美望娣漂亮，同情望娣沒娘家，就讓望娣經常到自己房子裡玩，教她識字，教她打扮，還帶她到縣城去玩，買衣服。柯鐘月當了村副主席，望娣十七歲了，就參加宣傳隊，演「車推車」、「划龍船」，什麼都像，都好，很快在方圓十幾里出名了。望娣革命了，尹苦海就給她取了學名李紅。

許多青年都追求她，柯業章追得最狠。李紅一概不理睬，心中只有一個人——柯和義。在她眼裡，柯和義雖然外表一般，卻是全村最靈醒的有知識的人，比柯丹青強。並且，柯和義孤單一人，無父母兄弟姐妹掛牽，不說柯和義有什麼出息，單憑柯和義的智力和體力便在田地家務上，也比一般農民生活好。李紅多次親近柯和義，有一次還直接向柯和義表白心意。但是，柯和義不正眼看她，儼然以族叔面孔出現，使李紅失望。柯和義認為李紅是好看不好吃的沒有教養的潑辣貨。其實柯和義錯了，如果能接受李紅，李紅將會變成一個內外都美的女人。李紅戀柯和義不著，就接受了柯業章的愛，兩人都入了團，李紅還當了婦女主任。李紅看到父親柯鐘月與柯鐵牛鬥爭當村裡第一把手失敗了，為了入黨保住地位，就讓柯鐵牛給自己破了瓜。柯和義被釋放回來那天，她還給柯業章跟蹤柯和義出主意，站崗望風。

再說周春。張愛清更是有好處在她身上。周春是個苦童養媳，三歲時到柯國慶家，五歲時就做家務事，六歲就放牛砍柴，上地幹活。她是柯國慶和他母親的出氣筒，虐待物。她被隔食，吃野菜，吃剩下的餿飯餿菜，受盡了折磨。張愛清到南柯村時，周春十五歲，那身材是十來歲的女孩，那面容那像三十歲的婦女，頭髮好像十多年沒梳理，又亂又結；臉脖好像十多年沒洗抹，積垢有半寸厚；額上經常帶著青傷血痕；衣服破爛不成形。張愛清對她產生了巨大的同情，主動和她說話，把她當作一個人看待。

一天天黑時，張愛清在房裡聽到廚房有豬吃食似的聲音，就提燈去看，裡面有個黑影。那黑影看到張愛清堵在門上，就撲倒在地，磕頭，小聲求饒：

「張嬸，我錯了，你莫打我。」

張愛清舉燈一照，是周春。在周春身邊有一個小瓦缽，體裡有一半吃剩的肥肉油。張愛清拉起周春，說：

「你是餓昏了吧?很久沒吃豬油了吧?起來，我煮給你吃。」

張愛清叫周春燒火，她將豬油倒耳鍋裡，加了些油筋瘦肉，一把麵條，煮了一缽，讓周春吃了個大飽。

第二天，張愛清又叫來周春，燒了一鍋熱水，拿出肥皂，教周春洗澡梳頭，還給了一套半新衣服讓周春穿上。張愛清又教周春縫補衣服，納鞋底。周春很笨，鞋底的針腳總是歪歪斜斜的。張愛清就用墨筆在鞋底上打出成行成路的針點，叫周春接著墨點鑽針。

在柯丹青被槍斃那年，周春十八歲，和柯國慶結婚了。也就在這年，柯國慶父母雙雙病死。柯國慶罵周春是「剋星」，把父母剋死，狠打周春一頓。結婚兩年後，周春沒生育，柯國慶罵周春是「石女」，不生孩子，又狠打周春一頓，還鬧離婚。支書柯鐵牛罵柯國慶說：「你把周春離了，誰願嫁給你這個又蠢又醜的王八蛋!」柯國慶才沒離婚。

周春為了生兒子，也抱了個望媳，是她娘家堂兄的四歲女孩。頭一年，周春對女孩還好。過了一年，周春就討厭那女孩了，把自己從公婆、丈夫那裡受的怨恨都發洩到那女孩身上，要那女孩做事，餓得那女孩皮包骨，打得那女孩呱呱叫。在那女孩六歲的那年冬天，一天晚上很冷。柯國慶在家裡生了個火塘，自己烤火。那女孩衣服破爛單薄，站在門檻邊冷得哆嗦。柯國慶就叫那女孩也來烤火。那女孩坐在草墊上，把凍裂的一雙小腳伸到火邊。烤得太急，布鞋燒著了。那女孩縮回腳，用小手去撲火。柯國慶看著笑。周春大怒，不幫女孩撲火，卻把女孩的腳拉到火上去燒，用火鉗去捅那女孩的下身，邊捅邊罵！「我看你這賤屄還烤不烤火，把那好的鞋燒了，老娘讓你燒個夠！」那女孩發出淒慘的叫聲，昏厥在地。柯國慶開始笑著看，看到女孩快要死了，怕周春鬧出人命來，就打了周春兩巴掌，把那女孩的鞋脫掉，抱到床上睡去了。

周春的堂兄嫂——那女孩的親生父母聽說了，就帶那女孩回家，對周春罵道：「沒想到你這賤屄這樣狠毒。要不是看在我好心的妹夫身上，我們今天要剝了你的皮！」

周春比柯國慶還狠毒，這是什麼話？怎麼解釋？像周春這樣的村婦，本性並不兇惡，能吃苦耐勞，能受壓迫剝削。如果在路上，在車上，在街上，在商店裡，她那膽小怕事的神情，老實愚蠢的樣子，營養不良的面孔，衣服襤褸的身子，可憐兮兮的目光……令人十分同情。周春從小被關在小農家窮冷的小黑屋裡，受著公婆、丈夫的欺凌，在貧困愚昧、無知、野蠻中成長，她的性子返回到荒蠻原始的獸性中去了，甘受強者侵犯，去侵犯比她更弱的弱者。周春是最容易接受毛澤東的階級鬥爭理論的。一旦被階級鬥爭理論武裝起來。就成了一隻饑餓的雌狼，也就成了劉胡蘭式的女英雄了。從周春，我們可以推測到劉胡蘭，一樣貧窮無知，老實可憐的農村婦女，受了李紅式的人物的教唆，去枉送了一條生命。劉胡蘭絕對不懂什麼「黃金不怕火來煉，刀斧擺眼前，也難動我的半點心。」更不懂政治騙子毛澤東所說的「生的偉大，死的光榮。」如果讓她們受到良好的教育，正確的開導，她們也會成為善良文雅的張愛清一樣的婦女。

李紅找周春談話，要她去鬥爭張愛清。周春開始不願意，她還有狗一樣的情義。李紅就向她宣傳階級鬥爭思想。李紅說周春為什麼貧窮，是因為有張愛清這些地主、富農的剝削。說周春的公婆、丈夫為什麼打她，是因為被張愛清這些地主、富農逼窮了、壓慌了，才亂打人。說張愛清為什麼對周春好，是黃鼠狼給雞公拜年，沒安好心，張愛清看到了共產黨要勝利，窮人要當家作主，就事先拉攏李紅和周春，好好保護張愛清過關。說張愛清為什麼調戲柯國慶，是想拉攏革命幹部，配給革命幹部做老婆，好讓自己翻身作主。說張愛清想占周春的丈夫，使周春成為寡婦，無家可歸。說只要周春鬥爭張愛清表現積極，可以入團入黨，成為革命幹部。周春被李紅說得心子活動起來，特別是後面的幾句話，激起了她的憤怒和仇恨，她罵道：「沒想到張愛清那老屄這樣毒心，老娘要鬥爭她。」

現在，坐在主席臺上的李紅、周春，已經不是張愛清所認識的懂得恩怨善惡的正常人了，她們被階級鬥爭思想武裝起來了，成了心如鐵石的鋼鐵戰士，成了失去人性的邪教徒。她們必然一有機會就會演出一場恐怖劇來。

「現在，鬥爭大會開始！」劉會早的嗓門像打鑼，「張愛清，低頭站好！」

張愛清低頭站好。

李紅第一個沖到張愛清面前，比張愛清高出一個頭。她右手抓住張愛清的頭髮，左手扭住張愛清的右膀，左腳向張愛清雙腳橫掃，吼道：「你還想站著迷男人呀！這裡沒有男人，儘是女人。」

張愛清一下子被摔倒在地，她的頭髮被李紅揪住，臉面正向著李紅的臉面。

她看見李紅漂亮的臉蛋儘是橫皺，杏眼圓睜，露出凶光，整齊細白的牙齒緊緊咬著，充滿仇恨。

李紅騎在張愛清的肩上，右手揪緊張愛清頭髮，將張愛清的面孔扭向左邊，仰著，讓眾人看。她惡狠狠地說：「你今天給老娘交待清楚，你是怎樣去捏柯國慶的雞巴來入你這草狗屄的？快說！」

張愛清受了奇恥大辱，本能地抗爭著說：「是柯國慶強姦我。你不能聽信柯國慶的話，你不能誣衊我。」

「你還敢強辯。」李紅給了張愛清幾巴掌，喝道：「給我捆起來！」

立即衝上去幾個積極份子，用麻繩把張愛清雙手反背捆結實。

「婦女同志們，」李紅雙手叉腰，演說起來，「張愛清這隻狐狸精，想用她的爛屄拉柯國慶下水；用她骯髒的身子把所有革命幹部拉下水，就是想打垮共產黨，過她以前惡霸婆的好日子。我們決不答應！」李紅揭發說，張愛清如何騙柯國慶到她住的豬欄，如何關門，如何自己脫了褲子，如何去拉柯國慶的雞巴，柯國慶如何不受迷惑，張愛清如何狠心地抓捏柯國慶的卵子……李紅一邊說，一邊表演，繪聲繪色。

婦女們聽得哈哈大笑起來，議論著：

「看不出來，那惡霸還那麼風騷。」

「城裡女人都騷些，不要臉的。」

「看她那螞蝗腰，就知道是隻迷人的狐狸精。」

「這種女人，要是在從前，恐怕早在祖宗堂卷了篾席，拖去落石沉河了。」

……

「周春，這狐狸精說是你老公強姦她，你說說，你老公是不是那種人？」李紅轉面問周春。

周春早想出風頭了，聽到李紅召喚她，就跳過來，破口大罵：「我老公是個正經老實人，放下我這嫩屄不入，還去入你這老草狗屄嗎？」

周春學著李紅揪住張愛清腦後頭髮，把張愛清的臉向上。

張愛清看清了那張貼得很近的面孔：蠟黃的臉，嘴唇張開，紅色唇肉翻出，兩顆黃色大門牙，像要掉落似的，嘴裡噴出一口腥氣，氣憤的肥肉在顫動，惡毒的目光呆直。

周春也瞧著眼下這張臉：沒有原來的細膩白嫩，有黝黑塊斑點；一臉痛苦。周春全然忘了以前的事，就是這張臉向她露出慈祥神色，就是這張臉和藹悅色地教她做針線細工……此刻的周春，只有妒火，只有仇恨，只有表現自己比這張臉顯得優越的情緒，只有一泄為樂的衝動。周春向這張臉狠狠吐了幾口唾液，罵道：「你這惡霸婆，要霸佔我老公，要我成為寡婦，我就抓破你的臉，看你如何去迷男人！」

周春伸出右手，張開五指，那指甲又長又尖，在張愛清臉上亂抓一陣。張愛清的臉立即佈滿冒著鮮血的爪痕。

「我還要看你那草狗屄長得怎樣的好看迷人！」周春說著，又撕張愛清的褲子。

張愛清心中一股羞惱襲來，因雙手被綁著，就用頭去護衛下身。這一下，張愛清的頭就觸到了周春的胸口，把周春觸到地上坐著。

周春瘋狂地嚎叫：「這惡霸婆真惡呀，還打老娘！」

站在旁邊的李紅提起左腳將張愛清踢得仰翻天，又用右腳踏住張愛清胸脯。張愛清兩腳亂彈。李紅喝令四個積極份子把張愛清兩腳拉開，按住。周春撲上去，把張愛清褲子扒下，下身全裸露在外。

「哈，長得一撮好屄毛，老娘今天要拔光它。長得一張好屄皮，老娘今天要撕破它。」周春邊叫，邊獰笑，邊扯撕。

「撕那破屄！」積極份子們樂了，喝彩助威。

張愛清下身血流如注，發出慘絕人寰的呻吟聲。

積極份子們份子爭先恐後地湧上去，雜七雜八地喊：「讓我也扯一根屄毛看看。」

這場景，正如劉邦的將士們爭著去割項羽屍體的肉去邀功請賞那樣。

「讓開！讓我來收拾這惡霸婆。」一直坐著看的劉會早起身擠過來。她那雙水桶般粗臂揚起，分開了打成一堆的婦女積極份子們。她那肥大的屁股一個急轉，婦女積極份子們倒了一圈，李紅趔趄到一邊。劉會早兩腳叉開，站在張愛清下身兩側。如果劉會早給張愛清一拳一腳，那張愛清就嗚呼哀哉了。可是，劉會早只是兩腳夾住張愛清，一手叉腰，一手揚起，吼道：「安靜下來，各人回到原位上去。」

婦女積極份子們退到兩旁去了。嘈聲停住了。

「我們……」劉會早正說著，看到周春握了一把白菜刀沖上來，向張愛清的頭砍去。劉會早眼疾手快，左掌向後一擺，周春砍偏了，削下了張愛清右腦上一塊頭皮。那塊帶著頭髮的頭皮掉在地上，像用快鋤鏟下的一塊草坯。

劉會早扭落周春手上的刀，喝令周春回到座位上。她向婦女人高叫：「同志們，已經鬥倒了張愛清，我們勝利了，散會！」

「餵，劉會早——」李紅在喊。

「有了。若是弄出人命來，你我都不好交差。」劉會早截住李紅的話頭，說。

婦女們哈哈滾天地散會了。

「李紅，你先到社部去彙報，我把惡霸婆送到她的豬欄去，不能讓她死在祖宗堂。」劉會早說。

李紅拉著周春來到社部。「學習柯國慶大會」還沒散，李紅就走上主席臺，向大會彙報了鬥爭張愛清的情況，表揚了周春的鬥爭精神。站在李紅身邊的周春得意地笑了。李紅讓周春講話，周春講不出來，只喊了一句：「我——要——革——命！」

李紅在小聲向柯鐵牛打小報告，說劉會早有階級立場問題。柯鐵牛表揚了李紅、周春，但畏懼尹苦海，不敢得罪劉會早。

卻說劉會早，喊聲大，而內心善良慈軟。她是趙月英的姨侄女。趙月英把她嫁給小毛為妻。尹小毛老實巴巴的，不肯出來鬧革命，劉會早自覺地沖出來了。她和李紅同年，但體態與李紅截然不同。劉會早個子中等，身體奇胖，皮肉黝黑堅硬，奶大而不下垂，背闊如門板，屁股肥大，撐得褲子露出股叉，小腿有男人大胯粗壯，十指短肥，掌肉厚實，聲音粗獷，純粹是一副鐵塔般男子漢體格。她喜愛穿軍服，是毛澤東所讚美的「不愛紅妝愛武裝」的中華奇志女英雄。劉會早在紅石區舉行民兵射擊比賽中，五發子彈命中四十二環，得了第一名。而民兵連長柯國慶五發中十一環。她自薦要當南柯村民兵連長。柯鐵牛說柯國慶是老革命，不好讓位，就讓劉會早劉會早當了民兵副連長。柯鐵牛十分愛羨劉會早的一身厚肉，曾去摸她的大屁股，被她甩了一個屁股花，趔趄得險些跌倒。劉會早說：「支書，革命幹部不能腐化呀。」從此，柯鐵牛不敢再惹劉會早了。趙月英總是擔心劉會早會幹出惡事，就經常教導她要慈悲行善，莫作惡事。劉會早很聽趙月英的話。

劉會早見到眾人全散去了，看那張愛清，衣服全被撕爛，面部胸部佈滿爪印，下身一片殷紅，辨不出皮肉來，兩膝蓋被扭脫臼，如果不是鼻孔有氣息，就是一具血肉模糊的屍體了。

在中國歷史上，婦女製造的慘景個案是很多的，妲己吃人心和人肉餅，呂雉將戚夫人變成「人彘」，慈禧把她討厭的貴妃拋進開水鍋像煮貓一樣。……但是，眾多婦女一同行動，在光天化日之下來製造張愛清慘案，這在中國歷史上還史無前例，是毛澤東時代南柯村婦女們的首創。這大概是毛澤東稱頌的「群眾首創精神」吧。

劉會早看了張愛清那個樣，心善了，解開張愛清的繩子，從神龕上香爐裡抓了一大把爐灰，給張愛清擦傷口止血，從張愛清的衣服上扯幾塊布條，把較大的傷口包紮了。她又給張愛清穿上褲子，把張愛清背回去，放在床上躺好。她又給張愛清喝了幾口水。劉會早辦好了這些，回去了，告訴了趙月英。

如果劉會早沒有趙月英的教導和影響，定會比李紅、周春兇惡狠毒十倍，怎會去救張愛清呢？張愛清早就一命休矣！

張愛清不醒人事了，她只感到有人背她，兒子在床邊哭。過了好一陣子，她又感到有人抱起她，飛快地跑。

對眾女人鬥爭張愛清事件，柯平斌有打油詩一首：

為何憨厚眾女人成為禽獸？是因為學習了惡理論。
惡理論一旦武裝了群眾，善良淳樸就無影無蹤。

不知張愛清性命如何，且看下回分解。

第十三回 鐵錚錚包護天良性 情溫溫融化堅冰心

卻說張愛清在昏迷中，感到有人抱著她飛跑，耳邊有風呼聲，有噠噠腳步聲，急喘聲。跑了一陣後，她躺在一張軟床上。過了一會兒，她聽到有幾個人在說話。有人在撕剖她的身體，她感到劇痛。她無力反抗，也不想反抗。她清楚，她的身體和生命不屬於自己了，只能任人宰割。她等待著無常來勾魂魄，只是擔憂著兒子晴川。她想喊兒子，但喉嚨腫痛，喊不出來。她的眼在流淚，心在流血。又過了一會，她感到左手背血管有股清涼在流動，很快，乾燥苦澀的舌根有絲絲又涼又甜的味道。她昏睡起來。不知過了多久，她甦醒了，睜開眼睛。這房子窗明幾淨，頭上高懸著一個吊瓶，一根白色管子連到她的左手背上，原來那又涼又甜的液體是從這吊瓶裡輸送來的。她看清了坐在床沿上的兩個人：柯和義，兒子晴川。

「愛清，你醒了！」柯和義驚喜地說，「左手不要動，吊針還沒打完。」

「這是哪裡？」張愛清問。

「區衛生院。」柯和義說，「要不是趙表嫂叫劉會早來告訴我，你也許活不過來了。」

「你不該管我，這要花多少錢？」

「救命要緊。你不用擔心我的事，要儘快恢復健康。」

「健康？那有什麼用？還不是要再遭摧殘嗎？」

「我不會讓你再受人欺凌了。」柯和義自信地說。

張愛清搖了搖頭。

「你不相信我？」

「這不是你的本領能做到的事。」

「對於整個局勢，我沒有本領扭轉。對於你，我卻能保護。」柯和義語氣堅定。

張愛清受的是皮肉傷，內臟沒受損害，住了五天，恢復健康出院了。柯和義護送張愛清母子回家。走到南柯村土路口石牌坊下，張愛清要休息一下。三人就坐在石獅旁石凳上。

「和義，我初到南柯村時，覺得南柯村風景秀麗，風俗淳樸，可親可愛。可是，現在我踏上南柯村這塊土，心裡就發怵，害怕。」張愛清說著，驚恐的目光向四面窺瞄，好像隨時有人襲擊她。

「愛清，你這是患了恐懼症。」柯和義說，「你不用害怕，回家照常生活。我這兩天不去上班，待在家裡暗中保護你，看誰再敢欺負你。」

坐了一會兒，柯和義、張愛清就各自回家了。

柯和義來到自己的小屋，打掃了一番，準備睡一會兒。這時，從巷子那頭傳來了吵鬧聲。柯和義擔心張愛清出事，就蹦出門去，向張愛清家跑去。果然張愛清門口擁著十幾個婦女。

「狐狸精，你倒會迷人哩，又迷上了柯和義，住那好的醫院，長白胖了，一連五天不出工，今天，就要鬥垮你！」李紅在尖利地喊。

「讓開！」在婦女背後突然響起一個炸雷。

婦女們一齊回頭，看到柯和義怒氣衝衝地撞過來，不由自主地讓開。

柯和義大步跨進張愛清的屋裡，把三個去抓張愛清的婦女積極份子三、五幾下趕出屋裡。柯和義站在門檻上，面向眾婦女。

眼前這柯和義，與原來剃光頭、打赤腳的柯和義判若兩人：一套嶄新藍卡機幹部制服，鈕扣整齊，褲腿筆直，足蹬藍面白底力士鞋；烏髮右順，茶色皮膚，額寬明澈，鼻高冷峻；面容清臒而又豐滿，神態清雅而又獷悍，舉止風雅而又唐突，性格沉穩而又急躁；像一扇鐵色門板堵在張愛清門口，威武雄壯，英氣逼人。

「是哪個叫你們到這裡來胡鬧的？」柯和義對著眾婦女責問。

「是我。」從巷角轉過柯國慶。他指著柯和義喊：「你好大膽子，敢包庇惡霸婆，我要上區裡告發你！」

「我正要找你。」柯和義一個箭步沖去，右手扣緊柯國慶衣領，拉到門口，又舉起。柯國慶就像一隻被提起的鴨子，雙手在空中亂劃。柯和義對著柯國慶的臉大聲說：「你已經不是革命幹部了，是腐化份子，是罪犯。第一，你違犯了三大紀律，八項注意，調戲婦女；第二，你唆使你老婆周春拿白菜刀殺人，犯了國法。區裡已經知道你的罪行了，是張愛清看在同宗同村面子上，不要區裡來處分你。我如果向縣公安局寫你一紙狀子，你就要和你老婆去坐牢。蠢貨！你懂不懂黨紀國法？我今日放你一馬，今後你敢胡來，我決不放過你。滾！」

柯和義右手一推一放。柯國慶滾出一丈多遠，撞在巷牆上。柯國慶跌在地上，爬起，用手掌抹了抹脖子，咳了兩聲，朝柯和義傻瞪了兩眼，灰溜溜地走了。

婦女積極份子們看了這一幕，氣焰全沒了，有人朝後站。後面前來看熱鬧的婦女擠了一巷，聽了柯和義教訓柯國慶的話，議論起來：

「沒王法啦，亂鬥亂打了！」

「人家只是出身不好，也是個人呀，還有孩子，要活下去唄！」

「誰不曉得柯國慶是頭騷黃牯，張愛清怎會去調戲他呢？」

……

柯和義站在門檻上，看到立在李紅身邊的周春，就指著周春說：「春，我問你，你為什麼要拿刀子殺張愛清？」

「她是階級敵人唄。」周春也學會了眾人說慣了口的話。

「愛清欺負過你嗎？」

「沒有。」

「在你做苦媳婦時，張愛清打罵過你嗎？」

「沒有。」

「是誰給你洗澡，換衣服，教你打鞋底，做針線活？」

「愛清嫂。」

「在你最苦的時候，張愛清把你當階級敵人了嗎？」

「沒有。」

「是誰教你把張愛清當階級敵人，去仇恨張愛清的呢？」

「是李紅主任。」周春的話音越來越小了。

「春，你想一想，在你最苦的時候，柯國慶對你怎樣，李紅對你怎樣，張愛清對你怎樣。你是了解張愛清的，張愛清會去調戲柯國慶嗎？你自己要有腦筋，要有主張，不要聽別人教唆，做出沒良心的事來。」柯和義說。

「和義哥，我錯了。」周春哭了，扭頭就跑。

周春這類人就是這麼簡單。群起作惡時，沒有明確的目的，也不需多大的原因，只要有人鼓動，就像鴨子趕大陣一樣去作惡行兇。一旦事過去了，有人問她為什麼要這麼幹？她回答的理由簡單得令人吃驚：「大家都去了唄。」有人指出她做得不對，天良就驀地在她心裡恢復起來了，她會哭，會悔恨自己。她們被毛澤東言中了，是「一張白紙」，任人描繪。毛澤東為了自己的政治野心，不是把他們「畫成最美的圖畫」，而是把她們畫成鬼，塑成魔。

「李紅，現在該我倆說話了。」柯和義望著靠在巷牆的李紅說，「鬥爭張愛清大會是你主持的，原因是張愛清調戲柯國慶，陷害革命幹部。憑良心說，你相信會有那種事嗎？」

李紅沒有回答，她被柯和義問到了實處。她對柯和義又戀又恨、又敬又怕。

「李紅，你搞革命，當婦女主任都是好事。搞階級鬥爭，也不能亂鬥呀，不能不要黨紀國法去鬥呀。張愛清是個惡霸家屬，還不是階級敵人呀。即使是階級敵人，只要她老老實實地改造自己，我們就要幫她改造，不能逼她成為階級敵人。革命要搞統一戰線，這是黨的一個法寶。再說，在我們黨內也有階級敵人呀，張子青是天津地委書記，官大著哩，毛主席批准槍斃了他。黨內還有腐化份子，柯國慶就是一個。柯國慶和我們一起長大的，你心裡不清楚他是什麼人嗎？你還親口對我說他調戲過你。你今日怎麼聽了他的胡說八道來違犯黨紀國法鬥張愛清呢？」

李紅聽著柯和義說得句句有理。她低下頭，無言反駁。她沉默了一會兒，一個疑問從心底蹦出來：柯和義為什麼特別關心張愛清呢？她頓時妒火如焚，心裡絞痛，抬頭怒問：「柯和義，你為什麼真心真意地護著張愛清？」

「她孤兒寡婦，又老老實實地改造自己，不值得同情嗎？她是我們同村人，又是我同學，師妹，不值得我為她說句公道話嗎？」

「好吧，你跟她結婚吧，讓她成為幹部家屬吧！」李紅聲音有點嗚咽，眼睛紅了，濕了，說完這句話，就扭身跑了。

柯和義被愣在門檻上。李紅的話像電流給他意外一擊，好像捅到心裡的隱秘處。他一陣心悸，也紅了臉。過了一會兒，他看到婦女們都散去了，才進屋去安慰張愛清。

「和義，過得了今天，過不了明天，我怎麼活下去呢？」張愛清坐在床沿上，淚流滿面地說，「我打算去娘家住。可是，我怎麼能給我年邁的父親帶去苦難呢？」

「我原來打算去找柯鐵牛說一說，就不會再鬥你的。現在看來這不是根本法子。」柯和義說，「你聽到李紅的話嗎？」

「聽到了。」

「李紅的話倒提醒了我，你不能獨住，搬到我家裡去住。我是區會計輔導員，比柯鐵牛、柯國慶高出兩級，他們不敢惹我。」柯和義在緊要關頭只考慮脫離險境，卻顧不上其他，就不加深思地說。

「這不行，我不能不明不白地住進你家，害得你將來成不了家。」張愛清卻瞻前顧後，想得細心，同時，也是在試探：「我被鬥死了，也不能害你。」

「眼下只有這個法子了，馬上搬東西，明天我倆到區裡領結婚證。」柯和義急了，說。說著，他就收拾起東西來。

張愛清聽了，又驚又喜，忙幫著收拾東西。東西不多，柯和義兩擔就挑完了。

李寡婦知道了，過來幫柯和義擺東西。柯和義在堂屋裡加了個木板床，說是一個人睡習慣了。

第二天大早，柯和義、張愛清到區裡去結婚。他倆到周秘書辦公室領結婚證。周秘書問有沒有社裡的證明。柯和義說他在區裡工作，不需社裡證明。周秘書為難了，就去請示尹苦海書記。尹苦海叫郭區長去處理。柯和義聽了周秘書說郭區長來處理，心中一喜一痛，喜的是郭區長老婆是國民黨那位抗日英雄營長的太太，郭區長不會為難自己；痛的是回憶起抗日英雄黃誠在勞改土地上慘死的景象。

郭區長來了，坐在椅上。他問了張愛清的階級成份和社會關係等問題後，問柯和義：「你如果和張愛清結婚就被開除公職，你願意嗎？」

「我願意。」柯和義堅定地回答。

「你如果與柯和義結婚，柯和義就被開除回家，你忍心嗎？」郭區長問張愛清。

「這——」張愛清吱唔了。她看到郭區臉在微笑，就大膽地說：「我本不是階級敵人，只是惡霸家屬，我和柯和義結婚，說明我願意站到革命隊伍中來。我相信黨組織不會因為我與柯和義結婚而處分柯和義。」

「你還能講出一篇革命道理來，不錯！」郭區長向張愛清伸出大姆指。他又對周秘書說：「給他倆裁結婚證。」

「區長，那社裡的證明要不要？」周秘書慎重地請示。

「當然，手續要齊全。」郭區長說。

「區長，那柯鐵牛和我有意見，不會給我開證明的。你就給我寫個字吧。」柯和義說。

「他柯鐵牛比我老郭的官大嗎？我說給結婚，他就要出證明。」郭區長也是南下軍隊幹部，不識字，脾氣大。他又說：「小周，老辦法，你寫字，我簽名。」

周秘書很快地寫了字，郭區長在周秘書指定的地方簽了名。郭區長處理完了，就走了。

柯和義看那「郭邦武」三個字，橫歪直斜，不成字形，像道士畫的一道符。但柯和義心裡清楚，全區每個幹部都識得這三個字是郭區長的真跡，也像那道士畫的符一樣靈驗。柯和義又央求周秘書到南柯村替換自己寫證明。周秘書和柯和義關係好，就先為柯和義裁了結婚證，再和柯和義、張愛清一同到南柯村補開了南柯村證明。

柯和義和張愛清結婚了，沒舉行婚禮，沒辦席面，只是在大門頂上貼了個雙喜字，堂屋裡掛了郭區長、周秘書贈送的賀聯，在區裡分發了結婚糖。

柯和義與張愛清突然不聲不響地結婚了，這在南柯村是一反風俗的稀奇古怪事，並且，在暗中還更有稀奇古怪的事，柯和義沒有與張愛清同床，對外只是個名義夫妻，實際上沒過夫妻生活。

結婚那天，李寡婦過來幫忙做晚飯，一家三口也過來吃晚飯。她是個細心人，把晴川帶去和柯和貴一起睡。

天黑了，柯和義把柯丹青的兩塊血字給張愛清看了。兩人感嘆了一回。說了些閒話，張愛清就去小臥室睡了。柯和義卻在堂屋的窄木床上睡。柯和義由於這幾天情緒激動，又不斷跑路，現在情緒平靜了，就感到特別疲乏，倒下便睡熟了。

張愛清在這些天受到的精神打擊和身體折磨是很嚴重的，本來很累，但她睡不著，猜不透柯和義在新婚之夜為什麼不和自己睡在一起。

「這人真怪！」張愛清自言自語。她自認為對柯和義很了解，今日卻感到迷惑不解了：「他冒那大的風險，克服了那大的困難，降低人格去求人，拿到了結婚證，卻不願和我成為真夫妻，這是為什麼呢？」張愛清為了找到答案，胡猜起來：「柯丹青說柯和義是『利天下』的墨子，是義重如山的關公，我和柯和義睡在一張床上，柯丹青也不會懷疑我倆會作愛的。是的，柯和義是在做墨子，做關公，在救人利人，在護衛嫂子，在把我當作她的同學、師妹予以同情，保護；在受死者柯丹青的囑託關照我。於是就在危難之時急中生智，一時衝動，想出這結婚的法子來解救我和晴川。他並不愛我，我現在配不上他，不值得他愛。但這是什麼鬼法子？名義上的夫妻，一人守活寡，另一人終生不婚。我守寡並不算什麼，總比住在豬欄裡任人踐踏強百倍。但柯和義終生不婚的犧牲太大了，我不能這樣幹，我應該立即離開這裡，趁著現在影響不大時。」

張愛清想到這時，就坐起身來。她要去跟柯和義講明。但她沒下床，思想還很混亂，要想清楚。

她坐著，想著。她想：「柯和義要利人，要講義氣，要完成死者的重托，要同情我，解救我，難道只有結婚這個法子而沒有其他法子嗎？其他法子是應該有的，譬如，他可以想法子讓區裡寫張證明，說我不是階級敵人；或者將我的戶口遷到他認為比較安全的地方去；或者幫我介紹個能保護我和孩子的好心男子漢，等等。他為什麼不去想那些法子而唯獨取結婚這個法子呢？這不正好說明他在危難時的一時衝動出來的心靈深處的東西，不就是潛伏著的愛嗎？」

張愛清對剛才的答案不滿意了，她要在柯和義幽深的隱秘的心靈隧洞中摸索，直到摸出洞口。

是的，張愛清推測到了「那危難時的急中生智、一時衝動」出的東西是一種「愛」。這種「愛」，是在厚雪掩蔽、堅冰封壓著的地層下的一股泉水，受到地震從岩縫裡泌出來了。如果地熱繼續升溫，那堅冰就會融化，冰山就會倒塌，泉水就會噴出，變成汩汩的溪水了。

張愛清想到這裡，也就摸到隧洞出口處了。在她的眼前閃現出了柯和義熾熱的目光，那是在柯和義朗誦柯丹青的短文後望著自己發出的一閃即逝的目光。張愛清看到希望了，她要讓自己的地熱升溫，持續，直到融化柯和義心靈的堅冰。

張愛清禁不住爬起身，下床，雙手摸牆，碎步來到小天井，在側門站著，聽那柯和義發出的呼嚕聲。她嘆了一口氣，又回到床上。雞啼第二遍了，張愛清太乏了，迷迷糊糊地合上眼皮。不知過了多久，她睜不開眼皮，只是昏睡。這就是失眠狀態。

「娘呀，起來吃飯呀，叔叔做好早飯了。」張愛清聽到兒子晴川叫喊。她醒了，懶洋洋地下床，走到堂屋。

「昨夜睡得好吧？好好地睡它七天七夜，把失去的睡眠補回來。」柯和義笑著說。

「對不起，我起遲了，要你做早飯。」張愛清道歉著，去漱洗。

「我吃早飯後要去上班，所以起得早些。水缸裡的水是滿的，你不用去挑水。這幾天，你少出門。

在臥室桌上放了兩本書，你看看，消磨時間。」柯和義說。

「你為別人想得真周到呀，真是個『利天下』的墨子。」張愛清說。

柯和義沒作什麼反應，只管盛飯端菜。

吃完早飯，柯和義上班去了，晴川玩子去了。張愛清洗了碗筷，關上門，端了個小凳，拿起桌上的兩本子，到小天井坐著翻看。一本《阿Q正傳》，張愛清不愛看。另一本是《三國演義》。她翻到「千里走單騎」那回看。她敬佩關雲長對嫂子目不斜視、義重如山的高尚品質。她由此想到柯和義，臉上露出了微笑。她合上書，想了一回心事，就去找李寡婦閒談。

李氏坐在堂屋裡補衣服，見了張愛清，連忙讓座。兩個女人在閒聊中自然聊到柯和義。李氏說自己看著柯和義長大的，這孩子是好樣的，真正的男子漢，說張愛清沒看錯人。張愛清就說她和柯和義是名義上的夫妻，昨夜是分床睡的。

「啊，有這等事？」李氏吃驚了，隨口又說，「和義那好的身體，不是有男人病吧？」

張愛清聽了這話，羞得滿臉通紅。她低下頭說：「和義沒有男人病。」

「這就怪了。」李氏停住手中針線活。她沉思起來，說，「我娘家有個讀書人，結婚三天不與新媳婦做那事。後來，還是她媳婦主動去挑撥他，才做了那種事。有人問他為什麼這樣，他說君子一時恥於淫樂。天下怪男人多著。愛清，我看和義就是那種君子男人，你要想法去挑撥他。」

「他會罵我是個狐狸精的。」張愛清笑著說。

「不會的，我看他喜歡你。」李氏說，「你又不是新媳婦了，害羞什嗎？你應該去挑撥他，看他是有男人病還是有什麼其他原因？」

張愛清點了點頭。

又是一個長夜來了。李寡婦說堂屋的木板床不雅觀，要柯和義撤掉，又帶走晴川。柯和義還是睡在堂屋窄木床上，很快入睡了。張愛清再次失眠，眼睜睜躺在床上，聽著堂屋那邊的男人氣息。

下半夜，堂屋那邊傳了柯和義翻身發出的木床吱吱聲，張愛清就叫起來：「哎——喲——」

柯和義被驚醒了，趕忙來到小臥室，劃根火柴，把帶罩煤油燈點著，把光亮打成個半月形，小臥室裡亮堂起來了。

「愛清，你又害怕了嗎？」柯和義站在桌旁問。

「我夢見一隻野豬壓我，咬我。」張愛清側過臉面看著柯和義說。

「那是恐懼症。」柯和義說，「你要想到這屋裡有菩薩保佑你，沒有鬼，你就不會害怕了，慢慢會好起來。今夜你就點著燈睡吧，我走了。」

「和義，你就坐在床沿上陪我說說話，讓我安靜下來。」張愛清乞求著。

「好，好。」柯和義沒奈何地坐在床踏凳上，沒坐到床沿上。

這是八月的天氣，不冷不熱。柯和義只穿件白背心和藍色短褲。張愛清只蓋條被單，系個抹胸，穿條紅底白花短褲。

「和義，你是不是在區裡找到對象了？我們就這樣過下去嗎？」張愛清相信柯和義不說謊，就無顧忌了，大膽地發問。她本來就不怕柯和義，又加上李氏的慫恿，更大膽了。

「過一段時間再說吧。」柯和義望著油燈說。

「到什麼時候？」

「到你脫離危險，到我幫你找到能愛你保護你和晴川的男人的時候。」

「你盡在說傻話。我已經嫁了兩個男人。第一個男人讓我頭上戴頂惡霸婆的帽子，第二個男人和我辦了結婚手續，同住一屋，坐在我床邊，毀了我守寡名節。哪裡還有第三個男人真心愛我？」

「我倆是清白的，能向別人說清楚。」柯和義急了，申辯說。

「你不要說傻話了。你怎麼向別人說清楚？你和我領了結婚證，還有誰相信你是柳下惠、關雲長？你這不是救我，是害我。」

「總比你住在豬欄裡安全些吧。」

「我寧可住在豬欄裡，遭人欺凌，被人鬥死，死個明白，也不願住在這裡，頂上改嫁的罪名，受精神上的痛苦。你當然好，落得個仗義執言、救苦救難的名聲。」張愛清把想好的話一咕嚕說出來。她知道，只有把柯和義損己利人的品質反說成損人利己，刺激柯和義，使他受委屈而痛苦，良心不安起來，他才能採取大膽行動，擺脫困境。張愛清說得很激動，坐起來，胸脯在起伏，兩眼盯著柯和義。

「這——」柯和義果然受到刺激，而激動，內疚，說不出話來。

「和義，我問你，你是不是嫌棄我是惡霸婆？是不是嫌棄我是老太婆？是不是嫌棄我有孩子負累？是不是認為我是賤女人？是不是……」張愛清故意發出一連串委屈柯和義的責問來。

「不要說了。」柯和義右手一擺，制止了張愛清的發問。

「那是什嗎？你回答。」張愛清窮追猛打，定要端掉柯和義的大本營。

「我不能娶你。你是我的嫂子。我只能尊重你。」柯和義抬起頭，眼裡有淚水，表情痛苦。

「可是我現在是一個任野蠻人蹂躪的毫無人格尊嚴的村婦呀。」

「你是我的師妹，是我朋友的妻子，朋友妻不可欺。」

「可是我現在是個寡婦呀。」

「丹青哥以血書重托我，我只能關心你和晴川的安全、生活，不能乘人之危，不能有非分之想。

否則，我怎麼對得起信任我的死者？怎麼對得起天理良心？」

「那你為什麼要和我結婚？」

「那是我一時心急，無意中想出的解圍的糊塗法子，我現在後悔莫及。」

「你為什麼在情急時無意中想到結婚的法子，而不想到其他的法子？這說明在你的無意中對我有愛，只是這種愛被壓抑在心靈深處潛伏著，一旦遇到情急時就無意中泛了出來。當你有意識時，又認為那是一時糊塗，後悔莫及。是不是？」

柯和義呆若木雞了，成了「真是個木頭人」了。

「柯和義，你這木頭人。我現在不害羞了。暗示對你不起作用，我要明白地告訴你；我不需要你的憐憫，也不需要你的尊重，我只需要你潛意識中的那一點『愛』。至於我，在中學時，就愛過你，只是你麻木不仁，覺察不出來。如果你能像柯丹青那樣向我表示愛，說不定我倆早結婚了。現在柯丹青去世了，他給你留下的血字：義關照清。那『關照』二字含義深廣，不是你所理解的不能有非分之想，而是柯丹青臨死之前，想到只有你才能真心實意地愛我，娶我。他給我這血書：接受義。就是要我接受你的愛。在這方面，柯丹青比你強百倍，你是個死腦筋的人。今天，我倆結婚了，這是老天爺的安排，是柯丹青的願望。沒有對不起柯丹青的，還能使柯丹青在九泉之下得到安慰。如果你和我假結婚，毀我貞潔，又拋棄我，才幹了傷天害理的事，才是傷害了柯丹青的英靈，對不住死者重托，柯丹青會變厲鬼害你。」張愛清的話如一股滾燙的地熱在冰上流淌，時有衝擊波。

柯和義默默地聽著。他確實對張愛清產生過「愛」，那是讀柯丹青寫的讚美張愛清那篇短文後，瞧著眼前活生生的無比美麗的張愛清，全身麻栗，萌發了「愛」。可是，他把這「愛」當作「邪念」，立刻撲滅了它。沒想到這「邪念」卻往心底鑽，鑽到心靈最底層，變成了潛意識。更沒想到這「邪念」一有機會就乘隙往外冒，使柯和義一時衝動，辦了與張愛清結婚的糊塗事。現在，張愛清的話句句在為這「邪念」開脫罪責，疏通管道，就像唐僧從觀音菩薩得到了一片咒，要去揭開如來佛那張封住五指山洞口的咒帖，讓孫猴子出山。柯和義開始管不住自己了，心靈深處的「邪念」真的像孫猴子一樣要蹦出山洞了；一股力量在衝擊，山崩地裂。柯和義的心理障礙——對嫂子的尊重，對師妹的疼惜，對大哥的情義，對死者的重托，等等道德倫理，一層一層地被衝垮了。頑石在裂縫，堅冰在破碎，那岩縫裡泌出的泉水汩汩地響，流成了溪河。

「和義，你坐到床沿上來。」張愛清繼續進攻。她彎下腰，伸出蓮藕般的右手，把呆若木雞的柯和義拉到床沿上坐下。她繼續說：「和義，在道德感情上，你是勝者，柯丹青和我都比不上你。但是，在愛情上，你是失敗者。你終生不敢愛，不敢大膽地去表示愛，更不敢去競爭愛。我知道，你是愛我的，哪怕我今日到了這步田地，你仍不會嫌棄我。你是一個健康的男人，是一個強壯的年輕男人，當然需要有愛情，也應該有愛情。你再不要有心理障礙了。來吧，我怕冷，你抱住我。」

柯和義淚水滿面，可憐兮兮，呆呆地瞧著張愛清。張愛清伸出雙臂抱住呆癡的柯和義。柯和義也身不由己地伸出手臂抱住張愛清，兩人倒在床上。

破碎的堅冰一塊塊的，轟轟隆隆地垮下來，嚓嚓嗞嗞地滑動，流淌。柯和義和張愛清不知不覺地做了那事。

柯和義躺在張愛清外側，大聲哭了。像小孩子一般哇哇地叫。他哽咽著說：「我不知道又做錯了什麼糊塗事。我覺得淩辱了你，玷污了你。」

「傻瓜，你只管憑著你的善良本性去做，永遠不會做出後悔莫及的糊塗事。你再不要說那些君子傻話了。床上夫妻，床下君子。君子話放到床下去說。」張愛清一手挽著柯和義脖子，一手撫摸柯和義的胸脯，蜜情溫溫地說。

張愛清又拉著柯和義的手，教他撫摸自己。張愛清還告訴柯和義，男女作愛，要忘記自己是君子，是讀書人，只覺得是雌雄交合，才有天倫之樂。

柯和義由被動而漸漸主動，由羞愧而歡快。他撫摸著張愛清，感到睡在自己身邊的是一個赤條條的女人，是一個體態豐美、性感旺盛的漂亮女人。他感到剛才作愛是那麼不由自主，那麼急匆匆，並沒有體會到男女性愛的快樂。柯和義在盡情地撫摸著年輕漂亮的胴體，禁不住又做起那種事來。張愛清又主動做動作，來刺激柯和義。一會兒，張愛清迷糊了，失態了，眼睛眯起，愉快地笑，頭面搖擺，裂開雙唇，發出「嗳嗳」的聲音。柯和義開始時，動作斯文，看到張愛清那個叫春癡樣子，就忘記一切，只知道一個勁地任性亂動。半個小時過去了，柯和義疲軟地十分快感地入睡了。

有詞詠柯和義與張愛清婚姻：

滿庭芳

幾年幾日，小屋天井（邊），未語前、先靦腆。風雨過去（了），月圓在今晚。自然（的）男女恩愛，人為（的）「五常」斬不斷。你（那一絲）隱情，唯（有）我知曉：堅冰封（了）暗戀。

溫語煖暗戀，如湧泉，（那）繡床方寸亂，風搖柳腰軟，雨淋花燦。男人（既要）鐵硯磨穿，（又不把）西廂變南柯夢幻；（你我）巧良緣，似張君瑞，娶了崔鶯鶯。

注：1.滿庭芳，詞牌名，中呂宮，平韻、仄韻皆可。雙調定格：

⊙●○○，◎○⊙●，⊙◎○●○▷。⊙○◎●，⊙●●○▷。⊙●◎○⊙●，⊙◎●、⊙●○▷。⊙○●，◎○⊙●，⊙●●○▷。

○▷，○●●，○○●●，⊙●○▷。●⊙○○●，⊙●○▷。⊙●◎○●●，⊙◎●、⊙●○▷。○○●，◎○⊙●，⊙●●○▷。

2.「五常」，仁義禮智信。儒家的道德倫理。3.張君瑞救得了崔鶯鶯，《西廂記》裡的人物故事。

柯和義和張愛清成了真夫妻了。這一夜睡得很熟，直到柯和貴帶著晴川來叫門，才起床，開門。

「娘呀，我跟小叔一起去放牛。」晴川說。

「不行，你還小。」張愛清說。

「嫂子，不要緊的，我不會帶晴川到遠山遠水去，只在附近放牛玩子兒。」柯和貴很認直地說。

「行，有我和貴老弟當老師，我放心。」柯和義笑著說。

兩個孩子高興地走了。

柯和義向張愛清把柯和貴誇讚了一通。

欲知柯和義誇讚柯和貴一些什麼話，且聽下回分解。

第十四回 小牧童湖壢拾死魚 新學生桌旁爭跳級

卻說柯和義允許柯和貴帶晴川去放牛，他向張愛清誇讚柯和貴聰明好學，機智勇敢，善良誠實，講了柯和貴的事蹟。張愛清這才放心了。

現在來說柯和貴的故事。

在劃階級那年，柯和貴撿到了一個布包，交給了失主，使家裡逢凶化吉，劃成貧農，分得了田地，還分了一腳耕牛——四家共一條耕牛，每家一腳。柯和貴就包乾了四家放牛的活兒，可以養活自己。這年，柯和貴才六歲。

柯和仁分得了田地很高興，日夜在田地幹活，糧油大豐收。南柯村人還有南湖漁業收入，李氏一家日子過得很好。五四年下半年，李氏家賣苧蔴得了不少錢，就改建新房子，把爛土磚牆換成了樓下青、大門青，把房子升高了，天蓋也添了青瓦。

柯和義出獄後，看見柯和仁改建的房子，很不滿意地說：「既然換了天蓋，就應該改為向東西兩邊出水，不應該留天井和陰溝。以前風水先生主張留天井出水，不讓風水外流，使屋子地下有陰溝。我看這樣說法不合天文地理。屋子地下有陰溝，地面潮濕，屋裡陰氣重濁，多生老鼠、蟾蜍、蛇蟲，生的孩子就獲濁氣多，性惡；對屋裡人的身體也不好。做房子要講向旨陰陽，主要是講陽光好，空氣新鮮，明暗適中，地土乾爽。如果有條件，這房子再改一下。」

李氏覺得柯和義說得有理，但是遲了，合作化了，沒錢糧了。

「娘，不用操心。上級說，過幾年這房子就歸公了，社員都住高樓大廈的新農村。」柯和仁說。

「你相信那種鬼話？」柯和義質問柯和仁，「照這個樣子走下去，不餓死人就是大吉了，還指望什麼新農村？」

「是的。共產黨又在騙人了。解放初，把一點甜頭給我們，好讓他們坐穩天下。現在他們天下坐穩了，就搞什麼雞巴毛的合作社，把田地沒收去了。現在，又騙人搞什麼共產主義新農村，全是入他娘的十八代的鬼話？」柯和仁一聽到對共產黨不滿的話，就感到遇上知己了，把一肚子火發洩出來。

「你倆不要亂說。」李氏緊張了，一邊說，一邊向大門外瞄，擔心有人偷聽。

柯和義自知失口了，看著站在旁邊聽的柯和貴，就說：「和貴弟，你不要把大人說的話拿到外面亂說呀。」

「知道。你們說的話讓積極份子知道了，就要受鬥爭去坐牢。」柯和貴仰著天真幼稚的面孔，認真地說。

「啊，我的好弟弟，真明理懂事呀。」柯和義笑著，說著，把柯和貴抱起，轉了幾圈，放下，又說：「你七歲了，應該上學了。我知道家裡困難，不能上學。這樣吧，我來教給你讀書，你願意嗎？」

「你說話算數？」

「算數。」

「那從今天起，你教我讀書。」

「好，現在就開始。」柯和義說。

柯和義立即從口袋裡掏出五分錢給柯和貴，叫他去買鉛筆和一張白紙，教柯和貴識字。從此，柯和義每天要給柯和貴輔導讀書一個時辰，即便後來上區裡工作去了，也不失言，隔一天回家來教柯和貴一個時辰。柯和貴邊放牛邊學習，學得很認真。

柯和貴放的是一頭大水牝，肚子大，吃草慢。柯和貴總是耐心地等著牛兩邊肚子脹鼓起來，才回家。

這一年穀雨時，一場山水過後，山特別青，湖坪特別綠。

一天，天剛濛亮，柯和貴就騎著水牯向南湖西邊壢走去。他找到一片好草地，下了牛背，把牛繩挽在牛角上，讓牛去自由吃草。他拿著牛鞭在草地上自由玩耍。他是在湖邊頭長大的孩子，識水性，識魚情。俗話說：「三月三，鯉魚上高山。」是說山水來了，湖裡的魚搶著混水逆流而上，爭吃肥水浪渣，上到山洞裡。又說：「易漲易退山溪水。」是說山水來得快，退得快，浮水魚隨著山水退回湖裡；沉水魚留戀混水，退得慢，就沉落在水溝、水氹裡，退不到湖裡去，容易被人撈捕，容易被水鳥啄食。柯和貴懂得這些，就去找水溝、水氹。水霧太重，他看不到什麼；早晨有點冷，他不敢下水摸魚。他就漫無目的地走著。

太陽出來了，天地一片雪亮，好一派湖光水色。那水霧像白色的薄紗布貼著湖面，貼著地皮，從東邊向西邊徐徐地卷去；湖面銀光熠熠，小草露珠點點；濕漉漉的黃土泛著金光，皺裂裂的老柳樹披著綠蓑衣；鷺鷥在泥灘上散步，野鴨在淺水中扇打翅膀；汆水鳥在湖面上穿梭，老鷹在天空中翱翔；水上的小木船像是點綴，草地的牛群成了剪影……柯和貴雖不是文人，卻被這景色迷住了，觀賞著。

柯和貴向西邊壢的高處走去。突然，他站住了。在他前面十幾丈遠的土墩上，有幾隻老鷹在啄吃什麼。離老鷹不遠的壢背上，有許多水鳥也在啄吃東西。它們看到有人來了，就「哇」、「嘎」地叫，還抬頭看柯和貴。那老鷹眼很圓很紅，嘴很長，有彎鉤；水鳥的眼很小很藍，嘴很短很直。柯和貴聽大人說，老鷹的嘴和爪十分鋒利，先啄動物的眼睛。柯和貴站著，不敢向前。他想：「它們在啄吃魚，水溝、水氹裡的魚被它們叼到這裡了。」

柯和貴和老鷹們對峙了一會兒，決心向老鷹們挑戰。他扯了一抱長湖草，扭了幾圈，扭成一頂草帽，戴在頭上；又扭了一條粗草鞭，左手抓著，右手握住牛鞭，低著頭，閉著眼，把鞭子甩得呼呼響。一邊向前走，一邊大聲叫喊：「呵——起——，呵——起——……」他聽到一隻老鷹撲騰著飛起，隨著一陣撲騰聲響起。他抬頭一看，老鷹都飛起，每隻老鷹抓著一條白肚魚，有的魚還在甩尾巴。柯和貴高興了，向前沖去，把水鳥都趕走了。他向草叢裡一看，喲，滿地是魚，有鯉魚、鯽魚、烏鯉、泥魚……有的頭被啄爛了，有的肚被啄吃了。柯和貴又驚又喜，向四周張望，看到半裡遠有一高一矮兩個人。他仔細辨認，那矮的是房侄東山，那高的是族兄和丁。柯和貴用雙掌做了個廣播筒，叫喊：「東山呀——，快來撿魚呀——。」

那兩個人聽到了柯和貴喊聲，飛快向柯和貴這邊跑來。柯和丁跑到前頭，手裡提著一個篾簍，一跑到，也不和柯和貴打招呼，就撿起魚來。柯東山邊跑邊脫掉褂子，看到柯和丁撿魚，也二話不說，撿起來。柯和貴看到兩個人這個樣子，也撿起來。把撿的魚丟到一處。柯和貴撿了七、八條，回頭一看，自己撿的魚被柯和丁裝進了魚簍。柯和貴沒說什麼，就學著柯東山脫下褂子，把撿的魚放進衣褂包著。死魚很快被撿完了。柯和丁撿了一淺簍，有二十來斤。柯東山撿了一衣包，有十來斤。柯和貴只撿了四、五斤。

「老弟，謝謝你。」柯和丁伸了個懶腰，拍著柯和貴後腦勺說。柯和丁對柯東山喝道：「你這蠢貨，脫掉上衣不著涼嗎？快去折幾根柳條穿魚，穿上你的討米衣。」

「我去折柳條，你不拿我的魚吧？」柯東山用懷疑的目光盯著柯和丁說。

「入你娘的，鬼要你的魚！」柯和丁罵道。他轉頭又對柯和貴說：「老弟，你看著我的魚，不要讓東山偷去了，我去替你折幾根柳條來穿魚。」

「和丁叔，給我帶幾根柳條來吧。」柯東山哀求著。

「一條魚一根柳條，你換不換？」柯和丁笑著說。

「不換。」柯東山噘著嘴說。

柯和丁折柳條去了。

「八叔，你真蠢，這魚本來是你和我的，你喊我時應該假裝喊我幫你放牛，不應該喊有魚撿的。現在，被和丁那癩子頭撿去那麼多。」柯東山埋怨柯和貴。柯和貴與柯東山父親是房兄弟，在「和」字輩中老八，是柯東山八叔。柯和丁頭上生滿癩子，柯東山叫他癩子頭。

柯和貴沒作聲，不知道說什麼好。

「八叔，把那癩子頭的魚拿幾條去，那應該是你的。」柯東山瞧著那魚簍氣憤憤地說。

柯和貴搖了搖頭。

「你怕嗎？我幫你，你遮住我。」柯東山向前去拿魚。

「不行。他簍裡的魚是他的，我們拿，就是偷。」柯和貴制止柯東山的行為，說。

「你這人真蠢！」柯東山嘟嚕著。

柯和丁折了四根柳條來了，甩給柯東山兩根。柯和丁將手裡的兩根柳條梢杪扭轉，分別打成結，撕去條上嫩枝葉，蹲下身來，把柯和貴的魚穿成兩串，一串五隻，一串四隻，又把兩根柳條的大頭扭接起來，成了個弧形。他對柯和貴說：「把柳條披搭在牛背上，不是很省力、很保險嗎？」柯和丁為柯和貴作完事後，背魚簍走了。柯和丁今年十一歲，比柯和貴大四歲，當然有經驗些。

柯東山用柳條串了魚，提著走了。

柯和貴穿上褂子，提著魚在草坪上找水氹，用牛鞭在水氹裡劃著。在一個四周長滿長草的水氹裡，水有些混，還泛起水泡沫。柯和貴用牛鞭一劃，水只有一尺多深，一隻黑背烏鯉出現了。柯和貴放下手裡的魚，脫去鞋襪，卷起褲腿，下水捉烏鯉。烏鯉在水裡力量很大，柯和貴抓不住它。有一次，他還被烏鯉一個甩尾，跌在水氹邊。人與魚搏鬥十幾分鐘，都累了，仍無勝負。柯和貴坐在水氹邊的草坪上，瞧著水氹裡的烏鯉。那烏鯉的頭鑽進水氹草裡，頭和背露出了水，身子一動不動，兩腮在一張一合。柯和貴動起腦筋來：「不能硬抓，把它拋出水去，魚離開水，就沒氣力了。烏鯉也累了，我不能讓它歇過力氣來。」柯和貴兩腳下水，兩手入水，兩掌向上，從水底裡手伸向烏鯉的肚和頭，猛向前向上一抛，那烏鯉被抛上岸，活蹦亂跳起來。柯和貴生怕烏鯉跳回水氹，趕上前，用腳把烏鯉踢離水氹一丈多遠的地方。他站著，悠閒自樂，看著烏鯉蹦跳著。烏鯉跳累了，不動了，他才拿過柳條，解開頭結，穿了烏鯉的腮和嘴。柯和貴提起柳條感到重一倍。柯和貴被弄了一身泥水，心裡樂滋滋的，穿了鞋襪，把柳條掛在脖上，去牽牛。

已經到了吃早飯時候，大水牯的肚子兩邊鼓起來了。柯和貴把魚搭在牛背上。他手拉住牛繩，向牛角揚起左腳，喊聲「低頭」，那牛頭向左邊偏低，讓柯和貴踩住牛角；柯和貴又喊聲「起角」，那牛就把頭抬起來，送柯和貴上了牛背。柯和貴騎在牛背上，隨著牛的腳步。他心裡一樂，就吟起古詩來：

清明時節雨紛紛，路上行人欲斷魂。

借問酒家何處有，牧童搖指杏花村。

柯東山騎著一頭壯水牯追隨上來。柯和貴把大水牛撇在路邊，讓柯東山先走。柯東山不肯走在前頭，瞧著柯和貴的柳條上的魚發呆。他說：「八叔，你哪來的一條大活烏鯉呀？」

柯和貴就告訴了捉烏鯉的經過。

「你怎麼不叫我幫忙呀？我最會抓烏鯉。」

「一個人幹得了的事，就不請人幫呀。」

兩個孩子騎在牛背上邊說邊走。走到葉家巷口下坡的一坵水田邊，柯和貴感覺到烏鯉動彈了一下，有魚落到地上的鈍響聲。柯和貴向下一看，被壓在烏鯉下的一隻大鯽魚破了腮，掉在水田埁上。柯和貴向牛喊了聲「喲——」，老牛站住了。柯和貴準備下去撿魚，那柯東山已從牛背上滾下去了，撿起大鯽魚。柯和貴等著柯東山還魚。

「是我撿的，應該是我的。」柯東山舉起魚，笑著對柯和貴說。

「那就歸你吧。」柯和貴隨口說，又對著牛喊一聲「起——」，那老牛蹣跚地走起來。

柯和貴到了下頭林，把牛繩系在樹根圈上，提著魚回家了。

「喲，不簡單，捉了這麼多魚。」柯和仁和柯和義收工回來了，表揚柯和貴。

柯和仁說；「這死魚是老鷹叼在草地上去的吧？」

「是的。」柯和貴說。他又說了喊柯東山、柯和丁一起撿死魚的事。

「你真傻！應該自己先撿好了，拿不動，再叫別人撿。」柯和仁批評柯和貴。

「我看見那麼多的魚，就叫他們撿，大家都撿一點。」柯和貴申辯著。

「和貴，做得對。少撿幾條死魚，多得幾份善心，值得！」柯和義讚揚柯和貴。

柯和貴又說了自己一隻鯽魚掉在地上被柯東山撿去了。

「你太懦弱了。你又不是打不過東山。應該奪回來呀。東山太過分了。」柯和仁火了，狠狠批評柯和貴，要柯和貴帶他去把鯽魚要回來。

「人家已經撿去了，就算了。不要為一條死魚和鄰居翻臉。」李氏說。

「和仁不對，和貴對了。和貴講寬恕，讓小利，有度量，有出息。你要學習和貴，不要去為一些小利小事與別人爭個你死我活。那東山撿到東西不還人，我看沒出息。」柯和義說。

「我總是說不過你的理。」柯和仁笑著說。他轉而對柯和貴說：「和貴，和義哥是墨子，專門利人，苦著自己，你不要學習他。」

「我聽人叫和義哥叫『墨子』，墨子是什麼東西呀？」柯和貴問。

「墨子——」柯和義瞧著柯和貴，心裡在尋找著易懂的話來回答。他說：「墨子是個古代的人，他一輩子自己吃苦，為別人做好事；他反對強惡的人，保護善弱的人。柯丹青說我是墨子一樣的人，給我取了個綽號，叫墨子。村裡人也跟著半懂不懂地叫我『墨子』。」

「那我也做墨子，墨子是個好人。」柯和貴認真地說。

「好喲，我有一個墨子老弟了，墨子的思想有繼承人了。」柯和義大笑起來。

柯和仁問柯和貴怎麼捉住這條大烏鯉的。柯和貴就像演戲一樣把捉烏鯉的經過說了一遍。柯和義又讚揚柯和貴有智慧，七歲的小孩能捉到一條四斤多重的活烏鯉。柯和義說，中午吃死魚，晚飯吃活烏鯉。柯和義給柯和貴五角錢，叫他去買兩個本子和一支帶擦皮的鉛筆。

吃了早飯，柯和仁、柯和義去出工了。柯和貴換了衣服，對母親說，「如果沒有事做，我就去讀書了。」母親點頭同意。

柯和貴本沒上學，讀什麼書呢？原來自從柯和義教他識字以來，他就一本正經地讀書寫字起來。柯和義教柯和貴讀《四言雜字》，儘是日常用具、糧油醬醋和應酬稱呼一類的名稱。柯和義還教柯和貴讀《千家詩》、《三字經》。柯和義還給柯和貴講王冕放牛讀書畫畫的故事，柯和貴也學著邊放牛邊背書背詩。柯和貴沒有紙，就偷偷去揭牆的標語、壁報，把空白處裁成一小塊、一小塊的，要母親縫成小本子，用來寫字。

一年過去了，柯和貴覺得柯和義教的和他在學校裡偷讀的書不一樣，他總想讀學校裡的書。他每次走過學校時，總要十分羨慕地站一會兒，看著那些進進出出的學生，有比自己還小的，有和自己一般大的，有比自己大的；聽聽教室裡傳出的有節奏的讀書聲；欣賞操場上那個紅色大球傳來傳去。有時，他鑽進學校裡去，或蹲在走廊上，或站在教室門口。每次都被戴著紅袖章的值日老師和學生幹部趕走。後來，他找到柯東山讀書的那個教室，有一方牆靠著地坎，他就貼身站在窗戶下，看著老師在黑板上寫字，教讀，教算術。他學了不少字，還會做豎式加減法。他很想得到一年級的書。他想到柯東山讀了兩個一年級了，應該有舊書，就打算向柯東山買。

一個星期六的下午，柯和貴找柯東山到下頭林玩。兩人坐在翻放在地上的船底上。柯和貴說自己想到學校讀書。柯東山很高興，以老生的身份自豪地向柯和貴吹起來。他眉飛色舞地介紹了學校各種好玩的事，揚手揚腳地說宋家垸、鷹頭鐘的學生被他制服了，老於世故地評價各個老師的好壞和叫出幾個老師的外號。柯和貴像聽新聞一樣認真，仔細。

柯東山教導柯和貴說：「每個星期六下午大掃除，廁所呀，走廊呀，操場呀，都要打掃，還要抹桌子門窗。你就要偷跑回家，不要去吃那個大虧。」

「你跑了，老師不罵人嗎？」柯和貴問。

「在下個星期一上學時，老師就罵唄。我娘說，罵就罵唄，又罵不落幾斤肉，不要去吃那大虧。」

「聽說老師捉你罰站，真的嗎？」柯和貴又問。

「真的。不過只站了幾分鐘。我娘說，那大掃除一干一個下午，又髒又累，站幾分鐘值得。大掃除是幹公事，沒報酬，沒人情，不要傻幹。那些幹部背著把鋤頭到處遊蕩，還罵社員，有誰真心真意幹公事？」

「那公共地方不就沒人打掃了嗎？」柯和貴問。

「有呀。那些假積極的人去做唄。做假積極的人還不是想得表揚、當幹部嗎？」柯東山說得頭頭是道。他問柯和貴：「你去讀書，參不參加大掃除？」

「參加。」柯和貴毫不含糊地說。

「你想當假積極、幹部呀？」

「我不想當假積極、當幹部，我想，那公共的地方沒人打掃，不髒死人嗎？」

「你這人真傻，教不熟。」柯東山對柯和貴感到失望。

「東山，我今天找你，是想借你的舊書讀。」柯和貴說。

「我的舊書都讀一頁撕一頁，揩屁股了。讀了，還留著幹什嗎？第二年又有新的。」柯東山說，「你去讀書，學校有新書的，還借什嗎？」

「我哥不讓我上學，我想借一年級的書自己讀。」柯和貴看到借不到書，很難過。

「你別難過，我讀的書都能背來，我教你就是了。」柯東山用老師的口吻說。

「那你背背。」柯和貴說。

「好。」柯東山咳了兩聲，仰面背起書來。「第一課，天天上學。……第二課……第三課，放學了，風大雨也大……第四課……第五課，這是什嗎？這是槍，那是什嗎？那是炮。誰拿槍炮打敵？中國人民解放軍。第六課……第七課……」柯東山從這一課跳到那一課，背得來的，很起勁，全身晃動；背不來的，就張著口，翻著眼皮，喘大氣。

「好了，好了。」柯和貴說，「你能寫出來嗎？」

「我只背得來，可是認不來，寫不來。」柯東山說，「讀書主要是背書，老師叫你站著背書，背得來的就回家，背不來的就關學。」

「我給你兩角錢你能給我買一年級的語文、算術嗎？」

「有錢，我一定能給你買來。」柯東山說。

「你不能偷呀，偷的我不要。」

「偷什麼，老師房裡有的是。我說我的書被別人偷走了，老師不就又給我一套嗎？」

柯和貴給了柯東山兩角錢，這是柯和義給柯和貴的錢，柯和貴捨不得用，就留著買書了。

過兩天，柯東山給柯和貴帶來了一年級上學期的語文、算術，書被撕了很多頁，書角卷得很難看。

柯和貴很高興地接了，把書一頁頁地撫平。柯和貴有了正式的課本，就要柯和義教。柯和義看到柯和貴實在想讀書，很受感動，就認真地教起來了。一個會教，一個會學，不到四個月，柯和貴就學完了整個一年級課本。柯和貴就向母親和哥哥請求上學，柯和義也幫著柯和貴說話。

「我讀了三年書就讀厭了。你想讀書，還不是一陣熱興，讀不到兩年就不想讀了。」柯和仁說。

柯和貴表示決心：「不發熱興，讀到底。」

「合作化了，也有一個好處，孩子上學學費少。你就上學吧。」柯和仁說。他又向柯和貴提了一個要求：「一邊放牛，一邊上學。放一頭牛，能拿回一個人的口糧，比一個三等婦女勞力還強。」

柯和貴很高興地答應了。

柯和義告訴柯和貴說：「你一上學，就要求讀二年級，不要在一年級浪費一年時間。」

柯和貴點點頭。

九月一日到了，柯和貴盼到了上學的這一天，吃完早飯，跟著柯東山到學校去報名。

南湖小學的報名處設在學校內場一個教室門口。一位青年教師在教室門口擺張課桌，坐在內側，學生排隊在桌子外側。柯東山向柯和貴介紹說，那位青年老師叫張青柏，黃梅縣人，是學校知識最高的。聽說張老師讀了什麼大學，原來在縣中學教書，由於家裡是地主，就下到南湖小學來了。張老師的外號叫「眨眼菩薩」，他說話時喜歡飛快地眨眼皮。

學生的隊排得很長，直到太陽快當頂時才輪到柯和貴。柯東山在柯和貴背後，照護柯和貴。

「哪個年級的？」張老師沒抬頭，一邊寫一邊問。

「二年級。」柯和貴回答。

「哪個班？叫什麼名字？」

「這——」柯和貴回答不出第一個問題，立即回答了第二個問題，「叫柯和貴。」

「我問你是一年級哪個班的，在二年級好編班。」張老師抬起頭，飛快地眨著眼皮說，「把成績單給我。」

柯和貴心裡緊張起來，他沒想到想讀二年級卻要一年級的成績單，他沒有，怎麼辦呢？他上學的第一天就出醜了，想好的話就都沒了。

「快點囉，快點囉！」站在後面的同學叫喊起來。

柯和貴慌了，他怕這說外地話的老師發火，不讓他讀二年級。他低下頭，斜眼看著張老師：二十來歲，臉蛋圓圓的，飛快眨眼皮，看著自己。

「八叔，你沒上過學，就讀一年級吧。」柯東山像家長似的說。

「不！我不讀一年級，一年級的書我全都讀了，我要讀二年級。」柯和貴沒抬頭，哭了，說話語氣很堅定。

「不用哭。」張老師沒發火，左手拍著柯和貴的頭說，「你到我身後來，等一下再報名。」

柯和貴從桌子下鑽過去，站在張老師背後。

學校吃中飯的鐘響了，張老師叫同學們回去吃飯，在下午兩點再來報名。張老師收拾桌上東西，放進一個黃布包裡，牽著柯和貴的手向學校廚房走去。

「鐘主任，你來處理一件事。」張老師在廚房的門外喊。

從廚房裡走出一個高個老師，穿著一套藍制服，拖著一雙布鞋。

柯和貴認得這個老師，叫鐘德，是南柯村鷹頭鐘灣人。

「鐘主任，這個學生叫柯和貴，他從沒上學，卻要讀二年級。」張老師說。

「你父親叫什嗎？」鍾主任感到好奇，問柯和貴。

「我沒父親了，我哥叫柯和仁。」柯和貴心裡撲通地跳，低著頭回答。

「知道了，你母親姓李，是我表嬸娘。」鍾主任說，「我經常看到你站在一年級窗外偷讀。偷讀是不可能全部讀到，你還是讀一年級吧。」

「我借了一年級的書，和義哥教我全讀了。我要讀二年級。」柯和貴大膽了，抬頭說。

「啊！」鍾主任吃驚了，感嘆一聲。他對張老師說：「張老師，你和王熾興老師一起去考考他，過關了，就編在你班；沒過關，還是讀一年級。」

張老師叫了王熾興老師，把柯和貴帶到辦公室。兩位老師出題、監考、吃飯一齊來。柯和貴很快做完了十個算術題，認了一百個字，都得了滿分。張老師很高興，把柯和貴編到自己的班。柯和貴向張老師說了自己要邊放牛邊上學，早上不能上學，下午要提前去放牛。張老師答應了。

張老師帶柯和貴的班主任，教算術。他調查了班上每個同學的情況，對同學的困難和問題都靈活處理，分別作出具體規定。同學們都很喜歡張老師，連調皮的柯東山等同學，也都又喜又怕張老師。

柯和貴讀書天分很高，課本餵不飽。張老師和語文老師王熾興就找一些課外通俗讀物分批給柯和貴讀。這些課外讀物比課本深得多，柯和貴把生字、生詞和不懂的句子記在一塊塊廢紙上，逢人就問，知識迅速增長。到了三年級初學作文時，他的第一篇作文就被五、六年級語文老師當作範文朗讀。柯和貴又自己去找書讀，有深奧的，有易懂的，如《水滸傳》、《三國演義》、《警世喻言》。

有一次，柯和貴得到一本木版殘卷，是些短篇故事。在三下的一個炎熱的中午，柯和貴牽牛去董家塘浴水。老水牯泡在水裡，柯和貴坐在塘堘上看書。

他在看一篇《神牛》。那故事梗概是：一天下午，牧童牽著一頭大水牯放在山坡吃草。突然，一隻金錢豹子向牧童撲去，那大水牯看見了，就一頭向豹子觸去，把豹子拋出一丈多遠。那豹子不甘心，伏在地上瞪著牧童。大水牯就用身子罩住牧童，睜著豹子。豹子第二次發起進攻，又被大水牯的牛角甩支出很遠。豹鬥不過大水牯，就咆哮一聲走了。大水牯怕豹子再來，不吃草了，用牛角穿住牧童的衣帶，把牧童掛在牛角上回家了。大水牯走到主人屋場，把牧童放下，「哞」地大叫。大人們來看到牧童不省人事，以為大水牯把牧童觸死了，就把大水牯殺了。那牧童醒了，就向父母把牛鬥豹子的事說了，要去找他的大水牯。牧童看到大水牯被開了膛，奔過去抱著牛頭大哭。那牛眼望著牧童流了淚。牧童要父母把牛埋了，做個牛墳。牧童就每年去祭牛墳，從此不吃牛肉。

柯和貴看完，瞧著自己放了四年的老水牝，肚毛脫落，皮膚成了白灰色；脊骨突出，像一根刮了皮毛的棕樹幹；兩邊肋骨一根根的，能數得清楚；牛頸瘦長，兩頰無肉；大眼睛含滿眼屎，一副可憐兮兮的樣子。前幾天，柯和貴聽到社主任對柯和仁說：「這牛老了，沒用了，殺了給社員加餐。」現在柯和貴想起那書中的神牛，看著有感情的老水牝，觸景生情，哭了，淚水滴在書上。

「和貴，和貴，」柯和貴聽到有人喊他，抬頭一看，張老師滿頭大汗地站在身旁。張老師批評說：「我以為你在家裡，你母親以為你在學校午睡，你卻在這毒熱的太陽下讀書，想死呀？快起來，上課時間到了。」

柯和貴這才曉得誤了上課，就牽了牛，跟著張老師走。

「你為什麼哭呀？」張老師觀察學生很細微，看到柯和貴臉上有淚痕。

「我可憐牛。」柯和貴又哭了，說，「牛給人耕田犁地，老了，還要被人殺肉吃，多可憐呀。」

張老師聽後，沒作聲，心想：「柯和貴真是個心地善良的好孩子！」

後來，學校發生了一個大事件，證明柯和貴確實是個心地善良的好孩子。

對柯和貴善良的牧童心有詞曰：

春從天上來　詠牧童心善

誰種善根？晨曦冰澌澌，地氣蒸蒸。負陰抱陽，去冬來春。一派生機油油。看柳條正綠，草正嫩，養了肥牛；水遊魚，空中禽翱翔；萬般情柔。問善心哪個最？應當數牧童，無知天真。橫吹蘆笛，哞牛喚鳥，天籟之聲悠悠。呼朋引伴樂，卻不知、愛憎卑尊。無所求：可憐耕牛苦，莫宰耕牛！

注：春從天上來，詞牌名，平韻格，雙調，一體１〇４字，上片六平韻，下片五平韻。一體１〇６字，上下片各六平韻。

【格一】（１〇４字）

⊙●○△。●⊙●○○，⊙●○△。⊙●○●，⊙●○△。⊙⊙●●○△。●○○○●，●◎●、●●○△。●○○，●○○●●，⊙⊙○△。

○○●○⊙●，●●●○○，⊙●○△。⊙●○○，⊙○○●，◎●◎●○△。●○○○●，○○●、⊙●○△。●○△，●●○○●，○●○△。

【格二】（１〇６字）

⊙●○△。●●○○●，⊙●○△。⊙●○○，●○◎●，◎⊙⊙●○△。◎●○○○●，◎⊙●、⊙●○△。●○△，●◎○◎●，⊙●○△。

○△。◎○●●，●●●○○，⊙●○△。⊙●○○，◎○⊙●，◎◎◎●○△。⊙●○○○●，○◎●、⊙●○△。●○△，●◎○⊙●，⊙●○△。

欲知柯和貴又會作出何種善事來，且聽下回分解。

第十五回　張青柏獲密過難關　王熾與緘口成右派

卻說張老師心裡讚揚柯和貴是個心地善良的好孩子後半個月，南湖小學發生了反右運動，柯和貴被拉到這運動中去了。

在這學期開學時，南湖小學調來了一位新校長，叫邱遠乾。他是南柯村第一批共產黨員，高級社文書。柯和貴一家人都認識他。

「你學校的邱校長，連《百家姓》也背不來。當校長?當個屁！」柯和仁對柯和貴說。

邱遠乾校長，高個子，又白又胖，聲音洪亮，發出的「嗨嗨」獰笑聲使人肉麻心驚。他每日手裡拿根竹鞭，在學校裡轉來折去，時時把學生拉在操場上罰站，曬烈日。有一次，邱校長當著許多學生和老師的面，用手指敲著張青柏的額頭，大吼：「地主崽，放老實一點！」張老師氣得眼皮飛快地眨閃，臉都變青了，但不敢還口。老師們怕邱校長，同學們更怕邱校長。

邱校長進校的第三個月的一個晚自習，鐘主任叫柯和貴到學校辦公室去開會。柯和貴來到辦公室。室內點著兩盞玻璃罩的煤油燈，裡面坐著邱校長、鐘主任和兩個陌生人，沒有學校老師，只有學生幹部。各班正副主席、學校少先隊大隊幹部都來齊了。邱校長點了學生幹部的名，就派兩個學生幹部到門外放哨，說這個會不能讓學校老師知道。邱校長向學生幹部介紹了那兩個陌生老師，一個是縣文教局的王科長，和張青柏老師年齡相仿；一個是紅石學區的譚幹事，比張青柏老師小一、兩歲。

邱校長講了開場白：「幹部同學們，你們都是貧下中農子弟，根苗正，思想紅，得到了黨的相信。目前，階級敵人賊心不死，暗中破壞，妄想推翻黨的領導。我們學校就有階級敵人。今天，王科長、譚幹事到我們學校來，是要發動你們做革命積極份子，向階級敵人鬥爭。現在，由王科長講話，不要鼓掌。」

王科長講了好一陣。他講了匈牙利事件，講得驚心動魄，使人緊張害怕。他講：「這次運動是全國性的大運動，是毛主席親自發動和領導的。『爹親娘親不如毛主席親』，『父母只生我的身』，毛主席培養我們成了革命接班人。父母兄弟親不是親，毛主席才最親。我們要忠於毛主席，為黨的事業犧牲我們個人的生命。這次運動是與不拿槍的敵人作鬥爭，拿筆桿的敵人就在我們的身邊，裝作關心我們的樣子。譬如你們學校的張青柏。這次運動的搞法是：先大鳴、大放、大字報、大辯論，引誘那些暗藏的階級敵人跳出來攻擊黨，暴露他們的牛鬼蛇神的真面目，叫引蛇出洞。再發動革命左派，把階級敵人一網打盡。你們要監視這些階級敵人，記下他們的反黨言論，特別是要記下他們這五方面的言論：攻擊黨的領導，攻擊中蘇友好，攻擊合作化，攻擊統購統銷，打罵貧下中農子弟。記下來了，就要及時向黨組織報告。」

王科長講了後，譚幹事宣佈了三條紀律：「第一，保密。不能把我們開會的內容對外面任何人講，對父母兄弟、親戚朋友都不能講。誰講，誰就是洩露黨的機密，就是背叛黨，就成了階級敵人。第二，對敵鬥爭要狠。哪怕敵人是自己的班主任、父母，也要恨得起來，毫無情面地揭發他們，鬥爭他們。第三，完成黨交給的戰鬥任務。黨交給我們什麼任務，我們都要克服困難去完成，及時向黨組織彙報完成任務的情況。」

邱校長作總結，他聯繫學校階級敵人的情況解釋了王科長、譚幹事的講話內容，他舉例說：「三（1）班班主任張青柏，是地主子弟，日夜想為地主階級恢復往日的好生活，仇恨黨。他裝著和善的樣子，甜言蜜語地迷惑同學，關心和拉攏同學，想把同學培養成地主階級接班人。他看到柯和貴同學是貧農子弟，三（1）班班主席，就主動拉攏柯和貴，經常到柯和貴家去。柯和貴同學，要提高警惕，識破張青柏的陰謀詭計，要對張青柏恨得起來，揭發張青柏的反動言論。」

邱校長讓學生幹部提問題。

「向學校領導提意見算不算攻擊黨？批評教育貧下中農同學算不算打擊報復貧下中農子弟？」五（2）班班主席柯和丁問。

「學校領導中也有階級敵人，譬如你們學校副校長石春秋，攻擊黨的領導是『黨天下』。向石春秋提意見，反對石春秋，不是攻擊黨的領導。在紅石學區，只有兩個共產黨員，一個是學區中學的團委書記王新生，一個是南湖小學的邱校長。攻擊邱校長就是攻擊黨的領導。還有，說社裡黨員壞話的也是攻擊黨的領導。工人、貧下中農出身的老師打罵學生是為了教育學生，階級敵人出身的老師如張青柏等，打罵學生就是打擊報復貧下中農子弟。」王科長說。

提問完後，邱校長對每個學生幹部佈置具體戰鬥任務和監視對象。

最後，學生幹部們當場揭發老師的問題。柯和貴一時想不清楚，沒有發言。

會議開到深夜才散。

散會時，邱校長把柯和貴留下，對柯和貴說：「你班的語文老師王熾興是富農階級，看不起我，也是階級敵人。和貴同學呀，你面對兩個兇惡狡猾的階級敵人，鬥爭任務重呀。我母親和你母親都是李山下人，是姐妹，我倆是表親。我關心你，想培養你入團、入黨，保送上中學，做革命接班人。你要積極努力呀，在這次運動中爭當革命戰鬥英雄，不要辜負黨組織的期望。」

柯和貴低著頭聽著，向邱校長表示：「聽毛主席的話，服從黨的領導。」

柯和貴摸黑回到家裡，不敢驚動母親，不聲不響地上床去睡。

柯和貴躺在床上，睡不著。他的眼前在晃動著張老師和邱校長的身影，耳邊響著張老師和邱校長的聲音。那兩個身影在相互爭吵，打鬥。他模糊辨得出誰強誰弱，誰勝誰敗；但是，他辨不出誰對誰錯，誰是誰非。他不知道幫誰才對。對張老師，他實在恨不起來。說張老師是兇惡狡猾的階級敵人，他覺察不出來。他頭腦裡的階級敵人是戲臺上、電影裡的階級敵人：醜陋不堪，大花臉，兇惡毒辣。而張老師堂堂正正，心地善良，和藹可親。說張老師是假裝出來的，是甜言蜜語地欺騙同學，可是兩年多來，張老師對同學們是誠心誠意的，從沒欺騙過同學，也沒打罵過貧下中農子弟。如果說張老師不是階級敵人，那麼邱校長、王科長不就錯了嗎？可是，邱校長、王科長是黨員，是黨的領導，黨怎麼會錯呢？柯和貴左思右想，解不開思想上這個「結」。唯能幫他排憂解難的是母親，但又不能對母親講，因為對母親講了，就是違犯了黨的紀律，洩露了黨的機密，自己就背叛了黨，成了階級敵人。柯和貴陷入了迷惑和痛苦之中。他頭腦發脹發昏，恍恍惚惚。他在恍惚中看到，張老師跪在鬥爭臺上，雙手被麻繩綁著，頭上戴著篾編紙糊的綠高帽子，帽子正面寫著：階級敵人張青柏。主席臺上坐著邱校長、王科長和譚幹事，臺上左角站著手持大刀的蕭瘋子。上臺鬥爭的人不少，口號不斷。這個一拳，那個一腳，打得張老師身子搖擺，鼻青臉腫。那蕭瘋子驀地躍起，揮刀向張老師砍去，張老師脖子湧起鮮血……

「哎喲——」柯和貴嚇得大叫。

柯和貴這一叫，不僅自己驚醒了，睡在那一頭的母親李氏也被驚醒了。李氏起身，點了油燈，用粗糙的手掌去摸柯和貴的額頭。柯和貴滿頭大汗，額上發燒。

「和貴，兒呀，你在哪裡中了邪氣，受了驚嚇呀？說出來，我去給你梳米，豎水筷，撒米叫魂呀。」李氏說。

柯和貴知道，自己每次發燒病了，母親為自己豎水筷，梳米，撒米叫魂魄，在受驚嚇的地方找一隻小動物帶回來，放在柯和貴身邊，說是被嚇掉的魂魄收回來了，柯和貴的病就好了。現在，柯和貴在淡黃色油燈下，瞧著那麼貼近的母親蒼老的臉，花白的頭髮，慈祥的面容，感受到母親的親切和偉大。他心想：「有誰能比母親更親呢？有誰比母親更疼愛兒子嗎？有誰能比母親對兒女的恩情大嗎？有誰能比我母親更善良嗎？我母親難道是階級敵人嗎？」柯和貴激動起來，就一五一十地把學校開會的內容和自己做的惡夢講給母親聽了。

李氏聽後，心裡一驚：「不得了，又有一批人要遭殃了，要槍斃人了。」李氏想了好一會兒，語氣堅定地對柯和貴說：「張老師、王老師都是善人，我們不能害張老師、王老師，也不能讓邱遠乾去害他們。孩子，別怕，我想好了，我們也來秘密一下。明天，張老師給我家送菜種來，你大膽地對張老師說，張老師會處理的。」

「娘呀，那不是背叛黨嗎？」柯和貴心裡仍然有些怕。

「那不是背叛黨，只是背叛了邱遠乾。邱遠乾是個惡人，他一個人不能算是黨。」李氏總算無意中把黨員和黨區別開了，沒給柯和貴留下不好影響。

柯和貴雖然不能理解黨和黨員的區別，但他覺得母親說得有理，相信母親不會做錯事，就贊成了母親的意見。柯和貴心裡消去了恐慌，睡著了。

第二天吃早飯後，張老師送菜種來了。李氏叫柯和仁趁出工前把菜種撒到地裡去。柯和仁走了。「張老師，和仁是個沒心肝的直性人，我把他支開了。你到房裡去，和貴要對你說件秘密事。」李氏留住張老師，說。

張老師來到房裡，柯和貴坐在床沿上。柯和貴把昨晚學校開會的內容對張老師和盤托出了。

張老師聽完後，沉默了一陣，流著眼淚，心想：「報紙上宣傳這次運動，是鼓勵知識份子向黨提意見，原來是一場大騙局。」他對和貴說：「我感謝你。你再不要對任何人說了。王老師那邊，我去對他說。從今以後，你像沒事一樣，照樣記下我和王老師說的話，去向邱校長作彙報。」

「那不是告發你和王老師嗎？」柯和貴不解地問。

「我和王老師不會亂說亂動的。只是以前我和王老師說邱校長的壞話不去彙報就行了。」張老師說。

「張老師，你認識那王科長、譚幹事嗎？」

「認識。王科長是我師範時的同班同學，譚幹事是剛從師範畢業出來的。」

「那你去找王科長說一說，邱校長就不敢害你了。」柯和貴說。

「王科長在師範讀書時是團支書，畢業時入黨，分配到永安縣文教局。今年剛提拔為科長，正在找機會立功升官。他這次到南湖小學蹲點，就是來抓我這個階級敵人的，我能找他求情嗎？譚幹事是剛從師範畢業的，革命熱情正高，是運動積極份子，也不能找。」張老師說，「和貴，我剛才流淚，一半為我，一半為你。你太善良正直了，這社會可複雜險惡呀，有些事你還不懂，等你長大了，知識多了，見世面多了，就懂了。我只教你兩句話，你記著：第一句，不管世界怎麼亂，要好好讀書。第二句，不管別人怎麼作惡，惡事怎麼多，不要跟著作惡，保住善心。」

柯和貴點點頭，默記著張老師說的兩句話。

這天下午，邱校長召開了學校全體師生大會。

王科長作了報告，他談了國內外大事後，說：「這次整風運動，要求廣大知識份子和民主人士積極參政議政。建國以來，黨的領導經驗不足，在統購統銷，合作化運動，中蘇友好等方面存在不少錯誤，要求知識份子向黨提意見，改善黨的領導。具體到南湖小學，就是要老師們向邱校長、向社裡的黨員提意見。意見提得越深刻，越尖銳，越好。毛主席提出了大鳴大放大字報大辯論，報紙上開始了大辯論，各大學也轟轟烈烈地開展『四大』運動。我們南湖小學不能落後全國運動，老師們要積極地參加到運動中來。這次運動規定：不抓辮子，不打棍子，不扣帽子。大家要知無不言，言無不盡。」

邱校長作了補充說明：「我是共產黨員，學校領導，有許多方面我不如大家，知識不如大家，看問題不如大家，對教育是門外漢，工作方法簡單。學校裡的錯誤，主要是我的錯誤。向黨提意見，主要是向我提意見。我決心虛心接受大家意見。」

譚幹事作了示範發言。他批評邱校長不尊重知識份子，當著許多老師、學生的面罵張青柏老師。譚幹事向師生們展示了自己畫的一幅漫畫，上畫著邱校長右手執教鞭，鞭子打在一大堆學生頭上；左手指著一群老師，瞪著大眼，張著大嘴，嘴噴出兩股氣流，一股向學生：「蠢豬！」一股向老師：「放老實一點！」一副惡霸形象，十分逼真。

老師、同學們看後，哄堂大笑。王科長、邱校長鼓掌歡迎。王科長要求譚幹事把漫畫當場貼在學校大門邊牆上。

譚幹事的發言鼓舞了老師們，不少老師臨場向學校領導提意見。張老師也發言，說學校洗碗水浪費了，應該餵一頭豬，指出這是管後勤的石春秋校長的錯誤。王熾興老師沒發言。邱校長把老師的發言記錄下來了。王科長表揚了發言的老師，並要求把發言寫成大字報，貼到牆上。

學校開展了「四大」運動，五、六天時間，學校牆上貼滿了大字報。柯和貴每天抄張青柏老師和王熾興老師的大字報。張老師寫了不少大字報，對教學方法提了不少意見。王熾興老師一張大字報也沒寫。柯和貴很好奇，特別注意王老師的樣子。

王老師在講課時特別帶勁，滔滔不絕。他一聽到下課鈴，就一臉愁容，右手端著課本，左手按著肚子，說是有胃病，走出教室。王老師很少說話，瘦了許多。

一天晚自習，柯和貴在教室裡學習，直到打熄燈鐘才回家。這夜沒月亮，只有暗淡的星光。他走出校門，轉頭看王老師寢室的窗戶，看到窗戶下有個黑影。柯和貴以為是小偷，就悄悄地向窗戶走去。那黑影蹲在窗下，臉貼在窗邊。那黑影看見柯和貴來了，就向窗邊走了幾步，向柯和貴招手。柯和貴走過去，原來是邱校長。

邱校長小聲對柯和貴說：「王熾興是只地蝮蛇，盤著身子不動，在積蓄毒汁，一碰上人就會咬。你別看他在公開場合下不說話，也不寫大字報，他會在自己的房裡自言自語，或者說夢話，來攻擊黨和人民。和貴，現在我交給你一個特殊的任務，每天下晚自習後，就到王熾興窗戶下偷聽，一聽到有攻擊黨的言論，就向我彙報。」

邱校長還說已派柯和丁監聽石春秋，還派了一個幹部監聽張青柏。

柯和貴在邱校長的威逼下，只好去那窗下偷聽。他瞟著邱校長走遠了，聽到王老師在房裡嘆息。柯和貴聽母親說過，一個人做搭壁蛇偷聽別人說話，無中生有，搬弄是非，死了，閻王就割他的耳朵和舌頭。柯和貴害怕起來。他真擔心王老師說出什麼壞話來，就使他為難了。他就在窗戶框上敲響，向窗戶內呵氣，讓王老師推測到有人監聽。

王熾興躺在床上，聽到窗戶上有響聲，連忙起身，打開窗戶向外瞧，看到一個黑影從窗下跑了。王熾興是不相信有鬼的，知道那是人。他想喊，但忍住了。他弄不清那黑影是幹什麼的，只感到心中忐忑不安，過好久，才上床睡。

王熾興把這件怪事向張青柏密談了。張青柏已聽到柯和貴的密報，就提醒王熾興，只是沒提到柯和貴。王熾興聽了，心裡一直緊張起來，神志恍惚。

王熾興是川北縣人，在縣中學畢業時趕上土改運動。他是共青團員，就被送到省裡參加土改工作隊隊員培訓，學習兩個月，分配到永安縣搞土改運動。土改結束後，分配到東湖鄉當文書。在復查運動中，王熾興接到父親的信，說家庭成份由中農上升到富農。王熾興知道富農的嚴重性，知道是村支書王忠祿與父親有怨恨，趁機打擊報復。他想回去找工作隊說理，但又想到自己是幹部，弄不好被視為無組織紀律而受處分。他就向永安縣組織部寫了封信，反映家庭成份是村支書王忠祿錯劃，請求糾錯。永安縣組織部向川北縣組織部寫了份公文，請求為王熾興同志家庭成份糾錯，並附上王熾興信件寄去。川北縣組織部根據王熾興家庭所在地的村、鄉、區三級黨組織的意見，作出決議：「王熾興是階級異己份子，反對土改復查運動，打擊土改根子和基層幹部，為反動家庭翻案，應該清除出革命隊伍。」川北縣組織部把《決議》呈送到省組織部，省組織部作了批復「同意。轉永安縣組織部處理。」永安縣組織部只好對王熾興作處分，處分很輕：「撤銷東湖鄉文書職務，開除團籍，保留公職，調往縣文教局分配工作。」王熾興就被套分配到南湖小學教書。在此期間，王熾興偷偷摸回家一次，與父母見了面，給了錢，不敢留住家。至今，父母親那低泣無聲的痛苦表情還留在王熾興腦海裡。

王熾興自認為對黨搞政治運動是很了解的，一次又一次地順利過了幾個運動。沒想到運動不斷，一次比一次逼人，令人驚魂不定。這次搞「雙百」、「四大」運動，開始時，他認為是文藝界的事，他想寫小說，不敢寫了。漸漸地，運動發展為整黨，也只在上層開展，與他無關。沒想到擴展到全國，連小小的南湖小學也不安寧了。火在他身邊燒起來。他警覺起來。後來，他聽到張青柏說邱遠乾對他要下手了，更是膽小慎微起來。今天，張青柏又提醒他，窗外黑影可能是監聽，他惶恐了。他憑經驗，運動來了，要是某人被黨組織盯住，這人非遭殃不可。

「怎麼辦呢？怎樣逃過這一劫呢？」王熾興思考起來。他想：「這次運動是憑文字和言論定罪，我好壞都不說不寫，你邱遠乾就抓不著辮子吧。」王熾興想好了，決定緘口不語，不管在會上會後、人前人後，都不談運動的事，不寫一張大字報，也不與人接觸，與張青柏也不大接觸，因為人心難惻。

王熾興定下了萬全之策，照常上課，參加會議，聽別人發言，把飯端到房裡吃，睡前服兩片安眠藥，避免說夢話。

學校運動搞了一個來月。放暑假了，全縣教師到縣中學集訓，參加「四大運動」。在縣中學，運動開展得如火如荼，大字報紙滿天飛，大辯論聲四處起。王熾興只守一條：片言不說，隻字不寫。運動開展了二十多天，形勢發生了大變化，大鳴大放大辯論變成大批判、大鬥爭。一頂頂大帽子滿天飛，一句句謾罵聲四處起。批判各種反動言論的大字報有計劃、有目的地一批又一批地出來了，把那向黨提意見的大字報覆蓋了。「牛鬼蛇神出洞了」，「狐狸尾巴露出來了」，「國民黨反動派的戰友」，「資本家地主的孝子賢孫」，「老反共份子」，「典型的資產階級右派份子」……大鳴大放的教師遭到圍攻、揪鬥、毆打。縣中學老牌的地下黨員、縣文教局局長費宏圖也被揪出來了，被戴上「老右傾機會主義份子」、「國民黨特務」的帽子。在南湖小學作示範發言的譚幹事成了冒充運動的積極份子、借機醜化黨的領導的假左派、真右派。一些提了意見的教師被嚇得連忙作檢討，低頭認罪，揭發別人。但是晚了，沒用了，被隔離審查了。教師隊伍中被劃成了許多派：左派，中間派，中右派，右派，極右派。

邱遠乾又召開了南湖小學鬥爭會，鬥爭了副校長石春秋和譚幹事。譚幹事反抗激烈，連連質問王科長、邱校長，遭到邱校長和幾個積極份子老師的毒打，嘴上塞了牛糞。

王科長作了報告，他最後說：「極右份子譚忠國是忠於國民黨反動派的。他質問我：為什麼要他作示範大鳴大放，又把他打成右派份子，我要明白地回答他：黨信任你，叫你去完成引蛇出洞的任務，你卻加入到蛇的隊伍，惡毒醜化和攻擊黨的領導，說明你自己也是蛇，不是作什麼示範發言的革命積極份子。有的右派份子質問我：你不是說向黨提意見越深刻、越尖銳越好嗎？你不是說這次運動不抓辮子、不打棍子、不戴帽子嗎？為什麼把提意見的教師打成牛鬼蛇神、扣上右派份子的帽子呢？我要明白地回答這些質問我的先生：毛主席說：『共產黨人是襟懷坦白的，從來不隱瞞自己的觀點。』要說有什麼隱瞞，那就是我們的鬥爭策略。叫你們提意見，幫助黨整風，難道是叫你們乘機攻擊黨和黨的主要政策嗎？是叫你們去搞垮黨的領導、推翻無產階級政權來復辟國民黨反動政權嗎？你們沒按好心，你們是階級敵人，我們用引蛇出洞策略試一試，你們就出洞了。難道黨和人民能眼睜睜地看著你們這些毒蛇滿地爬，吐著毒尖咬人放毒而不打棍子嗎？難道你們是右派，就不應該戴上右派的帽子嗎？人民民主專政，民主只給人民，專政才給敵人。」

王熾興聽了王科長的講話，心裡在憤怒地說：「出爾反爾，信口雌黃！指鹿為馬，專權霸道！你們能允許真正的言論自由嗎？那你們的所謂真理就不值一駁！你們的人民民主專政就不堪一擊！」

王熾興立即發現自己情緒激動，立即將這種憤怒壓下去，以免露出神色。王熾興暗自慶幸自己緘默不語的護身符顯了神功，使自己過關了。他也佩服張青柏說得多，寫得多，耍花拳，闖過了這一關。

一天吃過早飯，王熾興信步到街上買了一包香煙，開盒抽出一支。那新開包的煙發出一股香味，他貪婪地聞了聞，點了火，津津有味地抽著，感到渾身舒服。他踱著步子，吹著煙圈，漫不經心地流覽著大字報欄。那大字報有的卷了角，有的掉下半截。牆上的大字報紙顏色變淡了，字跡被雨水沖溶了；地上到處有大字報紙的殘片；貼大字報的、抄大字報的、看大字報的少了。這種現象，預示著大會將結束了，運動即將收場。他一直在心裡數著大會的日子，縣運動小組說七十二天集訓，現在只剩下三天了。看來煙消雲散了，他過關了。一種幸慰的情緒從心底升起，緊綁的腮肌鬆弛了，露出了笑容。

王熾興悠悠地向紅石學區會址走去。他拐過一棟教室樓，下了幾級石階，來到紅石區宿營地。他看到在紅石區大字報欄旁站著不少人在看大字報。

「還有什麼新玩藝呢？」王熾興心裡在嘟囔著。他懶得去看，打算去好好睡一覺。

這時，從人群中擠出鐘德和運動積極份子吳宗。吳宗手裡端著個漿糊飯盆。王熾興心裡一動，猜准貼的大字報是有關南湖小學的事，決定去看看。

王熾興走到人群後面。說也奇怪，看大字的老師們看到他，都默默地退到一旁，讓他進去。王熾興走進去，看清楚了那大字報的題目：

王熾興口無言，心有毒！

王熾興腦子裡「轟」的一聲炸響，雙腳發軟，幾乎跌倒。他連忙穩住自己往下看：

「運動已有一百零七天了，縣教師集訓也有六十九天了，教師們都投入到運動中來。運動一浪高過一浪，階級陣線越來越明朗，黨的領導得到了維護和加強。但是，在南湖小學，不，是在全縣教師隊伍中，卻有一個人物，始終一言不發，一墨不著，遊離於運動之外，處於世外桃源之中，彷彿自己是離塵道士、超俗神仙。可是，他又沒有入深山為道，升九天為仙，還在我們這些凡人之內生活著。這個人是誰？就是王熾興先生！」

王熾興看到這裡，心想：「這是事實，但你總不能憑這一點把我劃為右派吧！」

「毛主席說：『在階級鬥爭中，每一個人、每一種思想都無不打上階級烙印。』王熾興先生也不例外。那麼，王熾興先生打上了什麼階級烙印呢？就是他反動的富農階級的烙印。現在我們來看王熾興先生祖孫三代的骯髒階級歷史吧。」

「王熾興先生的祖父王恩茂，是個遊子，年青時就不務正業，到處遊蕩。後來投靠到一個大地主手下當狗腿子。王恩茂食主人唾沫，仗勢欺人，發了家，成了富戶，成了地主階級的盟友。」

王熾興心裡一陣酸疼，想到祖父。祖父原籍河南商丘人，因大饑荒，全家向江南逃荒。到了川北縣，父母雙亡，弟妹失散了，隻身一人。王恩茂來到王畈村，被一個富戶收為雇工。王恩茂老實勤儉，得到王姓認同，入了譜，落了戶，轉租族中公田，四十六歲方娶啞巴女人，生了一男一女，成了家。大字報捕風捉影，對王恩茂進行歪曲、玷污，能使作為孫子的王熾興心裡不酸疼嗎？

「王熾興父親王盛才，這個名字是反動的，想剝削窮人發大財。他繼承父業，擴充水田，建造華廈，成了地主階級中的一員。王熾興母親是大地主的小姐，好逸惡勞，嬌生慣養，風流賣俏，是當地有名的『三寸英蓮』美女，全身浸透著反動沒落的地主階級思想。」

王熾興心中怒火燃燒，這種汙父辱母的惡言惡語豈能讓人忍受？他恨不得將這大字報撕個粉碎。他想起父母。王盛才精明能幹，相貌堂堂，在地方上小有名氣，得到鄰村錢家莊富戶三女兒玉英的愛慕。

錢玉英不顧父母反對，嫁給王盛才，並帶來四畝水田作嫁妝。錢玉英在娘家就聰明賢慧，沒有嬌生慣養。她嫁給王盛才後，便成了內操家務、外忙農活的典型的農婦。她慈善大方，和睦鄉鄰。她知書識理，堅決培養兒子王熾興讀書；變賣田地供兒子上縣中學。土改時，家中只有二畝水田了，被劃為中農。大字報無中生有，還把王盛才的「才」字改為「財」字，以盡誣衊之能事。這能不使作為兒子的王熾興發怒嗎？

但是，王熾興並沒有怒不可遏，伸手去撕大字報，而是遏怒忍氣，直眼呆立。他的燃燒著的香煙屁股在燒灼自己的手指，又放進嘴去燒灼雙唇；他並不感到灼痛，只是手指顫抖，嘴唇蠕動。他的淚水湧出來了，熄滅了香煙的火光，也熄滅了胸中的怒火。

「現在來看王熾興本人。他在私塾受著反動的地主階級思想——孔孟之道的教育，又入川北國民縣中學，受國民黨反動派的思想教育。他本是國民黨反動派培養的地主階級人才，理應為國民黨反動派效犬馬之勞。可是，國民黨反動派垮臺了，他的美夢破滅了。他就搖身一變，鑽進革命隊伍，成了土改工作隊隊員。他在東湖鄉土改中，憑他的反動階級本性包庇了富農蔣中文，使蔣中文漏劃，並且準備和蔣中文女兒蔣蘭香結婚。在復查運動中，他又為自己的反動富農家庭翻案，誣衊土改根子和黨的基層幹部，攻擊黨的土改復查政策。他鑽進教育界，披著人民教師的外衣，行培養地主階級人才之實。他攻擊黨的教育部門領導，誣衊共產黨員邱校長是教育的門外漢，攻擊黨的領導是『一統天下』，與大右派份子羅隆基的『外行不能領導內行』，『黨天下』如出一轍。」

「莫須有，莫須有！」王熾興在叫屈。

對於這一段話所提到的事，王熾興記憶還清楚。蔣中文在四五年蔣潘兩姓械鬥中打了潘洪門一棍，土改時，潘洪門當了東湖鄉東湖村主席，對蔣中文打擊報復，要把蔣中文劃為富農。王熾興是工作隊一組組長，根據土改政策，把蔣中文劃為中農。有一次，王熾興病了，蔣中文老婆煮了兩個紫蘇蛋，叫女兒蔣蘭香端給王熾興吃，根本沒有所謂的與蔣蘭香談戀愛一說。至於攻擊邱遠乾的話，全不是那回事。在一次語文組討論語文教學方法時，邱校長要求統一語文教學方法。王熾興是語文組組長，談了看法，說教學要求可以統一，教學方法和農村工作方法不一樣，不能硬性統一，只能因人而異。現在，大字報移花接木，張冠李戴，說成是反對黨的統一領導，真是豈有此理！

「以上事實說明，王熾興在反動家庭裡出生、成長，血管裡奔騰著反動血液，骨髓裡充盈著反動毒汁，是天生的右派份子。他本是一隻竹青蛇，愛飛竄，喜吐舌。可是，他的七寸挨了黨的竹棍，萎了，就縮頭卷身，變成一隻藏在洞裡的地蝮蛇。這只地蝮蛇不響不動，積聚毒汁，伺機偷偷地爬到革命床上，盤住革命的脖子，一有機會，就置革命於死地。我們革命者能眼睜睜地等著那只地蝮蛇去找到傷害革命的機會嗎？絕對不能！我們要用鋒利的鋤鍬挖開蛇洞，把王熾興這隻地蝮蛇拖出洞來，拋到光天化日之下，讓革命群眾人人動手，除掉這隻地蝮蛇。」

「王熾興，是好漢的就站出來，放出你反黨反人民的惡語毒言，和我們進行大辯論！革命者願為黨的事業拋頭顱、灑熱血，與你決戰到底！你不言不語救不了你，革命定會制裁你！」

大字報已經把話說清楚了，王熾興放出惡語毒言是右派份子，緘口不語也是右派份子，革命定會制裁他這個天生的右派份子。

王熾興被革命的風雷嚇破了膽，十指發冷，兩腳酸軟，不打自倒，癱在地上，成了一條真正的死蛇。

這令革命英雄們無法去顯出拋頭顱、灑熱血的英雄氣概了。真是可嘆可悲！

看大字報的教師們被嚇得退到兩旁，只敢看著倒在地上的王熾興，不敢去拉他，有的低頭默默地走開。大字報欄下，只剩下躺在地上的王熾興了。

過了十來分鐘，邱校長帶著鐘德、吳宗來押王熾興去審查。

「邱校長，王熾興真的病倒了，不是做樣子，快叫校醫吧。」鐘德蹲下身子，給王熾興拿手了一回脈，說。鐘德的父親是老中醫，他也學得了些脈理。

「吳宗去叫校醫，不能讓他死了，不然我校右派指標完不成了。」邱校長說。他看著王熾興，又惱怒地說：「入他娘的十八代！批鬥會只好推遲了。」

王熾興被校醫救醒了，晚上才接受批鬥，被劃成右派份子。

這學期開學推遲到九月二十號。在南湖小學開學典禮大會上，第三項是批鬥右派份子。一群右派老師被民兵押著，站在會場前面。右派老師被反綁著雙手，頭戴高帽，胸掛紙殼牌，帽上、牌上、背心上寫著姓名，畫著牛頭、馬面、毒蛇、烏龜之類。學區譚幹事站在最前頭，高帽上畫的是一隻大竹青蛇，張著大口，吐著長舌，舌頭開叉吐紅尖。王熾興老師高帽上畫的是只地蝮蛇，紅底黑斑，盤成圓圈，低頭吐尖。邱校長從後頭起，將右派老師的額頭一個接著一個地攀起，向同學們亮相，介紹。

邱校長托起譚幹事的下巴，還沒開口，那譚幹事猛地一頭撞在邱校長的身上，把邱校長撞倒在地，大聲叫喊：「你們這些騙子，哄老子作示範發言，劃老子右派。你們才是真正的牛鬼蛇神！你們敢讓老子大鳴大放嗎？有種的來大辯論呀！你們……」

譚幹事沒把話喊完，被幾個民兵打倒在地。邱校長爬起來，用腳狠踢譚幹事的頭部。譚幹事沒氣息了，被拖走了。

後來，柯和貴聽說譚幹事被判刑，其他右派老師被押去做江堤、水庫。邱校長上掉到縣委當宣傳部副部長，鐘王任升為南湖小學校長，吳宗老師當了南湖小學副校長。張青柏老師繼續帶柯和貴的班主和算術。學校老師不夠，就把六年級畢業而沒考上中學的大齡學生留下當老師。

到了第二年正月開學時，柯和貴又看到王熾興老師回到南湖小學，但沒當老師，只是做飯養豬。對那反右運動，柯和貴有詩云：

詠「反右運動」

陽謀陰謀都是謀，謀權謀利謀害人。
陽謀滿口五常理，陰謀暗設八卦門。
本來自身妖魔鬼，反誣他人牛蛇神。
權力一旦成利器，時時處處有冤魂。

注：「五常」，仁義禮智信。儒家的道德倫理。

馬致遠有詞曰：

拔不斷

嘆寒儒，謾讀書，讀書須索題橋柱。
題柱雖乘駟馬車，乘車誰買《長門賦》？（且看了）長安回去！

注：1.題橋柱，亦作「題柱」，西漢司馬相如去長安求功名，途經「升仙橋」，題詞云：「不乘高車駟馬不過此橋。」後來表示建立功名的壯志。2.「題柱雖乘駟馬車」後三句的意思是：知識份子雖然取得功名利祿，但是《長門賦》那樣的好文章也沒有人敢於買去讀了，「知識越多越反動」，「讀書無用」，不如看了一眼京城就回去種田吧，免得遭到迫害。

欲知王熾興老師為何又回到南湖小學，且聽下回分解。

第十六回　王老師感嘆反右派　鐘校長朗誦抒情文

卻說柯和貴又看到王熾興老師回到南湖小學，沒當老師，當工友，心中升起一團迷霧。這團迷霧，直到二十年後柯和貴聽了王熾興老師的解釋才消散。

原來，在反右運動開始時，縣委規定：右派份子占知識份子的百分之二十。南湖小學有18名教師，就有四名右派份子。邱校長、王科長就預先定下三名：張青柏、王熾興、石春秋，剩下一個在運動中去發現。在運動中，石春秋說合作化運動搞早了，無疑成了右派。教師邱明光、李華廈是老同學，為兒女親鬧翻了，互相攻擊，也成了右派。邱校長、王科長又把借示範發言醜化邱校長的譚幹事定為右派，劃到南湖小學指標內。南湖小學已完成了指標數。但是邱校長、王科長要超額完成任務，決定在張青柏、王熾興兩人中打成一個右派份子。比較張青柏和王熾興，張青柏只有出身成份不好一條，個人歷史清白，在運動中積極發言寫大字報，又抓不出一條右派言論，有些棘手。王熾興不僅出身成份不好，還有歷史汙點，在運動中不言不語，是消極抵抗運動，夠打成右派。邱校長就親自去縣組織部查閱王熾興檔案，親自到王熾興家鄉和東湖社調查王熾興材料，親自起草那份揭露王熾興的大字報。邱校長寫完大字報後，覺得乾巴巴的，就召來鐘德主任，要鐘德進行潤色，寫出一份有分量的大字報來。鐘德是師範畢業，語文水準高，是運動中積極份子，區運動材料組副組長，專寫材料綜合報告。鐘德看邱校長的大字報，材料充實，足可以把王熾興劃為右派份子，但是文理不通，文白夾雜，枯燥無味，實在上不得大字報欄，需要修改潤色。可是鐘德不願寫揭發教師的大字報，他怕終生良心不安。他說；「邱校長，你真不愧新學老學皆通的人，寫得有事實有理論，不需修改潤色。」邱遠乾心裡清楚自己文墨不行，知道鐘德在推諉。他就以黨的領導身份教訓說：「小鐘，我看你在這次運動中從沒揭發過右派的言論，你思想很右哩。你到學區當材料組副組長是我一手提拔的。這份大字報本應由你來寫，表明你的態度。我只為你寫個框架，你還不寫，這是立場問題。黨組織在考驗著你，看你寫不寫？」鐘德被嚇住了。心想：「不寫，王熾興是右派；寫，王熾興也是右派，不如寫罷。」他就答應寫了。他又召來教師吳宗一起寫，落款吳宗。王熾興被劃成右派份子。鐘德回家把這事向他當老中醫的父親說了。父親痛斥了他一頓，要求他有機會幫王熾興的忙，贖自己的罪責。鐘德在冬天偷偷地給在水庫工地的王熾興送棉衣和零用錢，囑咐王熾興勞完後到南湖小學找他。到春節，王熾興勞動改造完了，被開除了公職，就到南湖小學找鐘德。鐘德就留王熾興當工友，說有機會再讓他教書。一九六四年，上級來了政策：教師不夠用，被改造好的右派份子可以復職任教。鐘德就為王熾興跑路，拉關係，讓王熾興復了教師職務，並批准王熾興和等了王熾興六年的蔣蘭香結婚。鐘德辦了這些事，良心上才得到安慰，就和王熾興談了原委。王熾興並不責怪鐘德，說那是全國運動的事，不存在個人責任。

二十年後，王熾興對柯和貴談了這件事，他說：「鐘德校長入不了黨，升不了官，是因為他的良心太好了。」當柯和貴問到王熾興老師對反右運動有何感想時，王熾興感慨萬分，說出一句話來：「反右運動是一場試驗，中國共產黨試出了中國知識份子的品質，中國知識份子也試出了中國共產黨的品質，雙方算是真正地相互了解了，雙方算是真正地分成兩個陣營了。」

王熾興解釋說：

「在中國知識份子這方面，從大學教授到中小學教師，心靈上受到一次大震動，精神上受到一次大創傷。他們開始反思歷史，反思自己。

「從孫中山逝世至中華人民共和國建立這段歷史，知識份子是同情、幫助共產黨與蔣介石作鬥爭的。原因有五：第一，中國共產黨的創始人都是知識份子。有著名的教授陳獨秀、李達、李大釗，有留學生周佛海、陳公博，有大學生張國燾、劉仁靜、王燼美、鄧恩銘，有小學教師毛澤東、董必武、陳潭秋、何叔衡、有記者包遵惠。這些人在知識界有廣泛的代表性，得到廣大知識份子的同情和支持。第二，共產黨所宣傳的共產主義、階級鬥爭、無產階級專政與孔子的『天下為公』、『不患貧而患不均』以及與帝王的專制獨裁相吻合，容易被受千年帝王專制傳統思想文化影響的中國的『士』所接受。特別是那空想的烏托幫——共產主義，對涉世不深的天真爛漫的青年學生有巨大的誘惑力，使許多青年學生去為共產主義拋頭顱、灑熱血。第三，孫中山犯了一個歷史性大錯誤：聯俄、容共。這使中國知識份子誤認為共產主義和三民主義是相容的；同時，使中國共產黨也能打起孫中山旗幟來反對國民政府。第四，國民政府始終處於戰爭之中，走不出孫中山規定的建國方略第一步：軍訓階段，無法實行政訓、憲政階段。這就使共產黨有了藉口去反對蔣介石獨裁，使知識份子也糊裡糊塗地與共產黨一起反獨裁。第五，共產黨向知識份子許諾，建立自由民主的聯合政府，迷惑了廣大知識份子，去和共產黨結成統一戰線，建立自由民主中國。」

「毛澤東坐天下了，他並不搞什麼『大赦天下』、『文人治國』，更不搞『自由民主』，而是對同情、幫助他打天下的知識份子一次又一次地實行專政。他不僅不斷地在政治上、在經濟上搞鬥爭運動，而且不斷地搞思想鬥爭運動：批判《民訓傳》，批判俞平伯，批判梁漱溟，批判胡風……這使中國知識份子看見了毛澤東的思想本質是搞『黨天下』，『領袖專政』，比中國傳統的『家天下』、『帝王專制』更野蠻，什麼自由民主的聯合政府，全是些政治騙子的謊言。知識份子的『自由民主聯合政府』的美夢破滅了，感到受騙了，被羞辱了，對中國共產黨不滿了。正如羅隆基所說：『中國舊社會的士有這樣一套傳統觀念：「以國士待我者，我必以國士報之；以眾人待我者，我必以眾人報之。合，則為知己者死；不合，則士可殺，不可辱。』」這些二十世紀五十年代的中國的『士』在尋找機會向聖上進諫了。在五七年，毛澤東提出開門整頓黨的『三大主義』和採取『四大』、『雙百』方針號召知識份子向黨提意見。這些中國的現代『士』們，以自己正直善良之心來度暴君兇殘之腹，一時骨氣大振，書呆氣大發，向毛澤東進諫，希望英明天子毛澤東納忠言。

「他們就大鳴大放，主要觀點是：形成現在這樣清一色的『黨天下』，是搞『黨的絕對領導』的結果（張勝語）。『黨是一個新階級』，『特殊階級』（錢居平語）。黨的領袖領導是『朕即國家』、『共產黨亡了，中國不會亡。因為不要共產黨的領導，人家也不會賣國』（葛佩琦語）。馬列主義是『一個相對靜止的教條』（徐章本語）。中國的社會主義是『封建主義的社會主義』（林希翔語）。』『資本主義還可以取其精華，去其糟粕』，而『官僚主義』則是『一無是處的糟粕』（章乃器語）。『當一個政權反人民的時候，它是排斥記者，懷疑記者的』（彭綱語）。『單純代表領導機關意見而為讀者服務的機關報，它的生命已經危險了』（趙瑛語）。『學校黨委制有缺點，那就是「無知」加「外行」（朱君賢語）。『我總覺得今天應該喊出民主辦社和民主辦報的口號來』（鄒震語）。『我們要向「三個主義索還被它蹂躪的新聞自由』（鄒震語）。……

「僅摘這幾句，可見腐儒舌劍，字字句句斫人心肝；僅這幾句，可見上承『五四』，下啟『六四』了；僅這幾句，足可使毛澤東龍顏大怒，要『焚書坑儒』了；僅這幾句。就能使『士』們大禍臨頭了。

「從這幾句，我們又可以看出，五七年的『士』們是在毛澤東的號召和容許下誠惶誠恐地進諫的，他們沒有像彌衡那樣擊鼓罵曹，沒有像海瑞那樣抬棺死諫，更沒有像毛澤東那樣拿槍拖炮逼蔣介石給民主自由。他們實在是可憐之至地向毛澤東討點民主自由，進一番忠言。毛澤東願給就給，願納就納，不給不納也就作罷，絕莫又焚又坑。他們絕沒有見過中國歷史上有無與倫比的帝王毛澤東，號召臣民寫奏摺進諫卻是個政治騙局，設圈套，布陷阱，引蛇出洞，讓進諫的臣民去投，去跳，連低頭認罪也不允許，一網打盡，強迫勞改，強迫洗腦。『士』們吃了這大的虧，才恍然大悟，弄清了毛澤東的真面目，堅定了對共產黨和馬列主義的本質認識。他們一方面悔恨自己糊塗，不該同情、幫助毛澤東去打蔣介石，另一方面堅信自己的民主自由理念，不甘失敗，一有機會就批毛，就向後代知識份子宣傳民主自由。他們中沒死的，一直堅持鬥爭到『六四』運動至今。

「在中國共產黨這方面。從陳獨秀至毛澤東在延安掌控黨、軍大權這段黨史時期，發生了三次重大人事變動。第一次是陳獨秀被史達林撤銷了總書記職務。陳獨秀在列寧扶植下，創建了中國共產黨，又企圖保持中國共產黨的最高人事權、決策權不受史達林和共產國際的控制的獨立性，從反抗共產國際代表馬甯等人意見，發展到與史達林直接對抗，還違背列寧主義自創中國二次革命論。這就惱了老子黨領袖史達林，撤了總書記之職。在在四年後，中國共產黨內高級知識份子基本上失去領導權，大部分脫黨。中國共產黨的最高權力轉到忠於史達林的留蘇青年學生瞿秋白、李立山、王明、博古等人手裡。知識水準降低了。第二次是遵義會議，權力部分轉到山大王毛澤東等人手裡，知識水準更降幾級。第三次是毛爾蓋會議，排擠張國燾成功，使黨軍大權全部歸到毛澤東手裡。在中國共產黨一大會上十三個代表中，毛澤東是知識水準最低、了解外部世界最少、農民意識和帝王獨裁思想最嚴重、做皇帝野心最大的一個，也是唯一的一個。他掌控了中國共產黨黨軍大權，勢必造出一個中國帝王專制加史達林領袖專政的中國政權。對於這一點，中國知識份子中要算陳獨秀認識得最早、最清楚，羅隆基這些人直到五七年才認識到。毛澤東的個人思想品質和文化素質，決定了他要相信和依靠的基本力量是中國農民中的亡命之徒——地痞流氓、盜頭匪首。這些人最好愚弄，最嗜殺戮。毛澤東最不相信和仇視的是知識份子，特別仇恨高級知識份子。這些人有知識、知識比他高，有獨立思考能力，不好愚弄，善良而不惡殺，不好利用。所以毛澤東對知識份子一直採取的是兩手：一是政治騙子手段。用私情結交個別朋友，加以籠絡；二是，殘酷無情地打擊，殺戮。在對待知識份子毫無誠心和殘酷鬥爭這一點上，在中國歷代帝王中毛澤東是絕無僅有的，比史達林還狠。史達林還容忍布甯和帕斬捷爾納克。五七年反右派運動中，毛澤東更加認識了中國知識份子的品質，更加痛恨知識份子。

「通過五七年反右運動，中國的有個性、有骨氣的『士』都被坑被砍了，都在朝夕難保生命中。剩下的是一些奴才『士』和不知不覺的工農兵中的施酷刑、食人肉的來俊臣、母夜叉了。毛澤東的領袖獨裁被穩固下來了，能肆無忌憚創造三面紅旗而餓死四千多萬農民的偉大奇跡了。饑民造反是中國歷史的一條規律，可是在毛澤東製造的三年大饑荒中餓死的四千多萬饑民卻不造反。毛澤東說：「多好的人民，餓死也不造共產黨的反。」這句話是毛澤東在騙人。其實在毛澤東心裡還有一句話：「幸虧老子在五七年坑殺了有知識、有覺悟、有個性、有骨氣的『士』，所以沒有『士』去發動那些無知無覺的餓死的農民蠢豬。」可見，饑民造反必須有張角、黃巢、韓山童、洪秀全這些『士』去發動。沒有這個條件，無知無覺的饑民們就聽天由命、任天子宰殺了。後來，毛澤東又敢肆無忌憚發動和領導六六年的文化大革命，其主要原因也在這裡。」

王熾興老師這番言論是他個人的體驗，摘下來供對此有興趣的讀者一閱。

卻說反右運動過後，柯和貴讀四年級下學期了。

在六月下旬的一個上午，第一節課的時間過了一半還沒打上課鐘。同學們不知道學校發生了什麼大事，議論起來，聲音由小到大，直到叫罵、敲桌子。有的同學溜出教室門去打聽，報告各種消息。

第二節課的時間又過了好些，班主任張青柏老師才急匆匆地走到教室門，大聲喊：「同學們，到操場集合，聽區委尹書記報告。」

學校的集合鐘聲也急促地響起了。全校同學蹦蹦跳跳地奔向操場。老師們都站各班的前排，值日教師整頓好隊伍，鐘校長講了大會紀律，大家歡迎尹書記講話。

尹苦海大步走上台，講起來。他講了國內外、省內外、縣內外、區內外大好形勢，宣讀了《農業發展綱要十條》。他最後提高嗓門說：

「毛主席號召我們要高舉總路線、大躍進、人民公社這三面紅旗，要大煉鋼鐵，治山治水，要實現共產主義，趕英超美。同學們，共產主義到來了，我們要打破罎罎罐罐，一切歸公。小灣合大灣，建設新農村，集體生活。吃大食堂，天下一家，走到哪裡都是家。全國行政機構一律按軍隊編制改成公社、大隊、小隊，還要成立各種戰鬥隊、突擊隊。學校也要合併，南湖公社十一所小學全部集中到獨山垸，成為一所大學校——南湖公社學校。南湖公社學校是一個團，下設營、連、排、班。同學們，你們都成了紅孩子、共產主義少年戰士了。你們要鼓足幹勁，力爭上游，投入到社會主義建設高潮中去。現在，學校提前放暑假，你們到各生產小隊去參加多快好省地建設社會主義運動中去。下學期，集中到南湖公社大學校去接受社會主義革命考驗。具體工作由鐘校長和老師們安排。」

尹書記講了兩節多課時間。他講完後，領著大家呼口號：

「鼓足幹勁，力爭上游，多快好省地建設社會主義！」

「社會主義好！人民公社好！」

「樓上樓下，電燈電話！」

「為實現共產主義而奮鬥！」

「東風壓倒西風！」

「打倒美帝國主義！」

「鎮壓一切反革命份子！」

「我們一定要解放臺灣！」

「三面紅旗萬歲！」

「中國共產黨萬歲！」

「毛主席萬歲！萬歲！萬萬歲！」

鐘校長代表全體師生向黨表示決心。鐘校長的講話是一篇激情奔放的散文詩。現在，除去首尾套話，錄全文如下：

「旭日東昇，陽光普照；東風勁吹，紅旗飄舞；舉國上下，萬眾歡騰。領袖一揮手，全黨、全軍、全國人民團結戰鬥，奮勇前進！一個翻天覆地的時刻到來了！一個偉大嶄新的世界出現了！

「共產主義，這個人類美好的天堂，馬克思、恩格斯描繪了它；社會主義，這條從舊社會過渡到共產主義社會的虹橋，列寧、史達林建造了它；中國人民終於過渡了社會主義虹橋，來到了共產主義天堂，毛主席實現了它。

「在偉大領袖毛主席領導下，在戰無不勝的毛澤東思想指導下，中國人民在《子夜》裡進行了《野火春風鬥古城》的激烈戰鬥，嘗過了《苦菜花》，經過了《紅岩》煉獄，奏響了《紅旗譜》，唱起了《青春之歌》，掀起了《暴風驟雨》，確定了《不准走哪能條路》，開展了艱苦的《創業史》，發生了《山鄉巨變》，邁上了《金光大道》，迎來了共產主義《豔陽天》。

「今天，三面紅旗飄起來了，大好山河紅起來了，豐厚的物質基礎形成了，高高的文明大廈豎起來了。千戶共一煙，全國成一家。共產主義在中國這塊古老的黃土地上實現了！這是中國前所未有的大事件，也是世界史無前例的偉大創舉。這個偉大的勝利，不僅敲響了資本主義喪鐘，而且宣告資本主義的最後階段——帝國主義徹底滅亡！在偉大勝利面前，讓美帝國主義為首的帝國主義陣營分崩離析吧！讓一切反動派日暮途窮吧！

「我是一名革命知識份子，此時此刻，真是熱血沸騰，細胞跳舞，感到無上的光榮和自豪！我只有一種表示：聽毛主席的話，跟共產黨走，忠心赤膽，為共產主義添磚增瓦！

「同學們，你們是最幸福的一代人，世界革命重任在肩的一代人，你們在幸福光明的日子裡，不要忘記在地球的西邊——美國土地上還處在《子夜》裡，那裡的人民還生活在水深火熱之中，生活在萬惡的鐵蹄下，在受苦，饑餓，呻吟，掙扎……他們是我們的階級兄弟，你們要把他們拯救出來。所以，你們要有『赤遍全球』的遠大理想，要有世界革命的思想準備！

「俱往矣，數風流人物，還看今朝！」

鐘校長的講話，激起了師生們的高度熱情，讚嘆，鼓掌，歡呼，跳躍，正是熱血沸騰，細脆跳舞；人人表示決心，要忠於毛主席，為黨的「赤遍全球」事業拋頭顱、灑熱血；個個義憤填膺，為拯救貧苦饑餓的美國人民誓與美帝血戰到底！

大會散了，各班熱烈討論尹書記報告，直到下午才放學。

柯和貴跑出學校大門，離開了狂熱的場面，就感到自己饑餓了，想喝水吃飯。

柯和貴走進自家大門，發現家裡也發生了翻天覆地的變化：幾十年的土磚灶被搗毀了，一堆碎磚灶灰，鐵罐耳鍋都不見了。

「和貴，把地灰搬出去倒掉。」滿身灰塵的柯和仁對弟弟說。

「倒到哪裡去？」柯和貴問。

「隨便倒。」

「灶灰是肥料呀！」柯和貴不解。

「一切歸公了，自留地沒了，管它倒到哪裡都是公的！」柯和仁沒好口氣地說。

「和貴呀，別問了，聽你哥的。」母親李氏從裡屋走出來，一臉烏灰，說。她又對和仁說：「我留了一籮稻穀，一口甕，你去裡屋挖個洞，把谷藏在裡面。我總擔心這食堂吃不長，突然散夥了，回家吃什麼呀？」

「娘呀，別費心了，慶如哥在床下地洞藏了兩鬥稻穀，被幹部和積極份子掘地三尺，挖出來了，慶如哥夫婦受了鬥爭。」柯和仁說，「要飽大家飽，要餓大家餓，難道只餓死我們一家人嗎？」

「你這孩子就是缺心眼。人在關鍵時，要想前顧後。」李氏說，「屋裡藏不住糧食，你就到豬欄去撬開一塊石板，挖個洞，把新土拋到糞窯裡去，不就藏穩了嗎？」

柯和仁覺得母親說得有理，也相信母親的經驗和感覺，就背了鐵鍬挖鋤，東張西望，像做賊似的，到豬欄幹起活來。

柯和貴問母親發生了什麼事，母親就把情況說了。原來在南湖小學開會時，南柯村也開了群眾在會，說是實現共產主義了，柴米油鹽、炊具桌凳、家禽房屋，一律歸公，徹底消滅私有制。從今天晚飯起，學工人老大哥，做起真正的無產階級，吃大食堂，住集體宿舍。

「今天就實現共產主義了，真是一日千里呀！」柯和貴很高興地說，「娘呀，共產主義是天堂，你還憂慮什麼呢？我們不用藏糧食。」

「和貴呀，我不相信柯鐵牛那些人的話，只相信你父親的話。你父親在十五年前看了《五綱經》，對我說，『千戶共一煙』，是共產黨坐天下，共產吃大鍋飯。你看，你父親說對了吧。你父親又說，千戶共一煙『不長久的，後面又是一個朝代』。這話我看也要成事實。」李氏說。

「娘呀，我們喊共產黨萬歲，毛主席萬歲，社會主義是鐵打江山，不會改朝換代的。」柯和貴說，「我老師說《五綱經》是反動書，看不得的。我父親是不是反動派呀？」

「孩子，每個皇帝都要老百姓喊萬歲的。我七歲時聽人喊袁世凱萬歲，後來又喊國民革命萬歲，日本鬼子來了喊皇軍萬歲，現在共產黨坐天下了，喊的萬歲特別多，哪有一個人活到一萬歲的道理。萬歲是靠不住的。」李氏說，「你父親是老實善良的讀書人，能算五百年前，能料五百年後，從不說謊話，哪能是反動派呢？你還小，知識淺，不懂事，別亂問了，聽娘的。」

「那好，就暫依著你。」柯和貴說。柯和貴一方面認為母親是從舊社會來的人，舊思想多，不懂革命的道理，一時說不清楚；另一方面，也認為母親說的話也有些道理。

母子三人忙了好一陣子，把糧食油鹽和一個小耳鍋子、暖壇藏好，把屋子打掃乾淨，把東西上交了，讓幹部和積極份子檢查過關了。

下午五點多，有人打鑼叫吃飯了。

柯和義、張愛清、晴川來到李氏家。張愛清幫著李氏清點了碗筷，都放在一個提籃裡。

「和義，幹部在你家沒查出什麼吧？」李氏關心地問。

「沒有。」柯和義說，「他們只是問我大鐵罐、大鍋到哪裡去了？我說半個月前賣了，準備去買新的，沒想到吃大食堂了。他們也就算了。」

「你把大件鐵器早賣了？」李氏吃驚地問。

「我叔父十五年前就算到了，我只是在一個月前看報估計到的。我當時拿不准，就去鳳凰山下拜訪李衡權老先生。李先生說：『再不賣就遲了。』我回家就賣了。」柯和義說。

「你叔父說李老先生是諸葛亮、劉伯溫，果然不錯。」李氏說。「你怎麼不約和仁一起去賣呢？」

「嬸娘，那是個反革命行動哪，我不敢對任何人說。鳳凰區前幾天有人賣鐵鍋被打成了反革命份子。」柯和義說，「李老先生說，以後還有搶購鐵罐的時候，那時，我約和仁一起去買。」

「你這孩子真是個讀書人，也能知前知後。」李氏說。

第二遍叫吃飯的鑼響起了，李氏一行六人向大堂前走去。

大堂前太屋場上豎著四面紅旗，上寫：七小隊、八小隊、九小了、十小隊。隊長、副隊長都站在旗下，會計在登記人數。社員們吃革命飯的革命性真高，都到了。李氏六人只好站在七小隊排尾。

南柯社已改為南柯大隊，共十個生產隊，一、二、三、四、五、六小隊一個食堂，在梁李村；七、八、九、十小隊都是南柯村人，在村大堂前吃食堂。

人到齊了，民兵連長把各小隊地、富、反、壞、右五類份子拖出來，命令他們蹲在太屋場上吃飯，不能進入大堂前。各小隊在隊長、副隊長帶領下進入食堂，一個小隊一重屋，各人名字已貼在桌子上，大家按名字就座，十二人一桌。整個大堂前一下子熱鬧了，談笑聲、議論聲、叫喊聲、放碗聲、坐位聲……亂哄哄一片。

柯和貴很好奇，到處溜著看。整個五重都擺滿了桌凳，大方桌是各家各戶上交的，凳子是用臨時鋸下大樹新板釘成的。各個側門都有民兵把守。廚房在上重側房，滿屋蒸汽濛濛；每口大鍋可裝十來擔水，盛滿了翻滾的菜、魚、肉。炊事員用的菜鏟比鐵鍬還大還長，插到鍋底，翻動菜餚。灶孔像窯洞口那樣大，架著古木柴片，燒著旺盛的火，一丈遠就熱氣逼人。架在灶臺上的木飯甑，有一丈多高，三合抱圍，四周冒蒸汽。

開飯前，柯鐵牛支書講話。柯鐵牛的聲音如虎吼，但壓不住哄雜的人聲，聽不清楚。柯和貴就擠上前去聽。他聽到柯鐵牛說的話都是尹書記說了的，只是最後幾句還有些特別：

「今天，大家在起吃革命的大鍋飯，這是毛主席給我們的幸福，是共產主義好，人民公社好。飯，有的是，大家不用搶，放開肚皮吃。吃飯也要爭上游。現在，大家吃飯放衛星吧！」

開飯了，炊事員在每張飯桌上放了兩個新做的大木盆和一個大瓦缽，盛菜盛湯。在每重屋的前後放了大木桶米飯，各人自盛自吃。一會兒，上下五重沒說話聲了，只有筷子聲，調羹聲，喝湯聲，咬嚼聲，乒乒乓乓，嗒嗒咕咕，嗦嗦嗦，呼呼呼……動聽悅耳。

柯和貴餓極了，大口大口地吞食那又硬又爽的大米飯。李氏告誡兒子說：「越餓，越要慢慢吃，多喝湯，不要傷了脾胃。」柯和貴聽母親教導，才放慢吃飯速度。

社員們在大食堂裡為革命吃革命飯，奮鬥了一陣子，說話聲又回起了：

「我吃飽了，做了吃革命飯的上游了！」

「我吃了五大碗，足有三斤大米，放革命飯的衛星了！」

「只快只多，不算上游，要多快好省才算上游。」

……

說話聲中，夾有起立聲，拍肚聲，打嗝聲，嘔吐聲，收拾碗筷聲……又是一曲美妙樂章。

柯和貴吃了個大飽。柯和仁說肚皮快脹破了，還把吃剩的半碗飯倒進裝剩飯剩菜的木桶裡。

「你吃多少，盛多少，不能浪費糧食呀。好漢不如一粒米。不能有日忘無日。」李氏教訓柯和仁說。

「娘呀，你真是老思想，跟不上新時代了。現在是共產主義時代，國家有的是糧食，支書說吃飯爭上游、放衛星。我還只吃個中游哩。你別多操心了。」柯和仁說笑著，伸了個懶腰，舉起雙手高喊：

「共產主義好！毛主席萬萬歲！」

李氏很尷尬，嘴裡嘟囔著。

「孀娘，你說對了，餓死人的日子不遠了。」柯和義對著李氏耳邊小聲說。

張愛清橫了柯和義一眼，制止柯和義亂說。

這時，哨聲四起，柯鐵牛支書又講話了，說：

「大家吃了共產主義的飯，就要幹共產主義的事。吃飯鼓足幹勁，力爭上游，幹活更要鼓足幹勁，力爭上游。人與人比，隊與隊比，看誰幹的時間最長，幹得最多，幹得最好，幹得最省，多快好省嘛。我們要叫河水讓路，高山低頭，黃土變鋼鐵，大地換新裝。今晚，我們就要大幹共產主義，點燈幹，點火把幹。現在各隊社員到太屋場集合，接受任務。」

一陣騷動後，人群湧到太屋場，在各小隊的旗幟下排成隊列。一會兒，隊伍發生了變化，有些人被點名到太屋場東側，組成好幾個隊列，豎起了好幾面紅旗，上寫：巡邏糾察隊，黃繼光突擊隊，劉胡蘭突擊隊，老黃忠戰鬥隊，穆桂英戰鬥隊，紅孩子戰鬥隊。各隊隊長佈置了戰鬥任務，各隊會計清點了人數，各隊保管分發了工具，各隊打起火把，點起馬燈，出發了。隊伍分別開向對面塆，柯家後塆，上頭林，下頭林，莊屋林，黃山崗，馬家山，紮湖壢……在黑夜裡，火把像正月十五元宵節玩龍燈一樣，蜿蜒在田塍、山地上，又像是電影中紅軍南征北戰那樣戰火紛飛。

一場鬥天鬥地鬥人的大戰爭開始了。

柯和貴也是其中的一員小戰士，被編在紅孩子戰鬥隊，開赴紮湖壢燒蘆葦蕩。

欲知後事如何，且聽下文分解。

第十七回　鬥天地稚童成英雄　爭上游書記埋活人

卻說柯和貴被編在紅孩子戰鬥隊，隊長是柯和丁，任務是到紮湖壢放火燒蘆葦蕩。隊長柯和丁舉著火把，副隊長柯和貴提著馬燈，紅孩子戰鬥隊高唱《共產兒童團歌》：

「帝國主義者，地主和軍閥，我們的精神使他們害怕。快團結起來，時刻準備著，地地打地打，地地打地打。……」

柯和貴張口盡力高唱，昂首邁著有節奏的步伐，體會著電影《紅孩子》裡小英雄們的戰鬥精神。他真想成為一名兒童團裡的戰鬥英雄。他想：要是這時有敵人出現，自己就會和敵人拼死戰鬥，咬住敵人的脖子，刺敵人的心臟，壯烈地犧牲。他真悔恨自己沒有出身在戰爭年代，使自己不能成為戰鬥英雄。

柯和貴這些幼稚善良的孩子們已經被煽起仇恨了，被鼓動起來了。如果這裡有誰被他們當作了敵人，誰就非死不可；如果有誰被他們崇拜為領袖，誰就可以把這些小生命當作人肉炸彈拋出去。由此，我們能明白共產黨的政治家們利用《小鐵錘》、《紅孩子》、《小兵張嘎》、《雞毛信》、《閃閃紅星》、《劉胡蘭》、《劉文學》……的險惡用心；由此，我們又可理解本•拉登的「基地」組織利用男孩、女孩作人體炸彈去炸死異教平民的毒惡用心了。我們因此能仇恨和殺戮這些蒙昧貧窮、誠實天真的可憐的孩子們嗎？顯然不能。我們只能像魯迅一樣吶喊：「救救孩子！」要想救救孩子，我們應該徹底消滅國家恐怖、社團恐怖的製造者和組織者，應該徹底剷除他們賴以生存的制度，應該清除他們所信仰的主義。

卻說紅孩子戰鬥隊一直來到下壢嘴太公墳墩旁。柯和丁登上墳頂，吹一聲口哨，把隊伍整頓好，按隊列順序報了名，共一百五十五人。柯和丁作了革命報告，把隊伍分成五個排，發了火種，命令到東邊放火。一會兒，蘆葦蕩著火了。開始只有幾片小紅，隨著東風，那蘆葦烈焰騰空，呼啦啦地燒起來，幾丈高的火舌順著東風向西邊卷去，湖壢一片火紅，湖水一片火紅。柯和丁連吹口哨，把紅孩子們又召集到太公墳墩旁。紅孩子們為自己點燃了革命烈火拍手，歡呼。

柯和丁對士兵們說：

「我們已經點起了革命的熊熊大火，要等把這蘆葦敵人消滅了才能回去。現在，還有時間，我們不能閑著，要來操練革命隊伍。我們把隊伍分為兩部分，一部分扮演中國，一部分扮演美國，來演中國打美國，好不好？」

「好！」孩子們齊聲應喏。

柯和丁指著說：「演中國的站到墳墩左邊去，演美國的站到墳墩右邊去。」

紅孩子們一下子都跑到左邊去了，右邊沒有一個人。

柯和丁說：「美國那邊絕種了，這戲就演不成了。」他想了一下，又說：「柯和貴，你是副隊長，站到右邊去演美國。」

「美國是敵人，我不去。」柯和貴說。

「戲臺上演敵人都是中國人。這是演戲呀，又不是真的。」柯和丁說。

「不當真嗎？」柯和貴問。

「不當真的。」柯和丁笑著說。

「那好，我到右邊去演美國。」柯和貴走到墳墩右邊。他轉身對左邊的紅孩子們叫喊：「願意跟我的，過來吧。」

紅孩子們都喜歡柯和貴，一窩蜂似的湧去了八十多個。

「你們不要擔心，我到你們這邊演中國。毛主席打仗是以少數打贏多數。」柯和丁對左邊的紅孩子們說。他又吹一聲口哨，大聲說：「我來把兩邊界線劃好，聽我一聲口哨，從界線出發攻佔墳墩。先佔領了墳墩的就是勝利者。兩方都去準備武器，不能用硬東西打人，只能用蘆葦、青草、稀泥、蘆灰作武器。」

柯和丁說完，走下墳墩，在左、右兩邊各走了兩百步，作了界線。

兩邊紅孩子們小聲商量佔領山頭的方法。柯和貴叫自己的人用青草包稀泥、牛糞做炸彈，每人三個。他又把隊伍分為四組，叫一、二組站在兩邊，聽到哨聲，就沖向對方側面，向對方前排每人甩出一個炸彈，讓對方滑倒，阻止前進；再向對方中間甩一個炸彈，讓對方後面接應不上；最後沖到墳墩左邊下，攔住對方。三、四組跑步沖向墳墩，到了墳墩下，甩出一個炸彈，到了墳墩頂，再甩第二個炸彈；第三個炸彈甩到搶攻墳墩的敵人臉上。佔領墳墩後，高喊：「中國勝利了。」柯和丁那邊準備的武器是蘆葦杆，留住杪葉，一齊衝鋒，一邊沖，一邊用蘆杆葉掃對方面部，讓對方後退。

中國、美國雙方準備好了，柯和丁狠吹一聲口哨，雙方進攻了。柯和丁沖在前頭，腳下踩到一個炸彈稀泥，摔倒了，接著跌倒十幾個。後面的被堵住了，又遭到稀泥牛糞炸彈的襲擊，向兩側潰散。柯和丁爬起來，又沖，臉上被擊中兩顆稀泥炸彈，眼睛睜不開了。柯和貴那邊佔領了墳墩，每人手裡還有一個炸彈。

「中國勝利了！」柯和貴高喊。

「中國勝利了！」站在墳墩上的孩子們高喊。

「你們搞的什麼鬼名堂？誰叫你們用稀泥、牛糞的？」柯和丁站在墳墩左下邊，惱羞成怒，質問柯和貴。

「我們用的是炸彈，炸彈比長矛厲害。」柯和貴說，「稀泥、牛糞不是硬東西，又沒有打傷你們。」

「你們是美國，怎麼喊成中國？」左邊隊伍有人質問。

「我們先是美國，打贏了就變成中國。你們失敗了，就是美國佬。哈哈哈。」柯和貴說著，笑了。

「哈哈哈，」右邊的孩子們都笑了。

「好了，不玩了，大家去洗手臉，又到太公墳墩集合。」柯和丁說。

柯和丁把紅孩子們整成隊伍，叫柯和貴清點人數，少了一個。

「報告隊長，我隔壁的狗子不見了。」上屋的二牛說。

「去找吧，狗子是不是被燒死了？」柯和貴說。

「找什嗎？革命隊伍只准前進，不准後退。」柯和丁說，「就是狗子被燒死了，也是為燒革命的火犧牲了，是英雄，是烈士。我想當還當不成哩。」柯和丁說著，一揮手，喊：「回營！」

紅孩子們又唱著歌，往回走。

本來漆黑的夜晚，現在變成了一個火紅的夜晚。不僅是南湖湖壢的蘆葦燒燃燒起來了，各個山頭、湖汊都燃燒起來了，三山五嶽，五湖四海，都火光沖天，天空一片火紅。火光中，紅旗在飄揚，人群在吶喊。在劈劈啪啪的燃燒中，夾著嗵嗵的伐木聲，嘩嘩的大樹倒下聲，嗥嗥的麂子慘叫聲，啾啾的飛鳥哀鳴聲……這治山治水的浩大聲勢，使百獸驚魂落魄，無處藏身；使天地神泣鬼號，無孔可入。

紅孩子們踏著火光，凱旋而歸了。大人們都不能睡覺，要以愚公移山的精神戰鬥在山坡上、湖汊裡。

第二天一大早，紅孩子戰鬥隊三年級以上的學生都接受了放牛的戰鬥任務。柯和貴放牧的那頭老水牯昨天被宰殺進了食堂，他新接手的是一頭大水牯。放牛可以各人自由放。柯和貴就騎著牛到處去找青草。

柯和貴到下頭林牽牛。下頭林的古樹被砍倒五、六棵，有十八個社員在林中鋸板。林裡枝葉稀疏了，地面上有成片的陽光。柯和貴騎著牛來到上頭林。上頭林的古樹被砍倒了十幾棵，只剩下幾棵彎拱的樹了，不成林子了。柯和貴來到後堖坡，想到坡東邊草地上牧牛。現在，坡東邊不見一根青草，挖翻成一片黃土。後堖坡的坡頂和西邊是柴林，也不見青枝綠葉，只見被燃燒成黑乎乎的一片。黑色的樹幹光禿禿地豎著，地上一層層厚厚的灰燼；不少地方還在冒著青煙。九小隊的社員被分成四個班，一個班在砍火燒柴棍，一捆捆地堆成垛。一班在挖樹蔸，一個班在翻地，一個班在南坡築土高爐煉鐵。黃繼光戰鬥隊專門挖墳墓，起碑石，拋屍骨，石碑被扛到山下面路，骷髏在北坡堆成一大堆，準備火化。劉胡蘭戰鬥隊在東坡翻地，唱著《公社之歌》：

「公社呃是根長青藤，嗯，嗯，社員呃都是藤上的瓜。藤兒連著瓜，瓜兒連著藤，藤兒越肥瓜越甜……」

坡頂上，柯平斌和尚最引人注目。他光著腦袋，坐在一棵樹蔸上，面前的小木凳翻放著，凳腳上架著一面小鼓，左手敲鼓，右手打竹板，搖頭晃腦地唱著自編自演的詞句，給社員們鼓勁。他唱道：

一說那公社呀真正的好嘞，咚咚咚，食堂哩吃得呀肚皮飽了，咚咚咚。
二說那公社呀真正的好嘞，咚咚咚，社員哩幹勁呀鼓得高了，咚咚咚。
三說那公社呀真正的好嘞，咚咚咚，火光哩四起呀紅旗飄了，咚咚咚。
四說那公社呀真正的好嘞，咚咚咚，一夜哩難尋呀樹林和青草了，咚咚咚。
五說那公社呀真正的好嘞，咚咚咚，碑石哩骷髏呀無處找了，咚咚咚。
六說那公社呀真正的好嘞，咚咚咚，黃土哩成鋼呀鑄長矛了，咚咚咚。
七說那公社呀真正的好嘞，咚咚咚，痞子哩個個呀成英豪了，咚咚咚。
八說那公社呀真正的好嘞，咚咚咚，強盜哩下山呀當領導了，咚咚咚。

……

這時，有個口才好的調皮青年社員接過柯平斌的唱詞和起來：

九說那公社呀真正的好嘞，咚咚咚，和尚哩回家呀抱寶寶了，咚咚咚。

十說那公社呀真正的好嘞，咚咚咚，尼姑哩出庵呀嫁孤老了，咚咚咚。

社員們齊聲喝彩，哄笑。笑聲，歌聲，此起彼伏，彼伏此起，一片歡騰景象。

柯和貴騎著牛轉了一大圈，找不到放牧的地方。那大水牯的肚子餓得兩邊癟成一個氹，又吃不到一根青草，就惱怒起來，一頭觸向路邊高坎，用牛角拋起一陣又一陣的黃土細粒。柯和貴坐不穩牛背，只好下來，拉著牛向西邊湖壢走去。

一路上，山上的樹草都被燒了，路邊的雜草都被鏟去了，真是「三光」了：田塍光，地邊光，路上光。

在西邊湖壢，也是一番鬥天鬥地景象：一支支紅旗插成一個十幾里長的半月形，人們在築堤造田。湖壢蘆葦被燒光了，只有灘塗邊有貼泥皮的青草。柯和貴把牛放到灘塗邊，拿著牛鞭到他撿死魚的高壢上去玩。在那高壢上，看不到老鷹水鳥了，更沒有死魚可撿了。他又到捉烏鯉的水氹邊，水氹沒水了。他到港灣去，港灣的水一清到底，連隻老蝦也沒有了。他就沿著築堤的隊伍走。

這些築堤隊伍是從南湖公社各大隊抽調來的勞動大軍，每個大隊做一段湖堤，以紅旗為界。柯和貴發現社員們都萎靡不振，挑土的有氣無力，鍬土的拄著鍬就打瞌睡。戴著「巡邏」紅袖章的人提著竹根鞭來回走動，看到挑土的腳步慢了就吆喝，看到瞌睡的就揮鞭抽打。柯和貴知道社員們鼓足幹勁幹了一整夜沒睡覺，還在堅持幹重活，太陽又毒，哪有幹勁？哪有氣力呢？

柯和貴看到前面圍著一大圈人，有叫喊聲。他就跑過去，擠進圈內。人圈中間站著一個青年社員，赤著上身，被反綁著，積極份子們在鬥爭他，巡邏隊用鞭子抽打他。他不吭聲，只是閉著眼睡，身子在搖擺。

「這人是不是階級敵人？」柯和貴問身邊的一個五十多歲的社員。

「原來是貧農子弟，聽說現在成了階級敵人。」那老社員說。

柯和貴自從加入紅孩子戰鬥隊，就有理想當個與敵人作戰的戰鬥英雄。他想像中的敵人是電影中兇惡而狡猾的傢夥。眼前的這個青年社員，雖然身材高大健壯，卻沒一點兇惡狡猾相，老實巴巴、可憐兮兮的，真使戰鬥英雄表現不出英雄氣概來。柯和貴反而同情起他來，反而覺得那些積極份子倒像兇惡狡猾的敵人。當然，柯和貴不能去與革命積極份子作鬥爭，不能讓自己成了階級敵人。柯和貴這樣一想，成為戰鬥英雄的理想消失了一大半。

「他昨天下半夜發高燒，打死他也鼓不起幹勁來。」有個老頭子在說。

那青年社員不知是聽了老頭子的提醒，還是真的有重病，僕倒在地，口吐白沫，像死了一樣。

「隊長，他真的燒得燙手。」有個積極份子蹲下身，摸著那青年社員額頭說。

過了一會兒，有人叫來了赤腳醫生，給那青年社員灌了兩小瓶「救急水」，說：「他中暑了。」

隊長才指揮人群散去，幹活。

中午開飯了，柯和貴隨便到一個小隊去吃飯，因為全國一家人，到處可吃飯。

柯和貴一直到吃晚飯時才騎著牛回家。一回家，他聽說九歲的狗子昨夜被蘆葦大火燒死了，就急忙趕到狗子家裡。狗子的屍體躺在門板上，全身被燒焦了，黑乎乎的，有的皮肉裂出白痕。狗子的父母在哭。有兩個大人給狗子穿衣服，包稻草，放進新做的木匣裡。

「戰友們，我們的狗子為革命英勇犧牲了！他學習邱少雲，烈火燒身也不退出戰場。他是我們紅孩子的榜樣，是我們紅孩子的光榮！」紅孩子戰鬥隊隊長柯和丁站在門檻上，對在場的紅孩子們演說。

「狗子像劉胡蘭一樣，生的偉大，死的光榮！」劉胡蘭戰鬥隊隊長李紅大聲說。

「入他娘的十八代！狗子是革命隊伍的英雄，死得好，要你們哭什麼喪？」民兵連長柯國慶吆喝狗子的父母，「你們再哭，老子就鬥爭你們！」

「大哥，嫂子，連長說得對。你們一哭，狗子就不是英雄了。不哭，就是化悲痛為力量，你們就是英雄的父母了。」李紅在勸著狗子父母。

狗子的父母真的忍住不哭了。

兩個大人抬著盛裝狗子的木匣出了大門。柯和丁舉著一個早準備好了的木牌，上寫：「生的偉大，死的光榮。」紅孩子戰鬥隊跟在後面，送狗子到大荒坪安葬了。

後來，柯鐵牛支書還主持召開了紅孩子戰鬥隊「學習小英雄狗子」的大會。

「狗子也是戰鬥英雄麼！這就是『生的偉大，死的光榮』嗎？」柯和貴心裡狐疑。

柯和貴帶著這兩個問題去請教自己敬仰的柯和義堂哥。

「和貴，狗子死得很可憐。組織七、八、上十歲的孩子們去放火，那不是送孩子們的命嗎？狗子不是戰鬥英雄，不是『生的偉大，死的光榮』。那是號召你們去白送死。」柯和義又悲痛，又氣憤地說，「和貴，人最寶貴的是生命，不能拿生命去冒險，不能聽人教唆去作什麼戰鬥英雄，去犧牲生命。你現在不大明白我的話，但你要記住我的話。」

柯和貴聽柯和義這樣一說，好像明白了什麼，但不全明白。柯和貴記住了柯和義的話，打消了做戰鬥英雄的念頭。直到十年後，他才明白柯和義的話的真正價值意義。

鬥天鬥地運動過去了半個月，水稻「雙搶」季節到了，紅孩子戰鬥隊參加了「雙搶」大戰。

一天晚飯後，區委書記尹苦海來到南柯食堂，佈置了一項特殊的重大的革命戰鬥任務，柯鐵牛支書作了具體部署，各戰鬥隊都接受了具體戰鬥任務，紅孩子戰鬥隊到石家壟鏟「三光」——田埂光，地邊光，路旁光，光到不見雜草。

黑夜裡，火把，馬燈，螢火蟲，鬼火，都在遊動。社員們從遠處的尹東壟、葉家壟、下畈、上畈，把快成熟的稻穀一棵一棵地帶泥搬運到公路邊的石家壟來。黃繼光戰鬥隊、劉胡蘭戰鬥隊都站在公路邊的幾丘稻田裡，把田裡的稻穀分開，把搬來的稻穀一棵一棵地移栽到原田的水稻空隙處。又將水稻杆和穗子扶直復原，就和原稻田的水稻成為一片，像生長在原稻田裡的一樣，看不出是從別田移植過來的。這項勞動的技術性很高，農科所的技術負責人在臨場指導。移來的水稻和原田要細心地比較杆子的長短，穗葉的顏色，才能決定移栽到何處。幹群們幹了一個通宵，才完成區委規定的移栽水稻面積任務。

天亮了，尹苦海率區委幹部和技術人員檢查質量，該返工的立即返工，該整理的立即整理，最後打掃戰場，清除去移植的痕跡。

太陽出來了，金燦燦的陽光照在稻田上，昨天稀稀疏疏的石家壟稻田的稻穗，一夜之間，變得密不透風了，黃橙橙的稻穗分上、中、下三層，很有序列，像自然生長的一樣。農科所所長讚揚說：「這是分層栽種技術，是高科技種田。」他又說：「一定要解決通風問題，不然，幾個小時後水稻就被爛掉，快派人站在稻田兩頭扇風。」柯鐵牛立即命令紅孩子戰鬥隊每人拿一把蒲風或紙扇，蹲在田埂上向稻田扇風。

尹苦海站在公路旁試驗牌邊，指著試驗牌對幹群們說：「這牌寫的是紅石區黨委水稻試驗片，畝產二千斤。這移栽技術是鳳凰區李得紅書記發明的，我去學了一點。我們水稻高產目標實現了，但和別地方畝產幾萬斤、十幾萬斤相比，差距大得很，我們還要……」

尹苦海還沒說完，公路東邊傳來轟隆隆聲，還有爆竹聲，鑼鼓聲。尹苦海翹首望去，一個車隊奔來，公路上塵土蔽日，紅旗飄揚。車隊在尹苦海面前停下了。第一輛大卡車車廂前欄杆站著一排人，中間一個高個子，一手抓住前欄，一手指著尹苦海高喊：

「老尹，別瞎忙了，稻穀、苧蔴、鋼鐵三項上游被我拿了。」

社員們很熟悉那高個子：清匪反霸時駐南柯村工作隊隊員，原南湖鄉黨委書記李得紅。這李得紅本在縣公安局當局長，三面紅旗了，他主動請戰到鬥天鬥地鬥人的前線鳳凰區去當書記，去再立新功，再撈政治資本，以便升官。

「李書記，祝賀你！」尹苦海大步走到車旁，向上舉手握住李得紅伸下的手。

「老兄，你這試驗牌上寫水稻畝產二千斤，太保守了，快抹去，至少要寫畝產一萬三千斤。人家河北徐水縣小麥畝產四萬公斤，湖北麻城縣水稻畝產三萬六千斤，廣西環江縣水稻畝產十三萬斤，《人民日報》都登了，大詩人郭沫若還寫了賀詞。我鳳凰區水稻畝產二萬六千斤，苧蔴畝產五千斤幹麻肉，解放書記還批評說相差革命距離太遠。你呀，不能做小腳女人，不能犯右傾保守錯誤。」李得紅以老同志、老同事的情誼勸誡尹苦海。

尹苦海聽罷，很受感染，就舉手高呼：「向鳳凰人民學習！人有多大膽，地有多大產！」

站在路邊看熱鬧的社員們，有的跟著尹苦海舉手呼口號，有的私下議論：

「活見鬼！畝產三萬六千斤，那一畝田的穀粒會堆上兩尺高。畝產十三萬斤，一畝田稻穀粒就有一丈多厚，連稻草田泥一起稱，也沒那個數字。」

「真是鬼話！苧蔴畝產五千斤幹麻肉，那每根苧蔴要有合抱大的杆子，還不能有麻骨。」

「郭沫若還寫了賀詞，他是不是個瘋子呢？他知書識理嗎？這麼簡單的理也不懂。」

「虛報那大的產量，要多少人的口糧去上交呀。我看要餓死人呢。」

……

「是哪個現行反革命份子在攻擊三面紅旗？」李得紅站在車上，時刻保持著高度的階級警惕性，他耳靈眼尖，在稀稀落落的口號聲中，聽到了發自幽谷洞穴中微弱的反革命聲息。他口中大聲喝斥，目光在人群中搜巡。

「我看清楚了，就是那兩個狗入的。」站在李得紅身旁的鳳凰區紫金山大隊支書明正大是金睛火眼，指著車下人群中兩個青年人喝道。

「那兩個傢夥不許動！」李得紅盯住了那兩個青年，右手食指指著。李得紅的食指就像孫悟空的金箍棒，畫地為牢，那兩個青年被定在地上，動彈不得了。

社員們一下子讓開，空出那兩個青年和一個小學生。

「和貴，快過來。」人群中柯和義在小聲叫喊。

那個小學生是柯和貴，站在柯和丁身後，聽到柯和義叫喊，就鑽進人群。

那兩個青年一個叫柯和丁，紅孩子戰鬥隊隊長；一個叫李祖恩，黃繼光戰鬥隊副隊長。兩個青年都只穿條粗布短褲，赤膊著，皮膚黝黑，滿身泥漿。兩個青年一下子被嚇得渾身哆嗦，沒一點黃繼光的英雄氣概，沒一點紅孩子的勇敢機智。

這也非怪，這兩個青年，因為他們不是在有法制觀念的國民黨反動派面前，而是在無法無天「朕即國」的共產黨的區委書記李得紅面前，允許你申辯嗎？那怕是真的黃繼光、小兵張嘎、劉胡蘭來到李得紅面前，也要被嚇得不敢說話，又有何英雄氣概呢？說大一點，即使是「不怕死的婦女領袖向警予」來到李得紅面前，恐怕沒機會高唱《國際歌》和發表演說了；方志敏不能在獄中寫《可愛的中國》；周文雍、陳鐵軍不能在刑場舉行婚禮；郭亮和江竹筠不能慷慨陳詞。如果現代的青年人不相信，那麼你就在李得紅這類書記的面前去說說理由試一試，你准是英雄氣短。現在，我們來看著這兩個青年人的下場吧。

「老尹，你是怎麼搞的？這兩個現行反革命份子竟敢在光天化日之下散佈惡毒的反革命言論？」李得紅喝斥尹苦海。

「好，我馬上調查處理。」尹苦海心裡明白情況嚴重性，連忙說，「柯國慶，把那兩個傢夥押走，聽候處理。」

「還查個雞巴！事實很清楚，他們已經轉化成現行反革命份子了，立即就地正法！」李得紅命令道。

尹苦海被怔住了，沒動。

李得紅躍下車，明正大也跳下車，招呼車上跳下幾個帶槍的民兵。

李得紅是軍人出身，到地方後，仍然穿軍裝，束軍皮帶，保持軍人威武。他身材碩大，一個箭步衝上去，兩隻大手將兩個青年推倒，又提起，向上一拋，那兩個青年像老鷹爪下的死魚被甩出一丈多遠，重重地跌在砂石馬路上。

「活埋掉！」明正大階級仇恨像火一樣爆發，指著站在一邊的社員大吼，「你們幾個上坡挖坑。」

從車上下來的民兵端槍對準六個社員，押著拿鍬扛鋤，上坡挖坑。

「饒了我吧，我沒說反革命的話，我是貧農子弟。」李祖恩見狀，嚇得跪在地上磕頭求饒。

「你他媽的，你已變成反革命份子了，還敢狡辯？」李得紅掌心仍在發癢，沒過足打人癮，罵著，衝上去，右手指抓住李祖恩喉管，像提一隻鴨子一樣提起李祖恩。李祖恩狡辯不出聲音了，口中冒血泡。明正大用槍托向李祖恩嘴上打去，兩排門牙落在地上。柯和丁像一條死狗一樣，躺在地上不敢喘氣。

尹苦海看著，也不敢作聲。尹苦海在紅石區說一不二，在李得紅面前卻像小鬼見了鍾馗。他知道，李得紅是周雷霆將軍的警衛員，周將軍讓解放帶他下鄉來鍍金鍛煉，然後提升上去做黨的棟樑之材。解放書記也畏李得紅三分。李得紅心急如火，性暴如虎，碰著他的氣頭上，給尹苦海當胸一槍是幹得出來的。他尹苦海惹得起嗎？同時，尹苦海懂得《矛盾論》中的轉化論和突變論，這兩個青年已經從量變飛躍到了質變，成了階級敵人了，叫尹苦海有什麼辦法？

在場的四百多個幹部和社員，都呆立著，伸長脖子，踮起腳跟，看著挖坑，看著拖走兩個青年，看著兩個青年被推下土坑，看著一鍬一鍬的黃土向兩個青年身上澆，看著黃土漸漸掩上兩個青年的腹部、胸部、脖子，看著兩個青年的手在亂抓，看著兩個青年的頭在晃動，臉色煞白，看著在金色陽光下閃著光的黃土蓋住了兩個青年的腦袋，看著黃土成了墳尖……南柯村人只聽說過日本鬼子埋活人，但從沒看到過實景。今天，南柯村人總算看到了埋活人的現場表演了。因為活埋的是階級敵人，黨是不會錯的，所以大家也就一飽眼福，心安理得了。

站在人群中的柯鐵牛、柯國慶開始也被驚得傻了眼，漸漸地，他們從心裡敬佩李得紅書記階級覺悟高，對敵鬥爭性強，決斷英明，值得自己好好學習了。

李得紅活埋了兩個小青年，得到了「與人鬥，其樂無窮」的滿足，臉上露出了笑容，拍了身上的土粒，從身邊服務員接過純白手帕，擦了擦兩手，把手帕搓成團子，扔出老遠。他縱身躍上汽車。他又扭頭對尹苦海說：

「老兄，對敵鬥爭要像戰場上打仗一樣，不能學宋襄公。不拿槍的敵人比拿槍的敵人危險十八倍。你可要好好地檢查自己的階級立場呀。」

李得紅說罷，一揮手，車隊出發了，飄來了車上的革命戰鬥歌聲：

「向前，向前，向前！我們的隊伍向前進……」

尹苦海呆癡地望著車隊過去。他突然像醒悟了什麼，拾起一把鍬子，大叫：

「快跟我來，把那兩個可憐人救出來！」

社員們也像從夢中被驚醒一般，一窩蜂地跟著尹苦海沖上山坡。大家扒土，扶人，抬人，把兩個青年弄出土坑。柯和義和柯和貴去把大隊赤腳醫生叫來。一陣急救後，李祖恩的腦殼被挖鋤打破了，死了。柯和丁的下巴挨了一鍬子，嘴歪了，但救活了。

「柯鐵牛，讓社員們回去睡一覺吧。」尹苦海沉沉地說一句，就拖著沉甸甸的步子，慢頓頓地向尹東莊走去。

欲知尹苦海將有什麼後果，且聽下回分解。

第十八回　尹苦海難脫右傾罪　李信群活用辯證法

卻說尹苦海沿著田塍路，慢頓頓地向尹東莊家裡走去。他忙了一個整夜，身體很疲乏，四肢無力。他經歷了李得紅瘋狂埋活人的事，情緒很雜：有恐懼，有氣惱，有悲傷。他不知不覺地去救了那兩個青年，思想很亂：根據階級鬥爭和唯物辯證法的大道理，李得紅是正確的；可是，從他心靈幽深處冒出的一縷良心，衝動著他，使他去救了人。李得紅指責他是宋襄公，有立場問題，他是對是錯呢？那李得紅還指責他水稻畝產二千斤是右傾保守思想。他為什麼把水稻產量定低了呢？又是那從他心靈幽深處冒出的一縷良心在作怪。尹苦海突然感到自己落伍了，跟不上革命形勢了，有一種危機感襲上心頭。

「革命形勢發展得太快了。難道我真是毛主席批評的小腳女人嗎？」尹苦海在質問自己。

尹苦海回憶起這半個月來革命形勢的急劇變化。

毛主席接連發指示，中央接連發文件，市委縣委接連召開區委書記級幹部大會。不到三、四天，全國都成立了人民公社，小灣合大灣，吃大食堂，燒山挖山，攔湖築堤，土高爐林立，到處冒煙。接著是糧食創高產，爭上游，報紙、電臺接連報導小麥畝產幾萬斤，水稻畝產幾萬斤，到十幾萬斤，一個土高爐日產生鐵幾萬噸，純鋼幾萬噸，衛星一個比一個放得大，放得高。永安縣前天又開了區委書記會，先是到鳳凰區開現場會，參觀學習，又是集中到縣委開會鼓勵。解放書記表揚了李得紅，號召學習李得紅，提出「人有多大膽，地有多大產」的口號。

尹苦海看了李得紅的試驗田，知道那是弄虛作假，把十幾畝田的水稻移栽到一畝田裡去，即使是那樣，也不能達到畝產二萬六千斤呀，更甭說畝產三萬六千斤、畝產十三萬斤了。

「那是吹牛皮！」尹苦海心裡在說。

論吹牛，尹苦海是牛經紀出身，是行家，李得紅不是他的對手，他要把四面上游錦旗都吹到自己手裡是輕而易舉的事。但是，尹苦海沒有那大的膽，所以沒有那大的產。同時，尹苦海於心不忍，那樣一吹，紅石區五萬多人的肚皮就被吹癟了，這比槍斃尹安定、柯丹青幾個人作的孽深重萬倍。

「我不能爭糧食創高產那個上游。」尹苦海在開會時心想，「不做上游，做個中游吧。但做中游也要畝產上萬斤，還不是一樣餓死人嗎？這中游也做不得。」尹苦海又否定了自己的想法。「中游做不得，那就做下游了。做下游就是做小腳女人，跟不上革命形勢，就要受批判，被罷官，不能革命了，那能成嗎？」尹苦海犯愁了，拿不定主意。

縣裡的會開到晚上九點才散。縣委要求幹部們發揚「二萬五「的艱苦奮鬥精神，連夜步行趕回去創高產。尹苦海就摸黑步行，碰著了李得紅，拉他上了一輛吉普車。李得紅可真會享受，有些聰明，命令區機務隊把一輛東方紅拖拉機改裝成了吉普車，開會時開到縣城偏僻處放著，回家時再用。尹苦海免了步行三十多里之勞，回到了家裡。

家裡，趙月英還守在煤油燈旁等著尹苦海。趙月英服侍尹苦海洗了，吃了。可是尹苦海沒有睡意，坐著吹旱煙，嘆氣。趙月英是個細心伶俐的女人，就追問尹苦海的心事。尹苦海就把縣裡開會的內容和心裡犯愁的事向趙月英說了。這時的趙月英已是區委委員，婦聯副主任，有權利知道黨委開會內容。她只是一直沒上班，住在尹東莊。

趙月英聽了尹苦海的話，又驚又喜，驚的是：這創高產放衛星，會把老百姓的生命放到西天去；喜的是：難得尹苦海還有一份未泯的良心。趙月英決心向尹苦海進諫，讓他定下主意。趙月英撲通一聲跪在尹苦海面前，哭泣起來。

尹苦海見狀，不知發生了什麼事，雙手扶起趙月英坐好，叫她有什麼話直說。

趙月英就說出一番話來：

「懷德呀，我在為全區五萬老百姓請命。我真想不到，為什麼總有人那麼狠心腸，為了自己一個人的功名成就去讓千百萬人死亡？你可不能去做那種狠心腸的人呀。如果你去爭那個上游、中游，虛報糧食高產，全區五萬多老百姓就要被餓死了，那可是作大惡呀！如果你實事求是報糧食產量，讓全區老百姓活命，那可是行大善呀。懷德呀，陰陽是有的，善惡報應是有的，我們只能行善呀。你做下游吧！大不了被開除黨籍、工作籍、丟官，最壞結果是作五類份子，總不會被槍斃吧。我願和你一起吃苦受難，服侍你終生。你下決心吧。」

「哎呀——」尹苦海嘆了一口氣。他說：「就這樣決定，在糧食創高產上做下游，在其他方面力爭上游。」尹苦海不犯愁了，定下了決心。他又轉臉笑著說：「你這是婦人干政呀！」

「我是學長孫無忌進諫唐太宗，可沒學呂雉篡政作惡呀。」趙月英也破涙為笑。

第二天，尹苦海召開全區三級幹部大會。會上，尹苦海大吹特吹大煉鋼鐵，號召鼓幹勁治山治水。在講到糧食創高產時，他狠狠地批評了南柯大隊支書柯鐵牛謊報水稻畝產一萬斤的弄虛作假行為，強調共產黨員要實事求是。他規定隊、社兩級幹部水稻試驗田畝產數字不超過一千五百斤，區委試驗田不超過兩千斤。他決定蹲點南柯大隊，在石家巃搞水稻高產試驗片。

尹苦海這樣講了，也這樣做了。他沒想到李得紅那傢夥來給自己製造了那大的麻煩，再次給他造成思想混亂。

「入他娘的十八代！你李得紅神氣什嗎？有朝一日，老子要參你一本！」尹苦海想到這裡，胸中怒火燃燒。

尹苦海陰擺擺地走著，肚子咕咕地叫，回到家裡。

趙月英看見尹苦海渾身泥漿，濕濕的，粘粘的，連忙去拿了乾淨衣服，打了熱水，讓尹苦海洗了，換了衣服。她又從食堂裡弄了飯菜，給尹苦海吃了。

尹苦海去睡了。他一覺睡來，已是下午三點多鐘。尹苦海躺在床頭，見趙月英滿面愁容地坐在床邊。

「又怎麼啦？」尹苦海問。

「我剛才聽說李得紅活埋人。你和他是平級幹部，他活埋的是你的人，你為什麼不制止？」趙月英質問。

「我惹得起李得紅嗎？」尹苦海反問。他又解釋說：「根據階級鬥爭和唯物辯證法，李得紅是正確的。」

「平白無故地活埋人，還正確嗎？」趙月英氣憤了，說，「就拿階級鬥爭的大道理來論吧，李祖恩、柯和丁都是貧下中農子弟，都是隊長，立過功。就因為說了一句真話該治活埋罪嗎？」

「你只知道階級鬥爭的道理。還有唯物辯證法呀。這個理你不懂。」尹苦海繼續解釋。他說兩個青年人在幾分鐘以前是無產階級的人，他們突然攻擊三面紅旗，也就突然從人民這邊飛躍到敵人那邊去了，成了敵人。

「說得好玄哩。」趙月英不服，大聲說：「我看那辯證法是胡說八道，橫扯蠻拉！」

「你給我住口！」尹苦海發火了，吼道，「我不准你說這種話！」

趙月英被怔了。她從來沒看到尹苦海對自己發這大的脾氣，看來自己犯了大忌。她哭了。

「月英呀，你知道不知道，你說的是惡毒攻擊毛澤東思想，是現行反革命言論，被外人聽去了，就大難臨頭了。」尹苦海又心疼趙月英了，小聲告誡。

尹苦海口裡在禁止趙月英說，心裡卻被趙月英的話打了一悶棍，對那唯物辯證法產生了懷疑。他想：「這辯證法也真怪。我以前靠它說服了解放書記，和趙月英結婚了。今天，李得紅又靠它活埋了兩個青年。你左說也有理，右說也有理。這到底是什麼法術呢？」

「懷德，我雖然不懂辯證法，但我有一種預感：老百姓要大禍臨頭了。」趙月英看著發呆的尹苦海語氣緩和地說。

尹苦海盯著帳頂，一個勁地吹旱煙，沒作聲。

趙月英的預感是正確的，一年後，發生了全國性農民大饑餓。

在吃大食堂的第二年三月，即一九五九年三月，是青黃不接的季節，大食堂沒糧食了。社員們由每日半斤大米減到二兩，又由二兩減到一兩，最後連一兩也沒有了。社員們就挖野菜，刨樹皮，掏苧蔴蔸，捏觀音土，到處有餓死的人。爭得三面上游錦旗的鳳凰區餓死的人最多，整村的人被餓死和得浮腫病。

尹苦海在趙月英的慫恿下，第一個解散了大食堂，把區裡、社裡糧食庫存的糧食開倉出來，每人分得一百斤大米和一百斤幹薯絲回家。尹苦海還在區裡辦了個臨時鐵砂廠，日夜為社員加工鐵罐耳鍋。他又開放南湖水產植物，讓社員自由摘採。尹苦海被逼著忍痛向鳳凰區調去二十萬斤救濟糧食。

在全國大饑荒中，毛澤東在江西廬山召開了黨中央會議。會上，彭德懷向毛主席上了「萬言書」，攻擊三面紅旗是黨內小資產階級狂熱性的產物，全國大饑荒是人禍不是天災。很顯然矛頭直指毛主席。毛主席龍顏大怒，發動和領導了批判彭德懷右傾機會主義。接著全黨開展了批判右傾機會主義。

在永安縣委召開的批判右傾機會主義區級幹部大會上，李得紅說尹苦海是永安縣的彭德懷。李得紅揭露和批判尹苦海罪行有五：一、試驗田裡水稻產量為二千斤，右傾保守；二、營救階級敵人，階級立場錯了；三、瞞產，私自庫存糧油和開倉放糧，對黨不忠；四、解散大食堂，反共產主義建設；五、私開鐵砂廠，為社員個體加工炊具，走資本主義道路。李得紅強烈要求縣委撤銷尹苦海黨內外一切職務，責令檢討反省。

尹苦海一眼看出了李得紅以攻為守、桃代李僵的策略。李得紅把鬥爭矛頭指向尹苦海，不僅開脫了自己的罪責，還會成為反右傾英雄，又立新功了。尹苦海本以為自己在救荒中立了功的，本不想誇耀自己批判別人，保持謙虛謹慎的態度。但沒想到火燒到了自己身上。他知道，一旦成了運動對象，那可真沒有好下場了。他不能不拼死掙扎，不能不反擊李得紅。他在聽李得紅發言時，在思考反擊的理由。他真想不通偉大英明的毛澤東為什麼不反左傾，要反右傾，更想不通因為一個彭德懷問題還要在全黨範圍反右傾，這不是支持和有利李得紅這種人嗎？不是要全國人民的命嗎？既然形勢不利於自己了，尹苦海也必須拿出充分理由來駁斥李得紅。他搜腸枯肚，終於找到了兩個理由：其一是廬山會議提到反「五風」，其二是實踐論和辯證法。尹苦海發言了：

「剛才李得紅書記批判我是永安縣的彭德懷，列舉了我五大罪狀。我們知道，廬山會議上的彭德懷主要罪狀是反對毛主席。毛主席是人民的大救星，彭德懷反毛主席就是反人民，他已經由革命的功臣轉化為人民的敵人了。我今天要就這一點來和李書記比較一番，到底誰像彭德懷，到底誰反人民，轉化成人民的敵人了。

「其一，李書記說我的試驗田裡水稻畝產二千斤，這是事實。李書記的試驗田裡水稻畝產二萬六千斤，這是大家都看到的。這兩個數字哪個接近事實，哪個是『浮誇風』，在座的心裡有數。毛主席在《實踐論》中教導我們要實事求是，實踐——理論——實踐。浮誇風是反對實事求是，反對革命實踐論的，也是反毛主席的。這說明李書記是反毛澤東思想的，也是反毛主席的，他才是永安縣的彭德懷。其二，李書記說我『營救階級敵人，階級立場錯了』。被李書記活埋的兩個青年，都是貧下中農子弟，一個是黃繼光戰鬥隊副隊長，一個是紅孩子戰鬥隊隊長，他們只是對李書記的浮誇風議論了兩聲，就被李書記當反革命份子活埋了。毛主席教導我們，在人民內部要開展批評和自我批評。難道對李書記不能批評嗎？一批評就是反革命份子嗎？這是什麼怪論？這就是說，李書記的立場站到人民的對立面去了，把人民當敵人，他自己也就轉化為人民的敵人了。毛主席是人民大救星，李書記反人民，他才是永安縣的彭德懷！其三，李書記說我『瞞產私自庫存糧油和開倉放糧，對黨不忠』。紅石區的糧食沒有存到我家裡去，而是存在國營的糧店裡，放糧救民是紅石區黨委的決定，不是我一個人的決定。紅石區黨委還執行縣委決定調了二十萬斤糧食給鳳凰區饑民，是紅石區和永安縣黨委組織是黨組織，還是李得紅一個人是黨組織？我不知道鳳凰區為什麼在這個時候還不開倉救荒？難道鳳凰區沒有饑荒嗎？事實並不是這樣。全縣饑荒最嚴重是鳳凰區，餓死和患水腫病最多的是鳳凰區人民。李書記畝產水稻二萬六千斤，糧食到哪裡去了？鳳凰區人民說李書記和他的幹部們至今每天三餐三兩肉，吃剩的肥肉片在污水溝上漂流，還不准饑民去撈剩飯殘羹。李書記把公有的東方紅拖拉機改造為私人的吉普車，帶著幾個情婦到處兜風。為什麼李書記對鳳凰區餓死和患浮腫病的人視而不見，而自己在大量浪費糧油、生活腐化呢？李書記還是一個為人民服務的共產黨嗎？還有一點人民性嗎？這不正好說明李書記不是毛主席的戰士而是彭德懷的反人民的戰士嗎？其四……」

「『其』你個鳥？你他媽的尹苦海算個鳥？老子還是你的入黨介紹人哩。老子是看錯了你，要親自槍斃你！」李得紅沒等尹苦海說完，咆哮起來。他掏出手槍，朝尹苦海這邊的天花頂上放了一槍。

「把他的手槍繳下來！」解放大聲命令。衝上去

坐在李得紅周圍的幹部圍上去抱住了李得紅，幾個員警衝上去，下了李得紅的手槍。李得紅是全縣區委書記唯一帶手槍的人，那手槍是周雷霆將軍贈給他的。今日，被解放收繳去了。

「你他媽的！你李得紅算個鳥？」紅石區區長郭邦國站起來了，喊道，「你是南下幹部，老子也是。你是個警衛員轉業到地方，老子是連長轉業到地方。別人怕你，老子不怕你。那日要是老子在場，還讓你在我紅石區耍野埋活人嗎？」

郭邦國為尹苦海說話了，真是人各為其主。

「安靜下來！」解放拳著桌子站起來，大叫。

全場安靜下來。

「今天會議是批判彭德懷，不是叫你們互相吵架。同志之間有什麼意見，只能開展批評和自我批評，以理服人，不能互相攻擊。」縣委副書記兼組織部長溫小玲說。

「既然大家聯繫到各區情況，那就要在批判彭德懷、右傾機會主義的時候，開展批評和自我批評，解除隔閡，團結起來，共同奮鬥。繼續發言。」解放說。

「開展批評和自我批評是解決人民內部矛盾的唯一好方法。現在，我來就尹苦海書記的發言談談個人的看法，歡迎尹書記批評指導。」李得紅的秘書李信群站起來說話了，又是一個各為其主的人。李信群說：「尹書記讀了《實踐論》、《矛盾論》，很熟悉唯物辯證法。我想和尹書記一起用辯證法來分析具體的問題。列寧說：馬克思主義活的靈魂是對具體問題具體分析。《矛盾論》告訴我們，矛盾著的方面有主要方面和次要方面，主要方面決定事物的本質，分析問題要抓住矛盾的主要方面，才算抓住了本質。這裡，我要談的問題如下。第一，什麼是革命形勢的主要方面。三面紅旗是一場在中國爆發的全新的浩大的社會主義革命運動。革命的主流是走公有制的社會主義道路，這就是矛盾的主要方面，是事物的本質。其他方面是次要的，是前進中的問題。社會主義和資本主義是社會的一對對立統一的矛盾。三面紅旗標誌著社會主義已經轉化為矛盾的主要方面，戰勝了資本主義，使社會發生了質的變化，這是第一次否定，資本主義私有制變成了社會主義公有制。李得紅書記在永安縣第一個辦起食堂，第一個放高產衛星，就得了三面錦旗，恰恰是抓住了矛盾的主要方面，投身到革命的主流中，所以，他是革命的急先鋒，推動了公有制的完成。尹苦海書記在那個時候，不敢率先辦大食堂，不敢放高產衛星，像小腳女人一樣被運動拖著走，甚至反對運動，這就沒有抓住矛盾的主要方面，沒有投入到革命的主流中。這說明尹書記對社會主義公有制的實現不理解，持懷疑態度，這恰恰是右傾機會主義的表現。一年以後，發生了變化，一些次要問題暴露出來了，比如產量高到不合實際，大食堂沒糧食了，有餓死人現象。這說明社會主義是從資本主義裡產生出來的，它必須帶有舊事物的某些特徵，這是一種回復現象。但它不是本質上的回復，而是某些舊的外部特徵的回復，不是向舊事物回復，而是新模式的伸展，這就是第二次否定。我們要否定是舊的特殊而不是新的本質。我們就不能因此說三面紅旗錯了，社會主義公有制本身有問題，這不是主要問題，而是前進中的問題，是為了革命勝利革命者和人民群眾作出的應有犧牲問題。我們不能因為革命戰爭中有犧牲就否定革命戰爭的正確性。彭德懷就是抓住這些次要的、非本質的問題當作主要的、本質的問題來攻擊毛主席，攻擊社會主義制度本身。這在辯證法上犯了法蘭克福學派的『否定一切』的錯誤，在政治上犯了右傾機會主義錯誤。尹苦海書記今天的發言就是再次犯了彭德懷的右傾機會主義錯誤。尹書記攻擊的不只是李得紅書記一個人，而是攻擊整個社會主義公有制和三面紅旗。是典型的右傾機會主義言論。第二，什麼是人民性？尹書記的發言不斷使用『人民』、『人民性』這兩個概念，好像尹書記是人民的救星，而別的黨委領導都是反人民的。什麼是『人民』？『人民』不是指群眾中的某一、兩個人，而是一個整體的抽象的概念。『人民』也有階級性，資產階級把他們小圈裡的一小撮人稱為『人民』，無產階級把絕大多數人稱為『人民』。既然『人民』是整體的抽象的看不見的、摸不著的概念，那就要有一個具體的形象的看得見的摸得著的『人民』的典型代表，那就是黨、黨的領袖人物。國民黨、蔣介石是代表資產階級的，共產黨、毛主席是代表無產階級和廣大群眾利益的。我們談到人民的事業、人民的利益，就要說黨的事業、黨的利益，更具體一點，就是毛主席的事業、毛主席的利益，毛主席就是全國人民利益的最高代表者。忠於毛主席，就是忠於人民。其他的打著為民請命旗號的人如彭德懷，則是反毛主席，反人民的。在地方，各級黨委，黨委書記就是地方人民利益的代表，群眾中的任何個人不能算是人民利益的代表者。具體一點，南柯大隊的兩個青年攻擊三面紅旗，攻擊李書記，能代表人民嗎？不能，只能代表反革命份子。維護三面紅旗的一級黨委書記的李得紅書記，能代表地方人民的利益。尹苦海書記不懂得這一點，卻把兩個反革命青年說成是人民，而把與反革命份子作鬥爭的李得紅書記說成是站到人民的對立面去了，這顯然不合階級鬥爭、無產階級專政的原理，又不合辯證法的原理。尹苦海書記實在有階級立場問題。如果說尹書記也是一級黨委的領導代表地方人民利益，在與李書記對問題看法有不同時，也只能在黨內開展批評與自我批評來解決，不能站到階級敵人一邊來攻擊李書記呀。我們用唯物辯證法一分析，就能清楚地看出，尹書記犯的是本質上的錯誤，屬於彭德懷的右傾機會主義；李書記犯的次要錯誤，是前進中的問題。尹書記剛才所用的辯證法，是黑格爾的唯心辯證法，是詭辯法，不是馬列主義的唯物辯證法。唯物辯證法是宇宙的根本法則，是共產黨人的鬥爭哲學，是為黨的利益即人民的利益作鬥爭的思想武器。尹書記實在應該好好地檢查和反省自己的右傾機會主義錯誤，好好地學習唯物辯證法。」

「講得好，有理論，有事實，這才是真正的唯物辯證法。」解放書記讚揚著說，他鼓起掌來。

全場鼓掌起來。

尹苦海傻眼了，發懵了。他遇上了辯證法的真正高手了。他的辯證法被李信群的辯證法批判為唯心辯證法、詭辯法，他隱約感到李信群的辯證法也有詭辯的成份，但一時說不清楚，只是他的心靈深處的那一縷良心還在不服氣地說：「我不服，我沒有錯！」這良心上的話能說出口嗎？不能。良心、人性都是反黨、反無產階級、反馬列主義、毛澤東思想、反唯物辯證法的資產階級的東西。尹苦海不敢作聲了，在等待著批判和處分。

這次會議，對尹苦海的結論是：犯有嚴重的彭德懷右傾機會主義錯誤，但屬於人民內部矛盾。對尹苦海的處分是：記黨內嚴重警告處分一次，撤銷紅石區黨委書記職務，保留區委常委，降為紅石區「人大」副主任。對尹苦海的結論和處分，還是解放書記看在老部下的情面上網開一面。

這次會議，對李得紅的結論是：階級立場堅定，兩個覺悟很高，大是大非明確，具有英勇犧牲的戰鬥精神。對李得紅的嘉獎是：升為市委公安局局長。李信群也因此升為鳳凰區黨委辦公室主任，明正大升為鳳凰區副區長。

尹苦海從縣裡開會回家，把自己受的批判受處分的事對趙月英說了。那趙月英不但不憂傷，反而很高興。她說尹苦海沒有錯，有良心，還說降職好，不操那份心了。她對尹苦海更加尊重、愛護、服侍周到了。尹苦海也因此得到了安慰，有無官一身輕的舒服感。

但是，尹苦海心仍然有兩個不服氣：一是李信群用辯證法戰勝他的辯證法，二是李得紅、明正大活埋兩個青年不但沒有受處分反而升官。

對第一個不服氣，尹苦海檢討自己，可能是沒有學好辯證法。他又去用心讀《矛盾論》，試著分析具體問題。他的理解更深刻了，認為李信群的辯證法是唯物辯證法，他的辯證法也沒有違反《矛盾論》。但是，一運用到分析某個具體實際問題，卻得出了絕然相反的兩個結論。譬如，對三面紅旗的認識。李信群說三面紅旗是社會主義革命，是主要方面，是對資本主義的否定，而放衛星、辦大食堂、餓死人是革命實踐中前進中的問題，是應有的犧牲，是次要方面。結論出李得紅是正確的。這叫人怎能信服呢？如果按尹苦海來分析，放衛星、辦大食堂、餓死那麼多人，是十分嚴重的，是主要方面，是社會倒退，並沒有否定資本主義，資本主義不也是製造壓迫剝削人民的災難的嗎？結論出：李得紅是錯誤的，是在犯罪。再往深處一想，三面紅旗是毛主席親自發動和領導的社會主義革命運動，否定了三面紅旗，不是否定了毛主席嗎？否定了李得紅不是否定了毛主席嗎？好嚇人哩！尹苦海不敢往下想了。尹苦海就換了一個方面來想。是不是唯物辯證法本身是詭辯法呢？唯物辯證法是馬克思、恩格斯、列寧、史達林、毛主席發明創造的，被定為宇宙的根本法則，定為共產黨人的鬥爭哲學。說唯物辯證法是詭辯法，那不是說偉大領袖們都是詭辯家了嗎？這不是說馬列主、毛澤東思想是詭辯主義嗎？尹苦海被嚇住了，不敢想了。尹苦海實在沒有知識和膽略來解決這個知識問題。十年後，尹苦海在紅石中學當管校代表主任，碰著了柯和貴，兩人論起唯物辯證法。柯和貴問尹苦海：「你生一雙手，是為了互相對立、互相矛盾、互相鬥爭呢，還是為經互相協調動作呢？」尹苦海答不出來。柯和貴說：「表兄，你不要去讀辯證法了，說不清楚的。辯證法本是蘇格拉底與人討論問題的辯論方法，康得把它變為思維方法。黑格爾接過來，只取辯證法中的衝突，說各種思想的衝突通過合題，得到更高級的真理，還是一種思維方法。黑格爾並把辯證法推廣到世界的形成原因，是『絕對精神』自我一分為二產生了世界。馬克思又把黑格爾的衝突論運用去解釋人類歷史，說人類歷史是通過各種制度的衝突而前進的辯證過程，創造了歷史唯物主義。恩格斯把辯證法說成是對立的統一，運用於一切科學的正確的唯一的思維方法，排除了其他的思維方法，並說自然界是一個對立、矛盾、鬥爭的統一體。列寧更極端，把宇宙的本質和共產的嚮往說成是一致的，都是唯物辯證的，唯物辯證法成了共產黨人的鬥爭哲學。史達林乾脆把唯物辯證法說成是政治宇宙論，合乎史達林領袖的政治需要，用來控制社會行為的政治手段。這就是說，所謂的辨證唯物主義和唯物辯證法，根本稱不上哲學，只能算是共產黨獨裁領袖們的政治法術。唯物辯證法到這個地步，就完全脫離了哲學範圍，去與政治權力捆綁在一起了。你有權力，就能運用唯物辯證法，把自己從左到右、從上到下、從內到外打扮成真理的化身。而沒有權力或權力小的人去運用唯物辯證法與上級抗辯，就會被權力大的人斥為謬論、詭辯法。你與表嫂結婚，並不是你運用唯物辯證法起了作用，而是解放書記另有原因，才贊同你的唯物辯證法。你講唯物辯證法得到永安縣的表揚，是因為你講的有利於縣委、市委的政治需求。你用唯物辯證法去與李得紅、李信群抗辯，實際上是與當時的政治局勢對抗，解放書記就不贊成你的唯物辯證法，只贊成有利於當時政治局勢的李信群的唯物辯證法。你的辯證法就成了謬論，李信群的辯證法就成了真理。同樣的唯物辯證法，不同的人使用，不同的政治局勢使用，就有不同的結果：有時得福，有時得禍。」柯和貴還說：「我初讀《反杜林論》時，讀不懂。就自嘆水準低。我後來反過來一想：恩格斯是個初中學生水準，我是個師範學生水準，儘管我愚蠢，但不至於恩格斯寫得出來，我讀不懂吧。我就換個位子，把《反杜林論》當作是我的學生寫的，再讀，讀通了。原來不是我知識水準低，而是恩格斯不能自圓其說，故弄玄虛，大放厥詞。自己昏昏，怎能使人昭昭？可見，讀書要相信自己，才能讀活讀好。我能讀通康得、黑格爾，怎麼讀不通馬恩列斯呢？這不是讀者智商低，而是自吹偉大天才的作者在說鬼話，不說人話，讓人讀不懂。可惜，中國的絕大多數大學生、知識份子都不相信自己，只相信導師、領袖，在讀書前，先把自己的思想畫地為牢，再去讀偉大天才的導師的書，結果使自己成了書的奴隸，成了導師的思想奴才。」雖然，在尹苦海眼裡，柯和貴是個思想反動、狂妄自大、地位低微的教師，但是柯和貴對唯物辯證法的論述，使尹苦海內心折服，他也有親身體驗呀。

尹苦海經過與李信群、柯和貴的較量，悟出階級鬥爭大道理的玄機，同樣也悟出了唯物辯證的玄機。他咒罵起唯物辯證法來：「入他娘的十八代，唯物辯證法不是人法，是鬼法，是魔法。老子被騙了十多年！」從此，尹苦海再不相信那雞巴毛的唯物辯證法了。

對第二個不服氣。尹苦海在第二年即一九六零年反「五風」時，消了胸中怨氣。在反「五風」時，趙月英慫恿尹苦海抓住了機會，帶柯和丁和李祖恩父親向解放書記控告李得紅、明正大、李信群，還協解放書記說：「如果縣委不處理，南柯村大隊就有人背兔單直上中央、毛主席告狀了。」解放書記也認為活埋人的案件重大，就向黃土市委反映了。黃土市委就組織了調查小組，解放書記任組長。結果，明正大被判死刑，立即鎮壓了，李得紅因制止不力，工作有失誤，記了黨內大過處分，撤了黨內職務。李信群為罪犯辯護，記黨內警告處分一次，撤銷鳳凰區黨委辦公室主任職務，安排到鳳凰區中學教書。

卻說尹苦海受處分，降了職後，不到區裡上班，住在家裡，尹苦海一家都有定時定量的糧油供應，趙月英安慰體貼，服侍殷勤，尹苦海心中坦然，白胖起來。

一天上午，區裡通訊員給尹苦海送來一份緊急通知，要他立即趕到區裡開始緊急會議。尹苦海心中一驚，就坐在通訊員自行車的後座，向區裡趕去。

欲知尹苦海是凶是吉，且聽下回分解。

第十九回 搶湖蓮尹苦海息事 覓野食柯和貴輟學

卻說尹苦海急忙趕到區裡，新上任的區委書記郭邦國早在大門口等著他。郭邦國一直在尹苦海手下當區長，深受尹苦海的影響，兩人私交也深。

「老尹，我在急等著你哩，快到我辦公室去談。」郭邦國說著，拉著尹苦海進去了。

「老尹，這第一把手不好當，我遇上麻煩事了，要你幫忙。」兩人坐下，郭邦國急忙說。他向尹苦海敘述了那麻煩事。

事情發生在南湖。南湖周邊的社員一齊下南湖搶摘蓮蓬菱角、撈魚捉蝦，不下田地幹活了。南湖公社石書記帶各大隊支書和民兵下湖捉人，被打了。郭邦國聽到彙報後召開區委擴大會討論解決方法。大家意見不一，主張鎮壓的占多數，主張勸解的占少數。現在，區武裝部長和公安特派員瞿思危帶民兵去南湖處理去了。郭邦國想到問題嚴重，心裡不安，就請尹苦海來幫忙拿主意。

「絕對不能鎮壓！」尹苦海聽後，果斷地說。他解釋說：「郭書記，紅石區沒餓死人，是因為我們在三月份給社員們開倉放了糧。現在糧店沒糧發下去了，社員們的糧早吃光了，在餓肚子，社員們為了不餓死，才冒死不上田地幹活而下湖找野食。我倆是在舊社會餓過肚子的人，應該知道餓肚子的滋味。我們現在能吃定時定量的供應糧油，沒有挨餓的痛苦，可不能忘記社員們餓肚子呀。我們怎能去鎮壓饑民呢？再說，鎮壓必然會發饑民的拼死反抗，激起大事件，我們又怎麼向黨向人民交待呢？我建議：立即撤回民兵，召開小隊、大隊、社、區四級幹部會議，規定：一、每戶讓一個人去找野食，青壯年上田地幹活；二、田地活主要是在六月份挑水把紅薯栽活，過一個月，薯藤薯葉可以充饑了；三、每個人口分兩厘自留地，種瓜度荒。」

「老尹，你來了，我就有主張了。」郭邦國說，「就這樣，你去南湖撤回民兵，平息事件。我在區裡召開四級幹部會。」

「我去南湖可以，但我擔心名不正、言不順，撤不回幹部和民兵。你下一道指示，派一個副書記和我一同去。」尹苦海說。

郭邦國立即指派區委劉副書記和周秘書陪尹苦海一同去南湖，並指示說：「老尹是代表我去全權處理南湖事件的，一切聽從老尹。」

尹苦海三人乘坐一輛拖拉機出發了。拖拉機來到紮湖壢關帝廟，沒有機耕路了，尹苦海三人下車步行。

這紮湖壢沒有蘆葦蕩遮掩了，能一眼望穿全湖。尹苦海看到壢嘴有一群人，三支青煙直升天空。尹苦海猜到情況緊急，就跑步走。他來到壢嘴人群中，一個箭步躍上太公墳墩上，喘著粗氣，面對人群站定。劉副書記、周秘書也隨後登上了墳墩。

站在墳墩頂上的尹苦海，像從湖中被撈出一樣，白竹布衫和藍的確良褲子全被汗水濕透了，緊貼在皮膚上，胸肌、背脊、臍孔、股溝都裸露出來。在尹苦海面前，出現了人為慘景：在剛西斜的白花花的灼熱的陽光下，湖岸邊排滿小木船，湖岸站著上萬個男女老少，女的蓬頭垢面，男的赤膊黑瘦，一個個臉上浮腫，眼泡增大，有氣無力。但是，社員們手拿鐮刀、短板、木槳、魚叉，篡緊拳頭，目光可怕，怒視著對面幾排人。在社員的對面十幾步有三排民兵，端著槍。區武裝部董部長和公安特派瞿思危，一個全身軍裝，一個全身警服，左手叉腰，右手握手槍；在董、瞿兩人身後，有三個被綁住手腳的青年社員跪在地上。在水邊，南湖公社石書記在指揮柯鐵牛、柯國慶等人用鐵錘砸木船，用乾草燒船，有三隻木船被燒著了，青煙升向無風的天空。

「同志們，郭書記派尹主任全權處理南湖事件，大家聽尹主任的。」劉副書記喊。

尹苦海面對著眼前的陣式，處理步驟在腦子裡形成。他指著石書記、柯鐵牛大聲命令：「你們跑步到我這邊來，再燒船，就撤你們的職！」

石書記、柯鐵牛帶一群人來到尹苦海身後。

尹苦海又命令道：「董部長、瞿特派，收起手槍，民兵都集合到墳墩北邊來。」

董、瞿兩人帶民兵撤到墳墩北邊。

「鄉親們，兄弟姊妹們，聽我說幾句。」尹苦海面向群眾大聲說。尹苦海喊出這兩個稱呼時，流出了淚水。這淚水和額頭上流下來的汗水摻和在一起，佈滿了尹苦海仰著的面孔，在陽光下閃光。

社員們都聽到了好多年沒聽到的親切的稱呼，看到了尹苦海臉上的兩種水，緊張的心情鬆弛下來了，憤怒的目光柔和下來了，拳頭鬆下了，手中的鐮刀、短板、木槳、魚叉下垂了。他們對尹苦海很熟悉，知道尹苦海為了不餓死他們犯了右傾，受了處分，降了職務。他們同情尹苦海，熱愛尹苦海，敬仰尹苦海。現在，他們都仰面注視著尹苦海，聽尹苦海說話，希望尹苦海解救他們。

「我知道，三月份發給你們的那點糧食，早就伴野菜吃光了，你們在餓肚子。以前餓肚子就去討飯，現在全國一樣，都在大饑荒，沒處討飯了。上級又沒有糧食發給你們，你們要活命，就到這南湖來找食吃，這是天經地義的，郭書記和區委理解你們。」尹苦海的話說得通情達理。

「郭書記，尹書記，大好人呀！」人群在有人叫喊。

「嗚——，嗚——。」人群在有人在哭泣。

「鄉親們，這南湖四周有二萬多人口，把湖裡能吃的東西都吃光了，也只能吃一個多月。現在是陽曆六月，到八月份後，你們吃什麼呢？」尹苦海親切地發問。

人群靜默無聲。

「鄉親們，早稻禾苗乾了，二季稻栽不下去，我們只能靠旱地插紅薯了。我們挑水把紅薯栽活，挑水抗旱讓紅薯藤長滿地，藤葉可以吃了。再過三個月，紅薯又能吃了。這樣，才能度荒呀。今天下午，郭書記要召開區四級幹部大會，決定兩點：一是每戶派一個人上山下湖找吃的，青壯年都上旱地栽培紅薯；二是每人分得兩厘自留地，各自種瓜菜。大家說一說，這兩個法子好不好！」

「我們聽尹書記的。」有人喊。

「好，聽尹書記的！」眾人喊。

「真是青天大老爺呀！」幾個老年人跪在地上，磕起頭來。

一下子，眾人都跪在地上。

「大家起來，大家起來！」尹苦海向眾人伸直兩手，掌心向上，說，「既然大家認為這樣好，那就駕船回家去，由生產隊隊長安排。」

尹苦海說完，走下墳墩，去解開被綁著的三個青年的繩子，叫他們回家。社員們都散走了，尹苦海也帶著幹部和民兵們回府了。

紅石區四級幹部會開後，幹部們都有秩序地忙碌起來，呈現出一片安定團結求生存的局面。

紅石區的土政策被縣委知道了，解放書記狠狠地批評了郭邦國，要郭邦國糾正右傾錯誤。尹苦海自告奮勇挑起責任擔子，請求再受降職處分。尹苦海被降為紅石區貧協會主任的職務，保住了紅石區土政策。

根據紅石區的土政策，大學校被解散了。

共產主義大學校把教師和學生折騰苦了。全公社一至六年級五千多人集中到獨山塊。五、六年級學生每天築高爐煉鋼鐵，三、四年級學生砍柴火，一、二年級學生下田地創高產試驗田。學校每天要召開慶祝全國高產衛星上天大會。到後來，又增加了一項鬥爭任務：五、六年級學生不斷逃跑，要追逃和鬥爭學生。學校開了十個大食堂，開始時伙食還好，漸漸地沒米飯，喝幹薯絲湯，喝野菜煮玉米糊，喝樹皮煮高粱漿。一、二年級還要給學生曬尿被子。現在，共產主義大學校被解散了，教師們鬆了一口氣，學生們很高興。

柯和貴回到家裡，李氏煮了一鍋菱角澱粉糊，請了張青柏、王熾興老師來一起吃了一頓。

柯和仁說：「每四戶一隻船，兩天輪流一次，主要勞力不能下湖，和貴只好停學了。」

這時的柯和貴已有十三歲，開始停學為一家三口人的生命覓尋野食。張老師和王老師表示給柯和貴補課。

第二天一大早，柯和貴起來，因為下湖沒輪到他家，他就要去山上覓野食。柯和貴吃了兩個糠菜粑，喝了一碗菱角糊，懷裡端上兩個糠菜粑，一把挖鋤撬著兩隻破筦筧，筦筧裡裝一把柴刀，頭戴一頂褪成灰色的少了好幾圈麥草辮的破草帽，出門了。

柯和貴在村邊走著。村子很寂靜，沒有狗叫，沒有雞飛，沒有豬哼，沒有羊咩……柯和貴來到後壠坡。後壠坡早被大治過三次，沒有樹，沒有草，只有一片黃土。在山坡南邊，豎著十幾座土高爐。這些土高爐經過日曬雨露，有的發裂，有的垮塌，一些七倒八歪的木牌，上寫：日產生鐵一千噸、三千噸……在高爐四周，有烏紫色的成塊成團的硬東西，不像堅土，更不是鋼鐵，是燒焦熔成塊狀的土和碎石的混合物。這些高爐沒煉出一兩鋼鐵，只是把各家各戶交來的鐵器熔成了塊子上交去了。

柯和貴站在坡頂上，茫然四顧，想找到可食的野草和樹皮。但是，他看不到青樹翠竹，看不到野蒿青草，只看到一片黃土地，真的一片黃土地！在這片黃土地上，有零星的紅旗在飄揚，有三三兩兩的社員在勞動。

這真是：要高山低頭，高山垂頭喪氣了；要河水識路，河水不奔騰歡唱了；鬥天，天無烏雲雨露了；鬥地，地無植物動物了；鬥人，反動派都沒氣沒力，大批餓死了。中國無產階級的領袖們「其樂無窮」了！但是，毛澤東在山東蹲點的小麥畝產四萬斤，陳毅在廣西環江蹲點的水稻畝產十三萬斤，郭沫若所歌頌的湖北麻城水稻畝產三萬六千斤……一個個衛星放到天空上，都變成了牛尿泡，破滅了，灑下一陣牛尿騷雨，落到了這片黃土地上。自古未有的三年大災禍隨著牛尿騷雨落到了這片黃土地上的農民頭上，餓死了四千多萬。中國無產階級的偉大領袖們穩坐中南海，過著優裕的宮廷生活，仍在拿中國的幾億農民的生命作賭注，向美帝國主義和蘇聯社會帝國主義發出豪言壯語：「哪怕中國死了一半人，也要造出原子彈。」（毛澤東語）。「脫落褲子也要把原子彈造出來。」（陳毅語）。終於，用饑民瘦癟的肌肉作燃料製造出「兩彈」，在荒漠的中國土地上，升起了蘑菇雲，取得了領袖值得自豪的又一次偉大勝利，取得了臉面浮腫的饑民們高呼「萬歲」的勝利！

這就是郭沫若所鼓噪的《科學的春天》，也是錢學森所炫耀的偉大的功績！對於這段歷史，中國共產黨在今日中學教科書中是這樣寫的：「1958 年，中共中央提出了社會主義建設總路線。總路線反映廣大人民迫切要求改變我國經濟落後的願望，但忽視了客觀的經濟規律。總路線提出以後，全黨全國人民在生產建設中，發揮了高度的社會主義積極性和創造精神，並取得了一定成果。」「我國社會主義建設，雖然有過嚴重失誤，但是，仍然取得了巨大成就。鋼、煤、原油、發電等主要工業產品產量都是有很大增長。新興的電子計算機工業、原子能工業和航太工業從無到有、從小到大地發展起來。1964 年，我國成功地爆炸了第一顆原子彈。這些成就為現代化建設奠定了堅實的物質和技術基礎。」「在『大躍進』、人民公社運動化的同時，我國自然災害，連續三年比較嚴重，加之蘇聯政府背信棄義地撕毀合同。這樣，1959 年到 1961 年，我國國民經濟發生了嚴重困難，國家和人民遭到重大損失。」

凡是在三年災害裡倖存下來的平民，只要有良心有知覺，讀了這教科書的這些文字，都會憤怒地叫罵：「真是彌天大謊！無恥之極！那些寫教材的傢夥，是蛇蠍心腸，豺狼肝肺，流氓心態，無賴臉皮！」

三年大饑荒是天災嗎？不是！劉少奇在1961年5月7日時對家鄉炭子沖父老說：「生產比以前降低了，旱災是有一點影響，但不是主要的，主要的是工作中犯了錯誤。對此，上面要負責，根子在中央。」62年1月11日至2月7日中央「七千人大會」的結論是：「三分天災，七分人禍。」這還是在文過飾非，實際上全是人禍。

三年饑荒是「蘇聯背信棄義地撕毀合同」嗎？不是！三年饑荒從58年9月到62年6月，實際上有四年。在這段時間內，蘇聯改革家赫魯雪夫是有人性的，寬宏大量的，不與毛澤東計較，維持著中蘇友好。58年8月簽訂《蘇聯援助中國協定》，59年7月1日簽訂中蘇領事條約，繼續援助中國。61年4月8日中蘇公報蘇方提出：60年對蘇欠賬分五年償還，不計利息；糖延期到64——67年歸還。62年4月20日中蘇簽訂62年貨物交換議定書，作出讓步。67年7月2日赫魯雪夫就臺灣海峽等中國問題警告美國說：「誰膽敢進攻中國人民共和國，誰就必將受到偉大的中國人民、蘇聯各族人民和整個社會主義陣營的毀滅性打擊。」可是，毛澤東看到可怕的老子史達林死了，赫魯雪夫斯文善良，就起政治野心去爭取「老大哥」位子，把赫魯雪夫說成是修正主義份子，在63年7月6——20日中蘇兩黨談判中宣佈與蘇共決裂，連發「九評」。蘇聯於8月9日撤走專家，於10月25日提出停止論戰。這些史料四十年後中共在保密，繼續欺騙國民，掩飾自己罪行。

卻說柯和貴站在坡頂，思索著覓食的地方。

天空沒有雲彩，太陽爬上山頂，升上天空，放出了又白又毒的光。那又白又毒的光射在龜裂的水田上，射在起灰的旱地上，路面閃光了，房屋火紅了。柯和貴知道，再過一會兒，路就滾燙了。他只穿一雙破布鞋，必須在路面不燙腳時找到有野食的地方。他想到了獨山塆。那是他熟悉的地方，山上有柚樹、野栗樹，還有可吃的山草蘑菇，那裡的社員在共產主義大學校昨天撤散之後，可能還沒全部回家。柯和貴想好後，就急忙趕路了。

柯和貴來到獨山垵，驚奇地發現：昨天一個夜晚，獨山垵的人都回到了村裡，村中滿是老人和小孩，成年人都上山了。柯和貴就向山上一陣小跑，來到山腰，出了一身大汗。他找到看見過的幾棵柚樹，樹皮都被刮去了，樹幹雪白，流著膠汁，樹葉也沒了。他又找到那兩棵高大的野栗樹，樹上沒一顆栗子了。

柯和貴只好向山裡走。山路上石頭滾燙。柯和貴爛布鞋底破了，腳板燙起了血泡。他扯了兩把半枯的長草，扭成條子，把鞋底幫纏捆起來，蹬了幾下腳板，感到草條平墊柔軟，又提步向山裡走。他又餓又渴，走到一條溪底，溪底乾涸。他發現一個刺蓬的低落窪處有些濕潤。他放下擔子，在濕潤處挖出一個砂石氹，等了好久，氹裡滲了些混水。他撲在氹上，俯著喝了兩口，吃起糠粑來。

「噝噝，噝噝」，刺蓬裡有動物彈動藤葉的聲音。柯和貴心裡一嚇，身子偎進石頭凹處，屏住呼吸，扭頭看刺蓬。他怕大野獸。刺蓬裡沒走出野獸，卻發出間歇的藤葉彈動聲。柯和貴仔細觀察著，分析著：「那不是大野獸，是鳥或兔子。能抓到一隻野兔多好啊。」柯和貴這樣一想，不害怕了。他把手裡沒吃完的糠粑塞進口袋裡，握起挖鋤，盯住刺蓬，橫著身子，輕移步子，向刺蓬走去。

他看見一雙人的腳板，腳板上有不少血疤，還有潰爛的膿。他想：「是個死人。」他又恐懼了，怔住。那腳板在微微顫動，刺蓬裡的彈動聲大些了。「那人沒有死。」柯和貴作了判斷。他又向前走，看到了那人的全身：蜷著身軀，只穿一條白色粗布舊褲子，胸口上有件補丁的藍色粗褂子蓋著；身上有青傷，很瘦，眼珠在轉動；右手拉著一根刺藤，大概想掙扎著起來，就拉動刺藤發出聲音來。柯和貴放下挖鋤，跑過去扶起那人。那人乾裂的嘴唇在顫抖，發不出聲音來。

柯和貴知道那人又喝又餓，才成了這個樣子。他就使出全身氣力，把那人拖出刺蓬，讓頭部靠在水氹邊。柯和貴用雙手捧水，灌進那人的嘴裡。那人的嘴像是乾涸的水田裂開的口子，水一到口裡，就嗦嗦不見了。柯和貴灌灌停停，弄了一節課的時間，那人活過來了。

「我要吃東西。」那人嘴裡說出話來，右手抓住柯和貴的左手腕，往嘴裡送。

柯和貴吃了一驚，拉住手腕，用右手去攀那人的手指，費了好大勁才脫開。柯和貴看那人的牙齒咧開，那眼光逼人，好可怕。他站在那人身邊，冷靜了一下，厲聲喝道：「你這人是中山狼嗎？我救了你，你還要吃我。」

「小兄弟，我不是要吃你，我餓花了眼，抓住東西就往嘴裡塞。你去抓幾根青葉塞到我嘴裡去吧。」那人有氣無力地低聲說。

「我有糠粑，給你吃吧。」柯和貴說。他先把口袋裡那半個粑掏出來，一塊一塊地塞進那人口裡。那人的口像個吸孔，粑塊一進去就沒了。柯和貴又把懷裡的的一個糠菜粑掏出來，繼續塞。他一邊塞，一邊又捧水，灌那吸孔。又是一節課時間，那人艱難地坐起來了。

「小兄弟，你救了我一命，你叫什麼名字？是哪裡人？」那人說。

柯和貴這才看清，那人只有二十多歲。他對那人不大信任，只說了姓柯，紅石區人。他問那人是哪裡人，叫什麼，為什麼鑽進刺蓬。

那人說他是鳳凰區紫金山大隊人，在做貴河水庫，冒犯了民兵連長，被強迫餓著肚子挑了一天一夜土。他實在受不了，昨夜就逃跑了。民兵連長在追他，他就鑽進這刺蓬裡，誰知一躺下就起不來了。

柯和貴看見那人活了，就背起挖鋤和篼篼走了。他要去找食物。

柯和貴翻過一個山頸，看到一棵大樹下的一塊平地上坐著三個老婆子在忙什麼。他就走上前去。

「婆婆，你們選這土幹什嗎？」柯和貴看到老婆子們面前有一堆土，在一小塊一小塊地揀選，就好奇地問。

「孩子，這是觀音土呀，是觀音菩薩做出來給饑餓的人充肚子的。」一位老婆子說。

「觀音土？」柯和貴驚喜了。他聽母親說過以前有人吃過觀音土度荒。

「婆婆，哪裡有觀音土呀？」柯和貴問。

「觀音洞裡。」一位老婆子指著身後一個石洞說，「孩子，觀音土裡有雜土的，你要分辨得出來。」

柯和貴就蹲下身子，跟婆婆們學了一會兒選土。又要問了洞裡觀音土所在的地方，才進洞裡去挖。

柯和貴在洞裡走了五、六步，覺得眼前一片漆黑，左腳被石頭絆了下，險些跌倒。他站住了，閉上眼睛，過了一會，再睜開眼睛，能在昏暗中辨出腳下地面和兩旁石壁來。洞內陰冷氣和洞外熱氣在這裡交匯，洞頂和洞壁上凝出水滴來，像雨點一樣。柯和貴的肌肉一陣痙攣。他根據老婆子的指點，向洞裡走了二十來步，感到腳下有鬆軟的土；又向右走了六、七步。他轉過身來，向洞外方向瞧，就看到了那底下鬆軟的土是褐色的觀音土，被人踩出亂糟糟的密密腳印；南邊的石壁夾縫中有一大塊褐色，被挖出了個新土洞。柯和貴走到那土洞前，跪下，拜了三拜，用鋤子挖起來。褐色的土一小塊一小塊地落下來。他的鋤上有時碰著了石頭，迸出火光來。他挖了一節課時間，兩臂酸軟，停下來歇了一會兒。他聽到洞的深黑處有極細微的嗦嗦聲，好像妖怪在幽幽地嘆息。他害怕了，想跑出洞去，但沒有動。他想到他挖的土是食物呀，關係著一家三口的生命。他不能跑出去。他為了壯膽子，就張口咳嗽了兩聲。那咳嗽聲在洞內哄鳴起來，那微弱的陰森的細微聲沒有了。柯和貴又舉鋤挖起來，洞裡充滿了嗵嗵的鈍聲。他膝頭處的土堆越來越大了，估計有四、五十斤土。他就拉過篼篼來裝土，把土挑到洞外，倒在一塊稍平的石頭上。柯和貴在熾熱的洞外和陰冷的洞內來回跑了幾趟，平石上的褐色有了一大堆。柯和貴扯了一些半枯的草鋪在篼篼底破洞處；又把草挽成兩個大草把，放在灼熱的平石上，兩腳踩在草把上，蹲下，一點一點地選土。兩隻篼篼裝滿了，約有二十來斤。柯和貴感到火熱難熬，鑽進洞裡，喝了幾口泉水，涼了一會兒，才出洞，挑擔下山。

太陽掛山口了，山峰的東邊有陰影，山谷裡一段暗，一段明。柯和貴加快腳步，擔子發出吱吱的響聲。他在換肩時，筦筦碰著了路石壁，灑下一些土，他很痛惜，感到責任重大，挑的不是土，而是幾條生命。他連忙用兩手拉住系繩，不讓筦筦晃動。

柯和貴到家時，夜幕降臨了。李氏見小兒子累成這個樣子，很心疼，接過擔子，讓柯和貴去洗澡，自己選了些觀音土，煮了觀音土菱角糊。

吃晚飯時，柯和貴餓極了，一會兒就喝了一碗觀音土菱角糊，又盛大了一碗。「只能吃兩碗。觀音土比糠菜粑好進口，可不好拉出來。」李氏告誡兒子。

真的，第二天一早，柯和貴屙不出屎來，只好用手指去一點一點地扣，肛門出了好些血。

柯和貴照樣去獨山塆的山上覓野食。他不去挖觀音土了，在山上有雜草的地方轉悠。他看到一塊莖葉枯萎的柔嫩的孢子，把這孢子掐下來，是很新鮮的野菜。現在，那莖葉都乾枯了，倒伏在地上。柯和貴想：「蕨季禾孢子能吃，那根子也能吃。」他就挖起根來。那根成塊狀，鐵色，堅硬，有毛須。柯和貴挖了兩筦，挑回家。

李氏稱讚柯和貴聰明，很高興地把根塊洗乾淨，搗成漿，捏成粑，蒸熟，比糠菜粑好吃。李氏還送了幾個粑給張青柏、王熾興老師吃。

柯和貴除開下湖摘蓮，其餘時間都去挖蕨季禾的根。李氏把根曬乾，磕成粉。柯和貴一家就吃著蕨季禾根粉和菱角糊度日。

對那「三年災害」，中共極力掩蓋真相，一說是自然災害，又說是蘇聯修正主義者逼災。隨著蘇聯解體和東歐共產黨政權的滅亡，歷史真相逐漸解密而凸顯出來。蘇聯在中國「三年災害」時，不但延緩債期，還要援助中國。西方世界提出向中國援助。毛澤東、周恩來為首的中央高層不顧國民的死活，拒絕所謂的「帝國主義者施捨」，表現民族氣節。同時，中國糧倉囤集居奇有大量糧油，拿去援助亞非拉獨裁者，成為當時世界糧油輸出最大國家，目的是妄想使毛澤東成為世界人民偉大領袖。請看毛澤東的嘴臉：1959年3月，毛澤東說：「糧食徵購不超三分之一，農民造不了反。…不夠吃會餓死人，最好餓死一半，讓另一半人能吃飽。」比較一下日本鬼子的嘴臉：1942年，日軍司令岡村甯次在飛機上巡視河南災情，要求日軍以軍糧賑濟中國災民。軍官們疑惑不解：「…可是他們是中國人啊！」岡村寧次說：「別忘了，他們首先是人！」中國人說日本鬼子兇惡，可是比不上活埋兩個饑餓而無辜的青年的李得紅書記兇惡，李得紅書記又比不上他的偉大領袖毛澤東兇惡。

為此，柯和貴有詩云：

曆史的控訴

一

天地自然利無害，違逆天道犯天威。
盜誇發瘋鬥天地，全黨妄作戰鬼神。
狂吠高山把頭低，叫囂大河繞道行。
胡吹畝產三萬六，妄作黃土煉鋼筋。

二

謊說人民公社好，實是農奴集中營。
片片祿水變灘塗，座座青山成禿墳。
盜誇只呈一己私，農奴卻死千萬人。
冤魂何日能昭雪？大惡難逃遭天懲。

注：盜誇，《道德經》詞語，強盜頭子。

山坡羊

潼關懷古

張養浩

峰巒如聚，波濤如怒，山河表裡潼關路。望西都，意踟躕，傷心秦漢經行處，宮闕萬間都做了土。興，百姓苦；亡，百姓苦。

注：張養浩（1269年—1329年），漢族，字希孟，號雲莊，山東濟南人，元代著名散曲家。

柯和貴輟學一年才複學，但沒留級。在柯和貴讀六上時，他班上發生了邢太西同學被逮捕的事。

欲知是何事。且聽下回分解。

第二十回　反復辟支書定奇計　悔罪過地主破美夢

卻說柯和貴讀六年級上學期時，即一九六一年上半年四月中旬的一個上午，張青柏老師在教室講算術課，區公安特派員瞿思危帶著兩個民兵闖進教室。

「哪個是邢太西？」瞿思危吼道。

「我是。」邢太西從第二排第四座站起來，答應。

瞿思危衝過去，撞倒了兩張課桌，抓住邢太西頭髮，把邢太西的頭按在桌子上，從腰間掏出手銬，把邢太西雙手銬住，拖著走了。

同學們一陣恐慌。張老師眼皮閃動，臉色烏青，雙唇翕動，說不出話來。

一會兒，鐘校長走進教室，作了說明。原來十四歲的邢太西是臺灣國民黨反動派暗藏在大陸的特務情報員。昨天晚上，邢太西收聽敵臺一分多鐘，被積極份子報了案。從此，邢太西成了壞份子，被判刑三年。三年後，邢太西出獄了，說他開收音機想聽音樂，並不知道是敵臺，聽了一分鐘後，才聽出罵共產黨，他嚇得關了機子。

邢太西被捕後，不斷地傳來反革命案件：南湖公社衛生所醫生邢禧烈畏罪自殺，紅石區衛生院院長師基礎被槍斃。紅石區衛生系統出現了反革命組織——國民黨新安內應工作組，師基礎是頭子，邢禧烈是組織部長，邢太西是情報員。永安縣高中反革命集團頭目學生萬良被槍斃，飛黃區糧管所特務組織頭頭柯昌英被槍斃……

在一天晚上，尹苦海到南湖小學召開班主席以上的學生幹部和全體教師會議，作了「反復辟」秘密報告。

尹苦海說：「毛主席發動了『反對資本主義復辟』的革命鬥爭運動。大家要有思想準備，投入到反復辟革命鬥爭運動中去。

「大家知道，我國出現三年災害，這是暫時的困難時期。出現三年災害的原因並不是右傾機會主義者彭德懷所說的『三面紅旗錯了』，而是國內外階級敵人的破壞造成的。在國際上，美帝、蘇修看到我國搞起『三面紅旗』運動，害怕我國強大起來，他們就不能稱霸世界了。美帝國義義就封鎖我國；蘇修就背信棄義，撕毀合同，逼我們還債，把我們的糧油、棉花都逼去了。我們還給蘇修的雞蛋，大一點不行，小一點也不行。日本鬼子也跟著整我們，賣給日本的罐頭，說有細菌，不合格，退回來。國際階級敵人組成反華大合唱。毛主席、周總理最有骨氣，寧可人民餓死，也不向美帝、蘇修、日本鬼子低頭，蘇修不要的雞蛋，我們也不要，日本鬼子不要的罐頭我們也不要，整大車皮的雞蛋被拋在蘇修大地上，整輪船的罐頭被丟進大海裡。」

（聽到這裡，柯和貴心想：「多可惜呀，總比觀音土、野菜好吃吧。是的，毛主席、周總理是正確的，那是民族氣節呀！」）

「在臺灣，老蔣趁機叫囂反攻大陸，大陸內的反動派就響應老蔣叫囂，進行破壞活動。他們的一方面破壞生產，消極怠工，毀壞莊稼，使糧食不豐收；破壞土高爐，使土高爐產不出鋼鐵。另一方面，他們暗中組織反革命集團，和蔣介石裡應外合，妄圖推翻共產黨領導，顛覆無產階級專政，復辟資本主義。」

（聽到這裡，柯和貴明白了自己為什麼挨餓了，原來是國內外階級敵人在破壞。一股愛國熱情、民族英雄情緒在心中升起，他心裡說：「美帝、蘇修、日本鬼子、蔣介石反動派真可惡，我要響應毛主席號召，上戰場與美帝、蘇修、日本鬼子、蔣匪幫拼殺，成為一個民族英雄。」）

「這場復辟與反復辟鬥爭是殘酷無情的，敵人要我們共產黨人、革命者千百萬人頭落地，在坐的一個人也免不了被殺害。我們就要積極行動起來，參加到反復辟鬥爭中去。這次反復辟鬥爭，不像三面紅旗那樣公開發起運動，而是秘密進行的。階級敵人在暗處，如師基礎，邢禧烈、邢太西、萬良。我們就要擦亮眼睛，提高警惕，會識別敵人。我們是一定能粉碎階級敵人復辟資本主義的陰謀的！」

（聽到這裡，柯和貴感到恐懼和迷惘。他想：「我千萬沒想到自己的好朋友、好同學邢太西也是特務份子。怎麼能識別出階級敵人呢？」直到二十年後，柯和貴才明白，這反復辟鬥爭是毛澤東轉移中國人民的視線，把饑民對毛澤東、共產黨的怒恨轉到所謂國內外階級敵人身上，是一個政治陰謀。就是這個政治大陰謀，使得千百萬五類份子的人頭落地。當共產黨員在主動地偷偷地向階級敵人出擊時，可憐的階級敵人還在懵懵懂懂地做著改造思想，重新做人的美夢。）

卻說南柯大隊支書柯鐵牛，也在夜裡召開秘密會議，討論反復辟問題。柯鐵牛向與會者說了尹苦海同樣的話後，聯繫南柯村大隊實際情況說：

「在南柯大隊，敵人要割下的第一顆人頭就是我的頭，再就是在座的人的頭。也許有人想保住自己的頭，去討好敵人，投靠敵人，結果還是丟了自己的頭。我們都鬥爭過敵人，靠敵人的痛苦換來了自己的幸福，敵人會原諒我們嗎？在這你死我活鬥爭中，共產黨只在一條路：丟掉幻想，忠於毛主席，與敵人作殊死鬥爭。現在大家討論討論，怎麼個鬥爭法？」

與會者聽了支書的講話，開始是恐懼，接著是互相安慰，憤怒地狂叫起來：

「敵人要割下我的頭，我就要把敵人的頭先割下來！」

「把五類份子全部活埋掉！」

「要一家一戶地幹掉！」

「那些細崽子長大了，還不是恨我們嗎？要斬草除根，讓敵人斷子絕孫！」

「先動手吧，不然被敵人知道了，我們的命就保不住了！」

「今夜就幹掉一戶！」

……

「好，大家有階級仇恨了，團結一致，就好辦事了。」柯鐵牛說，「現在我們來摸摸敵人的底子，計畫一下，從最有能力的傢夥開刀。」

大家都七嘴八舌地議論起來，各人心中有自己最恨的仇人，都想趁這個機會把心腹大患除掉。柯鐵牛記錄著。柯鐵牛對記錄和統計的結果大吃一驚。全大隊前年有一千八百八十九人，三年中死了三百零二人，沒有嬰兒出生，還有一千五百六十七人。五類份子和家屬有二百八十三人；與五類份子有各種關係的有八百七十八人；共產黨員、共青團員、土改根子、革命積極份子只有二百五十七人，其中還有不少靠不住的，其餘是中間派。從力量對比看，敵人不是一小撮，而是一大批。若是真的有什麼風吹草動或者打仗起來，勝負就說不定了。情況多麼嚴重啊！柯鐵牛頭腦裡立即閃出一個戰略決策：必須改變這種人口比例。一方面，幹掉一批敵人，不准階級敵人結婚生育；另一方面吸收一大批共產黨員、共青團員，鼓勵革命者多生多育。柯鐵牛把自己的想法對與會者說了，大家舉手通過。大家又對全大隊七十三戶（包括被趕去的十五戶）敵人進行排隊，按順序消滅敵人。經過爭論和柯鐵牛的集中，一個排列順序的名單出來了。第一名是不法地主柯啟文。

柯啟文是柯鐵牛的叔父，第一批被驅逐到蘆葦蕩蚌殼氹的不法地主，本書第五、六回已敘述過。現在，柯啟文已六十三歲了，還沒死。他不但沒死，還給兒子柯貴玉娶了個啞巴媳婦，生了兩個孫子和一個孫女，讓孫子、孫女上學讀書，妄圖讓孫子來屠殺共產黨員，復辟資本主義。相比之下，柯鐵牛只有一個獨生兒子，不會讀書。看來，這下一代就鬥不過敵人了。所以柯啟文是南柯大隊最反動、最頑固、最危險、最有能力的階級敵人，理應列為被消滅的第一戶敵人。

作戰部署定下了，就要雷厲風行。柯鐵牛留下六個立場最堅定、鬥爭性最強的支部成員，組成尖刀隊，制定了「奇襲白虎團」的計策。尖刀敢死隊員們拿了尖刀、匕首、棍棒、麻繩，向柯啟文的巢穴挺進了。

陰曆四月下旬的子夜，沒有月光，滿天星星在眨眼，螢火蟲在飛竄，鬼火在浮動，沙石路成了黑乎乎一條線，山嶺灰濛濛一片，山岩成了鬼怪，樹影成了妖魔，陰氣森森，萬籟俱寂。柯鐵牛等七位鋼鐵戰士，悄悄地，急急地，在黑夜時行軍，路上發出嗒嗒的腳步聲，他們的心裡在體會著電影裡共黨游擊隊的戰鬥生活情趣。他們急行軍二十多里，走進蘆花平原的小徑。這裡原來是萬傾蘆葦蕩，經過治山治水和軍隊圍墾後，蘆葦蕩不見了，到處是圍墾堤壩。堤內是良田和移民戶零星的棚子。那棚屋不集中，東一戶，西一座，像蘑菇，像荷葉，散落在寬廣的湖地上。柯鐵牛從小習慣了夜間活動，雖然地形有改變，走錯了幾次路，但他能辨出方向和路徑，最終找到了柯啟文的巢穴。

卻說柯啟文，十年前被趕到蘆葦蚌殼氹後，搭了個臨時棚住下。他是個很有生活經驗的人，知道在這蘆葦蕩中居住很危險，冬天發火會被燒死，夏天發水會被淹死。他奔跑了幾天，選了蘆葦蕩北邊一座小山包。他帶著老婆和兒子貴玉在山包上幹了半個月，把山包上荊棘雜柴和四周蘆葦砍掉，搭成老式連三間的房子，還搭了廚房、廁所。他又在山包上和四周開出田地，種上莊稼和蔬菜。第二年春，柯啟文家發生了一喜一憂的大事。喜的是，從安徽逃難人手裡收留了十七歲的啞巴女媳婦，給貴玉成了親。憂的是，他老婆去世了。這啞巴媳婦還聰明，能料理家務，還肯生孩子，連接六年，生了大孫兒根正，孫女社紅，小孫子苗壯。在三面紅旗時，柯啟文因禍得福，入了軍墾籍，成了農工，比人民公社的社員好多了。全家人有定時定量供應糧，軍墾裡的移民大多數是外地人，成份也不大好，沒有階級仇視，與柯啟文相處很好。軍墾裡的幹部都是轉業軍官，比柯鐵牛他們有知識些，階級鬥爭不那麼激烈。柯啟文因此對生活充滿了希望。

十年來，柯啟文邊勞動，邊反省，思想發生了很大轉化：由對共產黨不滿，對柯鐵牛等人怨恨，轉化為承認階級鬥爭，承認共產黨偉大、正確，承認柯鐵牛幹革命是對的，最後轉化為懺悔自己過去的罪行，努力使自己也成為一個共產革命者。

柯啟文原有的思想是中國傳統的農民思想，自私、狹隘、怕官、老實、勤儉、善良。對人生的認識是：勤儉持家，與人為善。他在祖人留給的一份產業上吃苦耐勞，添置田地，建造屋宇，發展家業。他依照民國政府的規定，收租納稅，田地活忙不過來時出租、雇工。他對雇工、佃戶並不苛刻。遇災年時，不收佃戶的租，年關時多送些糧油給雇工。他反對為富不仁者，不與地痞流氓來往。嫡侄柯鐵牛分得的祖業和他一樣多，卻遊手好閒，變賣田產。他看不慣，難免不訓斥、打罵柯鐵牛。共產黨來了，他一點也不驚慌，認為不管哪個朝代，哪個開國皇帝，都認為農民勤儉樸實、忠厚老實好。他聽說過共產黨艱苦樸素，為窮人，這與自己所想所作相符合。共產唄，大家一樣了，沒有貧富了，他也能生活得好。他對民國政府的官吏貪汙腐化不滿，應該讓共產黨坐天下，換一個新朝代也好。他沒想到共產黨一坐天下，自己就成了不法地主，家產田產被沒收了，分給別人，自己遭酷刑，被驅逐到蘆葦蕩。尹安定和他這些善良人成了大壞蛋，柯鐵牛那些地痞流氓上了天，成了人民代表。他想不通，不滿意，有怨恨。

到了這蘆葦蕩後，他的思想和欲望單純了：只求生存，繁衍後代，向自然索取食物。在小山包定居後，他一家人生活穩定，還得了孫子，他又看到了發家致富的希望，思想又回歸到恢復昔日家庭美景時去了。但是，他仍然不斷地受到革命幹部和革命積極份子的打擊。那些人經常來向他要吃要拿，鬥他取樂，他的發家致富思想被打消了，被迫順著毛澤東思想去想。

合作化了，人民公社了，那些分了他的田產地產的南柯村的貧下中農的田產家產也被共產黨沒收了，歸公了。他產生了幸災樂禍的思想，心裡在說：「你們共了我的產，現在你們的產也被共了，活該！」他被強迫入了隔河對岸的南革公社。他又遭到批判鬥爭，被迫接受了「人民公社好」、「共產主義是天堂」的思想。他高高興興地去吃大食堂，參加治山治水鬥爭。他認為沒貧沒富是好事，應該走共同富裕的道路。他反省自己，悔過以前，認為「一家溫飽富百家怨」說得有理，一人富就是剝削了別人。自己有罪，應該受鬥爭。他徹底地拋棄了個人發家致富思想和幸災樂禍思想。

他入南革社不到三個月，以河為界，他家被劃歸蘆花軍墾建設民兵團去了。接著是三年大饑荒。他家在軍墾有定量糧油供應，他又有小山包周圍的自留地收穫，沒挨餓。可是人民公社的社員們都成批地被餓死。柯啟文沒有幸災樂禍思想，只有周濟人的慈善心。他把自己節省的糧油暗暗地送給饑餓的人，告訴南柯人挖蘆葦嫩根度荒。他不敢相信這大饑荒是人禍，是毛主席、共產黨造成的，他只敢認為這是天災，大家要團結在毛主席周圍與天災作鬥爭，度過饑荒。他甚至認為要窮大家窮，要餓大家餓，要死大家死，大公無私，才是共產主義。大家都窮了，老百姓還怨恨什麼富人呢？官吏還貪什麼錢財呢？不是「天下為公」了嗎？不是官吏廉潔了嗎？他從內心上感到：毛主席真偉大，是千古第一帝王呀！共產主義真好，真是的人間天堂！柯啟文的思想由對共產黨的不滿，轉化成對共產黨的熱愛，對毛主席的崇拜；由對柯鐵牛等人的怨恨，轉化成對柯鐵牛的敬佩，還把柯鐵牛做革命幹部暗自引以為家族的光榮。

柯啟文這個複雜艱難的思想轉化過程，符合了中國共產黨的思想理論家們歸納出的思想改造規律：被強迫勞動改造——自覺反省——重新做人。這就是獨立的個人轉變成機器上的鏍絲釘、君王的奴才、打手、戰鬥英雄的思想洗腦的全過程。人因此失去了人性，充滿了牛馬性、鷹犬性。

柯啟文的思想轉化到最後階段——重新作做人。他決心聽毛主席的話，跟共產黨走，自覺改造自己，為革命立功贖罪，摘掉自己不法地主的帽子，做個革命者。柯啟文要為革命立功贖罪，重新做人，自覺性就特別強。他一方面暗自讀毛主席的書，讀中央文件，讀《人民日報》，在靈魂深處鬧革命，強迫自己接受毛澤東思想，痛苦地拋棄舊思想、舊道德。另一方面，他暗暗地為革命做好事，做無名英雄。他經常偷偷地去修路補路，冒著暴雨、淌著洪水接送小學生。別人有急難時，他不能明著去幫忙，就暗中幫忙。他時時把節省下來的布票、糧票放到挨餓受餓的人的屋裡。在燒蘆葦墾荒時，他擔心有人被燒傷，就在有火處轉動，好幾次救下小孩和老人。他在農場勞動時，早出工，晚收工。他看到別人為搶工分，不顧品質，就不聲不響地把埋在土裡的草鋤掉，把鋤掉的紅薯苗補上。他在閒置的蘆葦蕩裡種小麥，在水溝裡養魚，把魚交給黨組織，把收割的小麥送給過路的饑餓的人。……就這樣，在這期間，柯啟文因幫助南柯村人度荒，被柯鐵牛等人捉去狠鬥狠批兩次，說他冒充積極，欺騙黨，蒙蔽群眾。但柯啟文心安理得地接受批鬥。他堅信：毛澤東思想是真理，黨是偉大、光榮、正確的，總有一天，他會被黨理解、接受。

柯啟文不圖名利，自覺地用毛澤東思想來改造自己，忠於共產黨的事業，全心全意地為人民服務，其事蹟實在寫不完。正如當時革命文學家所形容的那樣：「以大地作紙，河水為墨，森林當筆，也歌頌不完。」當時雷鋒還沒有出現，柯啟文實在比雷鋒輝煌得多了。如果有一位秉公直筆的史學家為柯啟文寫出《傳記》，或者有位報告文學家為柯啟文寫篇報告文學，無需弄虛作假，如實地寫，柯啟文事變就會使團中央大樹特樹出來的雷鋒形象黯然失色，使憑空捏造的全國勞模事蹟報告團無地自容，使經過美化編造的《元帥傳》、《將軍傳》露出「風月鑒」的反面……但是，柯啟文怎敢去寫日記、寫心得體會呢？又怎敢向人披露自己的心跡和英雄事蹟呢？又有哪個作者敢為柯啟文這個不法地主份子樹碑立傳呢？

一個人的思想和行為總是要與人交流的。柯啟文沒有資格去參加各種名目繁多的學習會、交流會，更不能去作激動人心的事蹟報告。但是，他還是把自己的想法告訴了兒子貴玉，得到了柯貴玉的贊同。柯啟文看到孫子根正讀小學三年級了，知書識理了，就把自己的想法對根正講。誰知根正對爺爺十分反感，不讓爺爺講完，就翻著眼皮走了。更令老人傷心的是，前天放學時，他高興地迎上去接根正的書包，根正頭一歪，瞪眼罵他「老地主崽」。柯貴玉批評兒子不孝順老人。根正理直氣壯地說：「我要學劉文學，向地主作鬥爭，當革命英雄。同學們都說柯啟文是老地主崽，我怎麼能去孝順階級敵人呢？爸爸，我們要和老地主崽劃清階級界限，不能和他住在一起。」

柯啟文聽了孫子的話，鑽心地疼痛。他向根正解釋說自己悔過贖罪了，改造好了，重新做人了，不是階級敵人。但是，根正不買老地主崽的賬，不認他這個爺爺，還說要帶同學們來鬥爭他。弄得柯貴玉不知如何是好。

這兩天，柯啟文又感到自己罪孽深重，沒有贖回罪。他對著毛主席像懺悔。他想，為了不影響根正的前途，他打算搬出去住，讓根正和自己劃清界限，讓根正學劉文學來鬥爭自己。

柯啟文對自己的打算還定不下來，決定問問柯和義。柯和義是南柯村唯一與他還來往的人。在柯啟文心中，柯和義是深明大義、看清世事的讀書人，相比之下，根正還不懂事。恰好，柯和義來了。柯啟文就把心裡話一咕嚕全傾訴給柯和義聽。

柯和義聽了老人的話後，心裡十分明白：老人的思想轉變是徹底錯誤的。老人並不了解搞獨裁專制的政客們心裡所想的和口裡所說的、文裡所寫的是截然相反的，是愚弄民眾的政治權術遊戲。老人的所想所作對他自己是徒勞無益的，老人對生活的美好願望是不切合實際的。但是，柯和義心裡又十分清楚：老人學習《毛選》，把毛澤東騙人的假的漂亮話當作美德來吸收，保持和加強老人固有的善良美德，還沒有到運用《毛選》中所宣揚的仇恨、鬥爭、專政的殘暴思想去為害別人和社會，這未嘗不是一種美好的思想。老人的所作所為是行善，對人對社會有益無害。老人的思想和行為對老人是一種安慰，一種希望，是一種支撐老人活下去的精神力量。柯和義就沒有向老人表示異議，更沒有向老人指出所想所作的利弊，而是痛苦地表示完全肯定。對於根正，柯和義安慰老人說：「根正暫時不能理解你，你就搬出去住一段時間，等到根正長大懂事了，會接你回來的。」

柯啟文的所想所作得到了柯和義的首肯，心情愉快了，對自己的生活和家庭的未來又充滿了美好的願望。柯和義走後的這個夜晚，柯啟文在做著一個甜蜜的美夢——

他八十歲了，孫子根正成婚了，孫媳婦是對面棚裡老郭的孫女紅花。那紅花是根正的同學，聰明賢慧，勤勞善良，比啞巴媳婦強多了。小孫子苗壯讀完初中，在農場當拖拉機手。孫女社紅在農場小學教書。侄兒柯鐵牛升為紅石區書記，侄孫光祖當了南湖公社社長。在太陽升起時，滿天紅光，兒子、兒媳、孫子、孫媳、孫女、侄兒、侄孫都戴著大紅花，隨著農場黨委書記、場公安特派員，一起來到他住的棚裡，一齊對他說：

「老人家，你做的好事黨組織都清楚，黨是不會冤枉好人的。你被改造好了，地主帽子被摘了，成了革命隊伍中的人了。我們來接你回家，和家人團圓。」

柯啟文高興得笑了，也哭了。他正要起身去與大家握手……

「劈啦啦，劈啦啦……」幾陣響聲，接著一片光亮，一陣腳步聲。

柯啟文從夢中驚醒，坐起身，拉住被角給小孫苗壯蓋住。

幾道強烈的手電筒光射得柯啟文睜不開眼睛。他用手掌遮在眼睛上面，想看清來人，卻被四隻有力的手擎起，拖下床來，拖到堂屋。同時，兒子柯貴玉、啞巴媳婦，大孫子根正都被拖到了堂屋，四人都一絲不掛地被幾條大漢按跪在地上。

掛在牆上的一盞墨水瓶做的柴油燈被點亮了，冒著黑煙，發出橘黃的光。小小的棚房裡擠滿了大漢，高大的黑影在晃動。柯啟文看清了那些大漢的面孔：柯鐵牛、柯國慶、柯業章等七人。

「你們是什麼人？」根正大膽地質問。

「共產黨員，革命幹部。來消滅你們這些階級敵人的人。」柯鐵牛喝道。

「我不是階級敵人，是少先隊員，是學劉文學的革命接班人。我和老地主崽柯啟文劃清了界限。」根正爭辯著，聲明著。

「入你娘的十八代！地主龜孫子，還想混進革命隊伍當劉文學嗎？」柯國慶罵著，狠狠地踹了根正兩腳尖，又向根正的嘴摑了兩巴掌。根正撲倒在地，門牙崩落，口冒血泡。

「你們冤枉我，你……」根正不服，叫起來。

「快堵住他的嘴巴！」柯鐵牛命令道，「統統捆起來！」

柯國慶抓了一把爛草塞進根正嘴裡，把根正捆起來。一會兒，柯啟文、柯貴玉、啞巴女人都被上了繩。

「支書，這些年來，我每年讀毛主席的書，悔過自己，暗中做好事，我的思想已經革命了，你……」柯啟文低聲彙報著。

「住口！」柯鐵牛喝道：「你們這些階級敵人，都是『屋簷下掛的蔥，莖枯葉爛心不死』，反動本質改不了。」

「就算我改不了。但是，我的罪孽是我一個人的，千刀萬剮只我一個人。黨有政策，出身不由己，道路可選擇。不准我革命，總該讓我兒子、孫子革命吧。」

「是什麼窯，出什麼貨。你們這些反動派，一樣貨色，統統要被消滅！」柯鐵牛說著，從腰間拔出明晃晃的尖刀。

柯國慶等到六人一齊拔出尖刀、匕首。在燈光裡，那些鋼製品顯得特別鋥亮。

「殺人呀——救命呀——……」柯啟文畢竟見過世面，看了這陣式，知道一家人劫難難逃，叫喊起來。

柯鐵牛一個箭步向前，用粗壯的五指掐住柯啟文的喉管，叫柯國慶用爛草破布塞進柯啟文喉管，直到柯啟文只能發出微弱的「吱」、「哦」聲才罷手。其他的人也把柯貴玉、啞巴女人的嘴塞住。

那根正看到這個場面，就像看到電影裡日本鬼子、土匪綁架和屠殺中國人民的慘景那樣。他聽到了爺爺的話，看到爺爺躺在地上扭動的身體，心裡一陣難受。他明白了爺爺說的話的意思，爺爺是想犧牲自己，保住兒孫。思想的馳騁比光速還快。根正的思想一下子閃過了許多念頭，浮現了爺爺做的許多好事……「爺爺是個好人。」根正得出了結論。他真後悔鬼迷心竅，去罵爺爺，還想鬥爭爺爺。他現在真想哭叫一聲：「爺爺，我的好爺爺！」但他哭叫不出來，只能流淚。他看到了牆腳伸出一個石鋒，就想割斷繩子。他將身子向那石鋒移動。

「柯啟文，老子讓你一家人死個明白。蔣介石要反攻大陸，你們這些五類份子就在內地回應，要我們共產黨員千百萬人頭落地。我們要在你們還沒下手之前，就消滅你們，全殲一切反動派！」柯鐵牛像戰場上指揮首長一樣，一手叉腰，一手揚起，演說著。他把揚起的右掌變成拳頭，像作出一個重大戰略決策一樣，一拳打在牆上，震得整個棚屋晃動，掛在牆上的油燈搖晃起來，燈光像惡魔眨著眼睛的光芒在閃動，黑影在狂顛，天地在打旋。柯鐵牛口裡發出一聲呼嘯：「下手！」

可憐根正還沒把繩子磨斷，心窩上挨了一刀。

整個屋裡「哼喲」、「嚓嚓」、「哎呀」……一陣雜聲四起，白色、黑色、紅色……一陣雜色晃動。共產黨員們幹得有聲有色，乾淨俐落，殲滅了柯啟文這窩階級敵人。敵人全倒下了，斷氣了，反革命的血淌了一地。

柯鐵牛抽出一支煙，湊近燈光點燃，吸著，吹著，微笑著，欣賞著地上的戰利品。他看了看手錶，說：「離天亮還有三個小時，趕快打掃戰場，把屋裡能燒的東西搬到堂屋來堆成垛，把敵人的屍體丟在垛上，放一把火，把這賊窩和屍體一起燒毀。」

大家又忙起來，在堂屋堆上柴垛，把屍體甩到垛上。

「支書，我有個建議。」柯國慶請示著。

「快說。」柯鐵牛說。

「這些死豬反正要被燒焦的，不如割些鮮肉來吃一頓，我餓極了。吃敵人的肉，喝敵人的血，也是革命行動呀。」

「這——」柯鐵牛頓了一下，也感到又餓又累，就立即作出決斷，「可以！」

同志們又一起行動起來，割肉的，挖心肝的，生火的，打水的，忙了半個小時，一鍋人肉煮熟了，每人一隻碗，美美地飽了一餐。

「爺爺，爺爺——」這時，內房傳來了小孩哭聲。

「入他娘的十八代！還漏網一個敵人。」柯國慶沖進房去，提出五歲的苗壯，走到柴垛邊，順手一尖刀，插入苗壯背心窩，讓血噴到柴垛上，把苗壯的屍體扔上去。

「支書，柯啟文還有一個七歲的孫女。」柯業章提醒說。

「找一找。」柯鐵牛說。

眾人找了一陣，沒找著。

「找不著就算了，一個女孩翻不起大浪。」柯鐵牛說，「你們快把身上的汙血擦乾淨，整理好衣服，放火撤退！」

柯鐵牛一隊人走出敵人窩點，回頭看，那反革命巢穴火光沖天，煙霧騰空。隨著柯鐵牛等人遠走遠看，在那個開闊的綴滿星星的天空下，在那烏濛濛的黑暗的大地上，那火光煙霧越來越小，漸漸地，只看到昏黃的一團火，那團火又縮小為一盞紅燈，一顆紅星。

我們可以想像得到，那反革命的巢穴裡，一切有機物都化為煙霧，散發到太空中去了，剩下的灰燼也會被雨水滲入到土地中去，融化得無影無蹤了。柯啟文再不用悔過贖罪了，他的美夢從此破滅了，他的形骸從此永遠消逝了，消逝了！柯鐵牛等共產黨員們也從此永遠安寧了，中國共產黨從此萬萬歲了，偉大領袖毛主席從此萬壽無疆了。

卻說柯鐵牛等英雄們懷著凱旋而歸的喜悅，哼著《游擊隊歌》，邁著矯健的步伐，在東方欲曉時回到了宿營地——南柯大隊隊部。

「不能回家，就地休整，準備連續作戰！」柯鐵牛命令道。

英雄們也知道疲憊的，戰鬥了一夜，實在太累了，倒在大隊部的床上，椅上，一會兒就入睡了。在熟睡中，英雄們那一肚子特殊的營養豐富的食物，在滋補著肉體，增強著他們的體力。英雄們一直睡到下午三點鍾時醒來了，又一個個生龍活虎了，精力充沛了。他們又開會討論，總結反復辟戰役的經驗，研究制定第二、第三……戰役計畫。一個個孤膽小組作戰計畫出來了。從這以後，南柯大隊不斷傳著「五類份子」的壞消息：某某被關在牛欄裡上吊了，某某從懸崖上跌下來摔成肉餅，某某溺水死了，某某的兒子失蹤了……

「入他娘的十八代！那些頑固不化的反動派都是畏罪自殺！」民兵連長柯國慶在前屋後巷叫罵。

是的，那些反動派的都是死有餘辜的，自殺也好，他殺也好，都是一樣的該死，沒有人同情他們，沒有人過問他們的死因，黨組織更不會去立案調查，也沒有人敢按民間風俗埋葬他們。

這一回的故事，會讓事過三十年後的今天的中國青年看了，搖頭不信，認為作者是在寫《天方夜譚》。他們會問：「歷史悠久，文化燦爛的中華大地怎麼會出現這種野蠻殘暴的事呢？」我要說，寫出這種野蠻殘暴故事的中國作家，我並非為先，只是個晚輩。《封神演義》就寫了紂王和妲己吃人肉餅，還強迫大臣吃。《三國演義》就寫劉安殺妻割肉飼劉備。《水滸傳》裡有用人心下酒、吃人肉餡餅的。《隋唐演義》寫一位麻將軍每日要吃一顆兒童的心臟。……真是枚不勝舉。史書上記載有「人相食」、「易子而食」，把俘虜兵殺了用碓臼磕成肉漿當軍糧，也比比皆是。正如魯迅在《狂人日記》中所云：

「滿紙歪歪斜斜地寫著兩個字：吃人。」可見文化燦爛的文明古國也有其野蠻殘暴的一面，也是一面「風月鑒」呀。我這樣寫，那中國共產黨御用革命知識份子便會憤怒起來，指罵我說：「崇洋媚外的民族敗類！五類份子的後代！被美元、台幣收買了的思想反動的作者！蓄意造謠，醜化偉大、光榮、正確的中國共產黨！誣衊攻擊革命老前輩和革命幹部！中國的封建帝王社會有那類事，中華人民共和國怎會有那種事呢？」我也要反問御用知識份子：中華人民共和國難道不就是中國封建帝王專制殘餘社會嗎？秦始皇一統天下後，還把敵國的貴族、名人、文人集合到咸陽養起來，而毛澤東坐天下卻搞起清匪反霸、肅反、反右來；秦始皇只坑了「四百儒生」，毛澤東坑了四百萬儒生，這不是史實嗎？中國歷代帝王坐了天下，都想國泰民安，災年開倉救荒，而毛澤東竟敢搞三面紅旗運動，製造三年大饑荒，餓死幾千萬農民；又製造兩派對立的紅衛兵互相殘殺，死了幾百萬學生，這不是史實嗎？當然，反復辟運動是在內部開展的，沒有立案，沒有文字記載，只有農村基層幹部暗中殺害五類份子，鮮為人知。但還活著的人是記得的。我只不過把那段史實公佈於世罷了。我要鄭重聲明幾點：第一，我出身於貧農家庭，曾是三好學生，共青團幹部，紅衛兵頭目，先進教育工作者，熱愛過共產黨，崇拜過毛澤東，還評為學習毛主席著作的積極份子。第二，我從未出過門，也無海外關係，與美國人、香港人、臺灣人沒任何來往。第三，我資訊封閉，思維呆板，沒有阿拉伯人哲海什雅裡那樣的豐富想像力，能寫出故事奇麗動人的《天方夜譚》，更沒有革命作家姚雪垠的聯想虛構能力，能根據毛澤東的井岡山起義去寫李自成的商山起義，來歌頌農民起義，歌頌偉大領袖毛澤東。我只是固守了一點：保住自己的善良天性，決不出賣靈魂，把發生在自己身邊的真實事情，換了地名、人名寫出故事來。但是，我寫得乾巴巴的，連真實事情本身的奇麗曲折也沒寫出來。試問御用知識份子們，今日在你們的身邊不是經常在發生看革命幹部和員警在陷害、毒打無辜平民至死嗎？你們為什麼視而不見、不寫出來？難道你們真的瞎了眼睛嗎？難道你們自己的手也沾了血嗎？難道你們有什麼見不得人的骯髒圖謀而需蓄意掩蓋事件真相嗎？

柯啟文一家遇難後的第二天，下了一場暴雨。第六天，柯和義有事去軍墾農場，順便到柯啟文家走走。

柯和義走到那個小山包，眼前是一片慘景：土牆茅蓋的房棚不見了，剩下一堆黑乎乎的蒙著灰煙的斷牆殘壁。那斷牆殘壁被塌成許多缺口，經雨水淋洗，豎立著的尖頂露出了黃土本色，壁面上有雨水淋流的一條條褐色痕跡，牆根是黑色的。地上一層厚厚的黑灰，黑灰上有根根橫七豎八的木炭。從屋裡到大門外，有拖粒的軌跡。小山包北邊，有五座新墳墩，墳前有燒殘的香條和紙灰。

柯和義在小山包上悲傷地踱著，得出結論：柯啟文一家遭了火災，六口人死了五個，還剩一個。這火災是人為的還是天火？剩下的那個人是誰？柯和義決定弄個明白。他想到在半里外住的與柯啟文有來往的郭老漢，就去問問。

柯和義到了郭老漢家。郭老漢認識柯和義，讓柯和義進屋說話。郭老漢對柯和義說，那天下半夜，他在睡夢裡聽到一聲慘叫，一下子，那聲音就沒了。他以為自己老了，背耳，是錯覺，就沒起身。第二天上午，他沒看到柯啟文一家人來活動，感到蹊蹺。他走到小山包去，看到了那慘景，馬上叫兒子去報告農場黨委。暴雨過後，農場派了兩個人來察看一翻，從廢墟中拖出五具屍體，說這是失火引起火災，叫郭老漢和他兒子把屍體埋了。郭老漢用蘆席和火灰把五具屍體埋了，做了墳墩，燒了香紙燭，為死者祈禱了一陣。郭老漢說，五具屍體，三個大人，兩個小孩，還有一個小孩不知去向。

柯和義問屍體有沒有傷痕，是蜷曲的還是挺直的，是在一處還是分散的。郭老漢說，屍體被燒得很焦，皮肉有不少裂痕，黑黑的，看不出傷痕；屍體是在一個火灰堆中找到的，直挺挺的。

柯和義心有存疑，再沒問了，謝了郭老漢。他去買了些香紙蠟，在墳前祭拜了一回，就回家了。

柯和義回到家裡，把柯啟文一家遭難的事對張愛清和嬸娘李氏說了。

李氏聽後一陣驚恐，連聲痛苦地叫：「造孽呀，好人造孽呀。」

「我猜疑，柯啟文一家可能是被人殺了，放在柴垛上，再放火燒了。」柯和義說。

「怎見得？」張愛清問。

「從郭老漢所說的屍體是直挺挺的，都在一個火灰堆中，就可以斷定。」柯和義說，「如果是失火，一家人就要亂跑，不在一處；即使火封了門，被燒死了，屍體應是蜷曲的。再說，郭老漢離柯啟文家只半里遠，應該聽到柯啟文一家叫喊聲，可是郭老漢只聽到一聲慘叫聲。」

「和義，你提醒我了，可能是共產黨『遊雞隊』（游擊隊）做的罪孽。」李氏說。她講述起年輕時共產黨游擊隊在夜裡做的恐怖事來。李氏問：「是不是現在又出現遊雞隊了？」

「現在沒有游擊隊，可能是柯鐵牛等人學做游擊隊。」柯和義說。

「和義，我去找尹懷德，向區裡報案，派人來查。」李氏說。

「嬸娘，你是聰明一世、糊塗一時呀。死的是階級敵人，殺人的是黨組織、革命幹部，是搞毛主席發動的反復辟運動，共產黨政府會派人來查案嗎？」柯和義說。

「五類份子也是人呀。隊裡死了一隻豬還查原因，丟了一頭牛還有公安特派來查案，偷牛的遭判刑。」李氏說。

「五類份子的命是不如豬牛的。不過，我要暗中查個清楚的，還要找到那失蹤的孩子。」柯和義說，「嬸娘，你的話提醒了我，為了阻止柯鐵牛等人繼續殺人，你去找一下趙月英表嫂，讓她想法子叫尹苦海來阻止。」

「好，我就去。」李氏說。她找趙月英去了。

「和義，我們要注意晴川的安全。」張愛清心懷恐懼，說。

「是的。你不要讓晴川到處亂跑。」柯和義說。

李氏去尹東莊找到了趙月英。李氏向趙月英談了大隊五類份子不斷死亡的看法，說了對柯鐵牛等人的懷疑。趙月英聽了又驚又嘆，答應讓尹苦海想法子制止柯鐵牛等人的行動。

兩天後，尹苦海到南柯大隊來了一趟，從此後，南柯大隊再沒發生五類份子死人的事。

卻說柯和義留心尋找柯啟文家失蹤的那個孩子，找了三年，毫無結果，他作罷了。可是，二十年後，柯和義有了收穫。

二十年來，柯和義每個清明節都去柯啟文墳墩掃墓。在第二十一個清明節的中午，柯和義來到柯啟文的墳墩，發現六座墳都被人祭過，墳墩上加有新土，墳頭上壓有黃片紙，墳前有新燒過的紙灰和放的爆竹殼，插有紅蠟幹，條香還在冒煙。柯和義猜測祭墳的人是那個失蹤的孩子。現在階級政策鬆動了，五類份子被摘帽子了，他就來祭墳了。如果是根正，該有三十二歲，是社紅該有二十九歲，是苗壯，該有二十七歲。

到了第二十二個清明節，柯和義在天蒙亮時就起床了，用籃子裝了祭品，用鍬把撬著，向小山包走去。柯和義沒直接去小山包，在離小山包十幾丈遠的堤壩上一個水泵機房門內坐著，望著那小山包，希望找到那個失蹤的孩子。

晨光漸漸遮沒了啟明星，在西邊堤路上，有一個黑影向小山包移動。黑影漸大漸清晰，是個穿黑衣的女人。那女人背著一把鐵鋤，提著一個竹籃，上了山包，忙起來。小山包上響起了爆竹聲，升起了青煙，亮起來了十幾點紅光。那女人跪下了，拜著。

柯和義連忙起身，走過去，沒招呼那個在哭泣的女人，自己祭起墳來。那女人看見一個五十多歲的男子來祭墳，沒作聲，起身，收碗，準備走開。

「社紅，你認識我嗎？」柯和義直呼其名。

「你是誰？」社紅聽到有人叫她二十多年前的名字，吃驚了。

「我是柯啟文的房弟，是你和義叔公，經常到你家走動的。好好想一想。」柯和義說，「我可一下子能認出你來。你額頭和下巴像你娘，眉宇眼神像你爹。」

「啊，我記起來了，你經常到我家和我爺爺說話的。」社紅叫起來了。她向柯和義跪著就拜，「和義叔公，和義叔公，原來是你給我家祭墳呀。我謝謝你了。」

柯和義扶起社紅坐著，問社紅當時逃脫劫難和後來的生活情況。那社紅哭泣著講述起來。

那天夜裡，社紅和根正睡在一張床上，社紅睡在裡邊。床上掛了灰色夏布蚊帳。社紅睡熟了，滾到靠牆那邊的蚊帳外，蚊帳遮住社紅。柯國慶進房提出根正時，沒發現社紅。社紅被堂屋裡可怕的人聲驚醒，就爬起來，順牆透過的燈光向堂屋裡望，她看到了一群人拿著刀，爺爺、爹娘被捆著跪在地上，哥哥在牆腳下扭動著身子。那個塊頭大的滿臉胡茬的人在揚手說話。她看到了那群人用尖刀殺死了爺爺、爹娘、哥哥，看到了那群人割人肉煮吃，看到了弟弟苗壯被那個密眼縫的人殺了丟到柴垛上。動物遇險逃避的本能使八歲的社紅被嚇得從屋後上廁所的側門逃出去，躲進高粱地裡。她看到了小山包起火，就嚇得一個勁地往西跑。她跑著，天亮了。她怕人，揀小路就跑。天黑了，她揀大路跑。她跑了三個黑夜和兩個白天，渴了喝水氹的水，餓了吃路邊的草。她不知跑了多少路，只知道在一個黑夜裡靠在大路邊的石坎下昏睡了。醒來時，她躺在一家堂屋的竹床上，被一家人收養了。那家有六口人，一個老頭，一個老婆子，一個三十多歲的男人，一個三十多歲的女人，一個十幾歲的男孩，一個六、七歲的女孩。那家大人問她，她不敢說真話，說自己沒爹沒娘了，討飯走迷了路。說她叫紅花。紅花是她對面郭老漢的孫女的名字。她後來知道，逃跑了六十多里路，到了山鷹縣駱駝坳公社羅文村。那家人姓羅。她長大了，和那個大她的叫秋生的男孩結婚了。她一直不敢向人說自己的身世，又一直忘不了那個小山包，忘不了爺爺、爹娘、哥哥、弟弟，忘不了那黑夜發生在小屋裡的慘景。她在夢裡總是十分清晰出現小山包的地形。二十年，她才敢把埋在心裡的話講給秋生聽。但她講不出地方，講不出回家的路徑。她只記得「軍墾農場」的字音。秋生就向人打聽軍墾農場，知道在永安縣有個軍墾農場。在前年清明節，秋生就陪著社紅到軍墾農場找娘家。

來到軍墾農場，社紅和秋生就在圍墾堤亂走。走到港口處，社紅記起來了，向北邊跑去。她看到了那個日夜夢寐著的小山包。社紅來到小山包，那熟悉的棚屋、菜園、親人都不見了，但地形沒變，那塊高大的黃鐮石還在山包的西邊。社紅向南邊望去，對面沒有蘆棚了，豎起了一排黃瓦紅磚的房子。

社紅在山包上看到了六座長有蒿草的墳墩，對秋生說：「這是我家的墳。」

「可能不是。你家沒人了，這墳卻有人剛祭過。」秋生說。

社紅看到了墳前有剛燒過的紙灰、香乾、紅燭幹，墳頭有新添的土塊。社紅自言自語起來：「怎麼會有人來祭墳呢？我敢肯定，這是我家的墳，我爺爺，我婆婆，我爹，我娘，我哥，我弟。我還記得這一座是我婆婆的。」社紅說著，哭了起來。

「那我們就祭吧。」秋生是個老實善良的農民，說。他跑到對面商店裡買了祭品，將六座墳祭拜了一遍。

從此，社紅每到清明節，起得特別早，上午七點前就來到小山包祭墳。今天，她搭上了村裡到軍墾農場運肥料的貨車，來得更早了。

社紅敘述完了，問柯和義：「叔公，我家有親房嗎？我能來認娘家嗎？」

「你有伯父，叫柯鐵牛，原來是南柯大隊支書，現在退下來了，閒在家裡。據你所說，那個塊頭大、滿臉胡茬的殺你全家人就是他。你能去認他嗎？我看還是過一段時間再說。」柯和義說。

柯和義找到了社紅，就每年去看望一次。

又過了十來年，柯鐵牛死了。臨死前，柯鐵牛大聲驚呼：「叔父，你莫打我，我知罪了。」害得柯鐵牛的老婆帶著兒子、兒媳到處進廟入寺，求神拜佛，為柯鐵牛陰魂贖罪，為兒子消災消禍。

柯國慶瘋了，逢人傻笑，喃喃自語：「我殺了柯啟文一家，我把老三從崖上推下去了，我吃了人肉……」後來倒進糞坑裡溺死了。

柯業章雖然當了副縣長，但是老年家裡遭劫難，被雙開除，又患了老年中風，躲在縣裡一間小方盒式的屋裡，不敢回南柯村，死時，下身腐爛了。

柯和義在柯鐵牛死後，讓社紅認了娘家，在族譜中，把社紅的第二個兒子建業過繼到柯貴玉名下，頂了外婆門戶，取名柯根苗，在南柯村安家落戶了。

在李氏做八十大壽時，柯和義也做了六十大壽，柯和貴四十五歲了，李氏、柯和義就把柯啟文被殺的事講給柯和貴聽，柯和貴記下了全過程。

柯和貴對反復辟的秘密鬥爭有詩云：

支書奇計有依據，中央指示行奇詭。
南柯滅門非特例，九族株連是古理。
古理今理同一理，你命我命不兩立。
階級鬥爭天天抓，活人殉葬行周禮。

欲知後事如何，且聽下回分解。

第二十一回　李金元惜才評「三好」　柯和貴求學拼一命

卻說反復辟運動的那年七月，柯和貴參加小考，柯和貴自己認為考得好，可是結果沒考上縣一中，只考上紅石十中。柯和貴感到羞恥，決定複讀重考，不肯去紅石十中。張青柏知道了，來找柯和貴談話。張老師說柯和貴小考成績全區第一，因為學區李金元輔導員要上調紅石十中當校長，就把全區小考前十名同學的檔案沒上報了，留在紅石十中。張老師誠懇地對柯和貴說：「你沒上一中，對你個人名譽暫時不好，但對於你的實際情況來說，卻是件好事。縣一中每學期要交學費二十元，學生吃大食堂，每月生活費五元，你家困難，拿不出這筆錢上學，考上一中也是白考。紅石十中每學期交學費五元，學生自蒸飯吃，不用交生活費。像你這樣思想好、學習好的同學還每月有助學金2元，你家裡不需出錢。中考時，考省師範、市衛校、縣高中，全縣學生是平等的。我已調到紅石十中教書，還可照顧你。一個人不能把眼前的名利看得太重，要看遠一點，要講實際。你快點去紅石十中報名上學。」

柯和貴聽張老師一說，思想通了，就上了紅石十中。

柯和貴讀初二下學期時，永安縣文教局舉行全縣中學生數學和作文大競賽，柯和貴在這兩次競賽中都獲第一名，使紅石十中名聲大振。校長李金元得到了文教局的表揚和獎勵。李校長就在全校師生大會上把柯和貴吹了一通，要學校團委會和學生委評柯和貴為「三好學生」，聯合主辦「向柯和貴同學學習」的壁報。李金元校長是部隊團文化教員，轉業後當校長，還是紅石區區委委員。李校長在區委三級幹部大會彙報教育成果時，又表揚了柯和貴，全區幹部都知道紅石十中有個「三好學生」柯和貴。南湖公社書記柯和真還在南柯大隊群眾大會上表揚了柯和貴。

要評柯和貴為「三好學生」，主辦「向柯和貴同學學習」壁報，在紅石中學團委會受到抵制，團委會書記陳繼烈與柯和貴有私仇。

這陳繼烈是很有背景的。祖父是全省聞名的大烈士陳新國，毛主席和林彪元帥的戰友。父親忠厚老實，因是烈士後代，當了紅石區副書記。繼母趙來鳳，鳳凰區婦女主任，縣人大代表，全國勞模，是個大膽潑辣的土改女幹部。陳繼烈本是鳳凰區紫金山大隊人，在鳳凰六中讀書，隨父親轉到紅石十中。陳繼烈大柯和貴兩歲，高一級。柯和貴不知天高地厚，在去年暑假時惡了陳繼烈。

去年暑假守校，在一個酷熱的晚上，陳繼烈、柯和貴等幾個同學在操場乘涼，熱得難受。柯和貴說用野木瓜做涼粉，既散熱又解毒。陳繼烈聽了，就命令柯和貴明早帶袁承紅上山採野木瓜做涼粉。柯和貴感到陳繼烈用命令口吻與自己說話，心裡不好受，就要陳繼烈一同去。陳繼烈就批評柯和貴目無組織領導。柯和貴就說陳繼烈使權耍威，還說陳繼烈不去，他就不去。兩人由口角而動手腳，扭在一起。陳繼烈塊頭比柯和貴大，在場的人都為柯和貴捏一把汗。柯和貴的南柯村是武術之鄉，柯和貴學得了不少摔跤和散打技術。柯和貴感到陳繼烈上身的用力方向，就提起左腳向陳繼烈的腳跟盡力掃去，同時雙臂和右腳盡力向前一掀，把陳繼烈乾淨俐落地摔倒在地，自己站著沒動。同學們一陣哄笑。陳繼烈平日氣指頤使慣了，今日在眾人眼下丟了醜，威信和自尊心受到極大挫傷，就惱羞成怒，隨手在地上抓起一塊磚頭，向柯和貴腦殼擲去。柯和貴眼尖手快，閃過磚頭，一步躍去，沒等陳繼烈爬起來，拳腳交加，打得陳繼烈不反抗為止。柯和貴打贏後，還揚言說：「別人怕你，老子不怕你。你再欺負弱小，老子看見就打。」

「這是魯智深精神。」同學中有人小聲讚揚。

事後，陳繼烈忍了，沒向學校領導稟報。但他受了柯和貴這場奇恥大辱，卻是忘不了的，記恨在心，尋機報復。

現在要評柯和貴為「三好學生」，必須過學校團委會這一關，陳繼烈決不放過這個報復柯和貴的機會。陳繼烈有恃無恐，有膽子抵制李金元校長的指示。當然，陳繼烈也是有充分理由和事實根據來抵制的。他親自對李校長說：「柯和貴同學學習好，為學校爭了光，值得同學們學習。但是，評三好學生就不夠格了。三好的第一好是政治思想好，主要是階級立場堅定，階級鬥爭覺悟高。在學校師生參加河埠大隊對敵鬥爭大會上，柯和貴同學為被鬥爭的地主富農份子流淚，同情階級敵人，嚴重地喪失了無產階級立場，不能評為三好學生。」這幾句話，表明陳繼烈並非是平凡的惡少衙內，而是能屈能伸、能言善辯、很有鬥爭藝術的政客。就這一點而言，柯和貴決非陳繼烈的對手。

「有證據嗎？」李校長問。

「有。」陳繼烈說，「我一直懷疑柯和貴只專不紅，會利用學習好來欺騙黨團組織。我就派了柯和貴的同班同學、團員袁承紅暗中監視柯和貴。鬥爭會上的材料是袁承紅向我彙報的。」

陳繼烈真是一塊天生作官的好料子。

「你為什麼不早點向黨組織彙報？」李校長口頭上批評陳繼烈，可心裡一怔。「這是個極其敏感和嚴重的問題。陳繼烈能通天，弄不好，不但毀了柯和貴，自己還要栽跟頭。」

「我沒有及時向黨組織彙報，是因為柯和貴還沒有充分表現出自己的反動性。同時，我把同學感情看得太重了，犯了錯誤。現在要評柯和貴為『三好學生』，我不得不向黨組織彙報了。」陳繼烈說。

小小年紀的陳繼烈，居然能笑裡藏刀，真是個難得的搞陰謀的政治家！

「你現在向黨組織反映這個問題，很好。說明你階級鬥爭覺悟很高。」李金元校長很老練地說，「你反映的是一個重大的問題，黨組織一定嚴加追查。共產黨人辦事要調查研究，實事求是。這個問題，單憑袁承紅一個人揭發作證不夠。如果袁承紅與柯和貴不和，夾有私人怨恨，那就會冤枉好人；如果實有其事，柯和貴當然不能評為三好學生。」

陳繼烈聽到「夾有私人怨恨」，心中一驚，對李校長的話也駁不動。

李校長說完，派陳繼烈去把黨總支委員、團委會輔導員伍光華老師叫來。當著陳繼烈的面，李校長指示說：「柯和貴的問題現在由校黨組織負責調查處理，具體由伍教師和柯和貴的班主任張青柏老師調查，直接向我彙報，校黨委會再作決議。團組織是黨的助手，要服從黨組織的決議。」

一天中午，柯和貴被叫到伍光華老師房裡。柯和貴一看，伍老師、張老師都板著臉，態度嚴肅。

「你參加河埠大隊的鬥爭大會嗎？」伍老師嚴肅地問。

「參加了。」

「你的前後左右是哪幾個同學？」

「左邊袁承紅，右邊邢百煉，前面李盛，後面張志軍。」

「在鬥爭上，你流淚嗎？」

「流淚了。」

「你流淚時有哪幾個同學知道？」

「袁承紅，邢百煉。」

「你對他們說為什麼流淚嗎？」

「說了。袁承紅問我為什麼流淚，我說眼睛進了灰沙。邢百煉是在回家的路上問我的。我說地富份子被打倒了十幾年，像死狗一樣，哪有氣力搞資本主義復辟？那些革命假積極份子真狠心，把那兩個骨瘦如柴、衣不蔽體的地富份子打成那個慘樣子。我忍不住流淚了。邢百煉說他也忍不住流淚了。」柯和貴不敢在老師面前說謊，就如實地說了。

「你對邢百煉說的話還對別人說了嗎？」張老師問。

「沒有。」

「你對袁承紅和邢百煉說的話為什麼不一樣呢？」伍老師問。

「平時，邢百煉提醒我，說袁承紅是陳繼烈的狗腿子，假積極份子，壞心術，不能對他說內心話。我就不跟他說真話。邢百煉和我一個心，我不能說假話。」

「張老師，你去把邢百煉叫來。」伍老師說。

不一會，張老師帶著邢百煉來了。

伍老師對邢百煉說了叫他來的原因是證明柯和貴在鬥爭會上為什麼流淚。伍老師對邢百煉說：「你倆都是貧下中農子弟，經常學雷鋒做好事，階級鬥爭覺悟高，政治思想好。參加河埠大隊鬥爭大會時，師生們聽到貧下中農對地主罪行的控訴，對往日苦的回憶，不少人流了淚，你們也流了淚，這說明你倆具有深厚的無產階級感情。邢百煉，你說我分析得對不對？」

「對，我倆都是為了在舊社會受苦受難的階級兄弟流淚。」邢百煉毫不含糊地回答。

「你……」柯和貴指著邢百煉，正要指斥邢百煉在老師面前說謊。

「『你』什嗎？」張青柏老師拍了一下桌子，發火了。這一次，張老師沒有眨眼皮，瞪著眼珠，指著柯和貴說：「伍老師和邢百煉說的才是鬥爭大會時的真實情景，說出了你倆流淚的真正原因。現在，你和邢百煉每人寫一篇《參加鬥爭大會，提高階級覺悟》的認識文章。」

「還有，你們都要寫入團申請書，成為一名團員，才是真正的政治思想好。認識書和入團申請書各抄寫三份，一份給李校長，一份給我，一份給陳繼烈。」伍老師說。

「老師，我要揭發柯和貴幹的一件壞事。」邢百煉說。

「說。」伍老師說。

邢百煉就把去年暑假守校時打了陳繼烈的事揭發了。

伍老師聽後，心裡明白了陳繼烈卡關的真正原因。他批評柯和貴說：「你打了陳繼烈就錯了，應該作檢討。你要主動找陳繼烈談話，不能去罵袁承紅。一個革命接班人，要胸懷寬廣，團結與自己意見不同的同志。」

柯和貴和邢百煉出了伍老師的房。

「你怎麼對老師說謊呢？」柯和貴質問邢百煉。

「我說你是個書傻子！你沒聽出老師的話外音嗎？他們關心我們，要我們說謊。你不知道嗎？陳繼烈在抵制李校長指示，不評你為三好學生，說你在鬥爭大會上為地主流淚。我猜是袁承紅那個奸賊向陳繼烈打了小報告。袁承紅是陸虞侯，陳繼烈是高俖內，你要防著。如果你我今日都說是為被挨鬥的地富份子流淚，那就中了陳繼烈的奸計，你評不上三好學生，你我都不能升學了，伍老師、張老師、李校長都下不了臺。你不要出傻氣了，快快按伍老師說的要求去寫文章。」邢百煉說。

柯和貴聽了猛然醒悟，佩服邢百煉比自己聰明。

過了三天，校團委和學生會聯合主辦了「學習三好學生柯和貴」的壁報。期末，柯和貴和邢百煉都入了中國共產主義青年團。

俗話說；好人多磨難。在中考前，柯和貴的政審遇上了大麻煩。

那時學生升學考試前，有兩張秘密政審表格，一張是學校的，一張是學生戶口所在單位的。兩張有一張不合格，就不能參加考試，即使允許考試，考試成績再好，高一級學校也不能錄取。柯和貴在學校那張政審表當然填得很好，但在南柯大隊那張政審表項項不合格。個人表現：很壞；家庭成份：破產地主；家庭成員：父親母親是地主份子，哥哥柯和仁是壞份子；社會關係：姑父惡霸，被鎮壓；結論：不同意升學。

李金元校長看了柯和貴在南柯大隊的政審表，為柯和貴惋惜，自己親自找柯和貴談話，勸柯和貴不要參加升學考試。柯和貴聽到李校長勸自己不參加升學考試，不知是什麼原因，就哭了。李校長又不能洩露黨的秘密，就從側面打聽柯和貴的家庭情況。他聽到柯和貴反映的情況與南柯大隊政審表所填的截然相反。李校長還聽到柯和貴說柯鐵牛挨了柯和貴父親兩耳光，時時報復柯和貴一家人。李校長相信天真無邪、善良誠實的柯和貴說的是真話，那南柯大隊的政審表是柯鐵牛在公報私仇。李校長很氣憤，又很慎重，就指派大膽靈活的共產黨員袁識河老師去南柯大隊重新調查填寫柯和貴政審表格。

袁識河老師拿了校黨委會介紹信，到區里加蓋了區黨委紅章，去南柯大隊。他先在柯和貴生產隊調查了隊委會，到得柯和貴在隊表現、家庭和社會關係情況。他再去召開南柯大隊支部成員大會，核實了情況。支書柯鐵牛看了袁識河介紹信，知道是區委派來的人，不敢反對，任憑袁識河調查。在結論一欄，由大隊副支書、大隊長簽字：同意升學。袁識河回校後，向李金元校長作了彙報，交了政審表。

李校長看了柯和貴政審表很高興，立即召開全校教師大會。他說：「這次我犯了官僚主義錯誤，險些把柯和貴同學的前途斷送了。柯和貴前面那張大隊政審表是假的，是大隊支書柯鐵牛公報私仇的產物。後面袁識河老師調查來的政審表才是真實的。以後到大隊搞學生政審，不能只把表格交給大隊某個幹部去填，要深入調查學生的情況，要召開隊委會和支部大會。」

柯和貴參加了中考，志願上填報了省北崗師範學校。八月份，柯和貴收到了北崗師範學校的《錄取入學通知單》。柯和貴一家人很歡樂，全村人都奔相走告。

那時學生入學要賣半年口糧轉遷移戶口手續，校方才能註冊入學。生產隊是按月發口糧的，半年口糧一次性秤出，要由大隊支書批准。柯和貴的命運又一次被握在柯鐵牛手裡。

一天，柯和仁拿了柯和貴的《錄取入學通知單》去找隊長秤糧。隊長說支書交待了，柯和貴不能升學，不能秤半年口糧。柯和仁和隊長吵了一陣，沒效果，回家來，抱著柯和貴痛哭起來。

柯和貴哭了一陣，冷靜下來，勸慰哥哥說：「哥哥，你不用擔心，我已是國家幹部，我親自去找柯鐵牛，他阻止不了我上學。」

「和貴呀，你千萬不能跟鐵牛鬧翻，他是一頭蠻牛，弄不好，你一生就完了。」李氏哭著勸兒子。

「娘，我會看勢行事的。」柯和貴說。

柯和貴一夜沒睡好，想著對付柯鐵牛的辦法。天一亮，柯和貴就拿著《錄取入學通知單》去柯鐵牛家。柯和貴看到柯鐵牛在大門口刷牙，就沒去打擾，站在屋角旁等候。柯和貴等了約半個小時，柯鐵年從屋裡挑一擔水桶出來。

「支書，我考上了省師範學校，要秤糧轉戶口，你就批准吧。」柯和貴小聲說，把右手捏著的《通知單》給柯鐵牛看。

「走開！我要挑水。」柯鐵牛沒正眼看那紅色紙片，吼著，往前沖去。

柯和貴難堪地縮回手，望著柯鐵牛寬闊的背影，心如死灰，一陣慘痛，流出淚來。他下意識地跟著柯鐵牛走，走到太屋場，站住，望著柯鐵牛向新水井走去。柯和貴茫然地一屁股坐在大堂前大門石墩上，盯著去新水井的石板路，看著柯鐵牛挑了一擔水，又一擔水。三擔水後，柯鐵牛捏著一個紅殼筆記本，走到太屋場來。

「支書，我等你一個多小時了，你就說一句吧。」突然，柯和貴擋在柯鐵牛面前。

「我要去為黨為人民幹革命工作，你敢擋我的路？」柯鐵牛站住，瞪大眼睛，居高臨下，虎視著眼下瘦小的柯和貴，像一隻大狼要吞掉一隻小羊羔一樣。

「為我上學轉糧油戶口也是黨和人民的革命工作，你只要開口，兩三秒鐘就解決了。」柯和貴像根釘在地上的木樁，擋在路中沒動，毫不示弱。

「你是什麼東西？漏劃的破產地主子弟，反動家屬的後代。你想混進革命的學校嗎？黨和人民決不答應！」柯鐵牛終於正面回答問題了，狠狠地訓斥柯和貴。

「放屁！」柯和貴憤怒了，昂首挺胸，雙目圓睜，兩條目光和柯鐵牛的目光相觸，大聲反擊，「我是共青團員，三好學生，革命接班人！我考上了革命學校，你害怕了嗎？害怕我不讓你在南柯村稱王稱霸嗎？」

「你敢反我？你敢反黨？」柯鐵牛萬沒想到一個毛孩子敢反抗他這個「國王」，火冒三丈。他恨不得伸出有力鋒利的前爪，把那條細小的脖子掐斷。但他顧及到柯和貴是全區有名的三好學生，又顧及到自己支書的權威，沒動手。

「笑話！你能代表黨嗎？你是黨內蛻化變質份子，一條惡棍！你毒打貧下中農，強姦婦女，壓抑革命人才，我當然敢反你！」柯和貴被逼上了死路，爆發了，背水一戰了。他彎腰從地上抓起兩塊石頭，哭著，瘋狂地叫喊：「蠻牛，你敢上前逼老子，老子就和你拼命！這時打不過你，過幾天，老子暗殺你的獨生子，絕你的後代。你要明白，斷送我的前途，比你挨我爹兩耳光的仇恨大萬倍！」

柯和貴這幾句出格的話，有雷霆萬鈞之力，有暴雨夾雹之勢，把柯鐵牛給怔住了：「真的要滅我的獨生子。自己沒了後代，革命就沒了接班人，還革什麼雞巴毛的命？再說，柯和貴是全區三好學生，一時又治不了他，說不一定區委還有人支持他哩。與他鬥爭起來，勝負難定。」柯鐵牛自從參加了革命以來，第一次全身發抖了。

「把那個反黨份子抓起來！」這是民兵連長柯國慶的聲音。

柯和貴順聲望去，柯國慶從大堂前裡邊走邊叫。柯和貴腦海裡閃過一個念頭，手指柯國慶喝：「站住！你算什麼東西？老子敢鬥一頭牛，還怕你這隻狗嗎？你聽著，老子真要你動手抓我，好讓區委來抓你去坐牢！」

柯國慶本是個愚豬一樣的惡人，聽了柯和貴這話，不知道柯和貴有什麼來頭，被嚇住了，真的站住了。其實，柯和貴是急中生智，從《三國演義》中學到張飛在長阪坡大喝曹軍的一招，來應急的。哪有能耐捉柯國慶坐牢？沒想到這一招對於柯國慶有效。

「黑了天啦！南柯村出了柯和貴，就被壓住了嗎？」有人在聲援柯和貴。

柯鐵牛和柯和貴只顧爭吵，沒注意到全村人都聚集到大屋場來看熱鬧，看稀奇。

這實在是稀奇，村裡十幾年來，第一次有人敢公開反對人們心中畏懼的赫赫大人物，第一次看到不可一世的柯鐵牛被氣得黑臉發紫而不敢打柯和貴，第一次看到鬥人打人毫無顧忌的民兵連長柯國慶被驚嚇得呆若木雞，第一次看到有人膽子壯起來了，突然冒出一句聲援柯和貴的話來，但那說話人不敢拋頭露面。太屋場頓時肅靜下來。人們靜靜地看著身材高大、威風凜凜的柯鐵牛和瘦弱矮小、斯文善軟的柯和貴對峙著，希望看到一場大廝殺，看見柯和貴戰勝。

「我今天看你是個學生，不和你爭論。你要上學，必須徹底轉變你的反動立場。我這時要去公社開會，下午回來找你算賬。」柯鐵牛怕在眾人面前丟面子，就表現出革命幹部寬大的胸懷，想找理由收場，緩下口氣說。

「算了，和貴，支書說的話留有餘地。你考上學校是好事，支書會秉公辦事的。」人群中有人出來勸解了，拉住柯和貴勸說。

柯鐵牛見勢，就走了。

「柯鐵牛，你給老子轉了糧油戶口就沒事。不然的話，你家準備死兩個人。」柯和貴被人拉著，向走過去的柯鐵牛大叫。這柯和貴是天生的倔強，一旦反抗了，就不知道忍讓，有拼命精神。

柯鐵牛聽到了柯和貴的叫喊，沒回頭，往前走。

柯鐵牛走了，人群在議論起來：

「得罪了支書，哪有好結果呀？和貴這回完了。」

「支書一個人能代表黨嗎？有理走遍天下，和貴會贏。」

「誰反對支書就是反黨，黨組織不是一直這樣宣傳的嗎？」

「我就不服這口氣，支書一個人說了算，他是皇帝嗎？」

「他就是土皇帝呀。你再不要慫恿和貴去碰壁了。」

「我支持和貴到區里去告狀！」

「不管告到哪裡，還是落到基層組織來處理嗎？縣官不如現管。」

「蔣介石八百萬軍隊都被共產黨打垮了，美帝國主義被打敗了，柯和貴一個人反得了嗎？」

「和貴呀，不要雞蛋去碰石頭了。泰山壓下來，蔴藤管能撐得住嗎？你忍下這口氣，托人去跟支書說情。」

……

柯和貴聽了這些亂七八糟的話，氣惱地分開人群走了。

「和貴，快點回去，李校長來了。」柯和貴剛走進石板巷，柯和仁急急地大聲叫喊。

柯和貴聽說李校長來了，加快腳步向家裡走。他來到家裡，看到李校長正坐在堂屋喝開水，就把轉糧油戶口遇到的麻煩和與柯鐵牛吵架的事說了。

「看不出你還有勇氣和膽略。我再不用擔心你的善良軟弱了。」李校長笑著說。他又說：「我這次是來幫你轉糧油戶口的。我知道支書會卡你。我是區委常委，比你支書大幾級哩。你不用去吵了，跟我一起去南湖公社找柯和真書記。柯和真書記是從外區調來的，跟你家沒有私怨，和我關係好。」

李金元帶著柯和貴一起去南湖公社。公社正在召開大隊支書和大隊長會議。柯和真書記看見李常委來了，連忙迎出來。李金元就把柯和貴介紹給柯和真。

「好樣的！我早聽見柯和貴這個『三好學生』的名字。和貴同志，你考上省師範學校，在我們公社是解放以來第一個考進革命學校的，為公社黨委爭了光。你有什麼事需要我幫忙嗎？」柯和真摸著柯和貴的頭，讚揚著。

李金元沒等柯和貴開口，就把轉糧油戶口遇上的麻煩事說了。

柯和真聽後，沉思了一會兒，說：「和貴同志，不用擔心，我馬上叫柯鐵牛去給你辦。」柯和真說完，喊出柯鐵牛，說：「鐵牛支書，這次全區就只柯和貴同志一個人考上省師範學校，這是你們南柯大隊的光榮，也是南湖黨委的光榮。現在，黨委交給你一個緊急任務，去把柯和貴同志的糧油戶口關係轉好。你完成任務後，直接向我彙報。」

「好。」柯鐵牛應了一聲。

這真是蛇見水礚自然軟，一物降一物。

「和貴，柯支書是你的上級領導，跟支書一起去辦事吧。」李校長向柯和貴使了個眼色，說。

「支書，我們走吧。」柯和貴很識相，小聲對柯鐵牛說。

柯鐵牛和柯和貴一起走了。李金元也和柯和真握手告別了。

對於柯和貴，李金元有段評語，那是十三年後他看到柯和貴遭到批鬥時對柯和義說的：

「柯和貴是我遇到的千萬個學生中，智商最高，品行最好的。他本應該成為一個傑出的人才，為國為民作貢獻。可是，他生不逢時，命運多桀，落到了這步田地。可惜，可惜！」

對於李金元校長，柯和貴也有一段評價，那是在三十年後李金元六十八歲逝世時，柯和貴寫了一篇悼文，其中有段文字：

「每個人的一生，都有那麼幾個轉捩點，人們把這轉捩點稱為『機遇』。在『機遇』面前，抓得好，就前途光明；抓得不好，就前途黯淡。對於一個涉世不深的青年，碰到『機遇』，要想抓住，抓好，就最需要有智慧、有善心、有能力的長者給予指點和幫助。這種指點和幫助，雖然只說一、兩句話，只隨便跑跑路，卻能改變一個青年人的命運，能創造出一個對社會作出巨大貢獻的人才。有些人看輕這種長者的指點和幫助，以為說兩句話，跑一趟路，沒出一份錢，沒送一份禮，有什麼功勞？有些人把這種指點和幫助當作交易，利用長者的智慧和善心達到自己的目的，過後就把那位長者拋到腦後去了。有些人還把給自己指點和幫助的長者當作向上爬的階梯和墊腳石。還有的人把這種指點和幫助當作長者賜予的恩典，然後設法給長者送一兩件禮物和辦一兩件事，就認為是報恩了，問心無愧了。……他們看重金錢和物質的幫助。其實，這種指點和幫助是高於金錢、重於物質的，是無法用金錢和物質來衡量的。接受者是無法用金錢和物質來圖報的，也無法用反過來給授予者辦一兩件事來圖報的。這種指點和幫助是屬於道義和精神方面的。接受者只有繼承和發揚這種道義和精神才無負於授予者。我國道教把樂於指點和幫助的人稱作是『貴人』，這是正確的。這種長者確實是貴人，有高貴的智慧和高貴的品質。我的李金元校長，就是這種樂於和善於給青年指點和幫忙的貴人，是從不計較別人感謝或報恩的貴人。李金元校長是我命運上遇到的貴人，也是他所有學生和與他相識的青年人命運上遇到的貴人，是我和他所有學生的偉大導師！雖然，沒有人喊他『導師』，沒有人捧他『偉大』，他就默默地逝世了。但是，他的高貴品質，高尚情操，偉大精神，是上承老子，下啟萬代的，是永垂不朽的！」

為了紀念李校長，柯和貴作詞曰：

鎖寒窗

追悼李校長

賢良，李校長！辭戎轉教書，胸襟慨慷。人道險凶，天真學生難防。（您）依定善心，護小驕，給個「三好」定方向。懷導師，（我）師恩未報，瞻遺容（而）悒快。

注：《瑣寒窗》。仄韻格，單調格式：

○▲，○○▲。●⊙●◎○，◎○⊙▲。○○⊙●，●●◎○○▲。●◎○、⊙●◎○，◎◎●●○⊙▲。●◎○、⊙●○○，●●○○▲。

卻說柯和貴跟著柯鐵牛一起去辦轉糧油戶口的事，不到兩個小時，就辦好了。柯和貴高高興興地到新的學校去讀書了。

欲知柯和貴在新的學校表現如何，且聽下回分解。

第二十二回 聚古城老生獻友誼 歡晚會新生抒情懷

卻說柯和貴轉好糧油戶口關係後，房親，親戚都來慶祝一陣。

上學那天，柯和義、柯和仁送柯和貴上了去北崗市的客車。柯和貴坐在車窗邊。柯和貴第一次乘坐長途客車出遠門，一切都感到新鮮。窗口，涼風撲面；車後，灰塵飛揚。那一座座高高低低的山坡路，載著村莊，載著水庫，向車後奔馳；那一條條壟畈、溪河急急地向車後旋轉；車子好像沒有動。汽車跑了四、五個小時，來到北崗市對江的潯江縣城車站停下。柯和貴下了車，從車頂搬下箱子和被子，挑起來，向江邊輪渡口走去。

柯和貴來到江邊輪渡碼頭，放下擔子，去售票處花五分錢買了輪渡票。他站在大江邊觀望：碼頭儘是大輪船，比家鄉南湖上的小木船大幾十倍、上百倍，用鋼板做成；江上行駛著鳴著長笛的船，有的船很漂亮，有幾層樓，甲板上站著扶欄而望的人；有的船很長，拖著五、六節，船窗裝著冒尖的貨；也有船尾冒著黑煙的大木船；有鼓帆的小木船，船工用力划著槳，大浪打得木船顛簸不定；江中聳立著一座孤廟，建在突起的一塊大岩石上，大浪拍著岩石，激起幾丈高的浪花。長江正是漲水季節，江面有十幾裡寬，混濁的江水一片黃湯，滾滾江浪從西北邊向東浩浩蕩蕩而去；近岸處，江水捲著簸箕大的水渦，向下游旋轉而去，越旋越小，走了幾丈遠就沒了，上游的大水渦又接著旋轉而來。

柯和貴早就嚮往著長江。他讀過不少有關長江的詩詞、散文，前年還背誦過劉白羽發表在刊物上的《長江三日》。今日，他來到了真正的長江邊，胸中一下充滿豪情。他正想抒發，「嗚——」的一聲長笛，輪渡船來了，他不得不挑起擔子，隨著人群向江上擠去。他下著壁陡的石階，好幾次險些被撞倒。下了石階，踏上顛悠悠的木浮橋，上了輪渡船。他把擔子放在第一層，空手上到第二層。

「嗚——」的一聲，輪渡船開動了。船頭激起浪花，船身披著層層波浪行駛。柯和貴站在甲板上。

憑欄遠眺，心中默誦前人的詩文。他朝西北望，大地裂開，大江滾滾而來，可推想到那江水是由上游的千溝萬壑匯成的。他向東南望去，奔騰的江水劈開青山而去，留下兩岸的鬱鬱蔥蔥。柯和貴腦海裡蹦出了詩句：

峰裂岩破千溝匯，淘沙削石造河床。
青山無奈任沖潰，原野終究隨漫洋。
灌溉樹草生翠綠，卷吞混濁送清香。
夏汪冬落永不竭，活水源頭叮噹響。

柯和貴吟誦著，張開雙臂，向長江大聲歡騰呼：「波瀾壯闊！雄偉壯麗！」

「嗚——」，渡船到對岸了。柯和貴上了岸，走過一段江沙路，來到堤岸。堤岸上有幾個大帆布篷，篷頂拉起紅布白字大橫幅：

新同學，北崗師範歡迎你

「同學，你是上北崗師範的嗎？」一個女生的溫和聲音。

「是。」柯和貴回答。

「哪個縣的？」

「永安縣。」

「叫什嗎？」

「柯和貴。」

那個女生打開手中的本翻看一下，說：「柯和貴同學，你被編到一（二）班。你放下擔子，到篷裡歇著，讓接待的同學替你挑擔子。」

柯和貴放下擔子，進了篷裡。篷裡有長木凳，有一個女生給了柯和貴一杯冷水和兩個汽餅。柯和貴坐下吃喝著。不到一個小時，篷裡集合了十幾個新同學。柯和貴向篷外一望，他的擔子不見了。他知道擔子被老生挑走，但是擔心擔子多，會弄錯，心裡有些不安起來。

「新同學，我帶你們去學校。大家叫我邢大姐就行了。」那登記名字的女生在篷口笑著對新同學說。

新同學出了篷，跟著那個自稱邢大姐的女生走。一路上，邢大姐有說有笑，向新同學介紹路過的地方名稱。邢大姐指著一座高聳入雲的寶塔說：「那叫青雲寶塔，建於唐朝。日本兵從江上向寶塔開了三炮，寶塔巍然不動。日本兵以為是神塔，不敢開炮了，不敢在北崗市殺人了。塔頂那個桃樹，春夏青枝綠葉，開花結果，有一千多年了。」

柯和貴好奇地望著尖上的桃樹，向塔頂西邊伸出，像斜著撐開的一把傘，又像纏繞在塔上的一朵青雲。

「這寶塔都是用大塊青石建成，塔尖上怎麼長出桃樹呢？水分養料從什麼地方上去呢？乾旱時怎麼沒被乾死呢？」有的同學問。

大家議論起來。有的說做塔時，頂部壓有肥土，栽上了桃樹，靠雨露滋潤。有的說可能塔身裡安了一根裝土的暗管，直通到地面。有的說有人定時澆水上肥……

過了寶塔，就進入北崗城南門。走過大街，出東門，跨過護城河橋，來到北崗師範。校門口右邊方柱上楷書：北崗師範學校。那字蒼勁有力，墨飽圓潤。校大門頂有歡迎新同學的條幅，牆上貼有歡迎新同學的紅色標語。

邢大姐帶著新同學沒沿直路走，向東拐進辦公大樓。到辦公樓大門，就能看到廳裡有個大條幅，中間的是：書籍是人類進步的階梯。右邊是：教師是塑造人類靈魂的工程師。左邊是：北崗師範是培養革命幹部的搖籃。這三句話使柯和貴對北崗師範肅然起敬，同時有股自豪感，感到自己是未來的教師、革命幹部，知道自己會在這裡讀到好多書，增長許多知識。

邢大姐帶著大家繞學校轉了一大圈，讓大家熟悉了學校地形，知道了宿舍區、教學區、生活區、圖書館、實驗室、體育區等；又向大家介紹了校史、有名教師、值得驕傲的革命家、思想家、文學家等校友。邢大姐把大家叫到大禮堂裡停下，招來了站在大禮堂的五個男生，吩咐他們將新同學帶走。

柯和貴跟著一個叫余榮的同學走到一個寢室裡。余榮找到了柯和貴的床位。那床位貼著柯和貴的名字，床上掛著新蚊帳。柯和貴打開蚊帳，自己的箱子、被子都放在床上，一樣不少，一樣沒錯。柯和貴心裡感到北崗師範領導真關心同學。余榮等柯和貴清點了東西，又帶柯和貴去教室。一（二）班的教室裡已坐了二十多個同學，教室門口坐著一男一女兩個同學在登記姓名。余榮向那兩個同學介紹了柯和貴，就和柯和貴握手告別，還說他是二（二）班的，有困難就找他。

後來，柯和貴才知道，這種迎接新同學的方式是二（二）班余榮和邢行等同學向校團委倡議的，余榮、邢行根據自己新上學遇到的麻煩設計出這種方式。倡議書得到了校團委的支援，邢行和余榮就組織了志願隊，分頭迎接新同學。校黨委把這份功勞記在了校團委書記身上。邢行和余榮是暗地做好事的無名善士。

在教室門口的兩個同學登記了柯和貴姓名，就分別與柯和貴握手，自我介紹。男同學叫王安，黃梅人；女同學叫董秀，麻城人，都是一（二）班新同學，早柯和貴三天到校，就自願為同學們辦事服務。王安拉著柯和貴上講臺，對在座的同學說：「歡迎柯和貴到我們班來。」同學們鼓掌一陣子。王安又把柯和貴帶到寫著柯和貴名字的課桌旁。

柯和貴在自己的位上坐下。他的左邊是走道，右邊靠窗下課桌是個女同學。柯和貴環視教室，看到這裡的同學都比自己大四、五歲，男生長有鬍鬚，女生胸脯很高，沒有初中那些同學嫩亮幼稚的面孔。教室是清一色的紅膝罩人木桌，不是雙人條桌；教室前後牆都漆上了大黑板，講桌又長又寬，講臺要上三級臺階。這些，比初中時氣派多了。

「餵，柯和貴，你是哪個縣的？」右邊的女同學送來清脆的聲音。

「永安縣的。」柯和貴感到有一股香氣撲來，皮肉緊了一下，有點不舒服。他一直對男女同學說笑反感，對女同學塗脂抹粉很討厭，聽到男女同學談情說愛就感到羞恥。他與女同學說話，總是女同學請他講解難題，沒笑話。柯和貴是個封建湖村的孩子，是個天真無邪的兒童，心是童心。現在身邊這個女同學找他閒談，還有香氣，他很厭煩，頭不偏，眼不斜，為了禮貌，就答了那個短句。

「柯和貴，你知道我的名字嗎？」那女同學無拘無束，又在問。

「不知道。」

「你怎麼那樣笨呀？你桌角寫你的姓名，我的桌角不也寫我的姓名嗎？」

柯和貴扭頭一看右邊桌角，白紙條上寫著「郭素青」三個字。

「看清楚了吧？本人晴川人氏，初中畢業後到供銷社當了一年售貨員，又回到大隊做了一年民辦教師，今年考上這北崗師範。」郭素青嘰嘰喳喳，「看來你是應屆畢業生，有十八歲嗎？」

「虛數十七。」

「還是個童音哩，蠻好聽的。」郭素青笑聲咯咯。她笑了一回，又說：「應屆畢業生考北崗師範是高分錄取，看來你很會讀書，成績好。你知道嗎？社會青年考北崗師範是半考半推薦，有些根本不考，全推薦，比如公社以上幹部和軍官、立功的轉業軍人。在我們這些社會知識青年眼裡，你是個乳臭未乾的不懂世事的毛孩子。從今以後，你叫我大姐，我叫你小弟。」

郭素青這番話觸動了柯和貴。他扭頭看郭素青，二十來歲，淡黃色頭髮，兩條不粗大的髮辮，又白又小的耳朵從兩鬢中俏皮地伸出耳尖，面皮蒼白嫩亮，兩腮圓圓，眉毛淡淡，紅薄的雙唇裡露出細密白玉般牙齒，眼睛忽閃忽閃的，發出活潑、聰明、柔和的光，滿臉有忍俊不住的微笑。

「是的，你是我大姐。」柯和貴笑著說。他對郭素青有好感了。

「這就對了。」郭素青高興了，雙唇飛快地扇動，晶亮的眼睛直視柯和貴，用大姐的口吻教導柯和貴：「小弟，人活著要快樂。一個現代青年學生，要活潑開朗，要丟掉舊的封建思想，不要做書呆子，不要認為和女同學說笑是談戀愛。你還沒到談戀愛的年齡。」

柯和貴點點頭，認為郭素清實在是懂世事的大姐。

「什嗎？郭素青，你倆見面就談戀愛了？」前排一個男生轉過臉來，笑著說。

「王旭元，放嚴肅一點。」郭素青板起臉來。

柯和貴聽了王旭元這句開玩笑的話，漲紅了面皮，低下頭。

「柯和貴，不要害羞，我是開玩笑。」王旭元笑著說，「你交上這個大姐，玩笑多著哩。」

柯和貴抬眼看王旭元，二十二、三歲，方面大耳，高額環眼，頭髮黑粗，聲音洪亮。他問：「你和郭大姐是老熟人嗎？」

「認識還不到三個小時。同學嘛，沒什麼顧忌的，很快就熟了。」王旭元說。

教室裡陸續進來了同學，桌凳坐滿了，滿是說笑聲。

「同學們，安靜下來，歡迎我們的班主任常老師。」王安站在講臺上說。

一陣掌聲，常老師從門外走上講臺，向同學們鼓掌。

柯和貴仰面望去：常老師三十多歲，身材魁梧勻稱，留個平頂頭，濃眉毛，棗子骨臉；儘管鬍鬚被刮淨了，但那白淨面皮隱露出又長又寬的青色來，是一個掛臉鬍子；從白襯衫裡透出胸溝裡一片黑色，肘部、手背，也有密密的黑毛。這是個比柯鐵牛還要粗蠻的身軀。柯和貴感到驚駭。

「同學們，我叫常青年，是你們的班主任，體育教師。」常老師兩手叉在胸前，聲如洪鐘，餘音在教室四壁回鳴。

「和貴，看你那神色，有點怕常老師，是嗎？」郭素青小聲說。

柯和貴點點頭。

「不用怕。常老師體魄野蠻、強壯，精神文明、善良。他是江南體育學院畢業的。你瞧他那目光，犀利而和善，聽那聲音粗獷而溫柔。」

柯和貴又點點頭，心裡輕鬆多了。

「現在由王安同學點名，點到誰，誰就站起來應一聲『到』，讓我熟悉一下。」常老師說。

王安攤開花名冊，那名字按座次列出的，常老師的目光按順序移動著。

王安點完名，回到座位上。常老師接過花名冊，從褲袋裡掏出一個本子翻看，看一下，抬眼望一下同學。常老師看了一會，合上本子，說：「我宣佈學校團委會、學生會在我班挑選的幹部同學和我班團支部、班委會幹部同學的名單，念了名字的同學就到講臺上來，向同學們亮相。」常老師用手指座位的名字，被叫的同學走上講臺，站成一排。

常老師指著排頭的一位同學說：「這位同學叫劉輝，共產黨員，轉業軍官，原公社武裝部長，任校學生會副主席。」

劉輝約有二十五、六歲，真是一位軍官，一身戎裝，左胸上掛滿勳章，有一枚黃底紅色的「八一」五角星特別耀眼。劉輝成立正姿勢，舉起右手向常老師和同學位行個軍禮，正步走回座位。

「這位同學叫喻剛強，共產黨員，原公社團委書記，任校團委會副書記。」

喻剛強約二十三、四歲，中等個子，蓄個毛澤東式順發，國字臉，持成穩重，有理論家氣派。他也成立正姿勢，向常老師和同學們行鞠躬禮，回到座位。

常老師按著順序逐一介紹。柯和貴新認識的王安任班上團支部書記，王旭元任生活委員，董秀任學習委員，郭素青任文娛委員。

常老師最後說：「晚上七點，我班開聯歡會，任課老師與同學們見個面，每個同學都要表演節目，或一個人，或幾個人，自由組合，節目由郭素青同學登記安排。現在吃晚飯。」

常老師走出教室門後，同學們劈劈啪啪地關抽斗，站起身，說笑著出門。

柯和貴坐在位上發呆，心中升起自卑感和不平情緒。他從小學到中學一直受到老師和學校領導的器重和愛護，任班主席和學習委員。今日常老師沒正眼看他一下，什麼幹部頭銜也沒有。他心中當然有失落感。

「柯和貴，發什麼呆?快去吃飯。」郭素青在走廊上向著窗內喊。

柯和貴起身出門，跟著郭素青走。

「你為什麼悶悶不樂?」郭素青問。

「沒有呀。」柯和貴強作笑臉回答。

「我看有。」郭素青肯定地說。「和貴，你在小學、中學肯定受老師和領導的喜愛，一直得獎、當幹部。我告訴你，師範學校可不同，都是大人，是革命幹部，同學管理同學，老師是不大管事的。選拔幹部同學，第一是政治條件好。你看那劉輝、喻剛強多威風。第二是懂事，學習好只是一個方面，不一定當幹部。我看你不是當幹部的料，不要羡慕別人當幹部，你要好好讀書，將來成為一個教育家、文學家什麼的。」

「好厲害的郭大姐，真洞熟世事。」柯和貴沒作聲，心裡在敬佩郭素青。

吃飯時，郭素青很關心柯和貴，叫柯和貴不要不好意思，還給柯和貴夾菜。吃完飯，郭素青帶柯和貴去洗飯盆，問柯和貴演什麼節目。柯和貴說自己不會演唱。郭素青就叫柯和貴寫首詩朗誦，抒發新來北崗師範的感受。柯和貴答應了。

晚會開始了。教室裡四盞日光燈照得如同白晝。先是任課老師站在講臺上，常老師一一介紹。每介紹一個老師，那位老師就要說幾句本行的風趣話。最引同學們感興趣的是美術老師和音樂老師。

美術老師叫莫叔華，個子矮小，頭髮蓬亂，不修邊幅。他被介紹後說：「我在黑板上畫兩個肖像，作為與同學們的見面禮。」

柯和貴一聽，心想：「這老師真是煩人，兩幅肖像畫最快也得兩個小時吧，晚會時間不被他一個人占去一大半嗎？」

莫老師好像不解人意，從口袋裡摸出一截白粉筆，向柯和貴這邊瞅一眼，轉身用袖子把黑板擦乾淨，就畫起來。不到三分鐘，一男一女，兩個人頭像就活生生地在黑板上。同學們的目光一齊投向柯和貴這邊，接著，爆發出笑聲和掌聲。柯和貴看那女人頭像，是身旁的郭素青，栩栩如生，連神情也不走樣，感嘆起來：「真神了！」

「我被畫神了，那個男生是誰？」郭素青笑著問。

「不認識。」柯和貴說。

「就是你呀。傻瓜，你從來不照鏡子嗎？」郭素青咯咯地笑，笑出了眼淚。

「柯和貴，你被老師畫活了。」王旭元轉頭說。

莫老師畫完，向同學們微笑著點點頭，到別班去了。

音樂老師叫郝通正，高高個子，整潔，不苟言笑，有教授風度。他成立正姿勢，拿起短笛吹起來。柯和貴聽到過不少人吹笛，吹時兩腮一鼓一塌，鼻子一伸一縮，眼睛瞧下，氣流在笛子上有嗞嗞聲。今晚這郝老師吹笛，笛子平橫在嘴巴左側，面部平靜，呼吸均勻，單音跳躍而不覺氣流吐頓，連音纏綿而不察間隙換氣。他好像沒有鼓吹，那笛聲是憑十指彈撥出來的。那笛聲圓滑脆爽；有時旋轉漸高，高到九霄雲外；有時旋轉下沉，沉到萬丈深淵；有時像急風驟雨，有時像草原碎蹄；有時像溪水叮噹，有時像平湖蒙霧……柯和貴從來沒有聽到這樣變化多端、優美動人的笛聲，也從來沒有看見過這樣吹笛的人。

郝老師吹完一曲，向同學們鞠躬就走了。同學們還沉醉在笛聲中，突然聽不到了才醒來，報以熱烈的掌聲。

「大姐，我看了莫老師畫畫就迷上美術了，聽了郝老師吹笛就又迷上音樂了。」柯和貴對郭素青說。

「這就是示範的魔力。」郭素青說，「我們的老師都有專長。聽說莫老師是著名的速寫畫家，能在一分鐘之內將一幕戲的精彩亮相鏡頭勾勒出來。郝老師的專長不是吹笛，而是彈琵琶。我們的班主任常老師，體育項目項項在行，游泳更了不得。」

老師被介紹完了，表演完了，輪到同學們自己了。大家在教室中間拉開十二張課桌，騰出一個正方形空間，圍坐在四周。郭素青念著節目單，念一個，表演一個，豐富多彩，歡笑一堂。

郭素青說：「柯和貴朗誦詩一首。」

柯和貴走到空間中部，沒拿稿紙，昂頭朗誦起來：

新母校

我離開熟悉的故鄉，
來到這陌生的地方，
我本應緊張。

但是，
這陌生的地方，
處處使我新奇，
處處令我神往。

我離開母親的懷抱，
來到這陌生的人群中間，
我本應憂傷。
但是，
這陌生的人群，
個個捧出愛心，
人人盡情歡唱。

啊——
陌生的北崗師範，
你已成為我的新母校，
我有什麼緊張？

啊——

陌生的人群，
你們是我的同學、師長，
我有什麼憂傷？

柯和貴的詩引起共鳴，同學們一邊鼓掌，一邊誇讚。柯和貴回到座位上。

郭素青念：「喻剛強朗誦詩一首。」

喻剛強走到空間中，朗誦起來：

新戰場

1

社會是一個戰場，
我是一名無產階級的鬥士。
從家鄉到北崗，
我都在階級鬥爭的戰場上。

2

昨天，
我在家鄉，
在黨的領導下，
與天鬥，
與地鬥，

與人鬥，
其樂無窮，
其情高尚！

3
今天
我來到北崗，
在黨的領導下，
與階級敵人鬥，
與資產階級思想鬥，
與書本知識鬥，
其樂無窮，
其情高尚！

4
我始終是一名無產階級鬥士，
無論在家鄉，
還是在北崗，
我都在階級鬥爭的戰場上。
為著黨的事業，
——衝呀！

為著保衛毛主席，
——衝呀！

朗誦者威嚴激昂，聽者肅然駭然。最後也是一陣掌聲。

晚會一直開到半夜，同學們個個心情舒暢地散去。

柯和貴躺在床上，晚會中激起的愉快感情餘波還在腦海裡起伏：北崗師範是多麼美好歡快，老師是多麼和藹可親，同學們是多麼友善活潑。郭素青大姐的話是正確的，在師範的同學都是大人了，應該讓懂事的、有特長的同學當幹部管理事務。自己是個小同學，自己管束自己，好好讀書，好好學經驗，為班級爭光，為北崗師範爭光，將來為國為民作貢獻。

柯和貴第一次上北崗師範，那邢行、余榮的迎接，那歡樂的新同學晚會，深深地印在心中。三十年後，他回憶起來，感嘆不已，寫下了一段話：

「青年學生的本性是天真無邪的，友情是真摯純潔的。他們的心是一團火，在互相溫暖著，不知仇恨；他們認真學習，不知陰謀；他們平等自由，不懂權力崇拜。如果讓他們順性發展下去，他們定會創造出協調和睦的社會，定會建設起繁榮富強的家園。但是，他們後來分裂了，互相仇視了，互相鬥爭起來，互相廝殺起來。這不是他們的過錯，是包藏禍心的政治陰謀家的煽動，是險惡骯髒的社會環境的污染。」

當時，柯和貴沉浸在美妙快樂的美夢中，他萬萬料想不到，一年後，同學間殘酷鬥爭開始了。他本人不斷地在歧視、打擊、迫害中抗爭、掙扎。

欲知後事如何，且聽下文分解。

第二十三回 反演變素青受批鬥 求真理和貴鼓噪音

卻說柯和貴聽了郭素青的話，不要去爭當革命幹部，好好讀書，在學業上取得成就。「在哪方面的學業上能取得成就呢？」柯和貴在想。在中學，他各科成績都優秀，各任課老師都把他向本專業上引導。語文老師說他的作文「初步具有文學創作的意味」，鼓勵他成為作家。物理老師說他思維慎密，理解能力強，有實驗精神和創造精神，鼓勵他成為物理學家。數學老師兼班主任張青柏的一番話說得語重心長：「不要去搞文科，那很危險。你沒有成就，就成了反革命份子，你一有成就就成了反動作家或反動學術權威，作品成了大毒草。你的性格決定了你搞文科的命運多桀。搞理工科沒有政治風險，你會成為政府所需要的理科專業人才。」可是，命運使他將來是個小學教師，在小學裡，哪有條件在理科上有成就呢？他不能主攻理工科。郭素青說他「不是當革命幹部的料」，他又決定放棄主攻政治理論學科。邢行給他介紹的從北崗師範出去成了名人的大多數是作家。是的，文學的社會性和獨立性強，可以自由學習和寫作。他決不會去寫反黨反人民的毒草作品。柯和貴定了自己近期和長期的奮鬥目標：學好各門功課，當個合格的中小學教師；在課餘時間，攻讀文學書籍，以中外小說、名著為主，也看些文藝理論，試著寫小說，將來成為一個作家。

柯和貴定下了個人奮鬥目標，就來擬定學習計畫。他把早自習，課外活動，課餘時間，假日劃分為小時單位元，全部計畫到閱讀文學作品和習作中去，用這個計畫來自我限制。對學校規定的各門功課，他抓住上課時間學好，只求有個上等成績，不去追求名列前茅的名譽。

柯和貴計畫好了，就行動起來。他約王旭元一起去買本子和紙張。王旭元帶柯和貴去北崗市造紙廠買邊角白紙。每人花了一元錢各買了十斤白紙。柯和貴按這些邊角紙的形狀進行裁切，裝訂成大小不一的矩形本子。柯和貴又去逛學校閱覽室和圖書館。閱覽室有十幾種文學刊物，圖書館藏有五萬多冊圖書。在圖書館有一間大房鎖著，管理員告訴柯和貴，大房子裡藏的是「禁書」，《紅樓夢》也在裡面。柯和貴被眾多的書刊弄得眼花繚亂，到管理員快要下班時，才選了三本書：《鋼鐵是怎樣煉成的》、《水滸傳》、馬卡連柯的《教育詩》。前兩本書他是讀過的，但是現在來讀，具有更深層次的意義。

在柯和貴新上學的這學期國慶日前夕，北崗師範全體師生參加了北崗高中的公判大會。柯和貴矮小，坐在前排。柯和貴看到犯人被民警押著在台前站成一排，有二十多人，都被反銬著，脖子上掛著大牌子，寫著姓名。排中一位的牌上寫著：「現行反革命集團首犯百里興。」那百里興十七、八歲，低著頭。看來，那百里興不斷扭動脖子，好像想努力抬頭說話，但抬不起頭；那張開的嘴巴合不攏，冒著血泡。柯和貴在百里興扭脖子時，看到了百里興脖上有一圈血痕，流著鮮血。柯和貴當時解不開這謎，直到兩年後他才知道：百里興在牢裡押出來時高呼：「打倒萬惡的中國共產黨！中國正義黨萬歲！」民警就用細鋼絲紮住百里興脖子，紮破了氣管。

柯和貴看著年紀和自己相仿的百里興，心子顫抖起來，同情的淚水要流出來了。但他立即記起了參加河埠大隊鬥敵大會的教訓，極力忍住了淚水，去認真聽控訴。那控訴的內容是：百里興，現年十八歲，貧農、高三學生，反革命集團首犯。汪崇陽，三十五歲，小業主成份，北崗高中語文教師，反革命集團主犯。二犯組織反革命集團「中國正義黨」，直接受臺灣國民黨反動派指揮，投靠美帝國主義，妄圖推翻中國共產黨的領導，復辟國民黨反動政權。二犯制訂反革命綱領，發展反革命成員二十七人，企圖暗殺北崗高中團委書記李生，威逼北崗高中黨委和北崗市委退位。百里興被判死刑，立即執行。汪崇陽被判死刑緩期執行。其餘反革命份子都被重刑。

柯和貴聽了控訴後，思想產生了很大震動，出現了一連串的問題：百里興怎麼那麼愚昧，連共產黨與國民黨誰好誰壞也分不清呢？怎麼能去投靠萬惡的美帝國主義呢？怎麼能去反對解放了自己家庭、又培養自己讀書的共產黨呢？怎麼能去暗殺當了幹部的自己的同學李生呢？怎麼那麼瘋狂要奪黨委的權呢？這一連串的問題使柯和貴對百里興由同情而鄙視，而厭惡，而仇恨，認為百里興是愚昧惡毒、恩將仇報的反革命份子。柯和貴內心表示：要以百里興為戒，不忘自己是貧下中農子弟，不走白專道路，牢記黨的恩情，為黨為人民好好讀書。

可是事隔兩年後，柯和貴對百里興的看法來了一個一百八十度的大轉變，認為百里興是正直善良、智勇雙全的青年學生。百里興案件是個大冤案。那是在文化大革命第三階段，柯和貴帶領北崗師範配合北崗高中造反派組織毛澤東思想紅衛兵，抄燒校黨委和市公安局黑材料時，知道了百里興案件真相。

百里興是團員，班上學習委員，高材生。百里興同班同學李生是校團委書記，北崗市委書記李華的兒子。李生不讀書，是吃喝玩樂的花花公子。可是每天滿口革命詞句，欺壓同學，批鬥與自己不和的同學。百里興看不慣，發動一批同學與李生作對。在臨近高考前，李生壓迫校團委和班上團支部把百里興等十幾個同學的政審寫得一塌糊塗，使那些同學不能升學。百里興的語文老師汪崇陽向百里興透露了秘密。百里興豁出命來了，團結了一批同學向李生興師問罪。李生被嚇得躲到校黨委辦公室。百里興等同學到校黨委辦公室提出兩個要求：一、重新政審，政審材料由同學公開評定；二、取消李生保送中國人民大學的資格，李生要參加高考。有的同學喊出了情緒偏激的口號：「伸張正義，驅逐李生」、「校黨委不能秉公辦事，書記滾出北高」。汪崇陽害怕事情鬧大了，就出面向校黨委建議：重新給百里興等同學政審，勸說靜坐同學複課。校黨委接受了汪崇陽的建議，派汪崇陽勸解靜坐同學，把李生送回家迴避兩天。這事就平息了。可是，李生回家向父母哭訴反革命份子百里興迫害自己，還去市公安局狀告百里興等人組織反革命集團「中國正義黨」，收聽美蔣敵臺，用發報機與臺灣國民黨聯繫，圍攻校黨委書記讓位。市公安請示北崗市委批准立即鎮壓。市公安局長親自帶員警將百里興、汪崇陽等二十七人全部抓獲。在審訊中，百里興出乎人意料之外，公開承認組織了「中國正義黨」，自任主席，目的是推翻「萬惡的中國共產黨」，建立民主共和國。他說：「我沒有在北崗高中師生發展成員，汪崇陽老師不知道。」

他是利用北崗高中學生的正義感去搞「李衙內」。他說，他的成員有十五人，總書記是北崗市委李華，副主席是北崗高中書記李得益，北崗市公安局局長黃居安也是副主席。辦案人員當然排除了百里興誣陷黨的領導那部分。汪崇陽和其他學生在酷刑和引誘下屈打成招，承認了審訊人員所提供的罪行。案件成立了，李生為革命立了大功，被保送到中國人民大學。

北崗高中造反派強迫法院召開百里興平反昭雪大會，燒毀了材料，釋放了汪崇陽等二十多人。但是，在「一打三反」中，百里興案件又復原了，汪崇陽等人連同為百里興鳴冤叫屈的北崗高中造反頭目都被捕了。

卻說柯和貴參加北崗高中公審百里興等人大會時，正是毛主席發出「反和平演變」的偉大號召時候，全國大中院校開展了「反和平演變運動」。北崗師範黨委抓住百里興這個活生生的反面典型，發動了「艱苦樸素，反對和平演變，爭當革命接班人」運動。

在「反和平演變」運動中，柯和貴成了艱苦樸素的正面典型，他的一雙補釘重疊的膠鞋，被支書王安拿到學校展覽。他寫的《艱苦樸素，保持貧下中農本色》的稿子在校廣播站反覆播出。郭素青卻成了受資產階級生活方式侵蝕了的反面典型。

一天上午，班上召開「學習柯和貴，批判郭素青會議」。

王安主持會議，第一個發言：「階級鬥爭在我班反映很強烈。大家看，柯和貴和郭素青並排坐著。柯和貴保持了貧下中農本色，郭素青是典型的資產階級小姐派頭。郭素青頭髮梳得油光水滑，臉手塗得白嫩，身上散著香水，每天換一套衣服。郭素青不但自己追求資產階級方式，還想腐蝕柯和貴同學。她當眾按著柯和貴的頭用鐵梳子去梳，還把香脂強行抹到柯和貴臉上。今天，要徹底批判郭素青的資產階級生活方式。」

郭素青聽了，氣得臉上白一陣，紅一陣，發瘋似地反駁王安：「王安是對我進行人身攻擊。我愛整潔是資產階級生活方式，難道柯和貴邋遢就是無產階級生活方式嗎？」
「柯和貴腳上有牛糞，也比你那資產階級的香氣還『香』。」團組織委員程桂說。
「怪物！還有臉為自己辯護嗎？」團宣傳委員宋鈞罵起來了。
「我認為批判資產階級生活方式，只能對事不對人。郭素青整潔，是生活小節，不應該上綱上線，更不能搞人身攻擊。」王旭元為郭素青辯護。
班上立即分成兩派，爭論起來。
郭素青伏在桌子上只是哭。因為把柯和貴與郭素青對立起來了，柯和貴不知說什麼好，一言不發。
同學們爭論了一陣，喻剛強站起來發言了：「同學們能爭論，說明兩個階級、兩種思想在我們中存在著。我寫了一份小字報，表個態。現在念一下：
這是小節嗎？
在爭論中，王安說郭素青是資產階級生活方式。郭素青辯護說自己是愛整潔，與資產階級生活方式無關。王旭元說郭素青愛打扮是生活小節，不應該上綱上線。王旭元的小節論使人墜入五里霧中。我現在來論這「小節論」。
一棵樹有枝枝葉葉，這枝葉長在樹幹上，樹幹又生在樹根上。枝枝葉葉就表明了那棵樹是什麼樣的樹，有什麼樣的幹和根。同樣，一個人有許多生活小節，這許多生活小節表明了那個人有什麼樣的思想品質，具有哪個階級的思想。所以，小節組成大節，小節反映大節。
現在，我們來看具體的人柯和貴和郭素青。一個頭髮蓬亂，穿著老母縫製的粗布衣褲和補丁重疊的膠鞋，身上有一股汗臭味。另一個頭髮梳摖得蒼蠅爬上去會滑折了腿，每天換一套不同顏色的衣服，嶄新的白色帆布繫帶鞋，身上發著香脂氣味。對於柯和貴，資產階級看見了，就搖頭，捂鼻子，吐唾液，說：「土裡土氣的大老粗。」無產階級看見了，就像看到了故人、同行，說：「和貴，我們一起走吧。」對於郭素青，資產階級看見，眉開眼笑，親熱接近，說：「小姐，你好！」無產階級看見了，就敬而遠之，說：「那是一位小姐，我不願接近。」這就是說，兩個人的不同形象，代表著兩個不同的階級。這難道是小節嗎？

現在，再來看看資產階級與無產階級爭奪接班人的鬥爭。

美帝國主義的反共份子杜勒斯曾說：中國共產黨的第一、二代是堅定的，只有第三代人會變質，會使中國和平演變為民主自由社會。偉大領袖毛主席針鋒相對地提出：批判資產階級，反擊資本主義復辟，反對和平演變，使黨不變修，國不變色。我們就是那第三代，何去何從？

在我國，資產階級失去了政權，沒有槍桿子，沒有報紙電臺，不能公開印發教科書，不能大張旗鼓地爭取青年人。於是，他們就採取隱蔽手段，從日常生活小節來腐蝕我們，使資產階級生活方式、思想、傳統、習慣像空氣一樣時時處處包圍我們。這種腐蝕是漸進性的，讓我們不知不覺地漸漸在量變，到一定程度，就出現了飛躍性的質變，成為資產階級份子，百里興就是一個反面典型。

郭素青同學愛打扮，看似生活小節，實是有關拒腐防變的大事，是關係到做什麼階級接班人的大節。同學們，必須認識到「小節」論的危害性。「小節」論可以休矣！郭素青同學必須猛回頭，丟棄自己的「小節」，轉變資產階級立場，不要諱救忌醫，不要讓自己成為資產階級接班人。試問，郭素青同學敢於像柯和貴同學那樣不擦髮油，不抹香脂嗎？敢於像柯和貴同學那樣穿補釘粗布衣嗎？我們將拭目以待！

喻剛強發言完，王安鼓掌叫好，同學們跟著鼓掌叫好，王旭元也鼓掌了，郭素青也無奈地鼓掌了，柯和貴看到郭素青鼓掌也鼓掌了。喻剛強同學把小字報貼到後牆宣傳欄上。

喻剛強的發言一錘定音，一些同學按著喻剛強的調子發言。

「柯和貴，你同不同意喻剛強的發言？」郭素青小聲問。

「喻剛強說得有理論有事實，主要觀點符合毛澤東思想。」柯和貴說。

「那你去批判我呀，當積極份子呀！」郭素青氣鼓鼓地說。

「但我又同意王旭元的對事不對人觀點。」柯和貴說。

「郭素青，你來講臺檢討自己的思想。」王安喊。

郭素青走上講臺。她強打笑臉，說：「聽了喻剛強同學的發言，我認識到愛打扮不是小節問題。嘿嘿嘿，我錯了，我改正。」

看到郭素青那副尷尬樣子，有的同學也咯咯地笑。

「大家不要笑嘛。嘿嘿嘿。」郭素青說，「我說我錯了，接受批評。嘿嘿嘿。」

「別人沒笑，你自己倒笑個不停。態度不嚴肅，立場沒轉變。」王安說，「同學們，大家來批判。」

郭素青準備走下講臺，王安叫喊：「站著！態度放老實一點！」

「站住！」幾個同學跟著王安喊。

郭素青站住了，低頭流淚。

這時，柯和貴站起來，說：「因為把我與郭素青同學當作兩個階級的典型對立起來了，所以我不便發言，現在，我想說幾句，我寫了一張小字報，我念：

不是小節問題，而是認識問題

喻剛強同學的發言，給我上了一堂生動的政治課，提高了我的思想認識水準。

正如喻剛強同學所說，我們是新中國的第三代人，處在十字路口，如果我們羡慕資產階級生活方式，資產階級就會引誘我們走上資本主義道路；如果我們保持艱苦奮鬥優良傳統，革命老前輩就會引導我們走社會主義道路。我們恨不能早出生二十年去作夏明翰、劉胡蘭、董承瑞、黃繼光，但我們有機會去做雷鋒、王傑。我們應該用毛澤東思想作為準繩來衡量我們的每一個生活小節和思想一閃念，看這引起小節、一閃念屬於哪個階級的。我們的生活小節、思想一閃念都打上了階級烙印，決不是小節問題。

同時，我又贊同王旭元說的對事不對人的觀點。郭素青同學愛打扮那件事是屬於資產階級生活方式，屬於敵我矛盾，應該狠狠批判，讓它在我們中銷聲匿跡。郭素青同學這個人，是我們的同學、同志，她的問題是思想認識問題，是人民內部矛盾，應該幫助、團結。如果我們把「事」與「人」混在一起，就是混淆了兩類不同性質的矛盾，就會亂批亂鬥，倒髒水時把嬰兒也倒掉了。試想一想，我們同學中有誰敢說自己的思想是百分之百的毛澤東思想呢？如果誰敢說這句話，誰就是篡黨奪權的反黨、反毛主席的人。我們只能說自己的思想，也存在著資產階級思想、小資產階級思想，每個人的資產階級思想表現出的方式不同，都需要學習毛澤東思想，需要改造自己的思想。今天，我們批判郭素青同學資產階級思想的愛打扮方式，明天我們就要批判自己的資產階級思想的其他表現方式。我們都是郭素青，郭素青也是我們中的一員，都需要開展批評與自我批評。

所以，我建議，我們不應該把郭素青同志當敵人，強迫她站在臺上接受批判鬥爭，而應該讓郭素青同志回到座位上，和我們一起拿起毛澤東思想武器，批判資產階級，開展批評和自我批評，提高思想認識水準。

柯和貴話聲一落，王旭元帶頭鼓掌起來，同學們鼓掌起來，劉輝鼓掌起來，喻剛強鼓掌起來，王安也無奈地鼓掌起來。在柯和貴去貼小字報時，王安走到喻剛強面前嘀咕幾句。

「郭素青，滾到座位上去！」王安喊道。

郭素青哭泣著，上位。

「我認為王安的態度不對，怎麼能對同志喊『滾』呢？」王旭元大聲說，「你王安就是百分之百的布爾什維克嗎？我看你也有不少資產階級思想。」

「我有什麼思想問題，當著大家的面說清楚。」王安發火了，沖著王旭元叫喊。

「星期一，我派你和另外兩個同學值日，抹桌送盆，你不幹，這不是資產階級思想嗎？」

「不是少了一次擦桌送盆嗎？這樣的小事你也上綱上線嗎？」王安辯道。

「這可不是小節，比郭素青愛梳頭大得多。這是不為人民服務，是資產階級老爺作風。」

「只批別人，不批自己，虧你還是團支部書記哩。」有同學附和王旭元。

「幹部同學不能像只手電筒，只照別人身上灰塵，不照自己臉上汙點。」

……

同學們你一句我一言，鬧哄了，王安失控了。

「同學們，安靜下來。」喻剛強站起來說，「我們要有組織有紀律地開展運動，按校黨委部署辦。現在，大家寫批判文，貼到專欄處。幹部同學到樹林裡開會，接受新任務。」

幹部同學走出教室了。

「和貴，你也去參加幹部會。」劉輝走到柯和貴桌旁，小聲地說。

在遠離教室的一片樹林裡，幹部同學圍在一起，只缺了郭素青，多了柯和貴。宋鈞去叫來了班主任常老師。

「這次會議，主要是幹部中開展批評與自我批評，達到團結一致對敵鬥爭的目的。」喻剛強主持會議。

「我幹不了，辭職讓王旭元當支部書記。」王安氣忿忿地說。

「你不幹，我沒責任。像你這樣的團支書，每個團員都當得了。」王旭元不讓步。

常老師制止了王安、王旭元的爭吵，問了情況，叫大家談看法。

「我認為，王旭元不應該當眾批評王安。王安也不冷靜，與王旭元公開爭論。這樣，讓落後同學鑽了空子，鬧了亂子。幹部同學有不同意見，不能當同學的面發表，應事後交心，團結一致，搞好革命工作。」團宣傳委員宋鈞說。

「郭素青也是班幹部，應該是在幹部內批評郭素青，郭素青不服，再擴大範圍。突然把郭素青當資產階級份子來批鬥，郭素青當然承受不了，其他幹部同學也想不通，王安搞突然襲擊，工作方法太簡單了。」班委會學習委員董秀說。

「批判郭素青大會，不是我一個人決定的，是接受了喻剛強和劉輝的指示，召開團支部領導同學開會決定的。嚴重的階級鬥爭不同於一般生活會，應該有組織，有部署，有紀律，有秘密，從核心擴展開去。我只承認犯了一個錯誤：不冷靜。」王安漏了底。

「搞階級鬥爭就是要講組織原則，講組織秘密，講紀律性，怎麼能一下子就召開全體班幹部會呢？我們班幹部不團結，統一不起來，原因是一簸籮黃鱔儘是頭，沒一個主頭，沒一個核心。我建議，喻剛強同志理論水準高，立場堅定，鬥爭性強，是校團委會副書記，應該成為我們幹部的領導核心。幹部在有不同意見時，就以喻剛強同學意見為准。」團組織委員程桂說。

「我贊成。」王安說。

「我贊成。」宋鈞說。

「柯和貴，我叫你來列席幹部會，你就不能只看會、聽會，應該談談自己的看法。」校學生會副主席劉輝點柯和貴的名說。

柯和貴當然覺察不出劉輝不服喻剛強為核心的思想，看不出劉輝在利用自己對付喻剛強，誤認為是組織上信任自己，就發言了：「我不是幹部，年紀小，不懂事，要大哥大姐們關照了。不過我是團員，組織上信任我，叫我來列席會議。劉大哥又叫我發言，我就說幾句。我們都是為了一個共同目標從五湖四海走到一起來了，全班五十個同學都是革命同志，都是革命接班人。在這一點上，幹部同學和普通同學是平等的。幹部同學不同於普通同學只有兩點：其一，更加嚴格要求自己，比普通同學思想先進些，作出榜樣；其二，為普通同學服務，也就是為人民服務，幫助思想落後的同學跟上班，團結和帶領普通同學去為革命、奮鬥。幹部同學不應該劃小圈，把自己從普通同學中劃出來，只強調幹部同學團結一致，去跟普通同學作鬥爭，在普通同學中找壞典型進行鬥爭，來表現自己的立場堅定、鬥爭性強。這實際上是把自己和普通同學對立起來，是立場站錯了，鬥爭方向錯了。今天批判資產階級思想，不是批判郭素青本人。把郭素青罰站在臺上，喊郭素青滾，都是錯誤的。王安和王旭元有不同意見，當著同學們的面爭論起來了，引起了同學們也爭論起來了，這不是落後同學鑽空子鬧事，而是同學之間正常的辯論。鼓不打不響，理不辯不明；民主集中制，民主在前，集中在後。這沒有違反組織原則呀！幹部同學還有什麼見不得人的秘密要向同學們保密的呢？至於說到核心，我認為，全國只有一個核心：毛主席為首的黨中央，我們再不能有第二個核心。評判是非的標準只有一個：毛澤東思想，我們再不能以第二個人說的話為標準。我們需要第一把手領導，這第一把手領導是帶領同學們聽毛主席的話，跟共產黨走。如果第一把手說的不符合毛澤東思想，把路走歪了，我們就不能盲從，要批評第一把手，抵制第一把手。我是很敬佩喻剛強同學的，但我不會以他為核心，以他說的話為標準。他說得對我就聽，就服從；說錯了，我就反駁，就抵制。」

「我贊成柯和貴的觀點。」王旭元說。

「我贊成。」董秀說。

「我也贊成。」劉輝笑著說。

常老師內心也贊成，但不表態。他懂得這是個敏感的問題。常老師擔心同學們又爭論起來，就接著柯和貴的話說了一番套話：「大家談得很好。工作是困難的，幹部同學都很辛苦。幹部同學要深入群眾，了解群眾，為人民服務。幹部同學也有缺點。有不同意見，互相交心，像今天這個會一樣，解決一兩個實際問題。郭素青同學是文娛委員，文娛工作的特點決定了郭素青同學要大膽活潑，講整潔。當然，過分的打扮是不對的，應該批評教育。要允許幹部同學犯錯誤，犯了錯誤就開展批評與自我批評，還要繼續幹革命工作。我看，就讓郭素青同學邊改造思想，邊幹文娛工作。」

「那麼我們班在運動中就沒有反面典型了，不是沒成績了嗎？」王安說。

「運動的成績不在於在同學中找壞份子，而在於全體同學在運動中受到教育，提高思想認識水準。」王旭元說。

幹部同學討論了一陣，同意了常老師的意見，讓郭素青繼續當文娛委員。喻剛強自告奮勇去找郭素青談心。

後來，郭素青作了書面檢討，在行動上改正了缺點。她拋棄了資產階級生活方式，不梳頭髮，不搽香抹脂，在烈日下曬黑皮膚，在好衣服上加補釘，把柯和貴的舊膠鞋穿起來，把自己的新膠鞋給柯和貴穿。

郭素青總算在柯和貴、王旭元、董秀等同學的辯護和常老師的關照下，蒙混過關了。但是，到了第二學期，柯和貴出現了比郭素青嚴重十倍的問題。

欲知柯和貴出了什麼嚴重的問題，且聽下回分解。

第二十四回 喻剛強盛氣批「白專」 郭素青痛心吟古詩

卻說柯和貴在「反演變」運動中成了好典型，被團支部任命為學習毛主席著作的小組長。他又參加了學校語文活動組，寫的短文經常在學校廣播，在專欄上刊登，成為學校名人，受到班上同學的尊重。

柯和貴認為自己會永遠保持貧下中農本色不變修，是天生的善良的革命派。他肯定了自己為革命而成名成家的思想和學習計畫，就拼命地讀文學作品和文藝評論，作了大量讀書筆記。他不但讀圖書館能借到的書，還鑽牛角尖，去弄一些中外名著的禁書來讀。他自以為掌握了戰無不勝的毛澤東思想，學著無產階級文學評論家的筆法，批判、奚落、諷刺雨果、大仲馬、狄根斯、毛姆、托爾斯泰、羅貫中、曹雪芹、吳敬梓等大文豪的思想，同時學習這些文豪的寫作藝術。但是，他並沒有批倒大文豪們的思想，他的靈魂不斷被那些大文豪在作品中所表現的思想感情震撼，時常為冉阿讓、馬絲諾娃、晴雯、林黛玉而哭泣。

吸收多了，就要放出。在每次作文中，柯和貴稍加思索，就下筆千言，不可收勢，一篇作文寫得很長。一種怪現象出現了：柯和貴洋洋得意的作文，在語文老師黎明的批語中，分數越來越低，評語越來越不好。黎老師的批語由繁到簡，大都是「生造詞頭」，「不通」，甚至有些眉批只有一個「？」或「！」，滿篇是被刪掉的紅杠杠，大紅叉。有些紅叉、紅杠戳破紙背，表現出黎老師的不耐煩和氣憤。每次作文發下來，柯和貴不看，塞進抽屜，生怕別人看到。柯和貴的作文沒有初來師範時那樣得到黎老師的好評了。這是什麼原因呢？柯和貴從批語中得不到解釋和指導，心裡像被捅上了刀子那樣痛苦。

「難道我沒有創作天分嗎？我的選擇錯了嗎？」柯和貴詰問自己。他想起在中學時語文老師和初來師範時黎明老師對自己作文的高度評價，想起永安縣中學生作文競賽時自己獲得第一名，說明自己在同期同齡同學中寫作水準是較高的。那麼為什麼越花功夫、反而作文越差呢？當時的柯和貴回答不了這個問題，像黎明那樣的語文老師和一帆風順的中國作家也回答不了。

作文課又到了，黎明老師出了個題目。不寫是不行的，柯和貴為了應付，換了個新作文本，不打草稿，不加思索，隨便寫了兩頁交上去。過了幾天，作文發下來，柯和貴同樣懶得打開，塞進抽屜，去吃午飯。他回到教室時，看見自己的桌旁圍滿了同學，郭素青在大聲朗讀他的作文。

「我的作文寫得不好，你也不該拿人開心。」柯和貴擠過去，奪過郭素青手中的作文本，沒好氣息地說。

「嘿，柯和貴，我警告你：過度的謙虛就是驕傲。你作文得滿分，我給大家讀一讀，學習學習，有什麼錯？我算是又認識你的一部分了。」郭素青也生氣了，指著柯和貴說。

柯和貴把作文本打開，真的得了「100」分，眉批尾批儘是讚美之詞，不少句段打上了褒揚的波浪符號。

「這就奇了，隨便應付一下反而得極好的成績。」柯和貴困惑了，決定去問黎老師。當時的柯和貴沒有水準認識到：自己的寫作水準已經從運筆忸怩的臺階登上了運筆自如的樓層。

黎老師對他說：「毛主席的《在延安文藝座談會上的講話》指明了文藝創作的兩個標準：政治標準和藝術標準。我們作文要符合這兩個標準。第一，要符合毛澤東思想，歌頌工農兵，寫人民大眾喜聞樂見的事；第二，要語言大眾化，語句樸實無華，通俗易懂；反對資產階級的辭藻華麗堆砌，繁瑣細膩的心理描寫，纏綿不清的冗長句子，倒裝句子。你前一段的作文就是受了西方資產階級作品的語言風格的影響，這篇作文就是無產階級的文風。我告訴你，不要去讀西方資產階級作家的作品，多讀中國革命作家的作品，譬如魯迅、趙樹理、周立波、浩然的作品。你愛好文學是好事，有寫作興趣，就寫些小品、通俗故事就行了，為將來當一個好語文老師打基礎。當作家是不容易的，那需要文學天分，要有深厚的生活基礎。我是不敢奢望成為作家的。」

柯和貴當然認為黎老師的教誨是正確的，只是黎老師最後兩句話使他心裡「撲通」一聲，那是捅到了柯和貴心中隱秘處；同時指明柯和貴想當作家的道路不通，說明柯和貴選擇個人奮鬥目標錯了。柯和貴心裡一陣痛苦。

很顯然，當時的柯和貴是沒有水準識別出自己的黎老師是一個庸俗的語文教師，他在誤導自己的學生。他的學生是成不了作家的，即使成了作家，也是御用作家，庸俗作家。

柯和貴在黎老師的教導下，不敢去讀西方資產階級的文學作品，就讀革命作家的作品和《人民文學》革命刊物。但是，柯和貴有一種失落感，又忍不住去弄來莫泊桑、海明威一些人的作品來讀。柯和貴讀多了，就產生了創作欲，兩個星期一篇作文和創作筆記容不了他的放出量，他決定寫短篇小說。他擬了一個題目《升學》，記敘和描寫他轉糧油戶口關係的故事，把柯鐵牛換成何鐵，把李金元換成舒校長，以第一人稱「我」為主要人物和線索。柯和貴寫了一個星期，把稿子謄寫在白紙上，因為他沒有方格稿紙。他把稿子寄到《萌芽》雜誌去。稿子寄去後，他每天去閱覽室看《萌芽》雜誌，對《萌芽》特別親切，希望他的《升學》在《萌芽》上出現。

正在柯和貴寫《升學》的時候，毛主席發了「批判修正主義，走又紅又專道路」的偉大指示，全國大中院校掀起了「防修反修，批判白專道路」的運動。這是「反和平演變」運動的繼續。北崗師範黨委相應地開展了「活學活用毛澤東著作，防修反修，批判白專，走又紅又專的道路」的運動。

柯和貴自認為自己是天生革命派，是在走又紅又專的道路，對運動不大關心，一心讀書寫作。一天中午，郭素青偷偷告訴柯和貴：「你快把自己寫的讀書筆記、日記、創作筆記和那些封資修的書收藏起來，組織要檢查，你是重點對象。」

「這是哪裡來的消息？」柯和貴問。

「你不要問消息的來源，先按我說的去做。」郭素青不耐煩了。

「你不要嚇唬我呀。我怕什嗎？寫的不是反革命的東西。」

「真是鴨死嘴硬。我是你大姐，按我說的做，過兩天你就明白了。」郭素青發火了。

柯和貴理解郭素青的善意，把郭素青所說的那些東西用舊衣服包了，放到附近一個玩熟了的農民家裡。事後，柯和貴才知道是王旭元向郭素青漏了消息。

第二天晚自習，王安通知同學們把日記本、讀書筆記、學《毛選》心得體會全部交給宋鈞，組織上審查後再退回。

柯和貴打開抽屜，清理本子。

「柯和貴，你的東西由組織來清查。」王安走到柯和貴桌旁說。

這時，程桂、王旭元來到柯和貴桌旁。

「為什麼單單清查我的東西？」柯和貴生氣地問。

「你不服嗎？」王安反問。

「當然不服！」柯和貴「砰」的一聲將抽屜蓋關上，大聲說，「隨便清查我的東西，是侵犯我的人身權利！」

柯和貴這一動作和聲音使全班同學驚駭，都看著柯和貴。同學們還沒聽說過「人身權利」這個詞。

「柯和貴，這是組織上的決定，你要服從呀。」王旭元勸說。

「把我當階級敵人，這個決定是錯誤的，我有權利抵制。」

「既然你不是敵人，就不要心中有鬼，害怕組織清查。」程桂喝斥道。

「搜查、抄家，只有公安局有這個權利，你沒有。如果要清查，你心中沒有鬼，那就先清查你這個團組織委員的本子，再查我的，一視同仁。」柯和貴不讓步。

你把柯和貴拉走。」

「柯和貴，你這個人怎麼這麼強呢？不是查一下嗎？鬧那大風波幹嘛？」王旭元說，「郭素青，

郭素青在欣賞柯和貴的說話和動作。她進一步認識了柯和貴：這個平時溫順老實的小男孩，在關鍵時刻竟然有獨立主見和勇氣，令她十分敬佩。她聽到王旭元的話，方才醒悟過來：「拉開柯和貴，不能吃眼前虧。」她站起來說：「和貴，我有話對你說，出去吧。」她強拉硬拽，把柯和貴帶出教室門。

柯和貴的抽屜、箱子、床鋪都被翻亂了，組織上只拿到柯和貴幾本學《毛選》心得體會本子。

這一夜，柯和貴躺在床上睡不著。他有這麼一個特點：遇到大事，總要想個清楚，決定好了再行動。他有些驚慌，想到「反演變」時王安說的那些話：「這運動，我班沒有壞典型，不是沒有運動成績嗎？」他從陳繼烈、柯鐵牛想到王安、喻剛強，摸到了這夥人的心跡：在運動中，挖空心思找出壞典型，進行殘酷鬥爭，表現自己革命鬥爭性強，向組織上表功，去撈榮譽，撈黨票升官。在這次運動中，他們把自己當作「走白專道路的壞典型」，問題比郭素青嚴重得多。他想到這次沒有支持自己的力量，沒有家人、張老師、伍老師、李校長，郭素青不敢公開為自己辯護，王旭元站到那邊去了。他想這次迫害他、打擊他的人不是粗暴無知的陳繼烈、柯鐵牛、柯國慶之流，而是有知識、會編造誣陷的人，他也不能用粗暴拼命的方式，要冷靜，不發脾氣，辯護得有理有節。他後悔不該太激動了，與王安爭吵。他設想了幾種結果：第一，坐牢。這是不可能的。第二，被開除學籍，這也很難。第三，受批鬥，記大過處分。這很有可能。第四，像郭素青一樣蒙混過關。這要看自己如何辯護，爭取班上同學的同情與支持。他猜測王安等人掌握了自己那些材料和可能強加給自己的罪名：第一，讀封資修的文學作品；第二，學習《毛選》心得體會中暴露的不良思想；第三，獲得了寄給《萌芽》雜誌的《升學》稿子；第四，資產階級成名家思想。他對這四個問題如何辯護、反駁，就反覆地打腹稿。他想到最能誣陷和煽動同學的是喻剛強，只要喻剛強發言就要毫不留情面地進行反駁，決不能妥協。他最大的支持力和信心是：毛主席

和黨組織不會冤枉一個好人，學校與農村大隊不同，都是知書識理的人。

柯和貴想得精疲力竭了，就迷糊地睡了。

從柯和貴這一心理過程可以看到，柯和貴再不比王安、喻剛強等有經驗的社會知識青年學生幼稚了，像一個蘋果一樣成形了，只是還皮青味酸，不完全成熟。柯和貴的勇氣再不是與陳繼烈、柯鐵牛作鬥爭那樣莽撞，而是有理智了，初具大智大勇的品質。柯和貴這種愛獨立思考、善於分析判斷、有膽略勇氣的品質，已經救了他兩次，在他以後的人生道路上，定會表現得更充分，使他既保住善性不向惡勢力妥協，又不坐以待斃，化險為夷。

現在，柯和貴又開始自己闖關了。

第二天上午，教室前面黑板上寫著大字：批判柯和貴，不准走白專道路

王安和宋鈞坐在臺上，一個主持會議，一個作記錄。講臺上放著柯和貴的本子和一個裝得鼓鼓的棕色大信封。常青年老師和黎明老師也參加了，坐在教室後的宣傳欄下。

王安講話了：「毛主席教導我們：『政治是一切工作的統帥』，『不忘階級鬥爭』，『要批判資產階級』。眾所周知，柯和貴讀的是資產階級的書，寫的是資產階級的文章，這裡有他寫的筆記和寄給《萌芽》的小說稿作證。有不少同學被柯和貴蒙蔽了，佩服他。今天，我們要揭露他，批判他，還他不問政治、走白專道路的真面目。現在批判開始。」

「柯和貴，站到臺上去，接受人民的審判！」程桂在叫喊。

「用不著吧，程桂同學，在你沒有宣佈我是反革命份子之前，我還是團員，有資格坐在位上。」柯和貴蔑視著程桂，軟語帶刺。

同學們沒有跟著程桂起哄，氣氛肅穆。柯和貴看到了不少同情、悲哀的目光。

「柯和貴，放老實一點，坐在位子上接受批判。」王安說。大概王安吸取了批判郭素青的教訓。

柯和貴坐著，攤開本子，裝著個老實相，拿筆作記錄。

程桂第一個上臺發言，儘是惡狠狠的叫喊，帽子、棍子滿天飛。王旭元第二個發言，批判柯和貴惡劣的態度，批判柯和貴是的資產階級成名家思想，主要是語氣溫和的勸說。王旭元的發言影響後面同學，都是按王旭元的調子發言。

柯和貴感到王旭元以後的發言，都是無奈的、友好的、空洞的、沒有火藥味。他肯定喻剛強要發言，那是致人命的炸彈，機關槍。他決定打蛇要打頭，喻剛強發言後，不顧一切地反擊，決不讓喻風強的發言一錘定音。

果然，喻剛強站起來發言了。

卻說喻剛強，父親是家鄉的區委書記，他在初中讀書時，只讀政治、歷史，討厭數理化，每次考試，數理化只有十幾分，有時得零分。被保送到縣高中，卻不去讀，要去參加「社教」運動。他在運動中入了黨，回到公社當了團委書記。他養成了深沉穩重、兇狠毒辣的品質。後來，他父親強迫他到北崗師範鍍金，他就來了。他認為政治條件和政治理論知識是全班最強的，連劉輝也不放在眼裡，他應該成為班上的核心，獨裁一切。他愛上了郭素青，想把郭素青整軟，服貼地投到自己的懷抱。可是那小小的柯和貴，居然屢次從中搗亂，使他一個目的也沒達到。他發誓要把柯和貴打倒，開除學籍。他策劃了這次批判柯和貴的全過程。可是，在第一步突然襲擊中只拿到柯和貴的學《毛選》心得體會本。幸好程桂截到了柯和貴的小說稿，使批判材料充足了。他辛辛苦苦地熬過了一個通宵，研讀了柯和貴的心得體會和小說稿，寫出了短小精悍、生動有力、可以一刀致柯和貴於死地的批判文。他聽了王旭元等人的發言，那是階級調和論，文質彬彬，情綿語軟。他決不能讓批判會變成生活會，決不能讓批判柯和貴像去年批判郭素青那樣走過場。他要力挽狂瀾，把火藥味搞得濃濃的，率領官兵們打一場激烈的階級鬥爭，不把柯和貴打倒，踢出校門，也要把柯和貴打軟，投到自己的麾下。

喻剛強「咳，咳」兩聲，清了嗓門，情緒激昂地講起來：

「毛主席教導我們說：『階級鬥爭，一抓就靈。』『一切毒草，必須鋤掉。』『掃帚不到，灰塵照例不會自己跑掉。』同學們，我們首先必須明白，今天開的是批判會，不是生活會，要從階級鬥爭的高度來認識批判會，是關係到黨不修、國不變色的大鬥爭，和風細雨是不行的，必須暴風驟雨，猛烈抨擊。

「有的同學把柯和貴當作榜樣，但是，柯和貴是哪個階級的榜樣呢？我看是資產階級接班人的榜樣。我這樣說，是有證有據的。

「昨夜，我一夜沒睡，拜讀了組織上所搜查的所有文章。柯和貴在學習《毛選》心得體會中竟有狗膽子公開說：『我一直敬佩那些知識淵博的人，如孔子、孫中山、曹雪芹、雨果等，也想做那樣的人。學習《紀念白求恩》後，才認識到白求恩是全面的人，不僅知識淵博，醫術精益求精，而且有毫不利己、專門利人的精神。所以，我要以白求恩為榜樣，既要知識淵博，又要有毫不利己、專門利人的精神。』這段話暴露了柯和貴的靈魂充滿著醜惡的資產階級思想，他要做白求恩是幌子，真正要做的是孔夫子、孫中山、曹雪芹、雨果。我們知道，孔夫子是封建階級思想的祖師爺，孫中山是資產階級思想的創始者，曹雪芹是地主的孝子賢孫，雨果是帝國主義的走狗。柯和貴要做他們的接班人，不是反動的接班人嗎？

「我在這裡來具體分析如下：

「第一，柯和貴在搞資產階級政治。有人說柯和貴不問政治。不對，柯和貴很關心政治，也用政治來統帥他的業務。但是，他搞的是資產階級政治。有人說柯和貴好學。他好學什嗎？好學封資修的東西。他見縫插針地去讀封資修的書，向孔子、孫中山、曹雪芹、雨果這些地主資產階級專家們請教。他不花大量時間來讀毛主席的書，向毛主席請教。他頭腦裡沒有毛澤東思想，只有資產階級思想。

「第二，柯和貴頭腦裡充滿資產階級成名成家思想。柯和貴讀《紅樓夢》、《悲慘世界》，思想上能不產生共鳴嗎？他想做起曹雪芹、雨果似的地主資產階級小說家，想寫出名著來。他終於行動起來了，動筆寫了小說《升學》。《升學》是一株毒草。《升學》裡寫了三個主要人物：我，舒校長、何支書。『我』是學生，小資產階級知識份子；舒校長是資產階級知識份子；何支書，貧農、土改積極根子、大隊支書，農村基層幹部。《升學》歌頌資產階級份子的『我』和舒校長，把何支書描寫成一個愚昧兇惡的人，醜化黨的領導和革命幹部。其用心何其毒也？毛主席要求作家歌頌工農兵，批判地主資產階級，柯和貴反其道而行之，他的資產階級成名成家思想不是司馬昭之心路人皆知嗎？我們要堅決鋤掉生長在我們當中的《升學》這株毒草，連同它的作者柯和貴一同批爛批臭，徹底清除資產階級成名成家思想，來淨化我們的思想。

「第三，柯和貴是『走白專道路』的典型。這個『白專』不只是『專』，不講政治，『白』就是政治，資產階級的政治。又紅又專的『紅』是無產階級的政治。一字之差，反映不同的階級政治，反映走不同的道路。從以上第一、第二的證據和推理，柯和貴走的是白專道路。

「我們今天批判柯和貴同學，是想有兩個收穫：一是要教育同學們不要以柯和貴為榜樣，而要以柯和貴為戒，自覺地淨化白專的思想垃圾，防修反修，走又紅又專的道路，爭做無產階級接班人。二是想把柯和貴同學從白專道路上拖回來，不要去做資產階級接班人，和我們一起去走又紅又專的道路。能不能把柯和貴拖過來，這就要看他的態度。他態度老實，接受批判，對同學們由於情緒激動而產生過激的革命行為也不計較，不抵抗，就能拖回來。如果他不服我們拖，自以為是，犟著脾氣，誰拖他，就反抗誰，那我們就無能為力了，只好讓他走到反革命份子百里興那裡去了。因此，我奉勸柯和貴同學，不要夜郎自大，要認識到黨是偉大的，群眾是真正的英雄，而我們自己則往往是幼稚的；我警告柯和貴同學，懸崖勒馬，回頭是岸。

「由於我水準低，我的發言不過是拋磚引玉。同學們，拿起槍，端起炮，參加到這場運動中來吧，把大批判會開得激烈起來。」

喻剛強一說完，黎明老師插話：「我早就教導柯和貴同學，不要去讀西方資產階級的作品，要多讀中國革命作家的通俗作品；不要好高騖遠，向大刊物投稿，要向班、校宣傳欄多投稿；不要癩蛤蟆想吃天鵝肉去做作家，作家做不成，反倒成了走白專典型。」

柯和貴早就打好為自己辯護的腹稿，他迅速記下喻剛強的發言要點；他感到黎老師的插話是火上燒油，必須反駁。

黎老師的話音剛落，柯和貴就站起來，要求發言。王安允許了。柯和貴也乾咳了兩聲，清了嗓子，極力壓住胸中憤怒，講了起來：

「毛主席教導我們說：『知識份子的問題，首先是思想問題，對於思想問題採取粗暴的辦法、壓制的辦法，那是有害無益的。』『革命的戰鬥的批評和反批評是揭露矛盾，解決矛盾，發展科學藝術、做好各項工作的方法。』

「今天批判我，說明喻書記、王支書在時刻關心我，我表示感謝。剛才的批判中有程桂同學的叫罵，有敬愛的黎老師的諷刺，這大概是喻書記所說的『過激的革命行為』，我會聽喻書記的教導，『不計較，不抵抗』，我也決不會採取這種所謂『過激革命的行為』的『粗暴的方法、壓制的方法』來反批評。

「喻書記的發言算是最有理論，最有事實，最有條理的。我抱著崇敬的心情側耳傾聽，希望得到有益的教誨。我一邊聽，一邊用毛澤東思想這個唯一的思想標準來衡量，我迷惘了，吃驚了，喻書記怎麼把正確的當作錯誤的來批判、把錯誤的當作正確的來宣揚呢？喻書記的整篇發言沒有一點毛澤東思想，而全是他『醜惡的資產階級思想』的大暴露！難道喻書記不學數理化體美音、而連毛主席的書也不讀嗎？這不應該是我們班的革命帶頭人、領導核心的水準和表現呀。我是一個不諳事故的小同學，對喻書記的發言採取什麼態度呢？如果反批評不是讓喻書記的面子上過不去嗎？如果不反批評，不是眼睜睜地看著反毛澤東思想的喻書記思想氾濫來毒害我們嗎？兩項對比，我是個團員，革命接班人，我不能聽喻書記說的『不計較，不抵抗』，而是要有革命的責任進行反批評，來捍衛毛澤東思想的正確性和權威性。

「對喻書記的發言，我的具體分析如下：

「第一，喻書記教導我們，在學習《毛選》時學他那樣把『醜惡的資產階級思想』嚴嚴實實地隱藏起來，不要暴露，不用改造，不要像柯和貴那樣傻氣地暴露出來，讓假革命份子當耙子來批判。這是學習《毛選》的態度問題，也是階級立場問題。柯和貴站在無產階級立場上，認為自己的靈魂裡有『醜惡的的資產階級思想』，自己水準低，一時發現不了，要在學《毛選》時，用毛澤東思想這面照妖鏡去照，發現了『醜惡的資產階級思想』，就大膽地把它暴露出來，清除出腦海，放到心得體會本裡去批判，達到改造自己思想的目的。喻書記則站在資產階級立場上，認為自己靈魂裡的『醜惡的資產階級思想』是美好的寶貝，把它埋藏起來，不願也不敢在學《毛選》時，用毛澤東思想這面照妖鏡去照，不願也不敢大膽地把它暴露在心得體會本上去加以批判，去加以清除。我是學《毛選》小組組長，有機會拜讀了喻書記學《毛選》心得體會的文章。那裡儘是粉飾喻書記自己的『醜惡的資產階級思想』，把自己打扮得如何革命，如何完美無缺，彷彿喻書記的靈魂天生就充滿了毛澤東思想，沒一點『醜惡的資產階級思想』似的。難道喻書記的頭腦裡真的是百分之百的毛澤東思想、不需改造了嗎？喻書記敢當著大家的面這樣聲稱嗎？我相信他不敢，如果他敢，那他就是妄想篡黨奪權、否定毛澤東思想的高崗、彭德懷的接班人。如果他不敢，為什麼不把靈魂裡的『醜惡的資產階級思想』暴露到光天化日之下呢？難道喻書記是揮著哭喪棒不准阿Q革命的假洋鬼子革命份子嗎？我真為喻書記擔憂，他靈魂深處的『醜惡的資產階級思想』隱藏多了，以後滿腦子都是，那不就成了百里興第二了嗎？這樣一對比，就不難看出：柯和貴學習《毛選》時立場站對了，學習態度正確，喻書記的立場錯了，學習態度不正確。

「第二……」

「住口！不准攻擊革命幹部！」王安啪的一聲喝道。

「講得好！」直炮筒子孫勇叫喊起來。他指著王安怒吼：「你有什麼權利剝奪別人的發言權？我班就是有假洋鬼子革命份子！」

同學們小聲嘀咕起來。

「喻書記，我能把話說完嗎？」柯和貴很沉著，很滑稽地直逼喻剛強問。

「我很欣賞你的發言。毒草不長出來，就不能鋤掉。你往下說。」喻剛強的聲音有些顫抖，尷尬的神色掩飾不住內心的恐慌，他的尊嚴和權威顯然受到傷害，就故作鎮靜，語含威脅地說。

「第二，在學生學習上，喻書記要我們放棄唯一正確的毛澤東思想這個標準，去服從喻書記另立的反毛澤東思想的兩個標準：時間標準和內容標準。毛主席說：『學生以學文為主，也要批判資產階級，只有識別毒草，才能鋤掉毒草』。遵照毛主席的指示，學校制定了課程表：每個星期政治二節，兩個課外活動學《毛選》，計四個課時；而專業學習課包括早晚自習在內計五十一個課時。學校領導還經常給我們提供一些封資修的反面教材資料，讓我們去讀，去識別，去批判資產階級。這才是以毛澤東思想為標準來辦事的。柯和貴也是按照這個正確的標準來要求自己的。我上好每一節課，完成老師佈置的作業，『以學文為主』。我抓住了學《毛選》時間，從沒缺席。我利用課外時間學習了學校提供的反面教材，為了更好地識別毒草，批判資產階級，還去讀反面教材的原文。而喻書記另定標準，說什麼『柯和貴不花大量時間來讀毛主席的書』，『去見縫插針地來讀封資修的書』。看起來，喻書記這個標準很革命，恨不得把課程表都撕掉，把『數理化體音美』的書都燒掉，把全國學校的黨團領導和師生都打成走白專道路的柯和貴，大家來學習按照喻書記不學專業課，都臣服在喻書記這個領導的腳下。如果按喻書記所定的標準去做，則將會出現什麼怪社會呀？我們將會成為怎樣的人呀？喻剛強到底是哪方神仙？

到底想幹什麼？他為什麼敢如此大膽與毛主席唱對臺戲？為什麼敢如此大膽地敢放棄毛澤東思想而來標新立異自己的思想？喻書記的確是大膽妄為、我行我素的，在每個星期兩節課外活動集體學《毛選》中，他就敢公然不參加。我這個學《毛選》小組組長有準確的事實記載證明這一點。再說《紅樓夢》，毛主席說《紅樓夢》是一部偉大的作品，是中國人的驕傲，要許世友將軍讀。我遵照毛主席指示去讀了。再說孔夫子、孫中山。毛主席說要研究從孔夫子到孫中山，說孫中山是偉大的革命先驅者。我遵照毛主席的教導去讀了一些散亂的孔夫子、孫中山的語摘。喻剛強同學卻與毛主席的教導對著幹，不僅誣衊曹雪芹，還誣衊孫中山。以此看來，喻剛強同學才是真正搞資產階級政治、走白專道路的資產階級接班人。喻剛強同學卻要張冠李戴，把這頂帽子戴在柯和貴頭上，柯和貴實在不敢收。

「第三，喻書記自己頭腦裡充滿了資產階級成名成家的思想，卻反誣衊柯和貴的成名成家思想是資產階級的。成名成家，說穿了，就是樹立理想，在自己感興趣的專業上幹出成績，成了那個專業的名人。這種成名成家的思想，我有，喻書記有，黎明老師也有。黎明老師對中文感興趣，就去報考中文系。黎明老師的中文水準很高，還在孜孜不倦地學中文，想在中文上做出好成績，成為一個出名的中文教師。只不過黎明老師不願暴露和明說他的成名成家思想而已。我像黎明老師一樣，對語文的興趣大，想在語文方面做出成績來，將來成為一個合格的中學語文教師，甚至想成為作家。所以，我在學好其他科學時，在語文方面下的功夫多些，甚至試著向班刊、校刊、校廣播站投稿，初次試著寫了一篇短篇小說《升學》，向《萌芽》投稿。喻書記就把我在語文上的努力說是資產階級的成名成家思想，主要事實根據是投稿。他誣衊《升學》是毒草。《升學》到底是香花還是毒草呢？我說《升學》雖然沒有寫好，藝術性低，但是在思想內容上是香花。小說中的舒校長是軍隊文化教員出身，是『兵』，是黨的領導形象。『我』，是共青團員，三好學生，貧農子弟。還有一個公社何書記是土改根子，黨的領導形象。這三個人物是歌頌的正面人物，主要人物。這不是歌頌工農兵和黨的領導嗎？小說中有一個反面人物何支書，這個人在舊社會是個地痞，買光了地主家庭的家當，是破產地主份子，混進革命隊伍中的階級異己份子和蛻化變質份子，他能代表土改根子、農村基層幹部和黨的領導嗎？喻書記是搞過『社教』工作的，他自己說他蹲點的大隊地支書是蛻化變質份子，在運動中畏罪自殺了。喻書記是很熟悉黨史的，知道黨內出了高崗、繞漱石。我不知道喻書記為什麼把《升學》中的反面人物、階級異己份子、蛻化變質份子何支書標榜成土改根子、革命幹部和黨的領導形象？難道喻剛強同學真的是高崗、繞漱石的同情者和接班人嗎？他們有兔死狐悲的感情嗎？再來看喻書記的資產階級成名成家思想。喻書記對政治論文很感興趣，大量地讀政治書，也讀封資修的反面材料的政治書。他讀這些政治書確實花了大量時間，把學數理化體美音的課時也用上，連學《毛選》時間也被擠去了。他不但讀封資修的政治書，還動用來搞政治鬥爭。每日拉幫結派，搞狐朋狗黨，搞詭密的跟蹤與自己不和的同學的活動，見不得人地去研究今日批這個同學、明日鬥那個同學，妄圖把班上搞亂，使自己成為領導核心，成為政治名人。他甚至野心勃勃，唯恐天下不亂，妄想篡黨奪權，使自己成為天下的政治名人。現在，喻剛強同學已小有名氣了，班上同學吹他是政治理論家，他笑納了。喻書記為什麼要狠批柯和貴、把柯和貴置之死地而後快呢？許多幹部同學都知道，柯和貴反對喻書記成為我班的核心領導和一個人說了算，柯和貴心裡只有毛主席為首的黨中央才是核心，毛主席才能說了算。所以喻書記恨柯和貴，要搬掉他成為領導核心的絆腳石。柯和貴理所當然地不會聽喻書記的『不計較，不抵抗』，而堅決地很計較、激烈反抗，制止我班政治陰謀家的分裂破壞活動。我們說成名成家是有階級性的，資產階級的成名成家思想是損人利己，靠陷害別人而成名起家，是惡的行為。喻書記是這種資產階級成名成家思想的人。無產階級成名成家思想是損己利人，靠做好事為人民服務成名成家，是善的行為。柯和貴是個弱小的同學，從不害人，總想多學點本領為黨為人民多作貢獻，這就是無產階級的成名成家思想。

「同學們，這裡有喻剛強同學和柯和貴同學的兩個發言。你們可以獨立思考一下，用毛澤東思想這個唯一正確的標準來衡量一下，就會發現：一些連小學生也能一眼就明白的正確與錯誤的思想，卻被喻剛強同學顛倒黑白了，又被柯和貴糾正過來了。柯和貴本是我們的膽小羞澀的小弟弟，卻被喻大哥壓制打擊得膽大奮勇起來。現在，我要大膽地說：批判柯和貴是別有用心的，是錯誤的。柯和貴是走又紅又專道路的好典型，大家要像柯和貴一樣在毛澤東思想統帥下學好各門功課，將來成為一個人民的好老師。絕不能不學無術，『白』得一無所有，將來在教師崗位上去誤人子弟。我還要大膽地宣佈：抹去黑板上寫著的『批判柯和貴』五個字，讓我班的批判主題和全校、全國的批判主題一致，批判資產階級，教育同學，團結一致、防修反修。

「我的話講完了，敬請批評指導。」

「痛快！」柯和貴話音剛落，孫勇大叫起來，「有誰能像柯和貴這樣光明正大！」

「簡直是狂妄至極，負隅頑抗！」王安又拍著桌子對柯和貴怒喝。

「你把柯和貴當什麼人了？你這是存心不良！」王旭元突然拍著桌子反戈了。

「你就是假革命！假紅真白！」孫勇拍著桌子站起來，指著王安怒喝：「就是你把我班搞亂了。我擁護柯和貴，你敢批判老子嗎？」孫勇是有背景的，共產黨員，大隊團支書出身，學習成績不好，卻好學，經常要柯和貴輔導他，很佩服柯和貴。

「擁護柯和貴發言。」不少同學附和孫勇。

「要團結，不要分裂！」有同學叫喊。

這時，教室窗外扒著不少別班同學，有的發出噓聲，有的在大聲說話：

「柯和貴有什麼好批判的！」

「這個班有好戰份子！」

「還有政治陰謀家！」

「我看一（二）班要遭殃了！」

……

劉輝走出教室去驅趕外班同學，發生了爭吵。兩位老師也出去勸走外班同學。

「不要吵了，我來說幾句。」董秀站起來了，說，「我聽喻剛強的發言，思想傾向喻剛強的觀點。又聽了柯和貴的發言，思想又傾向了柯和貴的觀點。這說明我們還不成熟，是在學習成長階段。我認為，兩個同學在批判資產階級方面是一致的，只是針對具體的人和事看法有不同。喻剛強武斷地說柯和貴是走白專道路的典型，這是不對的。柯和貴不服氣，自詡為是走又紅又專的典型，也是不對的。我希望同學們拋棄個人意氣，團結起來批判資產階級，不要在個人事上糾纏。我建議班會主題立即改過來，把批判柯和貴改為批修正主義。」

「我贊成董秀的觀點。」郭素青站起來了，說，「昨晚，王安同學找我，說我熟悉柯和貴，要我揭發柯和貴的反動言論，立功贖罪。我的覺悟低，沒有發現柯和貴的反動言論，就不能去誣陷同學。我是個有資產階級思想的人，不能光批別人不批自己。毛主席說：『我們都來自五湖四海，為了一個共同的革命目標走到一起來了。』在這之前，我們同學都分別在相隔百里、千里的地方，互相不認識，今日坐在一個教室裡，成了同學。將來，又被分配到不同的地方去工作，見了面還是同學，還有一些事要互相關心和幫忙，說不一定，今天當幹部的同學，將來是普通教師；今天普通的同學，將來是大幹部。從革命道理和革命感情上講，我們犯不著互相鬥爭，應該團結友愛。我現在朗誦一首古詩：

煮豆燃豆萁，豆在釜中泣。

本是同根生，相煎何在急？

同學們，我不願看到兄弟姊妹相煎太急的情景。喻剛強和柯和貴是我班的兩面旗幟，是我班的光榮。今天，他倆觀點不同，引起班上同學分裂。我希望這兩個同學和好，團結同學們一起去批判資產階級。」

郭素青聲音嗚咽，淚水雙流。

教室裡靜默起來。

「郭素青講得好，喻剛強和柯和貴是我班的廉頗，藺相如，一武一文，都是忠臣。」孫勇拍手起來。有不少同學跟著孫勇鼓掌起來。

坐在臺上的王安不知如何是好，看到劉輝在招手，就走過去聽劉輝說話；又走到常老師、黎老師身旁聽說話。王安重上講臺，說：「現在由常老師講話。」

常老師、黎老師都走上講臺，黎老師面向黑板寫字，常老師面向同學們講話。

常老師說：「批判修正主義大會開了一上午，大家討論很熱烈，提高了毛澤東思想水準。思想認識水準有高低，看法有差別，是正常現象。通過爭論就統一了認識，團結起來共同批判修正主義。批判修正主義的目的，就是要同學們明確學習目的，端正學習態度，去學好文化科學知識，增強為人民服務的本領，這就走上又紅又專的道路了。喻剛強、柯和貴兩位同學的發言稿寫得有理論水準，在批判修正主義的大方向是一致的。只是情緒有些偏激，交給黎老師修改一下，在宣傳欄上發表。現在黑板上的班會主題變動了幾個字，和學校運動的主題吻合了。我建議團支部、班委會以後就按學校運動的統一部署的主題和時間來，不要另立主題和另排時間。」

常老師的講話得到了同學們的熱烈掌聲。

常老師是很受同學們尊重的，既有威嚴，又好親近。他的聲音在全校上體操時，是粗獷洪大的唬嘯；在與同學交談時，是細軟親切的母親聲。

柯和貴看黑板上的字改成了：

活學活用毛主席著作，批判修正主義，走又紅又專的道路

他鬆了一口氣。

「柯和貴，把你的本子和稿子拿去。」常老師說，「你的頭腦裡是有資產階級思想的，要接受喻剛強、王安等到同學的批評和幫助，要在學《毛選》中自覺改造。」

柯和貴從常老師手裡接過本子和稿子，眼眶盈滿淚水，向常老師、黎老師和同學們各行了鞠躬禮。

晚自習時，王安通知柯和貴到常老師房裡去。同去的有喻剛強、王安、王旭元、孫勇、董秀、郭素青、程桂、宋鈞。在常老師指導下，柯和貴作了自我批評，其他同學也都是各自作了自我批評，進行了交心座談，和睦地說笑起來。

三十年後，柯和貴回憶起「反演變」、「批白專」運動時，接著第二十五回的末尾那段話寫道：

「在一年之內發生的『反演變』、『批白專』兩個運動，是毛澤東蓄意對青年學生和全體中國人進行的兩場大規模洗腦運動和奴化教育運動。其目的有三個：其一，用毛澤東思想來僵化青年學生的頭腦，馴化奴性，使青年學生失去獨立思考能力，盲目地崇拜毛澤東，無限忠於毛澤東，成為雷鋒式的鏍絲釘，會說話的馴服工具，聽唆使的鷹犬。其二，挑起青年學生中互相仇恨，培養學生的殘酷鬥殺精神，把馴化不過來的青年學生打壓下去，搞得人人自危，都向毛澤東求救，把毛澤東當大救星。其三，達到了第一、二個目的，毛澤東就能吆喝役使青年學生了，把你擰在哪裡，你就緊釘在哪裡；號召你去批判鬥爭他所反對的人，你就殘酷地鬥爭某人；命令你去屠殺他所憎恨的人，你就不怕犧牲地去殺人，去打仗，做所謂的革命戰鬥英雄。

「可是，我那時沒眼力看穿毛澤東，只是仇恨柯鐵牛、陳繼烈、喻剛強的壞心術、惡心腸，一顆心忠於毛澤東，把毛澤東說的一些欺騙人的漂亮話用起來進行自衛，衛護自己的善心和生命。直到得到汪仁船和李衡權的指教後，才認識到萬惡之源是大惡者毛澤東，是獨裁統治制度。」

對於「反演變」、「批白專」柯和貴有詩云：

青年學生——
歡聚一堂，
活潑天真，
無怨無恨，
求學求真。
卻為何分裂為兩群？
相互批判，
甚至流血鬥爭。
說什麼——
人間出現了偉大天才，
天上下凡了星宿戰神；
忠於偉大領袖
毛澤東思想戰無不勝；
反演變，批白專，
為了黨不變修、國不變色，
去爭做無產階級接班人。
揭穿了——
那都是洗腦運動，
洗掉學生的自然智慧，
清除學生的天生善根；
你鬥我，我鬥你，
人人自危，
迫使學生成為政治奴才，
為實現獨裁者的陰謀作無謂犧牲。

五十年後，柯和貴班搞了一次同學聚會，同學們都是白髮蒼蒼的七十歲老人了。可是在聚會時，這些老人，卻像初戀的青年人，不停地擁抱；又像相互重逢的幼稚園孩子，不停地拉著手哭泣。他們返童了，恢復了失去的天生善心和自然智慧。在聚會中，同學們都寫詞賦詩，抒發情感。這裡錄用三位同學的詩詞如下。

集賢賓

王銀元

江水悠，到黃州波濤如怒。聚青年同窗，誤了青春、成了白髮翁。
覓舊蹤，盡是噩夢：我防你攻，無奈那神挑鬼弄。揭塵封，心坎裡總有絲絲隱痛。

注：集賢賓，詞牌名，仙呂宮。平韻。單調格式：

●○▷，●○○●○▷。●○○●▷，●●○○○●●▷。
●●▷，●●●▷。●●○，○●○●●▷。●○○，○●○●●●○▷。

惜分飛

史方晟

皓齒青發名校集，喜夢筆、筆峰翠滴。誦讀共朝夕，這朝氣滿了胡琴竹笛。
誰料黑雲壓城急，驚夢雪、雪風刀逼。同學相割席，那青春給了枯井殘壁。

注：惜分飛，詞牌名，又名《惜芳菲》、《惜雙雙》。仄韻格，雙調，50字，前後片俱四仄韻。另有52字，前後片第二句均為7字。

【定格】（50字）

⊙●◎○○●▶，⊙●◎○⊙▶。⊙●○○▶，●○◎●○○▶。
⊙●◎○○●▶，⊙●◎○⊙▶。⊙●○○▶，●○◎●○○▶。

【格二】（52字，前後片第二句為「◎⊙●、○○◎▶」）

⊙●◎○○●▶，◎⊙●、○○◎▶。⊙●○○▶，●○◎●○○▶。

⊙●◎○○⊙▶，◎⊙●、○○◎▶。⊙●○○▶，●○◎●○○▶。

燕歸梁

劉子傑

荏苒光陰五十年，蒼老了鮮妍。步履龍種尋舊軒：頭已白，腰不軟。

神情未變，仍然是他，拉手淚咽言。哭訴前朝多種冤：悟人世，占的先。

注：燕歸梁，詞牌名，平韻格，雙調，49字至52字，均為上片四平韻，下片三平韻。

【格一】（5○字）

◎●○○⊙●▷，●●○▷。⊙○◎⊙●○▷。○◎●，●○▷。

◎○⊙●○○●，○◎●，●◎▷。⊙○◎●●○▷，●⊙●，●○▷。

【格二】（51字）

◎●○○●●▷，⊙◎●○▷。◎○◎●●○▷，⊙◎●、●○▷。

◎○⊙●，○○⊙●，◎●●○▷。◎○◎●●○▷，◎◎●、●○▷。

欲知後事如何，且聽下文分解。

國家圖書館出版品預行編目資料

湖村裡的夢幻（卷四）/ 柯美淮著
-- 初版 -- 臺北市：博客思出版事業網：2016.7
ISBN：978-986-5789-95-4（全套：平裝）

857.7　　　　105001476

現代文學 23

湖村裡的夢幻（卷一）

作　　者：柯美淮
編　　輯：高雅婷
美　　編：林育雯
封面設計：塗宇樵
出 版 者：博客思出版事業網
發　　行：博客思出版事業網
地　　址：台北市中正區重慶南路 1 段 121 號 8 樓之 14
電　　話：(02)2331-1675 或 (02)2331-1691
傳　　真：(02)2382-6225
E—MAIL：books5w@yahoo.com.tw 或 books5w@gmail.com
網路書店：http://bookstv.com.tw/ http://store.pchome.com.tw/yesbooks/
http://www.5w.com.tw、華文網路書店、三民書局
博客來網路書店 http://www.books.com.tw
總 經 銷：成信文化事業股份有限公司
電　　話：02-2219-2080　　傳 真：02-2219-2180
劃撥戶名：蘭臺出版社　帳號：18995335
香港代理：香港聯合零售有限公司
地　　址：香港新界大蒲汀麗路 36 號中華商務印刷大樓
C&C Building, 36,Ting, Lai, Road, Tai,Po, New,Territories
電　　話：852-2150-2100　　傳真：852-2356-0735
總 經 銷：廈門外圖集團有限公司
地　　址：廈門市湖裡區悅華路 8 號 4 樓
電　　話：86-592-2230177　　傳 真：86-592-5365089
出版日期：2016 年 7 月 初版
定　　價：共四冊，新臺幣 2400 元整（平裝，套書不零售）
ISBN：978-986-5789-95-4